中国古典小说丛书

洪秀全演义

[清]黄世仲 著

图书在版编目（CIP）数据

洪秀全演义/（清）黄世仲著.--南昌：
江西美术出版社,2018.10（2020.5重印）
ISBN 978-7-5480-6197-7

Ⅰ.①洪… Ⅱ.①黄… Ⅲ.①长篇小说—中国—清代
Ⅳ.①I242.4

中国版本图书馆CIP数据核字（2018）第140578号

出 品 人：周建森
企　　划：北京江美长风文化传播有限公司
责任编辑：楚天顺　康紫苏
责任印制：谭　勋

洪秀全演义
HONG XIUQUAN YANYI
（清）黄世仲　著

出　　版：江西美术出版社
地　　址：江西省南昌市子安路66号
网　　址：www.jxfinearts.com
电子信箱：jxms163@163.com
电　　话：010-82093808　0791-86566274
邮　　编：330025
经　　销：全国新华书店
印　　刷：河北盛世彩捷印刷有限公司
版　　次：2018年10月第1版
印　　次：2020年5月第2次印刷
开　　本：690mm×960mm　　1/16
印　　张：31.5
ISBN 978-7-5480-6197-7
定　　价：74.00元

本书由江西美术出版社出版，未经出版者书面许可，不得以任何方式抄袭、复制或节录本书的任何部分。
版权所有，侵权必究
本书法律顾问：江西豫章律师事务所　晏辉律师

"中国古典小说丛书"出版说明

所谓"古典小说"云者，其义有二焉：一曰，但凡古代之小说，皆可谓之"古典小说"；一曰，但凡技法未受泰西影响之小说，亦可谓之"古典小说"。然此特就今人之观念言之耳。

揆诸坟典，"小说"一词，出自《庄子·外物篇》，其言曰："饰小说以干县令，其于大达亦远矣。"由此观之，庄子所谓"小说"，不过琐屑之言，以其无关道术，故以小说名之耳。

炎汉成、哀之世，刘向、刘歆父子典校秘书，检讨百家学说，取桓谭《新论》"小说家合丛残小语，近取譬论，以作短书，治身治家，有可观之辞"之意，把《伊尹说》《鬻子说》诸书，归为"小说家"之书，而《汉书·艺文志》（以下简称《汉志》）继之。夷考其说，"小说家者流，盖出于稗官，街谈巷语，道听途说者之所造也"（语出《汉志》），此亦非后世之小说也。

唐修《隋书》，其《经籍志》立论本诸《汉志》，以小说为"街谈巷语之说"（《隋书·经籍志》语）。当此之时，小说之名虽同，而其类目稍广，举凡《燕丹子》《世说》《迩说》之属，皆可入诸小说名下。

后晋修《唐书》，其《经籍志》立论与《隋志》无异，以《博物志》隶小说，此为"神异志怪之书"入小说之始。

天水一朝，欧阳文忠公撰《新唐书·艺文志》（以下简称《新唐志》），以《列异传》《甄异传》《续齐谐记》《感应传》《旌异记》等"史部·杂传类"之书移于"小说类"。至是，小说之部类日梦。

及元脱脱修《宋史》，《艺文志·小说类》承《新唐志》之旧而增广之。

001

明胡应麟以小说繁夥，派别滋多，于是综核大凡，分小说为六类：一曰"志怪"，一曰"传奇"，一曰"杂录"，一曰"丛谈"，一曰"辩订"，一曰"箴规"。至此，小说一类已蔚为大观，脱《汉志》"街谈巷语"之成规。

清修"四库"，《总目提要》（以下简称《提要》）别小说为三派，"其一叙述杂事……其一记录异闻……其一缀辑琐语"，而又损益之。考诸《提要》，则损益可知：一曰，进"丛谈""辩订""箴规"为"杂家"；一曰，隶《山海经》《穆天子传》诸书于小说。小说范围，至是乃稍整洁矣。其分目虽殊，而论述则袭诸旧志。

曩者宋元明清之史志，难觅"平话""演义"之书，此特士夫习气，鄙其为末流所使然也。史家成见，一至于斯。今人刻书，自当脱古人窠臼。

说部诸书，以文体分，有"白话""文言"之别；以体裁分，有"话本""传奇""演义"之别；以内容分，有"佳话""世情""侠义""家将""神魔"之别。细玩其文，既有劝世之良言，亦有"诲淫诲盗"之糟粕，而抉择去取，转成读说部书之第一要务。以此之故，编者特于说部诸书择其精者，辑之而为"中国古典小说丛书"，凡百余种。

然说部之书浩如烟海，其精者又何限于区区百十之数？此次出版，难免遗珠之憾。然能俾读者因之而省择取之劳，进而得窥说部精要，示人以津梁，则尚不违出版"中国古典小说丛书"之初心。

说部之书，多出自书坊，脱误错乱，在所难免，故于"取其精华，去其糟粕"外，尚需广施校雠，始得成其为可读之书。以此之故，编者多方搜罗以定底本，精排其版以美其观，躬自校雠以正讹误，然后付诸枣梨，装订成书，以飨读者。

限于编者学力有限，书中疏漏之处，在所难免，尚祈广大方家、读者诸君不吝批评斧正。凡能指出书中一二谬误者，皆为吾师，吾人不胜感激之至。

戊戌仲夏上浣，邵鹏军序于丰台晓月里

目　录

第一回
花县城豪杰诞生　小山头英雄聚首……………………………… 001

第二回
会深山群英结大义　游督幕智士释豪商…………………………… 007

第三回
发伊犁钱东平充军　入广西洪秀全传道…………………………… 014

第四回
闹教堂巧遇胡以晃　论嘉禾计赚杨秀清…………………………… 022

第五回
杨秀清初进团练局　洪秀全失陷桂平牢…………………………… 029

第六回
罗大纲皈依拜上帝　韦昌辉乘醉杀婆娘…………………………… 035

第七回
韦昌辉义释洪秀全　冯云山联合保良会…………………………… 045

第八回
冯云山夜走贵县　洪秀全起义金田………………………………… 053

第九回
劫知县智穷石达开　渡斜谷计斩乌兰泰…………………………… 061

第十回
洪仁发误走张嘉祥　钱东平重会胡元炜…………………………… 069

第十一回
萧朝贵计劫梧州关　冯云山尽节全州道…………………………… 078

第十二回
洪秀全议弃桂林郡　钱东平智败向提台…………………………… 088

第十三回
张国梁背义加官　赛尚阿单骑逃命…………………………… 098

第十四回
李秀成百骑下柳郡　石达开传檄震湖南…………………………… 106

第十五回
胡林翼冷笑掷兵书　曾国藩遵旨兴团练…………………………… 115

第十六回
洪宣娇痛哭萧朝贵　钱东平大破曾国藩…………………………… 122

第十七回
彭玉麟恤情赠军饷　郭嵩焘献策创水师…………………………… 131

第十八回
左宗棠应聘入抚衙　洪天王改元续汉统…………………………… 140

第十九回
封王位洪秀全拒谏　火汉阳曾天养鏖兵…………………………… 147

第二十回
向荣大战武昌城　钱江独进兴王策…………………………… 155

第二十一回
洪天王开科修制度　汤总兵绝命赋诗词…………………………… 165

第二十二回
向荣怒斥陆建瀛　钱江计斩蒋文庆…………………………… 175

第二十三回
勇鲍超独救江忠源　智钱江夜赚吴观察…………………………… 183

第二十四回
萧王妃夺旗镇江城　洪秀全定鼎金陵郡…………………………… 190

第二十五回
李秀成平定南康城　杨秀清败走武昌府…………………………… 201

第二十六回
攻岳州智劫胡林翼　入庐郡赚斩江忠源…………………………… 212

第二十七回
李秀成二夺汉阳城　林凤翔大战扬州府……………………… 220

第二十八回
林凤翔夜夺扬州府　韦昌辉怒杀杨秀清……………………… 228

第二十九回
钱东平挥泪送翼王　林凤翔定计取淮郡……………………… 237

第三十回
石达开诗退曾国藩　李秀成计破胡林翼……………………… 247

第三十一回
韦昌辉刎颈答钱江　李鸿章单骑谒曾帅……………………… 255

第三十二回
谭绍洸败走武昌城　钱东平遁迹峨嵋岭……………………… 264

第三十三回
李秀成一计下江苏　林凤翔十日平九郡……………………… 273

第三十四回
林凤翔大破讷丞相　李开芳再夺卫辉城……………………… 280

第三十五回
李秀成出师镇淮郡　林凤翔败走陷天津……………………… 287

第三十六回
完大节三将归神　拔九江天王用武…………………………… 296

第三十七回
陈英王平定江西地　刘丽川计取上海城……………………… 306

第三十八回
取桐城陈其芒鏖兵　奉朝旨左宗棠拜将……………………… 312

第三十九回
向军门败死丹阳镇　胡林翼窥复武昌城……………………… 319

第四十回
罗泽南走死兴国州　罗大纲夜夺扬州府……………………… 329

第四十一回
李忠王定计复武昌　陈玉成弃财破胜保…… 337

第四十二回
守六合温绍原尽忠　战许湾鲍春霆奏捷…… 346

第四十三回
金陵城大开男女科　李秀成义葬王巡抚…… 359

第四十四回
张国梁投殁丹阳河　周天绶战死宁国府…… 371

第四十五回
陈玉成大战蕲水城　杨制台败走黄梅县…… 383

第四十六回
李秀成义释赵景贤　林启荣大破塔齐布…… 393

第四十七回
曾国藩会兴五路兵　林启荣尽节九江府…… 401

第四十八回
龙虎战大破陈玉成　官胡兵会收武昌府…… 417

第四十九回
救九江曾国荃出身　战三河李续宾殒命…… 433

第五十回
战桐城忠王却鲍超　下浦口玉成破胜保…… 447

第五十一回
何信义议献江苏城　石达开大战衡州府…… 458

第五十二回
李孟群战死庐州城　左宗棠报捷浮梁县…… 467

第五十三回
雷正琯密札访钱江　杨辅清匿兵破庆瑞…… 477

第五十四回
破金陵归结太平国　编野史重题懊侬歌…… 484

第一回

花县城豪杰诞生　小山头英雄聚首

诗曰：

> 金田崛起奋同仇，叹息英雄志未酬。
> 又见腥膻渺无际，秦淮呜咽水空流。
> 哀哀同种血痕鲜，人自功成国可怜。
> 莫向金陵闲眺望，旧时明月冷如烟。

这两首七绝，是近时一个志士名叫志攘的所作。为慨太平天国十四年基业，成而复败，得而复丧，凭今吊古，不胜故国之悲。玩其词气，大有归罪曾、左的意思。其实兴亡成败，大半都是自己造出来的：假使定都金陵而后，君臣一德，上下一心；杨、韦不乱，达开不走；外和欧、美，内掠幽、燕，就有一百个曾国藩、左宗棠，有什么用呢？不然，洪王初起时光，信用未孚，军械不足，三五千的保良军，怎么倒能旗开得胜，马到成功，把清国人马，杀得一败如灰？到后来地大人众，粮足兵精，倒反覆亡了呢？所以在下断定太平天国的亡，不干曾、左，都是太平天国自己亡掉的。看官不信，且听在下道来：

话说中国自大明崇祯十七年，被满清并掉之后，汉族人民，时时图谋恢复：像云南的吴三桂，武昌的夏逢龙，昆明的李天极，台湾的朱一贵，兖州的王伦，甘肃的张阿浑，四川的王三槐，河南的李文成，永州的赵金龙等，众多豪杰，差不多没一年不乱。无奈人心思汉，天命祚清，西起东灭，终没有成过一回事。直到清宣宗道光末年，佞幸专权，朝多失政，水深火热，百姓苦不堪言，英雄造时势，时势造英雄，广西地方，才崛起一位非常大豪杰，做出一番动地惊天大事来。此人姓洪，名秀全，广东花县人氏。自幼抱负不凡，尝与同县人骆秉章，月夜池塘洗澡，秀全信口占道：

夜浴鱼池，摇动满天星斗。

非常之志，溢于言表。骆秉章应声对道：

早登麟阁，挽回三代乾坤。

秀全道："乾坤已非三代，麟阁早属他人，登也不必，挽也多事。"秉章笑他为狂人。秀全也不睬。及长，专好结交豪杰，时人都非笑之。只有同县人冯逵，字云山的，深相赞许，称秀全非池中之物！道光二十九年，两广地方，贼盗蜂起，如罗大纲、大鲤鱼、陈金刚等，都拥有三五千人马，打村劫舍，横行无忌。官场怕耽干系，索性隐起不奏。秀全慨然道："贼盗横行，清朝的能力，已经瞧的见，投袂奋起，正在此时！"不防背后有人道："秀全哥如此抱负，何不索性起来做一番事业！"秀全回头，见来的不是别个，正是生平第一知己冯云山，不觉大喜。遂邀云山坐下道："逆胡肆毒，神州陆沉，黄帝子孙，谁不愿报仇雪恨？这会子两粤豪杰，风起云涌，正是天亡逆胡之时。使我洪秀全有尺寸之凭藉，建义桂林，声罪北平，则三齐抗手之雄，燕、赵悲歌之士，安知不闻风响应！"云山道："哥哥既然知道，何不就动手呢?"洪秀全道:"云山又来了!光复这一件事,非同小可,岂是赤手空拳,能够做得的。至少总要有三五千人马,才能够动得手。"云山道:"从来说千军易得,一将难求!只要有了豪杰帮助,三五千人马,何难一呼而集?"洪秀全道:"豪杰之士,我是很欢迎的!怎奈眼前没有,我也没法。"云山道:"独怕哥哥不诚心。要是诚心求贤,眼前就有一个大豪杰。"洪秀全道:"豪杰在那里?姓甚名谁?"云山道:"就在本城花县衙门里。"洪秀全笑道:"兄弟讲玩话了!官场中那里有豪杰?"云山道:"此人并不是官,是一个幕友。姓钱,名江,浙江人氏。胸罗战史,腹有奇谋,端的经天纬地。此番来粤,也是为物色真人,同谋光复。哥哥如果要见,我就去请他来。"洪秀全道:"你与他几时认识的?"云山道:"认识得没有几多天。"洪秀全道:"衙门中人怕有点儿靠不住。"云山道:"我冯遂总不会给当你上。"洪秀全道:"不是这么讲。人情鬼蜮,世路崎岖,怕你也被人家套在圈中。"冯云山道:"哥哥,你没有见过他,所以这么说。一见之后,你也相信了!"洪秀全道:"既是这么说,就烦兄弟请他来谈谈。要真是志同道合,就是中国人民的福气了。"云山道:"不瞒哥哥说,我已与他约好了呢。"当夜无话。次日,冯云山黑早起身,略点了点子饥,就出村迎接钱江去了!

却说这钱江,表字东平,本贯浙江归安人氏。少失怙恃,依叔父钱闳作生活。五岁上学,聪颖非常;九岁下笔成文。叔父常说道:"此是吾家千里驹,他日定能光宗耀祖!"钱江急应道:"大丈夫作事,成则流芳百世,败则遗臭万年。岂单靠光宗耀祖乎!"众人莫不称奇。既长,诸子百家,六韬三略,兼及兵刑、钱谷、天文、地理诸书,无所不读。时扬州魏平,任归安令,闻江名,以书召之。江大笑道:"江岂为鼠辈作牛马耶?"遂以书绝之。

道光二十九年,两广一带,贼盗四起:罗大纲、大鲤鱼、陈金刚等,纷纷起事。小则打劫村舍;大则割据城池。官僚畏罪,不敢奏报。钱江看到这机会，便道："今天下大势，趋于东南，珠江流域，必有兴者，此吾脱颖时矣！"时钱闳已经弃世，钱江遂舍家游粤，寓于旅邸。可巧故人张尚举署花县知县。闻江至，大喜道："东平不世才，本官当以礼聘他，何愁县里不治！"说罢，便挥函聘江。江暗忖花县区区百里，怎能够施展？只是凭这一处栖身，徐徐访求豪杰，也是不错。想了一会，便回书应允。花县离省治不远，一半天就到了。投谒张令，张令降阶相迎，执手道："故人枉顾，敝县增光不少！惜足下不是百里才，还恐枳棘丛中，不能栖凤凰！只好暂时有屈，徐待事机罢了。"江听罢答道："小可有甚大志，蒙故人这般过誉！但既不弃，愿竭微劳。"张令大喜，钱江遂留县署中。一应公事，张令都听他决断，真是案无留牍，狱无冤刑，民心大悦。

钱江每日闲暇，或研习兵书，或玩游山水，已非一日。那日游至附近一个小山上，独行无伴，小憩林下，忽见一书生迎面而来，头上束著儒巾，身穿一件机白麻布长衣，下穿一条元青亮纱套裤子，脚登一对薄皮底布面鞋，年约三十来岁。眉清目秀，仪容俊美。见了钱江，便揖说道："看先生不像本处人氏，独步在这里，观看山景，可不是堪舆大家，讲青乌、寻龙穴的么？"钱江道："某志不在此。自古道地灵人自杰，讲什么真龙正穴。足下佳人，奈何也作一般迷信呢？"那人急谢道："小弟见不及此。才闻高论，大歉于心！请问贵姓尊名，那里人氏？"钱江答道："某姓钱，名江，号东平，浙江人也。"那人又回道："可是县里张老爷的幕府么？"钱江道是。那人纳头便拜。欢喜说道："闻名不如见面，见面胜似闻名。仰慕已久，幸会幸会！"钱江即回礼道："小可钱江，蒙老兄如此敬爱，请问先生上姓尊名？"那人答道："小弟姓冯，单名一个逵字，别号云山，向在山中念书。久慕先生不求仕进，却来敝县管理刑名，真是敝邑人民之幸！可惜无门拜谒，今日相遇，良非偶然。请假一席地，少谈衷曲，开弟愚昧，实为万幸！"钱江听罢，暗忖这人器宇非凡，谈吐风雅，倒把人民两字，记在心中，料不是等闲之辈！正要好乘机打动他。便答道："不虞之誉，君子羞之，老兄休得过奖！倘不嫌鄙陋，就此席地谈心如何？"冯遒大喜，两人对面儿坐了。钱江探着问道："方今天下多故，正豪杰出头的时候，老兄高才，为甚不寻个机会出身？"冯遒答道："现在的主子又不是我们汉族人！大丈夫昂昂七尺，怎忍赧颜称臣？故隐居于此，愿先生有以教之！"钱江道："足下志量，令人钦佩！只是鞑靼盘踞中原，二百年矣！君臣既有定分，何能再把他当仇人看待！"冯遒听到这话，不觉怒道："种族之界不辨，非丈夫也！某以先生为汉子，直言相告，怎倒说出这无耻的话来？"言罢，拂袖便去。钱江仰面哈哈大笑！冯遒回首道："先生笑怎的？"钱江道："不笑足下，还笑谁？"冯遒道："某有何可笑？任先生是县里幕府，拿某作个不道的人，刑场丧首，牢狱沉冤，某也不怕。"钱江越发笑道："试问足下有几颗头颅，能够死几次？纵有此志，倒不宜轻易说此话。弟若忘国事仇，今日也不到此地了。方才片言相试，何便愤怒起来呢？"冯遒急谢道："原来先生倒是同情，不过以言相试。某一时愚昧，冒犯钧威，望乞恕罪！"钱江听了，便再请冯遒坐下。随说道："足下志气则有馀，还欠些学养。俗语说得好：逢人只说三分话，路上须防人不仁。足下方才这话，幸撞着小弟，若遇着别人，是大不了的。须知此事非同小可，成则定国安民，败则灭门绝户。事机不密，徒害其身。死也不打紧，只恐人心从此害怕，那鞑靼盘踞中原，又不知更加几百年了？"冯遒道："先生之言甚善！奈某见非我族类，却来踞我河山，不免心胆俱裂。窃不量力，欲为祖国图个光复。只救国有心，济时无术，若得先生指示前途，愿随左右，以供驱策。但恐鞑靼根深蒂固，不易摇动耳！余外并无他虑，不知先生以为何如？"钱江答道："足下休惊，胡虏气数将尽矣！"冯遒大喜问道："先生何以见之？"钱江听罢，便不慌不忙的说出来。管教：

席地谈心，定下惊天事业；
深山访主，遭逢命世英雄。

要知钱江说出什么话来，且听下回分解。

第二回
会深山群英结大义　游督幕智士释豪商

话说当时钱江说出胡虏气数将尽，冯逵不胜之喜，便问钱江怎的见得？钱江答道："自古国家将兴，必有祯祥；国家将亡，必有妖孽。方今满帝无道，信任嬖臣，烟尘四起，活似个亡国样子。且近年黄河决溃，长安城无故自崩，水旱瘟疫，遍于各地，皆不祥之兆。谋复祖国，此其时矣！两年前浙江童谣说道：'三十刀兵动八方，天呼地号没处藏；安排白马接红羊，十二英雄势莫当'。据童谣看来，上句三十刀兵动八方，明年正是道光三十年，这时定然刀兵大起的了；第二句得见这次兵戈声势，非同小可；末二句便是有英雄崛起的意思了！某前者夜观天象，见南方旺气正盛，将星聚于桂林，他日广西一带，豪杰不少。足下既有这等大志，自今以后，物色英雄，密图大事，若徒把这一般话，挂在口头，虽日日愤激，怎能济事？某此番不远千里，来到贵省，正为此意。若不是这样，彼区区县令幕府，怎能笼络鄙人呢？"冯逵听那一席话，便道："先生天人，令冯某佩服不置！自今以后，愿不时教诲为幸！"钱江道："不是小弟自夸，苦有机会成就这一件事，不过如探囊取物！不知足下在广东，也曾得有同志么？"冯逵道："同志中人本不易得。所见有洪秀全者，真英雄也！此人就是本县人氏,生有龙凤之姿,天日之表。且胸怀大志,腹有良谋。少年曾进洪门秀士,因不屑仕进,只在家中读书,今年已三十,正和小弟同砚念书。若得此人共事,不愁大事不成!改日便当和他拜谒先生,共谈心曲,你道如何?"钱江道:"小弟幕里谈话不便,不必客气,不劳足下来见。就请以明天午刻为期,足下到这地少候,同往谒见洪先生罢了!"冯逵喜道:"如此甚好。"看看夕阳西下,二人便说"我们散罢!"各自握手而别。

且说钱江回至幕里,暗忖冯逵这人,到有一副热心。惜乎性情太急,若不加以陶养,将来或误大事。但所谈洪秀全,不知是怎样的人?待明天会他一会,再作计较;果有机会,自然不好错过。想了一会,便把公事理过,胡乱睡了一夜,巴不得天明。一到天明起了身,梳洗已毕,用过早饭,可巧这日又没什么事干,恐误了与冯逵相约期限,便独自一人,走出县衙,依着旧路而来。到了昨天谈话处,已见一人在这里等候。钱江仔细一望,不是别个,正是冯逵。钱江喜道:"云翁如何先期早到,想劳久候了!"冯逵急迎道:"既承夙约,怎敢失信?"说罢,便携手同行。

一路所经,但见山势崇隆,树林幽雅,流泉有韵,百鸟飞鸣。钱、冯二人正在赏玩,忽林后转出一人,大喝道:"你两人干得好事!连日在山林里图谋不轨,要背反朝廷,都被我探听明白。我今便要往县里出首,看你们怎的逃去?"冯逵听说大惊,急行回视,大笑道:"孝翁休恶作剧,惊煞人也!"钱江急问那人是谁?冯逵答道:"此人就是某所说洪君的次兄,双名仁达,别号孝庵的便是。倒是同志。方才说那些话,不过相戏耳!"洪仁达便向钱江声诺,展问姓字。钱江回过。洪仁达就在林下剪拂过了。仁达道:"昨天云翁对某的兄弟说及先生大名,不胜仰望!巴不得急到县里拜谒先生。今天倒蒙枉驾,很过意不去!"钱江道:"君家兄弟如此热心,某真相见恨晚也!"冯逵和洪仁达一齐谦让。一路上又说些闲话。冯逵忽指着前面一人说道:

"洪大哥亲自来接也！"钱江举头一望，但见那人生得天庭广阔，地阁丰隆，眉侵入鬓，眼似流星，长耳宽颐，丰颧高准，五尺以上身材，三十来岁年纪。头戴济南草笠，身穿一领道装长服，脚登一双蒲草鞋儿，手执一柄羽毛扇子。钱江不禁暗地里喝一声彩！约摸远离二三丈，那人就拱手道："劳先生这行至此，折杀洪某了！"说罢纳头便拜。钱江急回过礼说道："刀笔小吏，何劳远接？足下可不是云翁说的洪秀全哥哥么？"那人答道："小可正是姓洪！原名仁活，字秀泉，后隐名于此，改名秀全。昨天听得云翁说起先生盛名，衹以贵幕里谈话不便，未敢造次进谒。今蒙枉顾，足慰生平！"钱江大喜。

四人同行，不多时，早到一个山寺。这寺虽不甚宽广，却也幽静。钱江在门外观看一会，才携手进寺。转弯抹角，正是"曲径通幽处，禅房花木深"。真个好所在！秀全导至一密室，分宾主坐下。秀全卸去济南草笠，露出头上完发蓬蓬。钱江大惊道："原来洪君是个道者，某真失敬了！"秀全道："那里说？小弟不忍徇异族薙发制度，削弃父母的毛血，乔扮道装，无非免暴官污吏的捕风捉影。若中原未复，反甘心作方外人，弟所最鄙。先生休再疑虑！但恐此事非同小可，纵有热诚，没从着手，也是枉然！若得先生曲赐教诲，实为万幸！"钱江便答道："自甲申遭变以来，屡起革命，亦足见人心未忘祖国也！吴三桂误于前而悔于后，本不足以服人心，且日暮途穷，卒以致败。自是满洲势力完固，虽吕留良、曾静、戴名世之徒，鼓吹风潮，终难下手，亦势为之耳。嘉庆间川、湖以邪教起事，尚纵横数省，震动八方。况足下以命世之杰，具复国之诚，伸大义于天下，名正言顺，谁不望风归附？方今朝廷失道，盗贼纷起，足下因其势用之，总揽贤才，拯扶饥溺，此千载一时之机也，惟足下图之！"秀全听罢，大喜道："先生之言，洞中机要。奈今广东人民，风气未开，沉迷不醒，若要举义，计将安出？"钱江又道："广东滨临大海，足下舟师未备，粮械未完，非用武之地也；广西地形险阻，豪杰众多，又无粮食不敷之患，大鲤鱼、罗大纲等，虽绿林之众，然皆聚众数千，势不为弱！足下若携同志士，间道入广西，抚其众，勉以大义，旌旗所指，当如破竹！然后取长沙，下武昌，握金陵之险要，出以幽、燕，天下不难定也！"秀全避席谢道："先生名论，顿开茅塞！但广西一路，不知何时可行？"钱江道："且勿造次。方今中外通商之始，外教流行最盛，足下当潜身教会，就借传道为名，直入广西行动。一来可以劝导人心，二来足下起事，和外国同一宗教，可免外人干预，实为两便。成事之后，制度由我。逆取顺守，足下以为何如？"这一席话，说得洪秀全叹服不置，便请钱江齐入广西，共图大事。钱江道："这又不能。足下先宜进身教会里，就借传道为名，直入广西，才好行动；若是不然，足下到了广西，便算个别省的人氏，稍有举动，反令人疑心，不免误却大事。足下且宽心！日前县令前赴省会，谒见总督林公，那林公还赞本县的事务办得妥当。后来县主说出某的名字，林公不胜之喜。正要请某到督衙里去。某若得这个机会，结纳三五豪商，凭三寸不烂之舌，说他们协助军需，如此不忧大事不成！"说罢，秀全见钱江议论纵横，确有见地，便道："先生此论，洪某受益不少。自今以后，常常赐教可也！"

正说话间，见一人岸然直进房里。钱江见那人赤着双足，头带箬笠，手挽犁锄，气象粗豪，像个农夫模样，心里倒觉诧异，只得起迎。秀全道："先生不必拘礼！这是长兄仁发，别号道生，隐居寺里，已有数年。方才在后园种菜消遣！虽生得性情戆直，却怀着一副热诚，彼此均是同志，就请同坐谈心。但有失礼，先生幸勿见怪！"钱江道："英雄韬晦，今古一般，那有见怪之理？君家兄弟如此志气，怎不令人见爱！"洪仁发向钱江通问姓名，钱江答过。仁发道："原来昨天云山兄说的就是先生，想煞我了！今日幸会！"钱江谦让一回，各人又谈了一会话，看看天色渐晚，冯逵说道："天时晚了，先生不便回衙，就请在这里用过晚饭，再作竟夕之谈。"钱江道："不必客气！小可回衙还有公事，改日再谈罢。"说罢，便要辞退。洪家兄弟那里肯依。钱江度强不过，只得坐下。只听仁发道："一顿晚饭又没有菜，留来留去做甚么？"仁达劝他退下，才退了出去。秀全道："家兄性直，出语伤人，好过意不去。"钱江道："那等正是任事之人，休小觑他也！"冯逵随转出来，嘱咐仁发，打点晚膳，都是鸡鸭蔬菜之类，不一时端上来，仁发开了一坛酒，齐肃钱江入席。钱江本欲谦让，又恐仁发抢白，只得坐了客位。各人一齐坐下。秀全道："今日此会，良非偶然！某当与诸君痛饮一醉。"说罢，举杯相劝。仁发见各人劝来劝去，忍耐不得，一头饮一头吃，各人见他素性如此，且不理他。

饮了一会，又谈些心曲，正说得入港，仁发见酒尚未完，肴已将尽，便再到厨里，又宰了一头鸡，煮得热喷喷的上来。冯逵道："我们只顾说，还是仁发兄省得事呢！"仁发道："这是饮吃的时候，谈了好半天，还要说什么？"各人听了，一齐笑起来。直饮至三更时分。钱江道："酒太多了，请撤席罢！"秀全自觉有七分酒意，便说一声简慢，各自离席，仁发却将杯盘端下去。几人再谈一会，已是二更天气了。秀全道："某有一言，不知先生愿闻否？"钱江道："既是知己，还怕怎的？有话只管说便是。"秀全便道："先生明天准要回衙去！某不敢强留，致误先生公事。但恐他日再会，比不得今夕齐全，不如我们几人当天结义，共行大志，你道如何？"钱江道："此事正合弟意，准可行之！"秀全大喜。冯逵、仁达、仁发自没有不愿。当下五人焚香表告天地，誓要戮力同心，谋复祖国；若背此盟，天诛地灭。各人祭告已毕，仁发道："如有一个背了明誓的，休教他撞着我手里！"说罢连钱江都忍笑不住。几人便重复坐下来，再谈了一个更次而罢。是夜钱江宿于寺中。

次朝一齐起来，梳洗已毕，钱江便要辞回。秀全不敢相强，恐碍了衙门公事，齐送钱江下山。到了山下，钱江道："这里回县衙不远，不劳君等远送，就此请回罢"！秀全便珍重了几句，各人握手而别。

当下钱江返至县署，才发付了公事，忽上房里转递到一函，却是林总督的聘书。那林总督本是福建人氏，双名则徐，别号少穆，是个翰林出身，这时正任两广总督。虽识不得民族大义，却有一片爱民之心，到是清国当时少有的人物了！钱江把来书看罢，觉书中有一种求贤若渴的语气，暗忖这机会倒不容易：大则打动林公，图个自立；小则结识豪商巨贾，接济军需，还胜过在这荒僻小县。想罢，便携着林公这一封书，入谒县令张尚举，具道要往督幕的意思。张尚举道："先生非百里才，本县怎敢屈留先生，先生请自便。若有要事，还请赐函惠我，便是万幸了！"钱江谦让过，便辞了出来，一面报知洪秀全，一面打叠行程，别了张尚举，望省城进发。

才半天，早到了省城，寻着督衙，把名刺投将进去，林则徐不胜之喜，立即迎接入内。林则徐道："先生不弃，辱临敝署，不特本部堂之幸，实两广人民之幸也！"钱江道："小可钱江，有什么才力，偏劳大人错爱。但得侍教左右，敢不尽心竭力以图报！"林则徐听罢，喜个不住。又谈些时务，见钱江不假思索，口若悬河，十分叹服。侍役倒上两盅茶，二人茶罢，则徐便令侍役送钱江到书房里去。看官记着，自此钱江便在总督衙里办事了！

且说此时海禁初开，洋货运进内地，日多一日，以洋务起家的很是不少。就中单说一家字号，名唤怡和。这"怡和行"三个字，妇孺通知，算得岭南天字第一家的字号！那行里东主，姓伍，别号紫垣，生得机警不过，本是个市廛班首。所有外商运来的货物，大半由他怡和居奇。且外商初到，识不得内地情形，一切价目，皆由该商订定。因此年年获利，积富至一千万有余！内中货物以鸦片为大宗，都是通商条约里载得很明白的。怎奈林则徐虽知得爱民，还不懂得通商则例，以为鸦片是害人东西，便把那鸦片当作仇人一般，把洋商恨得要不的。追本求源，于是想严查鸦片，禁止入口。将发售鸦片的大行店尽行法办，那怕华商不畏惧？好歹没人代售鸦片，岂不是不禁自绝，还胜过和外人交涉？想罢，就先把个怡和行东主伍商查办起来了！可巧那案情落在钱江手里。钱江暗忖道："林公意思，定要把伍商重办。但按通商条约，本来办不得伍商。这个商千万家财，若由钱某手里出脱了这一个人，他便感恩无地，那时要与他同谋大事，那有不从？"想了一想，早定了个主意，故意把案情延缓了数天。

这时伍商的家人正在日日奔走官衙。走衙门拍马屁的，又纷纷到怡和行里寻着管事的人，你也说有什么门路，我也说有什么门路，还有一班就把钱江的名字说将出来。试想钱江是个总督特地聘用的人员，那个不信他好情面？那伍商的家人，自然要上天钻地，找个门径来交结钱江。

那一夜初更时分，钱江还靠在案上观书，忽见一人排扉而入，乃是花县张令幕里同事的朱少农。背后随着一人，年近五旬，面貌却不认得，钱江急忙起迎让坐。朱少农指着那人说道："此敝友是富商伍紫垣的管家潘亮臣也！伍氏为鸦片案情，见恶于大府，非先生不能援手。所以托弟作介绍，投谒先生。"钱江道："伍君罪不至死，但恐林帅盛怒之下，无从下手耳！"潘亮臣道："先生既知敝友罪不至死，先生宁忍坐视？倘能超豁他一命，愿以黄金万两为寿！希望救他则个。"钱江怒道："某虽不才，岂为金钱作人牛马？足下乃以此傲人耶！"朱少农急谢道："愚夫不识轻重，冒犯先生。"钱江道："某平生好救人，不好杀人，待林帅怒少平，有可效力之处，当为伍君出脱，不劳悬念也！"二人大喜，便拜谢而别。管教：

  英雄弄计，枉教青眼气豪商；
  官吏交谗，竟被黄堂陷志士。

要知后事如何，且听下回分解。

第三回

发伊犁钱东平充军　入广西洪秀全传道

话说朱少农、潘亮臣见钱江已经应允，即拜谢而出。潘亮臣一路上想着钱江的豪气，不较金钱，更自赞叹不已！回到怡和行里，先致谢过朱少农，便把这一条门径，一头报知伍紫垣；一头安慰伍氏家人。静候好音，不在话下。

且说钱江自从朱少农、潘亮臣去后，一发定了主意，专要解脱伍紫垣。那一日因事谒见林则徐，则徐便问伍氏的案情怎的办法？钱江答道："以大人势力，杀一个商人，有甚难处？但恐条约上说不去，反动了两国干戈，倒又不好！小可为此怀疑未决。"则徐道："先生差矣！万乘之国，不为匹夫兴兵；谁为杀一商人，却要劳动干戈。就使外人兴兵到来，我岂不能抵敌耶？"钱江道："大人见的很是！但外人最重商务，只怕外人为保护商务起见，倒不能不争这一点气。再者外人近来新式战具甚多，筹防也非易事。到那时恐朝廷降一张谕旨，责大人擅开边衅，又将奈何？"则徐道："鸦片之患，害人不浅！若能保奸商除去，虽死何憾！"钱江道："如此大人之误有三。"则徐道："先生说某三误，其说安在？"钱江道："大人贵任制使，却与一个商人拼死生，是犹以美玉碰顽石，且大人既死，再不能替国家出力了，国家就少一位良臣，其误一也；大人办了一个商人，却因外国责言，被朝廷降罪，落得奸商借口，使后来贩运鸦片的更无忌惮，其误二也；除了一个奸商，而鸦片不能杜绝，恐后来督抚皆以大人作殷鉴，从此鸦片再无拟禁之人，其误三也。小可与伍商素昧生平，只碍着只等曲折，因此不避嫌疑，为大人陈之。望大人参酌而行！"这一席话，说得则徐悚然。便改容问道："先生说来，很有道理，某深佩服！但不知先生主见若何？"钱江道："擅拿不能擅放。不如以奸商图利害民，改流三千里，然后把鸦片如何害民的道理，晓谕人民，免人民受累，岂不两全其美！"林则徐听了，点头称善！当下钱江退出，把这宗案情办法，先报知朱少农。并说改杀为流，本非容易，闻伍商有老母在，可以禀请留养，不过少花费些，缴出军流费用，准可没事了。朱少农闻报，忙告知潘亮臣准备去了。

不一日，果然竟把这一件案情批出，要把伍商流三千里去。伍氏家人知是钱江安排已定，倒不慌忙，急具了状子，呈到督辕里，依照钱江所说，状子里称是老母在堂，乞请留养，并愿缴费赎罪！这都是律上所载，不由不准的，自然依例批发出来。顿时把一个总督盛怒，谋置死罪的商人脱得干干净净。伍商见都是钱江出的力，自然十分感激，忙备三五千两银子，酬谢朱少农。只钱江偏不要一个钱，无可图报，只得借了酒筵，潘亮臣请钱江赴宴。钱江喜道："机会到了，我救了他一命，没有要他一个钱，他来请我，我正好乘时说他也！"想罢，随换上一身衣服，与潘亮臣同坐了两顶轿子，离了督衙，望洋行而来。

一路无话，至了怡和行内，但见伙伴奔走，客商往来，果然是一个大行店。才下了轿子，潘亮臣带钱江到楼上，伍紫垣早上前迎候，通过姓名，钱江知他就是伍紫垣。打量一番，不觉大吃一惊！看官，你道钱江怎的吃惊起来？原来他见伍商一团媚笑，满面虚文，并且眼虽清而好横视，其心多疑，疑则生忌；准虽隆而带曲折，其性必狡，狡则为奸。这种人万万不能与他谋事,因此深自懊悔。心里虽然这么想,面子上仍虚与周旋,一时推说夜后进城不便,就要告辞,伍商那里肯依。钱江无奈,只得草草终席,托言不便久谈,要回城里去。紫垣强留不得,只得送至门外而回。

钱江依旧上了轿子,跑回衙里坐定,心上懊悔不已!又暗忖道:"这会到督幕里,满望结交一二豪商,奈第一着便错了,误识了那厮。况且身为内幕,要结交外人,倒不容易,恐难再逢第二个机会,不如另设法儿才是。"过了数天,便在城里寻一个所在,租作公馆,日间在衙里办事,夜来便回公馆去。那一夜正在书房闷坐,忽门上报道,有人来拜会。说罢,递上一个片子。钱江拿过一看,却是萧朝贵三字。钱江自念,向不与此人相识,今贪夜来访,必有事故,便令门上请来相见。门上转身出去,便带了那人同进来。钱江即忙躬身迎接。但见那人相貌魁梧,举止大方,钱江暗暗称异,便让那人坐下。那人开言道:"卑人萧朝贵,仰慕先生大名,不揣唐突,特来叩见!"钱江道:"刀笔小吏,却蒙老兄枉顾,惭愧万分!不知老兄那里人氏?深夜到此,必有见教!"萧朝贵道:"小弟广西武宣人氏,侨居桂平。现任广州刘浔是小弟舍亲。弟到广东两月有余,闻先生大名,如雷贯耳!若蒙不弃,愿托门下,先生肯赐教诲否?"钱江答道:"小弟有何本领,敢为人师?既蒙相爱,朋友可也!但不识老兄此来,究有怎么意见?"萧朝贵道:"弟不过物色英雄耳!"钱江道:"物色英雄,究是何意?"萧朝贵便笑而不言。钱江又以言挑说道:"贵亲现任广州,图个进身,自是不难。可为老兄致贺!"萧朝贵道:"古人有言:'肉食者鄙,未能远谋。'若辈甘为奴隶,非弟同志,先生此言,轻弟甚矣!"钱江听罢,即忙改容谢过。萧朝贵又道:"先生日前解释伍商,究竟什么用意?小弟实在不明。"钱江道:"这是按律办去,并非特地解释伍商,老兄何出此言?"萧朝贵道:"初识不谈心腹事,先生此言,弟实不怪!但这般重大案情,先生并没收受金钱,数日间便行了结,若无别的用意，弟终不信。"钱江听到这话，不觉拍案惊道："老兄料事如神，某愧不及！若是早遇老兄，必无此失。"萧朝贵道："弟才万不及先生，只是旁观者清耳！弟正为此事，要来叩见，愿先生以心腹相告，幸勿怀疑！"钱江听了，见萧朝贵十分诚实，便把来游广西与释放伍商用意，一一说明。萧朝贵道："弟观先生行事，已料得七分，只弟亦久怀此意。倘有机会，愿效微劳，祸福死生，誓不计也！"钱江大喜。萧朝贵便移坐向钱江附耳道："弟更有心腹之言相告，只恐交浅言深，先生不信耳！"钱江道："既为同志，有话但说何妨。"萧朝贵道："先生在此，不宜久居，速行为是！"钱江便问何故？萧朝贵道："前充督幕的李云龙与前任广府贵同乡的余溥淳，是郎舅姻亲。余溥淳借李云龙之力，得任广府。自从先生进督幕去，李云龙失了席位。那余溥淳又因府署被劫的事情，林总督将他撤任。余、李二人为先生不念同乡之情，不为援手，皆怀恨于心。李云龙对弟说道：'他在浙江时光，县令魏平曾以书相召，他非但不就，反出不逊之言，早知此人不是安分之辈！现在盘踞督幕，叫他总要落在我手里。'先生不可不防！"钱江道："某都省得。自恨少年时光头角太露，致小人疑忌，怎好不防？但某此来，所谋未就，如何便去？纵使暗箭难防，某自有临机脱身之计。惟某所谋起事地方，正在广西。老兄何不早回贵省，数日后弟当挥函荐人来投老兄，自有主意。但事关紧要，切宜慎密才好。"萧朝贵道："既如此，弟当便回，那有泄漏的道理？先生请自准备可也！"

钱江见萧朝贵一表人物，又如此心细，十分敬爱。又复谈了一会，已是三更天气。钱江恐夜深了，萧朝贵回府衙不便，遂留宿了一夜。越早起来，钱江要留饭，萧朝贵恐刘浔见疑，不敢久留。钱江不便相强，只得送出门外。甫到头门，只见一人迎面而来：却是个道装模样。钱江仔细一看，不是别人，正是洪秀全。钱江一面招接秀全，一面再挽朝贵手，请回复坐。

三人齐进里面，钱江代洪、萧二人，通过姓名。徐向朝贵说道："某方才说荐往广西投足下者，正是此人。今日相会，实天凑其便也！"说罢，又向秀全把昨夜和朝贵相谈的事，说了一遍。秀全不胜之喜，徐说道："弟在山中，闻得先生为鸦片案情，结识了一个绝大富商，料有好意，因此特地到来探问。"钱江道："明公原来不知！正为此事懊悔不已。"秀全急问何故？钱江把上项事说出来，并道："本欲与明公共图大事，耐这些些小事，犹自失误，何以见人？"秀全道："昔管仲前则所行辄阻，后则有谋皆中，时为之耳。先生何便灰心？"钱江答道："明公此言，足使钱某发奋！但日前议入广西一事，明公还有疑心否？"秀全道："所虑者粮械不敷，人才不足耳！余外更无他疑。"钱江道："罗大纲血性过人，可以因势利用，何患粮械不敷？起事后因粮于敌，随机应变，钱某自有法子，何消多虑！若人才一事，勉以大义，结以恩情，何患不来？且萧兄久在广西，交游甚广，此事都在萧兄身上了！"萧朝贵插口道："时势造人，人造时势。敝省举人石达开者，真英雄也。弟当为明公罗致之。"秀全大喜，便问入广西之计。钱江道："日前说借名外教一事，明公何便忘之？"秀全正欲答言，见萧朝贵先说道："此事更妙！弟有故人郭士立，现为天主教士，向在香港，现正来至羊城。今天便同明公往谒如何？"秀全道："此是天助我也！事不宜缓，就请同行。"钱江便令速进早饭。三人草草用过，洪秀全和萧朝贵，便辞了钱江，一齐望城而来。

萧朝贵因此事着急，竟把回见刘浔的心事撇开。二人一路上说些闲话，不觉到了城外，寻着郭士立所住礼拜堂。向守门的动问一声，知郭教士在堂里。二人径进内面，郭教士慌忙迎接，又向秀全通过姓名，分宾主坐下。寒暄了几句，萧朝贵具道仰慕已久，要服从贵教，乞求洗礼的话。原来大凡服从外教的人，必由教士洗礼。当下郭士立答道："洗礼倒还容易，必要那人听个道理，由教士念过人品何如，方能进得教来！"秀全是初来教堂，不晓得其中情节。郭士立便把这情节，对朝贵说个透亮。朝贵低头一想，道："秀全兄是本处人氏，无论何时洗礼都不打紧。只是小弟乃广西人氏，目下正要回乡，又不知何时再遇老兄了，统求老兄设法方便。"郭士立听罢，暗忖他两人是读书人，却要来奉道，实在难得！且凭他到广西去传道也是不错。想罢，只得从权允了。洪、萧二人大喜。果然到了十天八天，郭士立与那洪、萧两人洗礼。两人在教堂已非一日，可巧郭士立又因要事，须回香港，便着洪、萧两人入广西传道。立刻给了文凭，交洪、萧两人领了，各自分别而去。这里不表郭士立回港。

且说洪、萧两人领了文凭，先回城内，寻着钱江，把前项事情说了一遍，钱江不胜之喜。再留在公馆里住了两天，嘱咐些机密事情，便请洪秀全同萧朝贵，先回花县等候。自己却待要辞了督衙幕府席位，才好动身。秀全不敢久留，即着萧朝贵复过刘浔，假说回乡，二人便同到花县去了。

这里钱江打发停当，忙回衙里办事。不提防数日间，那鸦片案情发作，不知何人唆弄，朝廷把一张谕旨降将下来，将林则徐撤任，立要他回京问话，却把一个徐广缙升了总督。那林则徐在任凭着钱江，却是案无留牍的，自然没有甚么首尾未完的事件，早已交卸停妥，立回京去。只这徐广缙做了总督，本是个务虚名没器量的人。钱江暗忖：这个时候，正好辞退幕府席位。不料辞了几次，徐广缙竟执意不从，钱江摸不着头脑。一日忽听到广缙复聘李云龙到幕里。仔细探得广缙和前任广府余溥淳有师生情分，因此抬举李云龙。过不多几时，果然寻一点事儿，将刘浔革了，便把余溥淳复署广府。余溥淳、李云龙与钱江是个对头，钱江知机，就打点走路。不想小人眼明手快，李云龙竟把钱江私纵伍商，图谋不轨的事情，详了一禀，在督衙发作起来。徐广缙又因林则徐在任时，万事由钱江主持，夺了自己权势。正好乘这个机会，泄却心头之恨，竟把钱江拿押起来，交广府衙门审讯。钱江这时已料着是余溥淳、李云龙两人瞒禀徐总督，要图陷害。连讯了几堂，还亏口供尚好，且所控各事，又没什么凭据，以故仍押羁中。

这时禁押钱江的事，早传遍了。那一点风声传到花县，飞入洪秀全耳朵里，一惊非小！正要亲进省城问候，只见冯逵说道："哥哥曾到省城多时。未知李云龙禀内牵涉哥哥没有？休便起程，不如小弟替走一遭。倘有缓急，飞报前来，哥哥便和众人随着朝贵兄弟，先入广西，免得同陷虎口。"众人大喜。冯逵辞了秀全等，立刻望省城进发，不过半日，到了广府衙门。寻着狱卒，就想打通门径来见钱江。清国监房积弊，多由狱卒把弄，大凡探问人犯的，倒要贿通狱卒，这便唤作通门头。若没有通过门头，任是至亲人等，决不能探监犯。一面冯逵早知得这个缘故，正待向狱卒关说，那里知道这狱卒倒是个好人。此人姓陈名开，生平单好结交豪杰。当时见了钱江，问他是被控犯着谋乱的人，便忖道："此人有这般思想，料有过人的本领。"因此反要巴结钱江起来。每日酒肴供奉，所以钱江没些受苦。那一日陈开见冯逵到来探问，不待打通门头，早带他至钱江面前相见。钱江见了冯逵大惊道："云翁来此做甚？若是泄漏风声，株连起来，各兄弟都有不妥。就此回去，速进广西为是！"冯逵道："为先生案情，放心不下，特替哥哥来走一遭。先生自料这案如何？"钱江道："弟一人虽居虎口，安如泰山。这案本没凭据，料不能杀弟。且徐广缙那厮，内怀刻毒，而外好声名，必不杀我，众兄弟放心可也！"冯逵道："我们若到广西，先生无人照料，不如求托伍商，设法贿免。想伍氏受过先生大恩，那有不从？"钱江笑道："某今时被困监牢，那人不知？他还没有到来问候，岂是感德图报的人。云翁休作梦话！"冯逵正欲再言，只见陈开慌忙进来说道："不好了！幕里传出消息，先生这段案情，要充发伊犁去了。"冯逵一听，唬得面如土色。忽见钱江呵呵大笑。冯逵便问："先生闻得充军，如何反笑起来？"钱江道："不消多问，后来便知，某自有脱身之计。云翁不宜久留，就此请回花县，速入广西，迟则误事。休在此作儿女态也！"冯逵听罢，便不敢久留。管教：

充发边隅，豪杰叹风尘跋涉；
潜来西省，英雄奋雷雨经纶。

要知后事如何，且看下回分解。

第四回

闹教堂巧遇胡以晃　论嘉禾计赚杨秀清

话说钱江听得要充发伊犁，便哈哈大笑。冯云山、陈开都不解其意。钱江笑道："二位不用疑虑，我自有脱身之计。"立催冯云山等速去广西。冯云山便不敢再留，只心里还疑惑不定。觑着陈开离了几步，再向钱江问脱身的原故。钱江附耳道："某若充发伊犁，必然路经韶州，那里便是某脱身之处。不消多说。公等入广西，当依前说，利用罗大纲。得了这一支人马，事如顺手，便当进向湖南，钱某当与君等在湖南相会。"冯云山道："某所疑者：罗大纲这支人马，恐难夺得广西全省。"钱江道："招贤纳士，附者云来，何必多虑！某视官军，直如儿戏。清将中只有提台向荣，勇于战斗，只宜智取，不宜力敌。凡事不宜躁急，切切记着！"冯云山听罢，不敢多言，便辞了钱江，又向陈开致谢一番，离了监房，忙回花县去了。陈开和钱江谈了一会，果过了两天，徐广缙批发下来，把钱江定了罪案，充发伊犁。那时正是正月初旬，恰值清太后万寿花衣期内，便把钱江充发的事，暂缓起程，按下不表。

且说冯云山自回到花县，把上项事情对众人说知。众人还恐钱江有失，怀疑不定。只有洪秀全说道："钱先生料事如神，休要误他玄机。

我们起程为是。"众人那敢不依。众人中只洪仁发有家眷，不便携带，留在本村。秀全有一个胞妹，唤做洪宣娇。这宣娇虽是女流，很有丈夫志气。常说道："国家多事，我们做女子的怎好光在粉黛丛中讨生活，总要图个声名，流传后世，方不负人生大志。"自幼不缠足，不事女红，练得一副好枪棒。饶有胆略，活是一个女英雄。这会听得诸兄要入广西，就要跟随同去。于是洪秀全、洪仁发、洪仁达、冯云山、萧朝贵、洪宣娇男女六人，打叠细软，离了花县，望广西进发。不数日间，已抵梧州。

这梧州原是广西第一重门户，当时商务还不甚繁盛。洪秀全等到了这里，便找着一家店房歇下。仁发道："钱先生要我们到广西，说自有机会，今这里便是广西了。机会却在那里？如果是骗我们，叫他休撞着我！"萧朝贵忍笑不住。云山急道："仁发兄休高声，如泄漏，怎生是好？恐被官府知道。"仁发才不敢多言。秀全向朝贵道："我们仓卒到此，还未商定行上，以老兄高见，究往何地为先？"朝贵道："桂平地方殷富，豪杰众多。且弟久住该处，声气灵通，不如往桂平为是。"秀全点头称善。一夜无话，越日支发了店钱，携了行李，便往桂平进发。心中有事，路上风景也无心玩赏。

这日行到了桂平，果然好一座城池。但见顾来攘往，虽不及广州繁盛，在广西地方，究竟也可以了。萧朝贵带众人到自己家里去，不料双门紧闭。速唤几声，总没人答应。邻舍人家出来观看，朝贵打躬动问，才知道家眷已回武宣县去。朝贵本贯武宣人氏，因他的父亲经商桂平，就在桂平居住。父亲萧伟成殁后，朝贵东游数月。他的浑家见家中没个男子主持，这时盗贼又多，便飞函报知朝贵，竟迁回武宣县去。不料那浑家寄书往广东时，朝贵已起程西返，因此两不相遇。朝贵到了这个时候，正没有主意，只见冯云山说道："今朝贵兄家眷不在此间，幸秀全哥哥尚有传教文凭，不如我们就找一个教堂住下，较为妥当。"秀全道："此计甚妙！"六人便一齐举步转过县署前街，寻一间礼拜堂，谒见教士，具道传教的来意。那教士念过文凭，不胜之喜。看官你道那教士是谁？就是姓秦唤日纲，别号鉴石的。当下把各人招进里面，又把行李安置停当，谈了一会。秀全见秦教士虽没甚聪明智慧，却是个志诚的人，倒觉可靠。一发安心住下。秦教士却把教堂事务，暂托洪秀全看管，自己却好回家一转。秀全自然不敢推辞。交代过后，这一所礼拜堂，就由秀全看管起来。

那一日正值礼拜，是个西人安息的日子，教会中人无论男女，都到礼拜堂唱诗听讲。秀全就乘这个时候演说道理，打动人心。无奈当时风气未开，广西内地，更自闭塞。礼拜堂中，除了教会中人而外，仅有无赖子弟，裸衣跣足，借名听讲的，因此堂内十分拥挤。当下秀全登堂传道。坛上听讲的，见秀全是个新来教士，又生得一表人才，莫不静耳听他议论。只洪秀全与秦日纲不同：日纲不过演说上帝的道理，洪秀全则志不在此。草草说几句，崇拜上帝的日后超登天堂；不崇拜上帝的生前要受虎咬蛇伤，死后要落酆都地狱，就从国家大事上说道："凡属平等人民，皆黄帝子孙，都是同胞兄弟姊妹，那里好受他人虐待！叵耐满洲盘踞中国，把我弟兄姊妹，十分虐待。我同胞还不知耻，既失人民资格，又负上帝栽培。"说罢不觉大哭起来！

那些听讲的人，有说这教士是疯狂的；或有些明白事理的人，倒说教士很有大志。只有那班失去了心肝的书腐，不免骂道："这教士专讲邪说，要劝人作乱，如何使得？"以故一时间，把教堂喧闹起来！那些教会里的人见如此情景，都一溜烟的散去。秀全正待下来，只见洪仁发从里面飞出，方欲一拳一脚，把众无赖打翻。还亏冯逵赶出来劝阻，秀全即拉仁发转进内里，无奈人声闹做一团，冯逵劝解不得。秀全恐酿出事来，一面拦住洪仁发；宣娇是个女流，更不敢出。萧朝贵和洪仁达急跑出来帮着冯云山劝解。无奈那些无赖子弟一发喧闹起来，声势汹汹，有说要拿那教士来殴打的；有说要把那教堂拆毁的。你一言，我一语，渐渐便有人把堂内什物抛掷出去。正在仓皇之际，只见一人拨开众人，直登坛上，对着众人喝一声道："你们休得无礼！这里是个教堂地方，不过劝人为善。便是官府闻知，也要点兵保护。林则徐烧了鸦片，还要动起干戈，若是打死教士，只还了得！你们听我说，好好散去；若是不然，我便不依。"这几句话说完，众人一齐住手，没点声都抱头鼠窜的散去了。

冯云山急视那人，见头戴乌缎子马蹄似的顶子帽，身穿线绉面的长棉袍，腰束玄青绉带，外面罩着一件玄青荷兰缎马褂，生得身躯雄伟，气象魁梧，便拱手谢了一声，请那人谈话。那人下了坛，把萧朝贵肩上拍一下道："萧兄认不得小弟么？"朝贵仔细一望，方才省得，不觉喜道："原来是胡先生，某真失照了！"便要迎入内地坐定。原来那人姓胡，名以晃，花洲山人村人氏，本是个有名望的缙绅。向与朝贵的父安萧伟成有交，现做保良攻匪会的领袖。家内很有资财，只因膝下没有儿子，把家财看得不甚郑重。生平最好施济，凡倡善堂，设义学，赠棺舍药，无所不为。人人都敬服他，莫不唤他作义士，所以说这几句话，便把众人解散了。当下同至里面，秀全慌忙让坐，通过姓名，胡以晃便向朝贵说："仁兄许久不见，却在这里相会。"朝贵道："这话说来也长。自从先父殁后，往游广东，数日前方与洪君回来。只望在此传道，谁想遇着这班无赖，到堂搅拢，若不是老兄到来，不知闹到怎的了？"以晃道："这都小事。只小弟听得洪君议论，早知来意，但要图谋大事，便当及早运筹，若专靠打动人心，还恐不及了，且这里也难久居。那班泼皮，虽一时解散，难保日后不来，列位还要早早打算为是。"秀全道："老兄之言甚善。但弟等初到贵县，朝贵兄家眷不在此间，到那里藏身去呢？"以晃道："敝乡离此不远。不如离了桂平，先到敝乡，小弟门户虽不甚宽广，倒还可以屈驾，未知列位意见如何？"秀全道："才劳相救，又来打搅，怎得过意？"以晃道："既是同志，自是一家人，明公休要客气。"秀全听了大喜。立刻挥了一函，着守门的转致秦日纲，便收拾细软，用过了晚饭，乘夜随着胡以晃同往山人村而来。

那村内约有数百人家，多半务农为业。秀全看看胡以晃这一所宅子：头门一度屏门，靠着一个厢房，屏门后一间倒厅；过了台阶，却是一间正厅。台阶两廊，便是厢厅；正厅背后便是住眷所在。从耳廊转过，却有一座小园，园场内几间房子，颇为幽静。胡以晃便带众人到这里，早有婢仆等倒茶打水伺候。茶罢，秀全道："府上端的好地方，好所在！乡间上却少见得，只小弟们到来打扰，实在过意不去。"以晃道："不消明公过奖。祖父遗下家财，也是不少，只小弟连年挥霍，已去八九，只有这一所宅子，仅可屈留大驾，住在此间，断无别人知觉。尽可放心也！"秀全道："义不长财，古人说的不错。奈弟等志在谋事，那能久留？不过三五天便当行矣。"以晃道："明公如此着急，不知尊意究竟要往哪里去？"秀全道："实不相瞒，满意要游说一二富绅，资助军粮；余外便通罗大纲，借用这一支人马，较易举事。足下以为何如？"以晃道："既是如此，便权住此间。罗大纲现扎大黄江口，离此不远。不如密遣一人，直进江口，求见罗大纲，虽是绿林，倒是个劫富济贫、识得大体的。若是求富绅资助，却非容易。若辈视财如命，团团作富家儿，几见有能识得大义？只敝亲杨秀清，别号静山，乃桂平平隘山人氏，广有家财，附近乡村的田亩，都是他的产业。无奈这人不识世故，还恐说他不动。只他有一种癖性，专好人谀颂。但怕阿谀奉承，明公恐不屑作这样行动。"秀全道："委曲以谋大事，那有行不得！愿乞一函，作弟介绍，感激不浅。"以晃道："这又不能。因他是个守钱奴。常见小弟性好施济，便骂小弟视钱财如粪土，虽属儿女姻亲，年来已不通讯问；无论弟难介绍，就是明公到他府上，也不好说出弟的名字。若是不然，终恐误却大事。"朝贵说道："俗语'无针不引线'，这却如何去得？"秀全道："没打紧，弟当亲往，随机应变。只今就烦云山兄弟往江口一行，好说罗大纲起事；朝贵兄弟权回武宣走一遭：一来省问家事，二来物色英雄，限二十天为期,齐回这里相会可也。"云山、朝贵都一齐应允。只见仁发焦躁道:"各人都去了,偏我是无用之人,要留在这里,我却不愿。"秀全道:"大兄不须焦躁。我们打点停妥,回时准合用着大兄。"仁达又劝了一会,仁发方才不语。从此仁发、仁达、宣娇仍留在胡以晃家内;秀全、云山、朝贵三人,别了以晃,各自起程。

按下云山、朝贵。且说洪秀全别了胡以晃,仍望桂平而来,将到平隘山地面,这里正是杨秀清村庄所在。秀全正想寻个法儿来见杨秀清,庶不致唐突,猛然见一带田禾,有四穗的,有合颖的,都十分丰熟。眉头一皱,计上心来,便在田堤上贪看一会。那些农夫见秀全道装打扮,把田禾看个不住,倒很奇异,便向秀全问道:"看道长不是此处人氏,把田禾看了多时,究是何意?"秀全故作惊讶道:"某见这田,生得一禾四穗,正是吉祥之兆,应在主人。不知那田是何人产业?其福不浅。"那农夫道:"这里一带,都是本村杨绅秀清管业。"秀全便纵眼一望:何止十数顷。一发求农夫引路,四围看了一遍,都是丰熟得了不得,且行且赞,不觉西山日落,天色昏了,秀全假作惊道:"某此地无亲眷,正要赶回城里去,奈贪看田禾,天色已晚,如何是好?"那农夫还未曾答言,秀全又道:"可否在老伯处借宿一宵?明天纳还房租,万望方便!"那农夫道:"老拙三椽之屋,焉能容得大驾。且先到敝乡,再行打算便了。"秀全便随那农夫到村里来。那些乡人见农夫引了一个道士回村,都纷纷来问缘故,才知道是贪看田禾,误了回城的时候。这时一传十,十传百,这风声早惊动了杨秀清。

当下秀清听了,便召那农夫到家问个详细,农夫把秀全论的一一说来。

秀清暗里欢喜。即着人命道士到府上谈话。秀全暗忖道:"今番正中吾计了!"便随来人望秀清府上来。将近到门,秀清早出迎接,直进厅上坐定,才通姓名。秀全以手加额道:"贫道自离深山,追寻龙脉,至此已经数载;原来是大英雄,大福泽的人,就在这里。"说罢,又纳头再拜，把个杨秀清喜得手舞足蹈。立命下人奉茶、奉烟，纷纷不绝。又令厨子速备晚膳，招待秀全。略谈一会，不一时端上酒菜，秀清先肃秀全入席，自己主位相陪。秀全便道："贫道戒酒多年。今日大幸，遇着足下，生平之愿足矣。当与足下痛饮一醉！"说罢，一连饮了数杯。秀清陪着，两人都有些酒意。秀全恐秀清真个醉了，不便说话，便请撤壶。秀全草草用些饭，是夜就宿在秀清府上，作竟夕谈心。管教：

>顽廉懦立，造就豪杰出风尘；
>千载一时，共作英雄兴草泽。

要知后事如何，且看下回分解。

第五回

杨秀清初进团练局　洪秀全失陷桂平牢

　　话说秀全在杨秀清府上，因胡以晃早上说过，已知秀清是个最好奉承的人，因此把秀清竭力恭维。用过晚饭之后，秀清便引秀全入书房里谈话。秀清道："老兄此来，使小弟得识仙颜，良非偶然。万望老兄一发指示前途，实为万幸！"秀全听罢，暗忖秀清说这话，正好乘机打动他了。又假说道："小弟向在罗浮修道，已十余年矣！这会特来广西，寻访英雄共事，不想遇着老兄。龙眉凤目，双耳垂肩，富贵实不可言！今老兄的田亩，又生得一禾四穗，正应其兆矣！"秀清笑道："不劳老兄过奖！小弟藉先人产业，薄有家资，也曾报捐一个候补同知，老兄富贵之言验矣！但不知一禾四穗，后来又有什么好处？"秀全不觉大笑道："老兄富贵，岂区区一个同知而已耶？"秀全才说了这两句话，复移座近秀清，低声说道："老兄自待，休得太薄。弟试言之：恐王公丞相，犹不足以尽足下之贵！"秀清答道："清朝规例：非翰林不能拜相；非宗室不能封王。弟既非宗室，又非翰林，乃区区一同知，何敢有王公宰相之望？兄言此犹不足尽弟之贵，此言毋乃太过？"秀全道："贵人此话，只言得一半。自古道：'胡虏无百年之运'！满人入主中国，已二百余年，天道好还，理当复归故主。今朝廷无道，烟尘纷起，天下会当变矣！小弟自离山，云游各省，又经数年，听见王气钟灵，莫如广西；瑞气祥符，应在足下。昔嘉禾合颖，识者卜成周之将兴，何况老兄一禾四穗，实古来所未有，此则足下所知，不劳鄙人多述矣！"秀清本是热心富贵的人，听得洪秀全说这话，早有几分心动，便答道："老兄之言，洞悉理数。但小弟无权无勇，如何行事？"洪秀全道："足下休慌，今天下英雄，已环集而听候足下矣！昔刘邦以亭长而定汉基；朱元璋以布衣而建明祚。郡县世界，天命所属，多在草泽英雄。弟初到广西时，听得童谣说道：'二百年前有一清，二百年余又一清；一个英雄定太平，扫除妖孽算中兴。'此谣盖应在足下也。头一个清字，是指现时满清；第二句一个清字，是明明道着足下矣！"秀清听了，心上一发欢喜，仍假谦让道："老兄此言，小弟何以克当？但老兄方才说天下英雄环集相候，究从那处见得来？小弟愚昧，望老兄教诲。"秀全见秀清有九分意思，便把钱江、冯云山、萧朝贵一班人物，及要游说罗大纲的事，尽情说出来。秀清满面笑容说道："如此行为，足见老兄志气。但不知杨某要怎样行事？还请明言。"秀全道："今老兄富有资财，又是个在籍缙绅，趁此时广西盗贼纷起，不如禀了抚台，倡办团练为名，招集二三千人马，禀领军械，训练成军。待小弟义旗一举，有老兄及罗大纲二支人马接应，取广西如反掌耳！既有根本，然后招贤纳士，长驱北上，以图大事，有何不可？"秀清答道："老兄此计，妙不可言！但恐到那时，团练军心里不从，却又如何是好？"秀全道："此易事耳！自来谋大事者，多用委曲之道，方能使军心用命。因洪某近到贵省传道，正要借此以一人心。常说道，崇信上帝的永无灾难，死后并登天堂；不崇信上帝的，生前虎咬蛇伤，死后沉埋地狱，如此那怕人心不服？足下准可行之！若人心皈依上帝时，又那怕他敢违号令？设或不然，待洪某起义之后，足下团练军训练已成，可以暗禀官府，请将团练出境讨贼，官府那有不准？这时就借此为题，谓官府逼团练军出征打仗，这时人心自然愤激，足下到那时又当瞒禀督府，谓团练军不愿出境，官府自然要诘责团练军，那时团练军又不免与官府为难。既已与官府为难，则大势已成，那时军心若不随我行事，还逃得那里去？"秀清听罢，拍案赞道："洪君如此足智多谋，杨某不得不服，愿遵明训。"秀全至此才把正话说道："若得足下如此，汉种之幸也。但事以速为妙，迟则生变矣！"杨秀清便留秀全于府中。越日先到县城，以盗贼蜂起为名，禀请自备军仗，兴办团练。

当时桂平县令张慎修，早知秀清是个富绅，今有此义举，赞叹不已，批准速办！并允代秀清详陈广西巡抚周天爵存案。秀清便回乡对秀全说知。秀全一一指点停妥，就日在杨氏祖祠，挂起一张官示，招人充当练军。果然不消十天，已得精壮二千有余。但杨秀清不解训练，又识不得什么队伍，不免要寻人帮助。秀全道："只都不难！待洪某令萧朝贵助足下可也！"正在商量间，只见家人报道："有两个大汉，带同数人来到庄口，称要见杨绅。我们不敢自主，特来报知。"杨秀清听了，肚里思疑不定，便向秀全问计。秀全道："容洪某暂避厅后，足下就唤为首的进来，见机行事。"说罢转过里面去，秀清便令家人，把余人留在门外，单唤为首的进来。家人领过。

不一时，只见一高长大汉，生得威风凛凛，气象堂堂，大踏步至厅上。见了秀清，一揖坐下。秀清忙向那人请道姓名。那人答道："小弟姓李，名唤开芳，本武宣人氏。曾在平回案内，保举都司，旋在江西杨提台案下，管带营官。因两名兵勇好赌输钱，携枪逃遁，叵耐当道不明，责我失于打点，立把一个都司褫革了。小弟自思因没有人情，许多汗马功劳，仅得一个都司；又因小事革职，回来苦不得志。却与结义兄弟林凤翔来游贵境，遇着旧部数人，听得足下招办团练，故不揣愚昧，前来叩见。若得足下不弃，收作小卒，定当竭力图报。"秀清答道："难得足下如此仗义，弟很钦佩！一发请贵昆仲一起谈话，请林凤翔进来，余外数人都到厢厅上待茶去。"少顷见林凤翔进到厅上，却是生得一表人物，秀清好不欢喜。正让坐间，秀全却从厅后转出，便一齐通过姓名，分宾坐下。秀清指秀全向李、林二人说道："此洪君是广东有志之士，与弟莫逆交，都不用客气了。"说了，又向秀全把李开芳方才的话，说了一遍。秀全便向李开芳道："两位怀抱大才，何故轻于去就？方今朝廷无道，官吏奸庸，有情面的执掌大权；没情面的一官半职也不能保。如李兄从前境遇，岂不是埋没英雄，实在令人可叹！"李、林二人听了，不胜伤感。秀清又道："英雄遇合，自有其时；二位仁兄休便灰心，再图机会罢了。"林凤翔答道："俟河之清，人寿几何？弟等年逾五旬，岂尚能留老眼，看时清那！"秀全道："老兄休如此说。今天下多故，机会当不远也，愿少待之。"

李、林二人见秀全议论风生，十分拜服！秀清便令家人打点房榻，安置林、李。秀全道："足下既有此两人辅助，明日就当编定队伍，用那两人带帮训练团练军，弟可行矣。但弟等志气，现时未便对李、林两位明言。到那时官府相逼，不由他不从也！"秀清道："这都省得。但不知足下此行往哪里去？"秀全道："弟行踪无定。但听得起义，即依前议前来相应。"秀清便不再多言。秀全当即辞过，又嘱咐李开芳、林凤翔几句办理团练话而行。众人送至门外，握手而别。

越日，秀清便同李开芳、林凤翔等人把招齐的练勇，制了旗帜，置备枪械，共二千四百余人，分为四营。日日训练，以待应用不提。

且说，秀全别了杨秀清，仍望桂平县城进发，将近城外，忽有农家装束的一男一女，驰步而来，大叫："哥哥往那里去？"秀全回头，却是萧朝贵。秀全道："兄弟不由县城径往胡兄弟府上，却从这条路来？又扮这个装束，携着一个女子，慌慌忙忙，究是什么缘故？"朝贵见问，便引秀全到林里僻静的所在才答道："兄弟奉哥哥之命，回武宣，谁想贱内已经亡过；随行的便是小妹萧三娘，因见武宣亲属难靠，故携他到桂平寻亲安顿。不料家母舅李炳良，现任桂平县署文案，见了兄弟，反吃一惊。弟问起缘故，他说道有个张秀才，名唤上宾,自从兄弟们在教堂闹事之后,竟具一张状子,告发我们妖言惑众;还说小弟引诱妖人到县里,要图谋不轨。弟因此不敢留,又不敢再到秦教士那里。后闻杨秀清要倡办团练,又不知哥哥在秀清庄上事体如何?故乔装同着舍妹特来探问,再商行止。哥哥你今不可进城也!"秀全道:"为我一人误及兄弟,心上实在不安。但畏首畏尾,必不足图事。我必要进城,会秦教士一面,然后回胡兄弟处,探听云山消息。兄弟和令妹不如先到秀清庄上安歇几时,就同帮办团练。只方才说被人控告的事,不宜说出。因秀清只是个图富贵的人,恐闻有这宗祸患,必然反悔也。"因把与秀清相见的举动,及办团练原委说了一遍。朝贵道:"原来如此!但彼此同心一德,共谋大事,哥哥反说误及兄弟,何以克当?唯哥哥若要进城,不宜久住,只见了秦教士一面,便当回胡兄弟处,前途各自珍重罢了。"说罢拱手而别。萧三娘又向秀全道个万福,便跟随朝贵望平隘山的路上行去,按下慢表。

只说秀全才进得城里,城门就闭,急跑到礼拜堂,寻着秦日纲,日纲见了秀全大惊道:"老兄因何还到这里?自从日前闹事,不知谁到这衙门告发:说这里收藏歹人,妖言惑众,今天方有差役到来查搜一遍。非是小弟怕事,还恐累及老兄。目今三十六着,走为上着!老兄请自打算才好。"秀全听了,已知朝贵的话,端的不错。自料深夜,城门已闭,还逃得那里去?因见日纲是诚实的人,便说:"自古道,'一人干事一人当'。因事累人,弟不为也!弟正为此事到来,待老兄出首。倘有意外,誓不牵涉他人。"秦日纲道:"不是如此说。弟怎肯出首,以危足下。但深夜不便逃走,须待明天商酌了。"是夜,秀全便宿于礼拜堂内。自忖难得秦教士如此相待,只偏有这宗意外,便是逃得去,也恐百般阻碍,办事还不容易。想到这里,又不免伤感起来。足足想了一夜,都不曾合眼。

越早,天色将明,正要起来梳洗,忽门外声势汹汹。秀全在床上吓得一跳,急登楼上,偷从窗外一看,只见十数人如狼似虎,把教堂前后门守定。秀全料知不是头路,正在筹计,只见秦日纲跑上楼来,报道:"不好了!老兄昨夜到这里,不知被谁人窥破,报知衙门差役,今却来围教堂,要捉我们也!请老兄速从瓦面逃走,休要自累!"秀全道:"弟是别省人,初到这里,路途不熟,逃将焉往?若既逃被获,此情即不可辩矣!请老兄启门,任掳去,没些凭据,那怕申辩不来?若小弟被捉后,就烦足下,在平隘山杨秀清庄上,对萧朝贵说知可也。"日纲听罢,犹不忍开门,秀全催逼连番,日纲只得下楼把门开放。那十数名差役,蜂拥进来,四围搜过,才登楼上。一见秀全,不说一话,即行拿去,一并捉住秦日纲同行。日纲大叫无罪!秀全向日纲大声道:"祸来顺受,何用多言!即至公堂,小弟必不牵累足下也。"日纲便随着秀全任差役拘去。管教:

英雄失陷,暂从枯井困金龙;
侠士遭逢,打破樊笼飞彩凤。

要知后事如何,且听下回分解。

第六回

罗大纲皈依拜上帝　韦昌辉乘醉杀婆娘

话说洪秀全和秦日纲，被桂平县差役捉将去，那些虎狼差役，像获了海洋大盗一般，登时上了枷锁，解至桂平县衙里，禀过县主张慎修。张县令随即升堂，略问过几句口供，就令先行看押，待禀过上台，再行审办。这时洪、秦二人到了看押所在，但见监房高不容身，地方湿秽，臭气逼人，黑暗中没一线光明；有无数犯人呻吟号哭，好不凄楚！一连二三天，秀全尚觉坦然，秦日纲因以无辜牵累，不免暗中下泪。秀全便道："为弟一人，累及老兄，虽死不足图报，但事到如今，哭也无益，要想个法儿解救才是。"日纲答道："足下不是有心累小弟，小弟何敢埋怨？只是同陷牢中，解救也非容易。牧师李人瑞与弟至交，可能保领。奈远隔梧州，往返时恐误了时日矣！似此如之奈何？"秀全道："萧朝贵现时正在杨秀清庄上。秀清是个地方上有名望的缙绅，现又奉谕倡办团练，若得此人设法，准可无事。但此人好富贵而恶患难，除是以势挟制之，方能有济耳！"日纲道："他原是一个清白绪绅，怎能以势挟制得他？足下此言，小弟实不敢信！"秀全道："他原与小弟有一件密事同谋。待弟修一封书，交托萧朝贵，转求秀清设法。他若不来解救，必然要牵累到他的身上，他平生最畏患难，此时骑虎难下，那怕他不从？"方商议间，欲写书苦无笔墨。忽见一人转进监里来，年三十来岁，生得粗眉大耳，向秀全估量一番。秀全心生一计：向那人唤一声大哥，唱一个喏。那人把头一点，秀全便与他通问姓名。那人道："某姓韦，单名一个俊字，别号昌辉，是本县一个差头。特来巡监，要问我做甚？"秀全趁势答道："弟欲写一封信与亲友，欲乞老兄暂借笔墨一用。若能方便，倘有出头之日，愿以死报！"韦昌辉道："你是何人，犯何罪的，要通信那里去，你且说来！"秀全道："在下洪秀全，被人诬控图谋不轨！今欲求人取救，要飞信到杨秀清府上也。"韦昌辉一听，立即纳头拜道："原来足下就是洪大哥，幸会幸会！"秀全惊道："小弟向不曾识荆！却如此见爱，究是什么缘故？"昌辉道："实不相瞒，某虽皂役中人，向爱结交豪杰。弟有一个密友胡以晃兄，说过足下大名，正恨无门拜会，今足下既被困监牢，再不劳写书，若有怎样机关，弟愿替走一遭便是。"秀全听了，不觉仰天叹道："鸡鸣狗盗，也有英雄！虎狼差役之中，却有老兄的侠气，某从今不轻量风尘中人物矣！"说罢，便把要通知萧朝贵转求杨秀清的一点事情，至嘱昌辉。昌辉一一领过，即转出带那狱卒李成与秀全相见，并嘱他看待洪、秦而入，自己便离了监房，望平隘山而去。

且说杨秀清自从萧朝贵兄妹到了，即令其妻何大娘子，招待萧三娘。自己却与萧朝贵、李开芳、林凤翔商妥团练的办法！先把招定之二千余人，汰除老弱，挑足二千人，就中分作四营：秀清自行管带后营，兼统团练全军；前营管带萧朝贵，左营管带李开芳，右营管带林凤翔，并将李开芳带来的旧部十数人，分任百长；其余强壮的，选作什长；所有长夫伙夫，一概编定。团练军中文件，自有聘定的文案主持，都依军营的法度。军中全用红旗，都是预先制定的：每营大旗一面，旗上写着"团练军"三个大字，就在村外扎营。果然旌旗齐整，队伍分明。一切粮食，除请富户帮助之外，都由秀清供给。刀牌剑戟，都是本乡和附近各村原有的。听得团防御盗，那处不来供应？再具了一张状子，到县里领得洋枪数百根。朝贵一发立定营规：（一）不准扰乱村间，抢劫财物；（二）要同拜上帝，使生前脱离灾难，死后超登天堂；（三）不准淫掠妇女；（四）不准扰害商务；（五）不准仇杀外人。这令一下，谁敢不从？专候秀全、云山消息。

那一日，数人正在村上议事。忽听守门的报道："有桂平县里差役，要见萧大哥。"这时朝贵听得，只道被人控告的事情发作，一惊非小。便问守门的，那差役有几人同来。守门的答道："只有一人。他说道名唤韦昌辉！"秀清道："此人我也认得。他是一个侠士，但性质稍凶暴耳！就请来相见不妨。"守门的答应一声，便引韦昌辉进来。当下昌辉见了各人，唱一个大喏，不暇请姓问名，略与秀清寒暄几句，便问哪一位是萧朝贵兄弟？朝贵道："只小弟便是！未审仁兄有什么见教？"昌辉不便直言，急引朝贵至静处：把秀全被拘，嘱咐的话说了一遍。朝贵听罢大惊，急同昌辉转进里面来。秀清见朝贵额上流着一把汗，忙问有怎的事故？朝贵道："不好了！秀全哥哥陷在桂平县牢了！"各人听到这话，皆吃一惊！秀清面如土色。朝贵道："今日之事，少不得秀清哥哥设个法儿。若不急行打点，恐一发株累起来，各人都有不安、恐悔之无及矣！"秀清到了此时，更没主意。忽然守门的又进来报道："外面胡姻翁同着一位大汉，已来到庄上了！"话犹未了，胡以晃已经进来，后面随着的却是洪仁发。论起胡以晃，本与杨秀清意气不投，久无来往，只因自从与洪秀全一别，绝无消息，故特地到来探问一遭。这时秀清和朝贵，见以晃到来，急的让坐。以晃便与仁发，一同坐下。与各人通过姓名，单不见有秀全在坐，心上疑惑，便问："秀全兄弟，往那里去了？"朝贵道："胡兄原来不知！秀全哥哥已陷在桂平牢里了。贵友韦昌辉到来传报，正为此事要商量设法，恰值老兄已自进来。"胡以晃犹未答言，只见仁发跳起焦躁道："到了广西许多时，今日往这方，明日往那方，来来去去，总不会干一点事，先陷了俺的秀全兄弟。若有些风吹草动，你们可对得住？今有团练军二千，不如乘机杀进城中去，好歹杀了昏官，救出兄弟也罢了！"以晃急向仁发拦阻道："兄弟休得如此躁急，且从缓计较！"仁发更怒道："缓甚么？缓得一肚子气了！"各人都来相劝，仁发只得隐忍。朝贵向韦昌辉问计？昌辉道："此时若要保领，恐待官府发下来，已是不及。但各位要什么办法，某尽可作内应！如果不能，韦某见各位义气深重，就由韦某手上，纵他便是！"以晃道："大丈夫出言如山，兄弟休言之太易也！"韦昌辉向以晃大声道："与足下相交许久，几曾见过有说谎的、相负的？"朝贵道："韦兄高义，断不食言！无奈兄弟不便进城。目今就烦韦兄回衙，安慰秀全哥哥；胡兄便速往江口，寻着云山兄弟，看看罗大纲事情如何？不如就用罗大纲这一支人马，劫进监牢，有韦兄作内应，尽可救出哥哥，更可乘机起事也！"胡以晃道："此计大妙！不劳多嘱，只今便行。"朝贵大喜。

不提防胡、韦两人正欲行时，洪仁发道："我也要走一道。"朝贵道："此行须要秘密，人多恐不便行动，仁发兄不如勿往。"仁发急道："为着自家兄弟事，我也要亲自走走，无论那个拦阻，我都不依！"各人听了，都不敢相劝。胡以晃道："去也容易，只要依某行事才好。"仁发道："既为着兄弟之事，件件可能依命，你只管说来。"以晃道："第一不能使酒任性。"仁发道："这个依得！"以晃道："第二件行止由某分发。到江口时，或留老兄在站里，我须独自前行，却不得违拗。"仁发道："你若留某在站里，独自回来，某又识不得路途，如何是好？"各人听了都大笑起来。以晃道："那有此理？老兄请自放心！"仁发道："如此却可依得！不知第三件又何如？"以晃道："无论何处，我二人若有说话，不宜高声；倘遇着多一个人，你休要说一句话。"仁发道："这却使不得。天生某这一个口，这一副舌，是要来说话的。老兄难道要某做个哑子不成？"朝贵道："怕你不说，说时恐误了大事。"仁发红涨了面，大怒道："朝贵兄弟你也如此说！试问某这一个口，这一副舌，曾否误了你们一点事来？今却小觑我也！"胡以晃急劝道："不必生气！萧兄不过防兄乱言，误了大事，反陷哥哥，并无他意。总求老兄谨慎言语，也就罢了！"仁发方才不说。于是胡以晃、洪仁发、韦昌辉辞了众人，出了杨家庄，让韦昌辉跑到城里去。胡以晃便同洪仁发望江口而来，不在话下。

且说冯云山，自从别了洪秀全来到江口，这时，盗贼蜂起：罗大纲、大头羊、大鲤鱼几伙人马，都扎在江口附近，所以江口附近驻扎清兵不少。凡往来人等，都要搜寻一遍。稍有形迹可疑，便捉将官里去。云山到这个时候，暗忖自己一个道装，不免令官吏思疑，若稍有畏缩，必被他们捉去，却要想个法儿，才好过去。不料正筹度间，离不得百步，已有一员武弁，戴了白石顶子，带着数十名勇丁，在路旁把守。云山便心生一计，拼着胆子向那员武弁一揖问道："贫道由梧州到此，要往浔州去，不识路途，敢向总爷借问一声。"那员武弁听罢，把云山估量一番，以为云山独自一人要问路，料是一个安分修道的，并无分毫疑惑，便亲自答道："由这里到浔州，不过顺着大路。只是路途颇远，盗贼太多，你孤单一人，如何去得？"云山道："贫道孤身，除路上盘缠，并没银两，料然不妨。但贫道方外之人，恐一路官兵见疑，想总爷捍卫地方，保护良民，又如此谦虚，略名分与贫道答话，实令人感戴！敢乞一名贵勇，引贫道出境，不知可能恩准否？"那武弁见云山颂他谦虚，已有几分悦意，遂答道："这却使得！"便命一名勇丁，带云山出境。云山谢了一声，即随那勇丁而行。一路上清兵见云山有勇丁护送，都不来盘问，并无阻碍，出了江口，便赏了那勇丁一块洋钱，打发回去，却独自往大路而行。

行不十余里，已是罗大纲扎营所在：早有罗大纲手下人等，见了云山，正要上前盘问！云山先说道："某广东人也！特来求见罗大王，敢烦通报。"那手下人等听了，看云山是个道士，要来求见大王，还不知与大王有什么相交，只得代他通报，便答应一声，入禀罗大纲去。罗大纲听说，暗忖此人，经过许多官兵驻扎地方，却能到此，莫不是官兵奸细？只他一人到来，惧他做甚？遂令引云山进来。云山到了帐里一揖，还未坐下，只见罗大纲作色道："罗某与足下无一面交，独来求见，若为清官作奸细的，休待罗某动手！"云山故作笑道："休问冯某奸细不奸细！只问大王欲勉作豪杰，抑欲终作盗贼？"罗大纲道："作豪杰如何？作盗贼如何？你且说！"云山道："作盗贼的，只顾目前抢掠，杀人纵火，就请杀某可也！若勉作豪杰，则有势力就应急行大志，招贤纳士，犹惧其不来，乃遽以奸细疑人，何无容人之量耶？"罗大纲急离坐说道："先生之言，某闻教矣！先生尊名上姓？来意如何？还请赐教！"云山见罗大纲如此恭敬，口称先生不绝，一发用言语激他道："某姓冯，号云山。此来非有求于明公，而直欲救明公也！"大纲道："某有何事，却劳先生相救？"云山道："公此言，正是燕巢危幕，不知大厦将倾！今明公株守此地，自谓英雄，须知骑虎之势，不进图大事，必坐待危亡！绿林豪客，从无百年之盛，为王为寇，虽曰天命，实仗人谋。明公聚众数千，纵横百里，不乘此机，急图大事，还待何时？某闻明公大名，不远千里，冒险来投，奈何遽以奸细相疑？"这一席活，把个罗大纲说得五体投地。就向云山道："先生金石之言，顿开茅塞。方才冒犯，伏乞恕饶！"说罢便携云山手，到帐里从新施礼。云山又回过了，然后分宾主坐下。大纲复道："先生来意，某已知之，未知如何行事才好？再请明言。"云山道："宗教为立国之本。某等实见机会可乘，已同十数豪杰齐到广西，传授上帝福音，兼图大志。现在布置一切，已有头绪。若得明公兵力相助，义旗一举，成事断不难也！"大纲道："上帝道理却是如何，罗某实不懂得！"云山道："上帝道理，不过一个'善'字：信从的，逢凶化吉，遇难有救，只既拜上帝，不宜另拜别神；若拜别神，上帝不佑。明公既有大志，当令手下，一概皈依上帝，待弟诸事停妥，即约期一同起事可也！"大纲听罢大喜，便与云山为誓，要戮力同谋大事。留云山暂在帐中，不在话下。

且说胡以晃、洪仁发望江口而来，离江口将十余里，早知前途有兵驻扎，以晃深恐仁发性质粗豪，如露破绽，实在不了。猛然见附近有一个墟落，还有一二家不谵不褛的店房，便向仁发道："前面官兵盘察甚严，两人同行，却防不便。不如足下权在这里歇歇，待弟单身前去。"仁发道："便是小弟去不得不成！"以晃道："不是如此说！前日教堂闹事，老兄可能知得？弟虽不才，却有些微名，可以无碍。且来时曾说过，行止须听某嘱咐，何便忘却？"仁发觉得有言在前，无奈只得应允，以晃大喜。便择一间村店，安置仁发，遂单身行来。还亏以晃是本省人氏，识人颇多，因此并无阻碍，已出了江口，只寻思怎么才能看见云山！心上正在踌躇，将近罗大纲扎营地方，突见营内十数骑，内中一人正是云山！以晃呼道："云山兄弟往那里？"云山回头一望，见是胡以晃，肚子里不免惊疑。便用手招以晃前去问道："方才偕各位巡视地方，偏遇着足下！足下因何独自到此？"以晃即附耳道："不好了！秀全哥哥却陷在桂平县监里也！"云山听得叫一声苦，魂不附体！见目前不便说话，便引回大营，再作计较。到大营后，先见过罗大纲，然后回下处谈话。云山先问来历？以晃把上项事说了一遍，并把有韦昌辉为内应，要求罗大纲调人劫狱的事都说过了。云山道："劫狱一策，实是何人主意？"以晃道："是萧兄弟的主意！萧兄弟现在秀清庄上。依洪哥哥嘱咐，与秀清办了一支团练军，好待乘机接应，还有李开芳、林凤翔相助为理，可以无虑。只萧兄弟亦在被控之内，故不便前来！"云山道："萧兄弟只见得一半！他的意思：一则因洪哥哥被控图谋不轨，不欲使秀清禀保者，盖惧官府猜疑，致牵累团练军；二则团练军初成，恐军心未必用命，肯同进劫监牢，故令老兄来此。实则劫狱一事，断行不得！这里离桂平还远，用人少自然劫不来；若用人多了，一路上官兵星罗棋布，却不易行动也！"以晃道："然则奈何？"云山道："韦昌辉如此热血，实不难释放哥哥！但释放后，颇难安置。因哥哥住了贵府多时，多有认得他的，自然再难前往。即到秀清庄上，恐风声一扬，不特连累秀清，且恐团练以此解散，反至前功尽废了；若是投奔这里，又路途较远，官兵麇聚，似此实费踌躇。"以晃道："平南县有个金田地方，由桂平绕昭平而去，该处官兵实少。且金田还有一个大机会，独惜路途又远，如之奈何！"云山道："金田什么机会，不妨明说。"以晃道："弟有故人黄文金，原是个世袭的缙绅。素有大志，不求仕进。素恨满人盘踞中华，连世袭的顶子却也不要。现办一个保良攻匪会。此处耳目颇疏，若谋在该处起义，更是容易。"云山道："如此甚妙！若有金田起义，再令杨秀清牵制桂林救应之师，这里罗大纲便可直取永安驻扎，有此三路，何忧大事不成？但事不宜迟，就请速行为是。"以晃便嘱云山代向罗大纲道歉，即辞出，依旧路回来，先寻着洪仁发，支发了店钱而去。

洪仁发见忽来忽往，早含着一肚气，只事到其间，也没得可说。当下一路无话，忙跑回桂平，见了韦昌辉，告知前事。昌辉慨然道："既是如此，某愿舍家图之。但昨天已将洪、秦两兄分押，欲劫之，颇费踌躇。"说罢便带了胡、洪二人先回家里安歇。不提防到了门外，只见邻宅王举人的儿子王艾东，正从自家屋里转出，与韦昌辉打个照面，不觉满面通红。昌辉喝一声道："弟不在家里，过来则甚？"王艾东道："正寻老兄谈话。听说老兄不在府上，方欲回去，今老兄既有贵友到来，弟不便打搅，改日过来拜候罢了。"昌辉有事在身，只得把手一拱，说一声怠慢。便带胡、洪两人进去，先引到倒厅上坐下，随令家人治膳。原来昌辉先妻自从亡过，续娶一个继室王氏，生得面似新桃，腰如冶柳；并有一婢，名唤秋兰，同在妙龄。昌辉是个专好交朋，不顾女色的人，因此回家的时日较少。那王氏婆娘便不能安居，看王艾东是个年少风流，遂不顾同姓嫌疑，竟与私通。那婆娘心肠既辣，手段又高，只道王艾东是个缙绅门户，可能压倒昌辉。初时犹瞒着秋兰，明来暗去，渐渐连秋兰同走一路了，已非一日。人言啧啧，只瞒了昌辉一人。那愚民又最畏劣绅，见王艾东的父亲是个举人，自不敢说出别话来了。只这日那婆娘见艾东撞着昌辉，心里仍不自在，因忖昌辉带了两人回家谈话，料然有别的事故，转令秋兰到厨治膳，却蹑足潜踪，密听昌辉几人说话。听得昌辉说道："小弟就从。明晚带两位到了狱中，口称探监，那狱卒是弟抬举他的，弟顺便遣开狱卒，开了链锁，整便梯子，仁发兄便扶秀全哥哥逾墙逃去。趁城门未闭，均到西门约齐同走，以图大事可也。"胡、洪两人答应。那婆娘听得，早记在心头。少时把膳呈上，三人痛饮一会，昌辉有些醉意，便安置胡、洪两人打睡，自己却回房去。那婆娘早知昌辉进来，却不理会，先到床上睡下。昌辉道："你也不理我。因我素日不理家事，因此恼了？"那婆娘突然道："你干得好事？"昌辉道："我没有寻花问柳，干过那事来，却如此生气？"婆娘道："结交歹人，要劫狱谋反，我明天便要出首去！"昌辉听罢大惊道："那有此事？你休听别人言语！"婆娘拍着胸脯，笑嘻嘻说道："你瞒得别个，如何瞒得老娘！方才在倒厅上说怎么话？我记在心头，你如何赖得！"昌辉此时没言可答，只得哀求道："无论未有此事，纵有此事，岂不念夫妻情分，休要泄漏。待我多把金钱与你使用就是了。"婆娘又道："我不是小儿，任人欺弄的！我明天要出首去，好教你看！"昌辉道："休得如此！你要如何便如何罢了！"那婆娘道："这都使得，只怕你干不来。"昌辉道："件件依得，你只管说便是。"那婆娘道："我耐不得只般丑夫，你要把一纸休书，让我改嫁王艾东；再把秋兰随我去，便万事干休。若有一个不字，老娘只是不依。"说罢翻身向内而去。昌辉听了这话，已知那婆娘与王艾东有了私情，要陷害丈夫，不觉乘些酒气，愤火中烧，再不多言，立时拔出佩刀，窥定那婆娘颈上一刀，分为两段。管教：

闺房喋血，杀淫妇于当堂；
豪杰毁家，脱真人于陷阱。

要知后事如何，且听下回分解。

第七回

韦昌辉义释洪秀全　冯云山联合保良会

　　话说韦昌辉，因那婆娘王氏拿了自己要劫狱谋乱的马脚，逼写离书，要改嫁王艾东去，才知道王氏有了私情，不禁一时性发，乘着醉意，把王氏斩为两段；因忖秋兰，也是同走一路的，如何容得过？便把刀拭净，带着余怒，不动声息，来寻秋兰。谁想秋兰听王氏房里有些喧闹，恰待潜来探听，突然撞着昌辉，见他满面杀气，心上吃了一惊！方欲退避，不提防昌辉一把揪住，突然盘问王氏与王艾东通奸的情事。秋兰见昌辉如狼似虎，料知抵赖不过，只得从头招认：把如何通奸的，原原本本说来。昌辉不待他说完，已是无明孽火高千丈！用左手依旧揪住秋兰右手，拔出佩刀，秋兰知不是头路，迫得跪下求饶，昌辉那里肯听？秋兰正待喊叫时，昌辉手起刀落，一颗头颅已滚下地去了！昌辉这时才泄一口气，跑出倒厅上把上项事情对胡以晃两人说知。以晃大惊道："兄弟差矣！却误了大事也。"昌辉愕然道："这该死的淫妇，难道老兄还要惜他不成？"以晃道："这等淫妇，原是留他不得；只嫌兄弟来得造次。兄弟久居衙门，难道不知命案事情紧要？恐兄弟急须逃走，方能保得性命。亘耐放下图救洪哥哥的大事，若兄弟去了是断行不得的！似此如之奈何？"昌辉听罢，觉得有理，只此时已是懊悔莫及,便向以晃问计。以晃低头一想,道:"事到如此,实在难说!只此事最要的是:瞒着王艾东一人。不如将尸首锁闭房里,洗净痕迹,明天兄弟便同仁发先进狱中打点一切,约定酉刻行事,弟权在府上勾留半天。若王艾东见弟在此,料然不敢进来,待至酉时,弟却跑至西门,会同兄弟几人,逃走便是。"昌辉与仁发连称妙计!商议已定,把两个尸首安放停妥,三人胡混睡了一夜。

越早起来,只留以晃一人,守着门户;昌辉即同仁发先进牢中,见了秀全,密地告知此事。随即诈称仁发是姻亲,要设宴招待。将近申牌时分,即邀请狱卒同饮。互相劝杯,狱卒三人早有两人吃得大醉,已寻睡去了。只有一人,名唤李成,尚坐着滔滔不绝,言三语四,看看已近酉牌,昌辉急得无法,却闪步向秀全问计。秀全附耳嘱咐,如此如此。昌辉即转身出来,授意洪仁发,假做说要吸洋膏,昌辉便问李成道:"舍亲在此,弟不便行开,敢烦足下代往购买洋膏。狱中之事,弟权代看守,尽可放心。"李成见昌辉是同事中人,自然没有怀疑,忙应允而去。昌辉就在房中,取匙开了秀全的锁,一面移过梯来,仁发即扶秀全登梯到了墙上,昌辉随上,再移梯搭在墙外,三人一齐下来。内中还有监犯,看见昌辉在此,却不敢多言。秀全猛想起秦日纲尚在狱里,另禁别处,欲一并救出,奈狱犯因秀全逃出,纷纷喧议,昌辉恐误了事,便向秀全道:"欲并劫日纲,实是不易。且他是个教士,未必便杀,且劫哥哥,而日纲尚在狱中,县令必疑日纲不是同谋,可以暂缓时日,再作打算。今唯有急逃耳。"秀全然之。还幸这监狱的围墙外,却是一条僻巷,没人来往,三人逃了性命,如飞的往西门跑来。已有胡以晃恰可到来,接着四人,不暇打话,趁着城门未闭,便一齐跑出,乘夜望昭平而行。

却说李成买了洋膏回来,却不见了昌辉、仁发,连唤几声,那有一个影儿?肚子里正在疑惑;急点视监狱,却不见了秀全,只留链锁在地。慌得魂飞天外,魄散云中!忙向各监犯问了一声,始知韦昌辉带秀全逃狱,方悟昌辉设宴共饮的不是好意。遂唤醒同事两人,告知此事。只事到其间,实在无可设法。只见三面相对,口呆目定。料知此事遮俺不得,急的禀过司狱官,转详县令去。张县令听得,一惊非小,转念夜间或逃不往别处!立刻传令城中守备,调齐兵勇沿城踩缉。一面发差役两名,到昌辉宅里侦察。只见双门紧闭,内里没个人声。那差役忖道:"便是昌辉逃去,难道带齐家眷逃走不成?"急撬开前门,进去一望,见家具一切还在,唯人影儿却没有一个。再进里面,又见房门锁住,更自疑惑不已。一发打开房门观看,这时不看犹自可,看了反把两人吓得面如土色。只见两个人头,一对尸身,横滚在地上。那差役不知来历,还疑昌辉慎防泄漏,要杀妻灭口而逃。没奈何向邻舍动问一声,都答道不知缘故。只有王艾东心中明白几分,还自不敢说出。那差役没头没脑,只得回衙禀报情形。张县令没法,把狱卒三人押候治罪,再悬重赏,通缉逃犯。计开韦昌辉、洪秀全二名,及不知姓名通同劫狱的一名。或一千元,或五百元,只道重赏之下,必有勇夫,谁想一连数天,还是杳无音信。只得依着官场惯例,详禀上台请参。又提过秦日纲讯问,所供劫狱一事,实不知情,只得将他另押一处,听候缉回逃犯,再作计较。

且说洪秀全、胡以晃、韦昌辉、洪仁发数人离了桂平县城,披星戴月,不分昼夜奔程。有话则长,无话则短,不一日到了金田。这金田地方虽不甚广,却倒民俗淳厚,水秀山清,十分可爱。秀全等四人观看了一会,因心中有事,忙寻到黄文金府上,先把胡以晃一个名刺传进去。少时见里面传出一个请字:即由胡以晃先行,一同进到里面,已见黄文金在厅上迎着。秀全偷看黄文金,果然生得长眉秀目,广额丰颐,四尺以上身材,三十来岁年纪,秀全暗暗赞美!急同黄文金唱一个喏。黄文金回过了,便把四人接应,到厅里通过姓名,分宾主让坐。文金先向以晃说道:"年来隔别足下,渴想欲死。今同几位跋涉到来,料有见教!不嫌茅舍隘陋,多住几时也好。"以晃道:"只因路途隔涉，琐务又繁，未及到门拜候。今因秀全兄弟，从广东到来，代上帝传讲道理，劝人为善；适闻足下创办保良攻匪会，保卫桑梓，因此洪哥哥十分仰慕，故托某作介绍，特来拜谒，别无他意。"文金听罢，忙向秀全谦让道："如弟不才，辱蒙眷注，何以当之。"秀全见文金如此豪侠，便乘机道："向闻大名，如雷贯耳！幸得拜谒，足慰生平！就足下所办保良攻匪会，雄心义举，两者兼优。叵耐朝廷失道，外侮频仍，官场为竭泽之渔，百姓有倒悬之惨，民迫饥寒，逼而为盗，恐今日攻匪保良，明日盗风猖獗，徒负足下一团美意耳。"黄文金答道："明公金石之言，顿开茅塞。某亦知朝廷失道，未足与谋，乃有志未逮，无法安民；只分属缙绅，不得不竭其心力，保卫闾阎。若谓结纳官场，非某所愿也。"秀全听了这话，觉黄文金的是可儿，便可乘间而入，遂再说道："足下之言甚是。某亦素具安民之志，独惜心长力短耳！倘不嫌鄙陋，愿附骥尾，以助足下一臂之力，未审尊意若何？"文金大喜道："但得明公如此，实为万幸。休说相助，小弟但听指挥足矣！"秀全听罢，又谦让一回，几人复谈了一会。秀全遂渐渐把上帝的道说将出来，探探黄文金意向。那黄文金见秀全议论激昂，已是九分拜服，今听上帝的道理，爱人如己，凡属同种人民，都是同胞兄弟，如何不信？越日便告知同会中人，一概崇拜上帝，以免灾难！那同会中人又向来敬服黄文金，是个光明磊落、疏财仗义的人；且是本地的缙绅，有声有望，还那有一个不遵从的？以故金田附近一带，崇信上帝的都居十之八九，家家户户，有见着洪秀全者，都唤着洪先生，从不敢唤他的名字。秀全见着别人，又一概称呼兄弟，从没有一分高傲之气，因此人人敬服！就是三尺小儿，都知道有个洪先生了！

秀全更把保良会改定章程，凡总理、协理及书记与一切会员，都是投票公举，皆有次序。这时洪秀全的声名反在黄文金之上，所以投票时，竟推秀全做一个会中总理。秀全见着如此，即当众说道："强宾不压主，总理一席，小弟如何敢当？"说罢，仍复让过黄文金。黄文金哪里肯依？众人又纷纷说道："公举的章程，是洪先生所定。如何先自违却，反要推辞？岂不是冷了众人之心么！"秀全见众人如此说来，无奈只得应允，自此保良会日盛一日了。秀全一发把运动杨秀清的手段，教黄文金禀领枪械，请示兴办团练，以保护乡民，是以金田又起了一支团练军。虽不及杨秀清的团练人马众多，却幸这数百团练军，都是崇信上帝的人，更易调动。秀全几人见了这个局面，好不欢喜。

不提防那桂平县，自从失了一个逃犯洪秀全和三个劫狱的，张县令竟要行文各县，四处缉拿，那一日正颁到金田地方。所有村落，都挂了一张告示：要捉拿洪秀全几人。早有人把这一点消息，到黄文金府上报知。各人听了，心中不免疑惧！秀全故作说道："某此次来到广西，本欲劝人为善，设法安民，谁想遭了官场之忌，以得小弟为甘心。小弟诚惧以一己之故，累及诸君，不如待某亲自投案，自作自受，以免株累别人也罢了。"说罢泪下如雨。韦昌辉道："明公若要如此，枉某出生入死，毁家赴义相从至此矣！"那洪仁发即攘臂道："兄弟休慌！若是官差到来，教他来一个死一个，来十个死五双，怕官差的不是好汉了！"胡以晃正欲劝时，只见黄文金说道："明公休便如此，这里附近都是崇拜上帝，敬重明公的同胞，兄弟虽不才，也有些微名，便藏在这里，料没有一个敢去出首；即或不然，就与同罪，弟亦何怨？因为洪君是豪杰士也！"胡以晃道："难得文金兄弟如此仗义，我们怎好负他盛意？权在此间暂避几时罢了。"各人一齐答道："以晃兄弟说得甚善，我们再不用拘执了！"

正说话间，忽家人报道："门外有一位道士，自称是冯云山，要来相访。小的不敢擅自请进来，特此报知。"秀全听得冯云山到了，便向黄文金说出与云山是同志。文金即令请进来叙话。少时云山进到里面，各人一齐起迎云山。先见黄文金、韦昌辉请过姓名，然后与洪秀全、仁发、胡以晃寒暄过，各自溯说别后行状。秀全意欲问罗大纲如何情形，只碍黄文金在座，尚未把自己的来意说明，恐不便谈及，只得问一声，"因何到此？"云山本是乖觉的人，见秀全如此问法，便道："闻得哥哥离了桂平牢狱，逃难到此，因见今日官吏，以网罗党狱为得计，恐穷追极捕，此地不宜久居。且今三十六着，走为上着，未审哥哥意下如何？"秀全道："正为此事，就想起程。不过文金兄弟盛意苦留，实不忍过却也！"云山便向黄文金道谢，并说道："黄兄盛意果好！就怕官场难靠，泄了风声，不免要累及足下，到那时如何过得意？"黄文金道："实不相瞒，诸君来意虽未明言，弟却省得。官场不来追捕犹可，如必为已甚，弟当统率保良会中人，及现在之团练军，乘机抗拒官兵，有何不可？"云山急答道："得足下如此，实中国之幸也！不知附近保良攻匪会，究有若干人，能否足用？"文金道："所有村落，皆设有保良攻匪会，或三五百人、一二百人不等，都是由小弟一人提倡，统通不下二三千人，势亦不弱。但恐骤然与官军为难，人心或有不齐耳！"云山道："此甚易事！凡人劝之则兴，逼之则速，请趁此时机，将附近一带保良会联合为一，互相救应，想足下鼎鼎大名，本处保良会，又如此兴盛，别处那有不景附云从？待至联为一气，当由足下和洪哥哥主持领袖。若官吏闻得洪哥哥在这里，势必起兵到来围捕，我因其势，谓官吏要摧残保良会，即率保良会以抗拒官兵，谁敢不从？此实起事一大机会也！足下以为然否？"文金踌躇。

少顷，云山道："足下究有甚么疑虑？还请明言。"文金道："先生高见，弟很佩服！只小弟是本处人氏，田园尚在，庐墓斯存，设有不利，何以自处？愿先生有以教之。"云山笑道："足下英雄士也！作此孩子语，实出某之意外。方今朝廷失道，官吏昏庸，盗贼频仍，捐抽日重，欲救民于水火之中，此其时矣！事成则举国皆安。今若不行，长此昏沉世界，即高堂大厦，能享几时？足下岂犹欲靠官场保身命耶！"文金听上这话，额上流着一把汗，即避席说道："先生之言，顿开茅塞！自今以往，愿听指挥，即破产亡家，誓不悔也！"各人听罢大喜，就立刻歃血为誓。文金复推洪秀全为领袖，宣读誓书：大家要戮力同心，共挽山河，救民水火，各人唯唯从命！誓罢，便商议联合保良会之计。

文金道："各处保良会首领，不是小弟姻眷，即是良朋，都易说也。只有对村一位武秀士谭绍洸，本别处人氏，已两代寄籍此间，与小弟向有意见；劝他附从，怕是不易。余外更无他虑矣！"秀全道："为一国谋个光复，自应开诚布公，断不可以芥蒂微嫌，遽自失睦。不知足下与谭绍洸有何意见？都要商量解释为是！"文金道："并无他故！论起谭绍洸，本与小弟是个姨表兄弟。因前年两村互斗，弟见劝解不来，置之不理。有敝乡侄子，竟焚谭绍洸两所房屋，今两村已归和好，只谭绍洸以小弟不理此事，致遭火劫，故长年绝无往来，就是这个缘故。"云山道："如此有何难处？弟当为足下解之！"文金称谢。便令家人导冯云山到对村来，寻着谭绍洸的宅子，口称有要事要来相访。谭绍洸忙接进里面。见冯云山素未谋面，如何要来见我，心里不免疑惑。只得让云山坐下，各道姓名。绍洸道："先生可是本处人氏？"云山答称不是。绍洸又问道："不是本处人氏，到这里有甚么贵干？"云山又答称无事。绍洸诧异道："既不是本处人氏，到本处又无贵干，然则见我则甚？"云山道："某生平游历各处，好排难解纷，不平者，某代伸之；不和者，代解之。缘与黄文金有旧，听得年前贵村械斗，他因此与足下不和，某是以来见。若谓不然，岂以弟踵门行乞，求衣食于足下耶？"绍洸道："某与黄文金不和，与卿甚事，要来干涉，究是何意？"云山笑道："若仅干弟事，弟不来矣。弟以为两村械斗，实非乡间之福。为缙绅者，方宜捐弃前嫌，重修旧好，以为子侄倡。今两村已经和睦，而足下与黄文金均负一乡间之物望，乃各怀意见，若此何以矜式乡人？设子侄稍触嫌疑，复行生衅，将涂炭兄弟，焚劫乡间，皆足下与文金之罪矣！愿足下思之。"这一席话，不由谭绍洸心上不感动，便改容道："先生之言，乃金石之言也，某闻命矣！但此事原属黄文金不是。他不向我求助，我反要求他，如何说得去？"云山又笑道："足下何始终不悟也？某是黄文金之友，某来犹黄文金来耳。且同是姨表弟兄，以长幼之序，足下方当前往负荆，今黄文金反着弟先容，而足下仍固执如此，倘日后两村复失和，是罪在足下矣！足下亦何忍作乡中罪人乎？"谭绍洸听罢，恍然大悟，急向云山谢道："非先生教诲，弟负罪不少，今就同先生往谒黄文金如何？"云山开导，欣然领诺道："足下若往，黄文金定降阶相迎也！"谭绍洸闻言大喜，便立即穿过衣履，随着云山而来。管教：

　　联欢杯酒，再敦廉、蔺交情；
　　纠合英雄，成就洪、杨事业。

要知后事如何，且听下回分解。

第八回

冯云山夜走贵县　洪秀全起义金田

话说谭绍洸听得冯云山这番议论，已幡然改悔醒悟，便随冯云山到黄文金府上。家人入内报知。文金肃整衣冠，迎谭绍洸至里面，并与洪秀全相见。黄文金谦谢前过，谭绍洸自然喜之不尽。秀全更从旁解说几句，于是各人从新谈话。冯云山把联合保良会之意，对谭绍洸一一说个透亮。谭绍洸听了，自念若能联合各地保良会互相救助，原属共保乡间之妙策，况自己新与黄文金捐释前嫌，正好藉此连络，因此慨然允诺。冯云山等不胜之喜，便道："谭兄高义中人，深悉大体，也不劳多说。目今务求联合保良会，共卫桑梓，使各地闻风相应，实贵省之幸也！"到后渐渐说到官吏昏庸，人民涂炭的光景，谭绍洸虽非文墨中人，听他们这么说，心上不免感动。又见各人都义气激昂，知是非常之举，遂答道："诸君皆豪杰之士。叵耐小弟僻处乡关，绝无闻见。今听名言，令某佩服！弟虽不才，或可执鞭随镫，以从诸君子之后也。"各人听罢，一齐谦让。

谭绍洸见天已傍晚，方要辞去，黄文金已准备酒菜，竭力邀留。一时家人搬到膳具，端上酒菜，因广西一地，却少水上鲜鱼，除了外埠贩来海味之物，都是鸡鸭猪羊等肉，当时已算十分丰美。谭绍洸见黄文金如此盛设，好生过意不去。黄文金一发令家人开了一坛绍兴酒，自己端了主位，先请谭绍洸，其次冯云山、洪秀全、韦昌辉、胡以晃、洪仁发几人都依次坐下。纳入席中，只有洪仁发见那新开坛的绍兴酒，香气扑鼻的，恨不得急吃几大碗。究竟碍着谭绍洸是个新来的佳客，也不敢太过无礼，急待黄文金举杯劝客之后，自己却不管各人谈论，惟有一头饮，一头吃而已！各人知他素性率直，都不甚觉得诧异。黄文金恐谭绍洸不好看，便指洪仁发对谭绍洸说道："这位是秀全哥哥的兄长，性本率直，却是个天真烂漫的人。彼此同志，都不必客气！"谭绍洸道："兄长如何说此话？从来办事的英雄，大半出于无奈。某生平绝不小觑此等人也！"洪仁发正欲对答，云山恐他冲撞谭绍洸，不好意思，只得暗中使个眼色，仁发就不敢说话。只见绍洸对洪秀全说道："君等以广东人氏，来到敝省，且志在造福吾省民生，令某等愧死矣！今遇英雄，愿得稍助微力，以赎前过。"洪秀全一面逊谢，又再把联合保良会之利，痛说一番。黄文金见秀全议论不凡，从行的又皆有勇有谋的人物，更自叹服。不觉一连饮了数大杯，又向各人劝一会酒。正是"酒逢知己千杯少"，揣各人都有些酒意，黄文金便乘醉歌道：

> 锦绣河山荆棘路，纵横万里狂氛怖！天荒地老几时休？腥风吹醒愁人酒。长安迷漫禁风烟，宫嫔歌舞互争妍，白是民膏红是血，君王相对笑无言。同胞未敢嗟涂炭，中有英雄慨然叹！何日春雷震地飞，一声长啸苏群黎。

黄文金歌罢，各人都不觉感叹！洪秀全又歌道：

> 萑苻满地纷披狼，民如蝼蚁官如狼。携幼扶老属道旁，相逢但说今流亡！君王宫里犹欢宴，贰臣俯首趋金殿；回望同胞水火中，闻如不闻见不见！哀哉大陆昏沉二百秋，不作人民作马牛！英雄一恸气将绝，何时剑溅匈奴血？

歌罢各人和之。冯云山进道:"哥哥何便心伤如此!自古养牲豪杰,屠狗英雄,后来皆是定邦安国。今日长歌当哭之人,安知非他日救国安民之士?愿哥哥少待之。"秀全长叹一声,答道:"难得诸君如此慷慨,毁家相从。独惜秀全虚生天地间,年逾三十,一事无成,日月蹉跎,老将至矣!"说罢潸然泪下。各人看看秀全这个光景,都不免触起胸怀,感叹不已。黄文金见秀全有些酒意,又恐谭绍洸天晚不便往来,便向各人再敬一杯,说一声简慢,就令撤席。早有家人将杯盘端下去。各人盥沐后,用过茶烟,谭绍洸即便辞行。秀全要留绍洸作竟夕之谈,绍洸道:"小弟来时,未有致属家人,恐劳盼候,改日再来扳谈便了!"秀全便不敢相强,齐送谭绍洸出门后,各人都因有些酒意,不便久谈,胡混睡去。自此谭绍洸不时过来叙话。

那些附近保良会,听得谭绍洸都与黄文金相合,莫不欣然相从。有迟疑未决的,谭绍洸即责道:"我与黄文金,前有仇隙,尚且为大局起见,要互相联络,何况你们。你们总没有我们两个的深仇积怨!"因此各村保良会,都争先恐后,皈依上帝的道理。各地保良会都让洪秀全作首领,冯云山等相助为理。所以金田一带,保良会声势日大。秀全已隐有操纵全军之势。冯云山见此情景,便暗向秀全说道:"方今保良会已是可用,且又劳杨秀清、罗大纲久候。若再延时日,恐官府闻哥哥在此,又来骚扰,不可不虑!"秀全道:"此言甚善!某料黄文金是同志中人,已知了我们的用意,只谭绍洸尚在有意无意之间耳!某有一计,正待贤弟为某一决也。"云山便问计将安出。秀全道:"今幸保良会中人,都皈依上帝,视某如神圣;若突然起事,恐反令人心生疑。不如传布某的名字,在这里保良会中。官吏知之,必来捉我,这不怕会中人不来救我!我欲乘机率众以拒官兵,则大事从此行矣!未审贤弟意见何如?"云山道:"如此甚妙!但官兵一日不来,即一日不起义,仍非良策。弟意请以八月初一为期,一齐集义。弟今则西入贵县,沿武宣偷进江口,督罗大纲依期进攻永安州;哥哥若遇官兵到此,即依尊策而行。若是不然,哥哥亦当待罗大纲起义之后,以越境救助人民为名,率保良会之众,直趋永安州会合,官吏闻得哥哥有此举动,必调兵相拒。此时欲求一战,实不难矣!胜则直抵桂平,若失利,罗大纲即由永安入桂平,以截官兵之后。哥哥即奋击官兵,求通桂平一路,以应杨秀清;然后合三路,以趋桂林可也!"秀全听说,即依计而行。

云山一面辞过众人,扮作一个云游道士,望贵县而去。那日到了贵县城中,双足却因连日跑路,疲倦得很,正要寻个所在,歇过一夜。在街上来来往往,忽然背后一人呼道:"云山兄弟,往哪里去?"云山回头一望,原来是秦日纲。倒吃了一惊。急赶上两步,接着秦日纲问道:"兄弟自此一别,知得老兄被洪哥哥连累,禁在监中。到监后两天,即把洪哥哥另禁别处。因此韦兄弟劫狱时,不曾救得老兄。因何到此?"秦日纲道:"弟所谓因祸得福也。当初被禁时,是同在旧羁;后洪兄弟改押新羁,正当韦兄弟劫狱时,不曾救得,故县令疑我不是同伙知情,讯了一堂,便批准保释。今来此地探望亲友。不知兄弟何来?洪兄弟现在哪里?"云山道:"这是不是谈话之所,可有认识的僻静地方?畅谈一会较好。"秦日纲道:"只有一所教堂,离此不远,是弟居留之地,就请同往坐谈何如?"云山大喜,二人便望教堂而来。

甫进了教堂,只见一人衣裳楚楚,在教堂里打坐,似行路到此歇足的。一见他两人进来,那双眼早抓定冯云山。云山不知何故,偷眼回看秦日纲,见日纲已是面如土色。云山摸不着头脑,即向那人请问姓名。那人才答得一个张字,即出门而去。云山见得奇异,便问日纲,此是何人。日纲道:"不好了!此人即日前在桂平告发洪哥哥的张秀才也!他本贵县人氏,曾充桂平县外幕。生性奸险。今见此人,大非吉利。似此如之奈何?"云山一想道:"任他如何摆布,料不能如兄神速!弟十分疲倦,权坐片时,再作计较罢了。"秦日纲便带到后面坐定,呼僮烹茶,大家诉说别后之事。时已近晚,云山道:"今夜断不能在此勾留。弟数年前在本县曾课徒于黄姓之家，此黄姓是敝省番禺人也！倒能做油炸生涯。本是个有心人士，不如改往他的府上权宿一夜，较为妥当。"秦日纲道："既是如此，某亦愿同行。因弟虽有志未逮，然甚愿随兄弟之后也。"云山听罢，不胜之喜！秦日纲呼僮到来，赏他二三块银子，遣他回乡；自己却诡称要回桂平去。

将近夜分，便同云山转过黄姓家上来，那黄姓的，原来唤做广韶，生有三子，俱曾受业于冯云山，这回见云山到来，父子四人，好不欢喜，一面迎至厅上，吩咐家人治膳相待。正自互谈别后的景况，忽然家人报道："前街那所教堂中，不知有甚事故，也有许多官兵围捕，却搜来搜去，搜不出一个人来。"黄广韶听罢，偷眼看看秦日纲两人面色，却有些不像。且素知他两人是个教士，此事料然有些来历。便把家人喝退，一面令进酒馔来，独自陪两人对酌。酒至半酣，黄广韶道："两位来此，必有事故。某非好为小人者，不妨直说也！"冯云山道："忝在宾主多年，何敢相瞒！弟到广西，原为传道起见。不料本县一个张秀才苦苦攻讦小弟妖言惑众，以至官吏购缉甚严，故逃避至此。素知足下是个诚实君子，聊以实情相告，万勿宣泄为幸！"黄广韶道："弟观秦兄神色，已料得八九分。但家人颇众，谈话切宜低声，休被别人知觉。便对小儿辈，却不宜直说也！某料官吏注意者，只在冯兄。若要逃走，当在今宵；倘再延迟，截缉益严，更难出关矣！"云山道："此言甚善！惜此时城门已闭，如之奈何？"黄广韶道："这却不妨！敝宅后靠北门。那守城军士赖信英，家有老母，常受某周济。若要偷出城门，自能方便也，"云山道："如此是天赐其便矣！事不宜迟，就此请行。"黄广韶便不敢再留。用过饭后，冯、秦二人却没什么行李，即依黄广韶嘱咐，对家人等托称有事，立要辞去。只有黄广韶导出门外，冯、秦在后相随。还幸所行不远，已是北门。且贵县不甚繁嚣，夜分已少人来往。黄广韶即寻着赖信英，说称有紧要事情，要立刻出城赶路。赖信英见是黄广韶到来说项，自然没有不

从。登即开了城门,让冯、秦二人出去。正是:

> 闻鸡已过函关客,走马难追博浪人。

冯、秦两人出了城外,辞过广韶,握手后,即趱程而去。黄广韶却独自回家,一并瞒却家人,不消说了。这里按下冯、秦两人行踪莫表。

且说洪秀全,自从冯云山去后,打点保良会事务,越加用心,因此日盛一日,声名洋溢。那洪秀全三个字,飞到平南县令马兆周耳朵里。马兆周因日前桂平张县令行文各县,早知洪秀全是个逸犯,登时带了二十名差勇,直过金田捉洪秀全。当下寻到黄文金府上,口称与洪秀全相会。黄文金已知马县令的来意,便答称洪秀全不在这里。马县令不信,定要把黄文金府上搜过,黄文金那里肯从?便和马县令口角。马县令好不知死活,还仗着官势,口称要捉捕黄文金。那差勇更是狐假虎威,听得马县令一声喝起,早把黄文金拿下。那些保良会中人,都是崇拜上帝的,平日最爱黄文金和洪秀全二人。这番见把黄文金拿捕,便一齐上前,问个缘故。黄文金心生一计道:"这赃官到来索贿,黄某不从,今要把我们拿捉,速来解救才是。"那时一般保良会中人,只知有上帝,那知得有官府?联同一二百人之多,立将黄文金抢回,并把二十名差勇打得个落花流水。马县令见不是头路,撇了差勇,独自逃命,急望县城回去。余外二十名差勇整整打死五名,单留十五名,都是破头烂额,狼狈奔回。马县令看见,又羞又恼,急忙知会临近浔州府及附近州县,报金田保良会窝藏逸犯:拒杀官兵,聚众为乱,请合兵攻剿等情。依着官场惯例,少不得把保良会讲得十分凶悍。这会浔州知府白炳文听得这点消息,非同小可!又听得洪秀全是有意谋乱的人,一面详禀上台;一面调齐人马,会攻金田保良会。只当时浔州一带,盗贼虽众,究竟太平日久,兵马无多。三路合齐,计得兵勇一千名。用都司田成勋统领二百人马为前队，余外马兆周领三百人居中，白炳文合后，浩浩荡荡杀奔金田而来。

　　早有探子报到黄文金府上。黄文金便请洪秀全召集各地保良会首领会议。谭绍洸第一个先到，一时各首领俱已到齐。即有许多保良会中人，到场观看。洪秀全当众说道："洪某到贵省来，不过为传播道理，别无他意。就是今日联合保良会，也不过为地方谋保卫。谁想虎狼官吏，不能捕盗安民，反来攻击诸君。若甘心受祸，好自为之；若要保全身家性命，即当急谋捍卫。非是洪某好事，实是事势不得不如此也！"各人听罢，皆大呼道："人生在世，那有不爱身家性命？愿听洪先生指挥！"当下众口齐声，声如雷动。秀全一发说道："既是如此，限明早便要各乡保良会到此聚集，官兵不来攻击犹自可；若要攻击时，即当竭力抵御。我们保良会原谋保护地方，实是美事。是非曲直，当有台司知之。若等州县小吏，何足介意耶？"各人听罢，都不胜之喜，立即回去打点一切。

　　果然到了越早，不约而同，一齐携了枪械到黄文金村上，听候洪秀全的号令。那秀全待各地保良会到齐，点过一会，却不下二千人。洪秀全便令父子同来者，父去子留；兄弟同来者，兄去弟留。并无兄弟及一切残弱的，一发安慰一番，发遣回家去，单挑得精壮一千人。随对韦昌辉、黄文金等道："官兵虽属无用，仍是操过队伍；我军虽然强壮，究竟未经训练，待彼来时，当以散队击之。"就把一千人分为五队，每队二百人，先令谭绍洸率二百人回村驻扎，以壮声势。

　　谭绍洸去后，忽探子报道："官军离此尚有三十里之遥。"秀全听得，便道："彼军行程甚缓，是欲待夜分，掩军袭击，为一网尽擒也！此处村口，离此十五里有一小山，树木深丛。文金兄弟可领一军，在此埋伏：彼军到时，休要管他；待彼退时，彼必提灯笼火把，兄弟却望火处攻之，当获全胜！"黄文金得令去了。又令胡以晃、韦昌辉各带二百人在村后分东西两路埋伏：胡以晃在东路，韦昌辉在西路，但听号炮一响，一齐攻出。各人分拨停妥，秀全却与洪仁发，将所余二百人，分藏各巷内，以暗击之。却把各巷闸门紧闭，只留村口一条大路，让官军进来。并令各家关闭门户，以防彼军骚扰，均不准张灯举火，以疑敌军，各人都依令而行。秀全便与仁发，在黄文金府上等候，以盼佳音。管教：

  设谋定计，安排香饵钓鳌鱼；
  伐罪救民，大举义旗驱枭獍。

要知后事如何，且听下回分解。

第九回

劫知县智穷石达开　渡斜谷计斩乌兰泰

话说洪秀全计画已定，专候官军到来接战，直到夕阳西坠，才接探报报称："官军离村外十里，扎了大营，不知何意？"秀全正在沉吟，忽见一人进来，口称奉官军之命，到来投递书函，说罢把函呈上。秀全就案上拆开一看：却是白炳文责黄文金把自己交出，如若不然，大兵一到，玉石俱焚的话。秀全看罢，援笔照来书尾批了几句，说道："此处保良会，原是御暴安良，并无歹意；虽有洪秀全，岂能交出？若能礼谅，固是感激；若是不能，请听尊意便是！"覆了立即打发来人回去。白炳文接着，不胜之愤，骂道："这几句话，分明是要来挑战。谅鼠辈何足拒我大兵？"便令督兵前进。及到村口，已是初更时候。这时正是七月将尽，月色无光，村中又无动静，前军都司田成勋，恐防中计，不敢擅进，忙向白炳文禀报情形。白炳文道："若辈有何计策？不过闻我们大兵到来，预先逃避耳。急宜挥军前进，勿被他们逃走。"田成勋听罢，心中不悦。惟上台号令，怎敢违抗？便回军中传令，直进村里来。只见各门紧闭，又无灯火，并无一人往来，心上好生疑惑。

少时马兆周中军已到。田成勋急会合商量计策。马兆周欲纵火焚村,成勋道:"为恶的只是黄文金与洪秀全,何忍祸及全村!老兄前曾到过黄文金府上,料知路径,不如前往拿住黄文金,然后解散村民,较为上策。"马兆周深是其言,遂合兵同进。忽然前村锣声震动,火光中摇旗呐喊,似有应敌之状。田、马二人,正在惊惶,不提防各巷枪声齐发,都向田、马两军中击来。田、马二军,措手不及,中枪者不计其数。急欲回枪接战,奈闸门紧闭,暗黑中又不知保良军伏于何处。急欲逃时,韦昌辉、胡以晃两军已是分头杀到,谭绍洸又在前村杀来接应。把官军困在垓心,急难逃脱,只得勉强混战一场。不提防洪仁发领了数十人,从东巷内转出,枪声响处,马兆周应丸落马。田成勋大惊:自料寡不能敌众,后军又不见到来助战。正要杀条血路逃走,忽听得来路上喊声大震,胡以晃所领东路保良军,纷纷逃避。田成勋仔细一望,火光中认得旗帜,却是白炳文亲领后军到来。此时心上稍安,急与白炳文会合。不料后面大队赶来,原来胡以晃逃避之意,深恐腹背受敌,特让官军合为一路,然后合兵从后击之,这时来势更加猛烈。田成勋早失了队伍,反冲动白炳文一军,立脚不定。那韦昌辉、洪仁发、谭绍洸都随着胡以晃,分头赶来。官军又不识路径,唯有东奔西窜,白炳文那里还有心恋战,只得死命奔走。

走不得数里,丛林中号炮轰天震地,黄文金领二百人,从林内杀出,弹如雨下,都向火光中击射官军。田成勋左臂上早中了一弹,犹是死命坚忍,保护白炳文杀条血路,落荒而走。黄文金大呼道:"降者免死!"各军士都各顾性命,听得黄文金这话,纷纷向保良军投降。黄文金急把降军作后队。正要督兵追捉白炳文,只见洪秀全亲自赶到,急止住黄文金道:"彼辈如亡魂之鸟,捉之不足为功,留之不足为害!徒伤人命,不如收兵。"黄文金听罢,便领众同着洪秀全而回。这时,田成勋保着白炳文落荒而逃,将近浔州,才觉心安。计点败残军士,仅存二百余人,多半是负伤的,好不气恼。又见军士捱了一夜,肚中料是饥饿,即令埋锅造饭,然后赶程。饭后回到衙内,一面把损兵折将，及马兆周战死情形，禀报上台去，自请治罪。并称洪秀全如此猖獗，实为大患，要求再兴大兵征剿。

那时广西巡抚周天爵，得了这条信息，一惊非小！暗忖金田属平南县所管，县令马兆周平时失于觉察，临时又不能解救，致激成此变，究属不合。除马兆周已死，姑免置议；白炳文未经禀报，擅自兴兵越境图功，以致误事，一并革职。另委新官赴平南之任，兼办团练。又以洪秀全如此声势，竟能大破官兵，自料广西兵力单薄，盗贼又多，尚不敷调遣，如何是好？想了一会，即调提督向荣，入桂林商议应敌之计。一面申奏朝廷，一面写文书到广东总督徐广缙处，布告乱事，兼请兵助战，不在话下。

且说洪秀全等，收兵回到村里，计点军士，伤亡不过数十名，当即筹款抚恤外，急忙召集同志相议。谭绍洸进道："哥哥用兵如神，十分叹服。只郁浔州虽然败去，大兵必复再来；弟等身家性命所关，如何是好？"说犹未了，早有洪仁发、韦昌辉一齐说道："水来土掩，鼠辈何足介意？谭兄弟何没志气耶！"洪秀全尚未答言，只见黄文金道："今日局势已成，谭兄弟这话都不必多说。目今便要招兵买马，以图大事。但自古道：'无粮不聚兵。'独惜小弟家资绵薄，不能支撑几时耳。"秀全听了沉吟答道："贤弟此论甚是！可惜此间离桂平略远，不然秀清兄弟，实不难接济也！"胡以晃道："哥哥此言，谓远水不能救近火。眼前便有郑氏铜山，哥何故忘之？"秀全猛然省道："莫非朝贵兄弟所说的石达开乎？"以晃道："正是此人。"秀全道："某欲见此人久矣！此人不特是个富户，真是一个英雄。但不知此人现在何处？"以晃道："此人本桂平白沙人氏！现在浔州一带办理盐埠。事母至孝，最得人心。自他承办浔江盐埠以来，所有盐枭，皆畏惧敬服，不敢私贩。论起他本是个举人出身，不求仕进，偏好结交江湖上有名豪杰。文能安邦，武能定国，此观变沉机之士，恐不易罗致之！哥哥欲得此人，也要寻个善法才好。"秀全道："朝贵兄弟不在此间，更无他人与他相认识。必待有了机会，方好寻他。"说罢，又向黄文金说道："黄兄弟自问能支持军饷几时？不妨直说！"黄文金听罢，偷以目视谭绍洸。绍洸道："今日事已如此，不由不做。黄兄慷慨仗义，弟虽力薄，亦可少助之！"文金便答道："如此甚善！合两家之力，若以一万之众，可支持四十天；若二万之众，可支持二十天，久则不敢闻命矣！"秀全大喜道："只消支持十天足矣！旬日内，某必有计，可以赚石达开也！现时便要出榜招兵，较为要着。"胡以晃道："大凡起义，必须布告天下，声动大义，方足以召号人心。哥哥以为然否？"秀全道："何消说得！帷幄之事，某自主之；笔墨之才，兄弟当之可也！但起事伊始，不宜急说，满、汉界限，因二百年习染相忘，国民已不知有主奴之辨，故当从缓言之：不如先斥朝廷之无道，与官府之苛民，较易激人猛省。兄弟以为何如？"以晃道："此言正合某意！"便立就案上援笔写来。忽又想道："凡檄文中必有个主名！座中究以何人出名才好？"黄文金先道："洪哥哥素孚人望，除了他，还有何人？"秀全道："强宾不压主，就由黄兄弟主名可也！"文金谦不敢当！各人又皆让秀全，秀全只得领诺！以晃便书。那檄文道：

奉承天道，吊民伐罪，保良军大元帅洪，谨以大义告布天下：窃以朝上奸臣，甚于盗贼；衙门酷吏，无异豺狼。皆由利己殃民，剥间阎以充囊橐；卖官鬻爵，进谄佞以抑贤才。以至上下交征，生民涂炭。富贵者，稔恶不究；贫穷者，含冤莫伸；言之痛心，殊堪发指！即以钱漕一事而论，近加数倍，三十年之税，免而复征，重财失信。加以官吏如虎之伥，衙役凭官作势，罗雀掘鼠，挖肉吸脂，民之财尽矣！强盗四起，嗷鸿走鹿，置若罔闻。外敌交攻，割地赔钱，视为闲事，民之苦极矣！朝廷恒舞酣歌，粉乱世而作太平之宴；官吏残良害善，讳涂炭而陈人寿之书。雀苻布满江湖，荆棘偏于行路，火热水深，而捐抽不息；天呼地吁，而充耳不闻！我等志士仁人，伤心触目，用是劝人为善，立保良会，乃复指为莠民，诬为歹类，欲逞残民之势，遽操同室之戈。我等以同胞性命所关，黎庶身家所系，因之鼓励团防，维持桑梓。刻下奸官败去，闾里稍安，不得不再募良民，共维大局。凡我百位兄弟，不必惊惶，商贾衣工，各安生业；富贵助饷各粮，多少数目，亲自报明，给回债券以凭，日后清偿。如有勇力智谋，自宜协力同心，共襄义举，俟太平之日，各予荣封。现在各府州县官员，顺我者生，逆我者死；其余虎狼差役，概行剿灭，以快人心！恐有流贼土匪，借端滋事，准尔等指名投禀，俾加惩治。倘有愚民助桀为虐，及破坏教堂，滋扰商务，天兵所到，必予诛夷！凛之慎之，檄到如律令！

自从这道檄文一出，不数日间，远近纷纷应募，共得精壮六千人。秀全便制定旗帜，取炎汉以火德王天下的意义，全用红色，上书"保良军"三个大字。就将军人编为队伍，日日训练，以候征伐。一面派探子侦查清官行事。

那日正在府堂商议大事，忽有军人报道："今有新任平南县杨宝善，从永淳调任平南，将从这里附近经过，特来报知。"秀全道："有此机会，赚石达开不难矣！"便唤韦昌辉道："兄弟可领五十人，扮作民装，到浔江等候。杨宝善必从这条路经过，到时便拦截之。口称是石达开部下，要禀过石某，方敢放行。他若问石现在何处，但答称现在保良军里，与洪某议事。只不宜将杨宝善杀害，如此如此，不忧石达开不来也。"昌辉领命而去。

且说宝善奉了周巡抚札令，改调平南；又因平南一带，方有乱事，自然赶紧赴任。那日三号官船，恰至浔江，正在顺流而下，忽芦苇中突出数十人拦住去路。随后人等，慌忙禀知。杨宝善听得，大吃一惊，拼着胆到船前喝道："老爷是新任平南知县！你们好不识法令，拦截官船，意欲何为？"昌辉答道："我是奉石达开哥哥号令，到此防守。暴官污吏，我都认不得，非有石哥哥号令，插翅也难飞去。"杨宝善道："石达开是个盐商，何以有此不法？他现在那里，本县要与他会话。"昌辉道："石哥哥现在保良军里，和洪先生商议大事。你要会他，请自前去，我却不能唤来。"杨宝善听罢，暗忖石达开，原来是洪秀全一路，如何是好！

没奈何，一面命差役恐吓他们，一面驶船直下。谁想韦昌辉领那数十人，一拥进船，杨宝善知不是头路，急舍舟登陆，带了十余名亲随，落荒而逃。韦昌辉却不来追赶，只扣留这三号官船，便回去缴令。秀全大喜道："将来杨宝善必追究石达开，不愁石某不来矣！"就犹未了，只见守门的进来，报称有石达开要来叩见。秀全不胜诧异，暗忖道："方才令韦昌辉干了这宗事，如何石达开已是随后进来，难道这机会泄了不成？"心上正狐疑不定，只得请进来临机应变罢了。想罢，便传出一个"请"字。那守门的便请石达开进来。秀全一望，见石达开生得头大如斗，口阔容拳，隆准丰颐，两目闪闪如电，四尺以上身材，三十来岁年纪，边幅不修，精神活泼，大步踏进来！

秀全急的起迎。其余各人，都上前见礼，让坐茶罢。秀全道："素闻大名，今日幸得相见，足慰生平！"石达开笑道："足下的是妙计，独惜不甚完全。小弟正日日打探你们举动，不过待看如何，才商行止耳！试想浔江一带，何处无小弟的人物，足下这条计，可弄得别人，如何弄得石某？倘石某亦召百人，驱御韦兄亲见县令，自行解释，又将奈何！"这几句话，说得秀全目瞪口呆，半晌，便转口道："班门弄斧，弟真万分惭愧！只因素仰足下智勇足备，不过以无门拜会，出此下策，若得足下同举大义，不特弟开茅塞，实生灵之幸也！"说罢又向石达开再拜。达开见秀全之意甚诚，更自倾倒，便答道："某何足道哉！敝友李秀成，胸怀大志，腹有良谋，正汉之留侯，蜀之武侯也！若得此人，何忧大事不成？"秀全道："何广西豪杰之多也！此事容图之。但目前之计，速望老兄指示为要！"石达开道："金田壤地褊小，非用武之地！明公久屯于此，非长策也！以弟愚见，不如分兵两路：一路出永安州；一路绕梧州上游，会合于桂平，以窥桂林省郡。如此取广西实如反掌耳！"秀全笑道："豪杰之士，所见略同。昔云山兄弟，曾言及此。某以粮食之故，急未能发，今得足下，复何虑哉！"遂定计分为东西两路：东路以石达开统领三千人，洪仁发为前锋，谭绍洸合后；西路自领三千人，以韦昌辉为前锋，黄文金合后。所有粮食，都是石达开预行筹划。就令胡以晃率领保良军，仍驻金田，专司转运粮草。

秀全濒行时，向洪仁发道："鲁莽任性，古人所戒！服从善言，是为丈夫。兄弟今后，见石君达开，如见弟可也。"仁发答应过了，便立刻起程。真是旌旗齐整，号令严明，所过秋毫无犯。乡民纷纷助响，从军声势愈大！这个风声，早传到桂林省里。巡抚周天爵、布政使劳崇光，雪片似的文书，到广东告急。怎奈两广总督徐广缙，粤抚叶名琛，各负虚名，毫无韬略。接到广西文告，只有互相推诿，便激动了副都统乌兰泰：忖知广西乱事，非等闲可比。那日即进督衙，奋勇进行。徐广缙大喜，便令乌兰泰，领本部旗兵一千名，并拨中、广两协劲卒三千名，统共四千人马，昼夜兼程，望广西进发。当下周天爵得了驿报，便召劳崇光议道："乌兰泰虽是台湾案内保举军功，究竟有勇而无谋，恐未足恃！但事势已急，若转折往还，更是误事，又将奈何？"劳崇光道："今日正是急不能待。不如乌军到时，休令来省，就令速赴永安驻扎，以压洪秀全；再令提督向荣、总兵张敬修，援应后路。如此较为稳便！"周天爵深是其言，立即驰令乌军，转赴永安；一面召向荣、张敬修，告知此事，兼发令箭。向荣道："前军若能一胜，乱势自迎刃而解。但不知乌军能否一战？"周天爵道："战则有余！胜败却未敢必！公自有权，相机而动便是。"向荣不敢再辩，怏怏而行。又有军情紧急，便立即打点军备，与张敬修望江口而去。

且说乌兰泰，志在速战。起程后，不消四天，已抵梧州。探得石达开一军，正在上流，趋桂平，便要等候石军到来，拦路截击。忽见周巡抚号令，要速赴永安。乌兰泰心上很不服，自以为失此机会。只上台号令，不得不从。遂星夜望永安去。不料洪仁发，早探得乌军行程，又欲截击之，忙到中军，向石达开请令。达开道："乌军初来，锐气正盛。我军新举，倘有失利，人心随散矣！某料广西紧急，乌军必赶紧前进。不如权扎大营，他若来攻，只管接战；他若不来，我从后趋桂平，截其后路，有何不可？"仁发听了，因前有秀全吩咐，便不敢辩。

话分两头。且说乌军到江口时，洪秀全大队已到，离永安约二十里，扎下大营。这里离罗大纲驻处却是不远。秀全要差人暗行，知会冯云山，请来相议军务。偏是差人未发，云山已是来到。秀全慌忙接入，便道："方才正要差人邀请兄弟，不料兄弟先自到来了！"云山道："弟何日不打探哥哥举动？早知我军行程到此，必要相见，何劳再请！"秀全大喜，便问进攻之计。云山道："乌军现在江口，徐广缙委用此人，好误大事。弟向知此人性急好事，必要图功，自然急攻。哥哥，周天爵乃无谋之辈，若乌军到时，令他直取金田，截我后路，则我等危矣！今来此，此最下策也。待两军会战时，哥哥可故作退败，弟便令罗大纲乘势袭取永安；乌兰泰一闻此消息，必无心恋战。再由罗大纲这里，乘虚攻江口，乌兰泰必定不敢回江口，当从小路奔逃。此处近有一条小路，山势虽不甚高，树木十分丛杂，名曰斜谷。以弟所料，乌兰泰必从这条路去。弟亲领轻骑二百人，埋伏此路，斩乌兰泰必矣！乌军一败，向荣定然胆落，军无斗志。我以乘胜攻之，广西不难定也。秀全听罢大喜，便依计而行！管教：

  帷幄运筹，大展龙韬斩都护；
  疆场决胜，再施虎略取城池。

要知后事如何，且听下回分解。

第十回

洪仁发误走张嘉祥　钱东平重会胡元炜

　　话说冯云山已定下计策，要赚斩乌兰泰。洪秀全便依计而行。云山即辞回罗大纲营里，调动人马，策应洪军。秀全送云山去后，随唤韦昌辉嘱令如此如此；又唤黄文金嘱令如此如此。两人得令去后，秀全便亲领中队为前部，专待乌军。

　　且说乌兰泰已到了一天。扎营已定，却不见洪秀全动静，便向参谋张奋扬问计。张奋扬道："彼军起旗，本宜速进，今却不动，其中或者有诈！大人恐不宜轻举。"乌兰泰笑道："小丑跳梁，有何妙计！以某从军多年，百万之众，某且不惧，何况一洪秀全？某当亲自擒之。"张奋扬道："某所虑者，永安州城耳。永安绝无险要：且东邻象州，西界桂平，又是四战之地，恐贼军必垂涎此地，以趋桂平，又将奈何？"乌兰泰道："公言很是！但本军仅三千人，只足当洪秀全之数；若再分兵以守永安，实非良策！今向军门随后出矣，永安料必无虞。况秀全尚在前敌，岂能遽至永安耶？某若以全军临之，秀全一败，即广西皆安矣。何必多虑！"张奋扬听罢，暗忖自己所言，志在全军退守永安，今见主将不从，更不敢再说，只得辞出帐来。乌兰泰便令部司陈国栋，协领国恩为前部，望洪军杀来。谁想秀全深沟高垒，只选精锐三百人，压住阵脚，全军却伏在营里，屹然不动。

陈国栋见所发枪弹，全不中要害，又见秀全绝无动静，便向国恩道："张奋扬久参军幕，料事多才，今敌军如此动静，不可不防！"国恩听罢，便令陈国栋，独当前面；却自来见乌兰泰，禀报情形。乌兰泰怒道："凡攻营拔寨，一鼓作气，迟则军心懈矣！速回去尽力攻营。如有退后者，立依军法！"国恩无奈，便跑回前军。令陈国栋尽力攻营。当下洪秀全，见敌军来势渐猛，便令军士还枪接战，胡混战了一回，只见秀全领军望西而逃。陈国栋便同国恩两人，领军随后追赶。

这时乌兰泰，听得前军得胜，便号令一声，率大队前进。正在阵前，只见洪军旌旗纷纷变换：忽改后军为前军，绕东而来，却打着黄文金的旗号。乌兰泰急令分军，以陈国栋、国恩会追洪秀全，然后单迎黄文金接战。不料黄文金，这一支军如生龙活虎，望乌兰泰本军，弹如雨下。乌兰泰正在酣战，忽流星马飞报祸事：报称向提督未到江口，流寇罗大纲，用冯云山之计，已率大队，径取永安州去了！城池紧急，特来报知。乌兰泰听了，吓得几乎坠马！回顾张奋扬叹道："果不出足下所料！永安若失，何处可归？不如退兵。"便传令陈国栋、陈国恩先退，自己亲自断后。不提防洪秀全、黄文金，分头赶来，军士无心恋战，各自逃命。中弹下马者，不计其数。

乌兰泰便死命逃奔。忽然前部喊声大震：原来迤西一军，飞走横贯而来，为首的却是韦昌辉。陈国栋、国恩勉强接战。协领国恩措手不及，面颊上早中了一流弹，落马而死；陈国栋吃了一惊，望后便退。此时欲回永安，已被韦昌辉截住，不能冲出。后面洪、黄两支人马，又卷地追来，杀得乌军全无队伍，逃的逃，降的降，乌兰泰立杀数人，那里阻止的住？此时洪、韦、黄三路逼住，乌兰泰料不能回永安，便令向西而逃！陈国栋顾不得军士，急令亲信百人，保护乌兰泰，透出重围。张奋扬急对陈国栋说道："我一头走，他一头追，究非长策。望足下保乌帅先行，后兵我自当之！"说罢，便率败残的百人

死力抵御洪秀全。乌兰泰已自走去。可怜张奋扬,一个谋士,以众寡不敌,竟力尽自刎而亡!后人有诗叹道:

> 十年帷幄赞军营,转助强胡拒汉兵。
> 回首孤坟荒草里,幽魂空绕永安城!

自张奋扬殁后,五百军人,纷纷逃散。秀全一一招降,皆用好言安慰。见乌兰泰逃走已远,便移兵望永安州而来!按下慢表。

先说乌兰泰,自得张奋扬抵御一阵,才逃得性命。计部下三千军士,只剩二百余人,或是手无寸铁,或是焦头烂额。乌兰泰十分忿恨。时已夕阳西下,刚行至一处,但见树木丛森,分不出路径。便问左右:"此处是何所在?"左右有识得路途的答道:"此处地名斜谷。过了这所山林,便有小路通出江口。"乌兰泰道:"贼军党羽甚多,我正好从小路奔走。"便令从斜谷行来,约十里许,见山路狭隘,乌兰泰不觉有些心慌。忽一声号炮,只听得呼道:"害民贼快来送死!"说犹未了,枪弹纷纷飞来了。冯云山亲领三百人,截住去路。乌兰泰料知中计,急传令退后。不料枪声响处,纷纷从树林里击来。乌军只剩下二三百手下败残军士,已是子药俱尽,并不能还放一枪,只有敛手待毙。更不知云山人马多少,正在心慌,又见山路崎岖,行走不便,只见枪声又渐渐逼进。乌兰泰不觉仰天叹道:"可怜带兵数十年,今日却丧在此地矣!"说犹未了,脑袋上正中一流弹,大叫一声,倒在马下。陈国栋急下马相救。乌兰泰道:"受伤已重,料难再生,救亦无益。足下速速回去,再请救兵罢了!"陈国栋犹不忍行。忽然乌兰泰大叫一声,口吐鲜血而死。陈国栋便欲夺回尸首。不料冯云山所领数百人,已自追至,陈国栋急得策马落荒而走。冯云山杀散余众,便令收军,于路上得了乌兰泰尸首,后来命军士以礼厚葬之!并题其墓曰:清故都统乌兰泰之墓。后人有诗叹曰:

奋勇驰驱去，貔貅出粤东。
将军空百战，斜谷叹孤穷。
枉握兵符重，其如汉祚隆？
至今浔水上，夜夜泣西风！

当下云山自全军得胜之后，乘夜驰回永安。可巧洪秀全大兵已到，便到营中谒见洪秀全。行间忽见永安城上，旌旗齐整，秀全正自惊疑。冯云山道："此罗大纲兵也！是预早安排的定了。想已袭得永安城矣！"秀全大喜，便令进城相见。云山便令人报知罗大纲，预备迎接。

秀全即令云山先行。韦昌辉仍统领二千人城外驻扎，分布犄角，自己却与黄文金同行。行不数里，早见罗大纲列队相迎。秀全立即下马，同入永安城去。但见城内人民，俱备酒食迎接。原来居民久苦烦苛，今见洪秀全，树起伐罪救民的旗号，那不欢喜！秀全都一一抚慰，随到罗大纲营里，一面出榜安民，一面安排功劳簿，论功庆贺。云山进道："城池已得，惟州官逃避，必到向荣那里催取救兵。我据孤城以待战，非长策也！宜乘胜由江口窥桂平，以接应石达开与杨秀清，实为上策！"秀全深然其计。即令罗大纲部下赖世英，领本部一千人，坐守永安，兼运粮草；随令韦昌辉为先锋。却令罗大纲原部，不下万人，申明号令，严整旌旗，大队望江口进发。

且说提督向荣，自领了巡抚周天爵之命，要接应乌军，兼敌洪秀全，便令总兵张敬修为前锋，记名提督张必禄为合后，正在督兵驰下。不料前途探马报到，乌军全军覆没：都统乌兰泰，协领国恩已阵亡，都司陈国栋不知下落，现永安城池失守，洪军大队正望江口来也！向荣听罢，呆了半晌。张敬修道："洪军既胜，锐气百倍；又兼罗大纲之众，未可轻敌！不如回见周巡抚，再商行止！"向荣道："广西精锐，尽在本军，若不战而回，人心益乱。不如先图规复永安，以镇民心！若是不然，洪氏大势益盛，广西危矣！"便不从张敬修之言，即下令趋进永安。忽又流星马报称：石达开一军，已从梧州上游蜂拥而来！向荣大惊道："此时若趋永安，恐腹背受敌矣！不如回桂平，以待敌军！"遂改令俱回桂平去。

原来石达开在广西，最得人心！所过望风投顺。那日大军正到昭平境界，忽探得富川一带，有流寇张嘉祥为乱，现在向荣正分兵剿捕。石达开得了这个消息，便与洪仁发、谭绍洸相议。绍洸道："向荣若是分军，何不急攻桂平？"达开道："洪哥哥正乘胜由江口进兵，何忧桂平不下！惟张嘉祥乃广东高要人也，向随叔父经商广西。自以行为无赖，被叔父逐出，遂投绿林为盗。后杀盗首，而取其女，旋因手下不服，逃至富川。今复结众，扰乱乡民，此人与弟曾有一面之交，素知他骁勇善战，唯是热心官阶，性情反复，若遇向荣，彼必投降，实为心腹之患！我不如先罗致之：可用则用，不可用则杀之，以绝后患！但昭平正当冲要之地，弟却不便离营而去，不知谁人愿替某一行？"洪仁发道："弟愿当此任！"谭绍洸急止道："仁发兄弟性急，恐不宜独当一面。"仁发大怒道："秀全兄弟还不敢说某一句闲话，汝何人？敢小觑我耶？若不叫我当此一任，我便要逃回广东去矣！"绍洸道："汝回广东去，干人甚事？"二人相争不已！达开劝解道："彼此都为公事，何苦争气？究竟仁发兄弟先说，就令仁发前往便是。"说罢，便令仁发领本部一千人，往取富川。并嘱咐道："军行须戒任性。若遇张嘉祥，当招之使降，次则擒他回来，石某自有主意；不然则杀之，休令他逃去！我在此敬候捷音。倘有缓急，飞报前来可也！"仁发领命，欢喜而行。绍洸心颇不快，石达开婉言相劝。当下就留绍洸在营喝酒，酒后耳热，达开乘兴挥毫，题了一首五律。其辞道："大盗亦有道，诗书所不屑；黄金似粪土，肝胆硬如铁。策马度悬崖，弯弓射明月；人头作酒杯，饮尽仇仇血！"暂时按下。

且说张嘉祥，自从逃至富川，竟聚集三五百人，打家劫舍。听得向荣要兴兵来剿，忽向军未到，洪仁发军先自到了！张嘉祥惊道："如何石达开亦有这般神速也?"便聚手下商议道:"我辈麇聚绿林,终非长策!不如乘此机会,杀败洪仁发,立些功劳,向官军投顺,图个衣顶荣身,岂不甚好?"众人齐道:"大哥言之有理!就这个主意便是。"张嘉祥大喜。便督率手下,专待洪仁发。不料洪仁发虽然性急,还自有些分寸,竟向军中传令道:"我们兄弟,你可知道,秀全兄弟和韦昌辉、黄文金,那里杀败乌兰泰,夺了永安城,威声大震,早得了头功;我们这会,如果不能拿住张嘉祥,便算失了礼面,怎好见人?这会务要奋心协力,把他拿的寸草不留,才显得我们的本领。"三军齐声应道:"不劳说得,我们愿听号令!"洪仁发喜得手舞足蹈。果然领了那一千人马望张嘉祥巢穴杀来。张嘉祥见仁发来势凶猛,便当先迎战;不提防仁发一千人,不事纪律,纷纷乱进,枪声乱鸣,嘉祥手下的党羽,一来寡不敌众,二来又当不得这般猛势,各先逃避。洪军如乘风破浪,直进军中,反把张嘉祥困住。嘉祥料不能脱身,急生一计,下马向仁发投降。连左右护卫,统通二三十人,都被洪仁发留住。仁发非常得意,呵呵大笑道:"可笑石达开兄弟,把张姓的一番夸奖,今日却是束手受缚也!"嘉祥道:"仁发我的父,那里得知,张某这起一路兵,正欲接应你们,由富川取平乐府城投顺洪军,共图大事,故此不战就擒耳!"仁发听了这话,心内一想,暗忖道:"秀全兄弟戒我鲁莽,石兄弟又说得张姓的如此能战!这回又擒得如此容易,或者有点跷蹊,也未可知!"便回嗔作喜道:"我也听得石兄弟说过,和你有一点交情,要招你回去,同谋大事。只是我心上还信你不过,恐你反投清军,却又怎好?"嘉祥反笑道:"怪得人人说,你是鲁莽的,端的不错。"仁发怒道:"我如何鲁莽?你且说来!"嘉祥道:"张某若要投顺清兵,不在富川起乱了!张某不过要立点功劳才好。你们兄弟若不相信,今清兵将到富川,待我招齐旧部,杀退清兵,斩将搴旗,以表真心,倒是容易。只怕没有这等度量!"仁发听罢,心内本加愤怒,只回想怎好被这小人觑我!便向嘉祥道:"你若是有这般真心,我自然有这般大量。你留下你的兄弟作按当,你且去来!"嘉祥一听,忙谢一声,急的如飞而去。

时族弟洪容海在旁,进道:"张嘉祥那厮,达开兄弟说他性情反复,今他神色不同,此去定不回矣!"仁发道:"怎好以不肖之心待人,想两天内必有消息也!"不料过了两天,不知逃到那里,绝不见张嘉祥有些动静。洪仁发大怒,便要进兵,再拿张嘉祥。洪容海急止道:"张贼未必可拿,清军又是将至,且恐误了石兄弟进兵的时期。不如回去,再行设法。"仁发无奈,只得押了留下的二三十人,传令退兵。路上痛恨张嘉祥,咬牙切齿的骂道:"此后如见了张嘉祥,必以死命搏他。某与他誓不干休也!"当下且行且恨,急回昭平缴令。

石达开急忙出营迎接。仁发把留下的二三十人献上。达开急问道:"曾拿得张嘉祥回来没有?"仁发初犹满面通红,不便说出。达开再问一声,仁发道:"人是拿得的!只是洪某不细,被他留下这些兄弟,托说投附我们,要先杀清军,以表真心,因此被他逃去了。"达开听了,顿足叹道:"石某当初说怎么话来?素知那厮虽是骁勇,实毫无信义;今他宁负义,断送二三十名兄弟,反要单身逃去,今后我们反多一敌手矣!"时谭绍洸冷笑不止,仁发又羞又恼。达开恐仁发不好意思,急安慰道:"好兄弟,休要激愤。待再有机会,石某定能擒他,不过稍待时日耳!"仁发道:"何消说得!我若再遇他时,怎肯干休?誓拿此人,以雪今日之恨!"说罢,石达开便向那张嘉祥留下的二三十人说道:"张贼无义,陷了你们,却自逃去,你们今又降否?"那二三十人一齐答道:"倘仗大义,留得残生,誓杀张贼以报,断不失信也。"达开大喜。便招降那二三十人,仍令洪仁发统领前军,望桂平进发。果然与洪秀全两军会合于桂平。向荣退保桂林,又被杨秀清会杀一阵,广西越加紧急,此是后话,按下慢表。

再说浙江归安钱江钱东平。自从被困监牢定罪,充发新疆,旋因花衣期内,未能起解。当时广州城外,有一个世家子弟,唤做潘镜泉。为人无心仕进，素性疏狂，所以那流俗人等，反起他一个"荒唐镜"的绰号。只因当时两广总督子爵徐广缙，广东巡抚男爵叶名琛，各负虚名，不理政事，累得内患外攻，竟无宁日！潘镜泉大愤，便写了数百张不肖子、不孝男六个字，偏贴城厢内外。因此官府闻知，便要把潘镜泉拿捕。潘镜泉得了这个消息，急要逃走，正待寻个心腹人商酌：因念前日和钱江有了交情，自己又自很佩服他的，正好和他商量行止。那日便亲到狱里，找着钱江，把上项事情说了一遍。钱江道："黑暗官吏，擅威作福；为足下计，倒是走为上着。只目下荆天棘地，广东那藏得住身？不如先入广西较妥！"潘镜泉道："先生得毋欲某从附洪秀全耶？"钱江道："足下乃隐逸之狂士，非戎马之英雄，去亦何益？且足下家人妇子，全在羊城，行止亦不宜造次。但到广西找寻亲眷，暂且安身可矣！"镜泉道："正合弟意！此行吉凶，望先生为弟卜之！"钱江道："不劳多说，弟已为足下起得一课：乃泰之三爻，无平不陂，无往不复，艰贞无咎，足下尽可无事。就请速行。"镜泉听了，急谢过钱江，忙出了狱门，间关望广西而去。

当时自潘镜泉去后，官府拿他不着，仍恐他的党羽从中又来唾骂官长，自当绝其根株。猛然想起钱江尚在狱中，久经定了罪案，这时便当起解！那广州知府余浦淳，便请过督抚，发下批文，就令差役陈开、梁怀锐两人，把钱江押解起程。要到韶州府里，领得回文，然后交代返省。还亏钱江这里，在狱里颇得人心，就是陈、梁两差役，都当他是神怪一样，以故晓行夜宿，从没分毫苦楚。那陈开，又是没处没有朋友的，是以所过地方官商，禀明查照之后，一切衙中差人，都看陈开面上，竭力照拂。

钱江看见陈开如此豪侠，已有几分看上了，独惜陈开这人，虽有义气，只胸中没一点墨，如何办得事！心里正是叹息。忽然第三天，早已到三水县城，即到县衙里投报。本来押解军犯，凡所过地方官商，该要受些刑棒，只因有陈开竭力周旋，因此钱江不特没受些苦，反得沿途供应。

这日正在府衙里差馆歇足，钱江窥着左右无人，便向着陈开说："大丈夫未经得志，本不宜说报恩的话。只钱某这番落难，得足下的厚恩不浅了！某知足下，是风尘里不可多得的人，却可惜屈在胥役里，岂不是误了前程？"陈开道："某虽不才，自以失身致污清白，亦深自悔！可惜公事在身，不能随侍执鞭耳！今番待回省缴过回文之后，倘得先生去处，当万里相寻，死亦无憾！"钱江道："丈夫贵自立。当今乱世，以广东之险，粤民之众，大有可为！今洪氏在广西起义，正自得手，若能以一军牵制广东兵力，以助洪氏之成，其功不小！足下何不图之？"陈开道："佛山一带，弟一呼而集者，可得万人。先生之言，弟可以行之！"钱江道："恐此皆陷阵冲锋之辈，而非决谋定计之才也！况广东形势，起事必当要害，以弟愚见，当由省城以趋佛山，不宜由佛山以趋省城也！"陈开道："先生此言，弟实不解？若起事，必当要害；那洪氏何以偏在金田？望先生一发开弟愚昧，实为万幸！"钱江道："此形势不同也。广东自经外患，兵力充斥；若是荒隅告警，官军朝发夕至，容易解散。且以徒步之众，先据荒隅之地，而后攻兵粮精足之坚固城池，断乎不可！足下休得思疑。"陈开听了，方才拜服！钱江又道："足下左右，尚未得人。某此行，将在湖南，足下切宜秘密布置，某当遣人来助。若未得钱某主意，休得妄行，是为要着。"陈开一一拜领！陈开又道："此行若到韶州，弟当便回，此时无人服侍先生，又将如何？"钱江道："韶州知府是胡元炜，某见此人，则灾星脱矣。何必多虑！"两人说罢，梁怀锐恰自外回来，胡混过了一夜，越日即起程，望韶州进发。管教：

数载睽违，倏忽重逢旧雨；
频年险难，顿教离脱灾星。

要知钱江此去若何，且听下回分解。

第十一回

萧朝贵计劫梧州关　冯云山尽节全州道

话说陈开说称，恐到了韶州之后，自己领了回文，便要回省，恐钱江无人打点，因此怀着忧虑。钱江竟答称到韶州府时，见了知府胡元炜，自有脱身之计，目前却不便说明。陈开听了，自是放心。过了一天，即同梁怀锐，依旧护送钱江起程，望韶州进发。有话即长，无话即短，不过四五天，早由四会过英德县，直抵韶州府。陈开当下即禀见知府胡元炜呈验，因过了韶州，便是湖南地界，要另由地方官派差，护押犯人出境。当下胡元炜，把文书看过，心里已有打算。即把钱江另押一处，不由衙里差役看管，只派亲信人看守；立刻就批发了，令陈开两人回去。

陈开得了回文，即来见钱江叙话：说明公事已妥，不久便回省了！心里还有许多要说的话，碍着梁怀锐，不敢乱说。当下心生一计，拿些银子，着梁怀锐买些酒菜回来，和钱江饯别。遣开了梁怀锐，即潜对钱江道："此行终须一别！未知先生前途怎样？又不知何时再得相会？弟实放心不下！"钱江叹道："足下真情至性，某已知之！某过此，便出生天堂矣！但目前不能说出。倘有泄漏时，不特累及胡知府，且于某行动亦甚不便也。"陈开虽然是个差役，还是乖觉的人，暗忖钱江此言，甚足怪异；又见胡知府把他另押，料然有些来历，便说道："这却难怪！但某所欲知者，后会之期耳！"钱江道："青山不老，明月常圆，后会之期，究难预说。但前途各自珍重罢了！"陈开听得此言，心上闷闷不乐。钱江诈作不知，只再把广东起事，宜在省城，不宜在佛山的话，重复嘱咐一遍。陈开方欲再说，只见梁怀锐已自回来，忙把酒菜摆上，三人对酌。谈了一会，然后睡去。

越日，钱江便催促陈、梁两人回去。陈开无奈，只得起程。临行时，又苦索钱江一言为赠。钱江信口说道："宰羊拜佛上西天。"在钱江这句话，分明叫他由羊城起事，过佛山，入广西去了！只陈开却不懂得。似得个闷葫芦一般，又因多人在旁，不敢多问，便珍重了几句，各自洒泪而别。

不说陈开二人回去，且说胡元炜自从批发回文之后，越日到了夜分，即令亲信人等请钱江到后堂去。原来胡元炜，本与钱江是个同学中人。少年各抱大志，为莫逆交；两人平日言志，元炜尝言道："弟才万不如兄！苟能干一事，以报国民，死亦足矣！"钱江道："一事流芳，亦足千古。但某志不在此也！"元炜便问钱江之志何如，钱江道："愿复国安民，为汉之张良，明之徐达耳！"年既长，钱江忽请元炜纳粟入官。元炜大惊道："方今烟尘四起，天下正将有变，弟方欲附骥成名。且奴隶官阶，小弟尚无此志，足下这话，得毋以戏言相试耶？"钱江道："办大事不在区区外面张皇，某殆欲足下将来作内应也！"元炜深然之。钱江便竭力资助，元炜遂报捐知府，分发广东补用。恰值钱江任林则徐幕府之时，遂委他署韶州府去。到这时再复见了钱江，急的降阶相迎，让入上房里坐定。茶罢各诉别后之事。

胡元炜先开言道："天幸小弟得任斯缺。故人这段案情，偏经过弟的手里。弟另押足下以亲信人守之，盖不欲足下为差人熟认也。世间可无小弟，断不可无足下一人！足下明天便当逃去。后来祸患，弟愿当之！"钱江道："何必如此？某用足下，岂仅为救弟一人计耶？只换一狱中囚犯，替某充军足矣！"元炜道："换犯顶替，恐有泄漏；衙里义仆徐福、梁义，受某厚恩。且徐福相貌年纪，与足下还差不多，不如用他两人押足下出门，到中途把足下释放，即以徐福冒作足下，而以梁义为解差，较没痕迹。此计你道何如？"钱江道："如此甚妙！但恐替灾揸难，实非易事耳！"元炜道："此事容弟探之。"说罢便引钱江至厅上，自己在上房闷坐。

少顷徐福进来，见元炜托腮纳闷，徐福便问元炜，怎地忧愁？元炜初只摇手不答。徐福问了再三，元炜才把与钱江厚交，今他有难，不能相救的话，说了一遍。徐福道："小的受恩主厚恩，本该图报；但有用着小人之处，虽死不辞！"元炜故说道："如此必须揸苦！钱江乃某之故人，某宁死，何忍累及你们？"徐福听罢，一发坚请要行。元炜乃大喜，拜道："你能干此事，令胡某生死不忘矣！"便把和钱商议的话细说出来，徐福概不退辞。便唤梁义进上房里，告知此事。元炜见二人都已应允，即通知钱江，立即亲自押了文书，着徐福两人，乘夜打叠，准越早起程而去。

徐福、梁义二人听了，一面打点行装，胡元炜潜向钱江道："事妥了，明天便行；但不知足下此行，将往何处？"钱江道："弟与洪秀全相约，原定在湖南相见。今洪氏恋攻广西，月前料不能急进湖南！恐这回又须折入广西矣。"元炜道："此入广西，约有两路：若由乳源过阳山，绕连山而入富川，此路较近；但风声太近，恐徐福不便更换耳！不如由乐昌过宜章，便是湖南境界，这时任由徐福替冒足下，足下即可入桂林，绕宁远，出道江，便是广西全州的地方了。路途虽远，较为稳便！未审尊意若何？"钱江道："此弟本意也！弟去后，足下当设法改调别省，广东非洪氏用武之地；若在浙江、湘、鄂之间，弟所赖于足下者不少，愿足下留意，勿负此言！"胡元炜点头应允。随具了三百两银子，交钱江作路费。少时徐福回来道："行装已打点停当了！"胡元炜便令各人睡去。越早天未大明，元炜起来，催促各人起程。钱江与胡元炜洒泪而别。钱江此去，一到宜章，即入广西而去；后来徐福由新疆逃走，此都是后话！

且说洪秀全这一支军，已逼近桂平地面，恰可石达开已到，两军会合，成为犄角之势。一面差人从间道报知杨秀清，令他乘胜起兵。冯云山进道："此间有哥哥和石达开在此，不忧桂平不下！不知秀清兄弟如何摆布？弟愿亲往走一遭。"秀全道："某甚不愿兄弟离去左右。且兄弟孤身独行，某亦不放心！不如勿往。"云山道："弟意以为各军俱聚于广西，甚非长策。弟听得清廷以林则徐，办广西军务，此人好生了得！犹忆钱先生嘱咐弟时，着在广西起事后，速进湖南。弟故欲以杨秀清一军，由全州进湖南，使林则徐首尾不能相顾也！全州既定，向荣必退，哥哥即由桂平过全州，共趋湖南，有何不可？"秀全道："桂林未下，广西根本未成，某实不以此计为然。"云山笑道："哥哥岂欲广西为基业耶？大局若定，何忧一桂林？钱先生之言，必不妄也！"秀全听罢，默然不答。云山坚请要行。秀全见他主意已定，遂不强留。云山便扮作一个逃难乡民，从小路望平隘山去。

那一日杨秀清、萧朝贵几人，正商议起兵，接应秀全。忽报云山已到。秀清立即请进里面，各人分坐后，秀清便问秀全军情怎样。云山说了一遍，各人好不欢喜！萧朝贵道："昨得广东潘镜泉暗地通来消息，说钱先生已自起解了，未知兄弟那里还有听得没有？"云山道："此事却不听得。弟料钱先生起解之后，必有脱身之计！弟意正欲由此起兵取全州，入湖南也！"秀清道："此间各事齐备。只子弹太不敷用，枪械亦自欠些，如何是好？"云山道："某听得广西军火，清官向由广东接应。现在转运局，设在梧州关里，正是屯积辎重之地。若劫得此关，军械何愁不足？但无人可行，亦是枉然！"萧朝贵奋然道："兄弟何欺人之甚也！偷营劫寨，尚不能行，遑论安邦定国？此事萧某可当之。"云山便问以劫关之法。朝贵道："更得一人为助。余外只消四十人足矣！"说罢，便向云山附耳说称如此如此，云山大喜。朝贵便请洪仁达同行。仁达更不推辞。朝贵就在团练军中，挑了惯熟水性，身体强壮的，统共四十人，携定干粮，离平隘山而去。

这时广西纷乱，商民来往，都结队而行。朝贵、仁达，便将四十人扮作商民模样，前后分两队，望梧州进发。所过关卡，都当他们是个商民，概不盘究。因此朝贵安然到了梧州。约过梧州二十里，原来朝贵有一族弟萧仰承，平时向受朝贵周济，当时正在梧州操米艇业为生。朝贵寻着了他，求他代雇米艇十艘。萧仰承自然从命。朝贵雇定米艇后，扬帆望梧州关来。

此时因桂平告警，所有梧州军队俱发桂平去了。梧州关里，只有护勇三四十名防守；余外约离二三里扎下一营清兵，却不满三百人。当下关吏见十艘米艇齐至，便令扦子手十人，分往各艇查搜。不提防朝贵艇内，每艇四人，见扦子手下来，即举枪相向！扦子手那里敢动，随用物塞其口，使不得叫喊。关吏见扦子手许久不回关，只道有了私货，再派护勇十名巡视，被舰内人如前法缚住，统通三次。

朝贵看见关里只存八九人，即先率数人登岸，故作呈验过关票情状。朝贵一到关里，又诈作遗失一票，再呼艇内人拿票来！旋又见艇内来了数人。登时已夕阳西下！萧朝贵即领了各人，一齐拥进关里，关吏措手不及，所存数人，即被萧朝贵各人拿下。各以性命交关，那里敢做声。萧朝贵即在关内，搜得洋枪数千支，弹子十万颗，或箱或袋，细捆停妥，都运下各艇去；关库所存银子，搜掠无遗。朝贵一发扬臂道："烦苛关役，刻剥商民，已非一日，留他也是无用！正好替民除害，更快人心！"说罢一刀一个，把关吏和扦子手杀个干净。然后回艇扬帆，望桂平而去。加以艇内各人，又惯识水性的，正是帆开如满月，艇去似流星。到了越早，已是桂平境界。已有冯云山派了数十人，扮作船夫一般，在上流迎接。朝贵大喜。一齐护送到平隘山，缴纳计点，增了无数军械，好不欢喜。

只说梧州知府朱元浩，这日不知为了什么事，到关里转运局处，拜会头执事。方到关前,先令跟人把片子传进,见门房里没有人答应,急进几步一看,吃了一惊!只见几个尸首,横滚在地上,都是血迹模糊的。跟人急的跑回,到朱元浩轿前禀报。朱元浩听得,料知转运局里有了事变,只得拚着胆,到局里察验。命手下人等,纷纷搜查:但见仓库空空,军械无存;被杀的自关吏以至上下人等,统共九名。朱元浩不胜惊骇!立即回衙,一面禀报上台去,一面暗派差人侦探此事。

过了一天,即有探子回道:"梧关上流,有无主米艇十数艘,想是强盗行劫军械时用的!查此米艇,是梧州下流的一般装整,若拿得艇主,自知得强盗下落了!"朱元浩道:"这话有道理!只劫去库银军装,已是紧要事情;况且杀了许多人命,非同小可!如何关前还有防军驻扎,竟至没人知觉?本官实在不明!你们速去查确回复便是。"各探子自得了朱元浩号令,不敢怠慢,忙到梧州下流,密地查探。

此时各地都纷纷传说梧州关被劫的事情!萧仰承听得这个消息,想起雇艇一事,料是朝贵所为,恐怕累及,忙先逃去。不提防萧仰承逃后,各艇主寻他不着,只当萧仰承是一班同谋伙劫的,深恐祸及自己,且防将米艇籍没归官,便急的具了一张禀词,诉到梧州府去。朱元浩接了禀,旋见探子回报,都与禀词内所说的差不多,朱元浩即令探子退下。暗忖:雇艇的是萧朝贵,代雇的是萧仰承;若是萧仰承同谋,只由仰承雇艇足矣!何必另出朝贵的名目?想此事自是萧朝贵所为!因不识艇主,故累及仰承耳。此事只追拿萧朝贵一人,便可了事;若牵连多人,不免打草惊蛇,反令朝贵得以走避,实为失着。想到桂平团练局内,听得有个萧朝贵的名字,不如移文桂平县令,着杨秀清交出此人。主意已定,立即移文桂平县去。

那桂平张令,接得这道移文,暗想此事关系团练局,未便擅自拿人。便发下一函,请杨秀清到衙里叙话。秀清看了那函,沉吟不语;冯云山在旁问秀清有什么事情,秀清随把那函给云山一看。云山笑道:

"此我们起事的机会也！"秀清便问何故，云山道："此必是萧朝贵的事情发作了！移文到县里，要捉拿朝贵兄弟的。"秀清道："这样小弟身上不便，如何去得？"云山道："也不妨。待某扮作跟人，随了足下去，县令有怎么话，看某眼色，一概应允便是。"秀清听罢，见云山愿意同去，自己怎好推辞，便勉允诺。两人立即更衣。秀清乘了一顶轿子，云山拿了个帖子，在后跟随，直奔桂平县衙来。

霎时行到，云山先把帖子向门上投进，少时门上传出一个"请"字，秀清即带了云山，直进内而去。已见张令，具袍服出迎到厅上。分坐后，茶罢，张令先问团练局的情形。秀清应酬了几句。张令随把梧州府移文，说了一遍。云山以目视秀清。秀清道："既有此事，实在败坏团练声名，如何忍得？"张令道："此事全在贵绅身上了！望即把萧朝贵押到敝衙，免得本官发差拿人，致上台疑虑团练局，实为两便。"秀清道："此易事耳！待小弟回去假设一宴，于席上拿之，毫不费力。这时送到父台这里，任由处断，便是不劳父台着意也！"张令大喜。略谈了一回，秀清看看云山的眼色，便起身辞行。张令又叮嘱几番，秀清一概应允。张令送秀清去后，自回内堂去。

秀清却与云山，仍望平隘山而回。云山向秀清附耳嘱咐，如此如此。秀清听罢，云山自回秀清府上。秀清便独进团练局来，假作面色青黄不等，垂头丧气的情状，左右急问何故，秀清叹道："不消说了！今日乃知官场，是端的靠不得的。"左右再问何故，秀清才道："今因本省有乱，要我们团练局出征去也！想我团练军，要来保护桑梓，今不发枪械，不给军饷，要我们充当前敌，如何使得？杨某宁待罪而死，岂肯送诸君于死地耶！"说罢放声大哭。萧朝贵早已会意，遂奋意答道："我们不往，彼将奈何？"秀清道："今若不往，县令明天将发差拿人矣！"这两句说完，只见洪仁达、李开芳、林凤翔等，都暴跳如雷，骂昏淫官吏的不绝口。各营头目，见此情形，都纷纷上前问讯，已知道这桂平县令，要团练军出境开战了，少时传遍了各营。正是人人愤懑，个个动怒，喧做一团。

杨秀清与萧朝贵急出来慰道："你们不用如此，我们自有主意了！"众人一齐发喧道："我们团练只要保卫桑梓，那里肯当无械无粮之兵，受那种昏官的调遣？我们宁死，都不愿去了！"朝贵道："正为此事，有这个踌躇！因这等军令，是断不能去的。只因桂平县令说过，若不允去，明天定要拿人。因此要想个法子。你们休得性急才是！"众人听了更怒道："他若要拿人，我便和那班狼差，决个雌雄。那有敛手待毙的道理？"说罢都摩拳擦掌。秀清二人，又故意安慰一会，然后回局。一面通知云山。云山便冒作秀清名字，修了一禀：伪称正在捉拿萧朝贵，团练不服，恐防酿出大事，特请起兵到来弹压等语。桂平张令，得了这一张禀子，立即调守备马兆熊，带兵一营，往平隘山弹压！

不料这一营兵，将到平隘山地面，云山便扬言道："不好了！桂平县起兵来拿人。"团练军得了这个探报，纷纷执械向秀清面前请战！秀清便说道："众人如此奋勇，杨某愿与诸君誓同生死！只是现在宜不动声息。俟彼军到时，出其不意而攻之，料无不胜也！"各人得令欢喜而行。

这时马兆熊，奉令弹压，原不知杨秀清、冯云山的弄计，只统了那一营兵，直奔平隘山而来。到时只见团练军绝无动静，便令安营。不想话犹未了，团练军已纷拥进来。那时个个愤恨官军，无不力战。马兆熊忽见团练军进来，尚不知何故，及见团练似开仗的样子，即令军士御敌。一来措手不及，二来寡不敌众，三来团练军由怒生奋，马兆熊如何抵敌得住？团练军里左有萧朝贵，右有冯云山，中央杨秀清，各分队进来，杀得尸横遍野，马兆熊大败而逃。

杨秀清传令收军。计点军士，幸无多损伤。回至团练局，正欲颁款赏给有功之人，忽见冯云山，当众大哭。军中各营长，皆不知其故，纷纷问道："现已攻败官军，正该色喜！先生因何哭起来？"云山道："列位有所不知！今番马兆熊虽然败去，料官场必以我们抗拒，再起大兵前来！在弟等本不难逃去。可惜列位皆本处人，日后奸官必然加害，如何是好？"杨秀清会意，即奋然道："方今黑暗世界，纵得苟安，亦属无补于事。已弄出，不如索性以图大事，有何不可？"冯云山道："某实视官兵如草芥耳！若得同心协力，何事不成？就此起义，与洪哥哥相应便是。不知诸君，皆愿意否？"各人齐声道："无有不愿！"云山大喜。即传檄各营，先由恭城过全州，直出湖南而去。计议已定，便择日起程，望全州进发。

军行时，云山暗令心腹人，把平隘山分头纵火，烧个净尽。秀清急问何故，云山道："足下有所不知！这团练军，是用计逼成，非有心起义，与洪哥哥的人马不同。若被清官知出我们用计，恐一张告示，从此解散矣！今使彼无家可归，彼不从我，又将安在乎？"秀清道："此计甚是！但恐人怀怨望，又将何如？"云山道："我只说恐清官把民屋发卖，以充军饷，不如焚之，免官兵踞以为利，岂不甚妙。"秀清听了，方才拜服。便一面申明军令，依次而行，所过秋毫无犯。还喜恭城僻县，无兵把守。不一日，已取了恭城。这时巡抚周天爵，先接了桂平县详文，已知道桂平团练军反了，一惊非小！即令向荣，分军救护去；彼又接得恭城令失城文报，一发催向荣赶紧分兵。向荣一连接两条令箭，便向张敬修道："本军正与洪秀全相持，忽有分兵之令，恐桂平不能守矣！请将军以本军坚守，不能守，则退保桂平；我却从后追击杨秀清。得失在此一举，愿将军勉之！"张敬修领诺，向荣便交割军符，再嘱咐道："将军非洪某敌手，守则可保，战必无功，不可不慎！"张敬修听得此言，只道向荣小觑自己，怏怏不乐。向荣无话，即领本部大兵，望全州而行。

且说冯云山一路取恭城，过灌阳，入新安，势如破竹。沿途招募壮丁，军声大震，直叩全州下寨。忽听流星马探报：知道向荣大队追来。云山听得，谓秀清道："向荣此次来追，必得周巡抚之令，故以分兵。但彼以军情紧急，必倍道而行，不如回驻灌阳以待之！劳逸殊势，向荣虽勇，必为所败；向军一败，则洪哥哥得手，吾势成矣！"秀清以为然，遂驻于灌阳、新安之间。先以千人成列，余外俱埋伏，专听号炮，分头杀出。

且说向军驰到恭城，已知秀清望北而走，以军士过劳，欲稍歇士马。提督张必禄道："迤北一带州县，知救兵已到，秀清将无人可敌。而州县纷纷降附矣！不如赶至灌阳，以镇人心。"向荣听了，觉此话也很有理，复督兵前进。时云山计算向军将来，传令诸将道："向军到时，必争入灌阳，闭城休歇。惟我军休令他入城，待其到时，喘息未定，急攻之可获全胜！"分拨甫定，已见南路尘头大起，向军星驰电卷而来。向荣望见秀清军少，心中大疑，因团练军已有二千余，又多降附，今所见仅千人，料有埋伏。便欲先争灌阳。忽见秀清军中，号炮一响，已分头杀出。向荣见地势失了便宜，急令人马退后。惟秀清军养精蓄锐，向军如何抵敌？闻得一个退字，已各自逃窜。云山令前营洪仁达先出，左有李开芳，右有萧朝贵，分三路进杀，向军大败。冯云山知前军得利，急与林凤翔引中军亲自来追，不提防军情得手之际，忽然一颗流弹，正中云山左臂，翻身落马。管教：

敌势方摧，但见清兵填血海；
天心莫问，顿教皇汉堕长城。

要知后事如何，且听下回分解。

第十二回

洪秀全议弃桂林郡　钱东平智败向提台

话说冯云山，领中军亲自追赶向荣，正在三军得手的时节，不提防平空飞下一颗流弹，正中云山左臂上，几乎坠马。幸得右护卫使林凤翔策马上前救护，保定云山先退。这时云山伤势沉重的很，因欲镇定军心，只得勉强撑持。向秀清道："兄弟速速进兵，休为我一人误了大事。这会若能挫动向荣锐气，广西全省唾手可得！若因此退兵，不特失了锐气，沮丧军心，反使向荣军声复振，又费一番手脚了！"秀清听罢，由林凤翔保护云山先退，依然统领大军赶来。

当时中军内里军士，早知云山受伤，不免有些畏惧！幸亏洪仁达前军尚未知觉，一面追赶向荣，此时立脚不定，约追至二十余里，却可好一片战场。向荣急令前军扎营待战，自己却自死力支撑一阵。不料杨秀清压住中军，却令李开芳接应洪仁达，分两路攻击向荣。向荣便令左三营统将提督张必禄，抵御李开芳，自领本军抵御洪仁达。两军正在混战之时，偏是团练军后营萧朝贵，已自赶到，急从右路转出，单击向荣前军。向荣那一军，正在安营未安，如何抵御？向荣知不是头路，恐全军俱败，立再分兵两营阳攻萧朝贵，便乘势退兵：先令张必禄领三营先退，自己亲自断后而去。

萧朝贵便领这一支生力军，横贯邀截张必禄。张必禄此时已腹背受敌，李开芳又渐渐逼近来了，张必禄犹望向荣救应，不想向荣本军已被洪仁达牵制，移动不得。张必禄心慌，早失了队伍，军士纷纷乱窜。朝贵亲领百人，冲入中军，来捉必禄。朝贵大呼道："捉得张必禄的，受上赏！"三军一声得令，冒死单攻必禄一军。张必禄知不能免，急提枪自击而亡！时军士见统领已死，哪里有心恋战，只有各自逃命。朝贵一一招降。便令李开芳监住降军，自己却来会追向荣。时向荣已缓缓退去。恰值黄昏时分，天有微雨，秀清只得传令收军。这一场恶战，好不利害！还亏向荣一员老将，尽力支持，除了张必禄三营之外，军士还死伤不多：只折了提督张必禄。挫动锐气，料不能进战，便详文申报周巡抚，催取救兵，不在话下。

且说杨秀清收军回后，以萧朝贵折了张必禄，便录为头功；余外都记了功劳。一面犒慰三军，然后同萧朝贵来见云山。只见云山躺在床上，受伤已重，朝贵便亲至床前问疾。云山道："大丈夫提三尺剑，凭三寸舌，纵横天下，事之成败，不必计也！某本欲与诸君共饮胡虏之血，以复国安民。今所志未遂，已是如此，亦复何说！今天幸有了时机，望此后诸君珍重前途，共成大事，某死亦瞑目矣！"朝贵垂泪答道："兄弟之言，金石也，敢不尽心！望兄弟善自将息，保全玉体。"言下唏嘘。云山听了，没有答语。秀清便说道："先生倘有不幸，某与秀全，将倚靠无人矣！似此将若之何？"半响云山才说道："弟本庸材，辱承洪哥哥重寄，今不幸中道睽离，负洪哥哥多矣！东平先生文经武纬，胜弟十倍，不久必到广西，何忧辅佐无人？只一件是最要紧的……"说到这里，不觉双目复开，往下就不说了。秀清再问时，云山又停了半响才再答道："吾有所思也！"秀清徐问所思何事，云山又道："思吴三桂耳！不知国家大义，徒以南面称尊，伤残同类，自取灭亡，可为殷鉴！"秀清听罢，把头一点，只是不答。适林凤翔至，请秀清点发军粮，秀清旋与林凤翔转出。云山私向萧朝贵道："将来误大事者,杨秀清也!此话兄弟切宜秘密。仍望钱先生至时,烦兄弟代致一声,将来大事成就,当即处置此人,想钱先生必有同情也!"朝贵便密记此言。少顷秀清入,再问云山身后之事,云山道:"今日大事,不忧不成。只和衷共济,各勿猜疑,两言足矣!人之将死,其言也善!望诸君休忘此言。"徐又长叹一声,执萧朝贵手道:"再不能与兄弟共事疆场矣。所志未逮,能不痛哉!但吾死后,切勿举哀,恐向荣以我三军慌乱,乘机围我也!"朝贵顿首谨诺。云山言讫而卒,时年仅三十八岁!时人有诗赞道:

> 山川英秀自钟灵,辜负雄才应运生。
> 大厦甫营梁已折,将军欲去树先崩!
> 坡坏落凤悲庞统,谷过盘蛇吊孔明。
> 回首当年星陨处,东南隐隐有哀声!

当时又有五律一首,单咏冯云山用兵如神的诗道:

> 花县夸英杰,金田创保良。
> 宗声承大树,师事礼钱江。
> 斜谷谋先定,全州势莫当!
> 临终忧后事,遗恨失东王。

自从冯云山死后,杨秀清一面暗地差人,报知洪秀全。秀全不听,万事皆休;听了正是魂向天飞,魄随云散,叫一声痛哉痛哉!登时昏倒在地。左右急的扶起,灌救半晌,才渐渐醒转来。不觉长叹道:"某自与云山论交于总角之时,奔走于患难之间,共死生,同荣辱,决谋定计,某方倚俾正殷,竟一旦弃某而去,使某如失左右手,此后我军损一栋梁矣!某与向荣誓不两立也!"说罢捶胸顿足,众人无不下泪。石达开进道:"某举一人,可代云山者!明公果愿闻之否?"秀全道：" 某自物色英雄以来，师事者钱江；兄事者便是云山。恐天下英才，应无出此两人之右。今兄弟反说有可以代云山之人，某真不信。"石达开当下听了此言，颇不满意，便向秀全道："蛟龙不遇云雨，美玉混于砥砆，为世所欺，固亦难怪！不意神武如明公，乃作此一般愚见也！自来道，十室之邑，必有忠信，明公轻量天下士耶？"秀全听罢，自知失言，急向达开谢过。随问所举者究是何人，达开道："即藤县李秀成也！此人躬耕陇亩，不求仕进；生平又不治经术，只研究定国安民之策，今年已二十八岁矣！其父李世高，每欲为之婚娶。秀成答道：'古人有言，匈奴未灭，何以家为！终不娶。其父叹道：'是儿非常人也！'自此遂听其所为。今其父已经去世，秀成正在家居。明公何不访之？"秀全道："某亦几忘此人矣！现在两军相峙，某亦不便行动；且以云山新故，正自伤感，可否兄弟代某一行。"达开听罢，允诺而退。越日达开便带领十数亲随人等，乔装望藤县而来。

且说李秀成，本名守成，本藤县新旺村人氏。十三岁就颖悟非常。以守成二字不佳，请父亲另改别名。其父笑道："守成二字有何不美？吾儿何以欲改之！"秀成道："儿愿为开创英雄，不愿为守成人物也！"其父大异之，遂改名秀成。那日正待出门耕作，只见十数人迎面而来，为首的，正认得是石达开。秀成料知有故，便回转门首时，达开已到。秀成迎进内面，让坐后，秀成先说道："久别足下，忽经数载！近知足下从洪氏，创起义兵，救民水火，图复山河，不胜厚幸！但不知仓皇戎马，亲自到此，究是甚么好意？"达开道："秀全哥哥敬慕贤弟大名，意欲亲自来访，只以军务紧急，未能抽身，故着某到此，望贤弟以救民为念。"秀成道："秀全何如人也？"达开道："此命世英杰，又何待言！"秀成道："方今人心昏浊，除他一个，确无第二人！足下称他，原是不错。只是他还有一病，足下想已知之！"达开惊道："秀全哥天姿英敏，究有何病，某实不知。贤弟试且说来！"秀成道："苟安为败事之本，洪公恐不免此病！"达开道："然则，贤弟何以知之？"秀成道："他久驻桂平城外，盖欲杨秀清挫败向荣，彼乘机取桂林，以为基业也！若此迁延不进，使清廷各路，得徐为之备，岂是善策耶！且留胡以晃于金田，置罗大纲于江口，明是分屯坚守，欲据广西，以为苟安之证。足下以为然否？"达开叹道："贤弟之言，如见肺腑。就请贤弟同行，面见洪哥哥谏之！"秀成道："且住！他今日尚非用武之时也！他是能干的人，且左右皆英杰之士，弟以陇亩匹夫，岂能动彼物色？足下休矣！"达开道："此却不然。他师事钱江，兄事云山；识罗大纲于绿林之中，拔某等于江湖之上，爱才如命。贤弟何必思疑？"秀成道："钱江、云山等，皆同盟起义之人。用罗大纲则资其兵力；用足下则藉以号召人心。某却比不上足下！若用小弟，除是在行伍间，先立大功劳，方足以动彼，而坚后来之信任耳！"石达开深然之。秀成遂愿起程。即唤胞弟毓成至，嘱托家事，并说道："某与石君，义如兄弟！且亡国已久，异族盘踞中原，几无天日。今得洪氏奋起义师，某不得不尽心力，以遂生平之志！此后贤弟谨守田园可也。"毓成一一拜领。秀成与石达开，便与毓成作别，依旧路回来。

一路上说些闲话，不一日早到洪秀全军前，时秀全正在帐中理事。听得李秀成已到，立即出来迎接。看看秀成一表人物，心中自是欢喜！只见他边幅不修，像个乡愚的样子，又不免见的奇异。当下迎至帐里坐定。秀全道："素闻大名，如雷贯耳！今日幸得相见。"秀成道："农家子，有什么学识？深辱明公过爱！倘不嫌鄙陋，得随鞭镫，以稍尽愚衷，愿亦足矣！"秀全听罢，略露一点喜色，便令左右，送李秀成到馆驿安置。秀成辞出，石达开心上颇不自在。秀全随问达开道："我不信此人，果有许大的才干？"达开道："明公差矣！天下越大本领的人，却不轻露头角。若徒作惊人之论，只要显得自己如何本领，此器小易盈。愿明公勿信之！"说罢，又把秀成恐他苟安，及图据桂林，殊非善策的议论，从头至尾，说了一遍。秀全大惊："彼真知我肺腑也！英雄之士，所见略同。从前劝我休取桂林的，有东平、冯云山，及今李秀成，便是三人矣。此人见识，不在钱东平与冯云山之下，我当用之！"便令石达开急寻李秀成，谢过，再请入帐内相见。

达开领了出来，才到馆驿门首，只见秀成匆匆欲行。达开惊道："贤弟将欲何往？"秀成道："我固知秀全之不能用我也，今果然矣！留此何益？"达开急的安慰秀成，随把秀全反悔，及令自己重新来请之意说出来，秀成道："虽是如此，某料此人多疑！某视东平、云山两先生与他同盟结义的，却自不同，某断不敢骧居参谋一席。宁随足下先立功勋，庶足坚其信任耳！"达开点头称是，便请秀成同往再见秀全。秀成道："彼求我则急，我求彼必缓。某今不愿再会，望足下为我善言复之！"达开无奈，只得独自回见秀全。说称"秀成自誓先立功劳，才复来见明公。自古道：'士各有志，不可相强。'明公由他罢了！"秀全此时心上甚是不悦，没奈何只得听之。便令达开与秀成共赞军务。看官记着：自此秀成便在石达开军中，日日讲求方略，训练军人，专候征伐。不在话下。

且说钱江自从在湖南宜章地面，与徐福、梁义二人分别，便扮作一个商人模样，沿道江而下。这时广西地面，纷纷论谈洪秀全的乱事，钱江因此听得冯云山凶耗，倒吃了大惊！暗忖云山这人，虽欠些学养，只是决谋定计，临机应变，实不可多得的人物。这会殁于军中，如折一心。想到此时，不觉暗地洒了几点泪。那一日已到恭城，胡混寻一间旅店歇下。旋探得洪秀全已分遣石达开一军，攻下桂平，现大队正困平乐府。此时全州地方，已有杨秀清大军屯扎，向荣只在灵江下流；张敬修已退住阳湖。其余各路，都是些少人马，早知得广西清军全不济事。钱江就立刻望平乐府而来，要与洪秀全会面。

那日秀全正在帐中商议军务，只见守营军士，直到帐前禀称："有自称钱某的到来，要见哥哥。小的不敢自主，特来禀报！"秀全听罢，料是钱江，巴不得三步跑至营前接见。当下见了，果是钱江，好不欢喜。便携手同进帐里来。让坐后，各诉别后之事。秀全道："为弟一人，累先生多矣！"钱江道："此非明公一人事也！乃国家事耳！且英雄蒙难，古所常有，又有什么怨呢？"说罢，随问现在军情，秀全把始末说了一番。钱江听罢，沉吟少顷，便答道："明公大失算！军行因粮于敌，方为妙策。今尚留胡以晃一军，久驻金田，以应粮台，究是何意？为今之计，速召胡以晃回来，然后令杨秀清权驻全州，休使妄动！却使从事者，从柳州上流，虚攻桂林，以分彼军势；却会合于全州，直进湖南可也！还恋广西作甚？"秀全深然其计。便令石达开，领本军二万人，同洪仁发、谭绍洸、李秀成分攻柳州。石达开正打点登程时，李秀成族弟李世贤，投到军中。达开令他与洪仁发为前部，望柳州进发。按下慢表。

此时洪秀全，便依着钱江之计，先后召胡以晃、赖汉英回来。不一日赖汉英自永安至；胡以晃自金田至。一面会合军中，一面令韦昌辉以本部取平乐府，作驻扎。然后大队望北进兵。忽流星马飞报军情，说称林则徐在潮州身故；清廷现派大学士赛尚阿，都督广西诸军事，现已到了！且向荣自从全州一败，飞文告急；故周天爵又派劳崇光，领新军万人堵握上流，抵御杨秀清。今向荣又与张敬修合军，专候赛尚阿号令，与我军交战。各人听了，都见清军复振，面有惧色，钱江转仰面大笑！洪秀全便问笑的怎地缘故？钱江道："若是林则徐到来，此人老成谨慎，可称敌手！今委赛尚阿来，那厮懂得甚事？却好断送广西军人的性命！今向荣既候赛尚阿号令，非三四天后，不能出战。我们趁此时机，就先取平乐府，作个老营可也！"说罢便带领十名小校，亲自往观平乐府城形势。

行不一二里，忽前途一骑马飞来，钱江看得奇异，急命小校截住去路，把那人拖下来问他去处，还是不答。搜他身上，得着一封书信：却是平乐府知府差往张敬修军里催取救兵的。因忖平乐府城里，早已空虚。若以兵力急攻，彼忖向荣会合之众，必死守以待救兵，如此反费时日。想罢，便令韦昌辉退兵，随附耳嘱咐如此如此；又唤赖汉英嘱咐如此如此。两人去后，钱江自与胡以晃领军一千，预备接应。此时平乐知府周应鸿，听得韦昌辉兵退，只道向荣、张敬修两人大兵已至，故韦昌辉收兵御敌。且以城门久闭，阻碍行人，便率兵到城楼上守护，将西门开放，以便行人来往。只来往人等盘诘甚严。奈城门闭了数天，一旦仅将西门开放，因此来往拥塞道路，挑瓜卖菜，赶柴打草的不绝！赖汉英就趁这个时候，约带百数十精健的人，扮作挑贩买卖，乘机混入城中。夕阳既下，城门复闭。捱到初更时分，行人渐息时，因兵戈告警，各家都关门早寝。忽然飞报知府衙门火起，周应鸿正在各城门巡查，猛听得吃了一惊。奔回衙去，不一时东南两门，又一连几处告报被火。周应鸿料知有奸细在内。只这时居民纷纷出门观火，乱做一团，哪里分得是乱党还是居民？赖汉英趁势奔到南门。还喜守城军士，都跑往府衙及东南两门救火，仅留下几十个残兵，赖汉英便率数十人，逐散军士，斩开城门。原来韦昌辉先时已得钱江号令，带三百人，在南门附近埋伏，这时便一拥进城，大呼降者免死！居民呼天叫地。周应鸿听得革命军进了城来，黑夜里不知人马多少，军士又无心恋战，但听得革命军由西南角拥进，只得领军向东南冒火而进。才走至北门，只见赖汉英已亲领百人赶到，斩开城门，早放钱江、胡以晃两人引一千人马拥进。周应鸿急的回马逃走，望东门而来。急火光中喊声大震：韦昌辉所领数百人，截住去路；周应鸿见前后受敌，料不能逃脱，遂下马投降。钱江便令安抚余兵，一面使人救火，三更而后，方才扑灭。越日便出榜安民。

此时洪秀全得了捷音，即令罗大纲、黄文金谨守大营，独自进城与钱江商量计策。钱江道："今番彼军失了平乐，向荣必亲自到来。彼军本无能事之人，向荣虽勇，却没有七头八臂，已如强弩之末，不足惧也！若破向荣一军，余皆不足道矣！"正议论间，忽报杨秀清遣秦日纲至，要禀请前途军令。钱江便唤入，嘱道："此间甚是顺手！就请足下致复杨兄弟，休要妄动！若赛尚阿、向荣大军拥下，即可出战，或不战以牵制之，某自有破敌之计。"秦日纲拜领去后，钱江又道："某向闻李秀成此人，好生了得！恨某迟来一步，未及与彼相见。今有一个紧要去处，恐非他不能了事，如之奈何？"说罢，只见韦昌辉进道："运筹帷幄，自在先生；若是冲锋陷阵，弟等亦未尝落后，先生何轻视人耶！"钱江道："非是某轻视兄弟！但此任甚是紧要。倘在差失，实非同小可。"昌辉道："若得先生明示，倘有差失，愿按军法就是！"钱江大喜，便嘱咐道："彼军粮台，现驻阳朔。兄弟可领三千人，于明日黄昏而后，直入阳朔，放火为号，彼军必即回兵相救，兄弟却移兵转攻向军大营，某自有计接应。"韦昌辉得令去了。钱江又附耳向秀全授计：令与黄文金、罗大纲如此如此。随令胡以晃驻守平乐，遥为声势；分拨已定，自与赖汉英来替洪秀全镇守大营。

且说赛尚阿，自从到了广西，便会合各路人马，且得劳崇光这一枝生力军，因此声势复振。遂大举南下，来攻秀全。惟向荣心上只欲坚守，以待广东援军，颇与赛尚阿意见不合，只得把一切情形，详禀巡抚周天爵。奈周巡抚见洪氏羽翼已成，早没了主意，又因柳州一带告警，所以移动不得，惟有劝向荣谨顾大局而已！那一日赛尚阿便令张敬修为前部，劳崇光为后应，自与向荣亲攻秀全。

此时两军对峙，罗大纲自力先锋。安营即定，洪军却不出战，张敬修便自挥军进来。罗大纲略战一会，望后而退；张敬修却不来追赶，正向中军赛尚阿，禀请行止！赛尚阿便令向荣亲统本部前来，会同张敬修追击洪军。不料向荣未到，洪秀全却亲自出营讨战。张敬修只道罗大纲败去，秀全亲自出来，暗忖拿得洪秀全一人，便是大事停妥，还恐失此机会，急的大兵赶来。秀全略战一会，又望后而退，张敬修见连战得手，遂挥军直下。那张敬修正在追赶之时，忽向荣赶到，传令退军。张敬修忆起全州之役，向荣分兵时，谓他非洪秀全敌手。便疑向荣忌他成功，因此推托不愿退兵。向荣道："洪军退得齐整，恐是诱敌，非真败也！将军不信，后悔无及矣！"正自争论间，忽见阳朔城内火光冲天，军心已自慌乱。随见飞马报道："韦昌辉已直取阳朔去了！"张敬修乃大惊道："果不出将军所料！阳朔为三军粮食所在，不可不救！"说罢，便急领军望阳朔赶来救应。

时已夕阳西下。秀全探得彼军移动，急同罗大纲引兵杀回。向荣情知中计，只得死力混战；不提防张敬修行到阳朔，韦昌辉已自退去，反乘势攻向荣后路。

向荣大惊，急欲退时，被秀全一拥而进，向荣队伍错乱，军士被杀的不计其数。这时赛尚阿听得前军大败，正要提兵救应，忽然正东一带鼓声震地，火光中现出无数旗帜，立即使人探听，却是黄文金一路。赛尚阿便不敢妄动。向荣看看救兵不到，便奋力杀退韦昌辉，只望与赛尚阿合兵。谁想罗大纲并力赶来，枪弹如雨点一般；黄文金又从东杀至。韦昌辉见向荣左右受敌，复奋力赶来，三路把向荣困在垓心。向荣正自危急，忽然西路上一支军杀入，冲动罗大纲一军，直入重围，力挡韦昌辉，救护向荣，却是张敬修。此时向荣心中稍定，张敬修道："四围皆是敌军，不宜再战，速退为妙！"向荣、张敬修两人，带领败残军士，只在树林内奔走。秀全大呼道："不入虎穴，焉得虎子？诸军速宜追赶！"三军一时得令，都奋勇赶来。黄文金一马当先，本部军兵继进，齐望中营伞盖红顶花翎放枪击来。向荣见许多弹子，都落在身边，吓得心胆俱裂，急令从人撤去认记。话犹未了，一颗子弹正中向荣坐下马，把向荣掀倒在地来。管教：

> 赤胆将军，险在场中抛老命；
> 绿林强盗，翻从马上拜干儿。

向荣性命毕竟如何，且听下回分解。

第十三回

张国梁背义加官　赛尚阿单骑逃命

话说向荣正自奔走，不料一个弹子正中坐马，掀倒地上来。正在危急，忽一骑飞来救起向荣，急取从人马，换与向荣骑坐。众视之，乃中军前中营帮带郭定猷也！向荣得命，急向后而逃。忽然正西一路纷纷冲入。原来罗大纲领人马奋力杀将来，张敬修支撑不定，前面又遇韦昌辉阻截，张敬修只得望东而走，因此冲动中军。此时清军已被杀得七断八落。罗大纲一支人马，本是绿林豪客，个个能征惯战，比别军更自利害，死命望张军赶来。张军纷纷逃窜。那张敬修正在狼狈，又听得前途喊声大震，吓得张敬修几乎坠马！正欲令人打听，忽前途报称：是赛尚阿领兵到来救应！张敬修心神稍定，急与赛尚阿会合奔回。不多时漫山遍野，都是洪军，正南洪秀全，西南罗大纲，正东黄文金，正西韦昌辉，分四路追来。洪秀全传令道："时不可失！这会不到桂林不休。"三军听罢，人人猛进，个个前驱，卷地杀来。赛尚阿哪里还敢恋战？唯有策马奔逃。正逃走间，忽一人撞入中军，口称奉向荣将令到此。赛尚阿急令传他进去面禀，那人便上前禀道："向提督以三军大败，若是各军会合一处而逃，必被敌人追赶不了，且又失援应之力。望中堂速行打算！"赛尚阿听了，暗忖此言甚是有理，便令张敬修退入永福,向荣望灌阳而去,自己却回桂林。洪秀全恐夜深不便追赶,只得暂且收军。

这一场大战,清军死的三千有余,都、游以下将校不下丧了十余名,杀得个个魄落。听得洪秀全名字,胆也寒了!一路上收兵,但见尸横遍野,血流成河,好不凄惨!秀全叹道:"均是汉族同胞,却令涂炭至此,某实不得已也!"洪军中见清官有戴着翎顶、死在路旁的,或以足践之,秀全急止道:"彼亦死节忠臣也,各为其主,何必如此?"三军听得此言,无不叹服!时人有诗赞道:

　　大度恢宏处,英雄自有真。
　　敬怀忠烈士,畛域不须分。

当时又有诗赞钱江用兵的道:

　　平乐城边杀气冲,先生帷幄运筹工。
　　中兴从此成基础,仿佛南阳起卧龙。

秀全行不及数里,只见钱江领了数十人,到中途迎接,秀全一见,即下马相迎,欢喜说道:"先生神算,人所不及,想从此胡人胆落矣!"钱江道:"此非弟一人之力,乃诸兄弟之功也!"秀全便与钱江并马而回。及到大营,早有赖世英接着,立即大开宴席,庆贺功劳,不在话下。

这时钱江便对秀全说道:"趁此大胜之时,休教向荣再养锐气。"秀全大喜,随派人传令石达开、杨秀清,分路进兵。

石达开一路暂行慢表。且说杨秀清得了钱江号令,却是要先攻向荣,待拿得向荣,绝了后患,才会合进湖南去的。杨秀清即对萧朝贵说道:"向荣每战必败,看来是个没用的人。钱先生偏注意在他身上,某实不解!"萧朝贵说道:"弟游广东时,向闻钱先生说,此人虽无甚计策,只是勇敢耐战。且经战事已久,军令整肃,甚得人心。若有数万训练之众,粮械足备,使他独掌全权,实未可轻敌!今他以赛尚阿反居其上,是天使之败矣!望兄弟休便轻视。"秀清听罢,颇有不悦之色,便道:"足下向说云山和钱先生,同有一般本领。想云山在时,劝某直进湖南。今钱先生反令回击清军,某实不解!由他怎么说,我们自进湖南可也!"萧朝贵听到这里,心中大怒,只念目前发作起来,反恐有碍大局。想了一会,即和颜说道:"兄弟休要如此!钱先生主意不是不进湖南,不过目前恐劳崇光乘我们之后耳!兵机前后不同,兄弟何苦生气?"杨秀清听说得有理,才不反对,于是会合诸将商议进兵之计。

且说赛尚阿,至桂林地面,计点败残军士,不满三千。欲待进桂林省城去,又羞见满城文武!况且自己奉命都督广西诸军,是断不能不出的。听得劳崇光一军,正扎灵川,不如移兵那里。待与劳崇光合兵,较有把握。想罢便先令军士埋锅做饭,然后起程,望灵川进发。将赶至十余里,只见劳崇光早引一支军远地迎接。见了赛尚阿,即下马在道旁等候!赛尚阿想起他身拥重兵,听得兵败,却自不来救应,心中甚是不悦!奈这会正靠他一路兵,怎好发作?只得隐忍说道:"败军之将,何劳兄弟远接?"崇光道:"卑职听得前军有失。奈此处正当冲要,恐杨秀清乘机掩袭,故不敢远离,只在附近打听耳!今幸中堂无恙,待重整军威,再图恢复可也!"赛尚阿听罢,才知劳崇光不发兵的缘故。两人遂并马同进城里来。劳崇光一面置酒与赛尚阿解闷。酒至半酣,赛尚阿叹道:"某当初奉命督军,只道小丑跳梁,容易澌灭!今日遇之,方知洪秀全名不虚传也!朝廷自此成一心腹大患矣!"劳崇光道:"广西兵微将寡,实难为力!奈屡至广东催取救兵,那徐广缙和巡抚叶名琛,今天说要防外攻,明天说要防内患,互相推诿。自乌兰泰死后,已再无接应。卑职料广西实无能为矣!"两人正谈论间,忽报向荣亲至，赛尚阿急与劳崇光出迎。

向荣入内坐定，赛尚阿道："将军夤夜赶至，必有事故？"向荣道："某先到此，三军随后至！某军中统领有江忠源者，此人谋勇足备，分发广西知府，现到某军中。他料杨秀清必袭取灵川也！"赛尚阿道："若灵川有失，彼必取桂林。灵川城池难守，如之奈何？愿得一见江忠源，以决大计。但不知此人何在？"向荣道："现在门外，弟不敢造次引见。"赛尚阿便令请江忠源。入内相见已毕，赛尚阿便把灵川难守，恐杨秀清趋攻桂林，一一问计。江忠源道："彼军不攻桂林也，洪氏必不以广西为基业。石达开一军，不过虚张声势耳！彼盖欲尽破吾军，使无后顾，然后大队入湖南去也！"赛尚阿几人听罢，深服其论，便问应敌之计。江忠源道："天幸冯云山已死，杨秀清若来，吾必破之！"便向赛尚阿说如此如此，可以破杨秀清也。赛尚阿大喜，便令依计而行。

此时杨秀清自从与萧朝贵议事之后，立即通函，知会洪秀全接应。随留秦日纲守营。令萧朝贵、洪宣娇为前部，引大队望灵川而去。忽离灵川十余里，萧朝贵驻兵不进，秀清不知何事，正要差人问个缘故，忽见萧朝贵已自进来，向秀清说道："灵川，本有劳崇光重兵把守。今远望不见城中动静，只西北小山上扎一营盘，人马却是不多。其中恐有埋伏，未可轻进。"秀清道："清军屡败，已成惊弓之鸟，望风逃遁，何必多虑！"萧朝贵道："向荣非畏事之人也！"秀清道："向荣已退灌阳，如何知骤攻灵川？且兄弟言向荣有勇无谋，何以这会又惧他有埋伏？吾计已决，限今晚即下灵川，休再多言！"秀清说罢，洪仁达又说道："如朝贵兄弟畏惧他人，我愿自为前部。"秀清道："如此甚妙！"遂改令洪仁达为前部，转令萧朝贵、洪宣娇随后接应，以备缓急。一面催兵进行。

将近离灵川城不远，忽见城东山林内现出些少旗帜。杨秀清道："想此军就是埋伏军矣！朝贵兄弟料的不错。但如此埋伏，何足惧哉?"便令李开芳,引二千人往攻西北小山上的营盘;令林凤翔引三千人抵御东山林内的埋伏军;自与洪仁达亲攻城去。萧朝贵道:"既是兄弟要进兵攻城,我就在这里扎营。若有缓急,亦可救应。"杨秀清从之。

萧朝贵扎营甫定,秀清即令洪仁达直攻北门。不料城上并无人马把守。洪仁达绝不费力,已攻进北门。但见城内亦无一兵,只见有些少居民,在街上来往。见了洪军,都纷纷逃避。其余各家,都是关门闭户,真像个预逃兵火的样子。洪仁达只道劳崇光先期逃去,因此不疑。并不阻当,直进城内,即令军士四下扎营。

先说李开芳引兵至西北山上。那零星人马见了李开芳军,却已一哄而散。李开芳草草扎下,还亏杨秀清因虑萧朝贵之言,未敢遽进城里,只在城外安营。忽到了黄昏而后,城中一个炮声震地,这炮便是号炮,萧朝贵便知中了敌人之计,急令洪宣娇引一军往西北小山上接应李开芳;却自领军往东门外山林接应林凤翔;一面请杨秀清救护洪仁达。分发甫定,即听得城中喊声震地!原来城里作关门闭户的,都是伏兵,江忠源督令分头放火。洪仁达见军心慌乱,急的传令逃去。江忠源冒烟突火来捉洪仁达。那洪仁达无心恋战。知得杨秀清一军,尚在北门,未进城里,急杀条火路,望北门而来!杨秀清欲进城去,又不知伏军多少,正自难决;旋见洪仁达带领败残军士,狼狈奔至,杨秀清只得把住北门,接应洪仁达,阻住追兵。

此时江忠源犹望东北两路伏军,杀入围困供军。不料劳崇光埋伏西北小山下,已被李开芳、洪宣娇死力抵御,因此不能得手。洪军又不曾尽数入城,向荣伏在东门外山林,又被萧朝贵和林凤翔绊住。江忠源便请令赛尚阿,引大队从北门直赶出来。杨秀清见军心已乱,忙传令各路分退。这时江忠源、向荣、劳崇光奋力赶来!萧朝贵亲自断后,且战且走;不提防清军后面尘头大起,旌旗蔽日,蜂拥而来,三路清军,一齐望后而退。

原来洪秀全因秀清起兵时函请接应，因恐有失，特令钱江统领黄文金、罗大纲两路向灵川杀来。将到灵川地面，猛见杀气冲天，炮声不绝，钱江知道两军交战，便令军士倍道而行。正见杨秀清兵败，急令罗大纲要截向荣后路。萧朝贵认得救兵已到，便挥军杀回，反把向荣困在垓心。且疲战之后，挡不住罗大纲的生力军，向军被杀的不计其数。向荣正在危急之际，忽北路一支人马杀入，力挡罗大纲，救护向荣，乃是江忠源。忠源道："敌军势大，速退为是！"于是江军在前，向军在后，望西北而退。

忽流星探马报称："杨秀清、洪仁达、李开芳、林凤翔、洪宣娇五路之兵，分三面杀来。"江忠源叹道："吾计不成，反遭此败，有何面目见人。"便欲拔刀自刎，左右急的扶救。早有胞弟候补同知江忠济，保护杀出重围！忽当头一军，迎头杀来，却是洪宣娇引一队兵截住去路。江忠济奋力把洪宣娇杀退，会同向荣，乘势杀出；幸得劳崇光接应，齐望灵川奔回。看看离城不远；不提防鼓角喧天，喊声震地，黄文金引军杀出，把清军冲为两段。江忠源见首尾不能相顾，自与劳崇光、江忠济先回灵川。黄文金死命追赶。此时向荣手下军士，纷纷逃窜，只剩数十骑望西而逃。但见树木丛杂，向荣正自心慌，忽然林里一支军转出救护向荣。黄文金见敌人有了救应，恐遇埋伏，只得收兵而回。

原来救向荣的不是别人，就是张嘉祥。他自从富川败后逃到这里，再进五七百人，阻截山林，勒收行旅。这会听得向荣兵败，欲从此处图个出身，因此带了手下人等，特来救应。当下向荣得他救护，便问壮士何名，张嘉祥具以实对。向荣道："此地非栖身之所！方今四方多事，何患无出头之日？不如随某回去，寻个一官半职，也不枉为人在世。"张嘉祥大喜，就带了贼众，跟随向荣去。后来向荣认为义子，带他与劳崇光相见，商量个保举；又恐因败得贼人救护，于面上不好看，遂与他改一个名字，唤作张国梁，反称他剿平张嘉祥一路，遂升为都司，在向荣军中效力，此是后话不提。

且说劳崇光几人逃回灵川，寻着赛尚阿，各诉兵败的缘故。赛尚阿道："江兄弟自是妙计！可惜敌人势大，兼有救应，以至于此。今孤城难守，又无援兵，如之奈何？"江忠源道："守则坚守，逃则即逃，迁延不断，必误大事！"正谈论着，忽各门飞报洪军纷纷围了！忠源道："此时便不可逃矣！速筹守御才是。"赛尚阿便令分兵守御四门。江忠源更申明军令，抚恤残兵，竭力死守。洪军一连攻打两日不下。钱江道："灵川城池甚固，却如此难攻，想城内必有能者。"遂令各军分截灵川粮道，一连三日，又依然如故。钱江道："兵不在众，城不在坚，视夫人力耳！徒攻何益？不如撤开一路，让他逃去！"说罢便令罗大纲撤去西门一路。这时早有报入赛尚阿军里。赛尚阿道："我方守困，彼忽退兵，必有埋伏，不如勿逃！"江忠源道："中堂之言是也！彼见我军死守，彼军亦连日苦战，不欲疲其兵力耳。请劳方伯和中堂先逃。某兄弟两人断后可也！"赛尚阿从之，即令劳崇光先行，自己居中，江忠源断后。定于五鼓做饭，乘着天色未明，引领败残军士逃出西门而去！

钱江探得清军已退，对诸将道："古云穷寇莫追，但不宜令他休养锐气。"便令各路进城。留萧朝贵、洪仁达在城外扎营，分布犄角之势；只命罗大纲引军追赶。并嘱罗大纲道："今番不必再求大胜，即杀他余军，孤彼军势足矣。他能计败秀清，坚守灵川，军中必有能事之人，休便轻敌！"罗大纲领命而去，追至十余里，只见黄文金正欲这条路回来。文金却不知钱江怎地意见，急的接应罗大纲，迎头攻击。赛尚阿那里还有心恋战！只道洪军是预先埋伏的军士，又各自逃命；只有江忠源奋力抵御罗大纲，劳崇光又支撑不住，赛尚阿正如惊弓之鸟，恨不得爹娘多生两条腿，早逃性命，便引左右心腹的人，杂在乱军中落荒而逃。管教：

堂堂宰相，微服几罹性命之忧；
矫矫英雄，传檄足壮山河之气。

要知后事如何，且听下回分解。

第十四回

李秀成百骑下柳郡　石达开传檄震湖南

话说赛尚阿，自从逃出灵川，因罗大纲引兵追至，黄文金又前途拦截，这时腹背受敌，料不能支持，便乔装杂在乱军中，带领左右心腹，独自逃走。正是一时无主，军逃四散。劳崇光、江忠源又首尾不能相顾，只得各自杀出重围，直望桂林奔回。罗大纲又因得了钱江的号令，不敢穷追，便与黄文金会合，杀了一阵，即乘胜收兵而回。

赛尚阿见洪军已退，劳崇光、江忠源又先后奔到，方始心安。计点败残军士，自经这两场恶战，仅留下四五千人；余外降的、死的，都不计其数，好不伤感。随后接着探军的回报道："自灵川逃出之后，一路上洪军并无埋伏。黄文金一路，原是追赶向提督回来，中途相遇的；罗大纲的追兵，又是虚张声势。今敌军已全数退至灵川附近驻扎了。"赛尚阿听说，随赞道："江兄弟，料事原是不错。灵川一役，不过敌军人马众多，故有此败，非战之罪也！"便令厚赏。江忠源班师自回桂林去。

且说钱江见全军得胜，一面飞报洪秀全大犒三军；自此由全州至灵川，下至平乐、桂平一带，都是洪军的势力，把清军两广要道，统通断绝了。那日洪秀全到灵川，和钱江商议进兵之计。钱江道："军士连月疲战,现在清军大败,料不敢复出。正宜休养几时,再图进取湖南。"洪秀全点头称是。钱江便令置酒与洪秀全庆贺,所有将士都陆续到了,只杨秀清托病不至。秀全私问钱江道:"某料秀清未必有病。这会不到,究是何意?"江道:"哥哥原来不知,此人眼光不定,面生横肉,久后必不怀好意。自今起事之际,自不宜同室操戈,只日后自有处置,哥哥不必忧虑!"洪秀全听罢,心上半信半疑,旋唤萧朝贵入内,问以秀清行动。朝贵道:"他曾对弟说,哥哥劝他起事之时,曾许他日后有九五之尊。只有此句,余外却没有怎么说来。"秀全答道:"此我当日要靠着他的财力,实一时权宜之计,也不想他就从这里怀着歹心。但得大事已成,让他登其大位,某有何怨?"说罢,萧朝贵又把冯云山临终之言,对钱江说了一遍。钱江叹道:"云山真非常人也。天不假以年,可不痛哉!"秀全听得,亦为下泪。少倾三人齐转出来,肃各将士入席。只见洪秀全面有泪容,倒见奇异,只不敢造次多问。各人便先后就座。酒至半酣,黄文金起身,向秀全问道:"自军兴以来,战无不胜,攻无不取,今大势已成,三军欢乐,哥哥却面带忧色,究是何故?小弟实在不明!"秀全犹未答言,钱江急代答道:"方才某在内面,和哥哥谈话,正惟见今日大势已成,各兄弟戮力同心,故得如此。奈忆起云山兄弟,中道归天,不由得心上不伤感。自今以后,望各兄弟一发奋勇,以继云山兄弟之志,挽回江山,实为万幸。"各人听罢,都喏喏连声的应允,再后举杯把盏,痛饮了一会。

钱江向秀全道:"某有一言,不知哥哥愿闻否?"洪秀全道:"某与先生原是个心腹交,有话便说,何用猜疑!"钱江道:"某知哥哥有一令妹,年已长成,却是个女豪杰。今朝贵兄弟中年丧妻,正合匹配,可否让小弟做这个媒,使两家结为婚姻,是一件好事,未审哥哥意下如何?"秀全听罢,不胜之喜!随说道:"先生之言,正合某意;但得朝贵兄弟不弃,就是万幸了。"朝贵道:"那有嫌弃!只怕小弟庸才,匹配令妹不上,如何是好?"钱江道:"彼此同心起义的人,休说这话。明日正是黄道吉日，就从明日定婚，一切虚文都不用备办了。"朝贵听了，自不推辞，秀全更自欢喜。

此时洪宣娇在席上听得钱江说起她的亲事来，早已面色红涨似的，掩面逃席去了。各人听得，自然没有不鼓掌赞成。一连又饮了数杯，然后散席。

钱江便令人分头打点亲事。俗话说："人多好做作。"不多时早把各事办妥，做媒的便是钱江，并请洪秀全兼主两家婚事。

到了明日，杨秀清知道萧朝贵和洪宣娇结亲。秀清知道朝贵是自己将士，防他作了洪秀全的羽翼，只这事断不能拆散的，不如乘机巴结萧朝贵为是。便故作欢喜的进来，向秀全说道："某病中听得朝贵兄弟和令妹结亲，是一件好事。只周公制礼，没有一人兼主两家的婚事道理，这女家主婚的自然是哥哥，男家主婚的让小弟一人成此美事。"钱江在边听了，急说道："如是甚好，难得杨兄弟这般识得大体。"秀全见说，自然没有不应承。

那日萧朝贵便与洪宣娇成亲。换过吉服，交拜天地，然后送入洞房，说不尽新婚的乐处。一连两天，又是大排宴席，好不热闹。事后朝贵向钱江问道："先生听秀清要与小弟主婚事，先生却如此喜色，究是何故？"钱江道："此人心怀叵测，诚如云山之言，后必为患。但大事未定，苟使自相残杀，敌人反得乘间而入，不可不慎。他要主婚事之意，盖欲笼络贤弟为羽翼也。某见昨天犒赏军士，他竟推病不至，故乘这个机缘，消其嫌隙耳。此事贤弟切宜秘密。久后我当图之。"朝贵听罢，方明此意，只有秘而不言。

自此洪秀全和钱江日日训练军人，休养士气，专候征伐，不在话下。

且说石达开，自领了钱江之令，独统一军，由柳州进发。论起这个路途，本攻不得广西要害，且从这里沿上游进湖南，又是路道迂绕。实则钱江之意，欲分清军兵力而已。向荣亦知其意，故柳州没有重兵把守，只令副将刘金成领二千人马，镇守府城。那一日刘金成听得石达开兵至，料敌不过，已雪片文书到桂林告急。奈这时桂林无兵可调。赛尚阿只令张国梁、江忠济同进，率三千人到柳州助战。早有细作报石军中。时石军已到洛容，离城十里下寨，石达开便请李秀成商议进兵之计。秀成道："行军之道，上策在谋，其次在勇，清军那里副将刘金成，原不懂事；只闻江忠济救兵将到，此人却有点本领。趁他未到，自当先发制人。某愿得精兵百人，取柳州城池，双手奉献。"石达开道："军中无戏言，恐贤弟未可轻敌。"秀成道："那敢戏哥哥？探得刘金成部下，只有二千人，已分兵一千把守洛容交通要路；余外重兵聚于东门。某素知柳城外南路，有一小山，离城不远。某今夜就从这里偷过，直掩西门，如此如此，却可破刘金成也。柳州是个殷富地面，取得时有益军粮不少。"石达开听得大喜道："如此请贤弟领百人先行，某再令韦昌辉领精锐一千人，乘夜进发，为贤弟接应。某大军却随后来也。"秀成便领命而退。回至下处，选了精锐善战的百人，打叠起程。只各人都怀着寡不敌众的意见，面有畏色。秀成奋然道："某非轻举妄动者。只以力战，不如计取，故百人已是有余。诸君若计死生，怀疑惧，某当独往。"那百人见秀成如此说，各皆奋勇前行。秀成便置酒与百人痛饮一会，已近夜分，便令百人预带纵火之物，听令而行；兼藏利刃，携了长枪及预造下的软梯，都已带足。

那时正是二月下旬，满天星斗，月色无光。秀成引路先行，百人随着而进，悄悄地偷过小山，只抵柳州城西门外，已是三更天气。军士见东门一带刁斗森严，西门却悄无人声，疑有埋伏。秀成道："那有埋伏？正惟如此，某故敢以百人来也。他只道东门是我军来路，故以重兵守之。庸人见识，何必多怪！"说罢军士各自无言。秀成便令把软梯搭过城墙上。还喜城不甚高，军士一齐拥上，适有巡城兵两人行至，见了那百人，正待逃走，秀成眼快，一把揪住一人，余一人已被军士拿住，都不敢作声，随把两人分做两段。秀成先分五十人下城，去夺开西门；自领五十人拥至城楼。那城楼里，只有二三十人驻扎，见秀成五十人进来，却逃不得一个，都教他魂魄往谒阎罗殿上去。秀成随领一百人直杀奔城里：分头在各要道纵火。柳州知府王兆祺，闻惊跑出衙来，不提防被秀成人马冲过来，中弹落马。秀成令军士一发呐喊助威。这时都传说洪军攻破西门，知府战死了。居民拥儿抱女，呼兄唤弟，要逃兵火。那一百人个个奋勇。这时刘金成听得敌军已攻进城里，吓得三魂去二，七魄留三，又在黑夜里，不知敌人多少。但见火光冲天，军声震地，刘金成已没有主裁。只见守备李应元，奔至东门请兵御敌，刘金成才分三百兵分头救火；令百五人寻敌军接战，余外都留守东门。分拨甫定，忽城外喊声大震。原来韦昌辉已得石达开将令，引二千人接应。清军纷纷报道："石达开大队来了。"刘金成急返城楼一望，见分驻洛容要道的一千人，已各自溃散；这时清军已无心恋战。李秀成领着百人，直杀过东门来，左冲右突，如入无人之境。亏了守备李应元，有些主见，恐秀成夺破东门，里应外合，忙到东门保护。恰值李秀成兵到，从暗觑明，分外真切，便放出"擒贼必擒王"的手段，枪声响处，李应元早已落马。秀成乘势杀了一阵，李应元部下都一哄而散。李秀成不去追赶，先抢开东门，引韦昌辉大队进来。刘金成见不是路，急上马杀出东门而逃，李秀成不去追赶，赶忙出榜安民。

次日石达开大队俱到。韦昌辉、李秀成率军士迎入城里。石达开谓李秀成道："昔甘宁以百骑劫营，传诸千古；今贤弟以百人下府城，更非甘宁所能及。洪哥哥闻之，当令心折矣。"秀成道："小小伎俩，某料刘金成无谋，故冒险行之，实不足为训也。"说着时，不觉已到府衙。秀成随令厚葬王兆祺、李应元尸首，一面再议进兵之计。秀成道："我军已下柳城，士气尚未疲惫，就当乘势进兵。"石达开依从其计，遂拨一千人马守柳州；自己率全队进发。

且说江忠济、张国梁领命，引兵援救柳州。救兵如救火，一路上倍道而行。才过永福县，只见刘金成同着数十人狼狈奔至，哭诉柳州失守之事。江忠济见柳州已失，只得率兵回驻永福，预备石军来攻；一面使人通知赛尚阿。当下赛尚阿闻柳州已失，惊慌无措。江忠源道："某料石军必不攻桂林。我军可派兵紧守永福，勿使有失。"劳崇光道："桂林为全省命脉，彼军势所必取。彼军若乘胜攻取桂林，全省休矣。以弟愚见，宁失十永福，不可失一桂林，望中堂思之。"赛尚阿道："劳方伯之言，正合某意。"遂不从江忠源之言，调江忠济、张国梁引军回桂林。江忠源又道："虽是如此，恐江忠济、张国梁中途有失，也不可不准备。"赛尚阿听罢，便令向荣、江忠源各领二千人接应。

当下江忠济听得回军之令，叹道："自撤藩篱，而聚于孤城之中，大为失算。只将令不可违也。"即传令退军。约行十余里，只见路途崎岖，树木丛杂，江忠济传令暂缓行程。忽探马报道："前面山林中隐隐现出旗帜，此行恐要谨慎。"江忠济听罢，便欲退回永福，忽然后军探马赶至，报称："我军才离了县城，李秀成不费一力，已领军袭了永福。今来路不知人马多少，望大人从速计较。"江忠济此时见前后皆是敌军，呆了半晌，说不出一句话。张国梁道："事已至此，只管前进便是。"江忠济没奈何，只得奋勇向前。不一时间喊声大震，左有谭绍洸，右有洪仁发，两路杀出。江、张两人，急得分头接战。不提防石达开、李世贤大队追至。江忠济无心恋战。那洪仁发见了张国梁，正如仇人见面，分外眼明，恨不得生擒到马上。张国梁急杀条血路望桂林而走。只有江忠济尚困在垓心，欲随着张国梁而去，争耐洪仁发死命追赶，急的望南而下，不料斜刺里又来了一支军截住去路，却是韦昌辉。石达开也随后赶到。此时军士已多逃散。江忠济料不能脱身，又恐受敌军所辱，遂轰枪自击而亡。石达开乘势杀了一阵，于乱军中寻得江忠济尸首，命带回营中，以礼葬之。然后引兵来赶张国梁。追杀数里，见向荣、江忠源已有接应，石达开遂传令收军，自回与李秀成相议，便撤去永福之兵，并离开桂林，领全军直奔灵川，与洪秀全会合。

秀全听得石达开已到，自与杨秀清、钱江出来迎接。石达开急下马，见礼毕，秀全道："柳州永福之战，贼军胆落矣。藉兄弟之力，成就事功不少。"石达开道："此非弟一人之力，乃秀成之谋，与诸兄之功也！"钱江道："名下无虚士，秀成智勇足备，吾不如之。"秀成听罢，急的谦让一回。洪秀全便令重赏李秀成，随大合诸将会议进湖南之计。钱江道："今宜先定官制，使各有次序，然后统属军人较易，主公以为然否？"秀全道："先生之言是也。但愚意更欲颁定国名，使各兄弟得所瞻仰。"钱江道："中国原是汉族，就名大汉的便是。"秀全道："虽是如此，但我们以宗教起义，意欲从这里取个国名，你道何如？"钱江道："现在宜号召人心，故宜取一个汉字，若事成之后，与外国交通，却别作商议。"秀全从其计，便先取国名大汉。随说道："今若遽定官名，除了军务，仍未有事可办，不如暂定营中官制便是。"各人听罢，都无异言。便令钱江定议。一面定议留守之人，然后进兵湖南，各人都以第一天将杨秀清声望素著，即留他与胡以晃、秦日纲并将校数十员，共统军驻扎全军要道，一来应付粮草，二来镇定已克的各郡城池，伺隙以窥桂林。不在话下。

且说钱江议定营中官制，然后点齐人马，统通大兵马步各营，不下十万人，择日出师湘省。都督前部：第二天将复汉将军石达开；虎威将军、第三天将萧朝贵；安汉将军、第四天将韦昌辉；各路救应使、靖虏将军、第五大将黄文金；中军左统领、虎卫将军、第六天将洪仁发；中军右统领、定威将军、第七天将洪仁达；第八天将行军司马谭绍洸；第九天将护粮使林彩新；第十天将后路都督李世贤；第十一天将前军副都督罗大纲；第十二天将后军副都督赖汉英；左文学掾周胜坤；右文学掾陈士章；中军掌旗官吴汝孝；掌令官龚得树；各路稽查李昭寿；裨将刘官芳、赖文鸿、古隆贤、杨辅清、张玉良、李文炳、何信义；帐前左护卫、第十三天将李开芳；帐前右护卫、第十四天将林凤翔；军师说赞方略兼大司马钱江；参谋襄理方略、第十五天将李秀成；齐奉千岁洪秀全，择日兴师伐清；又令陈坤书、吴定彩、苏招生、陆顺德四人，监造舟船，沿湘江而进，水陆策应。分拨已定，申明军法，整齐队伍。前部石达开、罗大纲引将校二十员及马步人马先行，起程时先把檄文布告道：

前部都督、第二天将、复汉将军石达开谨奉大汉千岁洪意，以大义布告天下：盖闻归仁就义，千古有必顺之人心；返本还原，百年无不回之国运。自昔皇汉不幸，胡虏纷张，本夜郎自大之心，东方入寇；窃天子乃文之号，南面称尊。阳借靖乱之名，阴售并吞之计。而乃蛮夷大长，既窃帝号以自娱；种族相仇，复杀民生以示武：扬州十日，飞毒雨而漫天；嘉定三屠，匝腥风于遍地。两王入粤，三将封藩，屠万姓于沟壑之中，屈贰臣于宫阙之下。若宋度歌獻于南浙，故秦泥不封于西函。呜呼明祚，从此亡矣！国民宁不哀乎？递其守成之世，筹其永保之方，牢笼汉人，荣以官爵，伈伣之辈，雍乾以还，入仕途而锐气消，颂恩泽而仇心泯，罹于万劫，经又百年。然试问张广泗何以见诛？柴大纪何以被杀？非我族类，视为仇雠。稍开嫌隙之端，即召死亡之祸。若夫狱兴文字，以严刑惨杀儒林；法重捐抽，藉虚伪纲罗商贾。关税营私以奉上，漕粮变本以欺民，斯为甚矣。尚忍言哉！洪公奉汉威灵，悯民水火，睹狼衾之满地，作牛马于他人，用是崛起草茅，纵横粤桂。早卧薪以尝胆，爰破釜以沉舟，忍令上国衣冠，沦于夷狄；相率中原豪杰，还我河山。自起义金田，树威桂郡，山岳为之动摇，风云为之丕变。英雄电逝，若晨风之梯北林；士庶星归，甚涓流之赴东海。一举而乌兰泰死，再举而赛尚阿奔。固知雨露无私，不生异类；自今天人合应，共拯同胞。今广西已定，士气方扬，军兵则铁骑千群，将校则旌旗五色，特奋长驱，分征不顺。中临而长江可断，北望而幽云自卷，凡尔官吏，爰及军民，受天命者为其人，当思归汉；识时务者为俊杰，胡可违天？所有归顺之良民，即是轩辕之肖子；如其死命助胡，甘心拒汉，天兵一到，玉石俱焚。本天将号令严明，赏罚不苟，若或扰乱商场，破坏法纪，轻置鞭笞之典，重以斧钺之诛。各自深思，毋贻后悔。如律令！

自此檄文布告之后，远近震惊，赴军前投顺者，不计其数。管教：

造成天国，先安大局下长江；
直撼中原，又令三湘成战地。

要知洪秀全此去如何，且听下回分解。

第十五回

胡林翼冷笑掷兵书　曾国藩遵旨兴团练

　　话说石达开，自得令带领前部先行，临行时，把檄文远近布告，这时已震动了湖南一省，早有把这个消息报到湖南巡抚那里。湖南巡抚张亮基，桐城人氏。为人颇有才干，还能实心办事，自从广西起乱，不时奏报到京。此时道光帝已经殁了，太子早已被踢身亡，各大臣便拥立道光帝次子，唤做奕詝的登位，改元咸丰。那咸丰帝较道光帝强些，办事却有决断。听得张亮基频频奏报广西乱情，料知洪氏大势已成，不易和他敌手；又因广东逼近广西，两省原有关系，惟赛尚阿统通置之不理，不觉愤怒。就降了一道谕旨：调赛尚阿回京，另调劳崇光办理广西军务。就把一个叶名琛，升任两广总督去；一面令张亮基募兵堵御湖南，并饬他令省内在籍大绅，兴办团练。这时候劳崇光知道洪氏势大，料不能胜他，一味的迁延不进；赛尚阿恨不得早日回京，卸了责任。惟有张亮基得了这道谕旨，立刻出榜招军，号令属下文武官员，分头训练人马；又劝令在籍缙绅，倡办乡团。从此湖南省内，就有许多喜功名、乐战事的人物，出来办事。
　　就中先表一人，姓胡，名唤林翼，号叫咏芝，本是一个翰林院庶吉士。见邻省有战务，料知这场干戈，不易了事，就想图个军功，博一个妻封子荫。遂不及散馆,捐了一个候补道,指省贵州。这胡林翼生下来,倒也有些异兆:因宅子里有所小园,树木众多,那日不知何故,百鸟在树林里互相飞鸣;无数雀鸟,集在屋上,恰恰产了他下来,因此取名儿叫林翼。果然读书颖悟,早已游泮水,折桂枝,步南宫,入词馆,从世俗眼上看来,好不欢喜。可惜这人,有这般聪明,只知取功名,做高官,却没有一点复国安民的见地。

闲话休提。且说他自从翰苑改捐道员,因见时事日非,将有乱象,便苦志讲求兵法。与同省曾国藩、左宗棠、郭意诚三人为密友。常谓诸葛孔明为古亮,左宗棠为今亮;郭意诚为老亮,自己却自认为新亮。曾国藩见他如此说,便问他视自己何如,林翼却是笑而不答。其自负如此。及至洪秀全大军进伐湖南,胡林翼正在家居。那一日往访故人罗泽南,亦是湖南人氏,号罗山。为人勇敢,且饶有胆略。那时听得林翼到访,便迎进里面坐定。寒暄几句。林翼见案上罗列书籍,随信手取来一看,却是《兵法》七册、《草庐经略》等书。林翼笑道:"罗公业此则甚?"泽南答道:"今天下纷乱,正吾人进身之时。虽一知半解,或从这里博一个功名,也未可定。"林翼笑道:"罗公乃高明之士,何所见不广耶?这等兵书,只可在一千年前欺弄无知之徒,今时却是用不着了。"泽南便道:"昨曾老赐弟一函,劝弟多读兵书,将来有个用处;今老兄反说用不着,小弟实在不明。"林翼道:"曾老懂得甚事!若是临法帖,说诗律,他还有点能耐。老兄试想,近来枪炮何等利害,料不是古老成法,可能取胜;其中或不无可行,究不足为训。但得将校勇敢,军人用命,便是节制之师;器械精良,准头命中,即是战胜之品;为将的随机应变,身先士卒,赏罚无私,自是将才。何苦研究古法。且谈兵法的动说先贤诸葛亮,试问诸葛亮又读的那些兵书?岂不是混闹的。"说罢,随把那兵书掷回案上。罗泽南道:"足下说的,自是名论,令小弟佩服。只近来听说曾老,欲谒抚军张公,要兴办团练,以卫梓里。曾致意小弟将来到他那里,好助他一臂，足下以为何如？"胡林翼道："此足下之事，某本不宜说及。只办大事的人，须精明强干，才足以服从。曾公外局，还是一个恂恂儒者，惟心地上吗？……"那胡林翼说到这里，往下就不说了，急得罗泽南摸不着头脑，便问道："究竟他心地上却是怎的？"林翼道："自悔失言。现承明问，怎不得不说：他对人本有一个谦恭的气象，笼络人才，他自然有的本领；奈心地里没一点才干，且好用才，而又好忌才。若在他的手里，早是能征惯战的人，他却可以认为生死交；若要谋个出身，恐上不过三司，下不过府县，始终要受他节制，他才得安乐。倘要求到督抚的地位，除非离了他手下。总之，不愿他人的声价，出他头上，却是的确的了。"罗泽南这里听得，心上觉有些不悦，便答道："这样看来，曾老是个忌才害贤的人物了？"胡林翼道："这样说来，又有些奇处。他是一个好名矫饰的人，害贤的事他却断断干不出。他拿一个老前辈的气象待人，是谦虚不过的，人却不敢把他来怠慢。只他遇着才干的人，总不愿声价出他之右，自然要笼络到他的手里，毕生要听他的使用；倘或笼络不来，他就有点不妥，这是方才说过的了。"泽南听罢，点头答两声是，究竟心上还不以为然。林翼又说道："他现时要办通省团练，又恐有志之士不能招徕，曾到抚军那里，设法求朝上降一道谕旨，使他办理，好拿着谕旨来压服同人。只是丈夫贵自立，若不是遇着大本领的人，胡某断不愿甘居人下。"罗泽南默然不答。胡林翼早知他不甚赞成自己议论，便说些闲话，辞了出来，望宅子里回去。

到半路上，忽前途一人呼道："咏翁往那里去？"胡林翼举头一望，不是别人，却是郭意诚，急上前答道："连日无事，因往罗山处坐了片时。谁想回到这里，却遇老兄。老兄今欲何往？"意诚道："无事出外游玩，正要回家去。看那一旁有一座亭子，我们可到这里坐坐。"说罢，便携手到亭子里，在石磴上分坐已定。意诚道："足下到罗山那里，究有何事？"林翼道："别无他故，不过闲谈而已。"随把和罗山谈论曾氏的说话，说了一遍。意诚道："足下差矣。曾老虽没甚才干，庸庸厚福，将来必至台阁将相的地位。且有这般外局，彼此都为大事，足下休要中伤他才好。"胡林翼道："小弟那有不知。只这些人，胡某誓不同事也。"意诚道："诚如足下之言。曾老亦曾有书召弟，他恐权柄不专，曾面谒抚军，要请代奏：给发谕旨，然后举行。弟亦颇不以为然。足下与他分道扬镳，好是好极，只有二句话，请兄牢记：曾老才不及足下之才；足下福不及曾老之福。请记此言，后来当必有验。"林翼听罢，沉吟半晌，随又说道："公言是也。只我辈但求事功，何论福命。"说罢，便握手而别，各自回去，不在话下。

且说张亮基，自从领得谕旨，要劝谕各绅倡办团练。这时石达开正沿江而上；洪军又遣兵分攻新甯、甯远、新田等处。石达开又已过道江，下永州，直取祁阳，势如破竹。湖南省内逈南一带已雪片文书告急。湖南本属内地，兵力向来单薄。此时张亮基好生著急。几番劝谕曾国藩办团。奈曾国藩要得了谕旨，然后兴办。

原来曾国藩，乃湘谭人氏，号涤生。素性拘迂，不论怎么事情他遇着时，倒要显出自己道学的气象。常把忠臣孝子四个字，挂在口头里，他同父的兄弟五人，国藩居长，其次国潢，又次国华，又次国葆，又次国荃，国荃别号沅甫。那兄弟五人，就算国荃有本领。国藩早年得志，是从三甲进士，翰林院检讨出身。他常恐各弟出他头上，常说道双亲年迈，诸弟倒要在家奉养，休要出身仕进，勿离了父母膝下才好。说到这里时，又恐各弟见他既说这话，自己反要出身做官，觉不好意思，便又说道："我不幸列了仕途，苦不能似诸弟常常侍奉父母，心上还自抱歉。惟有每天寄书一通回乡，问问父母安好，就罢了。"内中各弟，惟国荃最知他的心事，只碍着一个兄长，不好多言，却只得由他而已。那曾国藩虽然外局有这般道学，惟心性里却实在风流少年：尝眷恋一土妓，唤做春燕，暮去朝来，已非一日，早有个白首之盟。曾有一联赠春燕。联道：

报道一声春去也，似曾相识燕归来。

后来因不知从那处，染一个癣癞之疾，就嫌春燕身子不净，只道从她身上沾染得来的。因此就和春燕绝交。春燕忿甚，遂至自尽。自此之后，那癣来得好生利害：在隆冬时，犹自可；若在春夏之交，就浑身发作起来了。这时自忖身为官宦，有这恶疾，很不好看。就托称这癣是自幼生来的：因老娘产下他时，梦一条巨蟒入屋，因此生得浑生似鳞的一般。世人听说，因他后来做了大官，也有信他的；独是鳞的原是鳞，癣的原是癣。鳞是没有发作的。讳癣为鳞，岂不可笑。只是他在京当翰林时，酒食戏游上，倒巴结得几个王公大臣，所以那年大考，就得了一个二等第二名，升了翰林院侍讲。不上数年，竟升到一个侍郎地位。

当洪秀全进兵湖南的时候，正在丁忧，居乡守制。他把个谦恭的容貌，乡籍间倒传一个名誉，况且又是一个大绅，办理团练这点事不用他，更有谁人？其后张亮基因他要领得谕旨，然后开办，只得奏到北京那里，求咸丰帝颁发谕旨下来。果然六百里加紧，十来天上下时光，就降下了一道谕旨：着湖南巡抚张亮基转到在籍侍郎曾国藩，倡办团练，以卫桑梓。那张亮基接谕之后，便即行通知曾国藩去。国藩这时因谕旨已经到了，洪军又压境，自不能不办。只自忖兹事体大，自己本身又没有什么才干，只要靠人扶助。方自筹度间，忽守门的拿一个名刺传进来，却是郭意诚姻家，到来相见。

原来郭意诚与曾国藩本是一个姻亲，平日又是意气相投的。国藩见他素有才略，这会正合靠着他，今他先自到来，正中其意。急忙引进里面，分坐后，国藩道："姻丈驾到舍下，必有见教。"意诚道："怎么说。姻翁这会有个为国建功立业的机会，特地到来贺喜。"国藩道："姻翁这话，想是为奉旨办团的事。只姻翁如何早已知道？"意诚道："今儿正在抚辕里出来，是抚军张公说来的。现在军临境上，统宜早些筹策才是。"国藩道："现在正要寻姻翁商议，寻个相助之人。"意诚道："君家兄弟皆卓荦不凡，正合用着。寻人实在不难。"国藩道："某实不愿兄弟离家，使高堂缺人奉养也。"意诚听了，点头说一声是；随又说道："罗公泽南，是姻兄向来赏识的，怎地却忘记了？"国藩道："一罗泽南，恐不足济事。弟意欲商请胡咏芝，姻翁以为何如？"意诚道："咏芝自待甚高，恐不为足下用也。"国藩道："是亦难怪。但上为朝廷，下为桑梓，何故芥蒂？然则就烦姻翁指示一切，意下如何？"意诚道："弟素性疏懒，不能任事。除罗山而外，所见骁勇可恃用者，莫如塔齐布、杨载福两人。姻兄若得此两人为辅，自不难成功也。"国藩听得大喜，说道："姻翁此来，益弟不少。日后有事，再当奉教。"意诚谦逊一番而别。

国藩自郭意诚去后，一面修书致罗泽南、杨载福、塔齐布三人，说明奉旨兴办团练，求他相助的意思。那三人原是一勇之夫，自接得曾国藩的书信，那懂得民族的大道理！只当有一个侍郎肯抬举他，好不欢喜。都不约而同，先后到曾国藩宅子里，听候差使。国藩一一安慰。就借公局作团练办公的地方，募集乡勇五千人，分为五队。即令罗泽南、塔齐布、杨载福三人，各统一路；自己却统中队；只有一队，还欠管带之人。次弟曾国潢进道："各胞弟皆具进身之志，饶有胆略；且相随兄长左右，一可以相助，二来又得兄长随时指点，原是不错。却皆弃而不用，何也？"国藩道："愚兄忝在仕途，自以受朝上深恩，故不得不竭力图报，别家庭而缺定省，非我志也。今又使各弟同去，高堂垂耄，还有靠何人？反使愚兄益滋罪矣。"国潢道："弟不才，不能宣力国家，若是侍奉高堂，准可勉力；其余三弟择一而用，未尝不可。且移孝作忠，又何碍于天伦？愿兄长思之。"国藩听得此话，实觉无言可答。沉吟少顷，只得勉强答道："弟言亦是。但兵凶战危，有何佳境？不知三弟中，有谁人愿去？"说犹未了，只听得国华、国葆、国荃齐应道："弟等皆愿往不辞。"国藩一听，觉得三弟皆愿同去，不知处置那一个才好。又想一会，说道："九弟沅甫，尚须读书；处事恒有沉毅之气，可随余往。余外就烦两弟，日侍高堂，晨昏无缺，以赎愚兄离家不孝之罪可也。"说罢，各弟皆默然不应。国藩便带国葆同去，使他自统一路。不上数天，团练已经成事。所有器械，都由官家给发，陆续打点粮台。先把成军情形，详报张亮基，日日训练，以候战事。管教：

共振军声，翻倒湘江成血海；
警来噩耗，竟催天将陨长城。

要知后事如何，且听下回分解。

第十六回

洪宣娇痛哭萧朝贵　钱东平大破曾国藩

　　话说曾国藩奉旨兴办团练，次第成军，由塔齐布、罗泽南、杨载福、曾国葆，分军统率，规模井然。巡抚张亮基，便据情奏报北京，不在话下。

　　且说石达开前部已到祁阳。张亮基知衡州紧急，立把衙里公事，嘱托藩、臬两司，代拆代行；随用胡林翼为参谋，亲自引军来救衡州。一面致书曾国藩，明引团练军策应。于是两路大兵，直奔衡州而来。石达开闻报，忙到中军，与洪秀全、钱江商议进战。此时秀全恰会著客。原来胡以晃遗书，荐一人来归，洪秀全即令唤入。只见那人生得威风凛凛，气象堂堂，约三十上下年纪，见了秀全，一揖就坐。

　　你道那人是谁？原来就是陈玉成，湖北麻城县人。自幼父母亡过，学得浑身武艺，最精不过是枪法，能于百步内百发百中。向在湘、桂之间，散放布粟，远近皆闻其名。秀全到广西时，早听得他的名字，这回相见，自然大喜。便道："素仰兄弟大名，如雷贯耳。今得相遇，足慰平生。"陈玉成道："莽夫不识大体。倘蒙不弃，早晚执鞭随蹬，稍尽犬马之劳，实为万幸。"秀全道："雄才不愿终老牖下。何况亡国已久，正该图个光复；某不自量力，为天下倡，但得兄弟们同心协力，此不特某一人之幸也。"陈玉成听言谦让。正谈论间，忽报石达开到。秀全暂令陈玉成退下，让石达开进来。秀全道："石兄弟独自到此，必有事故。"达开便把张亮基、曾国藩两路兴兵来援衡州的事情，说了一遍。钱江先答道："曾国藩不打紧，只他手下一人，名唤罗泽南；张亮基军里一人，唤做胡林翼，都是文武足备的，贤弟未可轻敌。今且前进，某当另派勇将来助兄弟也。"说罢，便即唤李秀成道："素知兄弟能谋善战，且向在石军营里。今可到石兄弟军前，以备策应，某随后自有计也。"李秀成领令而行。秀全又向石达开道："兄弟多识此间豪杰。今胡以晃荐陈玉成到此，兄弟曾识其人否？"达开道："某闻之久矣，只未识其面。此人向在广西濒海一带，散放布粟，人人畏服。实江湖上有名人物。既然到此，某愿与他相见。"秀全便邀陈玉成进来，告以达开愿见之意。陈玉成听说，即上前向石达开声喏。达开急回道："闻名不如见面，见面胜似闻名。素仰大名，幸会幸会！"陈玉成急答道："小弟有何本领，要劳将军过奖！"达开谦逊一会，随对秀全道："弟视陈兄弟气概，胜弟十倍。今前军正需用人，愿请陈兄弟到营里相助。倘蒙允许，弟所赖者不浅也。"洪秀全从之，便令陈玉成与李秀成，随石达开往前军去。三人别过秀全、钱江而行，一面申明号令，直取衡州。

这时曾国藩团练军已到，钱江又恐初进湘省，防失锐气，便再令萧朝贵、杨辅清引五千人，接应将来。随后，钱江又率大队继进。早有细作报知张亮基，张便和曾国藩商议道："洪军全军到此，声势甚大。此行恐先挫锐气，则必至两湖震动，计不如坚守为上。"国藩道："某亦谓然。但朝廷付任于某等两人，若并不能一战，恐洪军更分掠各郡，旁入江西，四面紧急，将不能收拾，却又如何是好？"胡林翼道："某所虑者：众寡不敌耳！今番为湖南第一次战事，不可不慎。某闻杨秀清以不得主之故，常怀怨望；不如遣人，间道入广西，散布谣言：称洪秀全不与杨秀清共进湖南，使之孤军留守，实修怨而欲陷秀清于死地；秀清必闻而生疑。然后，我坚守衡州，以待其变；一面增募军兵，并加紧飞调湖北各军，以资调遣，较为上策。"罗泽南道："胡公言之甚善。但广西所以致败，全在将不知兵。洪军乌合之众，不足为虑，以我训练之师，准可一战。以弟愚见，不如两策俱行：一面遣人入广西行咏芝之计；一面与他开战，何必多虑？"胡林翼争道："以江忠源之谋，向荣之勇，先后损兵折将，望风披靡。洪军中料多能事之人，不得谓乌合之众。兵法说得好：'知己知彼，百战百胜。'某不才，愿公等思之。"张亮基听罢，便请曾国藩决议。那曾国藩又素信罗泽南的，便道："罗山之计甚高。且洪氏大势已成，不宜再令养成锐气，速战为是。"遂决依罗泽南之计而行。先遣人入广西行事；随令曾国葆引军助守衡州，余外都候石达开接战。

且说石达开已准备攻取衡州。忽报萧朝贵、杨辅清领军到，便大会诸将商议。李秀成道："钱先生力赞胡林翼与罗泽南，料不是等闲之辈，本不宜轻敌。但清军如先调合湖北各路，以厚军力；再令江西分兵策应，复令向荣、江忠源等，攻杨秀清，以牵制洪哥哥大军，这样实费筹划。今彼见不及此，而恃才轻于一战，其心骄矣。吾因其骄而用之，如此如此，可以破曾国藩也。"石达开便令各军退十里下寨。洪秀全听得这个消息，一惊非小，忙召钱江问个细底。钱江道："有李秀成在，料能忖度军情。且张亮基等与赛尚阿不同，最宜谨慎，但恐向荣等乘机伏杨秀清之后，于我大碍，我一发与李秀成相应，大军暂缓前进；另派韦昌辉、李世贤统军在后，以照应杨秀清可也。"洪秀全一一从之。这时曾国藩听得达开已退；洪军又不进，不知何故。正自踌躇，胡林翼道："彼军人数三倍于我。忽然退去，恐有计也。"国藩道："大约因胡兄弟这条计在广西散布流言；或因杨秀清有了变，故洪军急于打回耳。自当追之，不宜失此机会。"帐里诸将都觉此言有理。只有胡林翼不信入广西的人，有这般神速。只是石达开纵然退兵诱敌，洪秀全又何以中途不进，好生诡异，因此沉吟不语。团军各统领皆主速宜追赶。曾国藩便令杨载福,张亮基便令副将王兴国,各引前队先进;随后张亮基、曾国藩各引前军赶来。

只见前面山林之内,都是洪军旗帜。胡林翼急道:"洪军人马既离此不远,曾国藩团练军又不知胜负,不如暂缓进兵,以观动静。"张亮基亦以为然,便飞令王兴国勿进。忽然探马报道:"洪军已分遣水军苏招生、陆顺德两将,沿湘江直攻衡州府去也。"张亮基听得,便欲回救衡州。胡林翼谏道:"若此反受牵制矣。府城尚有曾国葆一军助守,未必遽行失陷。不如调兵断彼水军来路,较为上策。"张亮基听说有理,随差人报知曾国藩。

原来曾国藩望见洪军旗帜,只道是洪秀全疑兵之计,死命追去。忽听得衡州府城被洪氏水军攻击,便拨塔齐布回救府城。此时石达开知曾军移动,一面令罗大纲、陈玉成直攻曾国藩,留李秀成、萧朝贵牵制张亮基;自己亲护舟师前进。分拨既定,陈玉成先出,罗大纲继进,分两路直取曾营。

那时曾军正在移动,陈、罗二将已卷地拥来。还亏罗泽南有些主意:号令三军,坚持不动。无奈洪军中陈、罗二将,来势太猛;罗泽南支撑不住,反困在垓心;又因寡众不敌,左冲右突,不能得脱。正在危急之际,忽然北路上一支军杀入,罗大纲前营纷纷退后,直透重围,救出罗泽南。众视之,乃杨载福军也。泽南道:"曾公现在那里?"杨载福道:"曾公已退出后路。敌兵势大,不宜恋战。"便会合杀将出来,犹望张亮基一军救应。谁想张亮基拨陈坤修一军,往截洪氏水兵,都被石达开杀退。张亮基各路俱败,早忙了手脚。胡林翼道:"现在四面皆危,这里又受牵制。不如将计就计,请公假作移营,往援曾军之状;彼见我兵动,必锐意赶来,某却如此如此,可以止洪军也。"张亮基从之,急领各营望曾军接应前来。胡林翼便先令一军埋伏,自己仍作退状。那萧朝贵听得,即请进兵。李秀成道:"彼去得整暇,恐非真退。切勿误追。"萧朝贵大呼道:"各人皆立大功,岂进湖南后，我辈遂为木偶耶？"便不听李秀成之谏。秀成再止道："石哥哥在此，诸事尚多从我，你何故违令？"萧朝贵道："我从洪哥哥出入患难之中，那有你来？你今日立过多少功劳，却来傲我？我却不依！"说罢，便领本部奋勇赶来。李秀成无奈，只得随后照应，以防伏兵。

当下萧朝贵见张亮基和胡林翼，走得不远，越加驰军疾进；不想林内一支伏兵杀出，枪声响处，弹如雨下，李秀成觉得，正要杀散伏军，奈离得太远，救之不及。呜呼不幸，一颗弹子飞下来，正中萧朝贵脑袋上，登时跌落马下没了。李秀成大怒，挥兵直截过来，把数百伏军杀个寸草不留。胡林翼欲回救时，已是无及。秀成即令把萧朝贵尸首扛回军中。便统本部及萧朝贵部兵大队，杀将进去。那洪宣娇在营里听得丈夫已殁，不觉眼中流泪，心中大愤。随引一队女兵，跟随李秀成而进。部将郜云官问秀成道："哥哥前不欲朝贵追，今番却自来追，何也？"秀成道："前不欲追者，惧伏军耳。今伏兵已过，吾何惧哉！"便会合各路，与罗大纲、陈玉成、洪宣娇分头赶来。张、曾两军那还有心恋战，只顾死命而逃。李秀成追杀二十余里，看天时将晚，始传令收军；洪宣娇独进，追至胡林翼后路，立杀数十人而回。这一场恶战，杀得张、曾两军，人人胆落，遗下尸首，及获得辎重器械无数。随与石达开会合，秀成便令舟师退后。石达开道："舟师正自得手，何故便退？"秀成道："舟师先进，所以诱敌耳。孤军不行险地，况在夜里乎？"达开深服其论，即传令收兵，达开道："今日仗兄弟之谋，全军大胜，可惜萧朝贵不听号令，以至于此；今后失一栋梁矣。"洪宣娇听得，更感触起来，放声大哭。各人安慰了一会，回到营里。达开便把胜仗情形，及萧朝贵因何致死，报到洪秀全军里。

秀全初时听得大胜，正自欢喜；后来又听得萧朝贵不听李秀成之劝谏，以至阵亡，遂放声大哭道："朝贵兄弟与某等论交于患难之中。正欲同心戮力，共谋光复，不竟朝贵竟先我而亡。今后吾折一臂矣！哀哉朝贵，痛哉朝贵。"哭了一会，各人都为劝慰，秀全方才收泪。

便与钱江商议进兵。钱江道："前军一胜，湘人胆落矣。乘此进兵，正合时矣。"便督大队人马前进，到时，已见石达开、李秀成出迎。秀全先赞秀成战胜之功，随问起萧朝贵死事。石达开先将朝贵不听号令，以致中计的缘故说明，秀全为之摇首叹息。李秀成即进道："大王与诸将，皆出生入死之兄弟，既著声望，又负勋劳；秀成以陇亩匹夫，骤司军令，宜乎众人之不服也。今至损折国家栋梁，实由于此。自此愿退居士卒之列，以听驱策，再不敢居上位，以误军情也。"洪秀全急执秀成之手说道："皆是吾不明之故。因爱惜兄弟，故为叹息，愿卿勿以芥蒂生嫌。"秀成道："弟以庸才，荷蒙不弃，久欲同心协力，上雪人民之恨，下报兄弟之仇，那有芥蒂生嫌的道理？"各人听得，无不感动。随议厚恤萧朝贵。钱江道："现在只得以厚礼葬之。待国基既立，然后追赠封官便是。"洪秀全从之。钱江道："今后彼军既败，必飞调长沙各路接应，而分道求救于江西。我宜先发制人。"便令林彩新领五千人，及部将十员，从间道先取醴陵；随令赖文龙、古隆贤，各领三千人，分取攸县及耒阳两县。并嘱咐道："这三路是江西来路，幸彼军无兵把守。诸君此行，一举可下。得了这三处，不特可以惊吓曾国藩，亦足以屏障江西。事不宜迟，就请便行。"三人领命去后，钱江便与李秀成乘马，领了数十骑，亲往湘江巡视一遍。并沿路观看衡州府城西南两路而回。随大集诸将听令。先对李秀成说道："今张亮基全军退入衡州，而曾国藩又分布城外，以为犄角。吾巡视湘江及西南两路门者，欲彼知吾从这条路进兵也。今彼搭浮桥，通过右岸，另屯兵队，志在防我水道耳。"即唤吴定彩、苏招生、张顺德嘱咐道："三位可带舟师先进。各船篷面都用白铁包着棉花，遮蔽内外，以避弹子，冒险前进。先烧浮桥，断彼接应，看东门火为号，乘机杀入城中。"三人得令，自去准备。钱江又唤陈坤书嘱道："兄弟可带舟师护住陆军。但看浮桥烧断，即渡陆军登过右岸，杀散敌兵。"各人去后，随令李秀成领一万人带同陈玉成、李世贤、赖汉英，直取曾国藩；又唤石达开、罗大纲，嘱咐如此如此；又唤韦昌辉、谭绍洸，嘱咐如此如此。分拨已定，传令午刻造饭，申刻起兵。

洪秀全自领李开芳、林凤翔统中军，为各路救应。且说张亮基探得萧朝贵战死，便对胡林翼道："萧朝贵乃洪秀全妹丈，亲爱逾于常人。恐连日治丧，洪军不能遽出矣。"胡林翼道："洪军随后来也。彼军本利在急战，况加以萧朝贵之恨，那有不来？只城孤兵寡，不可不虑。"正说着，早听得洪秀全大队拥到。胡林翼便督率军士守城，昼夜亲自巡阅。那日正见钱江、李秀成两人巡视湘江及城外西南两路。林翼道："彼欲从此路进兵也！"便令加兵，守护西北两门。少时与张亮基登城楼远看：只见漫山遍野，都是洪军。林翼大惊道："彼军如此之众，而我调长沙各军，至今未到，如之奈何！此城料不易守，不如退兵为上。"曾国葆道："战既不胜，守又不能，有何面目回见湘中父老？某宁死不退！"张亮基听罢，不能主裁。忽攸县、醴陵、耒阳三处，文书雪片飞到，都是催兵救应的。胡林翼道："彼分掠三路，欲断我江西救应之兵也。奈他虽告急，只此处自顾不暇，何能分兵？"张亮基道："请兵不救，是弃三郡矣。恐朝廷见罪，如何是好？"林翼道："某宁受罪名，以求实际。此处正当长沙要冲，非那三郡可比，望中丞思之。"正议论间，只见曾国藩策马而至。见了张亮基，便问行止。张亮基故作问道："洪氏军势甚盛，某欲退而避之，尊意若何？"国藩道："退兵诚是！但我退后，不特衡州失守，且彼将随我而进，恐两湖皆震动矣。不如坚持一阵，以待长沙救兵，较为上策。"张亮基听了，更无思疑，便请国藩回营，准备应敌，一面饬兵守城。

果然到了次日，见洪军纷纷调动。将近黄昏时刻，水师已沿河而进。张亮基即令军士环岸放枪，无奈打出去，皆不中要害。吴定彩乘着南风，督船先进，直泊浮桥，纵火烧之。张亮基撤军救应。此时陈坤书，已渡陆兵过了右岸，水陆并进。清军在右岸的仅千把人。瞧见洪军杀来，又见浮桥被毁，不战自乱。张亮基急调军防洪氏水军登岸。不想石达开、罗大纲大队拥到，直攻西南两门。张亮基手忙脚乱，待拨兵助守；不料东门守将飞报祸事：说称韦昌辉调百人直抵东门，依钱江密计，各携火药一包，放在城脚，轰发起来。那东门城墙整整陷了数丈。韦昌辉乘机拥进。陈坤书等见东门火起，急领水陆各营，登到岸上，杀进西门而来。一面绕过南门，接应石达开进去。张亮基见三路俱失，急急领败残军士逃去；此时犹望曾国藩一军救应。不提防曾国藩各营，早被李秀成牵制，不能冲突进城。及至东门火起，军民大乱，李秀成乘势杀进去，曾军各自逃走。罗泽南立杀敌数人，不能阻止。那陈玉成一马当先，拨开杀路，直入军中，来捉曾国藩。还亏塔齐布、杨载福挡住一阵，拥护曾国藩望北而逃。李秀成、李世贤、赖汉英分头赶上，又亏罗泽南亲自断后，随战随走。不提防石达开自进衡州之后，就令罗大纲领军，会合韦昌辉从斜里望曾军杀来，塔齐布、杨载福双战不利，只望西北而逃。忽然李秀成赶至，大呼道："城池已失，全军皆败，去将安逃？降者免死！"于是国藩之军闻说，纷纷投降。罗泽南大怒，方欲阻挡，奈李秀成军如海涌，急得会合曾国藩而逃。不料正东又一支军杀入，吓得曾军呼天叫地。原来洪秀全亲领李开芳、林凤翔带兵到此，反把曾国藩困在垓心，军士各自逃窜。正在围困既急，忽然西北方一彪人马杀入，力挡罗大纲，直透重围。众视之，乃胡林翼、曾国葆也。曾国藩道："咏芝到此，吾无忧矣。但不知张公何在？"林翼答道："衡州已失，张公已退至上流。目下敌军势大，速退为上。"便传令各路一齐退走。林翼便与泽南亲自断后。不料说犹未了，后面喊声又起：李秀成、陈玉成、韦昌辉依旧赶来。曾国藩正奔走间，忽被弹子击中坐下马，那马后蹄一掀，把曾国藩掀倒在地下。此时左右皆因慌乱，不能救护，好不惶急。忽见胡林翼军内，一员马将跳下马来，一手挟起曾国藩，复飞身上马，杀出重围，曾军便乘势退去。洪秀全见敌军去远，始传令收军回衡州。

那曾国藩被救之后，便问那将是谁，那将大声答道："屈居下僚张玉良也。"国藩惊道："如此可谓埋没英雄。独惜足下骁勇如此，何不早言？"张玉良道："用非其时，言亦何益。且怀一才而急欲自见，某不为也！今番亦聊以小试耳。"原来张玉良亦湖南人氏，素有勇力，且又善战。曾国藩听得，叹羡不已。少时见败残将士，陆续俱到，仅留下千把人；再行十余里，已见张亮基亦只剩下一千余人，扎在小山之上。国藩上前相见，各诉败军之事。管教：

  皇汉天兵，直似雄风吹败叶；
  风尘侠士，犹如毛遂处囊中。

要知后事如何，且听下回分解。

第十七回

彭玉麟恤情赠军饷　郭嵩焘献策创水师

话说曾国藩退兵之后，见了张亮基，各诉败兵之事。张亮基道："早听胡咏翁之言，不至有今日之败矣。"曾国藩道："某此时亦在无可如何。只是朝廷寄湘省责任于中丞与某二人，若并不能一战，反使长成敌军锐气，而致城池失守，恐至人心震动耳。"说罢，不觉泪下。随又道："此行若不得张玉良，则某亦不能与中丞相见矣。"张亮基急问何故，国藩便把被救情形，一一说知。张亮基听得有如此战将，急命张玉良上前相见。少时左右引张玉良至。只见张玉良威风凛凛，到时长揖不拜。张亮基即急起迎让坐，随道："豪杰屈不见用，某之罪也。"遂令厚赏他银子。一面飞奏朝廷，报知兵败情形；并保举张玉良，以为营官。

忽然耒阳、攸县各处官吏，都纷纷奔至，说称城池失守。曾国藩大怒，欲治各官之罪。张亮基道："众寡不敌，非各官之罪也。且我们拥兵不下二万，而不能保守一衡州，又何责彼耶？"曾国藩听了此话，满面羞惭，随说道："现今各城失守，报到朝里，恐不免见罪，如之奈何？"张亮基道："兵败致罪，国法也！某又何辞，岂敢粉饰以欺朝廷哉？"随向胡林翼道："现今军势已衰，此地不宜久居，恐敌军掩至，吾等皆为齑粉矣，足下有何高见？"胡林翼道："此处离衡阳不远，不如退到那里，招集流亡；随调武昌、长沙各军，并招募新营，再请江西援应，养气待时，或可再战。否则非吾所敢知也。"张亮基从之。便传令各营，齐望衡阳而退。

且说洪秀全大军既定了衡州，立即出榜安民，一面赏恤各军士。此时湘省人民，皆知洪氏大势已成；且又知得光复山河的道理，都恭迎王师，助粮馈饷的不计其数。于是洪秀全声威大震，移檄各郡。不多时醴陵、攸县、耒阳三县报捷已到，便欲加封各人官爵。钱江道："近来豪杰纷纷来归，亦以亡国之痛，思展长才，助明公之力，以报答国家耳。果其志在官阶，则将愿为贰臣，以从张亮基等之后，岂复能为我用耶？今若胜一仗，加一官，若至天下大定之时，恐封不胜封，将何以自处？窃为明公不取也。"秀全听毕，恍然大悟，便止加官之令。传令大宴将士。这时大小将官，都已到齐，正在饮宴之际，秀全欲议收取长沙之计。李秀成道："长沙一局，无异桂林，克之诚费兵力。我不如攻其易者，以振军威。然后沿湘江，克武昌，以抚临江、浙。种族之理既明，待布告新国之后，则东南各省，张檄而定，何忧一长沙？此时长驱北上，自无后患。若徒据目前根据，既懈军心，又费时日，使满清得徐为之备，实非良策。愿明公思之。"钱江听罢鼓掌道："李秀成之言是也。今彼军既败，必调湖北各军，以保护长沙。我国留军于此，由衡阳以攻长沙为名，即足以牵制两湖各军。就乘湖北空虚，以攻武昌，则势如破竹矣。"洪秀全两皆从之。

忽报杨秀清差人送礼物到来犒军，兼贺大胜。秀全急召那人入内相见。那人原来是胡以晃的亲弟，唤做胡以昶。钱江先问秀清在军中，作何举动，胡以昶道："现在听得清廷调向荣、张国梁及江忠源三人，回守湖北。惟广西散布谣言：说主公独进两湖，恐不利于秀清，因此秀清深怀疑虑。幸家兄胡以晃力为解劝，方始无事。因前两天，秀清妻室殁了，现在却没有什么动弹。只来日大难，望先生何以处之？"钱江道："此必敌人反间之言也。"说罢，令胡以昶暂行退出。秀全便复问钱江以处置杨秀清之计，钱江道："我有一间之微，敌人即欲乘机煽动，是不可不慎。故目下切忌生嫌，当以调和为上策。某思得一计在此，望主公决之。"随附耳向秀全说称如此如此，秀全大喜。钱江随转出来，秀全即移身入内，见了洪宣娇，即把秀清的举动，一一说知。洪宣娇道："如此看来，不知哥哥怎么处置才好？"秀全便把钱江嘱咐的话，细说出来。宣娇听了，早已会意。

那一日见了萧朝贵的妹子，名唤萧三娘的，宣娇本与三娘，有个姑嫂情分。便乘间说出杨秀清的举动。三娘道："大事未定，若先相矛盾，反使敌人得利，恐不宜以猛手段出之。须于两处调停妥当，实为利便。"宣娇道："正是如此。现钱先生有一个妹子，欲与秀清续婚，使大家和好，示无嫌隙，此计甚善，惟钱先生的妹子，尚在年幼，恐不能久待，是以来决。"萧三娘本是个警觉不过的人，听了此话，暗忖许久：不听得钱先生有个妹子。这回说来，觉得可异，想不过打动自己而已。只身为女子，横竖要嫁人，且兄长朝贵生时为大局之计，与他周旋，自己怎好拂主公之意，以误大事。想罢便答道："尊嫂这话，我不相信。因何不听得钱先生有个妹子？你如何这样说。若别有谋，还当实说才是。"宣娇听罢，便附耳说了几句。萧三娘登时两脸晕红了。原来钱江素知杨秀清最畏妇人。故欲以萧三娘嫁了杨秀清，使调停其间。这会萧三娘听得，心上本不甚愿嫁秀清；只重以秀全之命，又是国家大事，实不好推辞，只得应允。宣娇大喜，急往报知秀全，秀全又转告钱江。大家画计已定，秀全即差胡以昶回去，并备些礼物，吊唁杨秀清之妻。随对以昶说道："秀清中年丧妻，大不幸也，洪某实在伤感。今有一头好亲事，当与秀清兄弟为媒，以成其美事：即是朝贵兄弟的妹子萧三娘，确实不错，望对秀清兄弟善言之。"胡以昶领命而去。

回至全州，复过杨秀清。说称秀全哥哥，听得兄弟失偶，甚为感伤。现有吊唁的礼物，及有颁赏诸军士的，都交杨秀清收过了。随又把秀全主张他与萧三娘结婚的事说知。杨秀清素知萧三娘有几分姿色，且有才略，心里自然欢喜，随点头称善。胡以晃在旁，又加以一力赞成，秀清便回书至秀全，谢其作合这头亲事。秀全忙与钱江商议。钱江道："他既应允，自事不宜迟，立刻成亲可也。"秀全从之。即致书杨秀清，请他择个成亲日子，送将过来。忙即打点亲事：先令洪仁达，带了萧三娘送到全州就亲。钱江又嘱咐萧三娘一番而罢。果然那日杨秀清准备迎亲。大吹大擂的宴贺，好不闹热。洪秀全又令军中各将士，纷纷致贺。

自杨、萧成亲之后，夫妻自然亲爱。萧三娘又听钱江所嘱，在秀清眼前，盛称洪秀全之德，并说他无时不记挂秀清。秀清听得，暗忖自己，方自思疑秀全，原来秀全反是个好人，却不免错怪了。奈究竟日前听得谣言，又不免记在心上，便把这来历对三娘说知。三娘道："此是敌人反间之计。你反认以为真，何其愚也。"秀清恍然大悟。三娘又道："妾前听得洪哥哥说道，但得大事已成，无论何人登位，却是心安。这样看来，岂不是错怪了人。"秀清道："我一时愚昧，见不到此。"便立刻修书到洪秀全那里，说明自己猜疑的原因，并谢前过。秀全好不安乐，即同钱江商议进兵之计。

早有细作报到衡阳。张亮基听得萧、杨结亲之事，便向胡林翼问这个是怎么意见，林翼道："此必是因我们布散流言，有了嫌隙，故为此计耳。他们手段很好，只我们却要防备。"曾国藩道："某虽在此，甚忧长沙。恐彼从间道，乘我不备也。"胡林翼答道："此事可不必多虑。彼不取桂林，即是不取长沙之意。必将上攻武昌，断我南北交通之路，则东南各省皆在彼掌握中矣。彼何忧一长沙耶？但根本之地，亦不宜不顾。此处离长沙不远，不如先催取长沙各军，再行打算便是。"张亮基道："现在军中粮食短少，运粮的又不接续，吾甚忧之。"林翼道："正惟如此，今彼兵四出分掠，若间道绝我粮道，实为大患。

今衡阳地面离长沙较近，尚易接应。若目前不济，不如募捐于民，以应目前之需。中丞以为然否？"张亮基称说甚善。遂传令商民，劝示捐助。叵耐衡阳是个瘦地，募捐总然无效。

却说黄文金听张、曾两军退兵乏粮，便入见洪秀全，欲请兵往追。秀全求决于钱江。钱江道："归师莫掩，穷寇莫追。且我所虑者，他会合湖北、江西各军，以阻我耳。今乘此机会，以视师衡阳为名，到时另使能事者引劲旅，率耒阳、攸县、醴陵之众，以入江西；今先令水师望湖北进发，吾因沿陆路以趋武昌可也。"洪秀全深然其计。遂令陈坤书、吴定彩、苏招生、陆顺德四将，统水师沿江而进；随令石达开先引前部，望衡阳进发。

且说曾国藩、张亮基回至衡阳，早有县令迎至城里，就将县衙门作了行台驻下。一面抚恤败残军士；争奈武昌、长沙两路救军，总是不至。原来清军自从衡州大败，长沙一夜，十室九惊，只道洪将攻到长沙了。故粮道亦为之阻塞。募捐又是不足用的。曾国藩看得如此，正在无可计较，忽粮务委员到来，请发军粮。并说道："粮期已逾十数天，军士已有怨言，恐不能再缓矣。"曾国藩听得，此时实在慌忙。忽又探马报称："洪秀全已遣石达开前部，望衡阳而来矣。"这时两面急报，吓得曾国藩魂不附体。急得令粮务委员暂退。随与罗泽南相议道："军粮缺乏，洪军又至，恐必使人心瓦解，长沙亦将震动，如之奈何？"罗泽南道："以弟愚见，石达开行程甚缓，未必志在攻取衡阳；但众寡不敌，亦不得不避之。惟目下军粮紧要，屡催长沙运粮不至，不如就在城里富商谋借五六千，较为稳便。"曾国藩道："城内并无知己。借款二字，如何说得容易？"罗泽南道："以老兄乃一个本籍大绅，凭个名目借贷，或能如愿，也未可定。"曾国藩乃点头称善。是时已打听得，城内一间当铺，素称殷富，是个有名的谦裕饷当字号。曾国藩便穿过袍服，望谦裕饷当而来。到时把一个名刺差人投进去，说称要与司事人会面。那伙计见有曾国藩三个字，自不敢怠慢，忙代转递去了。

原来那司事人姓彭，名玉麟，别字雪琴，乃本籍一个诸生。为人外貌却甚刚严，只心里上却是好名不过的。只因功名不得上进，因此闷闷不乐；又因家道困难，还亏平日有个刚正的虚名，就浼亲朋，荐到这间店子里司事。这会听得曾国藩到来相见，暗想他来不知有甚事故，只要接他进来，当这干戈撩乱之时，好歹口上谈兵，说个天花模样，或凭这个机会有个好处，也未可知。想罢，便请曾国藩进至里面坐定，通过姓名。曾国藩把彭玉麟估量一番，果然生得一表人物，心里已自欢喜，便说道："素闻足下慷慨之名，未能会晤。今日一见，足慰生平。"玉麟道："小可微名，何足动侍郎清听！只明公此来，必有见教，望乞明言。"曾国藩道："因在衡州以众寡不敌，被洪军杀败，逃走至此。现因军粮缺乏，恐军心生变，欲在贵号挪借五七千银子，暂济目前；待长沙运到之后，即行交还。此为朝廷大事，且足下向有侠名，幸勿见却。"彭玉麟听得，暗忖店里的款项，本不是自己的，自己本无权挪借。惟他是一个侍郎，且奉命带兵，这会借款，算是借与朝廷，是个大大题目。纵然是老板责备，也是没奈我何。况且我拿款来借他，他自是感激我，是亏在老板，居功只在我一人，看来实是不错。想罢，便开口道："些些小事，有何不得？借了之后，东主有什么责言，晚生愿以一身当之。只明公在衡州，如兵临险地，似非善策！即衡阳亦不是久居之地，望明公思之。"曾国藩听罢，觉此人如此信义，又能畅谈兵法，早看上了他，便答道："原来足下不特是一个慷慨之人，还是个高明之士，倘愿出山，曾某愿为力保。"玉麟道："出身有何不愿？当今四方多事，正欲略展微忱。只怕朽栎庸材，不足发明公之梦耳。"曾国藩听罢，称赞不已。彭玉麟就开了柜子，取了白金五千两，交过曾国藩。国藩领过之后，随称谢道："此行得足下之力不少。他日军事得手，誓不相忘也。"说罢，即握手而别。带领从人，一路回来，感激彭玉麟不已。

回营后，即对张亮基说知，就把军粮分拨已定。忽流星马报称："石达开前军已离衡阳不远。"胡林翼即时张亮基说道："此地不能守矣。速退为是。"张亮基立即知会曾国藩：传令各营，拔寨退兵，齐望长沙而去。石达开到时，听得张、曾两军俱退，仍恐有诈，使人打听，果然是一座空城，遂唾手得了衡阳。一面飞报洪秀全，齐到衡阳驻扎。再定行止。

且说彭玉麟尚在衡阳城里，单恐洪军知道借款曾国藩的事情，发作起来，有些不便，欲单身逃走，往寻曾国藩，讨个好处；只还有一件事，心上还不安。原来彭玉麟前年已丧偶，只留下二子，未进当店以前，曾在邻乡设帐授徒，适铺邻一个孀妇徐氏，差不多二十多岁的年纪，姿首颇佳。徐氏常见彭玉麟外貌端庄，心里早自属意，只难以启口。探得彭玉麟生平好画梅花，笔法却有一种劲气，便遣丫环递上一扇，求玉麟代画梅花，故意露其芳名示意。那彭玉麟内性本是风流跌荡的人，便慨然应允。果然不上三两刻，早把那扇儿画停妥。随就画上题诗道：

俊俏天香笑亦愁，芳姿原是几生修。
知音料有林和靖，无限深情在里头。

题罢即把那扇交过丫环，当即回报徐氏。那徐氏看了，不禁情感于中。暗忖这人不特是个庄重儒生，竟是个风流才子，这个姻缘，自不好错过。想罢，便回一书道：

薄命人徐氏，书奉雪琴先生文席：自亲芝颜，早系魂梦。顾不敢以造次出之者，诚以君本读书，宜敦士品；妾方守节，尤贵庄严，名誉所关，人言可畏！故以慎密行之耳。然心虽如此，情自难禁。聊遣丫环，乞书示意：叨蒙不弃并诗，捧读之余，神魂不知何往。自念妾以蒲柳之姿，何敢以梅花自比；然而和靖自命，多情如君，妾铭感多矣。妾闻之：君子不以言戏人，言出于君，而听于妾，神明共鉴，生死以之。此后令媒通礼，一惟君命！若始挑之，而终弃之，妾固败名，君亦丧德。如此妾无颜生于天地矣。书不尽言，死待遵命。敬依原韵，和成一章。自知珠玉在前，不免大方见笑，亦聊以示意耳。

（末注薄命人徐氏裣衽）

书后，又复一诗道：

独倚妆台眺晚愁，敢因薄命怨前修。
争得秀才半张纸，好香吹到下风头。

书罢，再命侍婢送到彭玉麟那里。玉麟得了，不胜之喜。自此吟咏往还，殆无虚日。徐氏送馈饮食各等，已非一次，便成了白头之约。只是徐氏守得颇正，因待玉麟妻服满后，始行合卺，玉麟只得听之。不料好事未成，已渐渐泄了出来。乡人就互相传说，都道这个教学先生，是很不正派的了！这样连徐氏也没有面目见人。只得劝玉麟力图改业，奋志前程而已。彭玉麟因此就托亲朋，荐到这间当店。此时见人言啧啧，又因初在当店，外局少不免要慎些，故此图娶徐氏的事，就暂时按下不提了。谁想到店未久，就遇曾国藩借款一事；及至秀全进兵衡阳，彭玉麟恐洪军查出见罪，急得要收拾逃走往寻曾国藩，好歹念着借款之情，有个好处。惟心中本放不下徐氏，只念曾国藩是个最讲道德的人，若然带了个少妇同行，反令曾国藩小觑自己，自然带不得徐氏同去。但恐此行不通知徐氏，本对她不住；若要通知时，又怕徐氏苦苦缠住，实在难以打算。只古人说得好，"宁教我负天下人，莫教天下人负我"，不如自行逃去。待至发达时，再迎徐氏，也未为迟。想罢，便携些细软，对店伴诡称出外些时，竟望长沙而去也。后来徐氏听得，竟信彭玉麟有意负她，遂投江而死，此是后话不提。且说彭玉麟直奔长沙而去。探得曾军已屯扎长沙对面，名唤沙洲的地方，玉麟便投刺入内请见。曾国藩听得彭玉麟已到，念起当时借款之情，自然感激不尽。忙请进里面，述起衡阳失守的情形，不觉泫然泪下。随说道："雪琴到此，现军中正少文案一员，可权在此间。倘有机会，国藩自当竭力保举。"彭玉麟便称谢不已。正谈论间，忽报翰林院庶吉士郭嵩焘，别字子美，到来拜会。原来郭嵩焘与曾国藩，本属姻亲，又最莫逆。国藩忙接进里面，向嵩焘道："子美别无来恙？到此必有见教。"嵩焘道："因亲翁回军到此，特来拜谒。"国藩道："败军之将，有何面目见故人耶？"嵩焘道："众寡不敌，胜败亦兵家之常耳。只有个紧要去处，故晚生不忖冒昧，聊进一言。不知姻翁愿闻否？"国藩道："有何不愿？就请明示。"嵩焘道："我军只靠陆路为应敌；今洪军分遣水师出现于湘江，或进或不进，我已防不胜防。将来长江一带形势，反折入于敌人之手矣。今宜创建舟师，仿广东拖罟形式制造，训练水师，以固江防，实为上策。"曾国藩称然其计。时湖北各军已陆续赶到，因此长沙清营，军声复振。曾国藩便商议创建水师一事。管教：

轴舻千里，长江各振军威；
戎马两年，天国重光汉祚。

要知后事如何，且听下回分解。

第十八回

左宗棠应聘入抚衙　洪天王改元续汉统

话说郭嵩焘献策创练水军，曾国藩深信其言，便与张亮基商议：依广东拖罟之法，制造舟师，不在话下。

张亮基因这时光，军务忧劳，染上了一病，故军事反决于曾国藩之手。但是胡林翼对张亮基说道："某昨探洪军帷幄主谋之人，上者是钱江，次则李秀成，此两人好生利害。"张亮基道："此两人从那里出身？"林翼道："昨据广西知县李孟群驰书来报，称李秀成向来隐居不仕，躬耕陇亩，研究兵法，善于临机应变；并且驭众有方，人为乐用，不可轻视也。钱江向参粤督林则徐幕府，因事充发新疆，不知怎地便能脱回。此人天文地理，无所不通；诸子百家，无所不晓。且政治军旅，更其所长，活是王佐之才。吾军中实无其右者。明公当谋以对待之。"亮基道："贤士归于洪秀全，羽翼成矣。不知钱江是充发军台的，何以擅自回来？亦不可不查究！"林翼道："由广东至新疆，路经百数州县，应有押送犯人文凭，只不知是在那个州县逃脱？抑有顶冒？此人狡计极多，无从查悉；或者从新疆逃回，亦未可知。目前查究事小，应敌事大，明公以为然否？"亮基道："人谓涤生徒好虚名，今果然矣。诚不如足下知彼知己也。为今之计，申奏朝廷，令江、浙、湖北各省准备戒严。奈目下军粮支绌，难募新军。某不特恐湖南难保，即长沙亦属可危，非能事者不足以定大计。今湖北抚、藩，尚在待人而用，某欲破格保足下为湖北布政，兼署巡抚，俾握军事，以壮上流声势，足下意下何如？"林翼道："某若湖北安身，则为湖北之事，不复为明公效力矣！此间军事需人，又将奈何？"张亮基道："可择贤士以代之。"林翼道："贤士不可多得。某举一人，可以敌钱江者，明公欲闻之否？"亮基道："那有不愿？足下速为我致之。"林翼道："此人性质豪迈，识略冠时。若得此人，军务必有起色。但他素性最鄙涤生，恐不愿与同事耳！"亮基道："究竟此人是谁？若与涤生有些意见，某可从中调停之。"林翼道："此人湘阴人氏，现居长沙省城，壬辰科已登贤书姓左，名宗棠，别字季高，即意诚先生所谓今亮的便是。"亮基道："吾闻此人久矣。但此人学问虽高，只性质甚傲，将来何以驭之？"林翼道："明公欲用其人乎，抑欲驭其人乎？如欲用其人，则但求于国家有济可也；若徒欲驭之，则某亦从此去矣。"张亮基听罢，恍然大悟，先向林翼谢过，遂托林翼往访左宗棠。林翼不敢怠慢，便亲自造左宗棠的宅子来。先把个名刺，传进里面。左宗棠见是胡林翼到此，料然为着军务而来，便请进里面来。分坐后，宗棠道："咏芝军书旁午，今拨冗到此，有何见教？"林翼道："弟应抚台张公之聘，以公事颇繁，未能拜谒。今长沙各军，连战皆败，虽然众寡不敌，亦是人谋不及使然。倘洪氏大势一成，国势恐不可为矣。今奉张公之命到此，愿足下出其余绪，以救国家，实为万幸。"宗棠道："疏懒之人，本不足以谈军事。且洪氏以复国为名，其言甚正，吾辈拒之，实力不顺。足下以为何如？"林翼听得大惊道："如此，则足下反欲助洪矣。奈清朝二百年统绪何？"宗棠道："此中亦有个斟酌！待观洪氏法度如何？如其大势可成，吾必听之；若其不能，则丈夫不甘老牖下，我当有以处之也。"林翼道："昔王猛舍晋以辅前秦，彼岂不知顺逆耶？诚以天意不可违。且豪杰处世，不宜泯没而终也！愿足下思之。"宗棠听罢,默然不答。林翼又道:"足下果无意出山耶?"宗棠答道:"是又不然。张公欲委以军粮之任,则目前不敢与闻;若是衙中大事,则某愿任之。虽然,子,吾密友也,故以心腹相告,足下幸无泄漏。望于张公之前,为弟善言复之。"林翼听得,怏怏而别。回见张亮基,隐过别话,只言左宗棠不愿参与军事,只愿帮理衙中事务而已。亮基道:"目下军务紧急,某欲用宗棠者,只此而已。若衙中各事,自有他人代劳也。"林翼道:"明公差矣!彼既能任衙中幕府,岂见各事紧急,还能坐视不救耶!"张亮基道:"公言是也。"遂复令林翼致意左宗棠。宗棠道:"既承张公厚意,义不容辞。但张公在一日,某当任一日;若张公不在时,某当告退。"胡林翼道:"兄言甚当。人生出处,谁能强之?吾兄准可放心。"左宗棠便慨然领诺。胡林翼大喜,立即回报。张亮基就聘宗棠到衙里办事。自此长沙事务,就由左宗棠办理,不在话下。

且说洪军既进衡阳,那日洪秀全大集兄弟,会议进攻之计。黄文金进道:"今大军俱屯于此,殊非良策。不如依钱先生说,遣能将,分大兵,分道进攻江西;而以全军下长沙,以为基本。哥哥以为然否?"李秀成道:"进兵江西,实非其时;不如先由长沙,直出武昌,能握长江上流,以断彼南北交通之路,则江西、闽、浙皆吾掌中物矣。以莫敌之势,长趋直进,谁能阻之?若一旦分兵,恐江西一军,未能得手;而大局震动,不可不审也。"秀全听罢,目视钱江。钱江道:"江西不可不进,武昌不可不攻,诚如秀成之言。若进江西,今非其时矣。不如先围长沙。如其不克,则直进武昌可也。"秀全道:"以百胜之师,岂一长沙不能下乎?"钱江道:"彼军气已复,湖北救军又至。锐气聚于长沙,未可轻视。纵能克之,而大费兵力,又稽时日,则不如不取为愈矣。"正议论间,忽报水师统带官陈坤书到。洪秀全接进里面,问以何故到此,陈坤书道:"清军今在洞庭湖,大造舟师,欲与我水军为敌。今湖北能战的军营,大半调到长沙,不如乘虚攻之。苟进克湖北,则湖南气夺矣。主公以为然否?"钱江道:"如此则天助吾也。宜先令水师,由洞庭湖取岳州,以窥汉阳,则武昌唾手可得。今乘他水师未备,宜速进兵为是。"洪秀全深然其计。便再拨精兵五千名,令陈坤书带领,由水路先去。一面起大队人马,来攻长沙。

早有细作报到曾国藩那里。国藩便亲来与张亮基商议。胡林翼道:"今我军以屡败之余,且众寡不敌,战亦无益;不如尽行退入长沙,较为稳便。"曾国藩争道:"全军聚于一城,恐非善策,且我处处让之,恐被乘机直进湖北,则事不可为。"张亮基不能决。胡林翼道:"既是如此,不如我军先入长沙,以厚根本。留曾军在此,以为犄角,你道如何?"曾国藩以为然,只向张亮基请以多隆阿相助。张亮基许之。便令多隆阿统三千人,附于曾国藩,以壮声威。随把本军退入长沙而去。不料正移动间,探马飞报祸事:说称洪氏水军已克洞庭湖,直取岳州去。一路当者披靡,洪军人马不知多少,岳州甚是急危,特来报知。张亮基听得大惊道:"如此则此间危矣。"便请曾国藩一并退入长沙。说犹未了,洪军前军已到。只见附近村落乡民,拖男带女,纷纷逃窜。呼声震地,军心尽皆惶恐。罗泽南叹道:"止如山立,进如潮涌,彼军中真有能人也。此时移退长沙,亦不及矣。便请下令,坚壁以待之。"

且说洪军到时,秀全便欲进击曾军。钱江急止道:"败曾军如折枝耳。彼若以长沙精兵冲出,则我腹背受敌。不如分兵压之。"便令李秀成同谭绍洸、黄文金、李世贤、赖汉英、洪仁发、洪仁达直逼曾国藩,而以全军攻围长沙。

当分军时,李秀成道:"某本后进,资望较浅,二洪皆主公兄长,从事已久,某恐不能令之也,愿主公别择贤者,免误大事。"钱江先答道:"善哉李秀成之言。此鉴于萧朝贵之所以失也。"秀全答道:"彼此均属兄弟。任统帅者,便有特权。倘有违令,当以军法从事。"又谓仁发、仁达道:"三军将令,在于统帅。愿两兄弟毋得轻玩。"两人唯唯领诺，惟心中却不免恶忌李秀成，有些不服。只秀成得秀全之命，便慷慨起行。可巧湖南提督余万清一路，领了张亮基号令，以本军六千人，附入曾国藩麾下。曾国藩见军势复振，只道余万清一路，是一支生力军，就令他作前部。不提防尚未成军，李秀成已到，把余万清慌得魂不附体，领军望后而退，因此曾军大乱。秀成乘势攻之，直取中军，把曾、余军分做两段。少时李世贤、谭绍洸、黄文金、洪仁发、洪仁达俱到。曾国藩见不是头路，急命塔齐布、罗泽南、多隆阿一齐御敌。还亏他三人支持一阵，便退三十里下寨。李秀成见大军攻围长沙，尚未得手，即传令收军，扎下营寨，再候行止。

且说秀全亲统大军，攻围长沙，恰杨秀清由全州赶到。秀全问广西近情何如，秀清道："现闻江忠源调署湖北臬司，不日起程；向荣前因兵败免官，今已开复，将调来两湖与我军对敌。张国梁亦升副将，都随向荣去了。"秀全道："如此是广西似无内顾。此间军粮亦足，奈食盐缺少。因我军连营陆路，盐运艰难，不可不虑也。"钱江道："若非通过湖南，食盐实无把握。为今之计，宜四处发人征盐，用小包装运，以济目前。一面用法围攻长沙。但求夺满人之气，而后直趋湖北，庶无后顾也。"秀全听得，便令发人四处征盐。

那一日，胡林翼正登城楼，望见洪军漫山遍野，把长沙围得水泄不通，心甚忧虑。忽见洪军皆用小包运物进营，乃喜道："此必食盐无疑矣。因彼军久屯陆路，食盐实其所苦。不如四处阻塞盐引，彼断难久居，是乃解围之一策也。"张亮基从之。打发去后，果然洪军征盐，越发棘手；整整围了四十余天。长沙未下。秀全心慌，便募集采煤的，不下千人，仿鳌翻之法，先筑土营，随开了地穴，直透城垣，埋下火药；时长沙南城，里有金鸡、魁星二楼。楼下正是火药埋处。俱用线索通引，以待轰发。不料胡林翼登城，用远镜窥观洪军，只见军士筑就土营，负锄携铲，往来不绝，大惊道："此必从地道攻城也！宜阻截之。"乃命参将张协中，在城中掘开濠道。谁想协中去犹未久，轰天响的霹雳一声，南路城垣陷去五六丈，张协中登时殒命。洪军正欲进城，胡林翼急调各军到南门守御。早有副将林绍良领一千人先出，力阻洪军。这时洪军万枪齐发，林绍良死于乱军之中。不多时，清兵各营，大半奔至南门。林翼又命军士乘战时，筑土为垣，力行抵御。钱江见清兵聚于一处，急切不欲遽入，便对秀全道："我此行本志，不在得取长沙；今乘彼军忙乱，可以偷过长沙直趋岳州矣。"洪秀全从之。便传令李秀成一并拔营，望岳州进发。

那时曾国藩、张亮基皆疑洪秀全诱敌，不敢来追。秀全便领大军望前缓缓而行。于岳州途间，忽石达开部下将校名唤曾天养的献上一颗玉石，晶莹可爱。并说道："当长沙城陷时，小将先扑城垣，故得之。想是地道发出者。小将不敢隐匿，因此来献主公。"秀全听罢，与钱江、杨秀清、李秀成、石达开互相传看，觉此玉面面通灵，端的非常之宝。玉中隐隐现出太平二字。钱江首先赞道："此天所以赐主公也。"是时传遍各营，齐呼万岁。秀全大喜，就升曾天养为都指挥使。不觉行近宁乡。钱江望城内旌旗齐整，忽探马来报道："此清副将纪冠军之兵，是护粮往长沙者。"钱江道："既有粮草，必有食盐，当以计取之。"便令谭绍洸、黄文金领军在后埋伏；余外各军，诈作奔走之状。纪冠军果然领军五千人来追。不及二十里，将欲退时，左有谭绍洸，右有黄文金，两路杀来，秀全引军杀回，冠军大惊。正欲退时，恰遇黄文金，措手不及，脑上中着弹子，坠马而死。秀全尽降其众，随入宁乡。所得粮饷器械无数。才望岳州进发。行到那里，只见陈坤书等，早领兵接进岳州城里。

原来陈坤书等到岳州时，清提督博勒恭武弃城而遁。故陈坤书等，不费一战之力，已得了岳州。秀全好不欢喜。此时各人都有推请洪秀全改元正位之心：先有石达开、韦昌辉入见钱江，告知此意。钱江道："天赐玉玺，时不可失。"便入见洪秀全，说明将士推戴之意。秀全初犹推辞。钱江道："今万众一心，如主公固却，不特冷众兄弟之心；且杨氏自念羽翼未成，断不敢遽怀二心，何多忧虑？"秀全道："众人之意皆同否？"钱江道："那有不同？"随出门外，引一班人进来：却是石达开、李秀成、黄文金、陈玉成、韦昌辉、谭绍洸、洪仁达、洪仁发、李世贤、李开芳、林凤翔、罗大纲、曾天养、陈坤书等，钱江并呼道："昨日之谋，主公允矣。"于是众人一齐俯伏，皆呼万岁！管教：

  两年力战，已重开汉室威仪；
  万岁欢呼，又复见新朝气象。

  要知后事如何，且听下回分解。

第十九回

封王位洪秀全拒谏　火汉阳曾天养鏖兵

　　话说钱江引石达开等十余人，入见洪秀全，皆俯伏同呼万岁。洪秀全便对钱江道："诸君以大义责孤，孤不敢不从。只今宜先定国号，布告中外，然后整饬制度才是。"钱江道："主公以宗教起义，崇尚天父天兄。今主公既为天子，可称天王。国名就唤天国的便是。"众人听了，皆鼓掌称善。秀全道："年号又将若何？"钱江道："长沙城外，已有玉玺出现，早露出太平二字，此皆大王上应天命所致。就依作国号，何必多疑？"洪秀全一一从之。便改为天国太平元年，颁行天下。时满清咸丰元年也。随后即商议改正制度。李秀成道："满清入关时，下薙发之令，屠杀汉人，不计其数，实汉人之大耻也。今我国本宜返本还原，一律蓄发易服，以复我皇汉威仪，则华夷之界辨矣。"秀全点头称善。即令钱江改定制度、服色。随奉洪天王冠天冠，服黄龙袍，祭告天父天兄。各事停妥，便议封赏各有功的兄弟。钱江进道："光复汉家，战功不可不封，名爵亦不可太滥；宜仿汉朝制度，定为侯爵三等，以辨等差。其余就依着指挥使名目，下的就是都尉、检点、都监等名目；文官设总丞相府，掌枢密事。余外六部，皆作丞相，各有专司。今大事草定，实难完备。待天下一统光复时，因时制宜，逐渐修改可也。"秀全道："孤自与众兄弟起义以来，奔走患难，皆如手足，各以兄弟相称，原是平等道理。若以孤一人徒居大位，使各兄弟不能共享荣名，孤不忍也。孤意欲择尤加封王位，以壮国家声势。事成之后，各使就上归藩，仿姬周封建之法：俾兄弟功臣，累世拥护王位。先生以为何如？"钱江谏道："大王差矣！天赋虽是平等，各位原有高下。且所以能令众者，以号令所出耳。大王若亲贤爱士，则君臣如师友，何必使名位相同，而始谓之亲爱耶？上观往古，旁观各国，未闻有君臣同尊者。即周室称王，而诸侯封建，上者亦不过称公，纵大王不忍专权，在百官亦宜分次序。若是不然，恐难令众。愿大王思之。"李秀成道："钱先生之言是也。方今军事方殷，必有主持军政者，而后诸将可以奉行。若各自为主，恐名位相当，即权势等，亦谁肯奉令而遵调遣者？初则互争权柄，继则抗违军令，皆所不免。如此则国家未定，而水火内兴，祸将不远。昔汉封七国，晋封八王，乱随相属。行诸承平之日，犹且不可，况在今日乎？大王高明，何以见不及此！"秀全听罢，终不释然，便问石达开意见如何，达开道："料事深达，臣不如钱江；多谋能事，臣不如秀成，何必多问？臣等非不欲居高位，享荣名，想亦时势不可耳。大王当自审也！"当下各人议论纷纷。

且说杨秀清听得各人推戴洪秀全，有劝进之事，便和萧三娘商议。三娘道："此乃大事，亦是公事，君侯何以不与闻？宜速趋进朝，赞成此举，当不失开国元勋；当人心归一之时，君若稍怀异志，不特国家难救，抑且祸患难知。不可不察。"秀清以为然，便趋上谒见洪秀全，并呼万岁。随说道："臣弟秀清，适有微恙，是以未能与各兄弟同来。今病稍愈，特来进谒。"天王道："劳贤弟多矣！"说罢，即把拟封诸兄弟王位之事，问秀清意见若何，秀清道："大王自广东起义以来，即与众兄弟同赴广西。臣弟等毁家赴义，正是生死与共，祸福相同；且云山已死，朝贵又亡，臣弟每一念及，常为伤感。今大王已有今日，若不使各兄弟得享同等荣华，窃为大王不取也。"洪秀全意愈决。钱江又道："诚如李秀成之言，恐诸王相争，各不用命，大事即去矣。臣何忍见此。"说时不觉泣下。黄文金、洪仁达便挟钱江出去。少顷，石达开、李秀成亦辞出。钱江于路与李秀成道："某等追随患难以来，言听计从，诚不料有今日也。"石达开道："国家隐患，即伏于此；不特吾等的不幸，亦汉统的不幸，吾等何不以去就争之。"钱江道："大王畏惧杨秀清，乃欲以王位买结其心。若秀清未到，或犹可切谏及止。今秀清一力主张，是大王意决矣！争亦无益。"说罢，复叹道："云山若在，断不使大王行此事也。"石、李二人均为叹息。不说三人回去。

且说秀全自钱江等出后，心内原有些悔意。只秀清在前既已主张，自己又早已说出来，自然不得不行。便即封杨秀清为东王，追封冯迓为南王，萧朝贵为西王，韦昌辉为北王。四王封后，秀清、昌辉一齐谢恩。又封洪仁发为安王，洪仁达为福王，石达开为翼王，钱江封靖国王，领丞相事。以秦日昌为天官丞相，胡以晃为地官丞相，李开芳为春官丞相，林凤翔为夏官丞相，黄文全为秋官丞相，罗大纲为冬官丞相，皆封公爵。又以李秀成、陈玉成、曾天养、李世贤、谭绍洸、赖汉英皆为副丞相，俱位侯爵兼指挥使。其余李昭寿、陈坤书、杨辅清、苏招生、吴定彩、陆顺德、洪容海、罗亚旺、范连德、万大洪、林彩新、邱云官、林启荣皆任元帅，兼都检使，以上各员，俱以天将名之。余外进秩有差。定议后，即令制造官服，分颁各兄弟功臣。杨秀清又奏道："大王既正位天王，继承汉统，兄弟皆受殊恩，只是六宫内政，主持不可无人。臣弟有一女，年已十八，甚有贤德。欲进侍大王，助理内政，未审大王意下如何？"洪天王听得，见秀清一旦如此恭顺，心甚欢喜，便准奏而行。自此杨秀清既与天王称兄称弟，又为国丈，位东王，掌军机，且李开芳、林凤翔、杨辅清一门羽翼，皆任丞相，贵盛无比。

那钱江听得天王封自己为靖国王，竟欲上表力辞，即往商诸李秀成。秀成道："天王既定主意，各官受封，料不能更改。且先生若退居下位，恐更不能令众矣。"钱江觉得有理，便罢力辞之意。李秀成便示意石达开，使言于洪天王，更以钱江为军师兼军中大司马之职。天王一一允从。又令各王妻室，皆称王娘；丞相以下妻室，皆称夫人。各事停妥之后，休兵数天，然后大集众臣，共议起兵，为窥取湖北之计。

杨秀清、石达开、韦昌辉等，及丞相以下数十人，皆在一堂会议。只有钱江称病不至。洪天王心知因昨日谏止封王之事，不听其言，心中有此不遂，故此不到。因此洪天王心里倒不自在。且当时既定了爵位，李秀成已反居下僚，亦不敢邃行进策。只有东王杨秀清，自忖进兵湘省以来，未有寸功，即欲领军独取汉阳，为立功固权之计，便拟八路攻城之策。石达开道："汉阳为数省通衢，四至八达，皆咽喉之地。看来是个重镇。今满清湖北巡抚是常大淳，乃是无谋之辈，并未增兵助守。臣弟愿得精兵千人，会合水师各军，亲取汉阳，双手奉献。"天王听罢，犹未答言，各将已纷纷进计：有言明攻的，有言暗袭的，天王以钱江未到，未敢决行，终不能定议。"只对众人说道："诸兄弟奇谋勇略，想皆可行。孤当亲造钱军师寓里，再决此事。"众人听了，各自退出。洪天王独留李秀成未去，即一同来见钱江。路上谓秀成道："今日议取汉阳，贤弟独不发一言者，何也？孤不敢决行者，正以贤弟未尝说及耳。"秀成道："臣弟在下，自当听诸王号令，何敢越俎言事？古人说得好：位卑言高，罪也！臣弟是以不敢。"天王叹道："孤不听钱先生及贤弟阻止封王之谏，实误大计。今已如此，后更可虑。只是悔之无及矣！"秀成道："东王之意，不得军权，怎肯干休？恐诸将未必尽肯为彼用命。则国事殆矣。"天王听罢，不觉为之长叹。

正说话间，已到了钱江的寓处。早有左右传到里面，钱江只得装着病，迎接天王。只见天王背后，李秀成亦已随到，一齐到了堂上。钱江道："臣弟适有微恙，未能造谒，今又劳天王屈驾到此，何以克当？"天王听罢，把眼看看钱江，见他没有什么病状，心上更不安乐。即说道："正闻先生身体不快，特来探视。"钱江答道："但觉胸中结郁，有些气滞，余外别无他病。不劳天王费心。"天王道："方才会议窥取汉阳，有议明攻的，有议暗袭的，孤不能决。因此来就决于先生。"钱江沉吟少顷，即答道："两策皆是，但求得其人耳。若用明攻，非大兵不可。巡抚常大淳虽属无谋，然江忠源已到湖北按察使本任，他知汉阳重要，汉阳一失，武昌亦危，现拟以大兵亲自守之；向荣亦自广西奔到，必会合江忠源死守此地。我若以大兵攻之，必费时日，而彼得徐为备矣。不如先发制人，趁他未至，以精兵数千人，先行夺之，实为上策。"天王道："此任非谋勇足备者，不足以当之，孤欲以李秀成当此重任，先生以为然否？"钱江道："秀成才自可用，只愁一区区丞相，终不能令众，如之奈何？"天王听了，默然不语，徐徐说道："石达开如何？"钱江道："可矣！就以李秀成副之。并令水军由鹦鹉洲沿江而进。限三日内，须下汉阳，迟则满军救兵一至，反费手脚矣。"天王点头称善。此时才把昨日违谏封王之事，道歉一番而罢。

天王回府后，即令石达开、李秀成领三千人渡江，攻取汉阳；并领李世贤、陈玉成、曾天养、赖汉英等将士，立即起行。达开一面传令陈坤书，预备水师接应，不在话下。

且说江忠源，自从在广西经过数载，原有些本领；还亏广西巡抚周天爵看上他，把他奏保，蒙恩破格录用，因此得调湖北按察使，兼署藩司、领襄办湖北军务的差使。那忠源到任后，料知湖北并无战将，可巧清廷又因向荣久经战阵，便令一并驰赴湖北，并授他钦差大臣。故此向荣乃星夜望湖北进发。惟江忠源听得洪天王在岳州改元正位，不久必争汉阳；正要调兵动守，只怕眼前赶调不及，即传令副将朱翰，领兵五千先行；与汉阳知府董振铎并力守御，虚张声势，以为疑兵。自己却随后进发。原来那朱翰只是一勇之夫，毫无计策。才到了汉阳，即与董振铎商议：董知府领兵守城，朱翰自领本部，在城外扎营，分布犄角之势，专候天国兵到来交战。早有细作报到石达开那里。达开已知汉阳战守未备，急令人衔枚，马勒口，倍道而行。到时，只见汉阳城内旌旗大整；城外另又屯兵，约三五千人。李秀成进道："城内怔尘不起，必无大兵；彼肃整旌旗，另屯城外，不过虚者实之耳。今先调水军，水道先行攻城，城内必然慌乱；吾因以实力攻其城外屯营，二者若败其一，则人心益惧，而汉阳下矣。"石达开以为然。即令陈坤书以大船四艘，小船十艘先进；随后大队水军皆随江上下，以攻西南两门。果然董振铎恐城中有失，不暇与朱翰联络，移兵往守南门沿岸，兼顾西门。李秀成见城内兵有移动，即调兵进攻朱翰。这时正是十一月中旬的时候。将至夜分，恰见阴云布合，达开恐天降雨，不欲乘雨用兵。秀成道："北风甚急，风随云卷，必无大雨。最好得骁勇者，乘着黑夜，直抵城濠，用药焚之，彼军必然惶乱。朱翰一鼓可破矣！"说犹未了，则只见曾天养攘臂道："小弟愿往。"秀成道："兄弟既自要去，须领百人各携火药一包，到濠边掷下，纵起火来，吾自有计捉朱翰也。"曾天养得令，即点飞捷的百人，准备停当。入夜寒风凛烈，百人结束而行，不动声息，拥至城濠，把火药放下，放起火来。霹雳的一声，火势骤发，城垣已卸下一幅。是夜火乘风势，直掩城内，延烧民房。一来因隆冬时候，各物遇火即着，又因风势太猛，不多时，只见一派通红，贯彻内外。董振铎只道城内有了奸细，暗作洪军的内应，一时手足无措。那朱翰又只道天国水师攻进了城，因此无心恋战，正待逃奔。忽然鼓声大振，石达开已领诸将，带兵掩至，正如疾雷不及掩耳。朱翰即命部将，分头抵御。只可怜官兵五千人，一闻号令，不战自退。朱翰立杀数人，那里杀得住。时石军已直压阵前，李秀成亲自擂鼓催进。朱翰大怒，急自率兵接战。夜里又不辨石军多少。朱翰即令本军，放枪轰击时，李秀成正在擂鼓催进，黑夜看不真，忽被一颗弹子飞来，从左臂飞过，臂上已着微伤。秀成恐鼓声一歇，军士胆阻，只得忍痛，擂鼓愈猛。前后左右各营，只道中营得胜，一齐拥进：左有李世贤，右有陈玉成，如排山倒海一般。朱翰身中数弹子，犹自死力支持，不提防石军四围冲至，已围得铁桶相似，各闯入朱翰营中，拔出短刀，如斩瓜切菜，杀得人人胆落，个个心惊：有逃命的，有投降的，不计其数。朱翰料不能挽回，杀条血路逃走。抖起精神，马头到处，敌军纷纷退避。正要杀出重围，只见后面鼓声又起，一将赶来，大呼道："满奴逃往那里去？李秀成在此！"朱翰听得李秀成，更自心慌，只顾前走，不敢回马交战。不料当头又一军拦住去路，却是石达开。朱翰知不能脱，急得拔剑自刎而亡。石、李两人乘势杀了一阵。自朱翰死后，清军无主，各自投降，秀成一一安抚。忽报汉阳大火，秀成忙率马步前往瞧视。

　　原来曾大养自城濠纵火之后，城垣整整陷了数丈，天养乘势攻入，进了汉阳。便分头纵火，烧得一个汉阳像火城一般。比及石达开兵到时，已是烈焰腾空，漫天彻地。知府董振铎，已死于乱军之中。曾天养杀至南门，先接陈坤书等登岸；后又复纵火，正烧得得意，又越过北门来，意欲一并焚烧。恰遇李秀成大喝道："城池已下，与居民何辜？兄弟休再纵火。"曾天养听得，看看是李秀成，方才住手。秀成急令军士，分头扑灭，直至两日后方才息火。及至江忠源带兵到时，见汉阳已失，随即收兵回武昌去。

　　石达开立即出示安民，分恤被灾人民，又责天养自后不得如此。天养道："我们到时，他却不献开城门，怜他则甚？不如纵火烧尽，到觉干净。"李秀成听说得可笑，只得以大义解释：宜有爱民之心。曾天养始无话说。管教：

一炬飞扬，汉阳郡直成瓦砾；

万军齐下，武昌城又起干戈。

要知后事如何，且听下回分解。

第二十回

向荣大战武昌城　钱江独进兴王策

话说石达开既救火汉阳火势，又分恤被火之家，然后责备曾天养。那曾天养犹以不能尽烧汉阳为憾。还亏李秀成以大义相责，方始无事。石达开、李秀成把捷音报到洪天王那里，天王即同杨秀清、钱江等，领人马齐到汉阳驻扎。天王看见汉镇为数省通衢，百货山积，果然好一个巨镇，令官吏等就住在会馆里。各人看见汉阳被火之后，民舍凋残，百姓许多失所，钱江就令搭数十棚厂，权把难民安置；一面发帑赈济饥民，不在话下。

且说向荣自从得满清广西巡抚周天爵题奏，因此复得重用；旋又拜钦差大臣之命。张国梁亦得记名提督，尽先补用总兵。向荣既得重权，又兼统湘、桂各军，兵势复振。就行知江忠源，为协守武昌之计。时天国太平元年，满清咸丰元年。

洪天王既定汉阳，便议收取武昌。杨秀清道："武昌居长江上流，得之可以直撼江南，俯视江西。我军数千之众，已下汉镇，全军锐气尚盛。且汉阳与武昌，只是一水相隔，克之实如反掌矣。"钱江道："东王言之有理。但武昌虽然易取，只向荣新授大臣，合湘、桂两省精锐，不下三万人；又得张国梁相助，若与江忠源里应外合，敌之亦殊不易也。"洪天王道："先生屡称向荣本领。惟自军兴以来，向军未尝一胜，其本领何在？"钱江道："此人英悍耐战。往日之败，不过以无谋之辈，肘制其上耳。今既为钦差，又拥重兵，实为劲敌。须得一文武兼备者御之，使不能与江忠源相应。然后专取武昌，方有把握。"杨秀清道："臣弟欲以本部兵独当向荣。俾众人得专力武昌，万无一失。"钱江道："东王若要去，须要谨慎，休得轻视向荣。倘有差误，关系非小。"秀清怒道："据先生说来，诸君皆合立功，偏杨某是无用了？"大王向秀清说道："贤弟不必生气。就请以本部兵抵向荣，孤更拨一员上将助你。"说罢，即唤李秀成道："孤素知贤弟谋勇皆优。今拨汝五千人为后路。倘有缓急，便可接应东王。"李秀成不敢推辞，只得领命而行。

罗大纲道："方今隆冬时候，河水已涸，江上浮涨巨沙，水师难进内港。不如以兵船作浮梁，贯以铁索，由汉镇直进武昌省城，则进兵自易。"钱江道："此计甚妙。但恐我筑浮梁，江忠源即引军阻吾工事，实费时日。请暗中准备兵船、铁索各等工事，待迟数天，一月将尽，夜色无光，然后乘夜砌造浮梁，分为六道，以渡大军，便可直捣武昌城。今探得向军已抵洪山，我宜把水师先渡过武昌东岸，彼军船只未备，防兵又驻守城里，枪攻则远不能及，炮攻则有碍向军，亦不能施放。既可隔绝江、向二人相通，亦可以壮杨秀清声援。我即可相继而进，岂不甚妙？"洪天王鼓掌称善，即下令依计而行。

这时向荣已抵洪山下寨。那洪山正在武昌城东路。向荣因见汉镇已失，不欲并守孤城，便分布犄角，以便进战。钱江打听得清楚，暂缓进攻，奈杨秀清自领本部万人有余，并健将李开芳、林凤翔，及将校郜云官、万大洪、李昭寿、范连德等，正欲渡江来攻向荣。李秀成急赶上止道："天王以十余万之众，且不敢遽渡武昌，今东王若急要进兵，一渡彼岸之时，胜则大功，败则不可收拾矣！愿东王思之。"秀清道："天王以尔为后援者，谓我不能胜向荣也。且大丈夫不可为人所料。吾必渡江，请子观其胜负可矣。"遂不听李秀成之言。秀成无奈，只得报知洪天王。随令陈坤书、陆顺德各备水师策应。及钱江闻之，急对天王道："三军之所以能用命者，以将令所出也。东王如此，何以服人？吾必阻之。"便飞令阻止杨秀清渡江。不料军令到时，杨军已渡过右岸矣。石达开道："不如大军俱填浮梁而进，犹可以慑向荣也。"天王以为然。遂依钱江前策，准备一切。

那时向荣已探得杨秀清之兵已经渡江，只看洪军的大队动静，然后发令。因见同时洪军水师布满江面，乃叹道："洪军此举，将以水师为声援，而后进攻武昌。某闻东王素不听令。今如轻进，吾先破之；彼全军自胆落矣。"即传令军中幸勿妄动，待破中军大举旗时，一齐进发；又令张国梁引五千兵，靠江扎营，截断洪军水师；并令总兵汤贻汾、陈胜元分左右翼以待，张敬修往来接应。

当下杨秀清安营既定，即令郜云官、万大洪分两路先进，见向荣绝无动静，只得收军。及至黄昏时候，复令郜云官搦战。向荣依然不动。几回冲突，奈向荣依然不动。杨秀清又只得收军而回，心上十分愤怒，只无可如何。谁想过了一夜，天上尚未大明，忽然寨外人马喧天，鼓声震地，杨秀清从床上惊起，正欲问时，原来向荣人马已杀至营前。秀清军里人不及甲，马不及鞍，个个如梦初觉。向荣军士蓄锐已久，到此时无不耀武扬威。杨军不能抵挡，各自逃窜。向荣先令汤贻汾、陈胜元两路先进。秀清往后而奔，即欲令三军渡江回来。惟时向荣随后已到。时因天色初晓，余露未散，不辨向兵多少。但闻向荣军士呼道："捉得杨秀清的受上赏！"秀清心慌，又欲靠着陈坤书的水师渡回，奈又被张国梁阻截。此时觉四至八道，都是向军。张敬修在后营里，知道全军得胜，因愤从前屡败，此时正要争功，又催军前来，声势更自凶猛。杨军里的将士郜云官、万大洪，双战张敬修不住，军士折伤甚众。陈坤书、陆顺德欲遣水师登岸援应，都被张国梁阻压。杨军因此大败。张敬修正追得得意，忽听鼓角喧天，两路人马杀到，奋力杀退张敬修，救出杨军大半。众视之，乃老将林凤翔及部将李昭寿也。秀清大喜，便欲会合一同渡江。林凤翔厉声谏道："某正为闻得东王要退兵渡江，故飞军赶来。彼来我走，向军岂能杀尽我那！若要渡江，则彼乘半渡时击我，我军不死于刀枪，必死于波涛，恐无噍类矣。"杨秀清大悟，便令军士齐望后路奔来。不多时向军大队都至。向荣、张敬修、汤贻汾、陈胜元分道杀来。老将林凤翔，急令郜云官、万大洪保护杨秀清先行，自己与范连德、李昭寿亲自断后，且战且走。少时，李开芳亦调兵赶到，合力抵御向军。奈向军乘胜之余，一股锐气，全无惧怯，犹自死命来追。这时杨军兵败，李秀成早已知道。奈隔江相向，不能驰救，急飞报洪天王军里。钱江大惊，即请："令石达开、韦昌辉、黄文金、洪仁发、陈玉成、罗大纲，分军沿浮桥六道，直攻武昌城，以挟制向荣。武昌可下而向军亦退矣。"天王从之。

六将得令，一齐举兵。钱江又嘱咐各人，带兵不在多，只求快捷。吾随后即以大军接应。因此石达开等，各领一二千人，立刻起程。星驰电卷，渡浮梁而过。钱江又随令陈坤书、陆顺德不须接应杨秀清，速移各船，驶攻武昌城去。天王道："如此，恐东王势反孤矣。"钱江道："杨军尚欲望胜那耶？水师既不能登岸相救，留亦何用？"天王方且无话。去后，钱江又令李秀成假作渡江之势，以慑向荣之后。那时向荣正赶杨秀清，与李昭寿、李开芳、林凤翔混战。急听后军报称，钱江已令六将军，沿浮梁直攻武昌去。向荣大惊道："武昌人马不多，必难守御；若失了武昌，是失去湖北也。我不可不退。"便令以后军为前军，乘胜退回。李开芳、李昭寿、林凤翔却不能追赶。统计这场恶战：杨军被毁去营垒数十座，失其枪炮二千有余，杨秀清将败兵退入妙河，计点兵士：整整或死或伤的，失了四五千人，悔恨不已。

且说向荣收兵退至洪山。总兵张国梁进道："武昌城里，只有江忠源，断不足当洪之众；抚军木偶耳。不如分兵一半入城，而以一半扎城外御敌，较为上策。"向荣以为然。先把此意报知城内。那巡抚常大淳恐开城不便：一恐洪军乘势掩入，二恐人民出降，犹豫不决。差人问计于江忠源。时江忠源正自巡城，闻得这点消息，即来见常大淳说道："人民倘有出降，彼军由西南两路而进，向军若进以资助守，亦是一策。但宜绕过南门而进，使彼不能掩入；另拨兵阳作接战，洪军亦未必遽能偷过南门也。"常大淳道："人民倘有出降，又将如何？"江忠源道："降否视乎人心。果其有变，即留在城内，亦未足济事也。"常大淳方悟，即时回复向荣。向荣正拟分军：不提防雷霆震动，霹雳的响一声，倾盆的大雨降下来，火药不燃，枪炮无功，因此不能分军。

　　这边洪军都由钱江预作准备，便令冒雨而进。一面募死士凿开城濠，先令水师潜进：陈坤书冒险先入南濠，都由小艇抢进城濠内；陆顺德又选勇士数十人，由城濠先自登陆，出其不意，杀倒守城军士，大呼道："天国兵已攻进武昌城了！降者免死。"城里兵、民听得大惊，各自慌乱。这时石达开等六人攻城正急，西门一带，正在两军死力相持。忽抚衙差官，奉到常大淳令箭，驰马报道："敌军已进南门了！"江忠源早已吃惊，犹故作镇静的说道："武昌城池高深，洪军岂易进来耶？休得摇乱军心。"只是军士听得，已不战自乱。知府明善只道真个失城了，急得自刎而死。军士见了，各自逃窜。江忠源立杀数人，犹止不住。石达开、韦昌辉乘着忙乱，并力攻城，纷纷把火药掷下城边去；西门城楼一角，早炸作粉碎，未几城楼亦复倾坠。那逃不尽军士压死千人有余。城中呼天叫地。韦昌辉、罗大纲两军先抢进城上。城里清兵那里还敢阻挡。江忠源不能挽回，急飞奔抚衙而来，要与常大淳一齐弃城而去。不提防常大淳听得洪军先后把西南两门攻下，如惊弓之鸟，自忖若要逃时，倒不免有失地之罪；若要不逃，又怕被洪军拿获。只得暗地流了几点泪：背着家人，到后花园里在株古松树下，自缢而亡！时人有诗叹道：

> 天兵齐下卷荆襄，八路英雄撼武昌；
> 偏有不知亡国恨，尚留一死报君王！

自常大淳死后，城中益乱。前按察使凉星源，及道员傅炳吉，倒同时殉难。江忠源知得常大淳消息，不复再进抚署，急得奔至南门，可巧向荣大队亦到，便会合而逃。

那时石达开诸将，听得江、向已经合军，亦不来追赶，只分头抢了各道城门。不多时，洪天王、钱江全军已到。只道武昌全城俱定，便欲跃马先进。钱江谏道："元帅系三军之命，犹不轻临险地，况大王为万民之主耶？今武昌虽下，仍在人心惶乱之际，大王恩威未布于此地，须防不测。今宜点步兵一队先行，大王继进可也。"天王从之。便令裨将邓胜领步兵一队先行。才进到西门城门里，忽城濠内伏兵齐起，邓措手不及，死于马下，军士叫起来。钱江大惊，急督率兵士接应。原来江夏知县夏鸣盛，因愤恨武昌城池失守，志在刺杀天王，以图恢复。远地早见洪天王与钱江并马先行，只道天王乘胜得意，自为前驰，故先伏数十人在城濠里，当其进城时，即行发作。不料到了城边，因钱江一谏，改换邓胜先行，故杀了邓胜，却不曾伤及天王，亦云幸矣。若无钱江一谏，天王生死，仍未可知也！当时有诗赞钱江道：

> 武昌城外战云飞，运筹帷幄仗军师。
> 谨慎直同诸葛亮，片言救主脱危机！

又有诗赞洪天王道：

> 草茅崛起承天命，皇汉声灵有主张。

纵使贼臣扶逆满，岂能狡计害真王。

当下洪天王因听钱江之谏，不为夏鸣盛伏兵所害。钱江知道邓胜已死，急得督兵进战，那夏鸣盛犹自手执绣旗，大呼杀敌。钱江即令赖汉英相与巷战。那夏鸣盛虽然奋勇，奈寡不敌众，怎能抵御？那时黄文金在城里又闻得城内有变，急驰兵来到西门，把夏鸣盛手下数十人，不留一个都砍为肉泥一般，然后迎天王进去。就借巡抚衙门，作了行宫。一面出榜安民，不在话下。

且说杨秀清兵败之后，退入妙河，因听得大王既定武昌，即收兵回至城里，先告诉兵败原因；言下有愤恨李秀成拥兵不救的意思。洪天王安慰了一会。未几李秀成一到，天王道："东王兵败，若得贤弟进兵援应，恐向荣未必遽行得志也。"李秀成道："隔江相向，即驰救已不及；且起程之时，弟屡谏东王不可渡江，东王不从，故遭此败。臣弟勉强渡江相救，恐半渡被击，则两军俱败矣。弟非畏死，诚以同败无益也。弟蒙大王赏识，屡委重任，自愧资望较浅，不足服人，故前失于萧朝贵，今又再失于东王。自今以往，弟愿为偏裨，以从诸王之后。否则有令不行，胜败非敢知矣。"洪天王听罢，默然不答。时钱江在旁，亦随口答应："弟屡言向荣虽短于谋，惟久经战阵，临事谨慎，且骁勇耐战，未可轻视；东王自恃其勇，不听吾言，故至于此。非李秀成之咎也。"天王点头称是。一面分赏有功诸将，并赏李秀成，以为进谏者劝。东王心上，自然不服。惟素知李秀成智勇过人，不欲与他失欢，外面还与他巴结。秀成心知其意，亦不计较。

那一日天王，请诸将商议进兵何处时，听得江忠源与向荣各军已分屯黄州、兴国、大冶各州县，江甫援军亦至，因此清军声势复振。又听得清廷因常大淳已死，已调胡林翼为湖北布政使，兼署巡抚。故洪天王之意，不欲遽离武昌，以下江南。杨秀清便乘势进道："长安为古帝王建都之地。重关叠险，可以久守。不如遣兵由河南直取长安，以为基业；然后分兵四川，握险要而图之，亦一策也。"黄文金道："四川天府之雄，汉高因之以成帝业；武昌四战之地，断难久守。东王之言，愿大王从之。"钱江道："江南乃国家菁华之地，进可以直趋北京，退亦可以自持，此用武之地，而大王若舍此不图，改兵而西，使满清徐复元气，诚为大王不取也。"洪天王听罢未答。时已议论纷纷，大半以取长安及西川为善策；主取金陵者，只钱江、李秀成、石达开三人。洪天王不能决。各臣工退后，钱江独寻李秀成说道："东王得志，吾辈无噍类矣。若改兵西向，则天下事从此去也。天王初犹言听计从，近来反慑于东王之势，如何是好？"李秀成道："同室操戈，是不可为。何不把大势详奏天王，看他有转意否？"钱江以为是。便回府乘夜拟定《兴王策》一篇，越日进诸洪天王。天王把来一看，策道：

  臣弟江言：伏惟大王首事之初，笄发易服，欲变中国二百年胡虏之制；筹谋远大，创业非常，知不以武昌为止足之地也明矣！今日之举，有进无退：区区武昌，守亦亡，不守亦亡；与其坐而待亡，孰若进而犹冀其不亡。不乘此时长驱北上，徒苟安目前，懈怠军心，诚无谓也！清初吴三桂起兵之时，不数月而南六省皆陷，地广人众，自谓称雄。然遣将四出，不出湖南一步，扰攘十余年，终底灭亡，前车其可鉴也！或谓武昌襟带长江，控汴梁，而引湘鄂，握险自固；然后间道出奇，以一军出秦川，定长安，扰彼关外者；或以一军驱夔庆，取成都，定四川，以为基业者。不知秦陇四塞，地错边鄙，人悍物啬，粮食艰难；且重关叠险，纵我攻必克，必大费兵力。劳而无功，固贻后悔；得不偿失，亦弃前功。况削其肢爪，究不若动其腹心之为愈也！至于四川一局，今昔异形。其在蜀汉之时，先以诸葛之贤，继以姜维之智，六出九伐，不得中原寸土；赖吴据长江之险，以为唇齿，尚难得志，况今日哉？方今天下财库，大半聚于东南。当此逐鹿于宁谧之时，欲以四川一隅敌天下，江知无能为也。以江愚昧，不如舍西而东：金陵建业，皆帝王建都之所；淮泗、汴梁，实真人龙起之方。宜先取金陵以为基本；次取开封，以为犄角，终出济南，以图进取。握齐鲁之运河，可以坐困通仓之食；截南北之邮传，可以牵制异族勤王之师。然后约我军士，以攻梁厦；檄我舟师，以攻温处，所过则秋毫无犯，所至则结纳贤良，而民有不完发易服，箪食壶浆以迎者，江未之信也！南京不下，则江东不得渡；丰沛不陷，则青兖不得进；山东不定，则燕京不戒严。粮糟困于内，汉心离于外，孟子所谓不嗜杀人者能一之，正此时也。今日之事，势成骑虎，万一颓惰，转致蹉跎。成败之机，间不容发。我军远离乡井，志切从龙，闻进则同心同力，踊跃争先；闻退则畏首畏尾，存亡莫保。戎衣两截，舍舍冲陷，渡河而后，无复作南还之望者，皆欲立功名，复汉祚，誓九死以垂勋，不愿一生而伏莽也！诚因时而励之：群策群力；一可当百，万战何敢辞？时哉不可失！席前之箸，江愿借而筹之；马上之策，江愿指而先之也。俟南京底定之后，招集流亡，秣厉兵马，扼要南堵，挥军北上，左出则趋江北以进战，急则可调淮阳之军以继之；右出则掘河海以拒敌，急则可调开归之军以应之。南阳、江甯，则发一军以突其西，略攻河内州县，乘胜入晋，直抵燕冀无返旆！杭、嘉、金、衢，别以一军冲其东，应我沿河舟师，相机定浙，候间窥闽，无轻举。兵不止于一路，计必出于万全。先固江南之根本，徐定新造之人心。修我政理，宏我规模，外和诸戎，内抚百姓，则西而秦蜀，东而豫粤，可传檄而定。此千载一时之机会也！自汉迄明，天下之变故多矣！分合代兴，原无定局。晋乱于胡，宋亡于元，类皆恃彼强横，赚盟中夏；然种类虽异，好恶相同，亦不数十年奔还旧部。从未有毁灭礼义之冠裳，削弃父母之毛血，义制甚匪，官人类畜，中土何辜？久遭涂辱至如是之甚者也！帝王自有真，天意果谁属？大任奋兴，能不勗诸！更有期者：旌旆所指，与民无逆；提剑号召，是汉即从。便知今日之举，并非无名之师；仍知中国之仍为华，不肯终变于戎狄。王者发韧，彰明较著，阵堂旗正，不必秘诈；军行令肃，所至则归。彼纵有满洲蒙古，殚精竭虑之臣；吉林索伦，精骑善射之将，虽欲不望风投顺，我百姓其许之乎？方今天下以利为治，上下交征，风俗之坏，斯已极矣；亡国为奴，惨受桎梏，人心之愤，亦已久矣；纳贿损民，腼然民上，缙绅之途，亦已污矣。磅薄郁积之气，久而必伸。有王者起，孰不去其旧染之污，拭目而观其新命之鼎哉！布置条度，此其大略也！欲成基业，愿勿他图。夫草茅崛起，缔造艰难，必先有包括之心，寓乎宇宙，而后有旋乾转坤之力。知民之为贵，得民则兴；知贤之为宝，求贤则治。如汉高祖之恢宏大度，如明太祖之凤夜精勤，一旦天人应合，顺时而动，事机之来，莫可言喻。否则分兵而西，武昌固不能久守；且我之势力一涣，即彼之势力复充。久之大势一去，不能复振。噬脐之悔，诚非吾属所忍言者矣！江自论交于寒贱之中，奔驰于患难之际，外托君臣之义,内联兄弟之情,义重恩深,方粉身不及图报;况乎误国之谋,何忍坐视。兹透观大势,力审机宜,谨就管见所及,拟定兴王之策十有二条,伏乞采择施行!

洪天王看罢,乃叹道:"靖国王不世才也!朕如何不听。"便拿定取金陵主意。想罢,又把十二条兴王策,细细看下去。管教:

万言进策,即回天意定汉基;
五道兴师,又把长江成战地。

要知钱江《兴王策》如何,且听下回分解。

第二十一回

洪天王开科修制度　汤总兵绝命赋诗词

话说洪天王看罢钱江奏议，早已回心转意，决计要取金陵。随又把《兴王策》十二条，细看下去，道是：

（一）方今中国大势：燕京如首，江浙如心腹，川、陕、闽、粤如手足。断其手足，则人尚可活。若取江南，而随椎其腹心，则垂危矣！故以先取金陵，使彼南北隔截。然后分道：一由湖北进河南，一由江淮进山东，会趋北京，以断其首。待北京既定，何忧川、陕不服，是当先其急而后其缓。

（二）我国新造，患在财政不充；而关税未能遽设：当于已定之初，在商场略议加抽，而任其保护。于商业每两征抽一厘，名曰厘金。取之甚微，商民又得其保护何乐不从？而我积少成多，即成巨款。但宜节制，不宜勒滥苛民。

（三）自满清道光以来，各国交通，商务大进。商务盛，即为富国之本；能富即能强。宜与各国更始：立约通商，互派使臣，保护其本国商场。以中国地大物博，如能逐渐推广，三十年内可以富甲天下矣！

（四）我军既以财政为患，当于圆法讲求。今我国尚未与各国通商，可以目前限制各国银元入口；即所定之地，可以不准清军清国银元通用。如此商民必以为不便。然后我可铸银，与商民易之。易彼银而铸我银，我可权宜以五大成银色鼓铸。凡银不论高低，只求上下流通，一律准用。富户以我不用清银，必来交换，即可由一千万铸至二千万；由是夹佩纸币，则三千万可立就矣！

（五）百官制度，宜分等级：官位自官位，爵典自爵典。大王既加封各王，已不能更改。当于官位分开权限，以重军政。使王公以下之谋臣勇将，免抑制而能施展。诚以凡事论才不论贵。即各国亲王，亦不能尽居高位，掌大权者也。

（六）将来天下大势，必趋重海权。今后若中国大定，仍当建都江南：据江河之险，盛备舟师，即可以呼吸各行省，四面接应。自不至有扞格之虞。

（七）我国起事以来，战争未已，不暇修理制度。今宜开科取士，增选文才，使各献所长；因时制宜，以定国制，而待采行。

（八）满清连战皆败，将来恐借外人之力，以戕害汉人，为自保大位之计。前既与各国更始，立约通商，则自当优待旅华外人，以示天下一家，以杜彼奸谋。

（九）我军连战虽胜，恐亦不免惫疲。今雄兵近二百万，宜加以训练，分为五班；待定江南之后：以两班北伐，以一班下闽、浙，留两班驻守三江。轮流替换，免疲兵力，以为久战之计。

（十）中国膏腴土地，荒弃自多，宜垦荒地为公产，仿上古寓兵于农；或为屯田之法，按时训练，则兵力固充，即饷源亦不绝矣！

（十一）中国人数虽多，而女子全然无用：宜增开女学，或设为女科女官，以示鼓励。尽去缠足之风，而进以须眉之气。男女一律有用，则国欲不强不得也！

（十二）矿源出于地利，惟中国最盛焉：满洲除洲滇铜矿之外，未有开采。我宜颁谕国中：一律采掘，以收地利。国课既增，民财日进。然欲兴矿务，当仿各国创行铁路，以便转运；且为兴商计，利莫大焉。以上管见，只其大略，余外相机而定。满清以残酷，我以仁慈；满清专用宗室私人，我以大同平等，力反其弊。兴王之道，尽于是矣。愿大王留意焉！

洪天王看罢大悦，立派人请钱江到殿上商议。钱江道："湖北已定，急宜开科取士，以定人心。再应派员布告各国：申明我汉复国的意思，免各国来干预。然后再取安徽，顺下江南可也。"洪秀全道："吾弟真济世才。"即下令开科取士，以钱江、石达开为主试官。因从前未行岁试，士子报册赴考的，赏赐监生，一体进场。

这时李秀成已率偏师收兴国州而回。所以附近武昌一带州县，听得兴国开科取士，都望风投顺，因此到来报考的不下五六千人。就中一位姓刘的，唤个继盛，别字赞宸，乃兴国州人氏。生平博览群书，素有大志，不乐满清功名。有劝之赴考试者，常对人说道："我明之刘基也，岂为胡无所用哉？"愚者皆笑其非。及洪天王定湖北之时，年已三十。听得天国开科取士，乃向其乡人说道："我今将为状元，不久便作开国元勋矣！何以贺我？"乡人益非之。刘赞宸叹道："此所谓燕雀不知鸿鹄志也。"遂别其父母，赴武昌应试。

这时天国取士与满清不同：第一场是时务策；第二场是制艺；第三场是诗赋。不限添注涂改，不用抬头，不拘字学，以故人才美不胜收。刘赞宸三场试满，皆中肯要，遂拔作状元。其中更有洪家兵力未到的地方，其士人潜到武昌应试的，不可胜数：故榜眼是安徽宿松李文彬，探花是湖北黄州王元治。自此三人以下，俱赐及第，皆傲唐宋制度：故得第的，凡二百八十余人。洪天王一一召见，俱在行宫赐宴。刘状元应对如流，洞识时务，洪天王大悦。命以彩舆文马，锦衣侍卫，护从游街三天。士女观者，填街塞衢。

事后，刘状元遍谒各王公，并投拜钱江门下。便乘间对钱江说道："各大臣皆与先生同事已久，某岂敢以疏间亲！只是既属师生，聊贡一言：某观各大官类皆气宇昂轩，英杰士也。但福王洪仁达，东王杨秀清，如曹孟德谓司马懿，所谓鹰视狼顾者。先生当有以防之。"钱江叹道："豪杰之士，所见略同，今信然也。但仁达一愚夫耳，不足以为害；若秀清则其志不小，某岂不知！特以天下未定，不忍同室操戈。且其罪状未明，遽然除之，其党羽亦必不服也。子姑待之。"刘状元听了，叹息而罢。自此钱江益赏识刘状元。常在洪天王跟前称赞他；洪天王亦深知其能，不时召他商议大事。一日天王向刘状元问道："中国亡于胡虏，已二百年。孤以大义起兵，而所到城池，尚多抗拒，岂以复国之事为非耶？抑朕之恩诚未布耶？愿卿细言其故。"刘状元道:"二者皆非也:习惯相忘,此理之自然,无足怪者。自满清乾嘉以来,吾民已不知有亡国之痛矣。大王奋然举义,智者称为伐罪吊民;愚者即指为作乱犯上,岂识得中国为谁人土地? 自今而往,当派人到处演说,使知我国起兵的原因,互相观感,则人心自然归顺。"洪天王深然其计。又忖新科及第二百余人,未有位置,不如给以俸禄,使当演说之职,岂不甚善。因此派人到各府州县,分头演说,果然人心日进,皆知天王师出有名,多为从服。天王更在武昌府内小别山,高塔坛台,高五丈,方三丈,以刘状元登台演说:称天国驱逐满人,重新汉祚;今后人民不得垂辫发,衣胡妆,听者多为泣下。以致互相传话,有当时因避乱逃别处者,皆回武昌;亦有天国未定的地方,其人民寄寓武昌者,至是知得此等的道理,多回乡举义。所以蕲州二处,遂起有义勇军,与清官为难。

这点消息,传到洪天王那里,天王便集诸将议道:"今蕲水、蕲州二处,既有乱事,自当乘势取之。"遂问诸将,谁敢往取,林凤翔应声愿往;洪仁发亦应声愿往,二人正在相争。洪仁发道:"我只要二千人,包管取此两郡城池,双手捧献。"林凤翔道:"不消用二千人之多,只五百人足矣。"仁发大怒道:"是我先应的,你如何争功?"方欲发作,天王急止道:"尔二人不必相争;朕今令卿二人,各领二千人马,分取一郡;先得者便为头功。"便令二人拈阄,拈着取那处者,便往取那处。二人唯唯领诺。其后林凤翔拈着往取蕲州,洪仁发拈着往取蕲水。二人各领人马欢喜而行。天王更各拨步将二员,相助而去。

按下一头。先说林凤翔领兵到了蕲州,先在城外六七里扎营,即使人下书于清国知州伍文元;劝其投诚。伍文元见书大怒道:"吾乃清国臣子,岂降汝耶?"立即发付回书,督兵登城守御。林凤翔听得,便写了几道檄文,射入城中。说称:"天国大兵,无战不胜,无攻不取。今伍文元助满拒汉,如城破之日,玉石俱焚,实非天国救民水火本意。不过伍文元不顾民命,以至于此,天国实非得已也。尔众人先自思维,后来休得抱怨。"这时人民:一来知满汉界限的,二来见了这道檄文,都归咎伍文元。这时就有一位英雄,唤做汪得胜,大呼道:"这时不归顺天国,更待何时?"便率领数百人,号为义勇军,杀入州衙,欲结果伍文元,乘势杀散清兵。林凤翔知得城中大乱,奋力攻城,里应外合,不消一日,便得了蕲州。林凤翔进兵城里,伍文元急欲逃走,正在逃至南门,却与林凤翔部将范连德相遇。还亏范连德眼快,一枪击中伍文元左腿上。伍文元翻身落马,众军士即上前把他拿住。伍文元犹骂不绝口。及解至林凤翔军前,凤翔颇有怜惜之意。便把满、汉的界限,及天王兴兵的缘故,说了一番,有劝他投顺之意。伍文元听得,低头不语。林凤翔再复问他。伍文元垂泪答道:"公言甚是,我岂不知?只是丈夫从一而终,断不能改事二主。奈家中尚有严亲,下有妻子,倘蒙矜爱,乞放归田里,以终老林下,侍母余年;若其不能,就请行刑。若贪官位,以损臣节,某不为也。"林凤翔听罢,又叹道:"忠不忘君,孝不忘母,此忠孝士也。杀之不祥。"便命左右释之。范连德谏道:"今日释之,明日必再为敌矣。岂不虚劳兵力耶。"林凤翔道:"彼不忘君父,断非负义人也。"竟纵之而去。伍文元亦不拜谢,毅然出营。范连德又道:"元帅施恩于彼,而彼绝无感激,无礼太过,可速擒回,免生后患。"凤翔道:"此正是汉子,吾甚敬之。且言出吾口,何可反悔?"说罢,竟把伍文元置之不理,却自来安抚居民;留范连德镇守蕲州,自班师而回。洪天王亲自出来迎接。林凤翔述起释放伍文元之事,天王道:"将军义勇若此,可以愧煞胡虏矣。"一面厚赏林凤翔,不在话下。

却说洪仁发领兵到了蕲水,顾谓部将罗亚旺道:"某不经战阵,已有数月,自觉心痒。这会到了蕲水,他若不行投顺,当把城池扫为平地,才显得我们的手段。"罗亚旺一声得令,把蕲水县围得铁桶相似。县令徐汝成听得有警,急点齐城中人马,不过千把的兵,死力守御。并告众军道:"洪仁发性情悍暴,若被他破了城池,性命财产断难保守。"因此军士闻言，各都尽力守城。洪军整整攻了两天，不能得下。仁发大怒道："俺在天王跟前夸了大口，与林凤翔赌赛，先得者便为头功。今城池又非十分坚固，那有攻不下的道理。"便亲自督率枪队，猛力来攻。奈城上矢石交下，军士不敢逼近城，总攻不着要害，激得洪仁发暴跳如雷。正在没法，忽城里纷纷乱窜，一队义勇队从城里叫杀起来，徐汝成军中大乱。只道是洪军预伏城内，作了内应，故各要逃命。徐汝成大惊，急要开城逃走，洪仁发乘势攻之。正遇徐汝成出来。仁发大怒，指着大骂道："匹夫负固不降，今亦要逃走耶？"枪声响处，汝成早已落马。仁发进到里面，不管三七二十一，当者即杀，吓得民居呼天叫地。洪仁发正杀得性起：忽一人赶上来，拉住说道："城已下矣，多杀何益！"洪仁发方才住了手。回视那人，乃罗亚旺也。少时义勇军首领李侍仁亦到，便一齐入到县衙，点视仓库：计得白银十余万。一面封好解送武昌大营。留李侍仁暂守蕲水，即班师回武昌。一路上对罗亚旺说道："前后不过五天，已攻下蕲水，恐此时林凤翔尚在交战中也。"说时不觉喜形于色。及回至武昌，到天王驾前缴令，已见林凤翔在座。洪仁发面有惭色。洪天王早知此意，安慰一番而罢。

是时湖北郡县，征的降的多已平定。于是大修国制，改定刑章，尽去满清的残酷：死罪至大辟而止；行刑只可打藤；罪轻者免刑，讯定后都罚作军营役。又禁止拜跪，人民大悦。官制各有专司，不能兼缺。文官乘舆，武官乘马，减除执事仆从。诸王皆衣黄袍，侯相衣红，以下皆衣蓝色谱服。文的分凤、鹤两等，武的分麟、狮两等，制度井然。统计自入湖北以后，男女来归的数百万；得满清库银亦百余万，辎粮器械不计其数。便大会诸将，议取江南。

这时正是天国太平三年，满清咸丰三年，清主以赛尚阿师久无功，责令归旗，以宗室琦善代其职，并令琦善与向荣同拜钦差大臣。琦善总领五省及东三省马步兵三十余万，出镇河南，以窥湖北；向荣亦统江、皖、湘、鄂之众，不下十万人，驻守安徽，以当前敌。清主又令曾国藩统率湘勇，会攻湖北。

洪天王听得三路人马，声势甚大，便与钱江计议。钱江道："听得清廷以云贵总督吴文镕移督两湖；令胡林翼为湖北巡抚，亲与我们对敌，亦不可轻视。总之，不进，不足以一隅当四面之冲；进则可以将清军立为齑粉。大王始终听臣，也不是钱江夸口，远则一年，近则数月，管教大王稳坐南京金殿也。"洪天王便问计将安出，钱江道："琦善以亲见用，亦赛尚阿等耳，非将才也。此行必须驻兵汴梁，以观曾、胡胜负，此一路不足忧矣；只有曾、胡两路，以功名心重，必锐图湖北，当以上将领军，驻于汉阳以待之。愚意以九江为数省咽喉之地，不如以上将先行据之，断彼数省交通；亦可顺入江西，以分其兵力，然后我尽统大军，以下江西可以。"洪天王深然其计，次日即传旨东征。

留秦日纲、胡以晃守武昌。又暗忖钱江每以杨秀清阻挠军令，此次不便同行，便令领水陆各军六万人驻镇汉阳。又令李秀成取九江。秀成荐偏将林启荣才可大用，天王即令秀成与启荣领大兵一万，望九江而去。天王自统率诸将，起大军二十万，分作两路：一路由蕲水取道太湖，沿潜山趋三桥，直攻安庆；一路由宿松沿荆桥，过徐家桥，入石牌会攻安庆。以石达开、陈玉成为前部，以李开芳、林凤翔为左右护卫，钱江为军师。大军分作五路：第一路是韦昌辉、谭绍洸；第二路是黄文金、李世贤；第三路是罗大纲、曾天养；第四路是洪仁发、洪仁达；洪天王自与诸将为第五路。万大洪、林彩新为运粮官，赖汉英为合后，谨择正月壬寅日初十出师。又因安徽省城，贴近长江河岸，先令苏招生、吴定彩，以船舶二十艘，助守汉口；余外船舶八千万余，都由陈坤书、陆顺德带领，沿水道分进，然后统率各路：以第一路、第三路为左军，进宿松；以第二路、第四路为右军，进太湖；洪天王自统诸将为两路救应。浩浩荡荡，直望安徽进发。大军将到蕲水，勇军首领汪得胜、李侍仁先后来迎。洪天王安抚已毕，就令二人作向导官，引军前进。早有细作报到向荣军里。

时江忠源正授安徽布政使。他自向荣由武昌兵败，退至黄州，又恐守黄州不住，已退入安徽屯驻。听得洪军大队前来，一面飞报两江总督陆建瀛与安徽巡抚蒋文庆，准备接应，却自与向荣商议应敌之计。向荣道："敌兵分水陆而来：水师我所未备，实自吃亏。现安徽以太湖、宿松两处，为第一重门户。与其待敌入境，不如先出迎之，较为上策。"江忠源道："琦善以十万之众，驻守河南，若乘虚下湖北，以邀洪军之后，而我坚壁以待之，彼将乱矣。但不知琦善意见何如耳。"向荣道："琦善以宗亲得膺重权，断不能靠他出力。观于赛尚阿，可以见矣。"江忠源点头称是。旋得安庆文报驰到，说称两江总督陆建瀛，领兵五万，亲自来皖助战。向荣得了这个消息，更觉心安。便立即发令，督兵前进：以汤贻汾为先锋，领兵万人，先到宿松堵守；以张国梁领兵一万，握守太湖。忽流星马飞报：天国大兵已出鄂境，分取太湖、宿松，五路人马，声势甚大。向荣听得大惊道："彼军来何速也。"便催令汤贻汾、张国梁，火速起程，到宿松、太湖驻守；自与江忠源各统大军，陆续进发。时天国大兵已倍道而行，探得向荣、江忠源分两路防御。

洪天王向钱江问道："今分兵两路，究取何路为先？"钱江道："今宜两路并举，而当着重宿松，因从此陆路进兵较易，待宿松、太源俱下，即会合以取安庆可也。"便令石达开、陈玉成会同韦昌辉、谭绍洸、罗大纲、曾天养，齐望宿松而来。清将汤贻汾听得洪军势大，料敌不过，便与部将彭定基计议，谨守城池，不敢出战。更在城外筑成长濠以御之。一面飞报向荣，催兵前来。向荣知洪军改分两路而进，便对江忠源说道："宿松、太湖，皆属要地。今敌人既分两路，我亦当以两路御之。"便使江忠源领兵五万，往守太湖；自己却来助守宿松。传令军士，不分昼夜的前进。谁想洪军清锐，全在右军，更有前锋老万营，个个如狼似虎，已先到了离宿松约十里下寨。清军闻得石达开名字，那个不怕？陈玉成即进道："宿松小城池耳，何劳大军。大王以我两人为先锋，若并不能取宿松，岂不令人失笑？某愿以本军乘夜劫进城去。倘有差失，甘当军令。"石达开道："汤贻汾在向荣部下已久，惯经战争，岂有彼不知夜里防劫？稍有不妥，反挫全军锐气，不可为也。今向荣大军计期未能速到。若急攻宿松，必至多伤人命，不如权且扎下大营，只须如此如此，即宿松可下矣。"便令陈玉成一面攻城，使营内的军士，故作荷锄负耖，往来搬运。汤贻汾在城上一看，暗忖洪军惯开地道，焚炸城池。这会情形，一定又用此计。便立刻令军士增挖长濠，以阻截之。好一会，只听见洪军却无动静，也不来攻城。汤贻汾不解其意。

忽至夜分，鼓声大震，金角乱鸣，陈玉成领军亲自攻取。汤贻汾急督军守御时，那陈玉成已自退去。才歇一个更次，陈玉成又复来攻，汤贻汾依旧守御，一连数次，不胜其扰。及至四更时分，忽城后轰天响一声，却是地雷发作起来：后路城垣整整陷了三四丈。汤贻汾急分兵守御。还亏汤贻汾本部一万人，皆是精兵，久经战阵，因此城垣虽陷，一头御战，一头修筑，石达开也未能攻取城内。只是时陈玉成牵制其前，石达开又已偷过宿松城后，早把宿松围困。当下汤贻汾腹背受敌，目盼向军，却还未至。粮草又已困绝，只是勉励三军：竭力防守而已。这时石达开亦因攻宿松不下，恐向军赶到，更难下手，便心生一计，令撤去东门之围，让他逃走。只汤贻汾见石达开忽然撤兵，已知他是因攻城不下，放开一路的意思。惟心中究不愿弃去宿松。奈粮草既绝，军心多有怨言，十分可惧。急扬言向军将至，以安人心；奈杳无消息，军士度时如度岁，愈加怨望。汤贻汾无法可施。料守宿松不住，正在纳闷，忽东门守城将士报称天国大将石达开饬人奉书到。汤贻汾暗忖两国交兵，来书果有何意？便令留带书人在城外，取来书递进来，打开一看，书道：

天国翼王石达开，书达清将军汤公麾下：以将军勇冠三军，才不世出，徒以功名心重，转昧时机，遂至顺逆不分，沈迷至此。盖仰望之余，不禁叹惜之矣。满人踞我中原二百余年，此皆我汉人所痛心疾首者也。天王奋起义师，识时务者，方冀光复旧物，还我神州，故凡我人民，罔不归命。将军乃以悍鸷之性，以驱驰就命于他人，抑亦惑矣！今两湖既定，举兵东征，望风披靡。区区宿松，何忧不下？独思将军威以治兵，仁以爱民，宿松生灵十万，其性命方系于将军之手，本王亦何忍极其兵力，以负将军爱民之盛德耶？将军神勇高义，宁不知所以自处？舍民命以成名，吾知将军之不为也。伏为思之！

　　汤贻汾看罢，觉得石达开本是一个知己。自念失身仕途，实无以对同种，只丈夫不事二主，断无投降的道理。便回书石达开，不过说称尔尽攻城之军威，我竭我守城之兵力，各为其主。倘有不济，请以民命为重，幸毋多杀可也。石达开见了回书，早知汤贻汾以死自誓，不觉叹道："真忠臣也。"便提兵再复攻城。那时城内军民，多有偷出投降者。汤贻汾见救兵未至，人心已变，料不能支持。便回到帐里，教左右拿个笔墨来，写了一封遗书，仍是留进与石达开：再复劝他不可多杀。末后又题下诗示意。写罢便拔剑自刎而亡。管教：

　　失身胡虏，空将死命答中原；
　　大奋天兵，先令偏安存正统。

　　要知后事如何，且听下回分解。

第二十二回

向荣怒斥陆建瀛　钱江计斩蒋文庆

话说汤贻汾写下遗书，题过诗句，遂伏剑自刎而亡。左右见他在帐里，久不出来，急得进内一看，只见喉际血迹模糊，手上握住一口利剑，不觉大惊。再仔细瞧时，觉颈喉已断，知不能救，当下飞报副将彭定基。彭定基慌来瞧看，见他双眼未闭，面目如生，忙把他文稿一阅，内有一道交自己的：是劝他竭力守城；若不能，则当设法保全民命。这个意思，分明是劝他投降的了。看罢，不觉眼中掉泪；再看第二道：是交与石达开的。彭定基正欲看时，已见将士守门者飞报洪军已分两路攻城；洪天王大队，已又将到，伏乞酌夺。彭定基一听，没了主意。只是时城中内已绝粮，外无救兵，又见汤贻汾身死，将士都纷纷乱窜，呼天叫地的声不绝。彭定基料不能挽回。急拿汤贻汾与石达开的遗书，用箭送到石达开营里。然后举起白旗。石达开知得城中已允投顺，正欲督兵进城，忽部下军士拾得那书呈上。石达开急取来一看，书道：

　　书复翼王麾下：昨得来书，殷殷以民命为重，仁人之言，其利甚溥。自惟不德，既不能为复国安民，又不能为辅君戡乱，疚心自问，愧恧万分！只惟君臣大义，从一而终，弟虽愚昧，不敢不勉。若屈膝以求全性命，吾不为也。今宿松危在旦夕。乘以将军之殊威，何忧不下？特吾仕清多年，无以对汉族；守城不力，无以对吾君。皆某一人之咎，非百姓之罪也。城中生灵十万，亦惟将军怜之！

石达开看罢，摇首道，汤贻汾死矣！为之叹息者再。看下又有诗道：

半壁东西夕照危，烟尘万里掩王师。
惜遗故老归无日，隐定诗人死有时。
百战余风悲马革，满山阴雨哭龙旗。
蜀娄古是招魂剑，留绕吴门答主知。

失足自成千古恨，衣冠回首已堪悲。
许衡未算污文庙，王猛何曾误晋基？
事去英雄心愧剑，时来豪杰口留碑。
泪洒孤臣遗一曲，苍茫风雨送旌旗。

石达开把诗读罢，更为惋惜。便令三军整队进城，自与陈玉成并马同行。一路上百姓都出来迎接，石达开一一安慰。百姓见洪军秋毫无犯，无不喜悦。石、陈二将，将次到衙，早有县令徐家相迎进衙里。点过仓库，封妥之后，即差人到中军报捷。这时自县令以下如县丞、主簿及守备、千总，都来亲身相见，单不见了彭定基。众人询问才知其负节不来，石达开即往见之，问以不出之故。彭定基道："手绾兵符，不能守一城池，深自愧矣。以民命关系，故迎将军进城，复何忍军前屈膝，以求荣邪？"达开听罢，难以心安。叹道："大匠之门无拙工，君不愧为汤公部将也。"遂请之出。相与点过迎顺军士，共存七千余人，惟粮草已绝。达开顾谓陈守御之能，玉成道："行军以粮为先。宿松城池虽小，以汤公使以三五千人，粮草充裕，坚持以待救兵，未易下矣。盖兵多则食繁故耳。今宿松即下，吾军直趋安庆，必势如破竹，可无忧矣。"未几，洪军大队俱到，石达开即出城迎接。对洪天王说起汤贻汾的豪气，天王亦为赞叹。便令厚葬其尸，优恤其妻子，并任彭定基为都检使。着他领降卒一半回武昌助守；再以降卒一半，归石达开部下。待休兵数天，然后商议进战。

且说向荣领大兵五万，正望宿松而来，已过徐家桥，听得宿松已经失守，向荣急问其故，探子答道："宿松粮食不敷，人心多变，故汤贻汾自刎，彭定基业已投降。今洪军大队正住宿松也。"向荣叹道："吾恐众寡不敌，故候陆建瀛兵到安庆，有了后援，始行进发。今因陆建瀛多延两天，使宿松失守，非汤贻汾负吾，吾实负汤贻汾矣！今敌军锐气正盛，恐不可轻进。不如权扎此间，看太湖消息如何？再行计较。"谁想话犹未了，忽一骑马飞入军中，飞报祸事。称说张国梁守太湖不住，被洪军杀了一阵，折伤四千余人，已退至潜山，十分危急；江忠源亦在潜山，专候钦差定夺。向荣听得，两路俱败，愤气填胸。大呼一声，几乎堕马，幸得左右扶定。便传令在徐家桥扎下大营，相连又扎下数十小营。以总兵陈胜元，臬司张字熙分为左右翼，以张敬修为前军。一面着人打探洪军行止。再令江忠源自守潜山，以固安庆西北门户；着张国梁领本军一万拨来助战。并飞咨江督陆建瀛，领兵来赴前敌。是时陆建瀛已抵安庆。闻报即令巡抚蒋文庆，固守安庆，领兵五千前来。不多时，张国梁领兵亦到。统领清国大兵十余万，连营回环，一望旌旗蔽日，壁垒连云，十分声势。陆建瀛又请以张国梁为前部，与向营两边大营，东西相峙，专候洪军。

早有细作飞报天国军中来。钱江道："吾向知江督陆建瀛有宠妾张氏，最有权势，建瀛深畏之；其妾弟张彦良，现在安庆充当要差。吾若破安庆，当拘留张彦良，即可挟制陆建瀛，以金陵相让矣。"正在议论间，忽捷报飞到。李秀成、林启荣已攻下九江，现望南康进发。钱江恐孤军不宜深入，即传令以林启贤扎守九江。又以九江为数省咽喉，乃令秀成为游击之师，阻清兵各路援应；再令第二路统帅黄文金、李世贤，留太湖牵制江忠源。却调洪仁发本军二万，到宿松助战。各路取齐，仍恐琦善由汴梁南下，即以洪仁发领军二万，护运粮食，兼照应武昌。安排既定，改以石达开、罗大纲为先锋，离宿松进发；只有洪天王与十余员部将，驻守宿松，余外都赴前敌去。

大军缓缓行了一日一夜，正与向军相遇，相隔二十余里。钱江探得附近一座小山，亦是用兵咽喉之地，得此亦足以分向荣军势。便令韦昌辉以五千人，先据此山。陆建瀛听得洪军已据山上，即欲分兵来争，向荣即止道："兵法致人而不致于人。若此移动大营，反中钱江狡计矣。"陆建瀛道："我为总督，令由我发。如何相阻？"向荣听得，即向陆建瀛斥道："弟虽是一个提督，只为参办军务的钦差大臣。彼此皆为公事，但求有济耳。足下乃欲以官位相压耶！"陆建瀛不能对。向荣即传令军中：如未得钦差号令，遽行擅动者斩！陆建瀛听得此令，益加衔恨。

这时乃正月下旬，天气晴和，正好用兵。钱江、韦昌辉夺了小山之后，不见向荣动静，心中疑惑。便引数十骑，自向附近山林，窥测向荣举动。早有人报知向荣。诸将便请向荣来追。向荣道："恐是诱敌之计，不宜乱动，违令者斩。"诸将皆肃然不敢说，都道是主将畏怯太过。少时钱江已自回去，诸将皆怨向荣，以为被钱江窥探虚实。向荣却置之不理，但传令各营谨守；若待洪军怠疲，然后以逸待劳，相与会战，未为晚也。诸将虽不敢违令，然心已非之。诸将有到帐前讨战者。向荣道："本帅身经百战，未尝退后，吾岂畏彼耶！不过彼以十万余众，乘胜而下，锐气正盛，故暂避其锋。若陆帅那里肯依吾主见，则江南尚可支持，否则吾与诸君，将不知死所矣。"众将听得，方才心服。

且说钱江自看过向荣虚实，即回营大集诸将听令道："向荣老将，其不出战者，欲以坚壁老我师也。某见向军所结连营，四至八道，皆有门户，回环整肃，甚为可畏。只右军殊欠整齐，必是陆建瀛之军无疑矣。我军即当从此下手。"便传令韦昌辉，以本军直下；据山林深处，遍插旗旌，以为疑兵；又传令陈坤书，以舟师直驶下流，攻袭安庆，以扰向、陆两军后路。这两路先行发付去了。随唤石达开、罗大纲嘱咐道："两位既为先锋，今宜早出：石军先进，罗军继起。却待到了向荣时，罗兄弟就移军从斜里转击张国梁，是明攻向荣，而实攻陆建瀛也。"二人得令。又唤洪仁发、李开芳道："尔两人各带本军，准备火箭接应；罗大纲又用火箭，直射陆营。待黄旗到时，即会合杀进去。"二人得令。又唤谭绍洸领军五千，随石达开直攻向荣；又令陈玉成领兵一万，打着黄旗，直抵陆营会战。分排既定，又附耳令曾天养如此如此；去后，又嘱令林凤翔如此如此。留赖汉英谨守大营。自己却督率诸将，为各路接应。约定五更造饭，平明起点，不得违令。

　　单说向荣那里，因恐陆建瀛一军以意见误事，甚为忧虑。且亦料钱江之意，必先取陆建瀛一军。那日正见钱江军中，颇有移动，乃惊道："彼发令矣。我不宜妄动，亦不可不防。"便一面咨照陆建瀛准备守御；一面令张敬修增筑长堤御敌，待敌军疲惫时，然后乘势掩杀；再令陈胜元、张熙宇，分左右接战。倘陆军有失，不宜令彼拦入。可直取钱江大营，以进为退，此孙膑围魏救赵法也。"各人得令。到了次日平明，向荣忽闻寨外鼓声大震，石达开已压至军前。向荣一面督兵守御，却自登高以望洪军。只见石军攻营，不甚着力。向荣惊道："彼军虚攻吾营，实攻陆营去也。"正要咨请陆师防备，不相说犹未了，罗大纲已随石达开逼至阵前；已出其不意，转攻张国梁前军而去。

　　张国梁因得向荣告诫，不能轻出。忽然北路上一彪人马，冲入右路中军，打着满清兵营旗号。说称奉江忠源之令，因潜山危急，来请救兵。陆建瀛正自疑惑，突见军中嚷乱起来。原来北路那一军，为首的不是别人,却是林凤翔:领钱江密计,打着清兵旗号;伪催救兵,乘势杀入右路中军去。弄得陆建瀛手足无措,只传令三军混战,张国梁犹支持不动。不提防洪仁发、李开芳,各领本兵杀奔前来;俱用火箭射入张国梁的军中,军心大乱。少时漫山遍野,都是洪军。张国梁料敌不过,还恐冲动向营,却领兵望北路杀出来。忽又一支人马,拦住去路,军士纷纷退后。清参将阎兆祺中枪落马。为首皆打着黄色旗号。当头大将,却是天国陈玉成也。不多时,罗大纲、陈玉成、洪仁发、李开芳、林凤翔一齐杀进来。向荣知道张军大败,本欲改转号令,移军援应;奈被石达开军牵制,便欲拨兵直取钱江大营。忽见东南角上,一带树林,旌旗飘扬,向荣疑有伏兵;正在踌躇,忽又见后路相隔十余里一带森林,火光冲天而起,军心大乱。原来曾天养得了钱江密计,从小路偷过向营后,在树林里放起火来,好扰乱向荣军心。向荣知不是头路,下令三军退后,且战且走,那陆建瀛且不知先逃到那里。张国梁因在军不能得脱,向荣便奋力杀进右军来救,正遇洪仁发。死命杀了一阵,救出张国梁,又救出军士大半。急令张国梁、张敬修,分两路且战且退。自晨时开仗,到这时已是日暮。

约行十余里,忽一声梆子响,左有韦昌辉,右有曾大养,都从林内杀出。向荣大呼道:"这时若不奋战,全军皆死矣。诸军不可不死里求生。"军士得令,一齐上前力战。那张国梁观得亲切,枪声响处,天国猛将曾天养不及提防,竟中枪落马而死。韦昌辉不敢恋战,率军士抢回天养尸首而逃。向荣直透重关,回望后军,喊声又起:却是洪军大队复行赶到。向荣即传令望东而逃,并教陈胜元、张国梁断后。谁想石达开、陈玉成、韦昌辉、罗大纲四路会合。风驰雨骤,利害异常,向荣不能抵敌。陈胜元已死于乱军之中,向军大乱。向荣听得陈胜元已死,急令后军先逃,自己力敌洪军;怎奈军无斗志,洪军又来得势迫,向荣且战且走。时已日暮,再走上数里,将近石牌,犹望陆建瀛、蒋文庆引兵救援。突见前头旌旗齐整,一带火光,势若长蛇。

向荣正自惊疑，只见前军报道："此钱江兵也，早知我们由此路逃走，故预先埋伏于此。"向荣叹道："吾中狡夫之计了！一着之差，乃至于此。彼志在吾先，安庆亦恐不能守。"只得传令三军，望集贤关而奔，以为安庆声援。

洪军赶了一日，知离安庆不远，即令扎下大营。韦昌辉进道："今向荣业已大败，正宜乘势夺取安庆。军师却扎营不进，何也？"钱江道："不劳诸军虎威，三日内安庆可下，而蒋文庆首级至矣。"众将犹未深信。单表陆建瀛奔回安庆，巡抚蒋文庆已知前军大败，便与陆建瀛商议固守安庆。陆建瀛道："安庆不打紧。若南京有失，关系甚大。我为两江总督，不得不先顾根本；中丞慎守此城。我今要先回南京去矣！"说罢领军自行，蒋文庆留之不住。清军将士，亦因陆建瀛不战自逃，莫不愤怒；蒋文庆只得将安庆省城四门紧闭，终日纳闷，一筹不展。是时城内纷纷警耗：有说钱江将来攻城的；有说洪军大队水师，已排江而下，不久就到安庆的。蒋文庆已没了主意。寿春镇总兵李乘鳌进道："某愿领军三千，防守江口，以当洪军水师去路；中丞却督率诸将守城。一面八百里加紧飞报京里，催取救兵为是。安庆据南京上流，倘有差失，南京便不能保矣，不可不虑。"蒋文庆从之。乘鳌去后，有左右报称潜山江藩台行营，差人奉文书到此。蒋文庆急令引带书人进来。那人到了抚署，自称江忠源部下前军前左营营官、都司王兴国，奉了江帅之命，带书到此。蒋文庆忙索文书看了，却是江忠源因潜山紧急，张国梁已去，兵单将寡，不能抵敌，故乞兵求救的意思。蒋文庆暗忖安庆已危在旦夕，如何能顾得潜山？正踌躇未决，王兴国只是催速。蒋文庆把文书细看了一会，觉得那一颗关防，的确属实。正计算发付来书，突听得城里喊声大震。蒋文庆正在派人打听，旋见参将李时中飞奔衙里，报称洪军水师，已由南城壕杀进来了。蒋文庆一惊非小。李时中道："洪军大队已离城不远，水师又已攻进来，恐不能守矣。不如逃去。现向荣驻兵池州东北，为金陵声应，到那里与向军会合，再图恢复之策可也。"王兴国争道："向荣为钦差，有军事之权，无地方之责。今安庆失守，责在大人。不如到潜山与江忠源会合，径奔桐城，握庐州之险，亦足以窥安庆；且与向荣分峙两路，究足以壮声援。若同奔池州，则反嫌势孤矣，望中丞思之。"蒋文庆深以王兴国之言有理，便决意弃去安庆，来奔桐城。蒋文庆即令提督福珠隆阿、总兵李乘鳌、参将李时中，一齐杀出北门，直望潜山而去。因恐大兵误了时日，才出了集贤关，即转小路而行。

行不上十余里，只见路途僻小，树木丛杂，心甚狐疑。王兴国道："待某先行探路，大人等随后进发可也。"蒋文庆从之。时王兴国去了，却许多时不见有回报。蒋文庆一发忧惧，李乘鳌道："卑职在两湖已久，不闻有都司王兴国其人。此人神情恍惚，力劝大人不可奔池州，恐有诈伪，不可不防。"蒋文庆道："他文书里所用的关防，视本帅从前与江忠源来往的一样；人可假冒，这颗关防，又从哪里得来？"李乘鳌道："中丞差矣。江忠源与各镇常有来往文书，钱江降了宿松，拿住汤贻汾的文件，那有模仿不得？！恨不留王兴国以作按当，实为失算。"蒋文庆听了，不觉目定口呆。还未说得一句话，只听一声梆子响，树林里现出洪军旗帜；左有李世贤，右有黄文金，大呼蒋文庆快来纳命。管教：

> 复收安徽，妙算独推钱策士；
> 安排埋伏，奇谋又赚蒋中丞。

毕竟蒋文庆性命如何，且听下回分解。

第二十三回

勇鲍超独救江忠源　智钱江夜赚吴观察

话话蒋文庆由安庆杀了出来，意欲直奔桐城，好与江军相应。谁想出了集贤关，正到八龙山，那林木深处，早纷叫"蒋文庆快来纳命"！原来黄文金、李世贤，因得了钱江将令，教部将打着自己旗号，虚攻潜山，却先到这里埋伏。此时吓得蒋文庆几乎坠马，急令李乘鳌、李时中分头御敌。无奈军心慌乱，那里还敢接战，都呼天唤地逃窜。黄文金、李世贤乘势杀了一阵；又因道途僻狭，清军都不能逃脱，蒋文庆连中数弹，死于乱军之中；李乘鳌拔剑自刎而死；李时中只得请降。计清兵除了死的、降的，不曾走漏一个。忽见林中转出钱江。军士拥着李时中，先向钱江叩首。钱江便令清兵尽行脱去号衣，交太平军穿了；仍令李时中引李世贤先行，降军中选面貌相似的，扮作蒋文庆。使黄文金以本军领降兵在后，钱江自领中队，改道碎石岭，沿三桥直望潜山来捉江忠源。

时已夜分，将抵潜山城下。先使人报称安庆失守，蒋巡抚杀出重围，要与将军相合，同保庐州，然后谋复安庆。江忠源闻报，急登城楼一望，火光中认得清军旗号；又认得前部将军李时中。况从向荣兵败，早料安庆难守，此时如何不信？便令开了城门，令为首的进城。

余外三军，在城外屯营。时洪军已分队潜伏城下。守备刘国康方开城门，李世贤眼快，枪声响处，刘国康早中弹落马。李世贤挥军乘势杀入，清军不能抵当。深夜又不知洪军多少，人心大乱。江忠源闻变，已知中计，急上马率领本部兵，直出北门而去。钱江进城，已知江忠源逃走，急唤黄文金嘱咐道："江忠源虎也，穷则易杀，莫教他复完势力。他此行必由北路投奔庐州，握桐城闸，以为复攻安庆之计。他逃得不远，可速行追之。"黄文金一声得令，直出北门追来。绕过了北门，只听得守城的军士说道："江藩台已先行去了。"黄文金道，"钱先生真神算也。"即令骑兵先行火速赶来。

且说江忠源已出潜山。检点所存军士，不及一万，一路上且行且恨。将近大明，已到青草桥。忽听得后面喊声大震，金鼓乱鸣，知是追兵又到，军士无心恋战，自己也料敌不过，只得死命奔逃。回望喊声渐近。再走数里，已是人困马乏。忽见一条长河，拦住去路：那河宽广约有数丈，又无舟楫可渡，正是前无去路，后有追兵，好不心慌。回望天国已是黄文金的旗号，相去不远；欲调兵回战，又恐不敌。那时军中已纷纷叫苦。江忠源只得镇住军心，大呼道："'置诸死地而后生'，何必多惧？"虽然如此说，三军个个魂魄不全，全无队伍。江忠源心里只是叫得苦。急令军士沿岸而走。争奈黄文金已相离不远，清兵又各自逃命，赴水而逃者，不计其数，江忠源止之不住。守备颜本元大呼道："敌兵至矣，中丞须从速渡河。"江忠源早没了主意。便拨转马头，退回数十步，再尽力把马一鞭，意欲飞渡过江而去。奈那马到了河边，把双蹄高掀，不敢飞渡。江忠源长叹一声，急下马来，已见天国军中，枪声乱鸣，弹如雨点，江军有已渡河的，有正在凫水的，有在岸上的，都喊声振地。江忠源料不能敌，急的拔剑自刎。忽然后军步队飞出一将，生得虎头熊额，豹体猿腰，身长五尺有余，年约三十来岁。手掣长枪，从队里飞出，夺江忠源的利剑，掷于地下；一手把忠源挟扶，凫水如履平地，不消半刻，已渡过对河，向队中取了一匹良马，扶江忠源坐定，亲自保护。而江忠源如梦初觉。回视未渡将士，大半已投降而去，余外死在河中的，都不能胜数。三停人马，已折两停有余。随收拾败残军士，到了个小山扎下。

原来救江忠源的，不是别人，却是鲍超，字春亭，后改春霆，四川人氏。曾在向荣部下当步兵，后因病还湖南，落魄不偶；复应募隶杨载福麾下为哨官。从战岳州、金口有功，升守备；再从战武昌、汉阳升都司，改隶胡林翼军中。其后江忠源由湖北转战安徽，知超骁勇，请于林翼以为营官。屡战有功，得升游击。至是乃救得江忠源一命。忠源道："微子，江某死无葬身之地矣！恩不可不报，才不可不拔，自当奏知朝廷，破格录用。"鲍超称谢而退。江忠源即传令造饭，然后望桐城而来。忠源遂入奏自贬，请奖鲍超。鲍超由此得升参将。此是后话，按下慢表。

且说黄文金追至河边，志在捉江忠源。忽远地见了一人，手挟江忠源渡河如履平地，半晌已登对岸，不觉大惊道："此人真虎将也。"急问左右，此是何人，左右无有知者。遂捕一降卒问之，那降卒答道："此游击鲍超也。不特勇力过人，且有一宗绝技：逾山过岭，轻捷如猿。声如巨雷，百步之外呼喝一声，军士多为惊倒，故皆以鲍虎呼之，又多呼为豹子。此人投效军营，已经两载，立功已是不少。只未蒙重用，现还屈为人下。"黄文金道："如此，可谓埋没英雄矣。"叹息一番，随令安抚降卒，收军回至潜州，自回军安庆。向钱江道："险些儿拿了江忠源，因被鲍超挟负而去，实为可惜。"钱江道："彼未该绝耳。此后吾必设法擒之。"说罢，即令黄文金驻守潜山。自安庆回军，李世贤在路上，问钱江道："先生何以知蒋文庆之必由小路逃走也？"钱江笑道："文庆一书生耳，向来经临战阵，故以小计弄之。某自到宿松，已得江忠源同向荣往来文札，模刻其关防；又使万大洪扮作求救的，冒称都司王兴国，诱其出城。他见安庆已危，自然要逃走，故易于中计也。独惜拿不到江忠源，未免大计小用耳。"说罢，大笑不止。

行行不觉到了安庆。此时石达开等，已得了城池，听得钱江已到，即出来迎接，遂将军兵驻扎城外，并马入城。知石达开已拿了张彦良。钱江即致函陆建瀛云："如欲张彦良得生，须以辖地相让。"此是钱江挟制陆建瀛处，按下慢表。

当下计点仓库，得白银八十余万两；粮米百十余万担；洋枪共六十杆。余外零星器械，不计其数。即把捷音奏报洪天王。谁想捷音未发，洪天王已经到了。钱江闻说，即率众将出城十里迎接。天王下马，与众将相见，即慰劳道："孤住在宿松，恐独劳诸兄弟汗马，故赶进来。及至徐家桥，已知攻下安庆，此诸兄弟之力也。"众将答道："此皆大王之恩威所及耳。"天王让谦一番。一齐进了省城。各官朝贺已毕，天王传令，大犒三军，分赏各有功诸臣。又因曾天养阵亡，甚为惋惜，即行赐祭，予谥毅武；并收养其二子：长名曾绍文，次名曾绍武。待年长时有功，然后赏授官阶。各人见天王恩重，都十分感激。自经这场大战之后，又恐军士过于劳苦，传令休兵十天，然从进战。这个令一下，军心越加悦服。

那一日，正在帐中议事，忽报驻扎汉阳东王杨秀清，有紧要公文飞报到了。天王听得，即传令把文书递进来。大众一看，俱皆失色：原来那东王杨秀清报称："荆州将军官文，已改授湖广总督，与新授湖北巡抚胡林翼，一同驻兵鄂州。因清廷命粤督徐广缙为钦差，督兵进战；广缙在鄂州逗留，不敢前进，清廷把他钦差大臣革去，就令官文代领其众。便与胡林翼誓要恢复湖北。不意一虎未除，又添一虎。现在湖南巡抚，又换了骆秉章赴任。那姓骆的是广东花县人氏，与天王是个同乡，由翰林出身。他只图博得好官，势要与我们对敌；又令曾国藩调乡团出境助战，各路人马，声势甚大。故此先行报知，速作准备为是。"洪天王看罢，心甚忧虑，竟欲调兵回守武昌。钱江道："安庆已下，金陵已在掌中矣。趁此向荣穷蹙之时，一鼓可以定江南。若再回兵，日后难寻此机会也。以江愚见：宜失十武昌，不可失一金陵。东王数万之众亦不弱，未必遽败也。"天王道："以诸将百战之劳，而得一武昌。若一旦弃之，使武昌人民，复蹈黑暗，于心何忍？"钱江道："不如令黄文金，以本部由潜山回驻汉阳；再增兵令李秀成由九江进兵，扰江西以邀其后路。待江南既定，再行计较便是。"洪天王从之。便令黄文金回军，再调谭绍洸领军万人，带部将万大洪、范连德等，往助李秀成一路去讫。一面议伐金陵。

此令一下，忽报清国布政使李本仁，按察使张熙宇，起兵由六安来援安庆。钱江急唤石达开道："六安来路，必往公公岭。此处树木丛杂，可以埋伏军马。石兄弟就领一军在那里埋伏；遍插旌旗，以为疑兵，吾自有计退之矣。"又令韦昌辉："以本军在公公岭后路，打着五色旗号，左右出入，轮转再换，以示军容之威，彼必退矣。"洪天王道："彼即退兵，于彼无损；不如与战而歼之为是。"钱江道："向荣以十余万之众，吾犹不惧，况区区一李本仁、张熙宇耶！诚以旷日持久，而图此小功，使金陵得完其备，必不可也。"天王方才省悟：即令石达开、韦昌辉去了。果然李本仁、张熙宇领兵行至中途，只见公公岭一带，旌旗齐整，心甚狐疑。又见附近五色旌旗，军容甚整，却不敢进兵。张熙宇即谓李本仁道："我们只道安庆紧急，特来救援耳。今安庆业已失守，料不能济事。且以陆、向两帅，领二十万之众，尚不能抵敌洪军之势，何况我辈，到不如退兵为上。"李本仁以为然，遂传令退兵。怎想说犹未了，忽一声炮响，石达开领军从林中杀出。李本仁听得石达开名字，早魂飞魄散，那敢恋战。石达开追杀数里而回。自到安庆城里缴令。钱江令登了功劳簿，再令兴兵，进取金陵。先令陈坤书以水师先进。

时清廷正以江忠源补授安徽巡抚。江忠源以鲍超武勇超群，奏保为副将，并令为前部，锐意谋复安庆，由桐城直下天宁庄；飞函向荣，知会分道进兵。这时江督陆建瀛，因妾舅张彦良被捉，洪军要他让地，正自徬徨，便先自借故逃回金陵而去。向荣便约会江忠源，分南北两路进兵。向荣因安庆既失，由池州东下，以图恢复安庆。忠源又咨照钦差大臣琦善，由汴梁下攻湖北，以截洪军后路，奈琦善逡巡不进，忠源无可如何。早有细作报入钱江军中。钱江道："彼既伐我，我不如先伐之。先发制人，此其时矣。"先调兵分拒江、向二军，仍令石达开、李世贤为先锋，大军陆续起程，望金陵进发。

忽报上海道吴来，招集闽、粤拖船数千艘，又借得西洋大炮数百尊，由吴淞直驶上流，由海道来攻安庆。钱江听得清楚，先令陆军扎下大营，要先设法破吴来水师，断彼水路接应，然后进兵。即对洪天王道："清军屡败，自知势弱，乃借西洋大炮，借外力以杀害我汉人，实不可忍。此行当令片甲不回，使他不敢正视我军。"洪天王便问计将安出，钱江道："今当仲春天气，阴云密布，将有微雨，且今夜必有大雾。吾计准可行。彼所借西洋大炮，早晚必为我用也。"便附耳说称如此如此。洪天王听得大喜，急召陈坤书，授以密计。

时吴来水师已将抵安庆。那夜初更以后，大雾迷江，对面不见人。陈坤书即依钱江密计，先将水师各船掩灭灯火，暗在两岸埋伏，并购定无数瓦埕，一排一排，相连配搭而下。埕口上下紧缚相合，中藏火光，顺着流水，直望下流驶来。那吴来在船上一望，但见江心一派火光，顺流而下。只道洪军水师大至。黑夜里雾色迷漫，又不辨真伪，却不敢擅进。即与管炮的洋人相议，洋人再随吴来，立在船头一看，反大笑不止。吴来便问洋人怎地大笑，洋人道："洪军只能在陆路称雄，却不懂在水上行军、渡河的法度也。"吴问何故，洋人道："看他乘雾进军，实兵家所大忌也。此一战，可以雪数年屡败之耻矣。"吴来又问计将安出，洋人道："彼枪多炮少，只能近地攻我；我军既多大炮，可从远以炮击之。"吴来深然其计：以为洪军水师，必败无疑矣。便下令军中，一齐发炮轰击。那炮声何止数千响，其声隆隆，震动天地，只望埕排上火光中攻来。一连几个更次，炮响不绝。陈坤书却督水师船挨岸边潜进。各船火乘风势，如箭激发。那洋人所发大炮，但望火光攻击，故陈坤书各水师，毫无损害。比至四更以后，吴来所用大炮、子药俱尽，但见火光依然顺流。洋人仔细看了一会，乃大惊道："吾中计矣。火光中必无洪军在也！"吴来听了此话，犹惊疑不定。将近天明时候，听得两岸鼓声大震，吴来军士，个个畏惧。

少时，东方现出一轮红日，烟消雾散。洪军水师各船，鼓浪掀涛，遮敝江面，已相隔不远。焰硝炮弹，纷纷望船击来。陈坤书坐在中央大舰，督令各船齐放枪炮。吴来急的登岸逃命。陈坤书见清兵各船，绝不还炮，只放空枪，料子药已尽，更不必畏惧。便令将各船移调直驶进来。又恐清兵各船逃跑，急令一队水师先进下流，截他退路，因此清兵船逃不出一艘。况自吴来逃去之后，军中无主，益自乱慌。西洋人没奈何，又见吴来已去，只得举白旗投降，要保三军性命。陈坤书也知得西国向有举旗投降的例，遂令军士停止攻击。一面使人报知钱江。然后过船与洋人定约：将西洋大炮，点入自己军中；并定洋人不得再助清军，不在话下。管教：

  利炮坚船，转眼已成天国物；
  奇谋妙算，唾手先成汉统基。

要知后事如何，且听下回分解。

第二十四回

萧王妃夺旗镇江城　洪秀全定鼎金陵郡

话说西洋人因洪军水师逼近，迫得举白旗迎降。陈坤书即过船与西洋人定约：所有西洋大炮及船只枪械，都拨入洪军。订盟之后，更不能再助清国。西洋人一概应允。钱江见水师得胜，随回营要从陆路开仗。洪天王随向钱江道："吾军自下宿松以来，所向披靡。今水师又经大捷，而先生无故退兵，恐三军因此疑惧矣。"钱江道："自追随大王以来，此心有进无退，又何必多疑。诚以用兵固非一道。今日实不能明言，日后当自知之。"洪大王终不能释然，只不敢多问。是时军中多不以退兵为然。纷纷议论，钱江只诈作不知。及退十余里下寨，即传令造饭，也不发一军令。

当下这点消息，报到向荣那里，便欲领兵来追。忽又忖道："钱江诡计极多，恐是诱敌之举。"仍传令谨守，再派人打听钱江举动。次日，又闻洪军又起程退了。向荣狐疑，不解其故。忽见总兵张国梁入帐。向荣道："义儿独自到此，欲请令追洪军耶？"张国梁道："是也。吾军屡败，今有此机会，自不可惜过。宜速追之！若得一大胜，犹可以固金陵也。"向荣道："洪军自进武昌，以至今日，未常少挫。且既得安庆，军粮亦足，乘胜之余，决无退兵之理。此是诱敌无疑，追之必中其计。"张国梁道："不然。今官文与胡林翼，两军会合于岳州；琦善既驻扎汴梁，亦有窥武昌之势。洪秀全或者以武昌为根本地，将退而自保耳。"向荣沉吟未决。张国梁又道："彼日前不退者，以两军相持，恐元帅蹑其后也。今水师一捷，必退无疑矣。"正说话间，忽报江忠源派人到。向荣忙请进里面，乃忠源之弟江忠淑。向荣犹未开言，江忠淑先道："元帅知钱江兵退否？"向荣道："那有不知？只恐彼以退兵为诱敌也。"说罢，并以张国梁之意告之。江忠淑道："家兄亦听得杨秀清以武昌紧急，飞报洪秀全，只是此次退兵，其用意究不敢决。"向荣道："据足下之见若何？"江忠淑道："彼伪退而吾追之，必中其计；彼真退而吾不追，坐失此机会矣。以某愚见，当分兵两停：若元帅自追，张将军当驻守不动，以为后援，庶不至有大误也。元帅以为何如？"向荣亦觉有理，方自议决。忽探子又报：洪军又起程退矣。张国梁道："他从缓退兵，防我追也，今当速进矣。"向荣便发令起大军赶来；令江忠淑回报江忠源。沿途打听，以为后应。忠淑领令自回。张国梁亦回营调兵，自为前部，以追洪军。

且说钱江一连两天，都缓缓而退，或行或止。那日忽大集众将道："吾之忽然退兵者，料向荣必以我武昌紧急，赶紧回去，必领兵来追，吾好于中用计，使他堕我之术。彼若不出，坚守旧垒，破之亦非易事。今彼中计矣。"随唤石达开道："兄弟以精兵二千，离此二十里，拣树木深处埋伏。向军到时，即出截之，或战或不战，望后而退。彼必以伏兵已过，安心来追，却好中计也。"又唤陈玉成、韦昌辉道："汝两人各引军五千，从怀宁而出；夜行昼伏，直趋向军后路攻之。吾料向荣谨慎，必留兵一半，驻守大营也。"又唤洪仁发、洪仁达、李昭寿、李世贤、李开芳、林凤翔道："嘱咐汝六人，各领兵三千，为游击之师。待石达开杀回时，向军自知中计，必然退兵。然后沿途击之，不得有误。"各人得令而去。钱江自领郜云官、罗亚旺几员健将，自来接应石达开。分拨既定，等候捷音。

且说向荣自从发令追赶洪军,心里犹恐中计,密令张国梁留心,沿途须侦探有无埋伏,方好追赶;又令沿途打听大营消息。当下张国梁在前,向荣在后,并手下数十员部将,领军数万,火速赶来。军驰马疾,如风飞电卷,约行有三十里;只见中央一片,山势不高,直如平地;但两边林木丛杂。向军急传令,告诫前军道:"此地正好战场,两边又好伏兵,钱江必算及此地。须令人探视,方好前进。"话犹未了,听得林内一声炮响,现出石达开旗号。向荣道:"不出吾所料也。"便欲驻兵不进。张国梁急来前进道:"虽有伏兵,不满三千人,不足惧也。元帅休再思疑。"向荣一望,果然达开那支人马,不过二三千人上下。便从张国梁之请,奋勇直前。石达开即着与张国梁接战,不多时已败走而去。张国梁赶来,石达开又复接战,不多时又败走而去,张国梁又赶来。向荣听得前军得胜,心中暗喜,只是放心不下。即策马前来一看,那张国梁只是追赶,向荣看了大惊道:"石达开退的齐整,非真败也,我中计矣。"急止张国梁勿追,即传令回军。不提防左右连珠炮响,左有洪仁发,右有洪仁达,两军杀出。吓得向荣心胆俱裂,顾谓左右道:"某素知钱江狡计极多,不欲出兵,今勉强赶来,竟中他人之计矣。"即令诸将混战,分头而退,谁想后路喊声又起:石达开会同钱江,引大队人马赶来。向荣道:"彼众我寡,必不敌也,远退为是。"于是且战且走。逃不出十里,又听号炮喧天,鼓角震地,天国大将李昭寿、李世贤,两军卷地而来。向荣不敢恋战,令张国梁在前,自己在后,与诸将夺路而逃。洪军不舍,依旧分路追赶。向荣再跑十里,已见两支军挡住去路,现出李开芳、林凤翔旗号。向军一齐喊叫起来。向军已心中无主,惟有奋力杀出重围。少时洪军前后皆到,反把向军困在垓心。向军那里挡得洪军数路之兵?但见烟硝如雾,弹子如雨,枪声如雷,向荣与诸将左冲右突,不能得脱。向荣不觉仰天叹道:"吾死于此矣!"当下洪军人马,渐渐逼近。犹幸向荣驭军有方,军心不至急变,惟望江忠源领兵救应而已。谁料江军总不见到。是时洪军追到，皆大呼拿得向荣者受上赏！因此洪军人人奋勇，个个逞强，向荣正束手无策，忽东角上鼓声大震，一彪人马杀入，乃清藩司李本仁也。向荣大呼道："此吾一线之生路，可急从此军杀出矣。"遂一马当先，诸军继后，想要奋力杀出重围。谁想洪军枪弹，都望向营里打来。一颗弹子正中向荣坐马，把向荣掀倒在地。时洪军如铜墙铁壁，藩司李本仁人马，终不能直透进里面，倒望后而退。各军又七零八落。向荣此时，已知救军不能得力。正在危急，守备诸应元急扶起向荣。那马受伤已重，不能复用，诸应元即让与向荣骑坐。向荣道："吾以屡败之将，其死宜矣。老哥不可无马，宜速走勿恋我也。"诸应元大声道："今日为国大事，可死十应元，不可失一向公也。公如不允，吾将自刎矣。"向荣闻言，即向诸应元致谢，翻身上马，奋力杀去。奈军士不敢前进。少时石达开已自追到，向荣欲走无路，忽一支军杀入，独救向荣，乃张国梁也。向荣心稍定，军心亦为之一振，遂复一同杀出。不及数百步，不料陈玉成、李世贤两军，又从前面杀来。向荣叹道："人虽不困，马亦乏矣，吾尚望偷生耶？"说犹未了，只见东路洪军忽然自乱，纷纷走避。鼓角响处，一彪人马分开洪军、直透重围。向荣惊喜，已认得将军旗号。但见那为首的大将，一马飞到身前，不是别人，正是江忠源的副将鲍超也。向荣大喜，便令鲍超在前，张国梁断后，自居中，一同杀出。鲍超马头到处，洪军皆不敢当，遂出了重围。向荣问鲍超道："将军现在那里？"鲍超道："被洪军从小路杀出，大营溃败，江帅料知中计，故差某到此。现江帅已败走庐州去了。"向荣听了，只仰天长叹，急令三军齐望庐州奔来。行数十里，只见洪军已远，便令人马权且扎下：人造饭，马喂料，憩了些时，然后奔去与江军会合，酌量共保金陵，不在话下。

且说钱江全军大胜，传令军士，以穷寇勿追，暂且扎下营寨。随集诸将会议。忽见洪天王面有忧色，不胜诧异。谭绍洸问道："今吾军方捷，自起义以来，未见有如此大胜者。三军皆大喜，而大王独忧何也？"天王犹未答言，钱江道："大王之意，吾已知之，不过以武昌虑耳。"洪天王道："诚如先生之言。朕虽在此，甚忧湖北。"钱江道："大王差矣。中国已被满人统一，今日我之所得，即彼明日之所攻。若处处为虑，则救不胜救，反自行掣肘矣。今日之事，有进无退，先得建都之坚固地，然后北伐，以复我北京，则岂特一湖北为我有耶。"天王听罢，意稍释。钱江又唤诸将道："吾军最要者，莫如粮械。此次捷于水上，得西洋大炮六百余尊；今又得洋枪不下二万杆，器械可不消忧虑。只粮食一道，最宜有打算。查东南各省谷米之饶富，莫如镇江、芜湖，若得此两处，则粮械皆无忧。不知谁人愿往取之？"说罢，石达开、陈玉成一齐应声道："某等愿往。"钱江道："吾大军将直趋江宁矣！汝二人是军前不可少者，却去不得。"石达开、陈玉成二人，听罢而退。只见林彩新进道："某愿往。"李世贤亦称愿往。钱江大喜，即令李世贤取芜湖，林彩新取镇江。正在分排，忽洪宣娇亦上前道："妾父昔贩米于镇江，遂娶焉，故妾母镇江产也。自少随母归宁，颇识路途。且妾数月不上战阵，今日见各兄立功，其心颇痒。愿以一军随将军之后，特来请令。"钱江亦许之。遂令林、李二将，各带精兵五千分道起程；洪宣娇亦领本部女兵而去。

话分两头。且说林彩新领兵来到镇江，便拟埋伏火药，为轰城之计。洪宣娇道："如此，则旷日持久矣。清军精锐，一归琦善；一归向荣。故镇江虽菁华之地，必无重兵把守。妾不才，愿为前部攻城。如其不克，再行尊策未晚也。"林彩新素知洪宣娇幼习枪术，能在马上转枪为左右击。且有一宗绝技，蹦山上岭，矫捷异常。部下所领女兵一千名，皆平时所训练，指挥如意。自嫁与萧朝贵之后，人皆呼为萧王妃，或呼为萧王娘。虽在王府中，犹常与部下练习枪术，并不稍懈，故临阵未尝一挫。当下林彩新遂令洪宣娇，进攻头阵。

只是时镇江城里，仅有参将邓万松，领兵二千把守。听得洪军已到，不觉惊道："我只道洪军直取金陵，不想分兵来取镇江。前者未有禀报上台，请增兵助守，实为失算也。"便令部下人马，登城守御。当有王良进道："向荣以二十万之众，尚不足以敌洪军，况兵微将寡之镇江乎？以某愚见，不如投降，方为上策。"邓万松听得大怒道："汝乱我军心耶？"命左右推出斩之。王良骂道："我死何足惜。汝不度德量力，眼见镇江人民性命，断送于汝手矣。"说罢，骂不绝口。邓万松置之不理。须臾献头帐上。邓万松悔道："虽然杀了王良，究于军事何补。只事到如此，惟有竭力而已。"奈自从杀了王良之后，军心甚愤，因各人皆知镇江不能与洪军对敌，又因邓万松任杀人之性，故咸出怨言。邓万松心慌，急飞报上台：催请救兵。自己权为一时撑支之计。谁想洪军又如排山倒海攻来。清军本无心抵敌，只逼于万松之命，勉强施放枪炮，在城上，故皆击不着洪军的要害。萧王妃看得亲切，又见本军攻城，甚为得手，遂唤左右道："你看我击城上带顶子指挥军士的人！"左右还未深信。果然枪声响处，城上一将应声而倒，乃都司李守义也。清军大呼道："彼军有此能将，吾安能抵敌那！"都一声溃散。萧王妃就军中夺了司令旗，从马上跃起，早登在城垣之上，城上清兵倒吓一跳。那时清兵心里，一来怨恨邓万松；二来萧王妃击死李守义，已呼他作神枪手女将军。当下见萧王妃登城，那有不惊。萧王妃即势手刃数人。并大呼道："我已登城矣！三军速进。"洪军只是一声得令，都撑附登城。清兵不敢阻挡。一面开城门迎林彩新进去。城内一时慌乱，都归咎邓万松，不从王良之谏。清军更有的呼道："不杀邓万松，无以谢洪军。"遂一齐拥入营里，要来寻杀邓万松。那邓万松初见城池失守，正要逃遁，今又见军心大乱，便易服从帐后逃出。清军进帐里时，不见邓万松，亦从帐后追出来。万松见追得紧急，急躲入一处民家。那民家是姓李的，名唤化龙。见了万松，方自怒从心起！不料邓万松先自说道："我本城知府也。汝能救我，我能福汝。"李化龙道："汝即邓万松那？"汝之罪恶滔天，犹未知那？身膺民长，不识时事，祸全城百姓者汝也；汝不能自保，尚能福人耶？"

急拔了一柄明晃晃的利剑出来。邓万松已知不是头路,方欲退时,恰又追兵寻到,不由分说,遂把邓万松剁成肉泥。即拿那个人头来谒林彩新道:"抵拒天兵者,只邓万松一人之意。今人民已代将军讨之矣。"林彩新闻报大喜,一一安慰各军民,并重赏李化龙。余外皆招降之。即查点仓库,得粮食无数。乃出榜安民。把萧王妃如何攻城,如何斩将,随把捷音报知天王。休兵三日,然后请令会兵,由镇江直趋金陵。

当下洪天王接得林彩新捷报,钱江道:"彼请令由镇江会趋金陵,亦是一策。但兵力太弱,恐无济矣。"便令范连德、罗亚旺领兵五千人,往助林彩新去。后又报李世贤已平定芜湖。原来李世贤带兵到芜湖,并不用交战,城内自己献出城池了。实是官民投降的本心。钱江见两处俱已平定,遂并力进攻金陵。早有细作报知清营。

江忠源问向荣道:"洪军势大,将如之何?"向荣道:"庐州城池失守,岂为善策。今虽筹办防务,亦有名无实耳。陆建瀛无用之辈,断不能济事。吾两人一同退保金陵,未审尊意若何?"江忠源道:"此言甚善。但弟为安徽巡抚,今安庆失陷久矣,弟有失地之罪,应为恢复之谋。弟意欲引驻兵于桐州。若洪军大举入金陵,则弟当由桐城进窥安庆,以扰其后,亦得以稍助元帅也。"向荣道:"此计甚妙。昔日洪军得以长趋直进者,以无后顾之患耳。若得足下从后蹑之,彼亦不能尽其兵力也。趁今洪军未至,就请速行为是。"江忠源听罢,便请领兵西行,望桐城闸而去。向荣自领本军往金陵进发,不在话下。

且说钱江既定计进窥金陵,就令大军以三之二起程,以三之一为驻守。并请洪大王与韦昌辉、李昭寿及大小将校三十余员,领兵驻守。钱江自与诸将起行。濒行时,天王谓钱江道:"今吾军新旧二十余万,而留守之兵,乃至七万有余,究是何意?"钱江道:"大王未细思事耳。吾料江、向二人,必有一人留驻安徽境外,扰吾后路,以为复安庆之计;若安徽得而复失,则吾军消息隔绝,不特金陵一路,不能成功,恐武昌之危更急矣。一着之差,则全局俱败。故不能不固守一带。"天王听罢大悟,便又说道:"如此朕亦愿身当前敌,以励将士,不愿徒享安闲,以徒劳诸将士也。"钱江道:"如此亦好。但万乘之君,不临险地;以其为全国所系命故耳。今大王要先去,请即随后继进可也。"天王从之,便以北王韦昌辉代领驻兵镇守。忽探马回报道:"江忠源已领兵复入桐城去了。"洪天王叹道:"果不出钱先生之料也。彼直欲援桐城,窥安庆,以扰吾后路矣。"即嘱咐韦昌辉小心防守。钱江道:"今日局面,又颇不同了。非以战为守不可。"便一面飞报黄文金:如江忠源攻潜山,则韦昌辉助之;如其两下,则黄文金慑之,互相环应。"分拨既定,即以陈玉成为先锋,李世贤副之。洪大军十五万,直取金陵。并令陈坤书,以水师由新州直下七里洲,水陆并进。大军起程时,忽一人直到军前要见洪大王。众问之,乃南王冯云山之子冯兆炳也。天王听得,忙令唤入相见。天王见了,又忆起云山,不禁泪下。徐道:"自南王薨后,其家属渺无音耗。今得其子一见,亦云幸矣。"冯兆炳道:"自从家父入广西起事,余即隐居不出;奈为仇家所侦,致被暴官肆逆,故逃至此。今坟墓已被清兵发掘去了。"说罢大哭。洪天王道:"吾兵所到之处,一草一木,不敢毁伤。今彼如此残忍耶?"各人听了,亦为之愤恨。钱江道:"广东现在景象,究竟若何?"冯兆炳道:"有陈开佛山起事:用经堂寺能禅师为军师,聚众数十万。惜无纪律,又好杀戮,故乡团均与为难。恐亦不能持久也。"钱江闻而叹道:"陈开固人杰。惜不听仆言,乃至于此。"天王便问何故,钱江便把从前在广东充发时,一路上与陈开问答的话,一一说知天王。天王道:"迄今派人相助他们何如?"钱江道:"用兵如弈棋,一着之差,则全局皆乱矣,必不能以药救也。然陈开非背某言者,必聚众过多,不能久持耳。今失一大机会,甚可惜也。"天王听罢,亦为叹息。令冯兆炳回安庆,助韦昌辉驻守,立令大军人速起程。一路行来,秋毫无犯,直抵金陵。钱江大喜道:"一路并无守御,陆建瀛真木偶。清廷用此人总督两江，安得不败乎！吾此次缓缓行者，惧彼以逸待劳，为害不浅。今若此，真出吾意料之外矣。"乃令押张彦良来，令之回金陵。行时嘱道："吾念陆建瀛一路不设守备，故放汝回去。汝归语建瀛：吾于金陵已伏十万大兵。若不以金陵相送，城破兵临之时，必不相饶矣。"彦良拜谢而去。天王便欲立攻金陵。钱江道："金陵坚固，与别处不同，务宜谨慎。盖大事成败，在此一举矣。"便在仪凤门外，筑栅垒三十六座；就架起所得西洋大炮，准备攻城；另筑各营，都用水墙遮蔽，又顶通水道，以防断水；又令大张声势，遍树旌旗，以惊动城里人心。连营数十里，夜里灯火光耀，如同白日。钱江复对天王奏道："向荣驻军上流，须遣一能事者压之，吾方好专事于金陵也。"即令李世贤，以一军阻绝向荣来路。钱江又道："太平府为金陵屏护，此城守兵不多，吾得之则破金陵更易矣。"便令石达开往取太平府。石达开道："太平府在吾掌中。但兵多则指日可下，兵少则稍费时日耳。"天王使问需兵数多少，达开道："五千不多，二千不少。"天王听罢，心中猜疑。钱江道："当以五千与之。翼王必有主意。两日内必有捷音报到矣。"天王从之。众将以取一太平府，用兵五千，皆以为非。达开诈作不问。即令军士，皆加一倍旗帜，立刻起程，速趋太平府。

那时太平清知府李思齐，不意石达开骤至，一惊非小；金陵又无救兵，又听得洪军势大，一时手足无措。计点城内残弱兵士，只二三千人，急登城楼一望，见石军云屯风卷，计其旌旗，足有十万兵之数。登时吓得胆破。面色青黄，大叫一声，倒在城上而死。城内清兵，一时慌乱。石达开情知城中有变，乘势攻之。城内清兵不能抵敌，只得开城投降。达开取了太平府，一时捷音报到天王帐里，前后不过二十四个时辰。众人听了皆为失色。少时达开部署已定，回见天王。天王问以多取之故，达开道："吾军行时，已听得清知府李思齐递禀请开缺去位，势吓之，敌易取也。"天王道："众人皆疑贤弟，惟先生独信之耳。"钱江道："太平府已定，吾有一计，可以助攻金陵也。"便附耳向石达开，说称如此如此。达开会意，即回转太平府。立下一令：诡称寺僧泄漏军情，要尽把僧人驱逐；如三天之内，不逃出境外者，当治以死罪。于是僧人纷纷逃走。达开大喜，就以本军一千人，亦扮作僧人逃走。是时僧人无处可逃，只有金陵最近，皆望金陵而来。石军所扮的僧人，亦望金陵而来。清军原重佛教，故最重僧人。那陆建瀛又最好佛的，听得僧人逃来，皆令开门纳入。无奈僧人来的源源不绝。陆建瀛深恐僧人被害，即令开门，一概接进。因此石达开所扮的军士，已全数藏在城里。

次日天未大明，忽报石达开全军到了，陆建瀛急令闭门守御。一时警报四到：东路林彩新攻来，南路石达开攻来。陆建瀛手足无措，急差人到向荣处求救。城里人心惶乱。那石军所扮的和尚，又在城里呼天叫地，摇动人心。忽然轰的响的一声，西城崩陷数十丈。却是钱江预挖地道，埋药发炸起来，守城清兵一齐逃窜，都望第二重城守奔来。林彩新、石达开两路，一并奋力齐攻，已攻进第二重城里去。那金陵城池坚固，自第一重城隔第二重城相去十余里。石达开下令：奋力追赶，休叫清兵在第二重城，得完守备。第一重城里沿途各铺户，皆香花供迎洪军。那时署将军都兴阿，见人心已失，陆建瀛又不济事，只得率旗兵登城守御。谁知林、石两军，已直趋内城。军士打着洪军的旗号，由西路而至，把城池围得水泄不通。陆建瀛只在衙里念佛，日望向荣救兵不至。谁想向荣接得取救文书，恐带兵进城，其势愈孤，且使洪军毫无内顾之忧，实非良策。故先把此意复知陆建瀛。随令兵望洪军大营攻去。不料几番冲突，都被李世贤阻当，不能得进。李世贤又因得了钱江的将令，只图把守险要，并不出战。向荣无法，乃仰天叹道："彼智在吾先也。"乃差人报知陆建瀛。那时向荣营里，凡接求救的文书，雪片相似，向荣进退两难。钱江仍恐李世贤有失，再拨精兵五千，前来助守。向荣知不能济事。

是时金陵城里，家家惊惶，闭门不出，已有十余日。那日挨到夜分，只见一般和尚数千百名，披袈裟，执度牒，在南门城里，作惊惶逃窜之状。都统富明阿方用好言劝慰，不提防石达开攻城紧急之时，看看城已近陷，城内和尚，忽然拔出短枪，出其不意，杀散守城兵士，放开城门，引石军进来。富明阿大惊，领残败兵士，策马而逃。石达开急令道："宜蹑后追之。若被他再进第三重城，则更费时日矣。"果然军士一声得令，奋勇来追。富明阿奔近第三重城时，闭门已不及了，竟被石军乘势猛扑进去。陆建瀛知不能挽救，急弃城而遁，众官吏逃走一空。洪军遂进了金陵。管教：

   剧战三年，先定偏安之局；
   戡定半壁，复回正统之基。

要知后事如何，且听下回分解。

第二十五回

李秀成平定南康城　杨秀清败走武昌府

话说石达开乘清都统富明阿退时,随后攻进金陵城,城里关闭不及,洪军已大队拥进。都统富明阿仓皇奔到督衙,只见陆建瀛还跪在大堂,对佛像焚香念佛。富明阿大怒道:"作城里奸细的,乃和尚也!大人还欲求助于无知之佛像那?"陆建瀛听罢,吃了一惊,急问道:"军情现在怎地?"富明阿道:"金陵已为敌有矣,罪在执政。或降或死,惟公自择。"说罢欲走。陆建瀛即牵富阿明衣,问道:"今尚可逃乎?子必救我。"正说话间,忽闻军声渐近,城内人民,都唤天叫地的,陆建瀛早已心慌,即带了爱妾张氏,随富明阿逃出衙门之外,正遇张彦良逃回,乃并同走。只见无数居民纷纷逃走,有认得陆建瀛的,就指着骂道:"断送两江土地者,即此人也。"富明阿谓陆建瀛道:"公闻之否?"陆建瀛满面羞惭,随答道:"某亦知死难者,人臣之分也。子能责吾,何不自责,乃相逼何甚耶?"富明阿道:"军权在谁,即谁为罪首。今江南已失,大势已去尽矣。"说罢恸哭不已。陆建瀛不能答。只杂在乱军中,望北门而逃。

是时洪军已大半入金陵,向荣又被李世贤牵住,不能相救;又恐全军俱败,只望丹阳逃走。不多时陆建瀛奔到,向荣掩面大哭道:"诚不意在此处与相公相见也。"陆建瀛听了,仍委于军士守城不力。向荣道:"三军之令,乃系于元帅。向某虽遭屡败,实不敢委罪于军士也!独惜金陵城池坚固,守不及两旬,遂至于此,吾辈复有何面目见人哉?"陆建瀛自知不能委卸,惟有俯首而哭。少时将军都兴阿,都统富明阿,提督余万清,藩司李本仁,先后奔至,各诉兵败之事。向荣道:"为今之计,目下料不能恢复城池,不如暂退守丹阳驻屯。一面飞奏朝廷,请饬湖南、河南一齐进战,使彼首尾不能相顾,则河东或可恢复耳。"李本仁道:"向者之败,皆由以一路孤军对敌;而别路统兵大员,又观望不进:如琦善、徐广缙之徒,能以一师之兵,绕攻湖北,敌军未必能安然直下江南也。"向荣道:"此论甚是。但金陵城池坚固,实为十八省之冠,竟使洪军唾手而得,某罪大矣。"说罢大哭,诸将无不下泪。陆建瀛只是低头不语。向荣就立刻奏报清廷,传令退入丹阳而去。

且说洪军自进了金陵城后,计获洋枪二万余杆,白银六十万,粮食无数,降投军士三万有余,威信大振。附近州县,皆来悦服。时天国太平三年,即清咸丰三年。洪天王即传榜四处,告以光复大义,并安民心。一面加封官爵:以相国、军师、靖国王钱江兼大司马;以刘状元为秘书总监。令东王杨秀清、翼王石达开,假节钺,得专征伐。又征集贤良,凡不为满清所用,有一才一艺者,皆聘为从事。以鉴于萧王妃下镇江之事,知才女不可轻弃,遂设立女官,以洪宣娇、萧三娘为指挥使,更定制度。因江南连年苦于征役,传旨发帑,赈济人民;并减免两年粮税,国内大悦。各事甫定,忽接武昌驻守官奏报,知地官丞相胡以晃病故。天王哭道:"胡丞相与朕奔驰于患难之中,今中道先殂,岂不哀哉!"即传旨赐恤甚厚;迁李秀成为地官丞相,陈玉成、李世贤皆为副丞相,余外进秩有差。于是修故明宫殿为王宫,首谒明太祖寝陵而祭之曰:

不肖子孙洪秀全率领皇汉天国百官，谨祭于吾皇之灵曰：昔以汉族不幸，皇纲复坠；乱臣贼子，皆引虎迎狼，以危中国。遂使大地陆沉，中原板荡，朝堂之地，行省之间，非复吾有。异族因得以盘踞。灵秀之胄，杂以腥膻；种族沦亡，二百年矣。不肖秀全，自维凉薄，不及早除异类，慰我先灵。今藉吾皇在天之灵，默为呵护，群臣用命，百姓归心；东南各省，次第收复。谨依吾皇遗烈，定鼎金陵，不肖秀全，何敢居功。自以体吾皇之用心，与天下付托之重，东南既定，指日北征，驱除异族；还我神州。上慰吾皇在天之灵，下解百姓倒悬之急，秀全等不敢不勉也！敢告。

祭罢再布中外：宣明复国之故。时外人有旅居上海者，见洪秀全政治，井井有条，甚为叹服。有美国人到南京谒见洪秀全，亦见其政治与西国暗合，乃叹道："此自有中国以来，第一人也。"遂请秀全遣使入美国，共通和好。秀全道："此事甚合朕意，如贵国官民到此，吾当优礼相待。惟吾国旅居贵国者，亦请贵国一视同仁可也。"美人听得此请，为之大惊，急唯唯应命。秀全便遣其弟洪仁玕，为出使美国大臣。兹把国书呈递美总统观看。那国书内云：

　　大汉天国天王洪秀全，敬问大美国民主安好：敝国亡于满人，二百年矣。今我国民奋兴，贵国独立之义：谋复宗社。幸得人民响应，东南各省，次第戡定。建立太平天国。特派朕弟仁玕，出使贵国。此后贵国与敝国共敦和好，共保侨民。互相兴商，造世界和平之福。朕有厚望焉！

下书天国太平三年，并盖御印。美民主见了洪秀全的举动，深合文明政体，不胜惊异，亦遣使来报聘。自此两国共通和好，以后宫殿落成，行升御礼，天王勤求政治，每天分辰午两次，君臣共议大事。议事时，诸臣皆有坐位，扫去一人独尊的习气。其有请见论事者，一体官民，皆免拜跪。内中左殿名求贤殿，右殿名勤政殿。右殿有联文题云：

> 虎贲三千，直扫幽燕之地；
> 龙飞九五，重开尧舜之天。

左殿有联文题云：

> 拨妖雾而见青天，重整大明新气象；
> 扫蛮氛以光祖国，挽回汉室旧江山。

规模既定，即商议各路进兵。即日大集群臣会议，独是钱江未至，天王深以为异。即使人往寻钱江。原来钱江不欲东王执掌重权，每欲除之；奈当时东王羽党日盛，一旦除之，诚恐有变；且东王虽有异心，但反状未明，即除之，亦不足服人心。况当日天下，尚未全定，若内乱自兴，关系甚重，故隐忍不发。今见定了南京后，天王又予东王得专征伐，是时东王权柄愈重。钱江心中，益增忧虑。因此托病不出。

当下天王使人往请钱江，所使的不是别人，正是北王韦昌辉，那韦昌辉既领天王之命，正欲起行，石达开道："某下愿与北王同往。"天王许之。石、韦两人，一路行来。石达开知钱江的用意，欲于路上探韦昌辉的意见，特用言试之："公知钱江先生不出之意否？"韦昌辉道："未也。想无别故。前者岳州改元时，亦是如此，料不是故意要君；或者适逢有病耳。"石达开道："非也，他惧我兵权过重也。见天王予弟以得专征伐，彼因不满意，或者有之。"韦昌辉道："公休戏我。先生与足下，实为知心，岂有相疑。若疑公等兵权过重，恐所疑在东王，而不在足下也。"达开仍诈作不知，复说道："东王乃是同体一事的人，军师疑他则甚？"昌辉道："东王素性跋扈，惧难制耳。"达开道："若然，又将奈何？"韦昌辉道："军师非愚者；东王一日不去，后患一日不能免。既是如此，免贻后患。"达开道："自冯云山、萧朝贵殁后，天王所同事最早者就是东王。近以兄弟之情，更有翁婿之分，虽欲杀之，而天王不从，想亦难行也。"昌辉道："公好多心！为国家计，即不能为情面计。此事吾能任之。若机局不定，不由天王不从。"石达开听罢，默然、不觉到了军师府。先令守府的传进里面去。

军师在府堂，早知两人来意，即令请。钱江见韦昌辉面色含怒意，即说道："两位枉顾，有何见谕？"昌辉道："承天王命，请军师入朝议事。"钱江道："吾已知此，适有小恙，未能至此耳。"达开听得，恐韦昌辉谈及路上所议之事，以目止之。奈昌辉不顾。即攘臂说道："军师有何病？想为区区杨竖子耳！彼何足道？如有不善，当即图之，毋使噬脐也。"钱江大惊道："我无此心，将军何出此言？"韦昌辉愤然道："彼才略有限，而妄自尊大，杨竖子诚不足与谋。今若不图，后悔无及矣！"钱江道："耳目甚广，请将军低声。"韦昌辉道："除一竖子，一夫力耳，公何怯那！某当请令助守汉阳以谋之。将来必有以报命。"说罢悻悻而出。钱江顿足为石达开道："东王诚可杀，但尚非其时。谁以吾意告他者，此人必误我大事。"石达开道："弟以言相试则有之；以情实告则未也。"钱江道："吾当与公趋进朝，以定大计。将军为我晓以大势，暂止北王可乎？"石达开道："此事断不辱命，愿军师放心。"钱江遂急整衣冠，与石达开并驱入朝。

当下洪天王见钱江同石达开齐至，即离坐起迎。钱江上前，免冠奏道："大王勿如此相迎。恐千载下，以臣弟为要君矣。"洪天王方才坐下，随又令各大臣坐下。天王道："一日不见先生，如失了左右手。今金陵已定，朕纵有不德，亦望以天下为重。"石达开道："先生无怨望之心，大王不可作过情之语。恐宵小之离间，从此生矣。"刘状元道："翼王之言，深悉大体，愿大王听之。"天王道："朕言过矣。诚爱先生甚切，故不自觉也。"钱江流涕道："臣以鄙陋，得言听计从；外结君臣，内联兄弟。方愿始终一德，生死以之，故无日不以国家为念。适因小恙，故未趋朝耳，大王万勿思疑。"天王道："朕并无疑心。正以京陵方定，国家大事，愿先生有以教之耳。"钱江道："臣计已定，恐大王不能行耳。臣固注重北京，而缓视南部。昔日之留重兵以守汉阳者，不过惧清兵之绕吾后也，今当派人另守武昌，先撤汉阳之众，使东王直趋汴梁；再撤回李秀成，以固金陵根本，而吾当倾国之众，以趋山东，与东王会合，以临北京。趁向荣穷蹙之时，必势如破竹；北京一定，不忧各行省不附也。大王若用此言，则中国之兴，固在今日；著迟疑不决，则噬脐之患，亦在今日。唯大王决之。"天王不愿轻舍武昌，沉吟未语。钱江亦知天王之意，遂又问道："臣弟此言，大王究有何疑？"天王道："朕料琦善无用之辈，未必便下武昌；东王仅当湘军一面，武昌未必便危。先生何为弃之？"钱江道："大王料琦善不进，岂能料清廷必不另易他人乎？且琦善之不进，惧不敌耳。若见湘军稍为得手，彼将乘势争功，小人行事，往往如此。武昌四战之地，必不能当四面之冲也。若江西一省，今不为吾有，久亦必为吾有。李秀成世之虎将，岂宜置之闲散之地？昔之使李秀成下九江者，不过以九江为数省通衢，拒之可免清兵接应，我方好专事于金陵耳。"天王又道："舍此之外，还有他策否？"钱江道："臣固知大王不能行也。大王舍去已定之城池，而攻未得之地，以为不可；不知行军之道，全在攻其不备，臣知北京守御尚空，故力持此议。过此以往，则非臣所敢知也。天王若问别计，则方才所陈，自是上策；若增兵助汉阳之守，另分兵入汴梁，派一能事者以趋山东，则为中策；抚定江苏、闽、浙，由江西再出湖南，以牵曾国藩、胡林翼之后，以固吾根本，此为下策。若迟疑不决，亡无日矣。"天王道："先生上计太速，下计又缓，不如依中计而行。朕今有主意矣。"于是各人一齐退朝。石达开密为钱江道："先生使东王进汴梁者何意？"钱江道："东王久后必怀异志，他亦守汉阳不住；不如使攻琦善，究易得手。若北京既定，彼虽欲反，亦无能为矣。彼若回金陵，实养虎为患。"石达开亦以为然。次日，天王即令谭绍洸移兵助守武昌，以代胡以晃；又令李开芳领兵二万，前往汉阳，以助杨秀清。一面令韦昌辉安抚江苏各省；复拜林凤翔老将为平北大都统，训练人马，以专候北伐。钱江、刘状元两人，整理内政。并驰令李秀成进兵。钱江闻而叹曰："林凤翔虽一时名将，然临时应变，万不及李秀成。北伐之责任，其重大百倍于南征，何天王用人一旦如是颠倒耶！"不禁为之叹息。自此钱江已渐渐灰心，颇为抑郁。

话分两头。且说李秀成接到进兵南征之令，时正值用饭，恰吃一大惊，不觉投箸于地。左右见此情形，急问道："将军于千军万马之中，未曾惊恐，今闻进兵之令，却如此失意何也？"李秀成道："吾料钱江军师令吾攻九江者，不过据此数省通衢，一来隔绝清人消息，二来免被清兵由江西绕吾后也。今金陵既定，只望召回京，会同北伐，则天下不难定也。今忽然令本军南下，实出吾意料之外矣。不知军师何以如此失算。"左右听后，都点头称是。秀成忽又转念道："难道军师自有妙算，欲自行北伐，故使某力攻南部，以牵清军耶？"想罢，犹疑不决。只得传令大小三军，留林启荣守九江，自拔队起程，将近南康下寨。

时知府李续宜，字希庵，乃湖南乡湘人氏，为李续宾之弟。同为罗泽南弟子，向隶胡林翼军中。因曾立战功，林翼奏保独当一面。适因事赴端州曾国藩大营，旋以九江告警，乃驰守南康。闻李秀成兵到，即与提督余万清商议。余万清道："秀成一旅之师，何足畏惧，吾当亲自取之。"李续宜道："秀成枭雄也。彼入驻九江不进，今忽然至此，不动声息，已抵城下。进如电，驻如山，此将才不可轻视。不如固守南康要道，然后赴端州报知曾营，合兵应敌，庶乎有济。不然，南康一失，则东至饶州，西至武宁，非复国家所有。彼将下鄱阳湖，屯水师以临省会，即南昌亦危矣。请军门思之！"余万清笑道："吾军当屡败之后，正要收功，若偏师不能抵敌，安望敌被全军耶？"遂不听李续宜之谏，自领军出城而去。李续宜道："公既要去，某愿守城。

倘有缓急,可为后应。"余万清道:"如此,则吾军兵力转单矣!君怀二心耶,何故如此?"李续宜无奈,亦领兵随后出城。

李秀成见清兵已出,即传令退十里下寨,左右不解其意。及两阵对圆,秀成即挥书使人驰报余万清道:"今不用再战,汝军已败,安有孤城出屯之兵法乎。"余万清看罢大怒,以为李秀成之戏己也,即传令进兵。忽流星马飞报祸事:说称南康后路城池,已被敌人攻陷去了。原来李秀成未出军之前,先令数十军士,扮作土民,侦探小路;预伏一小队于城后。乘清军俱出时,乘机用药发城垣,因此攻入南康。当下余万清听得这点消息,已魂不附体。方欲退时,李秀成督兵拥至,清兵无心恋战。李秀成如入无人之境,杀得尸横遍野,血流成河。清兵直望南昌而逃。李秀成全不费力,已拔了南康城。那余万清、李续宜,既不能奔入南康,李秀成亦不能追赶。先出安民告示,次第收复汝宁、饶州各郡县,飞报水师,请拨水师入鄱阳湖,准备水陆并进,为攻南昌省城之计。忽接前途闻报,因汉阳紧急,南康之兵一去,要出绕岳州,以截曾、胡两军之后。秀成听得,暗忖汉阳兵力不弱,何以如此紧急。且下南康之兵,岂不前功尽弃?一面令部将伍员文,领兵五千人入岳州,以壮汉阳声势;自领本军,为窥取南昌之计,不在话下。

且说杨秀清自从领了汉阳之命,奈心怀叵测,只恐钱江为天王所用,自己不能独行大志,故诸事多梗钱江之议。同僚进谏,每多不从。是以胡以晃在武昌时,因咯血病故。那日东王听得谭绍洸领守武昌,不觉大怒。又以为天王只顾金陵,不顾汉阳,将陷自己于危地也。愤怒间每形于色。因思可以对敌钱江者,只有李秀成一人,遂欲羁縻之。乃力保为地官丞相,盖欲结李秀成之心也。秀成亦知其意,并不向杨秀清致谢,因此秀清亦怒李秀成。但不敢明责之,殆亦虑秀成辅天王之意。杨秀清是时,只顾经营一身大事,对于汉阳军情,不甚留意。

当时清国咸丰帝，以先后所用之满大臣，如赛尚阿、琦善等，皆不能得力；主意专用汉臣：日前以江忠源为安徽巡抚，以胡林翼为湖北布政、兼署巡抚，又恐汉臣或有异志，因复以官文调任鄂督，名为助手，实是监督一般。此时清国各军，多以光复武昌为急务。内中曾国藩以湘团出境，先欲截九江要道，暂驻端州，兼援应湘鄂；官文驻军荆州；故林翼亦已到岳州地面。这三路人马，至少亦有一万八千。秀清到此，始有几分害怕。只得把争位之事，暂且按下，要商量应敌。故每日文书，如雪片飞到金陵，日盼救兵不至。只听得谭绍洸带兵到武昌助守，而汉阳急迫之际，尚无增兵消息，杨秀清大以为虑。

　　是时清兵已四面将抵汉阳。部将汪有为进道："汉阳守兵有五六万之众，可以一战，何必多惧？"秀清道："所虑者，秀清不能挡数面之众耳。吾欲拨武昌守兵，前来助战，尊意以为如何？"汪有为道："琦善倘若乘机而袭武昌，则两地俱危矣！不如固守为上。"杨辅清奋然道："拥五万之众，而不能一战，是示人以弱也。不如你们固守城池，吾领兵独当胡林翼之众。战如不胜，再退未晚。"杨秀清从之：遂使辅清领兵二万，出南门驻守，专候清兵。杨秀清即自固守城池，不在话下。

　　且说胡林翼，领清兵到汉阳城外，约二十里扎下大营。一面打听官文何时进兵，志在会合齐进。谁想官文部下，皆是民丁，疲弱无用。虽有四五千之众，不能济事。故亦打听胡林翼何如举动，再定行止。时胡林翼方飞书知会官文进兵，自却与杨辅清开战。忽听得杨辅清人马二万有余，心上转吃一惊。暗忖彼军乃乘胜之师，清兵原属屡败之众，深恐军心有怯，因而不敌，不免委决不下。随接得官文回复，约定起兵时限。胡林翼即又知照曾国藩，将救江西之兵折回，遥为欲攻武昌之势，以为声援；遂拔寨来攻杨辅清。

　　当下杨辅清知胡军已到，忙令准备接战。忽杨秀清飞报专差道："清将官文一军已直攻汉阳，曾国藩现欲攻武昌，李续宾亦有回武昌之说。因此已调谭绍洸新军，堵御曾国藩矣。"并嘱杨辅清勿得轻出。那杨辅清自忖道："曾国藩一路有谭绍洸抵御，可以无忧。若官文些小人马，何足以下汉阳。我军若能退得胡林翼，则清军三路，皆为粉碎矣。"遂决意开仗。不提防军未成列，胡军已直压前：先令部将李孟群、张运兰先进。杨辅清急令人压住阵角，一面调拨三军成列。胡林翼望见杨辅清军中，烟尘纷起，乃大笑道："彼不料吾军猝至，今直移兵成列也。彼真呆子，吾破之必矣。"说罢，即令军士再进。皆大呼道："汝武昌已被曾军袭破矣，无家可归，尚欲何为？今降者免死。"当时天国兵听得此言，未知是真是假，一时慌乱。李孟群、张运兰乘势猛攻，弹如雨下。杨辅清大惊，即令军还枪混战。奈全无队伍，各军士又听得谣传武昌失守之说，皆无心恋战。杨辅清欲鼓励三军，便驰马当下督战，冒烟突火，反扑胡林翼军中。胡军纷纷退后。部将曾国葆大怒，立杀数十人，并呼道："前军已得胜矣，中军有退者俱斩。"军士听得，皆回头奋战，反把杨辅清困在垓心。那杨辅清全无惧怯，竟领亲兵杀入重围，望后路而走。部将春魁、汪有为，皆受重伤。及回至大营，原来已被胡林翼攻破了后路，曾国葆、张运兰正迫得紧急。胡林翼一支军从斜刺里又杀入，把杨军截做两段。杨辅清不暇兼顾。又恐为清兵乘势杀进，不敢奔回汉阳，只望武昌而逃。

忽前路一彪人马截住去路：乃曾国藩部将罗泽南。奉将令把守汉阳、武昌往来要路。杨辅清欲夺路而走。罗泽南把人马一字儿排开，杨辅清不能得脱。两军混战。少时李孟群亦到，杨辅清大败。正在危急之际，忽李孟群后军自乱，人马纷纷乱窜。原来天国大将伍贵文，奉李秀成之令，正领军由南康赶到。出其不意，杀败李孟群一阵，杨辅清乘势杀出，幸得水师营将官苏招生、吴文彩，接过武昌去了。此时杨秀清已知辅清大败，奈被吴文熔牵制汉阳，不能相救。不多时胡林翼亦追到城下，炮火喧天，喊声震地，都望汉阳攻来。杨秀清即奋然率督诸将，死力相持。奈清军自屡败之后，得此一胜，大为奋勇。

秀清料不能固守，急飞调武昌守兵来救：秦日纲在武昌得知，即令冯云山子冯兆炳领兵六千，来救护汉阳。惟隔于罗泽南驻扎之路，不能过要道。杨秀清望救兵不至，挨到第三天，人马困乏。清兵复分三路来攻。看看东南城角将陷，秀清即令大将李开芳、神将洪容海、萧羽，一头修理，一头抵御。谁想枪声响处，萧羽已中弹倒在城上。血肉相薄，胡林翼与曾国葆，即督兵踏肉林而进。洪容海军早退下来。胡军直入，皆不能抵当。秀清听得东南角陷，忙令人将仓库器械尽行焚烧，一连烧了几个火头。然后领军弃去汉阳，望武昌而去。管教：

  光复城池，转瞬再变裘羶之地；
  庄严土地，瞥眼竟成瓦砾之场。

要知后事如何，再听下回分解。

第二十六回

攻岳州智劫胡林翼　入庐郡赚斩江忠源

话说杨秀清先将粮草器械，纵火焚烧，随领军士弃城而遁。胡林翼遂进了汉阳。可怜一座庄严华丽的城池，成了一片焦土。那些居民，死的死，逃的逃。胡林翼到时，只是一座空城。先令军士将各处火势扑灭，整整三日夜，方才救息。立即出示：招回居民复业。复一面飞报各处，说称克复汉阳。是时总督官文，都已进军城里，各自商议犒赏三军，再行商议进攻武昌。那清廷又因琦善身拥重兵，驻扎汴梁，观望不进，遂把琦善撤回；另用胜保继其后任，更添上吉林清兵五千人。那胜保亦是满人，为人虽无甚机谋，却是勇敢惯战，向在吉林一带，勘定内乱，也立过多少战功。故此特调来替琦善之任。

当时听胡林翼复了汉阳，遂大逞雄心，欲南下武昌以博功名。这时清国咸丰帝，又因洪天王以汉人谋复江山，故不敢用汉臣执掌大权。今日曾、胡各人，竟能竭力死战，乃慨然道："惟名与器，不可以假人。如今而后知汉臣真可用也。"遂论功行赏，以胡林翼补授湖南巡抚；部将李续宾，升授按察；李孟群亦升授道员；曾国葆又以知府用。各人感恩欢喜，遂立意谋攻武昌。这点消息，飞报李秀成耳朵里，即欲亲攻岳州，以截胡林翼之后路，兼绝清军粮道。遂大叫诸将听令，问谁愿守南康。部将赖文鸿进道："某愿当此任。但当定一期限，自必死力支持。如久，则不敢承命矣。"李秀成道："往十天，开仗三天，休兵两天，不过十五天足矣。"赖文鸿道："如此某不敢辞也。"李秀成大喜。即交割三千人马，令赖文鸿打着自己旗号，并令军中每日更换旗号，以示兵多。又嘱道："倘有清兵来攻，宜守不宜战。公但尽力；如十五天之外，失了城池，不干你事；若是十五天之内使南康失守，恐军法所在，休得多怨。"赖文鸿唯唯领诺。李秀成为打点人马，濒行时，谓诸将道："某之责任，全在江西；今移兵入岳州，实一时权宜之计。因金陵既定，如大举北伐，则弃武昌亦可也。若大兵未能北行，则武昌一失，必致江南震动。故吾必有以保之也。"诸将听了，无不拜服。秀成遂传令起程。果然夜行昼伏，人衔枚，马勒口，不数日不动声色，已抵岳州。

时官、胡二军，俱驻汉阳上流。曾国藩时亦遣塔齐布及参谋官李元度回援湖南。正到岳境，皆不料李秀成至，故全不以为意。且是时岳州地方，自清兵克复汉阳而后，直当太平无事，人民来往自如。那李秀成到时，早打听的清楚，先把兵马在山林四处埋伏。守到天明时分，传令分三路暗袭岳州。时城门正当开放时候，城里忽闻洪军大至，如从天而下还不知秀成从那路到来。清兵如梦初觉，人不及甲，马不及鞍，个个顾头失尾，不战自乱。李秀成先分军一半，在城外四门把守；另分一半入城，大呼降者免死。故清军不曾走漏一个。副将张元龙闻警，方欲鏖战，已死于乱军之中。李秀成尽降清军。急把四门复闭，城上仍留下清军旗帜，传令休得声张。搜检文报，不许走漏消息。一面抚慰三军，守到夜分，留下部将吉云龙守岳州城，亲领大队人马起程。用本军穿着降军号衣在前。另以本军一半，夹降军一半在后，乘夜望汉阳进发。正是逢山开路，遇水迭桥。到了汉阳，诡称岳州已被李秀成袭破，军士逃出，特奔来汉阳。

胡林翼听得，急传令将为首者引入；余外军士，皆留在城外。一面再传令紧守城门，不提防正筹拨间，东南城垣一带，轰天响的一声，城垣陷了数十丈。胡林翼大惊，即令分兵堵御。谁想李秀成人马，已乘着一股锐气杀入，势不能阻挡。时汉阳城里的人心，都因天国政治宽大，恩念洪家不已。今见秀成军到，皆呐喊助威，反作内应。胡林翼情知人心有变，无法可施。惟秀成军马已到，先将曾国葆及李续宾两支人马拦阻，然后直抢胡林翼中军。部将清总兵吴坤修，中弹受伤，望后先退，清军不战自乱。李秀成乘势猛攻，官文一军已先倒退出城外。胡军混战一会，不能得胜，只得弃城而遁。秀成已杀了一阵，清军分向东北两门逃走。李秀成进到城里，人民有见秀成的，皆呼万岁，甚至有用香花恭迎者，李秀成一一安慰。若见年老的人，反下马握手为礼，因此人心大服。秀成出榜安民之后，立即飞报杨秀清，并嘱竭力顾住北防，以免胜保南下；随又将克复汉阳的情形，奏报洪天王，并告以规汉阳为保全武昌，以免金陵震动之意；又谢擅离江西之罪。洪天王听得，以为李秀成胜钱江十倍也。实则钱江之意，全在即行北伐，故不甚注重武昌。在李秀成亦主张即行北伐，惟未经北伐之时，不愿使武昌俱危，以致江南震动。总而言之，钱江则坐而策万全；李秀成则见急而治标。观钱江兴王策，有内固江南根本一语，即同此意，使钱江处李秀成地位，亦必间道求复汉阳也。

话休烦絮。且说官文与胡林翼，自弃了汉阳，官文已退至荆州；胡林翼扎金口，退与彭玉麟水师为犄角，会同商议。胡林翼道："彼乘我不备，从后进攻，若塔齐布、李元度能慎谨将事，扼住东防一带，秀成未必便能得志也。"李孟群道："事至此矣，已属难说。今汉阳复失，秀成军势正盛，此处非可以久居之地。不如请曾军攻南康、九江，以牵制秀成；而吾军再增湘勇，会合胜保、江忠源，先攻武昌。秀成虽勇，岂有七头六臂，以应敌各路那？"胡林翼深以为然。一面知照曾国藩，督兵进南康、九江，并会合各路，议争武昌去。

话分两头。且说李秀成既克汉阳，部署既定，随报告杨秀清道：

"今虽幸复汉阳,然武昌此后益危矣。因清军不先得回武昌,实无下手之地,彼将会合以谋我。不可不慎。"秀清听得,自觉无主,惟心中益怒洪天王,不以武昌为意。只得把李秀成之议转达天王去了。秀成自报告东王之后,因想起与赖文鸿有十五日之约,到此已是期限,就移请谭绍洸领本军驻扎汉阳,自己却要回南康去。正要起程时,忽飞报加紧,传到洪大王号令:已派陈玉成征伐江西,却令杨秀清回金陵,而以李秀成坐镇武昌,兼保安庆,秀成得令,即渡江来见秀清。秀清道:"以将军驻此,可为得人矣。"便将兵符印信交割。秀成拜领之后,秀清巴不得早回金陵,要窥朝中举动。濒行时,秀成进道:"今日偏安之局,不可长恃;为我致语天王,早定北伐之计可也。"秀清道:"诚如足下之言,竖子不足谋事,某此行必有主意。"秀成听了,默然不答。盖深知秀清欲笼络自己,言下已露出篡位之意矣。慢表秀清回金陵去。

且说李秀成驻守武昌,另选五百机谋灵敏的军士,为窥事队,以探清军动静。那日听得胡林翼会争武昌之计,即对秦日纲说道:"官、胡两人败走,元气未易恢复。若能破庐州,先斩江忠源,则彼计败矣。"便问现任庐州清国知府是何人,日纲道:"闻是前任广东韶州知州胡元炜,自改省调任到此。将军问他有何缘故?"秀成道:"若是此人,吾计成矣。不消二十日,管取江忠源首级也。"秦日纲道:"江忠源久经战阵。钱军师以十万之众,仅能破之,恐未可轻敌。"秀成道:"钱军师若在时,今日用军安徽,已不知取了江忠源的首级几时矣!"秦日纲不解其意,秀成亦不明说。次日秀成亦检出钱江文札,摹其字迹,即用钱江名字,写了一书,遣人密地送到。

胡元炜看过备细,只道钱江确往武昌。念起昔日交情,曾在韶州相约,今日有令,如何不行,先把来书发付去了。随召从事徐彦议事。元炜向徐彦问道:"大丈夫生于乱世,为末世之先僚,与为开国之元勋孰胜?"徐彦道:"自然为开国元勋胜的。"胡元炜又问道:"大丈夫贵于名留竹帛。若尽忠于异族，与致身于本国，孰胜？"徐彦道："自然是致身于本国胜的。"胡元炜拍案道："子胡说耶？试问足下能作此言，何以屈留于此？"彦叹道："某不过委身于大人耳，并无官守，非尽忠于异族也。何独责我那？"元炜听罢大笑不止。徐彦已知其意，随又说道："某在此间，实非本志。今洪氏已得天下之半。吾等如居危幕，终非长策。不如乘此时机为洪氏效一点微劳，投去明君，离了暗主，尚不失为好男儿。某蒙大人相待以心腹，倘有用处，愿以死报。"元炜道："吾阅人多矣，惟足下是血性中人，且为心腹交，故以言相试。机会实不远矣。"说罢，对徐彦说如此如此，徐彦大喜。元炜又道："足下出入此间，曾见有人可以同谋者否？"徐彦道："此事非同小可。且明大义者，实不多见。若因其私愤而利用之，亦无不可。所见有守备陈树忠者，与弟莫逆，常对弟说：'他在将军部下，百战未曾落选，而绝无一次保举。'故口出怨言。容某探之，且看如何！"胡元炜点头称是，遣人密招陈树忠到来。诡称："江忠源有密令到此，将攻安庆，要我们尽起庐州之众为前部。我想庐州将寡兵微，自保不暇，安能出征？是直驱民于死地耳。某素知足下熟悉营伍，故特请来商议。"陈树忠道："竖子岂足与共事耶？"元炜又故问道："足下果以某为不足共事。奈弟深愿受教，幸勿过责。"陈树忠奋然道："某所谓不能共事者，非敢冒犯太守，实为江氏耳。吾出入生死，身又经百战，未蒙优保；今反使庐州军出战。败则庐州人民受苦；胜则彼安坐享其成。天下那有此理？吾将挂冠而去，决不为鄙夫所卖也。"元炜听罢，心里暗喜，故作惊道："某知足下是个足备谋勇之人，若舍官而去，似亦未得。"接着元炜又道："据足下之言，直是欲投洪军矣，如何使得，虽然，子豪杰士也，吾必成子之志，子但放心。"陈树忠便问计将安出，胡元炜叹道："吾之留住于此，亦有所谋耳。岂为屈膝于他人之下哉？夫抱亡国之恨，而甘为满人牛马，非丈夫也。"说罢，便把与钱江相约，及从前释放钱江的事，一一说知。陈树忠纳头拜道："太守所言是实，誓愿以死相助。"元炜道："岂敢相瞒。若能回头辅汉，其功不浅。"说到此处，才将李秀成摹钱江的文书，叫陈树忠一看。陈树忠看了，以手加额道："吾今日才脱出迷途耳。此事准可行也。"遂歃血为誓，共图忠源。胡元炜立即发付来信。

李秀成得了回书，不胜之喜。一面令秦日纲，督率诸将，镇守武昌；再令谭绍洸镇守汉阳，都不令出战。自日即亲自驰赴安庆，传令起兵，进攻庐州；即将消息通报知府胡元炜。元炜即与陈树忠计议停妥，即飞报江忠源，说称庐州紧急，要亲来救护，江忠源闻报之后，即与诸将计议。鲍超道："庐州忽然告急，其情可疑，元帅不宜遽动。别遣将先到庐州，察看情形，然后报告元帅定夺，较为妥当。"江忠源道："庐州官守受朝廷厚恩，岂有他虞？况洪军遍地，征东伐西，行踪飘忽，故庐州有此警信，亦未可定，似此不用思疑。且庐州居安庆上流，固敌人所必争。若有差失，关系甚重。某当亲走，足下可随后进发。待庐州既定，即乘势以下安庆，亦是一策。"鲍超不复多言，江忠源便决志起程。令族弟江忠义统兵三千先行，自领本军直望庐州而来。早得谍报，知洪军驻扎南城外之二十余里。江忠源道："果然敌军至矣，幸我早来一步，不然则庐州危矣。"遂先报知庐州官兵，说救兵将至，然后鲍超赶来援应。时胡元炜及陈树忠，知得江忠源已到，着人远迎，报称城内人心惶恐，速请进城，以资镇压。时李秀成正作攻城之势，江忠源闻报，乃火速进城。总兵傅本仁道："古未有救兵并同进城者，不特军势反孤，且恐事情多变。待某先进城里，元帅自为后继如何？"江忠源乃道："此言虽是，但城当危急之际，若不亲冒矢石，恐军心堕矣。此不可不戒也。"傅本仁不敢再语，江忠源遂督兵入城。

胡元炜先令陈树忠领大队，把守城门外，元炜亦故作守城之势。忠源进城后，胡元炜即迎到府衙坐定，先报告守御情形。江忠源即领兵亲自到城巡阅。却因连日疲劳，不觉在城楼内伏几假寐。适胡元炜巡至。见江忠源睡着，即假作掩袖而泣，左右问何故，元炜摇首叹道："此何时耶！三军方誓死，非为将者昼寝时也。"左右听得，皆为愤恨。胡元炜自回衙之后，随有哨弁多名到来求见。告称吾辈亲冒矢石，偏是江中丞如此安逸，吾等心实不甘。元炜问各弁属于何军，原来俱是陈树忠部下者。元炜会意，随怂恿各弁哨，说称："江帅如斯残暴，如斯好杀。"军心更愤，皆欲刺刀于江忠源之首。尔时江忠源仍不自知。睡醒时，只见守城兵士，交头接耳，忠源大愤，责以违律。立拿兵士十余名，各鞭数十。军心愈愤。陈树忠探得军心大变，即与元炜商议。元炜一面遣密人回复李秀成；即授计陈树忠如此如此。陈树忠听罢，即回营对军士说道："江忠源今将要我们出战，许胜不许败，败者即斩。试想洪军数十万，如何能敌，吾等不知死所矣。"军士听得，登时嚷乱起来。胡元炜即奔至城楼，面谒江忠源：怨恨陈树忠，恐累及元帅。请到府衙，然后议酌。江忠源听得，深恐有他故，即与总兵傅本仁、布政司刘豫珍，同登城楼。谁想陈树忠已引本营兵来到。只见军士纷叫道："不杀江忠源，不足以服人心。且城破之日，性命难保，不如投洪军去也。"说罢，军士纷拥上追来。江忠源大骇，陈树忠已自追到。忠源大骂道："吾何负于汝，却背我而从敌耶？"陈树忠亦骂道："汝身为主帅，赏罚不明，徒好鞭挞士卒。如某大小数十战，未常得一奖叙，今汝死期至矣，休复多言。"一时枪声齐响，江忠源已着枪，欲即自刎，左右皆持之，一仆负江忠源而走。行至水关桥，追兵已迫，忠源知不能脱，乃啮仆之耳及肩，仆痛甚，委忠源于地，又中数弹。忠源不能行动，乃奋投于古塘之桥而死。树忠即割江忠源首级，呼道："有不降者，皆以此为例。"于是军士无敢异言。计同时为洪军所戮者：藩司刘豫珍、李本仁，总兵傅本仁，池州知府陈源兖，同知邹汉勋，副将松安，参将戴文澜，马良芬，皆忠源部将也。江忠义扮作军士，奋力抢回忠源尸首而逃。元炜尽降其众。即令开城，迎李秀成进去。管教：

百战将军，死命难扶清社稷；

五城重地，从头再睹汉宫仪。

要知后事如何，且听下回分解。

第二十七回

李秀成二夺汉阳城　林凤翔大战扬州府

话说陈树忠领了密计,赚杀江忠源之后,胡元炜即开城接李秀成进去。秀成下马,握元炜手道:"非子则此城不易进也。"一到府衙,立即出榜安民。重赏胡、陈二将。胡元炜道:"某道是钱军师到此,原来是李丞相耶?"秀成笑道:"都为一国之事,何分彼此?吾必用钱先生名者,所以坚足下之信耳。"陈树忠要屠江忠源之尸,秀成道:"不可。彼各为其主,亦能战之忠臣也。吾甚敬之。"即令礼葬江忠源尸首。此时陈树忠以有杀江忠源之功,意颇自得。秀成不以为然。密问元炜道:"子看陈树忠若何?"元炜道:"望赏而后立功,其心不可用矣。"秀成道:"子言是矣!以功赏不及而杀主帅,为将者不亦难乎。"

一日陈树忠游出城外,随行只二三亲随,时已夕阳西下,四野无人。路经一小河,两边有些田亩,附近有些小山,林木颇盛。陈树忠正沿河上小桥而进,桥下泊一小艇;艇上三人,似渔父装束,披蓑戴笠,意甚自如。陈树忠不大留意。过桥之后,约数十步,忽听后面枪声乱发。陈树忠大惊!视亲随的二三人,已倒在地上。树忠急大呼道:"我陈树忠也。谁听谗言,敢能杀我?"一声未绝,前路一人已拥至面前,大声喝道:"吾就是杀陈树忠者。我乃江帅亲军李畴也。"说时迟,那时快,枪声响处,已击倒陈树忠下马。少时艇内那三人,都一跃登岸。陈树忠知不是头路,急弃马而逃。那数人不舍,仍紧追来。都说道:"不杀卖主贼,誓不干休。"树忠心慌,急躲入树林里面。随后数人赶到,陈树忠手无寸铁,逃避不及,胸中早中了一颗弹子,登时毙命。那数人既杀了陈树忠,就挖土泥,把陈树忠尸首埋住,正没人知道。

那日秀成正与元炜谈论树忠。忽城外军士报道:"适才陈树忠引了随从人等出城,他的随从,已被杀死在城外去了。凶手不知是谁,惟陈树忠不知往何处去了?"秀成听得,明知是有些缘故。因陈树忠杀了江忠源,实在是不义,一定仇家把他杀了的,定可无疑。这样人借他人之手除去,亦是美事。只得循例出了赏格,名是追寻凶手,实则并不追问了。

且说江忠源死后,文自藩臬以下,武自参、镇以下,为满洲殉难的,倒也有一百余人。自此役后,清兵大力震动。清鄂抚胡林翼,便檄提督鲍超,与总兵邓绍良往救庐州。曾国藩又檄忠源旧部,广西臬司刘长佑,湖北道江忠浚,同赴庐州救援。各路人马,声势颇大。秀成听得消息,忙令城中内外,俱偃旗息鼓,休得乱动。左右不解其意,只得自去准备。秀成即令胡元炜与诸将守城,并嘱元炜道:"庐州所必争。然众寡不足虑也。鲍军由池州而来,计当先至,江、刘三军由湖北而下,必取道宿松而进,为期尚迟。若破鲍军,则刘长佑、江忠浚俱退矣。"便引三千人马,离城千余里,拣林深处埋伏。果见鲍军如风驰电卷,望庐州而来。秀成在高处,看得亲切:先叫军士休要声张,任鲍军过去,看他如何举动,然后截出,不得违令。

是时鲍超一路行来,与邓总兵商议攻城之计,邓绍良道:"江帅遗爱在人。且洪军初得庐州,众心未定;急行攻城,克服诚不难也。"鲍超深以为然。直抵庐州,忽见四处偃旗息鼓,绝无动静。鲍超传令不可遽动。挨至夜分，仍无消息，鲍超心下愈疑。忽到三更时分，城楼上喊声喧天，鼓声震地，城里亦呐喊助威。鲍军在梦中惊觉，只道洪军杀至，赶忙准备。不意候了许久，毫无动静。及交四更，复闻呐喊之声。鲍军惊起，如是者数次，扰得鲍军终夜不眠。次早邓绍良力主攻城；鲍超惧秀成有计，不敢造次。传令先退十里，再行计较。正退时，前面喊声又起，鲍军大惊：见两边树林丛杂，愈加心慌。忽然树林里，天国兵纷纷杀出，现出李秀成旗号。鲍超惊道："吾中计矣。"急令军士分头混战。谁想李秀成军士养精蓄锐，进时如排山倒海，清兵不能抵御，反被洪军困住。鲍超督率军士，奋力冲出，洪军不能抵当，才退去一角，鲍超冲出回头，见邓绍良尚被困住，复大喝一声，督兵攻回，救出邓兵大半。于是鲍军在前，邓军在后，望东北路杀出来。忽一支人马拦住去路，正是李秀成。鲍军奋力混战。无奈邓军不得能脱，鲍军只得回头与邓军会合，然后杀出。一时李秀成军大至，把清兵四面围定。鲍超大怒，手挺洋枪，窥定秀成军中掌旗官轰击，应弹而倒。李军大乱，鲍超又冲出去。邓总兵亦出。只邓总兵部将戴文英、周天胜、储玖穷，俱死于乱军，降者大半。洪军大获胜仗。左右欲追赶鲍超，李秀成道："彼虎将也，追之未必全胜，且穷寇莫追。今既大捷，不如收兵，即移师防刘长佑、江忠浚可也。"

却说刘长佑、江忠浚将至庐州，听得鲍超、邓绍良大败，长佑道："敌人有备矣。"乃与忠浚一同退兵。秀成听得，即道："不出吾所料也。"就令元炜紧守庐州，并遗密函一封。又嘱道："吾去之后，鲍超必来争取庐州。盖庐州为安庆上流咽喉之地，清兵必欲争取安庆，以截我要路湖北交通要道，则必先取庐州；然后沿桐城闸以下安庆也。若是鲍超到来攻城之时，即拆开密函一看，自有计可以退鲍军矣。"胡元炜一一领诺。随又说道："今江忠源既死，鲍超虽然有勇，惟兵权不及忠源，自难领众。安庆可以无忧矣。"李秀成道："公立此心，庐州危矣；庐州若亡，安庆亦失。且鲍超行将重用，以清廷无人可用故也。此事不可托大，子必防之。"胡元炜唯唯拜服。秀成随即交割兵符，留三千精兵，十名健将，共守庐州。李秀成正欲行时，忽警报时到，说称胡林翼，又大犯汉阳，势甚危急；特请回救。秀成听得大骇，即先令部将洪容海，从间道驰回汉阳，转至谭绍洸紧守城池，不许出战。自己却沿安庆望汉阳进发，不在话下。

且说胡林翼自前次挫败退兵，遂日夜谋复汉阳，以为窥取武昌之计。分头派人打探李秀成举动。忽听得秀成已远征庐州，乃大喜道："秀成不在，吾复汉阳必矣。"乃增募兵，兼顾南北岸。先令副将王国才出攻纸坊，又令彭玉麟以水师攻蔡店，为左右道。纸坊、蔡店二处，敌人守兵不多，克复自易。若得此二处，吾进兵亦易矣。果然旬日之间：王国才攻破纸坊，彭玉麟亦攻破蔡店。林翼遂点军士三千人，沿唐角大别山亲攻汉阳围定。谭绍洸闻警，一面飞报武昌，请兵救援；一面竭力守御，以待李秀成救兵。

时曾国藩领湘军进攻九江，不能得手，便回军。以罗泽南、塔齐布会攻武昌，以为胡军声势，并断洪家救应之师，故此汉阳十分危急。谭绍洸不分昼夜，督将守御，以待李秀成救兵。惟武昌被清国塔、罗二将牵制，不能援应。且自彭玉麟攻破蔡店之后，尽断沿江铁索浮桥，故天国于武汉声气，反已隔绝。谭绍洸见汉阳危急，料不能守，忖知清兵用意，必由东北而进，即在东北里面埋伏药线，待清军进时发炸胡林翼，就缓了东北之围。谁想被胡林翼见了，以为如此紧急时候，偏缓守兵，其中必有缘故，但不料其埋伏炸药也。果然到了夜分，早将东北城攻陷，谭绍洸故作逃走之状，领军望西而去。胡林翼道："谭绍洸果退矣。"遂欲入城。忽念道："谭绍洸亦一员勇将，何以此次守城，忽然缓力，诚恐有诈。"便令前军先进。及至进军一半时，不想谭绍洸先伏在一处，并未出城。今见胡军已进，乃大喜道："吾计售矣。"急将药线发炸起来，轰天响的一声，胡林翼五千人，早有二千丧在城垣内外。胡林翼大骇，急欲再进时，只见谭绍洸挥军杀回。胡林翼督军奋力搏战，争奈众寡不敌。那谭绍洸正在得手，忽然南路城门告紧，原来骆秉章遣王开化一军，从岳州进逼汉阳，以应胡军。谭绍洸首尾不能相顾，乃叹道："吾力尽矣。汉阳有失，如之何？"正欲出走，忽见林翼人马，反退城外；谭绍洸不知何故，急登高向城外望去：只见上流一彪人马，如风驰电闪，从北而下，截击胡林翼，却打着李秀成的旗号。

原来李秀成料知清军进路，必锐攻东北两门，故沿武昌上流，直绕出汉阳之后，截击清军。胡林翼听得，只道李秀成人马是预先埋伏的，心恐中计，急令退兵，各路也一同退出。谭绍洸看得清楚，即回军杀出，清兵大败。三停人马，折了两停。都望岳州而退。李秀成到了，即与谭绍洸会合。一面令谭绍洸驻兵汉阳城外，阳作议取岳州之势，以阻曾国藩；一面整顿汉阳，修葺城垣，徐对谭绍洸说道："非将军，汉阳则失之久矣。某在庐州多延了两天，故至如此。此某之罪也。"遂奏报洪天王，甚称谭绍洸耐战，并请重赏之。

胡林翼在岳州城里，只剩一二千败残军士，已不能再进，惟有飞请长沙抚衙骆秉章，增发救兵而已。曾国藩见胡军已败，恐防有失，只得领罗泽南、塔齐布，撤去武昌之围，收军而去。

当下秀成克复了汉阳城，即移驻武昌，以为抵御曾国藩之计。今见曾军退去，并不追赶，只把庐州及汉阳两次战状，飞报洪天王那里。自己往来汉阳、武昌二郡，听候天王号令，再定行止。

偏是那时天国以金陵既定，各大臣主张权为憩息，以养军气。所以北伐之军，并未出发。今见武昌连胜，各将都有雄心，纷纷请出兵进取。洪天王即日大集诸臣，计议北伐。都一齐到了殿上。杨秀清进道："方今清军精锐，已聚于南部；北省地面，全属空虚。不过提一旅之师，征之足矣。"钱江即奏道："东王之言非也。兵以时聚，北方清军虽然少缺，但彼何难招募，亦不难改调。今为北伐计，非倾国之兵不可，若徒以一旅之师，恐一旦有失，谁从援救？必不可为也。"秀清又道："方今南方战事方殷，湖北地面常被清军窥向；而江西一路，亦被曾国藩牵制。若以大军北伐，恐根本未固，先已动摇，如何是好？"钱江道："以一李秀成，即足以支持湖北、安徽两省，则江南地面，非清军所容易摇动也。又何必多虑！"洪天王道："北京未定，中原一日不安；非以大兵临之，未易制敌。钱先生之言是也。"杨秀清又争道："恐金陵有失，如之奈何。以数年兵力得之，一旦有失，何以为家？愿大王参详为是！"天王不答。未几林凤翔进道："臣愿以一旅之师，沿扬州直进，以临城池，管取北京城池，双手奉献。"洪天王道："北伐事情重大，非朕亲征不可。将军虽勇，恐众寡不敌，殊非万全之策。"

是时你一言，我一语，互相争论，惟石达开低首不语。洪天王独问之。达开道："臣力不能独取北京，故不敢多言。如天王亲征时，臣弟随驾而往，否则非臣所敢知矣。"天王点头称善。只是纷纷议论，终未能决。钱江回后暗忖：今日所议的事情，好生重大，倘有差失，如何是好？只是天王虽然见得到，奈被杨秀清把持，必不能独行其志。正在踌躇，忽门下报道："石达开来谒。"钱江迎入坐定。达开先说道："先生看林凤翔之才若何？"钱江道："此勇将也，行军不可少之人。惟其喜功好胜，若以全军任之，使领军北伐，恐或误事。"石达开沉吟未答。忽报韦昌辉至。钱江令石达开暂避厢房里。随请韦昌辉进来问道："将军乘夜至此，必有事故？"韦昌辉道："先生见今天议事情形若何？"钱江故缓道："恐天王意尚未决也。"昌辉道："东王之意，欲身操北伐之权，若得燕京，彼将自为之计；又不敢独离金陵，故委之林凤翔。是以私意而误国家大事也。林凤翔若领大兵北行，必不能操胜算。先生将何以处之？"钱江道："待明日再议，然后定夺。"昌辉奋然道："今日之事，非杀东王不能了也。"钱江道："事未必济！彼罪情未露，杀之无名；且其党羽甚盛，将何以善后？将军请勿造次。"两人正说间，石达开在厢房里，忍耐不住，即跳出厅前笑道："你两人谋杀东王，吾当出首。"昌辉怒道："达开你如何说此，岂亦助他为虐耶？"钱江道："达开戏言耳，将军休怪！"说罢，大家仍复坐下。石达开道："此事关重大，先生当速行定夺。"钱江道："明日到殿上，如东王必欲以林凤翔当北伐之任，当以死力争之；不济，则惟有以大军为林凤翔后继耳。某观林凤翔为人，非偏助杨秀清者，但见识不及，甚为可惜。"韦昌辉道："既言如此，先生可随军北伐，策划机宜。即用林凤翔为前驱，未尝不可。先生以为然否？"钱江道："林凤翔资望不足。果不能力争，吾当亲率大兵随进也。"石、韦二人称善。

三人谈论，直至更深。石、韦二人并宿于钱江府中。越早起来，梳洗毕，忽报状元刘统监到，钱江忙请入里面。只见刘状元面色仓皇，钱江心知有异，忙问有何事故，刘统监道："先生如何不知？东王已令林凤翔统兵十万北征去也。"钱江听得大惊。便问天王之见若何，刘状元道："天王亦大以东王此举为不然。但窥其意，似无奈东王何者！"钱江叹道："误国者我也。若初进湖南时，听萧朝贵、冯云山之言，先除此人，必无今日之事。只今他党羽既盛，如何是好？"刘状元道："彼之党羽，多亦无用。即李开芳、林凤翔两将，亦不能制。但不知李秀成意见如何？"钱江道："秀成豪杰，岂助彼哉？不过东王徒以笼络之耳。今林凤翔既已起兵，待其先行；吾随天王兴兵继进。"各人议论一会，惟韦昌辉不发一言，先自辞出。少时，刘状元亦退。钱江密为石达开道："吾观韦昌辉色似有亦所举动，足下当默伺之，毋令成大变也。"计议已定，不在话下。

且说天国太平四年，林凤翔领了东王之命，引军北行。时凤翔年六十三，生得精神矍铄，志气恢宏；虽是东王党羽，为人却颇识大体。濒行时，独自来见钱江问计。钱江道："将军此行，责任甚重。江虽无用之辈，究愿得将军成其事，以竟余志也。"凤翔道："先生何出此言？某此来亦欲问计耳。"钱江道："将军之志若何？"凤翔道："某欲沿扬州渡淮，直趋山东；兵行神速，出其不意，以临天津。先生以为何如？"钱江道："如此得之矣，将军持重，不劳多嘱。但谋国宜顾大体，此则将军所知也。然孤军深入难胜，倘天王不弃，吾将以大军为后援矣。"林凤翔大喜，即谢别钱江。而领大军十万，分为三十六军，每军二千五百人，余外统归中军部下，以曾立昌、朱锡琨为左右先锋；自率部将汪安钧、周文佳、晏仲武等，浩浩荡荡，杀奔扬州而来。

是时清军亦虑洪军北上，故调大将军胜保，以黑龙江马队驻扎淮南防守；直隶总督陈金绶，亦饬总兵双来领步军一万，会合琦善，以保扬州。那日正听得林凤翔北上的消息。琦善即与计议，有主战的、有主守的，纷纷其说。忽胜保自淮南趋至，力主会战。琦善遂从胜保之议，分军四扎城外，以待洪军。

原来林凤翔大军昼夜飞驰，已抵扬州城外，离城数里，在紫徒庙下寨。另分军一半：先扎廿四桥及法海寺地方，准备围困扬州。旋下令道："清军屡败，慑吾军威久矣！因其意而用之，吾当示之以威，彼军胆寒，吾自势如破竹也。"就令三军整肃旌旗，夜分军中灯火，相连十余里，鼓角之声不绝。清军看见天国军容甚盛，皆甚惊惶，逃匿者不计其数。管教：

　　大旗高飐，又见扬州飞战气；
　　雄军直捣，顿叫老将建奇功。

欲知胜负如何，且听下回分解。

第二十八回

林凤翔夜夺扬州府　韦昌辉怒杀杨秀清

话说林凤翔兵至扬州城外，先将壁垒布得十分严整，旗帜遮天，戈矛蔽日。清兵大惧。琦善恐军心散乱，欲先立战功，以镇人心；时交初夏，天时酷热，林凤翔亦恐攻城不利，将各军依山傍木为营，以避暑气；再从内河掘通水道，以备不虞。一面听候清军来战。忽听得清廷再调漕督杨殿邦，领兵万人，前来助战，林凤翔大喜。先锋朱锡琨问道："今闻满人加兵，元帅喜形于色者何也？"林凤翔道："扬州城内兵官，不是钦差，就是总督，必不用命。且兵符操于胜保，而琦善以相臣统兵，必不甘受令。不久自生意见矣。吾此时却好用兵也。"三军听了，皆为忭舞。实则清国兵符，本在琦善。林凤翔作为此言，不过恐军心闻清国增兵，致生疑惧，故为此言耳。话休烦絮。

到次日黎明，林凤翔见军移动，即对众将道："清军以时方酷热，不便用兵，故清晨来战，彼先攻紫徒庙无疑矣。"少时，又见清军旗帜不多。林凤翔对众将道："清队此来，必非大队人马，不过欲立小功，以定军心耳。吾可让之。待其小小立志，再兴大队前来，吾将可以二鼓再战也。"遂传令偃旗息鼓，不令出战。说犹未了，只见清军望紫徒庙拥进，约是三五千人马，军中打着双来旗号，直攻洪军。这一路正是朱锡琨的营盘。清军几次冲突，不能得进；林凤翔见了，果令朱营退二三里下寨。双来见是不能得志，又见洪军众盛，恐防有失，即乘势收军。说称击退而回。琦善听得胜仗，不胜之喜。次日续遣各军出城：先令本部以马队先攻廿四桥；以杨殿邦与双来仍攻紫徒庙。方调动间，适向荣令张国梁，以本部兵五千人到来会战。琦善都令随胜保而去。两路人马，以五更造饭，平明起兵。

安排既定，早有细作，报到林凤翔军里。凤翔道："吾固知彼以为昨日小胜，必以全军求一战也。"遂令曾立昌伏兵于廿四桥西，待胜保过桥时，先折桥以断彼后路；随令朱锡琨以大兵从林里桥东深山，乘夜开地穴埋伏，待胜保过桥后，留军一半，截击清兵，却以一半直趋胜保大营；再以周文佳为前部，迎胜保接战。分拨既定，自与诸将来战杨殿邦。凤翔又下令道："清军如攻紫徒庙，本营且勿理他。待我军在廿四桥得胜，则彼全军皆乱矣。吾因而攻之，可获全胜。"三军得令，都于四更造饭，以待清军。

且说胜保以本部人马令张国梁为先锋，直望廿四桥杀来。时天色初明，远望洪军不多，却靠廿四桥驻扎。胜保以为洪军精锐，必在紫徒庙大营，故不以廿四桥一军为意。到时胜保拔队攻进洪军队里。周文佳略应一阵，都望桥西而退。张国梁不舍，直趋过桥来。胜保见洪军败得容易，且退时旗帜齐整，乃惊道："彼非真败也，吾中计矣。"急令前军休进。奈军士进如蜂拥，令传到时，已过了大半。胜保道："此时便不可退矣。不如齐进，或可并力支持也。"遂督亲军并渡过桥来：只见周文佳的人马，在草地上乱走。张国梁依然赶过来。不上四五里，只见伏兵四面齐起，金鼓响天，喊声震地。胜保大惊。回头望时，又见东南角上伏兵，皆从林里地道而出。而朱锡琨一支人马，如自天而降。胜保与张国梁，只得合力混战。争奈洪军人马多众，凭高看下，势不能抵敌。清兵折伤大半。胜保知不是头路，急传令退过桥来。奈桥已折断，不能得过。军心益惧，更不敢回战。曾立昌人马锐气倍增，逢者便杀。张国梁马下早着一枪，急向左右换了一匹马，奋力望北方杀来，并呼道："今不尽力，是死地矣。当于死里求生。"清军听得，胆气一振，就杀条血路，直出重围。张国梁在前，胜保在后，且战且走。

是时洪军又复大至，尽把清军围住。胜保传令军士：一头混战，一头筑造浮桥过河，无奈对岸的洪军，把抬枪乱行轰放过来。军心愈慌，纷纷逃走。胜保叹道："吾死于是矣。"张国梁听得大怒，立刃数人。军士畏惧张国梁，此时不敢逃遁。于是奋力复出重围，迤北而遁。洪军随后赶来。降者死者，不计其数。胜保奔到上流，见追兵远去，即令军士填造浮桥，奔回大营。谁想营中，已换了旗帜。早被朱锡琨分军夺了。胜保仰天长叹，欲拔剑自刎。张国梁急夺其剑抢救，随劝道："胜败兵家之常耳！何必学小丈夫为短智哉？"胜保道："吾以精锐马队，一旦中了奸计，丧于敌人之手，还有何面目见人？"说罢放声大哭。左右皆来相劝，方始收泪。张国梁便收拾残兵，不过二三千人，自与胜保欲回扬州城。

方欲行时，忽见前途喊声大震，原来杨殿邦往攻紫徒庙之兵，因听得廿四桥清兵大败，并相传胜保不知下落，故人心惶恐，不战自乱。林凤翔统率各路人马，如排山倒海赶过来，势不可挡。杨殿邦正在危急，张国梁欲领残兵相救；怎奈曾立昌、朱锡琨已追到了，只得望后而逃。曾、朱二将就分军，以曾立昌阻击胜保，以朱锡琨截击杨殿邦。因此杨殿邦不能得脱。双来已死于乱军之中，杨殿邦死命杀出重围，军士大半逃走。林凤翔大杀一阵。正是尸横遍野，血流成河，清兵皆不敢回扬州城去。林凤翔即传令收军。是役毁营垒六十九座，倒大旗十余面，部将死者二十名。余外清军死伤，及所获辎重，皆不计其数。这一场大战，三尺小儿，也识得林凤翔名字了。凤翔遂大犒三军。会议攻取扬州城。有说明攻的，有说暗攻的，不能胜记。凤翔奋然道："用兵全凭一股锐气耳。今方乘胜，何患不得？"说罢，即点精壮军士百余人，皆身材矫健者，皆着随自己而行。约定朱锡琨三鼓时分，带兵到扬州城附近，呐喊助威。朱锡琨领诺。林凤翔又令军士，各带坚固麻绳一条，绳约二丈，绳上各束铁条一支。二更时分，悄悄到了城外。

是时扬州城里，人心畏惧，不敢出观。故凤翔百人，直抵城外，用绳抛过城，大叫一声，杀入城楼上。拔出短枪，所有清军，闻风胆落，皆一哄而逃散。朱锡琨，又领大队人马直赶到扬州城外，金鼓乱鸣，呐喊助威。琦善听得洪军已进了城，急欲调兵时，林凤翔百人，已夺开城，朱锡琨大队拥入。原来琦善因胜保、杨殿邦两军俱败，已如惊弓之鸟，只把重兵拥护衙之内外，四城俱安守卫。不意被洪军袭进去了。是时听得扬州失守，琦善全没了主意，又不知洪军人马多少，只得弃城而逃。林凤翔既得扬州，出榜安民，秋毫无犯，传檄各州县，纷纷来附，声威大震。清军皆望淮南奔逃。风信报到北军城里面，清军大惧，忧虑不知所为。林凤翔传令，休兵数天，然后大进。先把捷音报到金陵。

天王听得，正要集诸臣庆贺，忽东王杨秀清上殿，面有德色。天王尚未开言，秀清即说道："某固知林凤翔虽老，乃能事之人也，故以重任付之。今扬州既定，满人胆落矣。乘此北上，天下不难定也。"天王未答，石达开先说道："胜不必喜，败不必忧，但求努力谨慎。若得一胜，便沾沾自足，恐非国家之福也。"秀清道："汝辈多恃旧臣，与大王出身共同患难，往往目无余子。今观林凤翔干如许大功，宁不羞煞耶？"石达开听了，心中大怒。以在殿上，不宜争辩，只得隐忍。东王并不请诸天王，直言令李开芳以大军出河南。韦昌辉道："争伐乃国家大权，自有主者，未经众议，又未奉天王之令，谁敢擅动干戈？故河南虽应出征，号令不应出东王之手也。"说罢，悻悻而退。天王此时默默不语。钱江亦不答。各便退出。

及东王杨秀清回到府里，萧王妃萧三娘道："日来见王爷心甚焦劳，精神恍惚，究有何事？"东王道："老将林凤翔克扬州，军声大振，驰檄降服者十余郡县。指日北上。我明天即遣能将，沿徐州入开封，与凤翔兵合，破北京如反掌矣。"萧妃道："王痴耶？妾问王有甚焦劳，非问王军务也。"东王道："某所忧劳者在此。除此之外，实无所惧。"萧妃道："然则王遣将调兵，天王知否？诸将更有何言？"东王道："洪即杨，杨即洪耳。固无分别，亦无尊卑。今能员猛将，聚于杨氏，天与人归，行见天王之让位矣。"萧妃听了大哭道："如此是灭族祸也！天下岂有大事未定，而行禅让者乎？今日谓多得能将，请自问比钱江若何？"东王听了不答。萧妃又道："王爷再自问比秀成若何？"东王道："秀成已为吾用矣。"萧妃道："此恐未必。愿王自爱，毋为人算。且诸将能勿有后言者乎？"东王道："石达开与吾论交于寒微，乃吾至交也，必不涉我事。余只一韦昌辉耳。"萧妃道："方今军事得手，休生内变。愿王速改前念。否则妾当出首，必不以夫妻情而误国家事也。"东王听了，甚不以王妃之意为然，只请王妃休得声张而已。次日，即拟调将入河南。又欲留李开芳为护卫，遂令丞相吉文元以大军六万先自起程；留李开芳随后遣发。及吉军起程之后，即独自谒见天王。

适天王有病，东王直入宫中，向天王说道："现已令吉丞相起兵矣！"天王道："此事先曾有报告军师府否？"东王道："此洪、杨二家之事，何与他人？"天王道："非也。兵符在军师府，不可不告。"东王道："昔以为我得专征伐者何也？"天王不能对。随又道："然则贤弟之意若何？"东王道："吾欲得称九岁耳！非有他耳。"天王道："如此何以称我？且何以报告天下？待事成后，任弟自为。眼前请勿复尔。"杨秀清不欢而罢。随即辞出，回转府里。心中甚怪天王，不从己志。遂令部下：称自己为九千岁。因此互相传述，都称东王府为九千岁府矣。

且说韦昌辉在桂平杀妻，救出洪秀全之后，及至岳州，遂娶了副丞相吉文元之妹，为北王妃。那吉文元是杨秀清的心腹部将，故此北王吉妃与东王萧妃常相往来。只吉文元虽为东王党羽，东王心怀非望，他一点没有知道，并也不信有此事。看见韦昌辉仇视东王，心里颇不为然。独是东王萧妃，人甚聪明，且有贤德。素知东王所作所为，诸将多有不服，必有伺其后者。去年九月十六，是东王千秋圣诞，大宴同僚，有许多歌颂东王者，韦昌辉听得，面带怒容。便当众骂道："方今天下未定，为臣子当各自勉励，不宜互相阿谀。若如此恐非国家之福也。"萧王妃在内听得，便知北王大不满意于东王。遂与北王吉妃来往更密，以探北王举动。

那日北王韦昌辉二更时分，方自朝上回府。吉妃问北王因甚事如此回迟，北王亦知吉妃，常与东王妃来往，故从不以机密相告。当下就糊涂答应："此国家大事，尔妇人何必多问？"吉妃愈疑。然吉妃素知北王性暴，此时亦不敢多言。也是合当有事，适东王有书送到北王府。北王看罢，因信中押名有九千岁字样，北王怒道："谁是九千岁？某却不认得。"左右答道："此东王府柬书也。"昌辉更怒道："东王者，天王之所封。九千岁者，谁人之所赠？此竖子殆欲为王莽也。奈北王尚在何？"说罢悻悻。吉妃听得，遂托故归宁。

是时吉文元已领兵出征。其妻吉夫人，乃郜云官之侄女；其母乃第四十六天将伍贵文之姑。是时适同在府中。吉妃先谒其母。伍氏见吉妃回来，母女之间，自不免谈及机密事。那伍氏本来识得大体的，吉妃在言语间忽然问道："父母与丈夫孰亲？"伍氏道："未嫁时以父母为亲；既嫁之后，当以丈夫为主。"吉妃听得默然，旋即辞出。伍氏见他问得好生奇异，随又见他往见吉文元之妻室吉夫人，那吉夫人迎吉妃坐下。吉妃又猝然问道："兄妹与夫妻孰亲？"吉夫人听得此言，料有些来历，故意答道："兄妹是同姓的，夫妻是不同姓的，又何劳多说？"吉妃道："吾兄非靠东王九千岁为生活者乎？"吉夫人曰："然。"吉妃道："若东王不在，吾兄究可自全否？"吉夫人曰："恐不能也。"

吉妃道："然则吾兄危矣！"说罢起辞而出。吉夫人听到这里，心内十分疑惑。奈吉丞相出征，无人商酌。

正在纳闷间，忽报东王萧妃至。吉夫人忙请进里面。寒暄后，就把吉妃所说的话，对东王妃细说出来。东王妃道："此何必疑哉！盖北王欲杀东王久矣。但东王有可杀之道。然请夫人早晚打探吉妃，为我侦悉北王举动，吾自有计对之。但不宜泄漏，否则吉妃且不免矣！"吉夫人领诺。东王妃遂回。

自此吉夫人每到吉妃处，或一二天往一次，或天天往一次不等，韦昌辉知有些缘故。就因知吉妃与吉夫人，平日最少来往，今一旦来往甚密，早动了思疑。故吉夫人到时，北王窃听了多次，也常有谈及东北两王交恶的事。昌辉听得大惊，暗忖事机不密，险些丧在两夫人之手。此事若不速行，反为自祸耳。那一夜韦昌辉进房，就故意向吉妃摇头叹息，吉妃急问何故。昌辉道："东王将杀我矣！"吉妃惊道："此事妾不知。既有这点风声，妾明日即往东王府，托名探候萧妃，就侦探何如？然后报知王爷便是。"昌辉道："你好多心！夫人孰不爱其丈夫？谁似你这般愚拙，要把丈夫事泄出来，恐东王妃决不肯露出。"吉妃不觉哭道："王疯耶！谁曾把王爷事机泄漏？休枉屈妾也。"昌辉怒道："韦某是顾国不顾家，重公义薄私情的人。杀一婆娘，只如儿戏尔。不闻桂平逃狱之事耶？速休瞒我。"且问："吉夫人连天到我府里，究因何事？"吉妃听了，料知情事败露了，即作色说道："姑嫂往来，亦人情耳。况家兄与王爷尚属同僚乎？"韦昌辉沉吟少顷，随笑说道："日前不往来，近日乃如此密交，究是何意？"吉妃又说道："适因母病，妾不便多行，故往来问讯耳。"韦昌辉怒道："前言犹可，今直如此相欺耶？既是尔母有病，自可多使府役往来，何劳吉夫人跋涉？且尔之母，即吾之岳母也，有病胡不说及？也罢，明天你在这里，待本藩亲造吉府，谒见令堂，回来再说。"吉妃听了，浑身抖战，只是哀求恕罪。昌辉不答，一宿无话。次早，即将吉妃闭在一房，并嘱守门的府里人，不准出进。如有来谒的，一概挡驾。先将各门关锁，再令其弟韦昌祚守头门。昌辉自往吉府。

到时伍太君，接进里面，问以来意。昌辉道："特来问候。"伍太君听罢，不以为意。韦昌辉见伍氏并无病容，料知有诈，坐不多时，即自辞出。昌辉回府，即向吉妃道："本藩往谒令堂，令堂病得十分危殆，尔言果不谬也。"吉妃听罢，面无人色，昌辉仍闭锁房门，随复转出。

打听得东王正进朝去，先令刀斧枪手，埋伏正厅屏后。随出府门，已是巳牌时分。东王正自朝里回，恰与韦昌辉相遇。两王即前来握手相见。秀清道："贤弟何来？"昌辉道："适才传说老将军林凤翔在淮南兵败，已溃走徐州府。兄那里还听得否？"东王秀清道："某全然不知。且朝中还未有驿报。贤弟的消息，究从那里得来？"昌辉道："说的是。江北来人现在敝府。王兄欲见其人否？"东王道："甚愿见之。可否请此人到敝府一会？"昌辉道："此人必不肯出门。因在金陵有仇家，防被侦悉也。"东王道："然则何如？"昌辉道："不如屈驾到敝府里，再问细底也好。因北伐之军，关系甚大，小弟欲上朝见王兄者，正为此耳。"东王听罢，点头称是。随行有十余人，都跟着东王、昌辉，同望北王府来。将进门时，东王见守卫甚严，心颇疑忌。北王知其意，即说道："头门诸壮士，皆是江北来者。"东王遂坦然不疑。直至大堂上，东王坐定，即问江北来人安在，北王道："尚在密室。待某传他出来。"一面着人备酒，又令家人引东王的随从，到外厢招待。

时方盛暑，北王即请东王便衣。东王就卸去外套，把自卫的短枪，放在桌子上。少顷只见一人自后堂出。北王道："此即江北来人也。"原来那人姓温名大贺，乃广东勇士也。精于拳棒，与昌辉交最厚。昌辉预使他充认江北官兵。待他相见时，好近秀清左右，便易下手，这都是预先摆布的，东王那里知道。见了温大贺，即举手令坐。

北王也就座，一同举杯饮酒。韦昌辉先向秀清问道："果如老将军兵败，王兄可动心否？"秀清道："大兵北伐，谁不望胜。贤弟此言，究是何意？"昌辉即离坐道："汝欲登大宝为操、莽事耶？奈何当昌辉未死。"秀清听了，登时变色。随曰："我无此心，贤弟何有此言？"昌辉道；"九千岁是谁封你的？将置天王于何地耶！今大事未定，遽怀异心：多结党羽，擅发号令，以危国家；屡阻天王亲征，以图功高篡位；又梗军师号令，使不得行其志，汝罪大矣。某与汝分属兄弟，决不能误国家大事，而徇私情也。"秀清道："汝言及此，意欲何为？岂天王命汝杀东王耶！"昌辉道："吾非奉天王之命，乃奉全国人民之意也！"说罢，举手一挥，屏后壮士齐出。东王方欲逃走，被温大贺右手拿住，左手拔剑，向东王当胸一刺，东王大呼救命。随从人等，应声奔上大堂，东王又呼道："杀秀清者韦俊也！"那随从人等即欲径奔昌辉，都被一班壮士拦住。此时枪声隆隆。昌辉先转过后屏，温大贺尽力刺了一剑，东王当时毙命。是时北王府的壮士，与东王府的随护，互相鏖战，温大贺竟死于乱枪之中。东王的随护，虽有十余人，奈北王府的壮士人多，不能抵御，都死在北府台阶上。统计北府死者三人，枪伤者五人，杀得尸横阶土，血染堂前。韦昌辉随出来审视，见杨秀清已经气绝，已不觉动起向来结义的交情，为之伤感。遂叹道："吾杀东王者，不得已也。"遂令人将东王尸首，收拾妥当，再将台阶上各尸，暂移别处。管教：

  兄弟阋墙，顿令府堂成战地；
  英雄刎剑，又叫天国失长城。

  要知后事如何，且听下回分解。

第二十九回

钱东平挥泪送翼王　林凤翔定计取淮郡

话说东王杨秀清到北王府里，因生平怀了异志，被北王杀了。随从人等，都丧在北王府内。北王一面将各尸首移妥，即带齐护身壮士，直出府门，进朝上去。

时钱江正与天王商议大计。忽内侍报称北王请见。天王当即召至内面问道："贤弟此来，有何大事？"韦昌辉道："臣弟有罪，特来请死。"天王大惊道："贤弟何出此言？"韦昌辉道："国事未定，朝中竟有谋叛、以妨大事者，大王知之否耶？"天王道："朝中无非兄弟，谁敢异心？朕不知也。"韦昌辉道："有人自称九千岁者，多结党羽，总统军权，其意安在？"天王道："贤弟之意，殆东王杨秀清也。或贤弟别有所闻耶？"昌辉道："此事不特臣弟知之，军师、翼王皆知之。然臣弟不能徇兄弟私情。已代大王行讨矣。"天王听罢，面色一变，就对昌辉说道："秀清举动，朕那有不知？只以大事未定，不忍同室操戈，聊且优容。今日如此，恐东王党羽如李秀成、林凤翔，皆握重兵，驻重镇，倘激变起来，如何是好？内乱自兴，反使敌人得间耳。"说罢叹息不已！转以目视钱江。钱江还是低头不语。昌辉又道："古人说得好：'小不忍则乱大谋'，若养痈成患，亦非计之得也。臣弟故擅杀之。宁一死以谢擅杀大臣之罪。就请杀臣弟，以明国法可也。"天王道："贤弟无多疑，朕非无义人也。但恐东王党羽一变，无以制之耳。"说了复目视钱江。钱江乃言道："东王有可杀之罪；北王无擅杀之权，两言尽之矣。大王若虞杨党为患，则殊不足为虑。李秀成乃沉机广识之英雄，非党于东王者也。即林凤翔、李开芳，老成持重，明于大体，亦不用多顾。余只吉文元、杨辅清耳。今吉文元统兵在外，趁杀东王之事，尚未传播，先令一将统兵往助起程，名为助战，实则监军，以防其变。此事最不可缓，宜速行为是。"天王听了，即传令罗大纲进来，领兵三万起程，以防吉文元之变。罗大纲领命欲行，钱江又附耳：嘱咐罗大纲如此如此。罗大纲一一领诺而出。钱江道："东王既死，彼之党羽，必挟大王以处治韦昌辉。大王将何以处之？"天王道："吾决不忍以同室操戈，自伤大义。倘不获已，唯有披发入山，择贤而让。多戮功臣，朕不为也。"钱江道："此系妇人之言耳。为北王计，不如权且避之。待杨党镇定，然后退朝未晚也。"昌辉进道："某杀东王之日，早存一誓死之心。军师从来说东王有应杀之罪，北王无擅杀之权，韦某知所以自处矣。"说罢欲退。

忽见翼王石达开飞奔进朝上，声色皇遽，汗流满面，到时气喘，开言问道："杀东王者，大王之命耶？若然当暴东王罪案，布告天下勿令民心疑惧也。"王未答言。昌辉答道："此非大王之意。杀东王者，只韦某也。"达开怒道："东王有罪，其家人何罪，而乃尽行杀之耶？"韦昌辉道："那有此事？杀东王者，尚在敝府里，事后则趋朝听罪，那有杀他全家之事。兄究从何处听来？"达开道："城中传遍矣。吾亦知东王罪有应得，但焉有杀及全家者乎？"昌辉犹力辨其诬。天王急令人打听，原来韦昌辉进朝之后，其弟韦昌祚，深恐杨党要谋报复，只道斩草除根，免贻后患，就带了十余名壮士，称说北王有令，一齐拥到东王府里，不问三七二十一，将秀清全家人口五十余人，尽行杀戮，不留一个。天王派人打听之后，回报是实。且言城内人心汹汹，恐杨党乘机煽动，致成大变。天王听了，长叹一声，顿时泪下。翼王石达开向北王问道："此事何如？某何尝说谎？北王请自打点，毋误国家也。"韦昌辉听了，大叫一声，晕倒在地。天王令左右挟他回府。石达开亦出。

是时杨秀清死后，杨党又众，都纷纷传说，以石达开向与韦昌辉知己，都道翼王与北王同谋。金陵城内，喧做一团。天王忧之。召钱江计议。钱江道："为今之计，先下谕数东王之罪；并传翼王不与北王同谋，而归其罪于昌辉，责以擅杀大臣之罪。昌辉虽主谋擅杀，必有动手之人，不如杀其动手者，必杀害东王全家之人。然后夺北王官爵，以安众心，庶乎可矣。不然，当杀昌辉以殉众。否则人心激变，悔之晚矣。"天王忧疑不决。盖不欲暴东王之罪，亦不欲杀北王之首也。沉吟少顷，又向钱江问道："更求其次可也。"钱江道："宁有进于北王者？断无其次。愿大王思之。"时洪仁达在旁。原来仁达最恶石达开，竟从旁大呼道："此事必翼王主谋，不杀之不足以谢天下。若北王罪不可赦，已不待言矣！"钱江道："观翼王之责昌辉，则非同谋可知矣。乌可以私意，并害功臣？"仁达道："彼责北王之杀东王全家，非责其杀东王也。军师岂亦以其功名而以私意护之耶？他人能杀东王，吾何不可杀翼王？吾必不令东王全家含冤地下也。"是时钱江，已知仁达必要嫁害石达开，不免长叹。天王向洪仁达道："翼王精明忠慎，吾兄休得乱言！"仁达道："大王亦作此言乎？虽然，吾必为东王雪冤。"说到这里，又顾谓钱江道："为某致语翼王、北王两王，毋轻人无尺寸之柄也。"钱江不答，向天王拱手而出。天王亦离座，执钱江手道："国事如此，奈何？先生为朕谋之！"时钱江泪如下雨，直携手出堂阶，答道："大王所误者，全在不忍之心过甚耳。人心服于大王，使布告东王之罪，以安人心，犹可为也。今尊兄尚如此说，其他可知矣。不然，恐翼、北两王，亦不能安枕也。愿大王思之！"天王道："请先为朕安置翼王。朕今听先生矣。"钱江听了，拜谢而出。

回至府后，忽报石达开来见，钱江忙请至里面坐定，即以洪仁达之言告知。达开道："如此，某亦不能安于金陵矣。"说了，又徐徐叹道："本欲竭忠尽诚，与天王同谋大事。今宵小不能见容，复何望哉！"钱江道："足下且安心，听候消息：吾料天王决不任作此谬妄之举也。"达开道："天王仁慈有余，而决断不足；某自径行直道，岂能常防小人之谋害我耶？先生勿多言，吾志决矣！"钱江道："足下之志，将若之何？"达开道："大丈夫当谋自立，岂能屈于人下，以伺小人之颜色乎？吾将大举入川，据天府之地，出入汉中，幸而事成，即与天王犄角之应，有何不可？"钱江道："如此，则大失算矣。足下如入西川，少带兵则不足为用；若尽起金陵精锐之老万营，则金陵根本反弱矣。与其西行，不如北伐，愿将军毋逞一时之气，而听某一言也。"达开此时，甚不以钱江之言为然，旋即辞出。

次日，即闻石达开具奏天王，请兵入蜀。天王看了，一来疑此事为钱江之意；二来亦以翼王与仁达不和，就此离开亦好；三来如达开平定川省，可以进窥陕晋，亦可以壮湖北声援。遂允达开领兵而行。达开得了号令，即召集老万各营，共大军六万，刻日起程。这点消息，报到钱江那里，钱江吃了一惊。拍案叹道："大事去矣。诚不料翼王深识大体，以一时之愤，乃至于此也。"急具衣冠驰马来见达开。达开料钱江到来，有阻碍之意，只托故不见。钱江无奈，急奔上朝来求见天王。天王问以来意。钱江道："大王其允翼王西征乎？"天王愕然道："有之。朕以为先生早知此事也。"钱江道："大王误矣！今天下人势：北京如首，江浙如心腹，川、黔、滇、粤如四肢，断其肢爪，其人尚存；若决其首，则其人毙矣。臣欲以翼王统大兵，为林凤翔后继，借东王屡梗此议，至不果行。今东王已故，臣方欲大王再行其志。今若去一百战百胜之老万营勇，而又去一识略盖世之翼王，天下胡可为乎？愿大王速止之。切勿自误大事。"天王遂急传令，阻止达开。谁想达开布成队伍，将次起程。接了天王号令，即复奏天王，谓军令已定，不可更改。具表复过天王之后，天王知达开意决，再问钱江计将安出，钱江道："可再传令：着翼王到湖北之时，再入河北，渡黄河，与林凤翔会合，亦一策也。"天王从之，遂再传令，石达开接了之后，亦不回奏天王。天王只说他必然遵令。唯钱江此时仍虑达开不从。因见洪仁达如此，他早已灰心矣。钱江没奈何，急回府里，写了一封书，即遣人投到石达开营里。达开接了一看，书道：

弟钱江敬候翼王将军麾下：

弟闻足下大举入川，欲图不世之业。雄才伟志，感佩何如！然当武昌既定，弟屡以入川之举为不可者，诚以天下大势，削其肢爪，诚不如动其心腹也。川省道途辽远，欲军行粮继，谁足以善其后？且定一川省，不足以制满人之死命，而徒自分其兵力；此中利害，足下宁不知之？当日前会议于敝府，方欲以将军大举为北征之继。今余唾未干，足下遽以一时之愤，不念国家大计，弟诚为足下不取也。自金陵定后，东王归缉兵符，弟与足下，寥落南京，似不能襄日之得行其志，然郁郁再居此者，亦为大局计，故留而有待耳。今东王已故，虽以人心汹汹，亦不难谈唾镇定。盖弟虽愚昧，亦深知北王乃血性男子。其杀东王者，非出于私意，当必知所以自处而求息人心也。则将军之冤，不难大白于天下。当此之时，弟与将军，不难号令三军，扫平燕赵，使定湖平皖之志，重行于今后矣。天王神武，谦恭持己，忠厚待人，向以厄于东藩故，非为疏将军也。士生今日，大之以报人民之仰望，小之以报朝廷之知遇，大局如此，何忍遽弃？得君如此，何忍相违？以足下深明大义，胡弗一回首？且以数万乘胜之师，而入千里崎岖之境，成败之数，固不可知。倘出人意外，万一差池，震动大局，后悔何追。将军若知难而返：绕道武昌以入汴梁，固国家之幸也。不然，则非弟所敢言矣。今北王以死自誓，将军又去国而西，此间谁与为力者？倘不获命，弟亦何心于国事？览兹时局，岌岌若摇，一木难支。恐诸葛复生，亦不能免支持于今日也。况以国家不幸，而致遭内变，为大臣者，正当努力调停。若以国家祸乱方兴，即图引身避祸，此豪杰弗为矣。今方寸俱乱，一日三泣，皆为将军。故将军之去留，即弟之去留，区区之意，伏望将军捐除私愤，而顾全大局，非惟弟一人之幸也！惟将军念之。

石达开得了钱江那封书之后，心上本有些悔意；只是手下将官，大半要自创基业。都说道："自古未有仇家在朝内把持，而大将能在外立功者。况福王为天王的亲兄。王爷既不能除他，他却是谋害王爷，如何防得许多？天王为人，虽然爱将，只是思念太过。往往思念兄弟情分，是王爷终无如福王也。"石达开听得诸将如此议论，其志已决夺几分。忽然部将黄典英自武昌到，力陈川省空虚，宜乘机取之，不可失此机会。石达开志愈决。遂不从钱江之言。先复奏天王：自言此次入川，亦为国家大事，并非离天国而独行也。并奏请调李秀成回驻南京，及专用钱江。又复过钱江，具道己意非因私愤；并言已复奏天王：以李秀成回扎金陵；又劝钱江竭力任事，遂拔队起程，望四川而去。按下慢表。

且说石达开去后，天王闷闷不乐。钱江又如失去左右手，不觉大叫一声，口吐鲜血不止，因此遂染一病。天王日日到丞相府问候。钱江整整病了一月有余，方才平安。是时东王被杀之事，已传遍远近，清兵以为有隙可乘，攻打愈急。武昌一带，赖李秀成设计防敌，清兵不能得志。唯安徽省内，清国鲍超、舒兴阿、李续宾、彭玉麟、杨载福屡次开仗，志在恢复城池，互有胜败。镇江守将杨辅清，是东王的兄弟。当下闻得东王被杀，大怒道："不杀北王，无以对先兄也。"又因天王不议治北王之罪，遂欲举旗，由镇江反攻南京。幸部将温十八颇识大体，力陈非计。并进言道："如将军果反叛，名既不正；且南京，将军非其敌手，徒取灭亡耳。况今人心，正为东王称冤，而将军反自行背叛，是北王之杀东王全家，益有名。不如待之！"杨辅清踌躇不决。猛然想起林凤翔是东王心腹，今统大军在外，须与联络，方为有济。若得林凤翔允肯，则彼由扬、淮一带杀回，吾即从镇江应之，何忧不胜？若林凤翔不允，吾亦不动，然后请诸天王求雪东王之冤，有何不可？想罢，即谓温十八道："吾今与林凤翔合兵相应。亲眼前无代弟致意之人。敢烦足下亲往江北走一遭，尊意以为何如？"温十八允诺。杨辅清立挥一函：无非说是东王受冤，求凤翔念昔日知遇之恩，兴兵问北王之罪等语。温十八领命，辞了杨辅清，星夜望江北进发。

且说林凤翔平定扬州之后，附近一带州县，望风投顺，军声大震。这日传檄淮安，正待发北，忽军中纷纷传说东王杨秀清凶信，吃了一惊。暗忖军事方自得手，如何一旦有这个变故。派人回南打听，都回复是实。均称东王杨秀清，被害于北王府中，料想此事不错。此时军中各将怕东王羽翼，都被剪除，纷纷传说，疑惧异常。林凤翔深以为忧。即大集诸将，告以："杀东王者，非天王之意；不过北王竟自行之耳。东王全家受害，在朝廷必有国法伸张，诸君皆无容忧虑。且天王以大权委于吾辈，正惟诸臣是赖。诸君幸勿摇惑，想旬日内必见分晓矣。"诸将皆唯唯听令。原来林凤翔素以恩信待人，故军士闻林凤翔之言，皆呼道："老将军非欺人者，吾等可安心矣。"于是军士顿时齐静。林凤翔遂传令：在淮扬交界，扎下大营；将三十六军，分班防守，听候南京消息。又恐清兵乘势攻击，遂每日亲自巡营，抚慰军士。是以清兵虽闻南变，仍不敢攻击。

那日凤翔正在帐里办事，忽温十八到营，呈投杨辅清书信。林凤翔即请温十八进帐里。寒暄后，当时屏退左右，问杨辅清意见。温十八欲探林凤翔之意，即说道："东王死于无辜，国人无不称冤者。辅清丞相，欲为兄报仇，其心甚切。屡欲以镇江军反攻金陵，吾以势力不敌，谏阻之。今辅清丞相，专候将军主见，然后定夺。"林凤翔道："君之谏阻杨辅清，乃国家之福耳。若不然，以同室互斗，万一清军乘之，恐举天国之君臣，无葬身之地矣。辅清竖子，不知大事，天下岂可以私愤而为乱国者乎？足下高义，老夫拜服。然吾料辅清之心未已，足下将何以处之？"温十八道："无他，将军若不为之主持，彼即绝望矣。"林凤翔道："非也。吉文元为人，念小恩而忘大义；若与辅清相应，不可不防。"温十八道："探得日前天王以罗大纲领精兵三万，往助吉文元，未知是何意见？"林凤翔道："此必钱军师之计：藉为监军以防吉文元之变耳。彼已预谋至此，设杨辅清无端举事，得不为钱江所擒乎！"温十八道："老将军之言是也。然则今日计将安出？"林凤翔道："东王气焰过重，某屡谏之不从。但东王遭遇，只私恩耳；国家大计，乃公事也。某岂能以私废公耶？烦足下致复杨辅清：毋以私愤坏公事。至于东王之冤，不患无昭雪之日；盖北王之罪，军师必有以处之也。今不见发迹者，不过视东王羽翼举动何如？倘有变故，则留北王为用。否则北王亦不偷生矣。"温十八道："老将军料事如见，令人心服。待某复过辅清，想亦必闻老将军之言，而自知敛抑也。"林凤翔即留温十八过了一夜。

次日，温十八即专回镇江，见了杨辅清，具道林凤翔之意。辅清道："老将军之言，吾安得不听？但先兄何罪，乃至全家受戮？此愤如何能消？"说了椎胸大恸。温十八以好言相慰而罢。

且说林凤翔自送温十八去后，即致函钱江：力言东王有罪，不宜全家受害。钱江亦知凤翔之意，立即回书凤翔，极力抚慰：以为事宜缓办，不可操切，以激内变。林凤翔既得钱江的回书，分头又派人函达李开芳、吉文元，勉以顾全公义。那林凤翔素为诸将信服，自然无不听从。是时既立北伐之志，遂督大军由扬州起程，缘高邮湖靠清河，直窥淮安。早有细作报入清军营里。

当日胜保，知天国东北两王，互相杀戮之事，屡请琦善兴兵，复攻扬州。奈自廿四桥之败，清兵已如惊弓之鸟，尤不敢遽动，故琦善不从。今听林凤翔大军过了高邮湖，直取清河，所以淮安人心，甚为震动。琦善即请胜保商议应敌之计。胜保道："当杨秀清被杀之时，人心汹汹。金陵之内，十室九惊，某屡劝中堂乘此时机，直攻扬州。然后咨照向荣，会攻金陵。不料中堂不听，已失此机会。今彼乘胜拥至，而吾人反为震动，恐不易敌也。"琦善道："清河乃咽喉之地，彼若先据，淮安亦受敌矣。不如分兵助守为上。"胜保听了，亦以此计为然。正在传令分军，忽探马飞报道：清河县已被林凤翔攻破去了。胜保跌足叹道："调兵如何这般神速！彼自东王死后，至今部署已定。林凤翔老将，老谋深算，恐淮安不能守。"琦善大惊失色，此时便欲弃去淮安。胜保道："扬州战后，吾军未尝预筹应敌，实是失着。今若弃去淮安，恐不特淮北非为国所有，即山东亦不免动摇，实非胜算也。"琦善道："然则足下不如闭城固守。吾以全军把守淮北，彼必未能得志。吾待其军力疲玩，分军为二：一则出其不意，以攻林凤翔；二则绕道攻彼扬州，以绕彼军之后，或者可以恢复前失。"琦善自鉴于扬州之战，此时甚信胜保，遂言听计从。一面令诸将紧守城池。

这时林凤翔见清兵不出，暗忖道："他若固守淮北，加以兵力，攻之，则旷日持久，实非良策。"更心生一计：瞩令朱锡琨如此如此。传令调兵直出河南，深言与李开芳会合，只略攻城一会，即退步望西而行。琦善喜道："彼果然以久围无功，退兵而去，竟不出胜帅所料也。"遂欲起兵追之。胜保即谏道："林凤翔军力未衰，如何便退？深恐诱敌之计耳。"琦善半信半疑。忽探子回报道："林军不过行了二十里，即扎下大营。"胜保道："吾固知林凤翔非真退也。"次日，又听得林军拔寨而去。琦善道："老将林军，必料着胜帅之谋：恐吾军乘其后，故缓缓而行也。"胜保道："若然，则彼不退扬州，而专望河南退者，何也？"琦善道："彼或与李开芳、吉文元合兵，改道由河南入直隶，亦未可知。"胜保道："此说由彼军扬言出来。吾料林凤翔若为此计，未必如此疏虞。"琦善乃言："林凤翔善能用兵，实实虚虚，亦未可料。公何用兵如此多疑？"胜保遂不多言。

此时自林凤翔退后，琦善虽未起兵赶追，然四门守护，已不如昔日之严密矣。且自前数天以来，淮北人心正望风惊惧。今一旦林军退了，人人反觉安心，不以为意。林凤翔听得淮北守卫渐宽，即传令各将：夜行昼状，一路上偃旗息鼓，营中并不举火，人衔枚，马勒口，直望淮北而来。

是时琦善尚在城中。只见天国大兵已退,正要商量追赶,自不料再复回军。那一夜三更时分,林凤翔先用精兵三千,先抵淮北城外;自统大军陆续继进。在西南两城外,先开地道,暗藏药线,预备发作。恰是一月将尽,夜月无光。周文佳在左,汪安钧在右,林凤翔自统诸将居中。方到四更时分,先把药线发作起来,轰天响的一声如霹雳,恰似天崩地裂一般,淮北城垣西南一带,整整崩了几十丈。琦善与诸将,如梦初觉,在床上惊起。知道有了意外,急欲与胜保商量,已是不及。又想调兵接战,谁想天国兵已蜂拥而来。清兵个个皆没准备。真是人不及甲,马不及鞍,如何战得?天国人马,如生龙活虎,当者披靡。淮北清军,呼天叫地,引动居民惊慌,号哭之声,震动内外。投降者不计其数。有投降不及者,都死在刀枪之下。琦善知道不是头路,只得扮作小卒,乘夜弃城而遁。

时胜保在西北城垣,正候琦善将令。奈终不见到,已自思疑。正欲派人打听,忽林凤翔已自亲兵追到。胜保急令残兵,混战一场,哪里是林凤翔敌手。一时曾立昌、朱锡琨,先后杀到,胜保更不能支持。忽探子飞报城池皆失,琦中堂已逃出城外去也。胜保听了,登时咯血,大呼道:"竖子不足与同事。如此先顾性命,竟置全城民命于不顾也,吾亦不能为力矣。"遂传令退兵,望北而逃。好一座淮北城池,已被天国克复去了。管教:

老将鏖战,直撼幽燕形胜;
竖子却敌,共惊儒将风流。

要知后事如何,且听下回分解。

第三十回

石达开诗退曾国藩　李秀成计破胡林翼

话说林凤翔进攻淮北，清将琦善既逃，胜保亦退，便率军进城。一面出榜安民；然后一面差人报捷到南京再议进兵。朱锡琨道："吾军并未疲惫，已破两淮，正宜乘胜进兵。老将军何故顿兵于此？"林凤翔道："孔子有云：'日行百里者，蹶上将。'吾不欲中胜保以逸待劳之计也。"朱锡琨默然。退谓曾立昌道："何老将军一旦畏胜保如是耶！"曾立昌笑道："非畏之也。彼以东王有罪，惟全家不应受戮；久怀不满，故欲拥兵以待北王之传首耳。"朱锡琨叹道："以老将军之英雄，犹不免重私仇，而忘公事，怨毒之于人甚矣哉！然吾惜其未尝读书也。倘诸君亦尔，汉事危矣。"说罢叹息一番，即密将此事函告钱江而去。

再说翼王石达开，即拔队起程，本意由安徽过荆襄，望夔庆而去。时清将曾国藩，正驻浦口，屡次发兵，往攻九江。奈天国大将林启荣死守，不能得志。故屯驻浦口，分顾南北岸。忽听得石达开入川，道经皖、鄂，即与诸将商议，对待石达开之计。因谓诸将道："吾甚爱石达开为人。若能降之，则诸将不足道矣。"罗泽南道："达开世之虎将，善能驭众，甚得人心。钱江倚之为命。若能罗而致之，固是吾长策，然吾料彼不来也。彼以百万家财的缙绅，弃之如遗；一旦从秀全以起事，其志可知矣。"塔齐布道："彼一时，此一时也。当初洪秀全君臣一德，故达开乐于同事。今互相杀戮，达开因谋高举远引，则其志灰矣。我因而用之，彼得回性命，又加之以官爵，何患其不来？"曾国华道："二君之言，皆有至理。招降纳顺，固是军中要着。彼若不来，而大志又灰，恐军无斗志。不如求与一战，有何不可？"曾国藩道："三君之言如此，吾乃执中而行之：先之以礼；如其不从，即出其不意，而截击之。有何不可？"众人听罢，皆鼓掌称善。

正议论间，忽报胡林翼遣曾国葆至。曾国藩忙请至里面，问以来意。国葆道："抚军胡公，闻石达开将经此地，请问以何法待之？"国藩听罢，踌躇未答。原来国藩生平最忌胡林翼。诚恐以谋告之，彼反先行一着也。国葆道："兄长，有何疑虑而不言乎？"国藩道："非也，因议未决；有主招之者，有主击之者，未审胡公有何主意？"国葆道："胡公言，达开必不能为我用。若招之，则宜先准备以防其袭击。若兄长这里欲截而攻之，则胡公愿以全军为公后援也。"国藩道："胡公军当武昌汉阳之冲，何能遽动？想戏言耳。"国葆道："此说不然。胡公为人虑深谋远，且现以分军牵制李秀成；而以本军之半，收回荆州附近各郡县，声势甚锐，未可轻视。"国藩道："既是如此，吾当招降石达开。若不获命，必出于一战。请胡公相助一臂可也。"曾国葆遂拜辞而退。曾国藩笑道："胡咏芝其有意于石达开乎！然曾某断不放过也。吾闻石达开为桂省有名文士，吾当为书以动之。"便令左右，取过笔砚来，立挥一函。早见前派的探子回报道："达开人马不下五万，旌旗齐整，队伍甚严，已离此不远矣。"国藩听得，面色一变。顾左右道："石酋拥五万之众，整队而来，其意殆求战也。此函恐不能为力矣。"罗泽南道："事已如此，仍当招之；招之不来，战仍未晚也。"曾国藩从之，遂令三军准备应敌，另派一人往迎石达开军，投递书函，不在话下。

且说石达开自离了金陵，尽统老万营大军合共五万，浩浩荡荡，本拟直取武昌，与李秀成合兵下荆州，望四川而去。忽军行之间，前军探子报道："有清将曾国藩，饬人带书到此。"石达开听罢，便问多少人同来，探子道："只一人耳，并无军马。"达开便令引带书人进帐里。那人把曾国藩书函呈上，石达开就在案前拆阅。书道：

> 大清礼部侍郎、节制湖广江西军务曾国藩，书候天国翼王麾下：某闻识时务者，呼为俊杰。今将军以盖世之雄，举兵湘、桂，为天下倡；奇略雄才，纵横万里，宁不伟欤！然时世不可不审也。当洪秀全奋袂之初，广西一举，湖南震动，进踞武昌，下临吴会，声势之雄，亘古未尝有也。然以区区长沙，且不能下，使南北隔截，声气难通，故冯逵殒命于全州，萧王亡身于湘郡；曾天养失事于汉口，杨秀清受困于武昌。以至盛之时，而不免于险难，则天意亦可知矣。历朝开创，皆君臣一德，以图大事。乃事功未竟，杀戮相仍，君王以苟安延旦夕，贵胄以私愤忌功臣。以建大功，行大志，如将军者，且不安其身，此则将军所知矣。夫范增失意于鸿门，姜维殉身于蜀道，此非智勇之缺乏，则以其所遇者非人也。寻将军去就之故，则以恃才智而昧时机；遂至沉迷猖獗，而有今日耳。国朝七叶相传，号为正统；深仁厚泽，礼士尊贤，如将军者，一登庙堂之上，方过冀北而群马皆空。英雄世用，只求建白，将军宁不知作退一步想耶？彼秀全以草茅下士，铤而走险，穷蹙一隅，行将焉往？将军穷而他徙，倘再不得志，甚非吾所敢言也。弟忝主军戎，实专征伐，将军或失志迷途，或回开觉岸，实在今日，唯将军图之。

石达开看罢，顾左右道："彼深知我也。然以天王为草茅下士而轻之，非也；且种族不辨，非丈夫也。吾知所以却之矣。"乃立同一书，令来人回复曾国藩。书道：

> 涤生大帅足下：仆与足下各从事于疆场，已成敌国。忽于戎马仓皇之际，得大君子赐以教言，得无慕羊祜之风，不以仆为不肖，故以陆抗相待耶！今谨以区区之意，用陈左右：夫仆一庸材耳！汉族英雄，云龙风虎，如仆者乌足以当大君子之过颂？然足下以一时之胜负，即为天意，则谬矣。汉高履险被危，方成大业；刘备艰

难奔走,始定偏安。苟其初亦诿以为天意,谁与造后来之事业?又试问两年之间:洪王收复天下之半;挥军北上,淮扬底定,此则天意又何在乎?历来开国元勋,皆舍命效力,西、南二王之死亦常矣!且足下之意,有为仆所不解者:岂茅草下士,遂不足以图大事哉?秦楚虽雄,而天命所归,乃在泗上屠狗之辈;蒙古一弱,而大业所就,即在皇觉寺之僧徒,此足下所知也。足下固曾读中国圣贤书者:春秋夷夏之辨,当亦熟闻之。自昔王猛辅秦,犹未至彰明寇晋;许衡灭宋,死后犹不欲请谥立碑,盖内疚神明,不无惭德。而足下喜勋名,乐战事,犹或可为;若以庮廷七叶相传,颂为正统,此则仆所深为诧异者,诚以不料足下竟有此言也。辱承锦注,欲以名器相假,然则足下固爱我而犹未知我也。曩者军抵三湘,直趋鄂岳,足下高搂广榭,巍然无恙,凡鸟过门,未敢留刺。今幸赐教言,且惭且感。仆不知:如反其道以施之,设仆等所事不成,若他日足下辱过敝庐,曾能再动今日之情爱否也?既蒙错爱,谨以函谢。今当西征,席不暇煖,无从把晤。谨附俚词五首,以尘清听,足下观之,当笑曰:孺子其自负哉!

书词之后,又有律诗五首。再看下去,诗道:

　　曾摘芹香入泮宫,更探柱蕊趁秋风。少年落拓云中鹤,尘迹飘零雪里鸿。声价敢云超冀北,文章昔已遍江东。儒林异代应知我,只合名山一卷中。
　　不策天人在庙堂,生惭名位掩文章。清时将相无传例,末造乾坤有主张。况复仕途皆幻境,几多苦海少欢肠。何如著作千秋业,宇宙常留一瓣香。
　　投鞭慷慨莅中原,不为仇雠不为恩。只觉苍天方聩聩,莫凭赤手拯元元。三年揽辔归羸马,万众梯山似病猿。我志未成人亦苦,东南到处有啼痕。
　　若个将才同卫霍,几人佐命等萧曹。男儿欲画麒麟阁,凤夜当娴虎豹韬。满眼河山罹异劫,到头功业属英豪。遥知一代风云会,济济从龙毕竟高。
　　虞帝勋华多美颂,皋夔家世尽鸿濛。贾人居货移神鼎,亭长还乡唱大风。起自布衣方见异,遇非天子不为隆。醴泉芝草无根脉,刘裕当年田舍翁。

曾国藩看罢,不觉诧异道:"达开有文事,而兼有武备,其志不凡,吾甚敬之。以大敌当前,而雍容整暇,其殆风流儒将乎。"遂传令退军二十里,让石达开过去。塔齐布道:"达开穷而他窜,我复让之,朝廷其谓我何?"曾国藩道:"彼众而我寡。且达开虎将也。其部下皆能征惯战，实不易胜之。战如不胜，贻天下笑矣。况彼去金陵而入西川，正洪秀全失其羽翼，因而纵之，不亦可乎？"罗泽南亦以为然。遂拔寨退军而去。早有细作报道石达开军里，左右皆喜道："清军避我矣，长驱而进可也。"石达开道："不然。彼自料势不如我，故示之以礼让；但吾军若到荆襄，则胡林翼诸军，必合而谋我。此其时，曾军将绕吾后矣，盖彼惧清廷之责罚也。我军若三面受敌，胜负之数，固不可知。我不如亦示之以礼，转由江西贯湖南，绕道入川，有何不可。"遂令大小三军改道，入九江而去也。按下不表。

且说洪天王自石达开去后，彷徨无措。因思石达开上表时，力言李秀成可用，便降诏李秀成，入南京办事。秀成得了天王之旨，谓谭绍洸道："弟自替守武昌、汉阳无恙者，恃智不恃力也。今胡林翼、曾国藩龙骧虎视，以窥武昌，此四战之地，诚不易守。现在东王已死，翼王已去，天王召我，大局关系，弟不得不往。但天王未言及以何人替守此处，想亦量才而用耳。足下意中究有何人，足当此任？"谭绍洸道："再请由南京调人到此何如？"李秀成道："黄文金在安庆，陈玉成入江西，林凤翔、李开芳、罗大纲各统兵北伐，眼见南京无人矣。若安、福两王短于才略，而桀骜不驯。此无用之辈，不足以当大任也。"谭绍洸道："然则足下将委何人？"李秀成道："胡以晃老成持重，深识大体，不幸去年身故，吾甚惜之。若以武昌人才，恐弟去而足下不能卸责矣。足下将以何策守之？"谭绍洸道："以汉阳之众，攻吴、胡二军；而以武昌精锐，截击曾国藩可乎？"李秀成道："如此则危矣。"谭绍洸道："然则足下之意若何？"李秀成道："弟昔日在此，彼三军齐举，吾则守以防之；彼一路来攻，吾则战而破之。足下谨记斯言可也。弟去后，必不能再到武昌，今而后，金陵大局，将在弟身上矣。且吾一去，则清军必来攻击，吾有一密计遗下，可以破胡林翼，而退曾国藩者。待清兵来攻之时，足下即依计而行，切记切记。"说罢以密函交付谭绍洸。并嘱道："破敌之策，全在于此。将军善藏之。"

谭绍洸拜受。并答道："受国家重任，而又得将军重托，敢不自勉。请将军放心。"李秀成道："足下审慎有余，而机变不足，只此可虑耳。愿将军自爱！"说着又以兵符印信，交付谭绍洸。随布告各营，以应诏入金陵。谭绍洸道："将军四处布告，恐敌人知将军已去，来攻益速矣。"李秀成附耳道："正唯如此，而后所遗之计乃可用也。"谭绍洸乃不言。次日李秀成起程，谭绍洸又为之祖饯，秀成珍重一番而别。

慢表秀成入金陵。且说谭绍洸继守武昌，所有法度，皆依秀成旧制，传令不许更易。这点消息传到胡林翼军中，林翼大喜。即谓诸将道："向者以三路之兵，不能得志于汉阳者，以李秀成在也。今秀成去矣，吾等窥汉阳，正在此时。不可失此机会。"部将褚玖躬道："秀成诡计极多，但恐非真去耳。"林翼道："不然。金陵空虚，即秀成不往，洪秀全当召之，吾决其必行矣。"遂一面知照曾国藩，请攻武昌；而自以大军攻汉阳。两路会合，杀奔前来。

谭绍洸听得，忙取李秀成遗计拆阅，不胜之喜。便令军中严整旌旗。一面令义勇军晏仲武，副将洪春魁，领五千人马出城埋伏洪山要道；又令陆顺德、苏招生，以水师屯守沙河。以武昌与汉阳，大江相隔，又用破舟缆铁索，为浮桥相通，互相接应。自与诸将谨守汉阳，以待清兵。安排既定，只见胡军先出，蜂拥而来。少时又接得曾国藩攻武昌之耗。谭绍洸顾左右道："果不出秀成所料也。"

当下胡林翼大军已到汉阳。以李续宾、李孟群分攻西南两路；以曾国葆为前军，自为各路接应。军到城下，只见汉阳城上旌旗严整，不敢遽攻。回禀林翼道："汉阳守卫严整，李秀成尚在军中也。"胡林翼不信，遂微服杂在军中，前来观看。果见守卫甚严，几乎无懈可击。看罢闷闷不乐。回至营中，沉思一会，时日已傍晚，传令军中安扎，待明日攻城。军士得令，各自安排。忽然到了三更时分，三军正在安寝：忽东南角上鼓声大震，金角乱鸣，胡军在梦里惊起。只道洪军来攻，仓促准备应敌。久之寂然。夜里又不敢乱进，只得各自安息。才到四更，又喊声动地，汉阳城上复呐喊助威，惊得胡军乱窜。久之仍无声息。不觉将近五更，鼓声又起。自汉阳城至洪山一带，如千军万马之声，搅得胡军一夜不曾安息。胡林翼此时已料洪山地方，必有天国人马埋伏。欲分兵攻之，又恐汉阳洪军冲出，心甚忧虑。

忽报罗泽南已得曾国藩之令，会攻武昌，时正与塔齐布驻东路。林翼接见之下，正欲开言，不料罗泽南早说昨夜洪军惊扰，原来罗军亦是如此，一夜不曾安睡。少顷又报曾国藩至，所说皆同。曾国藩道："沙河一带，已有天国水军埋伏。自汉阳至武昌，又用铁索缆浮桥，互相联络，守御极严，无从下手。"胡林翼道："三军在此，不能遽退，拚与一战，不亦可乎。"就发令先请曾国藩以本军分为两队，以前队先烧浮桥，直抵武昌；以后队阻截沙河，使彼首尾不能相应。林翼以本军直围洪山，兼接应曾军。李续宾、曾国葆、李孟群各统大军，分攻汉阳。各人得令，回去准备。

时谭绍洸见清军各营，隐隐移动，料不久必来攻城，亦传令各依计行事。当下曾、胡各军，以部署方定，天色已晚，夜里不便交战，姑待明天。只恐仍如昨夜一般，军士被其惊扰，便略退数里，分两班轮换巡逻。无奈天国军中，是夜鼓角之声，较前益甚，清军仍不能安心寝息。又到天明，胡林翼自引一军，会合各军，进攻汉阳；改令曾国葆阻截洪山要道，以防伏兵。一面打听曾国藩消息。

原来曾军令塔齐布引军，冒险来烧浮桥。谁想汉阳一支军冲出，反截塔齐布军后路，塔军阻厄河滨，不能成列，中枪落水者，不计其数。塔军正在仓皇，忽沙河一带，伏兵齐起。水师船如箭而下。船中所藏陆军，皆渡过右岸，夹击曾军大营。赖罗泽南死力支撑，怎奈前军既败，后军无心恋战，各自逃窜。胡军围攻汉阳未得手。因林翼本意欲用药线，炸陷城垣，谁想李秀成遗计，都在城垣外预通濠道，以故不能施其计。正在纳闷，忽探马驰报道："曾军水陆二路皆败。曾国葆围阻洪山，未敢遽进。又不知洪山天国人马多少？更不知此外更有多少埋伏？现在敌军正将冲进来也。"胡林翼听得，又见军士一连两夜受惊，皆疲倦无斗志。不觉叹道："吾今番进兵，又成画饼矣。"管教：

  智勇能谋，巧授锦囊摧大敌；
  声威所播，顿收金甲退雄师。

毕竟胡林翼进退如何，且听下回分解。

第三十一回

韦昌辉刎颈答钱江　李鸿章单骑谒曾帅

话说胡林翼因听得曾国藩兵败，曾国葆又进攻洪山，不能得手，正在进退两难之际，本欲退兵；又恐汉阳城内，洪军冲出。想了一会，即照请曾国藩先退东路之兵，自己好缓缓而退。不想曾国葆因围洪山，自辰至申，军心渐渐懈怠，忽然洪山里面，鼓声大震，把曾国葆军士吓得手足无措，不战自乱。胡林翼就乘势退兵。

这时谭绍洸与冯云山之子文炳，由汉阳分两路冲出；义勇队统领晏仲武，副将洪春魁，又由洪山杀将下来。胡军无心恋战。谭绍洸率各路人马，奋力追杀，如入无人之境。胡林翼死力支持一阵，折了些人马，领余军奔回岳州而去。时曾国藩亦以兵败，奔回九江。谭绍洸大获胜捷，收兵回汉阳，大犒三军。令洪春魁、晏仲武仍守汉阳；自与冯文炳回守武昌。大修战备，以为战守之计。一面写表申奏洪天王，不在话下。

且说李秀成离了武昌城，星夜往南京进发，一路沿安庆而下，绕道先入庐州。听得鲍超为寿春镇总兵，便对胡元炜说道："鲍超如许仲康，所谓虎痴；勇而好斗，乐功名而轻于所就。今清廷縻以好爵，彼更为清廷效死力矣。当慎防之！"胡元炜领诺。李秀成便巡视水陆各营而去。到了金陵,先报知洪天王。天王听得李秀成已到,便请到殿上相见。天王面有忧色,料为东王被杀,翼王已去之事,不觉流泪道:"臣弟在武昌,听得东王之变,本欲趋朝,只以任重,未敢擅离。今奉诏谕趋朝,听候差委。"洪天王道:"自得贤弟镇守武昌,朕免西顾之虑。惟军师近来称病,不出任事;翼王又去,眼见金陵无人任事。故促贤弟回转。近来北伐之军,林凤翔虽叠得胜仗,李开芳却久无消息,朕甚忧之。是以欲与贤弟一决。"李秀成道:"臣弟行时,曾授计与谭绍洸,必能依计破敌。然此后武昌亦危矣!至于北伐之师,虽胜,势孤力单,不可恃也。宜诏令李开芳、罗大纲、吉文元与林凤翔,合军再起,钱军师为四路都督,以临北京,庶乎有济。至于江南大局,臣弟当勉力以报国家,传檄江苏;另拣良将,抚定浙、豫,则天下不难定也。"洪天王深然其计。

谈论间,内官传进午膳,天王就留秀成共饭。洪天王道:"适贤弟言,武昌亦危,究有何法以维持之?"秀成道:"以今日大势,进则图功,退则坐败。臣弟守武昌之日,以吴、曾、胡三路清军挟制,不能长驱入汴梁,此吾之受亏也。武昌四面受敌,谭绍洸必守不住。但武昌得失,无关大局,所重者北伐之军耳。为今之计,不如盛屯安庆之守,再调大兵出河南,则满人之气夺矣。"天王犹未答言,忽报武昌捷报到。洪天王投箸而起;李秀成亦起。得接捷书,知谭绍洸武昌大捷。天王大喜道:"此谭绍洸之力,而贤弟之功也。"秀成谦让一回,重复入席再饮。一会,忽又报:"李开芳递表到。"天王令人将书呈上,看罢面色一变。李秀成不知其意,徐徐问道:"李将军其禀军情耶!"天王摇首叹道:"非也!"随把原表教李秀成一看。秀成看下奏道:

征北大将军、第十二天将、夏官丞相李开芳言:窃以东王毁家举义,自桂平奋起以来,转战各省,皆竭忠尽诚,以纾国难。卒赖上帝之灵,国家之福,英雄响应,士庶归仁,东南各省,次第兴复。用能继承汉统,正位金陵,东王固与有力也！朝廷论功行赏，晋爵开藩：外结君臣，内联兄弟，复假旄钺，得专征伐。方之往古，如汉萧曹，如明刘徐，当无以加之。今以宵小怀私发难，谋杀元勋，全家被害。朝廷不加罪责，将何以服人心？臣闻变之下，不知所措。诚以元凶尚在，先臣难瞑；军士离心，流言遂起，此臣所夙夜不安者也。臣统兵在外，非欲妄参内政，人心一离，大势即解。恐创业未半，而中道摇动，臣诚不忍坐视，谨拜表以闻！

秀成看罢，向洪天王道："钱军师之意若何？"天王道："军师言，东王有可杀之罪，北王非能杀东王之人，在北王诚不免于罪。然朕以勋臣汗马功劳，不忍加罪也。"秀成道："天王之言甚是，诚如钱军师之言：北王罪固不免。惟天王既不布告东王罪状于前，又不正北王之擅杀于后，实非良策。况乱离之世，治国故非一道，愿天王思之。"洪大王点首而哭，秀成亦哭。天王随转入内宫，秀成乃辞出。

次日天王以李秀成任水陆军务都督，知内外事，专征伐，晋爵忠王。李秀成谢恩后，先往谒钱江。钱江道："吾知足下到金陵，得封王位，正欲前往道贺，不期足下先到。"李秀成道："欲来谒先生久矣！只以进朝，与天王相见，故延至今日。"钱江便问洪天王有何事相议，李秀成即以劝天王注重北伐之说，告之；并告李开芳递折一事。钱江道："李开芳之责，诚有词矣。天王为人，过于忠厚，不明大计。前既与杨秀清以大权，后又不宣布其罪状，故有今日。然吾知北王必死。今后国家又失一良将矣。"言罢而哭。钱江又道："当东王之死，人皆以足下为东王党羽，势将拥兵为乱。吾独不信。盖以足下深明大体，必不昧于去就也。"秀成道："东王之怀非望，弟早知之。昔林凤翔常对弟说，谓东王收罗羽翼，其志不小；然才短而志疏，自取其败，今果然矣。东王又尝以言试弟：谓天王将以重爵予子，子将若何，弟答道，'弟为国家出力，非为天王效力也。'东王始无言。想惟先生知弟心耳。今东王之败，诚不足惜。所惜者：杀非其时，亦非其人耳。先生以为然否？"钱江道："豪杰所见略同，足下勉之。江此后殆无志于天下事矣。"李秀成大惊道："先生何出此言？"钱江摇首叹息，徐附耳对秀成说道："怀异志者不止东王，如福王洪仁达者，其防之。天王以妇人仁，断不能大义灭亲。福王忌我甚，忌则蓄而谋我矣。今后足下任大责重，若大事未定，当周旋于安、福两王之间。足下高明，不劳多嘱。"谈次适天王令人送李开芳奏折到。钱江看罢，不觉叹道："哀哉韦昌辉，今后国家损一良将也。"李秀成听了，看钱江有不舍韦昌辉之意，便答道："三军易得，一将难求。倘有计策，请留此虎将，以备缓急。"钱江道："此言甚是。除将军亲出汴梁，抚定李开芳、吉文元，告以朝廷之意；并告以东王自称九千岁，擅权谋篡之罪。然后夺韦昌辉爵位，杀韦昌祚以谢杨党，庶乎可矣。然恐不及也。吾料昌辉非畏死者。彼延至今日，盖待朝廷之正其罪；否则彼亦捐生也。"秀成道："此时何不早行之？"钱江道："非足下，谁与抚定吉、李二人？且安、福两王，日在天王左右，方以弟与北王同党，此吾所以不敢妄动也。"秀成道："事已迟矣，然吾姑试之。"

方欲辞出，忽报北王至。钱江忙令引入。北王见钱江有泪容，秀成亦有哀色，心知有异。遂向钱江见礼，随向秀成问道："将军回金陵，弟已知之。惜以负罪国家，心先惭愧，有何面目以见将军耶？"秀成道："尊兄何出此言！"北王听罢，低头不语。李秀成即以欲为他解脱之事告之。并请以国家为重，无效匹夫所为。北王叹道："误我者吾弟昌祚也！东王有罪，其全家何罪？而并戮之，翼王责我有词矣！吾其忍苟免乎？"说罢直出。秀成与钱江相对叹息。未凡秀成辞出，即发函吩咐李开芳、吉文元二人，告以东王被杀之原因，及东王罪状；另挥一函，安慰北王。

且说北王回府之后，自思杀东王全家之事，诚为太过。天王不忍加罪，然究无以自问。且现在李开芳、吉文元领军在汴梁，观望不进，虽有罗大纲监军，亦只防其他变耳。似此实误国家大事，岂不以东王被杀之事；已若不死，无以安彼辈之心，则罪滋重矣！正愁叹间，忽府里书记李文龙进来，北王问他有何事故？李文龙道："适闻李开芳有奏递到，天王以东王被杀一事，责重将军，将军何不为翼王故事，高举远引，另图大举乎？"北王道："吾与翼王不同。吾去，则东王故党益增变矣。全一身而增国家之乱，吾不为也。"说罢令李文龙退出。转身入内，见王北妃吉氏。北王故作言道："近日令兄举兵在凤阳叛，妆知之乎！"吉妃道："恐无此事，王爷何以知之？"北王道："令兄固知有东王，而不知有天王也。"吉妃大惊，不能措一语。北王道："卿勿惊，令兄之意，犹卿之意耳！"吉妃道："妾意如何？王爷胡作此语？"北王道："知有东王，而不知有大王，犹知有兄，而不知有夫也。"吉妃道："王痴耶？无枉屈好人！"北王道："吾若痴，早死于卿之手矣！吾舍命为国杀东王，事未行，而先泄之于其母，将置吾于何地也？"说罢而出。故遗一剑于案上。吉妃不知其意，告之遗剑使之取回。北王道："吾将死矣！生前不能杀吾，死后请以剑殉我！而遂卿本意可也。"吉妃不觉下泪，自悔从前之误。以母兄之情，为周旋东王计，几害夫命，想至此，不觉叹道："吾死晚矣！"时有一子，年方四岁，名韦元成。正在身旁，吉妃给之出房后。遂闭上房门，先执韦昌辉遗下之剑，意欲自刎，忽回想道："吾夫所遗之剑，而吾将而自刎，是吾夫杀吾也。为妇而见杀于其夫，益增羞矣！且亦死，亦求全尸，何必身首异处？"便解下罗带，以巾覆面，复叹道："吾无面目见吾夫于泉下也。"遂自缢而亡。当时有诗叹道：

  绣阁妆余尚画眉，红绫三尺也堪悲。
  芳魂渺渺悲泉下，为哭床头四岁儿。

  吉妃缢死后，侍婢英荷，见房门紧闭，潜听之，渺无声息。连敲了房门几次，亦无应声，急忙撬开房门，唬得一跳，只见吉妃直挺挺挂在一旁。急忙解下，已如冰似雪，用手抚时，不觉大哭起来。随奔告北王。北王听了答道:"人生终有一死,死也罢了。"徐又叹道:"大丈夫不能秉正朝纲,早定大事,徒怨及妇人,吾何愚耶?"英荷见北王如此情景,直奔入房里。原来吉妃平生待英荷如女,此时英荷想起吉妃贵为王娘,尚如此结局,何况自己。且北王以数年夫妻,绝无哀感,眼见吉妃死得如此冷落,心内十分情激。又想起吉妃平生待自己之恩厚,无从报答。想到此,泪如雨下,愤不欲生。遂亦闭上房门,自缢于吉妃之旁。

少顷,北王韦昌辉入内观看,见房门仍闭,只得尽力把房门推开:但见吉妃尸首已在床上,惟英荷尚挂在一旁。昌辉此时对景生情,不禁亦为伤感。便令家人打点丧事。自思一己死生,关系国家大计。北伐各军,都为杨秀清一案,互相观望。又念东王可杀,彼全家何罪?翼王之言,实在不错。看来非一死,不足以服人心。想罢就案上挥了一函,着人送与钱江。然后自尽。钱江拆书一看,书道:

> 弟自追随左右,得聆玉训,每嘱以谨慎,毋酿大变。言犹在耳,弟岂忘心?只以赋性愚昧,不学无术;轻举妄动,悔无及耳。天王恩爱,不忍以斧钺加诸勋臣。然弟知罪矣!今北伐之师,徘徊不进;一若以东王受冤,必当泄发者:先生视弟,岂畏汤火而惧刀剑者哉?诚以东王之事未明,而徒加弟以杀戮之咎,弟不任受也。今不获已,当谋自处,而有以报于先生。而今而后,可以见志;惟功惟罪,后人必有知者。愿先生努力,以国家为念!

钱江看罢,拍案惊道:"北王果死矣!"正嗟讶间,适状元刘统监至。钱江以北王之书示之。刘统监道:"北王虎将也,当留为国用。盍往止之!"钱江道:"你先去止住他,我随后就到。"刘统监忙即驰往北王府,满望救北王一命。谁想韦昌辉发书后,早已伏剑而死。时年仅三十六岁。可怜天国一员大将,以其弟韦昌祚,误杀东王全家,遂不得其死,惜哉!后人有诗赞道:

> 金陵日落众星孤，太息西林惹酒徒。
> 谁是狼枭应剿贼？人非牛马不为奴！
> 杀妻志已殊吴起，辅主心雄埒逆胡。
> 风尘自古多奇杰，樊哙当年一狗屠。

后人多以东王被杀后，天王诏韦昌辉以偿东王之冤，殊属附会。天国探花及第王兴国，有诗单吊韦北王自刎诗道：

> 英雄末路古来悲，慷慨南京尽节时。
> 五载烟尘余马革，满城风雨哭龙旗。
> 弥留尺剑贻妃子，珍重瑶函答帝师。
> 大义岂真轻一死？英魂犹自绕丹墀。

刘状元赶到，韦昌辉已死，伏尸而哭。钱江亦至，放声大哭道："君不死，而国家不安；君已死，而国家亦危。呜呼痛哉！"刘状元谓钱江道："军师不宜多哭！且起来商议大事。"钱江遂拭泪，一面令刘状元将北王死事，奏知天王；一面令北王府家人打点丧事，并叫韦元成穿孝举哀。刘状元临行时，钱江嘱道："天王念北王前者杀妻相救，及数年汗马功劳，必优加以饰修令典。然如此，则贻东王党口实矣。当为天王言之。"刘状元唯唯而去。

却说天王听得北王自刎，甚为伤感，就欲拨给库款五千，与北王治丧。及刘状元至，告以钱江之言，便不再拨款。刘状元又请以北王死事，布告各路天将，以了结东王之案，天王从之。自此杨党才无异言。当下天王亲造北王府祭奠：就命韦元成承袭北王；俟其长时，命官授任。过了数天，徐议大举北伐。李秀成道："江苏肘腋之地，宜早为平定。且上海为西人居留地，吾当乘机克上海，以便与西员立约，免留后患。若我大举而全胜，清人将借力外人图我，我岂能当各国之兵？且我不忍为者，而彼为之，我如彼何？自当先发制人。愿大王思之。"天王深以为然。遂令天将古隆贤，领大军三万，由镇江而下；再令黄文金抚定安徽余郡；复令赖文隆领军二万，与陈玉成军会合攻江西，兼应湖北。李秀成拟自统主陵精锐，大举北上，会同林凤翔、罗大纲、李开芳、吉文元以攻北京。

自此消息一出，满清举国大震。这时就拉出一位，为清廷效忠尽力的大臣，姓李名鸿章，号少荃，本贯安徽省合肥县人氏，由两榜翰林检讨出身。他弟兄四人：长名翰章，号小荃，是由徐姓归宗的；鸿章居次；此外尚有两弟，一名鹤章，号幼荃；一名焕章，号季荃。兄弟几人，皆有才干。鸿章自幼读书，更自不凡，颖悟非常。塾师大奇之，以为非常人。又有善相者，便到他家里相诸人。谓鸿章道："君家兄弟皆贵相。而君斗头方面，福泽尤远出诸昆仲之上。"后登道光进士，入翰林，寄居贤良寺。曾国藩方任侍郎，鸿章师事之。国藩每谓人曰："鸿章相辅器也。"旋外放福建延邵道，年已三十矣。时正告假在籍，与同乡刘铭传、程学启为密友。尝谓两人道："公等出仕，可至督、抚、提、镇。"二人还叩之？鸿章但笑而不言，及赞皖抚吕贤基幕府，所谋多不能用；听得曾国藩以湘团出境，围攻九江，回忆在京当翰林差使时，曾投拜曾国藩门下，屡蒙赞赏。不如到他营里图个差使，从军营里较易升官。主意已定，就与众兄弟商酌。皆云曾军屡败，恐难图功，不如勿往。鸿章道："此吾如毛遂所谓锥处囊中，将脱颖时矣。"遂决意前往九江。适前之相士至，鸿章告以将在从军。相士道："公若往，得其时矣。然公能立盖世功名，不能作惊人事业也。但庸人后福。激流勇退，不可不慎，子其勉之。"鸿章叩谢相士，遂打点行李，带了仆从，骑上牲口，别过兄弟，离了合肥，直望九江而来。一路上晓行夜宿，不多几天，早到了九江。探得曾国藩大营驻在府城附近，便策马前来，要与曾国藩相见。管教：

虏运未终，转奋风云兴俊杰；

矫情相折，独教月夜走枭雄。

要知李鸿章与曾国藩相见若何，且听下回分解。

第三十二回

谭绍洸败走武昌城　钱东平遁迹峨嵋岭

话说李鸿章，策马投刺入内：时曾国藩正欲沐浴，接到李鸿章名刺，乃顾左右道："少荃今之国士！可惜他头角太露，视天下如无物，吾当有以折之。"说罢把鸿章名刺放下，尽自沐浴。

鸿章在外候了多时，总不见传出一个请字，莫明其故。又半晌见阍人自内出，以为曾国藩必传见无疑矣。阍人绝不道及。肚子里忍不住气，向阍人问道："曾帅得毋外出乎？"阍人道："非也！"鸿章又问道："得毋有客在乎？"阍人答道："无之。"鸿章道："如此，是轻傲我也！"暗忖在京为师生时，何等投契；今一旦兵权在手，遂忘故旧耶？意欲逃去。忽转念他有什么缘故，尚且未明，何便逃去，且远道而来，纵彼以轻傲相加，尽不妨骂他一顿。便再令阍人再传第二个名刺。阍人尤余，姑与传递。少顷复出，阍人亦无言语。李鸿章怒甚，已不能耐；又半晌方见内面传出一个请字：李鸿章便盛气而进。然此时仍以初进营中，料曾国藩必具冠服恭礼相迎，故鸿章此时虽怒，仍以敬意相持，不敢怠慢。不意进了帐内，并不见有曾国藩，不过三五人在堂上谈天说地，指手画脚而已。鸿章心下纳闷，忽闻一旁人声问道："少荃你几时来的？"李鸿章急回头，不是别人，正是曾国藩：尚在浣盘濯足，形色甚是轻慢。李鸿章这时，不觉顶门上，怒火直冒起来，乃厉声答道："弟在营外候见已久，何至今犹浣足耶？"国藩听罢，仍未起身，复笑着答道："少荃相处已久，胡尚不知吾性耶！吾在京时，每函致乡中诸弟，使勤于浣足；盖勤于浣足，可以灭病。故吾生平最留心此事。少荃如以此相责，可谓不近人情。"国藩这时说了又说，絮絮不休。鸿章气愤不过。立在庭中，只见堂上诸人：皆注视自己，莫不目笑耳语。鸿章如何忍得？便向国藩说道："涤生将以此奚落鸿章耶？"国藩道："这怕未必！吾接尊刺时，方在沐浴间；及第二次接得尊刺，而又不能不浣足。待浣足已毕，将与子相见矣！"鸿章听罢，一言不发，径拂袖而出。行了十余步，只闻国藩笑说道："少年盛气哉！非大人物也。"鸿章此时直如万箭攒心，掉头不顾，出营而去。

走出营门，也不见有人出来挽留。营里将弁只各以目相视。鸿章出了营外，骑回牲口，且行且愤。自忖在京时，与国藩何等投契！且蒙他以国士相许。今如此冷淡，薄待故人，试问你国藩有何本领，敢如此相傲。枉教自己从前错识了他。想罢仰天长叹！不禁奋然道："岂俺李鸿章舍你国藩一席地，遂无出头处耶？"意欲奔回合肥，忽又转念道："自己当初来时，诸兄弟曾以言相谏，阻我之行；奈自己功名心急，又看得国藩那厮太重，致遭此奚落。然今回去，何以见诸兄弟。"想到此情，不禁勒住了马。看看西山日落，暮烟四起，又不知往那里才好。正自着闷，忽见一个农夫，迎面而来。鸿章便向农夫问投栖止。农夫道："先生非落寞中人，何栖皇至此？"鸿章本待不言，惟见农夫立足不语；没奈何，只得以实情告之。农夫道："求人者当如是。子千里求人，又负气而去，行将安归？且此间曾帅有示：惧人侦探军情，故生面之人，不准留宿。不敢闻教。"说罢飘然而去。李鸿章又气又恼，踌躇了一会，忽见罗泽南策马而来，向鸿章大笑道："曾帅谓兄才具有余，而养气不足，今果然矣。"鸿章一听，心上怒上加怒。忽回头自想，暗忖曾国藩如此相待，难道故意相弄，以挫折自己不成！果尔，则自己如在梦中也。便向罗泽南问道："德山此来有何用意？"罗泽南道："奉涤公之令，专请足下回去。曾公向言足下头角太露，故为此计，何足下竟堕其术中耶！"鸿章听罢摇首："难道涤生竟能戏吾耶？"泽南道："天下盛气之人，皆可以戏，何必多怪？"鸿章无语，便与罗泽南策马同回。

及到营外，早见曾国藩盛服相接，鸿章急下马见礼。国藩道："少荃，得毋以曾某为前倨后恭乎！"说着携手入帐，分宾主坐下。塔齐布、杨载福、彭玉麟等相见。鸿章先道："方才盛气辱及先生，望先生休怪。"国藩道："吾方待才而用，岂知足下反加白眼。大丈夫以器量为重，才识次之，故聊以相试耳。"鸿章听了起身谢过。国藩道："近来闻足下赞皖抚吕贤基军幕，屡欲邀足下来此，因安徽军务紧要，是以不敢。究竟现在安徽军情如何？"鸿章道："吕中丞好谋寡断。当公与吴、胡两帅会攻汉阳，此时天国在皖省守卫尚虚；弟献议乘这时机，大举攻安庆，吕中丞不从，失此机会。今皖省只有鲍超一支人马，坐镇几郡。而敌将胡元炜，方守庐州，坐镇桐城；黄文金又以重兵兼守安庆，甚为完密，恐难下手。不如趁李秀成已去，以全力先复汉阳、武昌，实为上策。"国藩道："公言甚是。但金陵为洪氏根本，若克金陵，则诸省不难恢复矣。"鸿章道："此事实不容易。因金陵为彼精锐所聚，加以李秀成智勇足备，吾军中实无出其右者。若不收复各郡，以先孤金陵之势，恐收效亦殊不易也。"国藩听了，点头称是。又问道："人才归于洪氏，为吾之大患；以足下所知，究有何人，足以当大任者？"鸿章道："向荣、胜保治军虽严，然谋不济勇，此其所以败也；若知人善任，莫如明公；冲锋陷阵，莫如鲍超；料敌而进，莫如林翼。其余明公帐下人物，如罗德山、杨厚庵、塔齐布皆一时之英杰，皆足以当一面者，此则明公所知矣。此外湘中二李，明公还知之否？"曾国藩道："岂非续宾兄弟乎？"鸿章道："是也。彼兄弟皆卓荦不群之士；续宜则谨慎深虑；续宾尤骁勇非常。若得此人而用之，亦足以独当一面。明公以为然否？"国藩道："足下可谓知人矣！续宾兄弟，向从学于罗山门下。其才识沉毅，吾识之久矣。当为力保使重任之，以收得人之效。现闻李孟群由知县超擢道员，有补安徽布政消息；此人若在皖，未尝无济于军事也。"李鸿章点头称是，谈罢而退。杨厚庵私向李鸿章道："足下力举有名人物，而独不及左宗棠者，何也？"李鸿章道："左公固才，然弟只不敢言于涤生之前耳。"杨厚庵乃默然不答。

国藩自李鸿章到后，便有意规复武昌。但以胡林翼现为鄂抚，此议本该由他发起，便与鸿章计议，以书示意胡林翼，使取汉阳。时胡林翼正愤前次之败，已听得李秀成入金陵已久，要来攻取汉阳。忽得曾国藩书，其议遂决。其时鄂督吴文镕，计议欲即进兵。吴、胡二人即知会官文，以旗兵六营，兼助文镕前军；一面请曾国藩助力，大举图汉阳。适湖南巡抚骆秉章，令李续宾带湘军五营，前来助战。

原来湘抚张亮基，因捻党起事，调办河南军务，特令骆秉章继任湘抚。骆秉章广东花县人氏，与洪天王乡相隔不远。少贫，为佛山镇张家西席。张氏恤其贫，以婢妻之。后举进士，入翰林，屡典试差，历任藩臬，洊升至湖南巡抚。为人虽无智谋，然惟赋性谦抑，颇能用人。自见胡林翼败于李秀成之手，恐胡军单弱，因遣李续宾来助战。

那李续宾本贯湖南人氏，以道员统领湘军，转战湖南各郡，颇著骁勇。当下奉骆抚之命，领兵到荆州，胡林翼便用为前军。各路人马取齐，会同进发。当下天国副将洪春魁听得这消息，忙与晏仲武商议应敌之计。仲武道："天王自下江南以来，武昌、汉阳两路有守无攻，此诸葛所谓不伐贼，汉亦亡也。汉阳之守，责任自在主帅。不如飞报武昌，听候行之。"洪春魁道："公言甚是。"便差人报告谭绍洸。

那时天国太平四年，即清国咸丰四年也。当下谭绍洸正在武昌城外，沙河一带增练水军。听得汉阳告急，便欲移军亲自往救。冯文炳

第三十二回　谭绍洸败走武昌城　钱东平遁迹峨嵋岭　267

进道："吴、胡两人兵力既重，又增添荆州旗兵与长沙湘军，其势正盛；汉阳战守，皆不易也。即明公亲往，恐亦无济。且曾国藩必会兵以攻吾武昌，此时更无归路矣。兵法在攻其所必救：不如遣人星夜入安庆，使黄文金分兵江西，一以壮陈玉成军势；二以牵制曾国藩，或武昌可以无事也。"谭绍洸道："现陈玉成方由安庆下建昌，已克鄱阳湖，正困南昌省城，声势大振。恐曾国藩未必便离江西也，然亦不可不备。"遂使人驰报黄文金。黄文金闻报，即令部将王永胜，会合伍贵文之兵，直进赣境，以邀曾国藩后路。谭绍洸再调吴定彩，以水军助汉阳声势；今武昌人马打着自己旗号坚守，自己却暗入汉阳。

是时吴文熔、胡林翼大兵已抵汉阳城外，令前军李续宾，先取洪山要道；自却筑营建垒，以压汉阳。林翼更嘱曾国葆道："汉口为咽喉重地，得此亦足以分洪家军势。"便令曾国葆以五千人马，取汉口。

谭绍洸潜到汉阳之后，正欲依李秀成旧法，先夺洪山。谁想已被李续宾先据。谭绍洸道："清军鉴于前日之败，先据洪山，我失势矣。"正拟备兵固守，忽东门守将飞报，汉口已破，已被清兵夺去。谭绍洸大惊，急传令汉口败兵，休冲入汉阳。却奔回武昌去。谭绍洸急聚诸将议道："洪山与汉口两路俱失，汉阳势益孤矣。汉阳有失，武昌重地，究以何策保之？"各人皆面有难色。正议论间，忽报冯文炳自武昌饬人送书至。谭绍洸拆开一看，不觉点头称善。顾谓诸将道："文炳不减乃父云山之智，此策准可行之。"原来文炳亦知汉口与洪山已失，恐汉阳难守，故献策请调兵暗袭荆州。谭绍洸就依计行令：洪春魁与部将汪有为，以五千人马，径袭荆州去。

那日傍午时分，清军已大至，把汉阳西南东三面围得铁桶相似。谭绍洸竭力守御，亦虑胡林翼从地道发炸：急令人一面守御；又一面挖筑长濠。不料清兵愤于前次之败，人人奋勇。那胡林翼身先士卒，首扑南门，枪弹如雨而下。谭绍洸所开发筑长濠的军士，皆不敢向前。再那胡林翼安营后，已从营中先通地道，埋伏药线。此时一声轰炸，犹如天崩地裂一般，南垣已陷了十余丈。胡军猛扑而进。谭绍洸势将不支，忽义勇队首领晏仲武，从东南飞奔前往，奋力杀退胡林翼；仍令人冒烟突火，修筑城垣。胡军再复猛攻。时天国义勇队，全用抬枪，向胡营乱击。清国副将陈文瑞，已毙于阵上，胡军稍却。谭绍洸心亦稍安。胡林翼酣战时，未得吴军消息，心甚焦躁，盼望曾国藩前来相应。怎想曾国藩被伍贵文、王永胜两军牵制，不敢远离，只令塔齐布领二千人马来助，被天国武昌守将冯文炳伏兵半路袭之，塔军寡不敌众，因此退避。胡林翼听得不觉咯血于地。部将吴均修奋然道："区区汉阳，尚不能下，何以生为？"遂以本部再复猛攻南门。李续宾道："吴均修真勇将也！吾当助之。"便亦带兵前来。

时谭绍洸以清军未退，已令晏仲武专守南门，自却引兵四面巡视。忽报西门紧急，正飞奔前来，原来蒙古人多隆阿向隶僧格林沁部下，奉令往援湖北，隶舒兴阿军中，即荆州所拨旗兵统领。见攻西门不下，心甚愤怒，便调炮队向城垣猛击。天国部将汪得胜，已渐渐守西门不住。那多隆阿冒枪林直进，谭绍洸到时，已是城垣将陷。多隆阿见谭绍洸军已到，恐洪军守力复完，更奋勇薄城垣而进，军士亦随进。加以炮势猛烈，西门遂陷。枪声响处，汪得胜左臂上早中一弹，几乎坠马，军士一齐退后。多隆阿乘胜进了城垣，吴文熔挥军继进。谭绍洸望后而迟。时城中知西门已陷，皆无斗志。洪军呼天唤地，故南门亦相继而陷。谭绍洸知汉阳不能再保，急与晏仲武、汪得胜会合，焚了仓库，杀出北门，直望武昌奔来。幸得武定彩早预备船只叠作浮桥，从水师船上以炮击清兵，保护败军，陆续回武昌而去。

吴文熔与胡林翼，便率兵大进，进了汉阳城。一面扑救仓库余火。时城中人因臣服洪氏已久，素知清官好杀，因此人人惊惧，逃往武昌者众。胡林翼大虑，只得出榜安民：居民一概免罪。然自居民逃窜之后，约束不必过严；怎奈那些居民，年年沐洪氏和平政体，一旦又遭如此专制，自多怨言。竟有些人民，思念洪家的，相聚数百人，在东门外放起火来，欲乘火往武昌，请谭绍洸为外应。偏是外应未来，内事先发，被胡林翼以兵力镇定。自是人心虽有怨言，究不敢乱动，吴文熔亦不追究。只与胡林翼计议进攻武昌。

忽流星马飞报祸事，说称天国大将洪春魁、汪有为引兵暗袭荆州。现荆州兵微将寡，恐不能抵御。胡林翼大惊道："汉阳新下，人心尚惶。荆州猝有此巨变，何以御之？"李续宾道："某愿以偏师截洪军之后，可以保荆州也。"胡林翼道："吾欲攻武昌，正须用子为前军，未可离去。此处更有何人，可以代之？"说犹未了，曾国葆应声愿往。林翼便令曾国葆，以本军驰救荆州，胡林翼自为后继。待回时，然后议攻武昌。不想风驰电捲，胡、曾二人到了荆州。洪春魁、汪有为两军，已自回去。林翼不能求得一战，空走一场，只得留曾国葆一军，暂守荆州，以防洪军再至，自己却引兵回汉阳。

不提防回到中途，忽见树林里一声梆子响，左有洪春魁，右有汪有为，两路杀出。在胡林翼往荆州时，本一股锐气，志在截杀洪兵。及回时，只道洪军已退，不甚留意，彼洪、汪两人截杀一阵，折了些人马。胡林翼不敢恋战，恐汉阳有失，先夺路奔回汉阳。洪、汪二将即自回武昌去。自此胡林翼也知洪军能兵，只得修缮城垣，训练士卒，再图大举。暂把进攻武昌之事，按下不表。

且说谭绍洸败回武昌，计点军士，折了三千余人，心甚不安。急的具一表飞报金陵。是时天王，听得汉阳失守，深恐武昌亦危，遂大集群臣会议。各人皆主增兵，固守武昌，兼复汉阳。独李秀成奋然道："汉阳得失，无关大局，何用增兵？臣以为欲定天下，只注意北伐；欲固长江根本，不如注意江西。以江西一省，西界两湖，东界闽浙，可以为各省声势也。"天王深然其计：便令福王洪仁达，领兵二万，入江西助陈玉成。时陈玉成已克南昌省城，声势大震。福王濒行时，李秀成密嘱道："若由江西以一军出岳州，可以牵制胡林翼，而又可为石达开入川声援也。"福王谨记其言。

只当日群臣会议，独钱江未到，李秀成退朝之后，独造访之，只见刘统监已在。李秀成先回道："军师今天安往？"刘统监道："某昨夜蒙军师召至府内，告某以归隐，某大惊，为之挽留，力劝以国家为念。军师道：'方今大局之成败，系于北伐之胜负；然北伐军权，操于杨党，非吾所能号令之。此后大权，当在秀成，吾当退而让之，以成其名也。'军师言至此，某复苦劝。军师又谓某道：'秀成临乱有智，深识大体，和于上下，胜吾十倍。他必能继江之志，不劳多嘱。至于成败则天也。早晚如见秀成，为江致谢，努力国家，勿学江之有始无终也。'某此时见军师之意已决，某遂问以何往？军师道：'江自起兵以来，相得者，莫如翼王；将与相会于峨嵋山上矣。'说罢大哭，此时某亦哭不成声。军师又徐徐叹道：'江昔日读书，深恨范增之无终始；不图今自为之矣。'"刘统监说罢，李秀成挥泪不止。刘统监道："某昨夜三更回府，今方才来，探军师消息，适与将军相遇。"少顷只见一老翁出道："昨夜五更，军师将府内历年所存的金银器件，分赐我们；只身出门而去。我们又不敢动问，只有一函，着老汉若见李忠王，好转致于他。"说罢遂将原函呈上。李秀成接了，忙拆开一看，书道：

> 北伐之军，虽胜亦败；
> 金陵之业，虽安亦危。

末又有隐语数句道：

> 黄河水决木鸡啼，山林鼠窜各东西。
> 孤儿寡妇各提携，十二英雄撒手归。

李秀成看罢，不解其意，不觉放声大哭。刘统监道："此非将军哭时也！军师一去，将军责任愈重耳！且进朝商议大事。"李秀成方才收泪。有分教：

> 见机而作，顿教豪杰遁山林。
> 大举兴征，又见英雄平苏省。

要知后事如何，且听下回分解。

第三十三回

李秀成一计下江苏　林凤翔十日平九郡

话说李秀成听了刘统监之语，方才收泪。当下刘统监道："军师言十二英雄，此与五年前童谣相似，得毋应在十二正副丞相乎？"秀成道："怕未必呢！愚意此言，当应在天王也。"刘统监道："天王何以言十二，某实不解？"秀成沉吟道："此或就年份上言之，亦未可定。但世界茫茫，不知预知。吾辈惟以国家为重。或不济事，但归天命。"刘统监听罢叹息。李秀成道："军师掌大权，居大位，其去也，澄然以清，吾甚敬之。"遂与刘统监入朝，奏知天王。恰逢天王在廷议事。瞧见秀成与刘统监，面有泪容，不胜诧异。李秀成便把钱军师归隐的事情，奏个明白。就中只隐过几句隐语，余外遗书之语，及那老苍头之言，都说了一遍。天王听罢，就在座上大哭起来。廷臣亦皆坠泪。刘统监又将前夜钱江遗嘱之语，告知天王。天王叹道："自吾得钱军师，谋无不中，计无不成；自入金陵，屡称有病，吾正望他调养就痊，大兴北伐。今一旦舍我而去，是天丧长城也。"说着捶胸大哭。群臣皆为劝止。天王又道："昔年聚义兄弟，如萧朝贵、杨秀清、冯云山、韦昌辉，皆已去世。石达开与钱军师，又舍我而去。人非土木，能不哀乎！"丞相杨辅清道："刘统监既知钱军师欲去，就该报知天王，隐而不言何也？"刘统监道："某劝之再三，以为军师有回意，实不料其竟然去也。且军师召某时，夜已深矣。次早军师已去，虽言亦不及矣。"洪天王道："军师机智过人，若有去志，焉能阻之？再自起义以来，待军师无失礼，惟日来军师抱病，前往伺候略少，其或以此为礼貌之衰，亦未可定。"李秀成道："军师去志，刘统监已言之矣，岂为此区区耶！目今大局又紧，望天王与各兄弟，以军师之去为殷鉴，戮力同心，恢复中原，以继军师之志。"各人齐道："忠王之言是也。"天王即向秀成道："方今林凤翔等北伐，未知胜负。吾意欲贤弟以大军继进，你道如何？"秀成道："天王之言甚善。但江苏未平，满人据在肘腋，以为吾患，亦殊可虑。臣弟意欲令林凤翔，暂缓进兵。待臣弟领一旅之师，平定苏州，即以乘胜之兵，大举北伐，大王以为何如？"洪天王道："此计甚是！未知下苏州之兵，何日可能起行？"秀成道："臣弟无日不以定苏州为念，故预备多时。一二天之内，就可以统领人马动身矣！"洪天王道："阃以外将军主之；丞相以下，任由贤弟调动。"说着，各人称万岁而退。

次日秀成即领人马十万，以安王洪仁发为先锋，以杨辅清为副将，并部将十余员随行。浩浩荡荡，直望苏州进发。军行时，洪天王亲送秀成至城外而回。一路旌旗蔽野，戈戟如林，先到镇江驻扎一夜。次日，取道常州。常州知府李琨，听得洪军已到，即与常镇道徐丰玉商议，一面飞报苏州省城。

这时清国两江总督何桂清，以金陵既失，驻扎苏城；忙与巡抚吉尔杭阿，藩司郝立宿，计议应敌；令郝立宿领副将虎嵩恩，及参将杜文澜，领人马一万，到常州助守。一面知照驻仪征钦差大臣琦善与驻丹徒钦差大臣向荣，请他派兵来援，不在话下。

却说李秀成，统领大军十万，将近常州，谓诸将道："常州居苏城上流，是个紧要的去处，非得此地，不足以定苏州。若延时日，使彼结连上海西人，及征调淮、扬各路之兵，则我难为力矣！诸将有何妙策？先下此城。"部将许宗扬进道："闻藩司郝立宿，调守常州。这个人好断送常州人民性命。"李秀成道："足下何以知之？"许宗扬道："某自幼随父在京，闻郝立宿十六岁，不知戥秤，活是个书痴。只以夤缘位至藩司。若以军容示之，彼就将胆落。然后以兵攻之，常州可下矣。"李秀成从之。遂令大兵，离常州七八里下寨。

那夜郝立宿，登城望秀成军；只见灯火烛天，相连十余里，计数不下十余万，不觉心胆俱裂，呆若木偶，目定舌槁，不能说一话，知府李琨道："忠王人马如此之众，不如坚守城池，以待救兵。"郝立宿面色黄白如纸，不能对答，竟倒在城上。徐丰玉上前抚之，全体似冰。一时军中传道："忠王兵未到常州，吓死藩司郝立宿。"清军慌乱。虎嵩恩道："郝藩司无用之物，早死数天，尚不至调到常州。今却摇动军心，如何是好？"李琨道："常州为苏州屏蔽。常州若失，苏亦难保。不如把消息通告何制军，一面坚守此城可也。"各人皆以为然。虎嵩恩便分拨将士，把四门紧守。

时李秀成已把常州城池四面围定。那日前军解送一人到来，搜查身上，却是持文书往苏州的。秀成一看，知郝立宿已死，大喜道："不出许宗扬所料也。"便率军士，奋勇攻城。是时清军军心已怯。见秀成攻城已急，互相哗溃，清将不能禁止。秀成绝不费力，得了常州。李琨、徐丰玉俱自刎而死。虎嵩恩、杜文澜各领兵望苏州而逃。

秀成进了常州，即传令兵不卸甲，造饭后直趋苏州。许宗扬道："兵力乏矣，不如休息，免中敌人以逸待劳之计。"秀成道："此非将军所知也。两军相对，自不宜疲其兵力，以中彼以逸待劳之计。今苏州清兵，寡不敌众，必有守无战。且郝立宿、何桂清、吉尔杭阿皆木偶耳！吾出其不意，以势示之，必得其志。"宗扬深服其论。李秀成又令许宗扬，抚妥常州之后，移兵江阴，堵塞清国上流救兵。分嘱已定，却移大军直趋苏州。将各军一字儿摆开，直压东南，两路势若长蛇。及暮军中灯火绵连不绝。

江督何桂清，在城楼了望，唬得魂不附体。将城中精锐尽移守西南两路，候向荣救兵。时向荣军驻丹阳，与天国兵大小数十战，多有不利，已退驻仪征。当时听得苏州紧急，欲令张国梁领兵往救，忽听得天国许宗扬，已拔江阴，向荣大惊道："彼领军者，莫非李秀成乎？何其神速也！"欲以大军往救，又恐淮、扬一带空虚，天国大兵，乘机而至，因此犹豫不决。是时何桂清，日望救兵，一筹莫展。巡抚吉尔杭阿又是个素不经事的，万事只候何桂清裁决。只有提督余万清、参将杜文澜先后到何督行辕请令，并请分兵出城，以为犄角之势。何桂清道："城内军兵，不足当彼军之众，又分其兵势，非良策也。"便不准行。

当下李秀成，听得清兵不出，即顾谓杨辅清道："果不出吾之所料也。"说罢出营，亲阅形势：但见苏州城上，西南两路，鼓角森严；东门颇觉冷落。即回营谓洪仁发道："何桂清无谋匹夫，以我大军自西而下，必将锐攻西南两门，故坚守此地，以待救兵；却好中吾计也。"便附耳嘱咐如此如此。洪仁发得令去后，杨辅清道："恐彼虚者实之，以为诱敌之计，又将奈何？"李秀成道："桂清自带兵以来，未尝一战，故知其无谋胆怯也。若遇胡、罗，吾已防之矣。"随又嘱咐赖文鸿，如此如此。分拨已定，即拨兵往攻西门；又令杨辅清攻南门。三军一齐奋勇鼓噪而进。何桂清见李秀成，以重兵趋西门，急令提督余万清、副将虎嵩恩同守西路。却令参将杜文澜，引兵守南路，以拒杨辅清。时近黄昏时分，忽东门守将游击李定邦，飞报紧急，有天国安王洪仁发攻城。原来洪仁发已得令，抢过东门攻城。何桂清听得大惊，便调虎嵩恩回守东门，以助李定邦。余万清争道："本军已不能当李秀成之众，又转调虎副将东去，西门奈何？"何桂清只是不听。及到夜分，守力渐懈。在苏省城垣坚固，本不易破。况又无地可逃，故何桂清只得竭力死守，日望救兵赶到，庶解重围。忽报向荣救兵已至，已经恢复江阴，先令张国梁领军赶来，入城助守。现到北门听候大帅号令。何桂清听有救兵，喜出望外。急登城一望，见赖文鸿一军，纷纷望西而退。来的果是清兵旗号，便令开门放入。不想城门甫开，三军一齐乱喊起来，清总兵李元浩，中枪落马。天国人马，一齐拥进。

原来李秀成，早预备赚城之计，打着清军旗号，军士都穿清国号衣。却令虚打自己旗号，在西门攻城。暗令赖文鸿，虚攻北门，转杂在前军，赚开前门，乘势把李元浩击于城下，因此进了城门。当下何桂清听得北门有失，仍令诸将力战；却令提督余万清保护自己与吉尔杭阿，杀出东门先遁。洪仁发让过何桂清等逃走，先进了东门。是时城中清国将官，听得何桂清已遁，莫不愤怒。有降的，有逃走的，纷纷乱扰。副将虎嵩恩、参将杜文澜都弃城微服而逃。李秀成急令军士止杀。但大书旗上：降者免死。清军降者大半。李秀成立即出榜安民，令以冠服葬李元浩尸首。大发仓库，赈济难民，莫不悦服。

苏州既定，杨辅清便欲进兵，取上海县，擒捉何桂清。秀成道："上海多西人居留。稍一误杀，即开外人交涉。我不宜以大兵临之，然吾已定计矣！不消一月，不愁上海不为我有也。何桂清一无知子，纵之何害，得之何益？此土木偶人，吾所以令安王纵之也。"说罢各人皆服。秀成平定苏州，由先夺北门，因表录赖文鸿为头功。捷报到金陵，天王大悦。秀成以北伐紧要，留许宗扬、洪容海安抚苏州各郡县，一面回金陵商议北征。

天王听得忠王回到，亲自出城迎接。秀成急下马道："何劳大王相接？"天王道："往返十余日，即定江苏省，军威之速，古未尝有也。"遂与秀成并马入城。谓李秀成道："贤弟这回出师，何成功如是之速也？"秀成道："这条计，只可弄何桂清，实不可为训。且以北征紧要，不得不从速竣事耳。"天王然之，便在殿上摆酒庆功。录赖文鸿为丞相，余外各人，皆有赏赠。议休兵一月，便行北伐。

且说老将林凤翔，自从领三十六军，大捷于扬州，清将琦善、胜保,皆退保山东。林凤翔便直进淮南。因前者听得东王杨秀清被杀,因此缓兵不进。及听得北王已死,忠王用事,正待进兵。忽又听得忠王李秀成有文报到,顾谓左右道:"忠王想催吾进兵而已。果尔则英雄所见略同也。"及左右呈书上,拆阅后,乃大惊道:"忠王缓吾进兵,果是何意?"左右道:"得毋忠王随后进兵,故留老将军少待乎?"林凤翔道:"言虽如是,然恐非忠王之本意也。"部将王大业进道:"弟与忠王向在老万营同事,其人忠厚而多智,待人以礼;断非诳老将军者,愿老将军少待之。"林凤翔道:"吾以三十六军,由扬州到此,攻城破垒,如摧枯折朽。勇如胜保,迄今穷蹙山东,更有何顾虑,而必待忠王后继乎?"副将温大贺道:"忠王自用兵以来,算无遗策,不如待之,较为稳着。"林凤翔奋然道:"诸兄弟何便轻吾!某将独进幽燕,双手取北京,单骑迎大王于都下,方称本心。"说罢,便移文李开芳、吉文元、罗大纲约会于大名府;又以进山东,恐黄河难渡,便移大军而西,将由汴梁北进。下令军中,明日五更造饭,平明起程,先取兴化。

临行时,温大贺复叩马谏阻。林凤翔道:"忠王待克江苏,然后进兵;以江苏城池坚固,恐忠王定苏州时,某已在北京矣。且军令既下,不可以儿戏止也。"诸将遂不复言。时清兵以林凤翔日久不进,军中多懈怠,忽凤翔军掩至,猝不及防,守令皆弃城而遁,遂唾手拔了兴化县。传檄盐城、安东,次第降附。林凤翔下令道:"清官讳言兵败,十不报五;某料清军不易南下:令军士休便解甲,宜裹粮趋安徽上游,即可与李开芳合军矣。"大军便沿洪泽湖而进,直抵盱眙城。忽流星马报:清提督鲍超,会同江忠源,攻庐州甚急;罗大纲已回兵南下矣。林凤翔道:"大纲孤军恐不能当其众;黄文金驻安庆,又不易离城。庐州有失,安庆震动。我不如先取凤阳,以夺清军之气,则庐州、安庆安矣。"诸将皆以为然。立即令军士衔枚疾走,倍道径趋凤阳府。

时清国守将总兵易良干、参将杨虎臣、知府李文望，闻凤翔兵大至，急飞报胜保，求请救兵。林凤翔离城十里下寨。与诸将计议道："凤阳被困，必然求救于琦善、胜保二人；彼救兵若先守彰德、卫辉，以压吾上流，我将大费筹划；彼若蹑吾之后，吾兵但顾前进，不必虑也。"左右皆壮之。时凤阳城外，清兵建筑木栅，以为固守。凤翔道："彼如孩子戏，若把他木栅焚去，军心胆落矣。"立即分兵为五道，先遣五百人分头抢到木栅前纵火，木栅、房栅，一时皆着，木栅守兵不战自乱。城上又恐自击其兵，不敢发炮。凤翔督五路大兵，乘火势而进，直迫城下。清军大乱，皆齐枪而逃。清总兵易良干，立杀数人，非但不止，反乘机哗变。凤翔令在城下发炸起来，城垣陷了数十丈。易良干早葬在火坑之内。温大贺抢进城门，杨虎臣便弃城逃走；清知府李文望死于乱军之中。

凤阳既定，林凤翔安抚居民之后，便传令诸将道："某此行将直抵燕京，与诸兄弟作太平宴，自应疾行北趋。但恐军士连战疲乏；且庐州胜负未知，不得不留兵以壮声援。今特将三十六军，分为两班，轮流更替。头班休兵两天，便要起程。"这令一下，诸将皆请先行。这时清军因凤阳失守，恐林凤翔大军南下，鲍超已解围而去。林凤翔听得大喜道："鼠辈果不出吾所料也。"便留温大贺领兵，抚定附近各县，然后继进。果然数日间，凤阳府属各县，已次第降附。统计旬日之间，平定十余郡县。林凤翔即传令领兵北行。行时又下令道："吾当先取彰德府，迟则胜保至矣。"即传令督军大进。管教：

> 义若武侯，炎汉风云摧北魏；
> 勇如宗泽，渡河声势慑东胡。

要知林凤翔此去胜负如何，且听下回分解。

第三十四回

林凤翔大破讷丞相　李开芳再夺卫辉城

话说林凤翔进了凤阳府，旬日间属下各州县，多已降附，便进兵北行：以朱锡琨为十八军前部先锋，兵次南平。清县令朱祖祥，听得林凤翔大军已到，自知不能抵敌，便出城迎降。林凤翔督兵进城，秋毫无犯。留兵五百，仍令朱祖祥守南平。次日即进兵望永城进发。

清廷听得天国兵大举北上，林凤翔所向无敌，心甚忧虑。便调直隶总督、大学士讷尔经额，领军三万人，吉林马队八千人，并蒙古旗兵七千人，共统四万五千人马，来拒林凤翔。早有细作报知凤翔。凤翔即令军士倍道而行，先取归德府，以为驻兵之地；归德知府王襄治、副都统托明阿，听得讷相已经起程，商议坚守城池，以待救兵。谁想讷相大军方至保定，畏惧林军，逡巡不进。归德守将正造次间，忽报林凤翔大军已压城下。托明阿登城一望：见天国军兵，旌旗蔽野，连营二十余里。托明阿大惧。时城中居民，纷纷乱遁。托明阿急令闭上城门，不准军民离城，人心大愤。即与清军交战起来，有欲逃走的被捉回来，立时杀却，人心愈愤，城中大乱。林凤翔乘势攻城，旗上大书招降二字。人民遂拥至南门，杀散守门军士，意图开门迎敌。朱锡琨乘势杀进去，托明阿欲援救时，已是无及。急乔装杂在乱军之中，落荒而逃。天国副丞相曾立昌，领百骑绕过北门，来捉托明阿。及知托明阿已离城而去，始调兵回转来，正遇清知府王襄治。襄治自料逃不去，下马向曾立昌请降。

林凤翔入了府衙，安抚居民才毕，就闻清将胜保，由徐州入河南，来争归德。林凤翔笑道："胜保此行，我早料及。"遂令曾立昌、朱锡琨，立刻领军离城，分两翼以待。并传令道："军士已疲。胜保若来，休便与战，吾自有计破之。"随唤温大贺道："兄弟可从间道回凤阳，趋蹑胜保之后，彼腹背受敌，必然退矣。"温大贺得令去后，果然胜保领军万人，已到归德。见林凤翔调两军分屯城外，心内沉吟道："林凤翔十战十捷，未尝少挫；今忽然缓兵不进，而以军候我，其中恐有计也。"便与左右商议。左右皆惧林凤翔威勇，不敢进兵，皆以胜保所虑为是。且以大军远来疲乏，若一中伏，吃亏不浅。胜保便传令暂扎大营，派人查探，有无伏兵。一面以小队，向曾立昌挑战。

天国曾、朱两军，紧守不出，胜保不得一战，心甚狐疑。次日探子回营禀报，并无伏兵。胜保立意进战：传令明日五更造饭，平明起兵，来争归德城。

当下林凤翔见胜保未退，即诫曾、朱两将道："胜保来，必然大进；仍宜坚壁以待凤阳之兵，则事半功倍。若不得已，吾亦统全城大军，以为两贤弟后继也。"时胜保已督率人马，分列而进。曾、朱两将，先严阵相待。林凤翔随督大军，从西门分队而出。胜保正在分军时，忽飞报天国大兵，已从凤阳大进。胜保大惊道："如此则前后受敌矣。"清军听得凤阳军至，只道中了林凤翔之计，一齐哗噪起来。林凤翔见胜保军心已乱，督兵直捣清营。恰值驻凤阳的天国人马亦到，胜保不欲恋战，传令退军。不料尸横遍野，血流成河。可怜胜保一员勇将，欲争归德，反吃了个大败仗。统计这场恶战：清军死伤的，不下万人，降者二千有余。林凤翔大获全胜，收军回城，便令朱锡琨、曾立昌，移兵往取卫辉府，并嘱道："卫辉为我军必争之地。若僧格林沁与讷尔经额先据，以与我相抗，实为阻碍，故宜先取之。老夫将引军为汝后援也。"朱、曾二人，领兵便行。路上朱锡琨谓曾立昌道："旬日连下数十郡县，颇不负此行矣。"曾立昌道："兵有利钝，战无常胜。某所虑者，长胜则骄矣！"朱锡琨深以为然。即时将抵卫辉，令人打听城中消息。

原来城内总兵赵镇元，与知府奇龄意见不合。奇龄力主出城迎敌；赵镇元道："胜保、琦善以十万之众，不能当林凤翔，况我们兵微将寡，坚守为上。"奇龄道："我军大败之后，正宜一战，以安人心。若示之以弱，人心益震动矣。"赵镇元不听。奇龄不服他，所统旗兵，向与赵军有意见，加以主将不和，益生冲突。曾立昌把这点消息报知林凤翔。凤翔大喜道："果尔，则卫辉城入吾军中矣。"遂疾继前军。忽见城内尘头大起，居民呼天叫地。原来奇龄的旗兵，与赵军争战起来，居民各自逃避。赵镇元见此情形，将来不免见罪，不如投降天国，遂将西门大开。林凤翔道："城内必有内变。今若不进，失此机会矣。"即领兵进城。见城内旗兵与赵军互相殴斗，林凤翔乘势杀了一阵，奇龄知不是头路，逃出城外。林凤翔得知备细，便准赵镇元投降，即令仍守卫辉。

忽报李秀成书至。具言江苏已经平定，不日北上。林凤翔笑道："忠王下江苏，可谓神速矣。然此处亦无须尔也。"朱锡琨道："老将军连战皆捷，声威已著；不如候忠王到时，一同大进，较为上策。"林凤翔笑道："兄弟何过虑也！吾以十八军，横行数省；勇如胜保，只求得一败，岂惧讷尔经额一孺子乎？"遂令大军先进山西，取潞安城，然后转进直隶。

军令一下，无敢谏阻；改令朱锡琨为前部先锋。第二班大军，望山西进发。军行时，温大贺暗谓曾立昌道："老将军由胜生骄，吾甚虑之，公何不言也？"曾立昌道："谏之于大胜之时，势必不从。不如密函,催忠王速进为是。"温大贺道:"忠王自江苏回,必休兵而后进战;且返往之期,即函催亦恐不及也。"二人说罢叹息,只得把战事情形,详报忠王;促其北上,不在话下。

且说讷尔经额,领大军并吉林马队,共三万余人,驻扎正定。此时清廷虑讷丞相,非林凤翔敌手,急令刑部尚书桂良,领御林军万人,为后援。桂良军到保定,见讷相逡巡不进,随把情势奏知朝廷。清廷大惧。急调蒙古郡王僧格林沁,领蒙兵二万,回镇顺天;一面催讷尔经额进战。讷相便欲趋驻顺德府,部将永良道:"卑职知潞城、黎城之间,有一小路,循太行山东出;可由河南之武安,直趋直隶临名关,往来甚捷。且中多险要,若以六百人守之,虽有大兵十万,不能过也。再以奇兵截其后路,破林凤翔必矣。"讷相道:"吾亦知之矣。今林凤翔转进山西,但这是山西巡抚的责任,吾马上知照他,令其依计而行可也。"永良道:"转折而待他人,不如先自守之,较为得力。"讷相不从,便飞令山西巡抚,扼要驻守。传令进兵临名关,以迎林凤翔。谁想讷相军令未发,林凤翔已拔潞、黎两城,听得讷相将进临名关,便唤曾立昌,嘱咐如此如此;又传令朱锡琨,嘱咐如此如此,二人得令去了。便令温大贺为先锋,望临名关而去。

且说讷相尚未动身到临名关,附近州县,早见讷相大军旗号,责令州县供张。那州县见是讷相旗号,自不敢不从,都应付粮草而去。到了次日,忽报讷军已到,州县皆大惊道:"讷军方才过了,如何这会又有讷军到来?"急令人打听,方知确实是讷军。州县皆到营前问讯。讷相惊道:"本帅并无遣派前驱,得毋敌人假冒乎?"遂迁怒州县,一齐摘去顶戴。传令到临名关,把大营扎下。忽闻鼓角喧天,喊声震地,左有曾立昌,右有朱锡琨,分两路杀出。讷相未曾准备,曾、朱两军,如生龙活虎,把讷军冲做两段,清军皆无斗志,讷军十分危急。林凤翔又统大军杀到,讷相急领百骑,望广平府而逃。忽一支人马拦阻去路,正是温大贺。讷相不敢接战,重又逃回。温大贺直闯中军来捉讷相。讷相策马飞跑。回望四至八道，皆是洪军。加以临名四面，皆崎岖小路，清兵苦难逃脱。犹望保定有兵来援。谁想林凤翔已先派兵埋伏。故清将桂良在保定，并不知临名关已经交战，那里还有救兵？当下林凤翔知讷尔经额已经逃脱，降令军中：降者免杀。于是军士降者大半，余外都四散逃走。统通三万人马，讷尔经额仅存百余人，逃入广平府而去。林凤翔大获捷胜。一面调二班人马来更替，欲乘机北上。

忽报蒙古郡王僧格林沁，领大军三万，会合桂良，由保定而下。左右皆向林凤翔道："北京为满酋根据之地，必以全力临我。我孤军深入，非兵法所宜。且老将军自淮上进兵，纵横五省，威名已震华夏。倘有疏虞，非所以重国家之寄也。不如择要自守，以待忠王兵到。"林凤翔道："若待忠王，恐日月蹉跎，老将至矣。诸兄弟果以孤军为虑，姑待李开芳军至可也。"左右听了，皆无异言。林凤翔便令分兵，权扎要地，分小队收复各州县。僧格林沁亦以林凤翔军势甚锐，不敢遽进，因此两面权且罢兵。

且说李开芳，自接林凤翔文报，即会合吉文元，起兵北上。忽听得清廷拜鄂督官文任钦差大臣，督楚军及旗兵，趋怀庆府。李开芳惊道："彼忽然统兵北上，志在蹑林军之后；吾不如先取怀庆，较为上策。"便兵望怀庆进发。恰恰吉文元军亦到，李开芳谓吉文元道："官文现住河南府，此行必与我争怀庆矣。我两军相合，力虽壮，而势反孤。某素知河南府以北，有条小路，直通孟县。孟县为官文必经之路。将军从小路疾趋孟县以扼之，然后某取怀庆。官文知怀庆已失，必然胆落。将军以兵乘之，可获全胜也。"吉文元鼓掌称善。遂领军从小路先取孟县。

果然官文领军已到，前部先锋武中略来争孟县。吉文元分要驻守，全不出战。武中略报知官文。官文道："敌人智在吾先，攻城恐亦无益，不如从小路偷过孟县也。"左右谏道："不特小路，恐有埋伏；

且敌人既以重军驻孟具，我若偷过，反在敌军之前，腹背受敌，又将奈何？"官文沉吟半晌，便令军士先扎大营，一面打探敌军如何，然后进发。

却说李开芳自吉文元去后，即领军攻怀庆。清国守将提督善禄，副都统西凌阿，尽率精锐，出城迎击，天国黄袍将阵亡二名。李开芳传令缓攻，分军望北而退。提督善禄，领军赶来。忽然怀庆西路烽火大起，善禄军心惊惧乱窜，李开芳引军杀回。原来未攻城之先，李开芳先派小队，偷过北门，然后诈败。却从北门，举起烟火，以惊清军之心。果然清军惊乱，望后奔窜，互相践踏。李开芳杀了一阵，直逼怀庆城下。提督善禄，绕城而走；都统西凌阿，落荒而逃。怀庆遂下。李开芳进了怀庆府，立即布告各郡县。官文听得消息，仰天叹道："某欲长驱北上，蹑林凤翔之后，今怀庆已失，吾将安归？"便令退兵。忽报吉文元兵大至，官文分两翼死撞一阵，大败而回。吉文元也不追赶，进兵怀庆，与李开芳会合。吉文元道："凤翔留赵镇元守卫辉，今赵镇元已死；清将李云龙，复举清国旗号，是卫辉复为清国有矣。不如先取卫辉。"李开芳道："卫辉为进大名要道，得此可与凤翔军合。某如此如此，可以取卫辉也。"便令军士，衔枚疾走，由元村直抵新乡。

卫辉守将总兵李云龙，听得天国兵至，急缮垣固守。李开芳令军士数百人，扮作居民，纷向卫辉逃难。李云龙见邻邑告警，人民逃难，便令开城收纳：初犹是居民赤手来奔，渐渐来者愈众，或携包裹；又渐渐箱箧累累，拥挤城门。李云龙急令守城检搜行李。谁想李开芳暗点军士千人，直蹑其后，所带箱箧，都藏军械。听得要检搜行李，乱喊起来。李云龙情知有变，急欲闭上城门，不提防李开芳军已到，进城内的乘势杀了守城军士，天国军一拥而入。李云龙阻挡不住，死于乱军之中。管教：

妙计成功，不费分毫之力；
名城克复，大张挞伐之威。

要知后事如何，且听下回分解。

第三十五回

李秀成出师镇淮郡　林凤翔败走陷天津

　　话说李开芳，督兵拥入卫辉，知清将李云龙已死，即安抚居民，一面捷报南京。再与吉文元计议，知会林凤翔，共议进兵之计。

　　当时林凤翔知李开芳、吉文元已拔卫辉城，便进兵攻广平府，并请李、吉二军，会攻大名。然后乘胜会合，以趋天津。再从天津分三路，直上燕京。主意既定，便欲即行。大将温大贺道："清将僧王、桂良皆驻军正定。今我军连战大捷，声威大震，正直直趋正定府。若能败桂良一军，则清人气夺，我乘势攻北京，留李、吉二军分攻各郡，阻截清人救应之兵，大势不难定也。其趋天津，势反孤矣。且僧王与桂良在前，胜保在后，我居其中，腹背受敌。倘有差失，干系非轻，愿将军防之。"朱锡琨亦道："能固守以待忠王兵至，固是上策；即不然，老将军纵横五六省，所向无敌，岂惧桂良一孺子？兵法在攻其要著，若舍正定，而下广平，恐僧王、桂良反蹑吾后矣。"林凤翔道："吾岂惧桂良？不过吾军以粮食为虑，若趋天津，则转运较易耳。"温大贺又道："连战以来，一路因粮于敌；仁义之师，所至都有供应，何忽以粮食为忧？吾自从军以来，跟随钱军师，所到尽行指教。今不求制人，而反求受制于人，是绝路也。岂复能战乎？"当下纷纷谈论。

林凤翔阴有悔意。忽报洪天王有使命至，凤翔急命引入，则天王以凤翔每立大功，加封凤翔为威王；又封李开芳为毅王；并封吉文元为顺王。其余各级，皆有升赏。

凤翔既得王位，进兵之念益急。顾谓左右道："大丈夫得遇明主，委以重权，隆以大位，马革裹尸，亦分内事。"复问来使，忠王在金陵作何举动，来使道："忠王定江苏，近一月矣！现在征集常镇各军，大举北上。想以老将军之勇，济以忠王之能，北京不难定也。"时曾立昌、温大贺，在旁听得忠王北上，皆喜形于色。凤翔见此情景，遂疑左右以己之能，不及忠王；且以为若非忠王，即不能定北京者。心中已自不平。遂遣来使回南京。并嘱道："烦足下为某致语天王：不消一月，准延天王至北京高坐也。"来使听罢，自然盛称，林凤翔益自满，来使去后，便下令进攻广平府。曾立昌、温大贺一齐苦谏，凤翔只是不从。谓曾、温两人道："以吾治兵多年，经事不少，诸君何多虑也？"方争论间，朱锡琨疾趋而入，谏道："昔忠王下江苏，先取江阴，以阻向荣救兵；今将军用何法以阻胜保，不要吾后也？"林凤翔道："且兵之道，各有不同。吾昔在新疆行伍，久经阵战，此时李秀成，尚在乳哺中耳。诸君何遽视吾不如秀成也？"原来凤翔平日，见李秀成年少，颇不服李秀成；故每欲争功，图出秀成之上。今闻朱锡琨之言，如何不怒？便令大军望广平府进发。军行时曾立昌复进道："以将军之威，何攻不克！但临事而惧，计不如出以万全。请令分一军，弟当力趋正定，以牵制僧格林沁，亦可备缓急。"林凤翔道："足下诚多虑，然亦可以不必。我由广平沿大名趋天津，彼将挟全军，与我迎敌，犹恐不足，彼亦岂能另行分军耶？"曾立昌仍复固争，林凤翔不得已，便使曾立昌领军三千人，驻守临名。余外朱锡琨、温大贺皆随林凤翔，望广平而去。按下慢表。

且说李秀成，自克江苏，回金陵，本意与林凤翔会合，然后北上。休兵一月，正拟调集合军起程，忽见一月之间，林凤翔十余次捷报，以为他虽不从令听候，然由安徽入河南，攻山西，未必便攻北京。后来见他已克潞城趋临名关，乃大惊道："林凤翔竟入直隶矣！其志必以得北京为荣。奈北京为清人根据之地，势必以重力把守；凤翔虽勇，若清人坚守，以疲我兵力，则凤翔坐困矣，焉有不败乎？"遂趋朝谒见天王，告以："凤翔擅趋直隶，吾甚忧之。"天王见林凤翔连战皆捷，势如破竹，以为未必便败。李秀成争道："兵法岂有孤军深入，而能长胜乎？必败无疑矣！凤翔一败，锐气丧尽，南方必多事，恐大局从此去也。"说罢泪涕不止。天王道："然则何如？"李秀成道："向使林凤翔暂缓北上，自是万幸；盖非全力，不足以撼北京也。且兵未有久战不疲者。今林凤翔横行五省，大小数十战，譬如强弩之末，势不能穿鲁缟，况北京乎？吾自江苏回，必令休兵者，盖以此耳。某本意由河南北趋，则黄河易渡，然恐不及矣。今惟有出师，由淮地直走山东，或者胜保以有后顾，而不尽其兵力耳，但山东黄河难渡，若被胜保窥破，则彼将全军长驱北还，以邀林凤翔之后，而我师无用矣。"天王道："事已至此，贤弟姑为之。"天王虽如此说，心下究不信林凤翔便败也。

当下李秀成点视各军，取齐共五万人，并令军中倍增旗帜，以壮声势。分为二十五军：每军二千人，仍以洪仁发为先锋；召回罗大纲为副将；大将许宗扬、赖文鸿同行。余外部将二十余员，一路旌旗蔽野，戈戟如林，由扬州望淮郡进发。军行时，先出檄文一道：

> 大汉天国太平六年，大将军忠王李，为布告天下：
>
> 自昔昆阳缵绪，汉业因以重光；灵武中兴，唐祚因兹不坠。盖拨乱方能反正，伐罪所以吊民也。今满清当灭，皇族当兴；合久必分，乱极思治，此其时矣！自满人踞我神京，虐我黎庶，朝中文武权重者，皆归旗满之人；外省职员尸位者，无非贪残之辈。逞其狐狸之性，害及生民；肆其狼虎之威，毒贻闾里。横捕强剥，害善欺良，我民际此，聊生何赖？是以我朝圣神文武天王陛下，心怀怛恻，志切焦劳：求复宗祖之山河，力拯国民于水火。自义旗一举，

四海同归。一人不准妄伤，一物不准妄抢，故天下响应，东南底平。革其左衽之非，复其衣冠之旧。本帅深体天王陛下之意，大举北伐，恢复中原，保护人民，扫除妖孽。问其累世猾夏之罪，成我大汉一统之体。发政施仁，赏功伐罪，凡尔村乡市镇，不用惊惶；士农工商，各安本业。效力者论功行赏，国家自有常规；助敌者厥罪当诛，军律断无轻恕。此檄！

这道檄文既出，远近皆仰忠王李秀成之名，莫不箪食迎师，赀助军费。秀成申明号令：所过秋毫无犯，直抵淮郡，降附已有十余州县。忽有李文祥，领义勇数百人来归，秀成嘉之，使为后军。许宗扬道："李文祥忽然以兵来降，未知其心何若，元帅何以信之？"秀成道："不必问其心之何若，然附顺除逆，人之恒情也。且吾示之以威，结之以恩，彼亦为我用矣。"左右皆叹服。

秀成既至淮上，胜保闻之，谓左右道："秀成此行，无能为矣。"左右问其何故，胜保道："彼欲出师，以为林凤翔声援也。若转入河南，则旷日持久；若直趋山东，彼岂能飞渡黄河耶？即全军北还，亦无忧也。"说罢便令人打听林凤翔消息，以起兵截之。

且说林凤翔起兵攻广平府，讷尔经额弃城而遁，凤翔坦然入城，左右皆贺功。林凤翔手绰白须，顾谓左右道："此未足贺也！诸君皆以某不如秀成；吾将入燕京，获虏酋悬首市街，与天王作太平宴，一洗诸君小视老夫之耻。"说罢洋洋自得，左右皆不敢复言。林凤翔即令攻大名府。时满守将领军侍卫内大臣默特、贝子德勒克，领旗军二万，守大名。听得林凤翔兵至，忙着筹划防守。谁想清军皆畏林凤翔威名，面面相觑。默特深以为虑。忽报胜保有文书至，默特拆开一看，却道是："大名一府，能守则守之；不能则待吾军至，当与僧王三路会合以图之可也。"默特听罢，知胜保大军将到，欲分军一万屯城外，以为声援，那林凤翔亦虑默特分军，内外相援，难于攻击，先把大名围定。

次日李开芳、吉文元，两军俱至。清军愈惧，往往缒出城外逃窜。林凤翔知其军无斗志，与李开芳、吉文元乘势攻城。吉军先攻下南门。默特与贝子德勒克，领军望北而逃。林凤翔既进大名府，传檄州县，纷纷来附，声势大震。李开芳道："吾军骤至，如迅雷不及掩耳，当乘势逼清军，无使徐为之备也。"林凤翔以为然，便与李开芳分两路而进。议定林凤翔由巨鹿趋冀州，入河间府；李开芳由寺庄趋景州，过新桥，沿砖流镇而进，会攻天津。并以吉文元为李军前导。林凤翔又以己军久战，李开芳实为生力军，故令李军先发。

时李开芳一军，久蓄精锐，又得吉文元先导，故势如破竹。所过清国官弁，无不降附，李开芳皆抚慰之，用力向导，故所至披靡。十余日内，已抵静海，又与吉文元军互相犄角，安排攻取天津。便令吉文元阻截北路，以防清军救应之兵。时林凤翔已由巨鹿过了冀州，将抵河间府，各州县听得林凤翔名字，小儿不敢夜啼，清国官吏纷纷投顺。林凤翔既进河间府城，得白银三十余万，粮食无数，军心大慰。凤翔谓左右道："吾若听曾立昌之言，直趋保定，胜负固不敢知，且安得士马饱腾如今日耶？"遂议定次日进兵。是夜宿于河间府衙。忽朦胧间见当天一轮红日，坠落营中，投而复起；忽然红日不见，但见水势滔滔，淹没城池，所有山林城市，尽成泽国，人民淹没，不计其数。猛然惊醒，却是南柯一梦。忙出帐外一看，只见明月当中，别无声息，心甚诧异。

次早许宗扬、温大贺皆入帐请令。凤翔告以梦兆，并使参测，是何吉凶，许宗扬道："红日当天，自是吉兆；然洪水为患，淹没城池，其凶甚矣。老将军当防之。"凤翔叹道："大丈夫遇明主，委以重权，封王拜相，恩遇极矣！今梦兆先吉后凶，或者京城破后，而吾身不免耳。然亡一身，而有功于国家，使千秋下竹帛流芳，愿亦足矣，吾何惧哉！"即发令温、许二将，与李、吉二军会合，进攻天津。温、许二人退后，那温大贺谓许宗扬道："此梦不应则已，应则凶实甚。"许宗扬叩其故，温大贺道："日虽吉象，然坠于地下，恐非佳兆；况有洪水为患哉？"许宗扬道："吾一时见不及此，当为老将军复言之。"说罢遂同至帐里。凤翔见他两人复回，便问以何意，许宗扬以温大贺之言对，并请暂缓进兵。适部将李文祥在旁答道："洪水淹没城市山林，或应在老将军之杀僧格林沁也！"各人纷纷争辩。凤翔道："大丈夫纵横天下，安可因一梦而阻其志气乎？吾意决矣！君等请勿多言，当速进兵。"各人不敢违令，遂分三面攻天津。清国守将陈大林、刘邦盛，料敌不过，弃城而遁。林凤翔遂进了天津府。安民既定，便令吉文元，领军由静海进三角池，由丰台攻北京；以李开芳由和合而进，林凤翔由河西务进通州，以会攻北京。分兵既定，大军克日起程。

且时咸丰旁见天国兵已克天津，指日北上，京城大震，便欲遁归热河；又因京城富户，避走一空，人心更加震动，急调僧王堵守京城东南两路。时贝子勒德克及默特两人，已领败残人马回京。僧王陆续收拾，隶归本部，统共清兵五六万人，因此军声复震。复令桂良由保定回屯新城，为左右声援。时咸丰帝已拿讷尔经额回京逮问，再调德泰统九门步军，镇守通州。安排既定，适吉文元由静海进兵，打听得桂良已住新城，恐被桂良邀截后路，不敢遽进。林凤翔听得这点消息，转令吉文元独当桂良；自己先攻僧王，而改以李开芳望通州进发。忽流星马飞报军事，说道："胜保领本军兼统琦善旧部，共五万人马，已渡黄河望北而来。"林凤翔听得，觉如是则前后受困，心上已怯了一半。仍是镇住军心，只顾前进。叵耐胜保北上之说，传布军中，皆以清军前后共十余万，莫不以腹背受敌为虑。大将朱锡琨入帐告道："军心已动，恐不能战矣！不如回军大名府，较为稳便。"林凤翔道："阵上全凭作气。我军锐气而来，一旦退后，军心一摇，且清兵将纷蹑吾后矣。"朱锡琨道："北伐之军，关系甚重；倘有差失，南方根本亦恐摇动也。"林凤翔听罢，踌躇莫决。忽又报清兵僧王，领大队由丰台而下。凤翔道："此时更不可逃的。"便张两翼而待：以温大贺在左，朱锡琨在右，分拨甫定，正欲使李开芳北进，谁想胜保已疾趋而来。时李秀成方下兖州，直趋济南，满意望胜保回救；不料胜保深知秀成不能遽渡黄河。左右皆劝胜保回军，胜保道："北京一地，重于山东；山东失犹可为，北京若失，大局去矣。乘此林凤翔被困之时，休令纵去也。"遂走天津。

当下李开芳知胜保已到，便欲出战。忽听得僧王先令默特领万人下天津，以应胜保。李开芳道："坐据天津，是徒自困耳。"遂督兵出城外。恰值胜保兵至，李开芳部下兵士，既知默特南下，又见胜保北来，军心大乱。李开芳大惊，先令前锋与胜保接战，因军心既摇，不免失利。李开芳料敌不过，遂领兵望高唐而逃。只有林凤翔、吉文元两路与清军对敌。林凤翔令吉文元迎胜保，自领军与僧王会战。更嘱咐吉文元道："我两人至此，惟有死战。若先能破其一军，则大势尚可为也。"吉文元挥泪而别。林、吉两人分军甫定，吉文元直望天津而下，正迎着胜保兵至，吉文元不能成阵，急传令混战。怎奈军怀怯志，清将桂良见吉军移动，又疾趋下来。吉文元只顾前进，力冲胜保阵前。这时胜保军见吉文元来势太猛，令军士压住阵脚，暂不出战，只用枪轰击。吉文元肩上早着一颗弹子，翻身落马，军士益乱。胜保乘势进兵，吉军被杀者，不知其数。清将因愤恨屡次大败，皆以杀天国为甘心，因此当者便死。又被桂良兵到，前后受敌，不能得脱，有欲伏地请降的，却被身首分离，真是尸横遍野，血流成河，尸首堆积，惨不忍睹。清军践踏尸身而进。数日之间，臭闻数里，清军亦置之不顾。胜保只顾与桂良，合军来截林凤翔。时林凤翔闻得桂良南下，又被僧王牵住，不能要截桂军，早虑吉军必败。此时已无可如何，欲退兵时，不想胜保军倍道而行，如风驰电闪，僧格林沁是时亦进兵直攻林凤翔。

论起那林凤翔，身经百战，本未曾逢过敌手。奈是军心摇乱，皆无斗志；又听得吉军大败，吉文元已死，军士知不能复胜，皆欲遁去，林凤翔不能阻止。单是温大贺，平日治军有方，军心皆乐为用，故温军绝少动。是时温大贺见林凤翔方寸已乱，遂进道："为今之计，只有分军之法：各当一面，鼓励三军；或者死里求生，不然恐皆坐毙矣。"凤翔道："吾亦计及此，但恐分军不及耳。"温大贺道："除此亦别无他策，请试为之。"凤翔称是。温大贺出，私谓朱锡琨道："今日局面，全因事不早决：若退军则早退军，分军则早分军，当不至于此。"朱锡琨道："足下宁未知耶？林威王百战百胜，胸中已无清人矣！故不以为意，致有今日耳。"言罢相与太息。当下林凤翔决意分军：令朱锡琨敌胜保；令李文祥敌桂良；令温大贺敌默特，自与诸将来战僧王。分拨已定，温大贺先进，正迎默特一军。温大贺传令军士道："置之死地而后复生，成败在此一举。某愿与诸军士同生死，断不负诸兄弟也。"军士闻之，皆饮泪鼓噪而进，皆一以当百，默军不能抵御。温大贺一马当先，举枪向定默特轰去。默特中枪落马，清军不能相顾，大败而逃。温大贺乘杀了一阵。忽东北下鼓角大震，一支人马杀到，乃清将贝子勒德克也。挡了温大贺一阵，救出默军无数。温大贺不敢穷追，收军使回。自此胜了一阵，军心稍定。

林凤翔就乘一点锐气，反攻僧王。僧军不知凤翔骤至，颇受损害。可惜林凤翔虽勇，时已众寡不敌。况清国不时增兵，四面密布，僧王又或战或不战，以疲凤翔军力。林凤翔已知是计，便令温大贺复取天津，以为驻地。

当时温大贺与士卒同甘苦。有功必赏，凡有赀财，皆以奖赏；军士受伤的，必亲自慰问，指点医药，军士皆以感激。部下六千人，莫不视温大贺如父兄。闻得取天津之令，皆踊跃而从。时胜保正与朱锡琨相持，不料天国兵再下，故李开芳去后，清人虽得回天津，亦无守备。温大贺听得天津尚空虚，急领军士衔枚夜走，倍道直攻天津。时天津城清兵既少，不敢守扼，即弃城遁，大贺一鼓而下，因此复据了天津。差人报知林凤翔。凤翔大喜。立即留军一半在后，自领一半在

前,先回天津而去。管教:

>虎将雄心,徒叹渡河未果;
>蛟龙失势,顿教浅水难飞。

要知林威王能否脱出天津,且听下回分解。

第三十六回

完大节三将归神　拔九江天王用武

话说威王林凤翔，因温大贺复拔天津，遂领军一半，径奔天津城驻扎；余外的也都退到天津附近。只有朱锡琨所领人马与胜保相持。凤翔知外应已绝，李开芳已退，恐朱锡琨不能与胜保持久。僧王、桂良、默特三军，必相继南下，同守孤城，亦非长策。便令温大贺守天津，自领本军在城外驻扎，以为犄角之势。温大贺道："军心已乱，孤城必难久守，不如老将军仍守城，待某杀奔高唐，向李开芳催取救兵，较为上策，不然大局去矣。"凤翔道："吾匹马纵横天下，岂惧僧格林沁乎？李开芳退兵，心已怯矣！安能望来救援？"温大贺道："彼见老将军不退，不甘同败，故先至高唐，非心怯也。休戚相关，岂有不救之理？况大河南北相隔，除此更无外援矣。"林凤翔道："吾乘夜往劫清寨何如？"温大贺道："僧王连日不战，不过欲疲吾兵，以乘我敝，自然步步提防。若往劫寨，必中其计：清军连营数十里，号炮一动，各军齐至，恐项羽复生，亦难为力也。"凤翔道："兄弟如此多疑，何以用兵？"温大贺道："某非疑虑，诚以事势不可为耳。今幸有此天津一城，若能催取救兵，更令曾立昌由正定进兵，以蹑桂良之后，胜负固未可知。否则吾辈亦不知死所矣！"林凤翔叹道："吾岂不知？只恐行之已不及，劫营之计，亦如孤注之掷耳。"便不听温大贺之言，准备前往劫寨。

不意清将僧格林沁，先已准备。约到三更时分，林凤翔选惯战兵士千人，衔枚疾走，以大军后继，直趋僧王大营。远地见僧营殊无灯火，心中甚疑。但念此役，为死里求生，只要侥悻一胜，便稳住军心，疾督驰进，忽闻一声号炮响动，各路伏兵齐出，枪声乱发，都向林凤翔军中击来。林军又无灯火，直无从还枪，林凤翔因此大败。凤翔急令退兵，死了好些人马。凤翔叹道："果不出大贺所料。"便收拾人马拟退，与朱锡琨合兵。时胜保已紧逼朱营。朱锡琨已知不敌，欲进战，又恐无济，适李文祥军至。说道："威王因劫营而败，今以余兵牵制桂良，特令某到此来助将军。"朱锡琨至此，知道林军又败，不免仰天流涕，又见李文祥已至，便令乘势与胜保开仗。不料桂良知凤翔不能复振，却留军一半，牵住凤翔；却自领半军来助胜保。正在混战之间，朱营军无斗志，大为失利，军士复有逃窜。胜保乘势大进，李文祥抵敌不住，朱锡琨更被困垓心，不能得脱。料知再无生路，又惧被擒受辱，乃叹道："吾为汉臣，当为汉鬼。"遂拔短枪自击，登时气绝。左右见朱锡琨已死，逃的逃，降的降，一时散尽。胜保随分军：使提督成禄并副都统托陵，领五千人，并降兵，会同僧王，攻林凤翔；自领本军分三路望高唐进发，单迎李开芳，以阻天国人马救应。是时四面八方，皆是清兵。天津一城，反困垓心。

温大贺见军心虽固，粮食渐尽；又无别处可以转运，即发城内太平仓库，分给林凤翔，怎奈外运不通。林凤翔既不敢进攻清兵，而僧王及各路清兵，又或战或不战，以待林军坐毙。温大贺深知其意，便出城对林凤翔道："今四面皆是清兵，以败残饥饿之卒，孙、吴复生，亦难为力。不如冒险而进，或冀万一得脱重围；即不然，亦当与清军拚个死活，不宜待毙也。"林凤翔叹道："兄弟所见甚是。惜某不早听良言，以至于此。今日惟有决一死战耳。"说罢便欲反攻清军，顺道望西而逃。忽一支败残人马奔到，乃李文祥也。林凤翔方知朱锡琨已败死军中，不禁心胆俱裂。李文祥哭道："敌将将至矣，望元帅速作区处。"林凤翔便令部将王邦瑞在前，李文祥在后，自己居中，直望清军杀来。谁想清将提督成禄，副都统托陵，两路已到。王邦瑞督率军士奋战。凤翔更下令道："清将草菅人命，逢者便杀，无准降者，望各兄弟死里求生。"军士听得，人人奋勇。清提督成禄，副都统托陵，两军倒退后才走。凤翔更鼓励三军直进，枪声齐发。副都统托陵先死于乱军之中。天国人马正自得手，忽北路上喊声大震，鼓角乱鸣，僧格林沁大队人马，已经杀到。清提督成禄又引兵死命杀回，反把凤翔人马困在垓心。凤翔谓左右道："僧格林沁人马众多，且蓄锐已久，宜督率三军，只顾向前杀退成禄，直透重围可也。"左右得令，仍属奋力前追。怎奈军士久战力疲，且又众寡不敌，凤翔左腿上已中着一颗弹子，仍奋力督战，杀至静海地面，人困马乏。时清将桂良，虽驻丰台，听得天津复失，亦领军沿三角池而下，僧军亦已追至。凤翔四面受敌，便欲再战。王邦瑞哭道："人虽不困，马亦乏矣。"凤翔仰天长叹。正在危急之际，忽然清将桂良一军，纷纷退后，望东北而逃。凤翔不知何故，原来天国大将曾立昌，会同黄隆才，已由正定进兵，直蹑桂良之后。桂良不意其猝至，因此大败。林凤翔大喜，正欲领军改向西北而行，谁想王邦瑞已先中了一颗弹子，落马而死。清将成禄，又复杀到，天国人马一齐哗噪起来，桂良亦回军，与曾立昌死战。凤翔料不能杀出，只得回军。这时僧格林沁军已漫山遍野而来。天国军士已气喘声嘶，不能接战。凤翔叹道："吾今死于此地矣！何天之不祐汉也！"李文祥道："三军之勇怯，系于主帅。愿老将军毋出此言。"凤翔道："既败成禄之军，又得曾立昌之救，终不能透出重围，复何望乎？"说罢便下马，略憩片时，复谓李文祥道："为将者得死沙场，固亦幸事；况吾视死如归，所忧者，以一时之误，致国家挫动锐气耳！"李文祥道："老将军的结束，为敌人注视，万箭之下，恐难逃去；不如以某结束如老将军，伪为老将军也者，以替一死。请老将军速微服改装，杂在军中逃出。再请雄师，以雪此恨。"凤翔道："忠义如兄弟，老夫铭感矣！然以不听言，一时好胜，致误事机，罪将何逃？某死迟矣！"李文祥听罢，仍复固请不已。凤翔又道："某纵偷生回去，有何面目见天王与李秀成乎？"李文祥道："以老将军之才勇，倘自轻如此，是国家损一栋梁，甚可惜也。"凤翔道："我国人才尚多，老夫年逾六旬，譬如风前之烛，光亮几时？留亦何用！汝勿多言，吾意决矣！"说罢，清兵喊声渐近，凤翔复整束上马，志在冲进敌军，杀一敌将而甘心。忽一骑马奔到，乃天国指挥使吴永胜也！见了凤翔，气喘报道："曾立昌一路救兵，已被默特、桂良合兵杀败去了。"凤翔叹道："接应亦绝矣，此天亡我也！"遂不复顾。正待领亲军进战时，清兵已杀到：左是桂良，右是默特，势如潮涌。林凤翔大叫一声，冲进默特军中，万枪齐发。清将默特先已中枪毙命。林凤翔复奋进，军士皆以清将残酷，恐降亦被杀；故欲死里求生，个个奋勇。默特军士，见主将已死，皆无斗志。凤翔杀了一阵，斩首三千余级；桂良又被李文祥牵制，不能相救，这一战实出凤翔意外。不提防僧格林沁军到，凤翔部下数日苦战，死伤既众，只存五千余人，那里敌得僧王？因复大败。凤翔逃至一个小山上，见敌兵渐聚，把小山团团围住，料不能脱，遂拔剑自刎而毙，亡年六十五岁。可怜天国一员勇将，以一时好胜，竟丧在这里。后之为将者，可不戒哉！后人有诗叹道：

  林王名字震京师，吓煞燕齐众小儿。
  山岳元灵摧上将，沙场有幸裹遗尸。
  渡河未果星先坠，拔地空悲马不驰。
  十载神威今已矣，英雄犹说汉家仪。

时天国王探花，又有古风一篇，单道林凤翔北伐的：

君不见精神矍铄老元戎，雄师廿六出淮中。纵横湘鄂皖豫燕齐晋，吁嗟敌手犹难逢！扬州一战敌气夺，廿四桥头飞英风。绮善胜保如鼠窜，铁骑骁将为先锋。先声夺人九日下十郡，先平淮皖临开封。旌旗直指山西去，挥军大战临名里：堂堂额相西走复奔东，出奇制胜古无侣。大军转折下河间，进如潮涌当之死。既定河间及大名，清兵望风齐披靡。望风先惊林威王，增兵况有李开芳；吉公文元智复勇，三军会合奋鹰扬。王师所至毫无犯，壶浆箪食来归降。苟不降，势莫当：前驱自有温大贺；后劲犹留曾立昌。将军百战真无敌，呵气直吞僧郡王；桂良畏缩观壁上。威王马首驰东向：雄军直抵天津城，投鞭先断西河浪。儿童闻之不夜啼，徒见清廷面面相觑望。方期恢复我神京，何期天不祚皇汉！事败垂成宁不哀，星沉遂折栋梁材。僧王人马从北下，枭雄胜保相南来；威王见之殊不屈，摧锋陷阵仍突冲。忠臣报国抔捐躯，英雄视死如归日。临危犹复拔天津，默特难逃命已毕。真如猛虎入羊群，桂良成禄纷纷逃奔。无如众寡终不敌，岂战之罪不如人！一剑自能存节义，丈夫岂忍辱其身。吁嗟乎，丈夫岂忍辱其身！昊天不敕遗一老，皇汉不幸失将军。头颅虽断心不死，英魂犹绕大河滨。

时天国太平六年八月十六日。威王林凤翔既殉国难，清郡王僧格林沁，见从前杀戮过甚，今天国人心宁死不降，因此变了一计：下令降的免死。所以林军除死伤逃窜的，都降清军去了。

李文祥被困在军中，知林凤翔已死，遂微服杂在乱军中，落荒而逃；时曾立昌亦已兵败，率败残人马，奔至巨鹿。故文祥径奔巨鹿而来。僧王尽降其众。僧王又恨林凤翔屡败清军，前后杀清国大小将校百余员，兵士死伤数万。今闻他自尽，便令戮其尸。世之相传僧王生擒林凤翔，不过清官欺骗清廷，冀邀重赏，实无其事也。话休絮烦。

且说温大贺，在天津城内，满望凤翔杀出重围，与李开芳合，因此死守城里，专待救兵。忽见清兵蜂拥杀回，温大贺惊道："噫，威王败死矣！"左右问道："将军何以知之？"温大贺道："如威王能杀出重围，清兵必直追去；今却整兵杀回，显已大败吾军矣。吾军一败，威王断不偷生也！"左右听了犹未深信。

不多时，清军已压至城前：僧王居中，左有桂良，右有勒德克。耀武扬成，将威王头颅高竖，以恐吓天国军心。温大贺见了，大叫一声，气倒城楼上，左右急救起，便欲鸣炮乱击清兵，以泄威王之恨。温大贺急止之道："孤城断不能久守，徒伤人命耳！"左右惊道："将军岂欲降耶？"温大贺道："非也！军士皆可降，惟某不可降耳。"说罢，便回府署修书一封留下，劝僧格林沁勿乱杀百姓。写罢转入后堂，久不见出。左右急入看时，已见大贺直挺挺的挂在梁上，左右吓了一跳。急上前抚之，已气绝多时了。后人有诗赞道：

> 义队兴江汉，将军勇冠时。
> 南淮惊战略，北伐策戎机。
> 屡捷称良将，多谋确可儿。
> 英雄殉国难，大节古来稀！

左右即将温大贺尸身，解了下来，草草营葬毕，兵士知大贺已死，莫不垂泪，皆欲与城俱碎。只温大贺临终时，亦知孤城难以久守，只遗书劝僧王，勿妄杀百姓而已。左右便举白旗，听清兵进城。左右急把温大贺遗书送到僧王帐里。僧王叹道："温公忠义之士，吾亦为之感动矣！"即传令勿惊百姓。

僧王进城后，便欲将天国投降将校奏奖，以勉将来，惟皆辞不受。僧王复叹道："此所谓不忘故主也。"是时僧王既复取了天津，依次痛治昔日投降的各郡县官吏，以至纷纷逃走。后来清廷恐人心气愤，更相逼为天国助力，始降旨免罪，此是后话不提。

且说僧格林沁，既胜了林凤翔，一面表奏清廷，便率兵望西南而下：要与胜保会合来攻李开芳。当时李开芳退至高唐。听得林凤翔被困，乃叹道："吾退军只道林军亦退矣。今如此，是不得不救也。"便领兵望北而来。大军既抵平原，听得胜保一军，正从南皮而下，大惊道："胜保若来，是凤翔一军已败矣！去恐无益，不如退兵。"左右皆道："凤翔尚拥数万之众，未必便败。恐胜保知吾催取救兵，故先发制人耳。今若不救，是林军绝望矣！"李开芳亦以为然，催军前进，两军会于吴桥。李开芳见只是胜保一军，全不在意，令三军鼓噪而进。胜保略战一会，率兵望东北而逃。李开芳督军追赶。约十余里传令扎下大营。但心上甚虑清军有埋伏；又虑林凤翔望救已急。满意要杀退胜保，然后合力对付僧王，方是胜算。次日仍是进兵。

　　胜保初意只道李开芳败残人马，所存在限，今见他仍有万余之众，故不敢轻视。略战一会，仍复败走。李开芳正自追赶，忽吴桥上流，连窝地面大队人马杀到，乃僧格林沁军也。李开芳大惊，暗忖林凤翔若在，僧王何敢便来，可知凤翔已死无疑矣。想到这里，心胆俱落，传令退军。胜保与僧王会合，共分五路赶来。李开芳人困马乏，正奔走间，忽前头一条小河隔绝，李军纷纷凫水而逃。李开芳正要下马，一颗流弹飞至中间肩窝，翻身倒在地下。军士各自逃命，四分五散，首尾不能相顾。李开芳欲自刎，怎奈伤势既重，动弹不得，恰部将胡龙奔至，恐李开芳被擒受辱；又料他不能逃遁，急发枪向李开芳轰击，志在把他轰毙，免至被擒。无奈连击不中，胜保前部已到，胡龙急自逃遁。可怜李开芳，乃天国一员猛将。以伤重难脱，竟被抢去了。余外军士，除凫水逃去的，胜保尽降之。即送李开芳回营，令军医调理；然后槛送北京，听候发落。是夜李开芳，竟以伤重而卒。后人有诗赞道：

　　　　慷慨兴团练，功成佐太平。
　　　　威名胡虏惧，义气鬼神惊。
　　　　百战摧齐豫，孤军定大名。
　　　　高唐星殒处，万姓有哀声。

天国北伐之军，全部失事。曾立昌、黄隆才领败残人马，奔回河南。把失事情形，一面飞报李秀成，一面飞报南京。

那时李秀成在山东，正连战皆捷。忽听得北伐之军大败，林凤翔、李开芳、吉文元先后殉难，跌足叹道："凤翔世之虎将。不听吾言，致遭此败，挫动锐气不少。今后国家自此多事矣！"说罢为之流涕，复对左右说道："北伐之军既败，清兵锐气正盛；进亦无益，不如退兵：先固江南根本，徐图进取可也。"遂表告洪天王以退军缘由，传令大军，陆续南旋。

时天王亦已接得曾立昌奏报，已知道林、李、吉三将败死，不觉大哭道："何天之不祐皇汉也！"左右急扶起，劝以筹划大计。天王道："朕不特哭师出无功，实哭损朕三良将也。今番锐气挫动，非朕亲征，不足以壮军心矣。"便一面征集各军，待李秀成回朝，然后定议出征。

且说李秀成自山东奔回南京，所得山东郡县，已俱为清人复有。到了江宁之后，天王出郭迎接，秀成下马伏地流涕道："败军之将，何劳天王远接？"天王恐秀成意怯，乃慰道："有贤弟在，何忧天下不定？且胜败亦兵家之常耳，何必介意？"遂并马入城。到殿上，天王问今后大计。秀成道："今北伐既挫，实难轻于再举；宜先整顿两湖皖赣各省，免肘腋之患，待养回元气。一面令翼王石达开，由川入陕、晋，以分彼北军势，然后可以北伐也。"天王道："贤弟算无遗策。可惜林凤翔不听贤弟之言，以孤军独进，贻误非浅。朕今欲自亲征，以鼓将士之心，贤弟以为何如？"秀成道："大王既欲亲征，将从何处进兵？"天王道："陈玉成一军，已到江西许久，互有胜败；但月来仍未有消息。故朕欲直走江西去也。"李秀成道："江西之地，其重要究不如安徽。以安徽左应湖北，右带金陵，进兵可以由河南北伐。大王若欲援应陈玉成，自应先据九江府城。九江为各省咽喉之地，助陈玉成声势，然后乘胜入皖城；臣弟将遣兵出祁门。前以守将不得其人，故得而复失。今当取之，留良将把守，可以阻塞清兵，而又可以为大王声援矣。"洪天王道："然而贤弟将出何处？"李秀成道："上海为外人居留地。吾向虑清人借力于外人，以为我敌；故宜先收上海，实力要着。吾前与人相约，为取上海之计，一日便见分晓。待上海一定，吾当见机而进。且今番出师，不同往日，必求万全乃妥。"天王深以为然，便令李秀成、洪仁达，辅幼主洪福瑱监国，镇守南京。以元帅林启荣、陈芒其，为左右先锋，天王领大军三万人沿池州，经东流望九江进发。

时清将曾国藩，正领兵进攻黄州。天国陈玉成，另分军驻南康府。洪天王打听得曾国藩往攻黄州，留幕员彭玉麟、李元度两将，领三千人守九江。洪天王听得真切，决议暗袭九江之计。恰恰池州地面已由黄文金平定，天王便令池州守将，休要声张；自领本军，人衔枚，马勒口，直抵九江。彭玉麟、李元度看到天国兵猝至，虽然守护森严，却未有通报曾国藩准备。

当下天王兵至九江，离城只二十里。天王令部将汪永成领五千人，各暗藏短枪，并携火药，乘夜望九江先行。天王复令陈芒其、林启荣，各领五百人随行，天王也随后令军大进，汪永成先抵九江城外，并无人知觉。可巧彭玉麟、李元度，俱领军在城里。汪永成乘势发炸起来，城垣陷了数十丈，如天崩地裂。清国彭、李两将大惊，急调军来救时，陈芒其一人先到，彭玉麟一头御敌，一头接战，城垣内外，弹如雨下。不多时洪天王大队已到，俱用长枪轰进城里。洪大王另分军偷过后路攻城。清兵首尾不能相顾。城内人马又少，不能抵御。陈芒其、林启荣，一拥进了城垣。血肉相搏，好一场恶战。

天国兵因天王亲自领兵，胆气愈壮，清国彭、李两将，知不是头路，急开了北门，人马望西北而逃。天王既夺了九江，安抚居民，既毕，即报知陈玉成道："朕今不动声息，已取了九江，为数省咽喉。得此可以助贤弟声势，贤弟可免后顾之忧矣。"陈玉成听得，知天王之意，欲自己攻据南昌而已！便对左右说道："今九江既下，已无后顾之忧；吾取南昌，此其时矣。"便决定明日进兵，攻取南昌。时陈玉成已复取了饶州府。因自李秀成由江西入武昌之后，被清将赣抚严树森，赣枭李续宜，取回饶州一带。后经陈玉成再败清兵，自南康至饶州一带，已次第收复。这时玉成正驻饶州。自此与清兵相战，互有胜败；又因清将曾国藩，分兵驻九江，故陈玉成不敢大进。今九江既下，如何不奋起雄心。便号令人马，并调南康兵队，分两路望南昌进发。管教：

  天将神威，克复南昌省会；
  商民归附，先收上海城池。

要知后事如何，且听下回分解。

第三十七回

陈英王平定江西地　刘丽川计取上海城

　　话说陈玉成在饶州，得天王既下九江之信，便会合南康各军，来攻南昌。是时清国南昌守将巡抚严树森，臬司李续宜，听得陈玉成兵到，即会议筹御之策。严树森道："城内湘、赣各军，只有二万，战恐未必能胜。不如固守城池。一面飞报湘鄂各省，催兵援救；再求曾帅回军，攻九江，以邀陈玉成之后，彼不能不退矣。"李续宜道："中丞此言，只知其一，不知其二。陈玉成之军，旦暮薄城而进，此时求救，必无及矣。且九江为洪秀全驻扎，必为精锐所聚。以秀全亲自领兵于九江，恐曾国藩攻之亦未必能胜。今陈玉成之攻南昌，并未劳及九江兵力。故攻九江，亦不足以邀陈玉成之后也。"严树森道："闻陈玉成军约近四万，众寡既已不敌，战必无功；若战败，南昌难以保守，厥罪非轻。"李续宜道："此言虽是有理，但中丞之失机，全在事前不甚留意。今则战守均难制胜矣！然与其均败，则不如一战：吾可以声东击西，以求其当。若坐守此城，则吾已无胜之之理；彼得胜则夺我南昌，不胜亦可从容而退，实于彼无损。昔彭玉麟、李元度，以全军集于城内而致失九江，此可为前车之鉴。愿中丞思之！"严树森道："足下之言，实属至理。但某所虑者：势不敌耳。"李续宜又道："南昌城垣坚固，未必便破；不如领军在外接战，另留军五千人守城，休令敌人近境，方是长策。"严树森半信半疑，终以众寡不敌为虑，沉思了一会，说道："既足下如此用意，请足下领军一万，出城接战，由某自行守城，以为犄角之势；则敌人攻城，亦不能尽其力也。"李续宜大为不然，复争道："以区区万人接战，而将士又不敷用，实置之死地耳。某以为欲战则尽率精锐，以求一胜。否则当合力以固守南昌，较为稳便。若分军一半出城屯扎，在于不战不守之间，虽孙、吴不能为谋也。"严树森听罢，终不以此为然。只令李续宜领军一万名，使离城数里驻扎，以候陈玉成之军，严树森却领军兵守城。自己亲自昼夜巡城督视。李续宜因严树森是上司，不敢不从。只拨一万人马，断不能与敌人对敌，便悻悻出城。先布了营寨，以本军分为三队，势若长蛇，传令如陈玉成军到时，互相接战，不在话下。

且说天国英王陈玉成，领大军到南昌地面，听得按察使李续宜驻军城外，先令人打听他人马多少，然后计算。忽见探子回报道："李续宜一军共分三队人马，为长蛇之势，志在首尾相援，计兵不过万人上下。且右军一队，略欠整齐，可攻而破也。"陈玉成听得，微服改装，亲往审看回来，即谓左右道："李续宜亦颇能军。可惜人马不多，不敷分布；右路统领失人，绝无能战之状。我如乘其懈而击之，必获全胜。李续宜一败，南昌必为我有。可笑对严树森无谋，以为拥兵在城，可以困守，此直呆子耳。"便令大将洪春魁、陈仁瑞，领军一万，攻南昌省城，以防严树森冲出。又令部将指挥使韦昌祚领军三千，偷过城后的小山，暗袭南昌城。各将得令既去，陈玉成自统兵来攻李续宜。

续宜听得陈军已至，督兵而进。传令军中：攻左则右应，攻右则左应，攻中则左右皆应。一面坚严壁垒，以待玉成。

当下玉成兵至，先令左翼统领大将孙寅三，领部将十员，转攻清兵右路。并嘱道："清兵右路殊欠整齐，必不能战；如既胜之，休便追赶，即转击李续宜中军。吾自有兵可以破之。"孙寅三领兵而去。又嘱部将指挥使张祖元，如此如此；又唤都检使雷焕如此如此。分拨既定，孙寅三由左转右先进。清兵右路统领、总兵何凤林督兵接战。自巳至午，正在酣战之际，忽孙寅三率亲军直冲过来。何凤林看看抵敌不住，李续宜忙调右路接应，忽陈玉成领大队人马冲来。李续宜急下令道："彼军击吾左右两军，欲使吾中军受其牵制也。右军既败，由他进兵；只奋勇前进，反攻陈玉成一军。"不提防孙寅三领军不赶何凤林，反望李续宜击来。李续宜左右不能相顾，忽流星马飞报：天国指挥张祖元，都检使雷焕，已攻后营去了。李续宜此时纵有七头八臂，实无分身之术，只得拨军而回。

　　那时四面八方，皆是天国军兵，把李续宜困在垓心，不能得脱，但见枪弹如雨而下。李续宜欲奋力杀出重围，奈天国人马纷向李续宜攻击。续宜正在急危，忽一支救兵杀入：乃左路统领官提督李云林也。续宜乘势与李云林会合，望南昌城杀回。忽然陈玉成领军赶到，将清兵截为两段，右路何凤林不能得脱；少时孙寅三亦领军追至。枪声响处，何凤林中枪落马。孙寅三尽降其众，与陈玉成合兵赶来，李续宜、李云林，不能顾得后路，只顾奔逃。谁想一支人马拦住去路，左有雷焕，右有张祖元，分作两路杀来。李续宜不能逃回南昌，只得领数百骑落荒而走。陈玉成便令雷焕追李续宜；张祖元追赶李云林；自与孙寅三领军乘胜攻击南昌。

　　是时南昌城内听得李续宜兵败，皆料南昌不能久守，人心惶惶。严树森不分昼夜，亲自督兵防守。无奈李续宜兵败后，天国又加增陈玉成、孙寅三两路分攻东西两门，严树森渐渐不能抵御。韦昌祚那支人马，在南昌城后山上用炮轰击城中，一连两颗炮弹子，把那巡抚衙门击作粉碎。城内军心一时哗溃。陈玉成乘势攻破北门。洪春魁一马当先，领军先冲进去。枪声乱发，清兵不能当，望后而退。时城中纷纷传说：天国人马已进北门，皆无斗志，左逃右窜。孙寅三、陈仁瑞，相继攻进城来。严树森无法，急乔装杂在民房。还亏严树森平日治民，颇无苛政，故民间亦乐收藏之，始得逃去。那玉成见南昌已破，传令不再诛求，凡无论官民军士人等，概令降者免杀，并出示安慰人心。计点仓库：得白银八十余万两；另仓米三千余石，谷四千余石。陈玉成以南昌附近，连日遭兵，农民失业，令拨仓中谷米，分赈农民，人心大悦。一面使人打听雷焕及张祖元两路消息。

原来李续宜已同李云林领军逃至瑞州。雷、张二将便收兵回来。陈玉成见南昌既定，大犒三军，复传檄招抚各郡县。有不服的，都派兵征伐。以故附近州县，都畏威怀德，纷纷降附，徐奏报洪天王。洪天王听得南昌既下，即封陈玉成为英王。令以洪春魁、韦昌祚、雷焕、张祖元共守南昌，兼分抚各郡。使陈玉成、孙寅三回九江会同北上，按下慢表。

且说当日上海地方，为中西人文会萃之地。天王屡欲用兵。惟李秀成之意，以为上海商务繁盛，半多西人经商；若一旦以大兵临之，最易震动商场，反被外人藉口。使清人更得以藉此为名，拥借外力，实为不便。故主计取，不主力敌。便分布党羽于上海，鼓动华商，从中举事；若得上海，固不必说，即稍有失利，亦无与天国人马之事，西人亦不能责言。时奉令往上海：一为粤人刘丽川，一为闽人陈连。那两人向在上海经商，情形熟悉。且当日上海华人经商的，尤以闽、粤为众。那些人在租界地方，沾染欧人习气，多知亡国的可耻，故这时听得洪天王得了金陵，自然日望天王兵至。偏这会来了那刘丽川及陈连两人，说起谋袭上海，然后归附天王的说话，自然没有不从。

当下一传十，十传百，凡在上海经商的华人，都附和成一片，要谋袭上海城。只那时洪天王正在当盛，凡是中国的人，都当攻城袭地，是一件得意的事，并不畏惧，自然不至隐秘，纷纷传说出来。因此事未成，倒被清官得知。争奈那些人多在租界，清官实在捉他不得。况且西人亦知洪天王是个有法度的，与盗贼扰乱的不同，所以任华人在上海怎么说话，都不甚拘管，清官好不忧虑。没奈何惟有出一张告示：劝人不得乱动而已。那张告示又出得十分利害，不是说杀，就是说拿，又说什么如有听信浮言，妄行举动，即从重严办这等话。只道这些话，就能够把人吓退了。谁知那张告示一出，却是两江总督何桂清领衔的，当时华人正洋洋得意，那里识得个总督来？当下见了那张告示，就满城门闹起来，把他的告示纷纷将来扯去；并有些人写了一封密函，交过何桂清；又写一封交过上海道吴建章，叫他休要乱说。如再有这等告示，定然要取他的人头。故江督何桂清，及上海道吴建章，见了两通书函，反不胜忧惧，急的向刘丽川及陈连两人谢罪。

这时刘、陈两人越加得意。惟何桂清与吴建章虽然如此谢罪，究竟虑商人真正发作；便在暗地具一张照会，送过上海西官，请西官弹压商民。因此西官也循例出一张告示：劝商民休得在租界乱动。不想那张告示却又提明，是接得清官照会的。所以刘丽川一干人，更加愤怒起来。又复具函，责骂何桂清以诈术欺人，对我们商家没点信义。那时何桂清更加恐惧。因当时美国既与天国通商，且西人又见洪天王确有文明平等的制度，故循例出过那张告示之后，却实在不甚打理。

刘丽川这时既受李秀成所嘱之托，又愤怒清官，便立意举事。可巧那年八月二十六日，城中孔庙正有祭典，刘丽川料得是日清官必聚集孔庙，便约齐党羽，到这时围攻孔庙，要杀尽清官。统共约七八百人，各扮商人模样，先一日暗运军械在城里密藏。将近夜分，就在城里暗伏。次早天未黎明，清国各官确畏惧乱事，但究竟清廷向以祭祀为重典，何桂清等却不敢不往。先由上海县袁梓材先到，其次陆续都到了。最后江督何桂清，约有清兵护送数百人，直至孔庙。刘丽川先分拨数百人对敌江督亲兵，自与各人杂在孔庙中，作为观礼的。正值行礼的时候，刘丽川用暗号传示各人，一齐拥上。何桂清初时见人多拥塞孔庙，怀了疑心，故以上海道吴建章代主祭典。这会见人众欲动，先自逃了去。上海县袁梓材，见江督先自逃去，亦知有变，急的相继逃遁。余外各官都如丧家之狗。刘丽川党人先攻未逃散的亲兵。丽川即领数十人,上前拿住吴建章。建章知刘党人众,不敢与较,惟有俯首就缚。

刘丽川见拿不得何桂清,随领数百人,拥至上海县衙门,迫令袁梓材献印。袁梓材骂道:"我十年窗下,乃得进身任这上海县,实是不易。安能把印绶给与别人?"刘丽川听罢大怒,便谓众人道:"快杀汉贼。"于是众人一齐动手,取了袁梓材的首级,计得官家金银无算。然后会议杀吴建章与否:或云杀,或云不杀,竟不能决。适美领事马遐氏与吴建章有交谊,为之说情,使免其一死。刘丽川不许,马遐氏便设法使人诱吴建章至西门,乔装逃出城外,匿于马遐氏之住所。吴建章因此得保性命。

这时刘丽川听得此事,不觉大怒,有攻居留地之势,先驰书责美领事道:"我们起事,皆遵守法则,未尝损及居留地分毫。今忽然干涉我们战事。我所拿获之敌人,亦诱之逃去,与劫狱何异?且贵国自与我天国通商以来,实相和好,则贵国对天国与对清国,实不宜有所偏倚也。祈即将吴建章交回,否则断不能为贵领事原谅矣。"书内这等话,即马遐氏领事看得这封书,亦觉得此言有理,便欲把吴建章交还;因恐不交回时,怕动了刘丽川之怒,居留地反有不妥,自不敢再庇吴建章。时马遐氏止与署内人员相议,被吴建章知道,即贿左右,私自逃去。马遐氏无奈,只得照复刘丽川。刘丽川大怒,便欲攻取租界。西人大惧,严筹防备。恰好苏州天国守将汪大成,驰书与刘丽川,劝他不可误犯上海租界。刘丽川因此中止,便提众先夺上海城。管教:

  义勇齐兴,取上海易如反掌;
  雄兵再举,降桐城共许归心。

要知后事如何,且听下回分解。

第三十八回

取桐城陈其芒鏖兵　奉朝旨左宗棠拜将

话说刘丽川领兵来取上海城,这时吴建章已经逃脱,往见何桂清道:"刘丽川拿获卑职,而不据上海城,是彼等之意,不过欲得吾等而甘心耳。今忽领兵来取城池,必受洪党所嘱托可无疑矣。"何桂清道:"刘丽川本不足惧,但恐天国人马相应,则难与为敌矣。"吴建章力请出兵与刘丽川一战,何桂清深然其说,立即调兵城外,约共四五千人马,驻在租界西场之外,见刘丽川兵少,不以为意。此时,西人亦多出来观战。谁想清兵人不明公法,恨西人不来助攻,纷纷用砖石抛掷西人。西人大怒。各国领事会议:所有租界内巡警防兵,均请往西场防护。何桂清见西人调兵出来,只道要帮助刘丽川,急得向西人谢过。西人责何桂清:认真申饬军人,免碍租界商务。何桂清都唯唯应诺,西人始收兵。

是时,何桂清见西兵已退,便令吴建章攻刘丽川。不想刘丽川的党羽在上海城内者尚有千余人,这会见清兵纷扎城外,只剩数百兵守城,便乘势杀散守门军士,分头把住四门,举起天国旗号。守备吴应珍、都司李镇邦、副将何邦福,皆被刘党杀死。刘党千余人,又引动城内居民,纷纷附从。陈连正在城内,与其党羽乘着刘丽川攻城之际，便振臂大呼道："有志杀汉贼者当随我来。"因此一时之间，声势汹涌，清官都被斩毙，大开城门，迎刘丽川人马进城。江督何桂清、沪道吴建章领兵在外，不能一战，竟被刘丽川夺了上海县，只得退回仪徵驻扎。刘丽川把捷音报知苏省汪大成并李秀成。秀成听得上海已定，即重赏刘、陈二人。又因洪天王已拔了九江，陈玉成已定了江西，便奏请洪天王，直进安徽；又咨请陈玉成领兵入浙江，一面请杨辅清一路，由镇江进兵仪徵，以拒向荣及何桂清等。时向荣与天国人马，前后大小不下数十战，互有胜败。故秀成再以杨辅清当向荣一路；并令秦日昌、洪仁达坚守金陵；李秀成亲出安徽，要与洪天王会合。令赖文鸿为先锋，林彩新为副将。秀成自统大兵五万，望安徽进来。

且说洪天王在九江，即与李秀成订约进兵，便商议留守九江之人。陈其芒进道："九江为数省咽喉之地，乃清国必争之处。非有智勇之将，不能守也。"洪天王道："吾欲在林、陈二将中择一人，以守九江，将军之意如何？"林启荣道："臣弟非不愿守。留一人恐不足固守，若并留之，则前敌者更有何人？"洪天王踌躇未定，忽陈玉成令孙寅三到九江，呈报在南昌所得金银仓库款项，洪天王就令林启荣、孙寅三共守九江，仍令陈其芒为先锋，大军望安微进发。

到宿松离城约十余里，已有百姓夹道相迎。洪天王下马相见，安慰众百姓道："朕自与众兄弟举义以来，累各处乡老，惨遭兵燹，朕心实在过意不去。可恨敌人占我中国，于今二百年，不得不竭力谋个光复，实出于不得已也。"众百姓有年纪稍高的，便上前说道："某等受暴君污吏需索，已非一日。今得天王起仁义之师，除水火之患，百姓得重见天日，皆天王之赐也。"说罢，纷以牛酒相献。洪天王向百姓致谢时，附近有孙姓祠齐邀洪天王至祠中歇马。左右恐有意外，劝洪天王勿往。天王道："朕以至诚待人，他人谁以诈伪相待？又何必以不肖待人？"遂令人马扎下，带数十人毅然而往。既至，乡中男女纷纷拥至，皆以得识天王为荣，拥塞祠门之外。洪天王便亲出祠前，对众说道："尔等欲见朕那？亦犹人耳！望尔等为农者，勤于耕植；为士者，勤读书，以大义相劝，毋助异族，自不难重见太平也。"各人听罢，皆流涕道："愿天王早平大难，使吾民早享太平之福。"天王再转入祠内，将满洲盘踞中国，及清官自杀同种的历史演说一番，听者无不愤激。时村民多以一酒一肉相奉。天王见众民出于诚心，不忍过却。有名徐仁者，家中有一老母，贫甚，无以敬奉洪天王，回家对母而泣。其母亲至洪天王跟前说道："吾儿家贫，无以敬天王，心实不安，愿以小儿随天王左右，便得为国家效力。"洪天王询悉其故，深怜徐仁之孝，命左右赠以白金三百两，遣之归。因此，百姓皆颂洪天王仁慈，欢呼万岁。天王盘桓数时，才与百姓相别。当下天王道："朕以军务紧急，不能久留，待事平之日，当与举国臣民，同作太平宴。"说罢便行。百姓送至营前，天王抚之使回，即令人马起程，百姓犹鹄立而送。天王叹道："朕若不竭力扫除枭獍，何以对吾百姓也？"左右皆为感泣。大兵行近安庆，黄文金早派人马迎接。

天王进了安庆，先问敌情如何，黄文金道："清将鲍超，不时窥伺；曾国藩拥巨兵往来于皖、鄂之间，因此不敢远离安庆一步。现闻曾国藩已取黄州，胡林翼又据汉阳，分兵扰掠武昌附近州县，武昌怕亦濒危呢。"洪天王道："湘、鄂亦多读书之子，何以不明种族之界，不以亡国为羞，反助他族以杀同种也？"言罢叹息。黄文金摆酒与洪天王接风，徐议进兵之计。黄文金道："罗大纲驻兵河南，不如令他由怀庆而下，以壮湖北声势；某坚守此地以拒曾国藩；天王举兵北征，可无后顾矣。"洪天王道："林凤翔既败，罗大纲一路，其势已孤。使之回应湖北，亦是要着。但朕本军之力，亦非雄厚，不如发令秀成以军相应，然后会同北行。朕先取桐城，以待秀成消息可也！"随令罗大纲由怀庆趋湖北，以壮声威；随督大军，望桐城进发。

时清将张亮基的兄弟张亮业正在桐城本籍，兴办团练，约有二千之众，与清总兵虎嵩林共守桐城。虎嵩林听得洪天王领兵亲到，志在出战；参将万长清，志在守城，意见各不相合。虎嵩林便与张亮业计议道："桐城一掌之城，战守皆难。不如混战一场，胜则有功，败则退走河北，未为晚也。"张亮业不能决。虎嵩林叹道："何乃兄勇锐英姿，乃弟却没点志气也！"迫得飞报鲍超，催请救兵；一面督兵紧守城池，不在话下。

且说天国前部先锋陈其芒，领兵浩浩荡荡，杀奔桐城而来。忽探马报称："清国人马在桐城紧守，请绕道而行。"天王道："庐州已平，桐城为安庆北趋要道，反不能攻下，实是心腹之患。彼四面相隔，救兵亦难，朕誓必取之。"便唤陈其芒道："桐城虽小，地颇紧要；守兵虽不多，然当速取之。迟者鲍超之兵一至，反费手脚矣。"陈其芒得令而退。将近夜分，陈其芒进帐禀道："今有一密事，特对天王说知：桐城内有一庄户，姓王名唤以成，好交结豪杰。臣弟前时，与他相识最稔。今他到军前来，愿为内应。现他戚友刘文光，隶团练部下为百长，正守西门。约以城上插白旗为号，当即攻城。彼约二更时分，放火为号，即开城门，迎接我军而入，此机会不可失矣。"天王道："行军百变，特恐满人用诈耳。不知兄弟与王的交情如何？恐未可造次！"陈其芒道："弟与彼固肝胆交也！不足为虑。若天王不放心，不如以小队暗伏西城外，乘机拥入，亦是一策。"天王深以为然，令陈其芒回复王庄户：休要与多人同谋，以免泄露。

其芒即令部将康成，以三百人偷过西门，陈其芒令以本部分军一半，先攻南路；自引一半，为康成后应。是夜，一月将尽，月色无光，人马悄悄而行，即至西门暗探工事，城上正是张亮业团练军守把。少时见一小小白旗，在城楼角上随风飘扬。陈其芒大喜，暗令人马，但见火起：便薄城而进。原来王以成家正住在西门，料知桐城必破，故愿为天国内应，好建立功勋。将近三更天气，刘文光即复王以成道："时将至矣，城外隐有人马行动，当速准备。"王以成会意，不觉谯楼已打二鼓，王以成就在家中放起火来。张亮业只道军人失火，还没心慌。时虎嵩林正在南门，见西边火起，即调兵前来。忽然天国人马，纷向南门猛扑。不多时，弄出几处火起。康成即领数百人先抢西门。城内团练军忽然哗噪起来，却是刘文光传说：天国人马已进南门，因此兵士纷纷逃窜。张亮业又是不济事的人，见兵士如此，没法阻挡。刘文光领本团百人，乘势打开西门；康成一拥而进。正遇参将万长清赶过来，康成眼快举枪先发，那万长清在人马忙乱之际，防顾不及，早已中枪落马而死。天国人马，一拥而进，陈其芒大队亦至。王以成更纵起几处火来，满城中烧得烈焰冲天，清兵纷纷逃遁。张亮业率百骑，在火城乱窜，陈其芒便领人马追赶前来，张亮业死命逃走。忽被一火势烧残的墙壁压将下来，把张亮业和数十骑压在墙下，呜呼哀哉，送了性命。陈其芒即令军士，抢开南门，迎那一半人马进城，一面令人灭了余火。

其时，虎嵩林已领败残的军马杀出东门而逃。陈其芒救灭余火之后，即迎洪天王入城。天王即进城内，一面发款赒恤被火之家；随唤王以成至，向他说道："你这场功劳，本是不小；只在已得城之后，便不应续行放火，以害百姓。姑念功能抵罪，当予重赏。"乃封为殿前都检使。并传谕各营："到王庄户功成之后，不再纵火，便当赏指挥：今与以都检，是以儆将来也。"各人听之，皆为悦服。王以成亦唯唯伏罪，谢恩而退。天王出示安民之后，令人打探各路军情。忽流星马报称："鲍超大队人马已至。"天王道："吾已取桐城矣，彼来亦无所用也！"便留五千人把守桐城；令陈其芒统大军，以拒鲍超。分拨即定，专候清兵。

且说鲍超所得桐城告急，星夜调人马前来。部将王衍庆进道："洪秀全亲至，领兵到桐城，其势甚大，桐城必不能久守。恐军门调兵到时，桐城已失矣。彼以逸待劳，吾军恐难制胜。不如回复虎嵩林：以必救坚其心。然后我出兵以取安庆，秀全必回顾根本，则桐城之围，不救自解矣。此孙膑围魏救赵之法也！"鲍超道："此计虽是，但秀全久经战阵，必知我之用意；安庆黄文金势亦不弱。就即攻之，黄文金自能抵御，秀全未必回也。况桐城已急，我坐视不救，实难免处分，不如救之。"便不从王衍庆之言，立行拔队。以王衍庆为先锋，望桐城进发。

将近桐城，约二十里地，见虎嵩林奔到。鲍超大惊道："果不出王衍庆所料也！"便传虎嵩林至前，细问失城何如斯之速，虎嵩林便道："卑职屡言出战：战如不胜，守犹未晚，怎奈部下皆不听此言，以致如此。且更有城内王庄户，及团练军中人，为洪军内应，致有此败。现在洪军声势正盛，进恐无益，不如退兵。"鲍超对左右道："朝廷以兵权授于我，若并不能救一桐城，将谓我何？"王衍庆争道："皖抚吕贤基，驻在大通，犹观望不进；纵有失城处分，当在巡抚。军门进而取败，则咎在军门矣。愿军门思之。"鲍超心上终以取桐城为得功，且平日性又好战，遂传令挥军直进。并嘱三军："如与敌人相遇，当急攻进去。"三军得令而进。

及抵桐城，正与陈其芒两军相遇。陈其芒见鲍超兵到，正欲督兵接战，忽洪天王传到号令：以清国鲍军远来疲备，宜速进攻。陈其芒既得号令，便乘鲍军安营未定，直冲进去。鲍超不意天国人马猝至，又因自己人马困乏，喘息未定，实是吃亏。便混战一场，徐退十里下扎。陈其芒亦不追赶，权且收兵。至夜半里，重又进兵，把鲍军四面围定。鲍超奋力杀出。谁想陈军觑定鲍军，投东则投东，投西则投西。一来鲍军连日赶路，二来又众寡不敌。那陈其芒军中万枪齐放，鲍超正自危急，急一支人马杀入，乃鲍超部将王衍庆也。鲍超乘势杀出重围，折了些人马，连夜奔回大通而去。陈其芒大获胜捷，收兵自回桐城。自此以后，安徽全境，大为震动。

清国御史纷纷参劾安徽巡抚吕贤基师久无功，且观望不进，清廷便令鲍超为湖北提督，帮办安徽军务；将吕贤基开缺。又令鄂督吴文熔，保举贤才，因此就引出一位喜功名，乐战事的人物来。你道是准？就是湖南壬辰举人，湘抚骆秉章的幕府左宗棠，字季高的便是。那左宗棠为人好喜功名，很有才干。洪天王入武昌时，他曾上书与天王：劝他勿从外教。洪天王见他不明种族，又不识君民同重的道理，因此不甚留意。他满望上书洪天王，得个重用，故经许多人聘请过他，他倒不愿出。后见洪天王没有什么意思，就换了宗旨，一意帮助满清：先受张亮基湘抚之聘，参赞戎幕；继又受湘抚骆秉章之聘，办事很有点本事。故此湘中人士，就起了一个"新亮"的名号，这名就算是新诸葛亮的意思。那时有说他的道："诸葛亮他是辅汉的，你辅满不辅汉，怎能比诸葛亮呢？"左宗棠叹道："大丈夫负不世之才，岂能甘老牖下？"安徽军情吃紧，清廷诏举贤能，鄂督吴文镕、鄂抚胡林翼就猛省起左宗棠来。胡林翼就飞函责骆秉章道："左季翁乃天下之才，足下不得私为己有。"骆秉章就把胡林翼的意思对左宗棠说知：劝他出身治兵。左宗棠道："我是一个举人，未有报捐什么官，谅出身有多大官职。我又不肯向人叩头，又不肯向人递手本的，如何做得了官？"骆秉章道："朝廷当用人之际，或能破格录用，也未可定。"便把左宗棠的意思，报知胡林翼。胡林翼大喜，立即具奏保举左宗棠：说他本事好生了得。差不多说他前古后今，没有一个比得了他的。清咸丰帝看见胡林翼这道本章，遂再出张谕旨，向曾国藩问左宗棠的人物如何。曾国藩明知左宗棠为人，实出自己之上，本来十分忌他的；今胡林翼已有保奏他，料左宗棠有个出头，就不该让胡林翼一人得了荐贤的名誉，因此立即复奏，说这个左宗棠的为人，识略冠时，胜己十倍。所以清廷就降了一张谕旨，特赏左宗棠一个五品京堂，办理皖南军务。使他独当一面，好建立功劳。管教：

棋逢敌手，忽来左老助清皇；
大战丹阳，又见忠王擒向帅。

毕竟左宗棠得了谕旨如何，且听下回分解。

第三十九回

向军门败死丹阳镇　胡林翼窥复武昌城

话说左宗棠见清廷如此重待一个举人，骤膺五品京堂出身，确是算得荣华，便定了主意，出来任事。那时清廷见李续宾兄弟屡立战功，便撤去吕贤基，以李续宾署安徽巡抚，使担任办理安徽军务，不在话下。

且说洪天王自进了桐城，威声大振。令李秀成出师安徽，会同北上。李秀成由江宁过太平府入皖境，驻军含山。洪天王大军已过无为州，离含山不远，忽庐州天国守将胡元炜奔到，洪天王大惊。原来清国陕、甘总督舒兴阿，引兵五万五千人，合寿春镇总兵玉山已复取庐州。洪天王听罢，以庐州为要冲之地，若不先破舒兴阿，终不能北上，便移营与李秀成相会，同议进兵之计。秀成道："今番出师，早被清人侦悉，故舒兴阿骤到，欲阻我北进。且清兵先取庐州，其志在复取安庆，故救兵大至。观舒兴阿驻兵岗子集；总兵玉山驻兵拱宸门；丽鹤镇总兵德音布与同知江忠浚、刘长佑，复募湘勇前来驻扎五里墩，清兵声势，实是不弱。我当择其易者先破之。一军败，则各路皆无用矣！"洪天王道："庐州固在必争。但贤弟所见，究从何处下手？"秀成道："清总兵德音布，系宗室纨袴子弟，不谙军事。吾当分兵攻之。却先取拱宸门,以破玉山一路,只如此如此,可以破清兵也。"洪天王大喜,立著秀成发令:秀成即令先锋赖文鸿以精兵五千阳攻德音布,反助攻拱宸门;另唤陈其芒以前部攻五里墩,取江忠浚、刘长佑;却请洪天王阳攻岗子集,以牵制舒兴阿。自领大兵来会清将玉山,单攻拱宸门。分拨即定,约定四更造饭,五更起兵。

且说舒兴阿部下,俱属甘兵,与湘勇意见不甚和;且又藐视湘勇,便欲天明引兵直进。忽五更时分,洪天王兵大至,把舒兴阿人马四面围住。湘军在五里墩相隔非远,只是观望不进。刘长佑奋然道:"此国之大事也,安可以私意废公耶?"便欲拔队前往接应。不意陈其芒领天国人马,卷地而来。刘长佑大惊,急与江忠浚共御陈其芒。那德音布一路,不能挡赖文鸿之众,早已望风先遁,因此清兵大乱。驻拱宸门清将总兵玉山,正欲移营往救,谁想李秀成人马已至。清兵听得秀成名字,不敢恋战,秀成乘势杀了一阵,玉山恐庐州失守,仍不敢远离拱宸门,忽东角上一支人马杀入,乃天国大将赖文鸿也。那赖文鸿发枪百发百中,直入中军,向玉山举枪先发。玉山应声而倒,清兵益乱,互相逃窜。赖文鸿乘势抢至拱宸门,把火纵将烧来,城楼遂陷。城内望见拱宸门火起,呼无叫地,李秀成即领兵直进城内,一面拨人救火,一面将四面城门大开,迎天国人马进城。秀成复令赖文鸿,引兵助陈其芒;另拨一支人马,往助洪大王。舒兴阿知庐州已复失,不能抵敌,急领败残人马,望和州而逃。洪天王也不追赶,即收兵进城。清将刘长佑、江忠浚料敌不过,引兵退十余里。赖文鸿、陈其芒亦引兵回庐州。遂即出榜安民。传令休兵半月,然后北进。

忽流星马飞报祸事。称说:"向荣现拜钦差大臣,增添吉林马队,以张国梁为先锋,往攻金陵。声势甚大,恐有危急,特来报知。"洪天王听罢,叹道:"我军自由九江入皖境,破桐城,再下庐州;正拟乘势北上,长驱大进,今金陵又遭此警变,怎生是好?"李秀成道:"彼实防我北进,故攻我金陵,以为牵制耳。金陵人物尚多,未必便急,只遣一将，直趋丹阳，以要向荣之后，即可解金陵之围矣。"洪天王道："金陵附近，可以挡向荣者，究有何人？"秀成道："有杨辅清、洪仁达在金陵。且城池坚固，向荣未必遂得能志。又有刘状元主持大计，准可无虑。不如催李世贤，由浙江回南京，军声一振，向荣自气夺矣，大王不必虑也。"洪天王犹豫未决。副将林彩新道："金陵为我国根本，倘有差失，干系非轻。不如回金陵，待破向荣之后，由淮扬往山东，长驱大进，亦无不可。"秀成道："此言亦是。但兵法致人而不致于人。我若闻金陵之急，即疾趋回军，清人必更蹑吾后，此取败之道也。吾军若败，金陵更震动矣。不知领兵由庐州略地而来，虚作进势，兼应金陵；再调兵分堵南北岸，与九江林启荣相应，以防冲突。一面使金陵守将固守，我却打听缓急；若金陵无事，我却要向荣之后，乘势北进；否则回应金陵可也！"洪天王鼓掌称善，便飞令杨辅清、洪仁达固守金陵；又传令李世贤，由浙回军，以为声势。便提大军望东进发。

再说向荣，自以屡败无功，久欲一雪其耻。适拜命为钦差大臣，又乘洪天王出征，便思复取金陵。即大会诸将计议。张敬修道："我军屡败，洪军轻我久矣！金陵城中，必不设备；不如乘势南进，若得金陵，大事了矣。"向荣深以为然，便率提督张国梁，将军福兴、副都统德崇额、总兵张敬修，共步骑四万人，并吉林马队六千人，分道大举。以张国梁、张敬修领步骑万人，先攻镇江，并嘱道："镇江为金陵咽喉之地，不可不争；既破镇江，可分兵并掠溧水，会攻金陵，以应我师。以金陵城池坚固，非合大军，不能动手也。"张国梁道："金陵既已难破，今又分兵于镇江，恐势亦弱矣。"向荣道："杨辅清为敌军劲将，今回住镇江，若我攻金陵，彼必来救，是我腹背受敌，正欲仗汝军牵制之耳。"张国梁、张敬修便率部将冯子材、刘存厚等，领兵而行。向荣一面知照提督和春，移仪徵之兵进窥皖北，以扰洪军。即与诸将起军，望金陵进发。

早有细作报知李秀成。秀成谓洪天王道："向荣死日近矣！彼行军向来小心，今倾兵以窥金陵，志图一逞。须知我镇江劲旅，既足支持；金陵坚固，亦难遽下。且吾军虽出，与金陵相隔非遥，接应亦易，此行破向荣必矣。"便请洪秀全先回金陵，以镇人心。打听得向荣分为二军，以一军沿六合，以一军沿句容，分道齐进，而以桥瓮为大营。秀成打听得清楚，即令溧水守将吉志元兵，分略金柱，攻黄马及大小关。自率大军，与健将赖文鸿、李昭寿、陈其芒，驰东而出，单迎向荣交战。

且说张国梁统兵万人，行抵镇江。太平将杨辅清，谓部下道："张国梁此来，非欲得镇江，欲牵制我耳！我若坚持，彼即将去。吾相机乘之，不亦可乎？"便令诸军紧守。张国梁连攻二日，毫不得志，即与张敬修计议道："杨辅清骁勇好斗，今独不出，恐有他谋。"敬修道："某料向帅一军，必难遽下金陵；我军若在此，旷日持久，终非良计，不如弃之。分掠溧水而西，以应向帅，较为上策。"张国梁从之，便解镇江之围，改掠溧水。时吉志元既得李秀成之令，已于张国梁未到时，破黄马，下大小关，张国梁大为惊骇。谓诸将道："我军甫行，彼军先出，是何神速乃尔！吾欲掠溧水亦难也。"冯子材道："若不攻溧水，必须速奔句容，某料吉志元即击我矣。"不想说犹未了，吉军已至城内。四门亦分兵突出。张敬修欲与会战。张国梁道："军心惊惶，战必失利。不如避之，速奔句容，以会向军，尤为稳着。"便引军至北，吉志元从后蹑之，张国梁无心恋战，只图与向荣合。吉志元乃联合溧水各地人马，将图大举。欲追迫瓮桥，以要向荣之后。

时向荣闻张国梁一军失利，正欲援之，忽报张国梁兵至。向荣谓众将道："吾由扬州进此，以张国梁为前部，先制镇江；国梁性本耐战，今突然来此，正不知何故？"说罢张国梁已入，具道退兵原因。向荣道："既不能牵制镇江，恐杨辅清、吉志元反合而攻我矣！更以李秀成军一至，吾焉能挡数路之冲。今当速行布置，以御敌军，反以缓攻金陵为上策矣！"即令将军福兴，引兵驻六合之南；以副都统德崇额，引兵驻句容之北；以张国梁引冯子材、刘存厚为游击之师，以防吉志元。以张敬修为前部，自统大军居中策应。张国梁道："高资一地，以为太平军运粮要道，若断彼粮道，则镇江、溧水之敌人皆胆落矣。某攻镇江时，未计及于此，大为失著。今请冒险一行。"向荣许之。张国梁便统兵赴高资；刘存厚欲争首功，乃屯于附近高资之烟墩。

不意杨辅清，已知张国梁回军，乃亲自统兵出城，直进高资。却令副将陈宗胜领兵万人先围烟墩，自己单迎张国梁。时太平军副将陈宗胜一军先出，刘存厚以众寡不敌，只令部下紧守。陈宗胜选劲卒为前队，步步追击，冒死而进。刘存厚不能抵御，纷纷溃退。刘存厚先中弹而死。陈宗胜直进中军；先后斩知县事松寿及张翔国，挥兵直追，清兵大败。时杨辅清方与张国梁大战，辅清军士极锐，张国梁亦奋战不屈，两军喊杀连天。不料张军右军已败走，刘存厚阵亡，国梁军中无不胆落。时太平将陈宗胜一军亦到，国梁不能抗御，副将冯子材，急保张国梁杀出重围。杨辅清会合陈宗胜，乘势追杀，国梁大败。折兵五千余人，遗失辎重器械无数，狼狈奔至句容。

向荣知张国梁军败，乃令先踞六合、句容两城，以为根据。果然两城之内天国守兵弃城而遁。向荣以天国人马不战而遁，心正滋疑，忽报李秀成一军大至；前部先锋赖文鸿、李昭寿已离此不远。向荣即以张国梁、张敬修分为左右二军，分迎赖文鸿、李昭寿。忽报句容、六合城内同时火起。原来这火实系太平军所布置。因太平军深得人心，当弃城逃时，先留人马杂住民间，待秀成到时，一齐放火，故向军大乱。向荣急下令道："两城同时火起，乃敌人纵火无疑，不必理他。可撤城内守兵而出，弃城以求一战亦可也。"不料吉志元联合溧水各道人马，先已驰到，即陷句容，以邀击向荣。向荣即令德崇额力御吉志元，而以大军与秀成交战。时李秀成军已至，以六合、句容火起，知向军已乱，乃令赖文鸿、李昭寿于军到之际，即行进攻；勿令向荣得以复行布置。故赖文鸿、李昭寿甫与向军相遇，即猛力进击。向荣恐张国梁一军转战镇江、溧水，军力已疲，急以福兴一军相助。惟赖文鸿、李昭寿性最勇悍，且战且进。文鸿又工枪法，枪声响处，张国梁坐下马已被击毙，把张国梁掀下地来。军士只道张国梁中枪毙命，一时哗溃。比及张国梁换马督战，军中已全无队伍。赖文鸿、李昭寿乘势进攻，国梁一军先已败阵。太平将李昭寿即下令道："赖军已胜矣。吾军不可落后，速宜奋力，以图立功。"于是军士皆欢呼而进。清将张敬修亦不能支，同时败溃。

向荣正欲往援，忽见大营火起，却是后军知向荣必败，欲降秀成，故纵火以乱向军。向荣此时已漫无主裁。李秀成、陈其芒复至，与赖文鸿、李昭寿分四路，併压向军。向荣料不能支，适德崇额又为吉志元所败，向军即令退军。忽见东北路尘土大起，一军要截去路。探子报道："来军乃是天国大将杨辅清。"杨辅清知道向荣一败，必回扬州，故引兵沿上流而下。向荣听罢，急改向东南而逃。随后太平军分数路截击向军，或逃或降或死，不计其数。向荣回望后军，见大营火犹未息，太平军已卷地追来，军中呼大叫地，互相奔窜。正在危急之际，吉志元已率兵赶至，把向军杀得七断八续。吉志元正逼攻德崇额一军，大呼降者免死，于是纷纷投降。向荣已无心回顾，不提防一颗弹子飞来，正中向荣左臂，几乎坠马。正是慌忙，见张敬修与福兴狼狈奔至，仓猝言道："后军皆覆矣！速图驻扎之地可也。"向荣急问张国梁现在何处，张敬修道："现伊军尚足支持，故殿后以保前军耳！惟敌军势大，恐亦难以久持也。"原来张国梁见向荣已逃，恐为敌人所获，故死力拒住后军，且战且退。不想太平将杨辅清一军，从东北掩至，取建瓴之势，如从天而下，把张国梁一军冲破两段。国梁此时人马俱乏，无力支撑，亦惟有策马而逃。太平军士奋力追杀清兵，累尸数里，太平军皆踏尸而过。时张国梁与德崇额皆奔至向荣马前，向荣此时已知全军覆没，便令急走丹阳。李秀成与诸将率兵追杀十余里，即传令收兵。李昭寿道："向荣穷蹙而奔，如鼠失穴，追而杀之，直反掌耳。若待养回元气，又多一劲敌。不知大王何故收兵？"李秀成道："不劳诸公虎威，向荣行即死矣！"吾军已疲，丹阳尚有清兵万人，十可轻视。方今黄文金在浦口，为左宗棠、鲍超所扼；曾国藩以塔齐布、彭玉麟等围攻九江；胜保亦驻兵皖北。吾当留此一军，以顾大局。"李昭寿道："大王何以知向荣必死乎？"李秀成道："向荣性质最强，强则气胜；今经数败，必抑郁成病，羞愤交集，能勿死乎？"说罢即令杨辅清暂回镇江；吉志元暂回溧水。复令军士掘土掩埋清兵尸首，一面安抚被兵燹各地，自领兵回金陵。

且说向荣与诸将走至丹阳，计点部下共四万人马，只剩五千余人。乃谓诸将道："吾自用兵以来，自问坚忍耐战；今一旦狼狈至此，丧师辱国，固无以对朝廷，亦羞见江东父老。"言罢，咯出血来，不觉昏倒在地，左右急为救起，臂上伤势又发，急觅医治疗，将弹子取出。自觉昏沉不醒，不能理事。只令张国梁坚守丹阳，以防李秀成再至。

惟向荣病势，延医调治，毫无起色，日重一日。那日，诸将方环集问安。忽报有人送书至，向荣即令呈上。就在病榻拆开一阅，乃太平大将李秀成书也。书道：

> 太平天国七年，忠王都督江淮诸军事，为檄告清将钦差大臣向荣曰：昔将军立功秦陇，视师广西，拥旄万里，此非将军得志之时乎？秀成以陇亩匹夫，瞻望旌旗，久深钦佩！以清国虽危，而保障东南，抗衡天国，当非将军莫属也。何将军先走永安，再走灌阳；既败长沙，复败武汉。奔走东南，仓皇吴会，今复为奔亡之虏，穷蹙丹阳，抚残兵而椎胸，对同人而洒泪，何今昔盛衰，一至如是乎？秀成一耕夫耳，忝膺大任，与将军抗衡，方以为螳臂挡车，且惭且惧。乃吾兵一举，将军已败不旋踵，师徒数万，残留数千；尸累荒原，血流漂杵。秀成性最慈懦，方惨不忍观，而将军独忍为之者，故吾虽敬将军报清廷以尽忠，究惜将军驱人民以就死也！夫以将军久经战阵，熟谙韬钤，纵不

秦功，何以蹉跎至此！意者雨露无私，不育异类；皇汉旧邦，自有真主。故将军虽人事已尽，而为天意所阻挠乎？抑将军为识时之俊杰，知大事已去，真命有归，聊作溃败以相让乎？抑观天心当居一于此。或以将军穷蹙一隅，纷称以吾军乘胜之威，破丹阳掳将军，有如反掌，而秀成实不忍迫将军也。以秀成遇将军而大功成，方为将军戴德，何忍恩将仇报？且将军固名将也，久著威望，性复坚强，必图再举；将军又钦差大臣也，令旗一指，大军即集，提剑所及，诸将景从，以旬日而丧数万精兵，断不甘于终败，势必再集师徒，重决胜负。则秀成虽愚，惟秣马厉兵，准备而待。今与将军约，以十日期，再于句容、六合，重与观兵。英武能事如将军，其或不以秀成为不肖，而不吝赐教乎？

向荣看罢，大叫一声道："气死我也！"即复吐鲜血，不省人事。诸将不知其故，急为救起，细读来书，知为李秀成所气，无不愤怒：个个摩拳擦掌，誓要与李秀成决个雌雄。正在愤怒间，只见向荣神气略已回转，扬目遍观诸将，奋然下泪，徐徐叹道："悍酋秀成好恶作剧也！"叹已又道："吾命亦不久矣。可惜视师数年，毫无寸功，涂炭生灵，吾负国家，又负斯民矣！"又谓张国梁道："吾与你共走于患难之中，义同父子；吾必荐汝，然荐汝非私情也！汝实耐战，临阵不屈。此后宜努力国家，以图名垂竹帛，勿如吾之无用矣！"说罢便令取笔墨来，口授遗折，书记缮写之。折内力称和春、张国梁，皆可大用。向荣是夜，即没于丹阳城中。后人有诗叹道：

秦陇称良将，东南表战功。
英才为国用，甘苦与军同。
秉性能坚忍，居心独誓忠。
丹阳星陨处，遗恨泣西风。

自向荣死后，清廷大为哀悼，特予谥忠武，并赠封男爵，又赠太子少保官衔。即依他遗折：荐满员和春及提督张国梁为钦差大臣，办理江南军务。即有消息报到洪天王那里。

洪天王大喜道："果不出吾忠王所料也！"便厚赏忠王，并向李秀成道："向荣虽屡败之将，然好勇耐战，在江南屡苦吾军，且屡扼金陵，使朕不能大进，实为心腹之患。今向荣已死，朕无忧矣。"遂开太平御宴，与诸臣共醉。不料正饮间，有武昌急报，飞报祸事：称鄂督官文，鄂抚胡林翼，及前鄂督杨沛，会合各路大军，共争武昌。原来鄂督吴文熔，因战被伤殒命，清廷乃以杨沛任鄂督。杨又失机革职，留办军务；乃以荆州将军官文移督两湖，于是与胡林翼共攻武昌。洪天王听得，欲叫秀成往救。李秀成道："目下尚多能战之人，臣弟非不欲救武昌，然东奔西走，反中敌人牵制之计。"天王听罢，点头不语。李秀成深知洪天王之意，遂再奏道："果不获已，臣弟就提一旅之师，前往武昌，以释大王厪虑。"洪天王立即允准。李秀成退后，叹道："今番出师，实不得已耳！"又以各事部署未定，且恐武昌已危，便令赖文鸿以五千精兵赴鄂，随领大军继进。

且说清将曾国藩，自被洪天王袭取九江之后，心甚愤激，便移文胡林翼欲先取武昌。时胡林翼正取了黄州而回。忽得到曾国藩书信，便决意进攻武昌。即与鄂督官文、副都统多隆阿计议。多隆阿道："方今天国人马，只有谭绍洸在武昌，取之此其时矣！"胡林翼道："前二次出师无功，皆由过于张扬，使敌人预作准备。今宜谨密行之，不忧武昌不下也。"官文深然其计。胡林翼一面回复曾国藩，请其会兵；一面令多隆阿取洪山；并请曾国藩调湘军水师进妙河。胡林翼自与官文领各路人马攻武昌，分拨既定。那天国守将谭绍洸，不时打听清兵举动，并谓左右道："吾以一人，镇守武昌，而牵制曾、胡诸人于此地，实彼之失算也！彼时时志在窥复武昌，且胡林翼正自黄州而回，来攻此地必矣！"便令军士于武昌城外，增置木栅；并于西南两门，埋伏地雷火线。再飞报金陵告急；又函致九江请林启荣令孙寅三，由九江进兵，以邀曾国藩之后。不料分拨甫定，已报洪山为多隆阿所夺矣；官、胡两军，已直趋武昌城而来；清国水师，亦由妙河而进；余外各路都一齐进发。谭绍洸不意曾、胡两军骤至，倒防备不及。胡林翼前部，就是多隆阿、曾国葆。自湘省水师练成，即以杨载福、彭玉麟兼理。余外陆军前部就是塔齐布，领五千人马，先攻武昌南路。胡林翼一军已至，妙河水师又喊呐助威。武昌城内，天国人马惊惧。谭绍洸谓晏仲武道："清兵向不能得志者，以徒恃陆军故也。今彼水师既成，势力已与我共之矣。清兵既至，恐不易防守。兄弟究有何善策？"晏仲武道："彼挟全力而来，我有守无攻，实为失着，不如避之。"谭绍洸道："吾自起义以来，逢敌未常落后。今如此反示其怯也。"冯文炳道："横直武昌不能固守，不如全伏地雷，彼来我退，因而炸之，吾乘其败，而复夺之，有何不可？"谭绍洸道："皆非长策也。"便命苏招生、隆顺德，各统水军，堵塞妙河，以迎清国杨、彭二将；却令副将洪春魁、晏仲武分守各路。自率大军，昼夜巡视。谁想曾军水将彭玉麟，已派小艇十余只，偷进南门濠口，志在水陆相应。时官、胡两军攻城甚急。谭绍洸督诸将竭力守御。忽然冯文炳奔至，谓绍洸道："兵力疲矣！清水师已偷进南门壕口，此时恐不能久守也。清兵众多，故轮流攻击，吾军实是疲于奔命。不如依某前计：弃此城以炸清军，然后谋以复之可也。"谭绍洸此时觉得此言有理。乃命军士各打衣包，尽做逃状，胡林翼从高处望之，深信谭绍洸将逃，即令军士猛攻。并下令道："谭酋将遁矣，休令彼逃脱也。"清兵闻令，加倍奋力，水陆并进，西南一带城垣遂陷。太平人马已纷纷逃出，清兵皆欲急进。忽然震地一声，如轰天声响，城垣遂陷了百余丈，清兵被陷者不计其数。管教：

> 妙计成功，先伏地雷摧大敌；
> 小孩斩将，直叫天意夺湘儒。

要知后事如何，且听下回分解。

第四十回

罗泽南走死兴国州　罗大纲夜夺扬州府

话说胡林翼统率大军，直进武昌城，忽然火药爆发，城墙倾陷百余丈，登时压死清兵数千人。彭玉麟偷进南濠的水师，亦有多艘压溺，清兵军势稍却，各欲退后，胡林翼以既中敌人之计，折兵数千人，若不能取一武昌，更无以见人矣。不觉大怒。立即下令退后者斩。时多隆阿及曾国葆，俱已受伤，然闻胡林翼之令，亦皆振奋，一齐督兵拥进。

当谭绍洸领兵逃出武昌时，犹在城外东北路盼望：只道清兵被焚，必然退却，正欲乘机再取武昌。忽闻喊声动地，料知城陷，方欲回军，突见清兵不特不退，仍冒烟突火而进，不觉大怒。乃谓左右："清兵屡战，未见有如此强悍者，今何以忽然猛勇耶？"晏仲武道："彼日前既愤于屡败，目下又愤于军中被焚，蓄怒已极，如痫马走平原，无复知人性。当者必为所躐，计不如避之。吾军目前断不能再入武昌矣。"谭绍洸道："果如汝言，吾深悔弃武昌而走也。"晏仲武道："是又不然。彼竭数路兵，合水陆之众，不下数万，以争一武昌，志在必取。吾军虽死守，终难于保全。若困惫已极，则逃亦难矣。今冯文炳之策，虽弃一武昌，不过早弃几天耳，然犹能焚炸清兵。料此后清兵攻我城池，亦知所畏忌也。"谭绍洸道："既不复争武昌，则吾军须入皖境。"晏仲武道："必不可也。今只失一武昌，鄂省尚多退步；若即走安徽，是湖北全省皆失矣。吾军势力未损，何必远逃。以某愚见，不如先奔兴国州城。以该州人心，素服吾国，故每次科举，以该州人赴试为多。我既得人心，军力又全，且与武昌相近，若金陵救兵一至，且能合力以攻武昌矣。"谭绍洸以为然，乃与诸将领兵同望兴国州而来。

且说胡林翼既下武昌，一面奏报捷音，一面出榜安民。检抬被焚的尸首，尽行掘土埋之。立令将修复城垣，以图固守。忽听得谭绍洸已奔往兴国州，官文便欲提兵往取。胡林翼道："我兵围武昌，料谭绍洸必往金陵告急。恐金陵救兵不久必至矣，吾须留守以待之。且兴国州城小易破，无劳大兵，只令一将前往可矣。"曾国藩道："谭绍洸弃城而遁，兵力未损，恐未可轻视也。"罗泽南道："某虽不才，量取一兴国州，实如反掌耳。且深受侍郎知遇，虽死亦复何憾。"曾国藩从之，便令罗泽南领兵万人，并部将八员，望兴国州进发；又令塔齐布领本军随后起程，倘有缓急，即行接应。罗、塔两军去后，又令杨载福、彭玉麟，统水师沿汉水而下，以壮声援。分拨即定，曾国藩仍留鄂境，专候罗泽南好音。

且说谭绍洸望兴国州奔来，将抵金湖附近，仍恐清兵相逼，又欲东逃。冯文炳道："官、胡即取武昌，必以兵力迫我；我若远遁，不待湖北全境俱失，且清兵亦必穷追。不如暂屯兴国州城，量敌行事，果终不敌，则且战且退，以待救兵。某料既往金陵催请救兵，天王必有法以处之也。"谭绍洸道："此言有理。"便令人马到兴国州驻扎。洪春魁请领兵扎在城外，待敌兵追到时，乘其喘息未定而击之。谭绍洸亦从其计：即令洪春魁、晏仲武各领一军驻扎兴国州城外左右。时已傍晚，谭绍洸虑清兵乘夜追到，吩咐军士，夜里轮流替守。将近黎明，未见清兵到来，遂疑官、胡二人不再来追。冯文炳道："清军屡败，一旦得了武昌，纵损失数千人，然亦自以为得意之事，自然乘势进兵，恐不久清兵至矣。"正说话间，纷纷报到：罗泽南领兵追来。冯文炳道："罗泽南乃浙江遗缺道，名位虽微，实湘中儒将也。行军最为谨慎，故缓缓而来。洪春魁欲乘其喘息未定而攻之，此策恐用不着矣。"谭绍洸道："然则以何策御之？"冯文炳道："今本州城有义勇军一队，不下四千人，内中且有女兵，可见民气实在可用。今请将军固守州城；而令洪春魁、晏仲武二军迎敌，可伪败以诱之。吾率义勇队以抄出金湖，只如此如此。可以捉罗泽南矣。"谭绍洸即依其言，冯文炳亦抚循义勇队，自为统领以袭清兵。

次日清晨，罗泽南率兵而进，晏、洪两将，亦一齐准备接战。时罗泽南亦分兵以一半驻扎金湖，以一半进攻州城，随报塔齐布一军亦至。并探悉太平将洪春魁、晏仲武分军而出，罗泽南乃请塔齐布先攻洪、晏二军，自率兵围攻州城。不想谭绍洸军力未衰，罗泽南奋力猛攻，终不能得手。随听得塔军已胜太平军，洪春魁、晏仲武已望东而逃。罗泽南谓部下道："塔军已成功矣，吾军正宜奋力。"便令军士悉锐进攻。谭绍洸在城上亦奋力抵御，两军各有死伤。罗泽南正自焦灼，忽报兴国州有义勇数千，已抄取金湖去了。泽南听得，急撤兵而回。

原来兴国州的义勇队最为奋勇：男者任战攻，女者任工役，各司其事。冯文炳知其可用，乃领之往袭金湖。及罗泽南回军后，冯文炳即约退数里，却以村妇为前驱，另编一队壮勇者，以横击之。计拨已定，罗泽南已到金湖；见营伍尚无损害，乃谓左右道："彼必非求战，不过以我攻兴国州，欲扰吾以救兴国州耳。此义勇队皆属民兵，必不能战，吾当先破之，彼自胆落矣。"言罢鼓噪而前；见洪军义勇队分为两队；泽南亦分一队，先防横击一路，即自领本军与冯文炳接战。不料冯文炳先已定计，于两军交绥时，令前驱村妇，尽行裸衣；罗泽南军士不知其计，惟停枪注目以视。冯文炳即率后军突进。所有另编

第四十回　罗泽南走死兴国州　罗大纲夜夺扬州府

横击一军，又同时进攻。罗泽南军抵敌不住，望后溃退。冯文炳一马当先，诸军随后猛追，罗军伤死甚重。冯文炳领一军强壮亲兵，直入罗军中，要捉罗泽南。泽南此时已知无可挽回，惟策马而逃。冯文炳追杀十余里，罗军死伤三千余人，降者数千，余外半多逃散。罗泽南所领一万人马，已化为乌有。冯文炳乃乘胜收军，回取金湖。时塔齐布方攻晏仲武、洪春魁二军，听罗泽南军败，恐孤军难支，亦引兵而还。故洪、晏二人，又以塔军即退，乘势追之。塔军亦败，奔至金湖，已见金湖大营，亦为冯文炳所败，更无心恋战，领着败残人马，且战且走，望武昌一路而回。洪、晏二将见塔齐布已经去远，方始收军。

且说罗泽南自败于冯文炳之手，军士伤死降溃，已经散尽，只有单人匹马，望东而逃。见冯文炳军已收去，方回马西行，欲还武昌。自念此次领兵往攻兴国州，实自报奋勇，只道取兴国城易如反掌，今竟片甲不回，自悔来时夸大口，今番何面目见人？羞愤交集，且行且愤。已将近黄昏时分，但见荒山夕照，倒映疏林，一望皆山林田野，远地村落中，已是炊烟四起。罗泽南停马向农夫问路：叩以欲回武昌，将由何路而进？农夫见他模样，身挂长枪，坐骑骏马，已知是个官员。又见他欲回武昌，知是清国大将。内中一农却道："闻清将领兵来攻兴国州，汝即其人乎？"罗泽南道："吾即罗泽南也。"农夫听罢，低头不语。泽南心中怒极，但以为此乃无知农夫，不必与较，仍催马而行。心中自念道："当初若终身研究理学，设帐授徒，当不至此。"正想象间，忽近一短桥。泽南不知欲回武昌须过桥否，回望又无人可问，便策马过桥。忽闻枪声响处，罗泽南竟跌在马下，即有一人从桥飞越而出。罗泽南扬目一望，却是一青年童子，年约十四五岁。罗泽南道："汝年尚幼，即能为逆耶？"那童子道："我杀贼，吾未尝为逆也！"罗泽南尚欲再言，那童子复放一枪，罗泽南登时殒命。可怜罗泽南以理学出身，号为儒将。当时设帐授徒，如李续宾、李续宜、蒋益澧、易良虎之徒，皆执弟子礼，为泽南门下士。一旦图功名，与诸弟子舍学从戎，至今乃没于童子之手，岂不可叹。时人有诗叹道：

> 湘中有儒将，名遍汉江间；
> 理学宗濂洛，风流仰戢山。
> 不曾娴虎略，偏欲附龙颜。
> 何如终绛帐，犹胜裹尸还！

自罗泽南殁后，官、胡诸将仍未知悉。及见塔齐布奔回，方知两军皆败，但未知罗泽南下落。随有自罗中逃出者奔至武昌，报称罗泽南全军俱没，并述战败情形。胡林翼便问泽南下落，有亲见泽南逃时景况的，却道："当我罗军为冯文炳所败，欲奔回金湖，与后军会合；不想冯文炳率兵大至，连金湖各营皆溃，已见罗泽南单人匹马望东而走，但不知他往何处。"各人听得，皆为忧心。时曾国藩在座，乃道："若罗山有什么差池，皆吾之过也！昔罗山在湘中讲学，称为湘中一代宗风。自洪党陷了湘省，吾以国事艰难，人才缺乏，力劝罗山出山，为国效力。彼乃欣然乐从，与诸弟同入行伍中。伊弟子如李续宾兄弟，及蒋益澧等，皆成为能将。东南战事，多赖其力。即罗山在吾军，亦立功不少。若一旦丧在敌人之手，能勿悲乎？"官文道："他既望东逃出，未必即为敌军所害。想不久即回矣！"国藩道："罗山性质坚忍，能识大体，若仍在人间，断不轻于一死也。"林翼道："以吾思之：殆凶多吉少。以武昌而东，皆为敌军所盘踞。罗山单人匹马，逃将安往？恐不免陷于敌人矣！倘有不测，吾甚惜国家损一良将也。"说罢不胜叹息，即令部下分头探访。到次日，方由军士搬运罗泽南尸首回来。武昌各员，无不大恸，即行表奏入京：胪陈罗泽南战功。即有谕旨：罗泽南著照布政使例赐恤，将平生事迹，宣付国史馆立传；又加恩予谥，并赐祭葬，不在话下。

且说那击毙罗泽南的童子，正不知其姓名。原来兴国州人，最嫉清国将官，谓其残杀，反顺服洪秀全。那童子本是个猎户人家，当罗泽南向农夫问路时，已从树林中看出，故绕道出罗泽南之前，至于桥下，乃出其不意以击之。时谭绍洸只道罗泽南全军覆没，幸成此大功而已。及纷纷传说，知罗泽南于战败后被害，实出意外，欲求得手击罗泽南者而赏之，终不可得。只以此次成功，全出兴国州人之手，乃竭力抚慰人心；一面把武昌失守报知金陵；又飞报安庆，恐官、胡等乘势东下，好预备守御。忽得军报，探悉李秀成已过安庆。谭绍洸恐李秀成未知武昌失守，急遣人飞报秀成，请他到兴国。相见时谭绍洸诉说败兵之事。李秀成道："武昌存亡，实无关大局。我国若不能攻下北京，即能坚守武昌十年，亦复何补？"谭绍洸道："君言诚是。然今局面已不同矣：武昌居长江上流，有俯瞰江南之势。我国自林凤翔失败，未尝举兵北上。若武昌已失，安庆已危，故我一日未曾北上，即武昌一日关系重大。以目前而论，武昌实不可不争也。"李秀成道："此言亦殊有理。且天王视武昌如命，吾军到此，当思妙策以窥复武昌。为今之计，急宜抚循附近武昌各州县，以维系人心，再图进取可也。"即令晏仲武、洪春魁，各率兵攻取各郡县，再报金陵以武昌既失，清兵必然大进，请遣良将先图北进。并道："我进则敌谋御我，实胜于我之谋以御敌。且金陵尤为紧要，清兵将环集而攻金陵矣。"洪秀全听得，甚以为然。时太平将罗大纲方驻庐州，清国钦差大臣和春，以大兵围攻数旬，罗大纲以庐州粮多城固，拒守不屈；亦不出战，和春见不能得手，解围而去。罗大纲乘其退时，突出追之。和春兵败，折损三千余人。罗大纲得胜回城，即令胡元炜及部将孔照文，领军万人，镇守庐州。并嘱道："庐州虽小，为安庆北方屏蔽，请诸君努力守之。"孔照文道："未有天王训谕，将军带兵何往？"罗大纲道："和春继向荣为钦差，受收江南之任，吾当请洪天王先破和春，以挫其威。和春一败，张国梁无能为矣。今侍王李世贤、英王陈王成转战浙江等省；李秀成又提兵往鄂，吾当固江南根本也。"孔照文应诺，督众镇守庐州。罗大纲乃率本部人马，取道东行，一面报知金陵。

洪秀全以李秀成方请兵北进，乃令罗大纲先取扬州。罗大纲至金陵城外，适赖汉英由瓜州回来。洪秀全乃令与罗大纲一同北进。于是罗大纲领人马三万，率部将郜云官、刘官芳等；赖汉英领人马二万，率部将李春发、伍文耀等，分两路而进。洪秀全亲出城外劳军。罗、赖二将辞了洪秀全，取道起程，时天国太平七年、三月初一日也。罗大纲濒行时，谓赖汉英道："扬州为江北要道，清将向荣曾据之以扰金陵。今托明阿、和春，亦重屯扬州，视为要地。昔老将林凤翔，自扬州既破，即纵横于江淮皖汴齐晋之间。今吾等进兵，亦当先破扬州，然后长驱大进。"赖汉英道："丞相之言，正合吾意。某打听得扬州城内，有知府世焜，及参将祥林守把。钦差托明阿，大营即驻扎城外。城内守兵亦只有七八千人。惟托明阿大营不下二万人马。若非先破托明阿，恐取扬州亦非易事也。"罗大纲道："百足之虫，虽死不僵；托明阿人马既众，破之不易。托明阿虽无用之辈，其军中未必尽无能员。且吉林马队，向称锐战，若不能破他，扬州亦不能取矣，今请将军以本部压托明阿，吾即以本军夺扬州。若扬州既下，托明阿必然胆落。合军破之，如破竹矣。"赖汉英深韪其策，即依计而行。

且说清国钦差大臣托明阿，自从在皖省为陈玉成所败，折兵数千，乃回驻扬州。再将本军配以吉林马队，欲约会和春直攻金陵。计议未定，已闻罗大纲进兵，托明阿知照和春：罗大纲既离庐州，就好乘便窥复安庆；却自以本部与罗大纲接战。一面传令扬州府世焜及参将祥林紧守城池；复飞报清江，调都统德兴阿引兵到扬州接应。计划甫定，罗大纲大兵已到。原来罗大纲立意先取扬州：于大军未离金陵，即以精兵百人混入扬州城内为内应；及到时令赖汉英进攻托明阿一军，又叫刘官芳领兵五千人，先行攻城，以试城内守御之力。时刘官芳先攻南路，城内世焜悉力相拒。罗大纲却令郜云官率军而东，直攻东路。参将祥林亦坚守不出。罗大纲却统本部窥懈而击。先以抬枪射击城内,故城内人心皆为惊骇。比至入夜,忽见北门火起,世焜即急拨兵往救;又恐城中有人为敌内应,再拨兵巡察城中时,罗大纲望见城中火光,知是先派作内应亲兵发作,特以大火扰动清兵。大纲即下令道:"守将分兵城内,必有事故,此机可乘也。"便率兵会同刘官芳,奋力猛扑。并道:"当于此时即破扬州。若迟一刻,则城中之兵皆被捕矣。"说罢即身先士卒而进。忽见城上一将,头戴水晶顶子,大纲不知其何人,但见他手执令旗指挥守兵,竭力守御,又不避矢石。罗大纲乃谓左右道:"此人真奋勇。若杀得此人,料守兵皆溃矣。"乃谓左右十余人,相约一齐发枪,向那将攻击。果然枪声响处,那守将中弹而坠,城上守兵一时哗溃。罗大纲乘势,率兵直薄城垣,掷药焚之;城垣突陷了十余丈。罗大纲挥军冒烟突火而进。城内知府世焜犹领兵向城垣陷处竭力抵御,又不避矢石,至罗军死伤十余人。刘官芳却令军士各将器具,在城垣叠起,踰垣以进,时城楼守兵已无一人,故刘官芳安登城楼。世焜见不能挽回,始望后逃走。罗大纲乃率兵直进。乱枪齐发,知府世焜即中弹落于马下。清参将祥林知南路溃败,罗大纲已经进城,亦领兵齐遁。邰云官攻进东门,那参将祥林正走时,忽前头正遇刘官芳一军,见其被敌人迎阻,知不能脱,乃拔枪自击而没。罗大纲尽降其众。复令军士择城空地架叠柴草,纵起火来。问其故,罗大纲道:"赖汉英尚与托明阿相持,未知胜负。吾藉此火,以惊敌人军心,而壮我军锐气也。"各人皆服其计。扬州既定,乃出榜安民。管教:

  一战成功,已见扬州归版字;
  两番用计,又教鄂省变旌旗。

要知后事如何,且听下回分解。

第四十一回

李忠王定计复武昌　陈玉成弃财破胜保

话说罗大纲拔了扬州，令刘官芳抚恤灾民，修复城垣，并留兵镇守；自率本部人马，令郜云官为前部在助赖汉英，与清国钦差托明阿会战。时赖汉英已进攻清军。那托明阿本无将略，惟以军中人马尚众，料赖汉英不能遽破其军，只令军上坚壁紧守。并下令道："扬州城池坚固，未必遽陷，我们且守着，等各路援兵大至，必大破洪军矣。"以此之故，只于赖汉英进时，才悉力抵御。赖汉英见托明阿不出，疑有别谋。部将李春发道："托明阿并不知兵，有何别谋？今当悉力攻之，勿待其援兵云集也。"赖汉英乃令李春发为左，伍文耀为右，自己居中，分三路猛进。

托明阿仍主力守。其部将缉顺奋然道："将军授命为钦差大臣，朝廷欲将军进攻敌人也。吾军非守城者，何待守御？敌至不战，已为失计。且焉有拥数万之众，尚坐守营中，以待外援者乎？"托明阿不能答，乃与诸将出战。时赖汉英等已逼至托明阿营前：前部列牌为壁，且攻且进，托明阿全失地势。及战至夜分，望见扬州城内火起，托明阿军心惶骇，一时慌乱。不多时已报扬州失守，军心益乱。赖汉英乘势迫之，托明阿不能抵御。罗大纲人马又至，两军夹攻，托明阿更不能支，一齐溃散，只得领军望西北而逃，志在与和春会合。罗大纲、赖汉英乃分头追赶。追杀十余里，方始收兵。计是役托明阿军中，折伤八千余人。托明阿只顾逃走，更不敢回顾，直奔至盱眙，见罗、赖二将退回已远，方始心安。自念既失扬州，又损兵折将，因此忧愤交集，奏报入京，清廷大为震怒，立革托明阿钦差大臣之职，以将军德兴阿代之。

时和春正由皖北回军，已知扬州失陷，乃率兵锐攻江浦；张国梁亦率兵往取六合，出洪军不意，遂拔了六合城，以温绍原守之。张国梁复与和春相约道："扬州既陷，罗大纲军势正盛；吾若与战，诚不易得手。兵法攻其所必救，不如合攻金陵，洪党诸酋外出，金陵空虚，若有紧急，必以罗大纲回军，此孙膑围魏救赵之法也。待罗大纲回军后，即以德兴阿一路，先复扬州，以为吾等根据之地。然后据上游以撼金陵可也。"和春大然其说，一面知照德兴阿，遂移兵逼攻金陵。

洪秀全听得以和春及张国梁合军，其众不下六万，恐为所困，乃先调罗大纲回军。罗大纲闻命乃叹道："吾今番出兵，又成画饼矣。天王有命，吾不得不从也。"遂留刘官芳领军万人，并部将指挥数员扼守扬州，自与赖汉英等复率兵向东南分道，拊和春、张国梁之背，以救金陵，不在话下。

且说李秀成进兵湖北，立意窥复武昌：先以赖文鸿、李昭寿、洪春魁、晏仲武收复附近各郡县。官文、胡林翼遂疲于奔命，调兵遣将，往还应援，皆不能及，以至武昌附近州县，皆为秀成所复有。会太平将陈玉成方由皖北进兵而西，先后陷潜山、太湖、宿松、黄梅，复转向西北，当者披靡，直趋湖北。又陷英山、罗田、麻城，传檄黄陂、孝感，势如破竹。李续宜、李续宾、李孟群等，皆为所败，纵横千里，以次底定。计洪朝自武昌失守，鄂境皖境一带，几为官文、胡林翼所乘，至是乃军声复震。李秀成听得，谓诸将道："英王可儿，壮国家声势不少。吾窥复武昌，此其时矣。"先令人打探清军情形。

时曾国藩方因丁艰回籍守制，所部杨载福、彭玉麟、塔齐布等军，暂归官文调遣。官文时已拜钦差大臣之命。以太平将李世贤方纵横于江西各郡县，两湖皆为戒严，故鄂督官文、鄂抚胡林翼与湘抚骆秉章皆惧李世贤一军由江西拦入湖南，不特湖南难保，更足要武昌之后。况石达开方纵横川黔，若李世贤更由湘入川，与石达开相应，则东南大局，更不可问。湘抚骆秉章乃商诸官、胡两人，官、胡两人亦甚以为虑。乃令李续宾、李续宜仍在安徽攻战，却以塔齐布、杨载福领人马入江西，邀李世贤之后，以为湖南声援。官、胡却仍留武昌，以防李秀成之攻击。那时李秀成打听得清楚，便谓诸将道："彼重顾江西。于大敌当前，犹分兵四出，此官文之失算也。吾破武昌必矣！"乃谓李昭寿道："洪山为武昌要道，势所必争。今洪山清将李孟群，所部不过五千人，汝领兵五千人，会同赖文鸿先争洪山。若官文、胡林翼遣兵往救，则吾之攻武昌更易；彼若置洪山于不顾，亦可先取洪山。得此，亦足以据武昌要害也！"李昭寿、赖文鸿得令去后，秀成又谓谭绍洸道："汉阳系湖北重镇，与武昌只隔一河，地势在武昌之后。官、胡二人，只防我进窥武昌，必不防我复夺汉阳。今陈玉成既拔黄陂，该处与汉阳相隔不远，吾当知照陈玉成，使分兵南下，以壮声势；公可扎筏渡江，以窥汉阳为名，料官、胡以汉阳为入湘要道，彼既惧李世贤拦入湘省，必惧我更得汉阳之后，即径趋湖南，势必分兵往救。公当其分兵渡过汉阳时，乘势袭其救兵。一面与彼救兵相持，一面率一半人马渡过对岸。无论能拔汉阳与否，武昌必然震动。我如此如此，即可以破武昌。"分拨既定，便告知各营，使准备往攻武昌。诸将以李秀成此次出兵太过于张扬为虑。秀成道："吾正欲彼知我即攻武昌也。"

是时官文、胡林翼知李秀成将来攻战，便悉以精锐防守武昌。胡林翼道："秀成此次出兵，布告各营，不畏为吾所知，吾恐其必有他谋也。"官文道："彼盛屯兴国州，不取武昌，待取何地？吾等经营数年，方规复此城，若一旦不守，诚为可惜。今大冶、冰湖、梁子湖等处，已为敌有，彼进兵既易，安有不急征武昌之理？非悉锐守之不可。"正议论间，忽报李秀成引军来攻武昌。官文道："果不出吾所料也。"即设法调兵守御。忽又报秀成军退，官文不信，再使探之。果然，未几又报李秀成军至。

原来秀成分军两路，一沿大冶，一沿梁子湖，以疑官、胡两人。时官、胡两人不解其何以忽进忽退。正在忖夺，已报到陈玉成分兵由孝感直趋汉阳；谭绍洸亦引军渡河，前往会袭汉阳矣。官文大惊道："汉阳有兵，不能挡陈玉成、谭绍洸之众。若汉阳一失，即隔断荆州消息，湖南亦危，此时武昌更为孤立。自此两湖皆休矣，速宜调兵救之。"胡林翼道："吾初亦疑其有他谋，吾二人并骤于此，自孤其势，颇为失着。汉阳虽重要，然欲救之，只合早为布置，若此时分兵，恐武昌更危矣。"官文心中："以为胡林翼为湖北巡抚，自然专顾武昌；我为湖广总督，应兼顾两狮。遂力抗林翼之议。且是时纷传侍王李世贤，将以大队压入湘境，湖南一省大力震动。湘抚骆秉章雪片似的文书，正请设法援应。官文便不再知会胡林翼，即以提督李成谋、道员多山领兵急援汉阳；复知照将军都兴阿由宜昌领兵上进，以抗陈玉成支队。李秀成探得官文已分兵往援汉阳，乃率诸将力攻武昌。官、胡两人守御不屈。忽报往救汉阳一军，于半渡时为谭绍洸所击，所有浮桥尽被敌人烧毁，今败兵正逃回城也。官、胡听得大惊，举止失措。守兵望见城外火光，大为震动。正在仓皇之际，飞报洪山失守，李孟群败走，为敌人所压，不能回应武昌，因恐汉阳失守，已直奔汉阳去矣。

原来赖文鸿与李昭寿往攻洪山，李孟群亦防战不屈。孟群有一妹，好谈兵事，自编女兵一队，随兄出征。当太平将赖、李二人到时，与其兄并力防战。李孟群久知赖文鸿枪法利害，惧自己装束为敌人所认，乃令手下亲兵乔装如已装束在前，自己却在后督兵。果然文鸿见李孟群奋力防守，即谓左右道："若能先杀死李孟群，则敌军必挫矣。"乃擎枪发击，即应声而倒。清军疑主将已亡，一时慌乱。不知所击者非真李孟群也。时赖文鸿、李昭寿见孟群军溃，乃尽力冲击，清兵大败。李昭寿乃请赖文鸿直蹑清兵之后，又惧清兵奔回武昌，反增武昌守御之力，遂率兵转向武昌：一面横击清国败兵，一面助攻武昌而去。

不想官文自闻两路军败，前往汉阳的兵，又纷纷拥回武昌，人心益摇，防守亦懈。正没措手，已被秀成攻破东门。先在城垣下，叠草举火，以惊人心。于是城内清兵以为城已尽陷，各自逃窜。官、胡二人，亦由南门逃出。秀成遂率兵直进城中。时前任鄂抚陶恩培，方留省帮办军务。不知武昌已陷，乃与总兵王国才，由咸宁带兵来援。不知官文、胡林翼已离城退守汉阳；亦不知武昌早已为李秀成所得。在昏夜乃率兵竟进城中。望见李秀成旗帜，方知武昌已陷，乃大惊。方欲退时，已为李昭寿所截，遂相与巷战。少时赖文鸿一军亦到，诸军相继而出，互相夹攻。陶恩培先为李昭寿击杀，全军皆降；总兵王国才知不能脱，亦自刎而死。赖文鸿下令招降王国才的人马。当巷战时，城中极为震动。及次早李昭寿、赖文鸿报捷，李秀成笑道："焉有城池已陷，犹未打听清楚，即鲁莽进城者乎？清国用此等人带兵，安得不败？"当下重赏诸军。以汉阳一地，清将既有多隆阿把守，又以都兴阿由宜昌上驶，今胡林翼、官文、李孟群又相继赴汉阳，是汉阳清兵云集，取之亦殊不易。乃令谭绍洸回军。一面将收复武昌情形，报知金陵。

以诸将此次战事之中，以李昭寿先能取各郡，继夺洪山，又斩巡抚陶恩培，遂录李昭寿为功首。自此李秀成益重视李昭寿：日则同食，夜则同榻，待以殊礼。谭绍洸道："忠王之重李昭寿过矣！"李秀成含糊答道："昭寿骁勇善战。每次出兵，当者皆溃，几于战无不胜，攻无不下，吾所以重之也。"谭绍洸道："此人骁勇善战，诚如忠王所言。然昭寿赋性刚愎，立心奸险，如魏武帝谓司马懿，所谓鹰视狼顾，后必生乱，不可不防之。切勿付以大权，否则恐为国大害矣。"李秀成听罢默然。徐遣退左右，乃向谭绍洸道："公固能识李昭寿者！特弟所以重之，亦不得已耳。"谭绍洸急问其故，李秀成道："吾国自林凤翔殁后，北进无期。今捻党龚得树、张洛行、苗沛霖等，以数十万之众，横行于齐、鲁、秦、晋、河朔之间，声势甚大。李昭寿与张洛行等为至交，吾欲藉昭寿联络捻党，以牵制北方。待吾等抚定东南，即可以长驱大进耳！"谭绍洸道："虽然如此，亦宜慎防其人。"李秀成道："其凶暴叵测，吾固知之。吾待以恩遇，以结其心，必能为我用矣。"谭绍洸唯唯。

时秀成正欲由湖北入河南长驱北进，乃令军士修复武昌城垣。以武昌屡次被兵，居民太苦，即发赈居民。并令晏仲武领兵驻守洪山，以为武昌犄角。又令阻断武汉河道，以防汉阳清兵；又令增修水师于妙河，以防清国水军掩击。仍令谭绍洸领着重兵，与洪春魁、冯文炳镇守武昌。布置才毕，适燕王秦日纲驰到。秀成道："自黄文金被困于浦口，公久驻安庆，何以忽然至此？"秦日纲道："黄文金为左宗棠所困，吾又以安徽多事，不敢稍离，今文金已回安庆矣。左宗棠军势极锐，清廷已有旨升他为候补四品京堂，襄办皖南军务。幸林启荣由九江分兵，出其不意袭击左军，故文金得以脱险，今可以无事矣。我今奉天王之命，恐忠王攻武昌不下，故领兵来助。今已规复武昌，是何神速也！"秀成乃将攻取武昌计划，向秦日纲细述。并道："吾正欲北征，惧武昌兵力单薄，燕王到此，正合用著。就请以公本部大军，巡视武昌附近，以防汉阳，兼保武昌。吾北征亦可以无后顾矣。"燕王秦日纲领诺。

忽金陵有急报飞到：以清将德兴阿方困扬州，赖刘官方设计死守，而和春、张国梁两路大兵，又合窥金陵。虽有洪仁发、洪仁达在金陵防守，但罗大纲、赖汉英屡与和春、张国梁交战，只互有胜败，不能取胜。现清廷又以福建延郡道李鸿章，调署江苏巡抚。李鸿章并借洋人的利炮，锐意进窥苏常。故镇江杨镇清及溧水吉志元两军，俱不能移动。特请忠王先回金陵。待金陵稳固，然后由淮扬北进等语。李秀成叹道："局境如此，吾徒东奔西走耳。"乃先知照陈玉成，使由鄂北直进河南，而自以本部赶回金陵。一面令李昭寿领骁骑五千人，星夜赶赴扬州，以壮声势。秀成即领大兵，望金陵而去。

且说英王陈玉成，两目上有摺痕，清兵谓为"四眼狗"。鸷悍善战，所向无敌。自纵横皖鄂，抚定各郡之后，威声大震。及得李秀成知照，即欲由鄂入汴，忽报清将胜保领本部人马三万人，并吉林马队由皖北直趋鄂境，单攻陈玉成，以援武汉。原来胜保自破了林凤翔之后，清廷即调他攻伐捻党，及向荣败死，武昌复为李秀成所夺，官文、胡林翼俱败，以东南震动，乃再调胜保南下。那胜保以在皖北时，屡为陈玉成所挫，方愤前败，至是悉锐与陈玉成相争。陈玉成听得，恐胜保蹑其后，遂暂缓进兵汴梁，先移兵马单迎胜保交战。方抵安徽，已与胜保一军相遇。两军尚相离四十里，陈玉成相度地势，先在八斗岭屯营。

那八斗岭地势崎险，峰峦拱伏，绝妙一个战场。陈玉成踞之，以为大营；复在八斗岭前后分扎各营，共连营数十里。军中四万人，号称十万。每夜置灯火，光气烛天。诸将问其增灯火之故，陈玉成道："胜保屡为吾军所挫，其军必怯，吾因其意而用之，故以军势慑之也。"诸将皆服其计。陈玉成复集诸将道："胜保此来，锐意与某决个雌雄：故以三万之众，再附以吉林马队，众寡与吾军等耳！彼志在速战，不惜百里奔驰，吾扎于此以待之，已得以逸代劳之法。胜保到时，吾以前军迎战诱敌，而以后军抄出扰之。吾窥便以大营进击，破胜保必矣。"遂令前军骁将蒙得恩如此如此；又令后军骁将林绍璋如此如此。自与副将韦朝纲、洪容海，准备窥便进战。

时清将胜保，因欲直蹑陈玉成，故日驰七八十里；听得陈玉成驻军八斗岭，乃笑道："四眼狗必败矣。彼知老守兵法：以为据高视下，势如破竹，故屯于八斗岭中。如马谡穷守街亭，吾困之直如反掌耳。"忽报称陈玉成屯兵八斗岭，前后皆有连营，横亘数十里。计点夜里灯光，不下十万人也。胜保道："此是虚张声势，不足惧也。"但胜保虽如此说，清军已有震惧，胜保乃杂在前部亲行窥探；终不明玉成所扎营盘，是何用意？即与部将道："陈玉成前军颇占地势。但他连营数十里，后军且距在岭后，必呼应不灵，何以用军？吾实是不明其意！今当以吾前军并拨吉林马队之半，向彼前军挑战，先行试敌；吾留大营观陈玉成动静可也。"便令提督李若珠、副都统舒保两军先出，一声呐喊而进。蒙得恩先得陈玉成之命，初犹不出，及陈玉成已知胜保调兵先进，却先令后军横绕而出，直攻胜保大营。待后军既动，徐在大营将红旗一举，蒙得恩即率兵接战。自辰至午，胜败未分。蒙得恩遂约兵而退。清将李若珠、舒保，各奋力追赶。陈玉成在岭上亦故作约兵退后之状。胜保见前军得手，正率大兵继进，忽见陈玉成后军已横绕而出。胜保乃留本部窥看陈玉成，而令总兵勒阿及副都统恩布领右军向陈玉成后军交战。胜保居中，左右应援。两军喊杀连天。忽然陈玉成前后两军皆溃，陈玉成亦有逃状，率大营奔至岭后。胜保乃深信陈玉成真败，即挥军直进。

陈玉成前后两军，皆受有密计：退兵时，沿途把财物抛掷。那胜保军士见满地皆玉成军中遗下财物，乃纷纷争取，队伍全乱，胜保已知是计：乃下令不得贪取财物，军士那里肯听？只顾取财物，不顾敌军。陈玉成知敌兵中计，又将红旗一举，前后两军一齐杀回。陈玉成又将大营分为两路，左右截击。清兵仍自争取财物，绝不顾及战事，被陈玉成人马万枪齐发，胜保军士死伤不计其数，因此大败。玉成乃领兵直冲清营，要寻杀胜保。管教：

尸横遍野，英王方奏捷而归；
身陷孤城，良将又尽忠而去。

要知胜保性命如何，且听下回分解。

第四十二回

守六合温绍原尽忠　战许湾鲍春霆奏捷

话说胜保一军，被陈玉成用计：令军士抛掷财物，致令清军争时忘战，以致大败。陈玉成即令左右两军齐进，自率本部大军，直冲清营，要捉胜保。

时胜保见军士争取财物，禁止不住。又见陈玉成军士进如潮涌，陈玉成居中，蒙得恩居左，林绍璋居右，三路一字儿追赶。万枪齐发，来势十分凶猛。即传令："诸将虽败，亦要力御追兵；若只顾逃走，不知敌军追至何时，反要片甲不回，性命难保也。"诸将闻言，便振声一呼，于是李若珠、舒保、阿勒、恩布四将，也鼓励三军，分头抵御。太平军见清军忽然回战，以为清兵有了救兵，军心稍却。不想李若珠、舒保正在抵御来兵，突见陈玉成一支人马，直冲入清营中军，当者披靡。又听敌军扬言道："胜保已被困矣！降者免死。"清兵听得，各自慌乱。李若珠、舒保闻主将胜保被困，不知是真是假，急回军救护，队伍一时慌乱。太平将林绍璋、蒙得恩乘势猛击，清兵更分头乱窜。陈玉成军中枪炮齐发，清兵死伤更众：但见尸横山野，血渍荒原。陈玉成率兵践尸而过，仍不住追击。李若珠、舒保、保着胜保夺路而逃，回望后面，喊杀连天，也不及回顾。少时阿勒、恩布二人，亦领败残人马赶到，谓敌军势大难以抵御，须从速逃走。胜保方仰天而叹。徐见后路喊声又近，陈玉成人马，又渐渐逼至。胜保此时唯与诸将没命奔走，被陈玉成追杀三十余里，方始回军。陈玉成大获全胜，仍暂屯八斗岭，大赏三军。一面令三军将两军死亡者掘土掩之；一面向金陵报捷。

时胜保既败，见陈玉成人马退去已远，方始心安。计点败残兵士：合各路只存万余人，其余或死或伤或降或逃，已折去二万有余，将校死伤数十人。胜保乃叹道："勇如林凤翔，吾尚破之。偏屡与四眼狗交战，未尝一胜，岂天不欲吾与洪党战乎？何不幸至此！今三停人马折去两停，挫动锐气，复损失诸公虎威，皆吾之过也。"即入奏报告大败情形，将李若珠、舒保两路分隶钦差和春部下，而以本部及阿勒、恩布两路军马，引向淮南，招集逃亡，再图恢复，复行奏请降去钦差大臣之职。

时清廷咸丰帝颇能用将，唯降旨慰谕胜保，复留为钦差大臣。着以整军再战。然自胜保败后，当时人士乃起一种谣言道：胜保音似兔，陈玉成名"四眼狗"，兔非狗敌，故必败。这等语，至今依然传诵。这都是闲话，不必细表。

单说洪秀全在金陵，自李秀成复取武昌；今陈玉成又大破胜保，自此江楚局面声势复振。视谭绍洸失守武昌，乃黄文金被困浦口，向荣屡撼金陵之时已自不同。怎奈和春、张国梁二人仍屡攻金陵不已。正自忧闷，恰李秀成至，洪秀全大喜，即把金陵情形，向秀成细述一遍。并道："得卿如此，朕无忧矣。"秀成先述报江楚情形，又道陈玉成军锋极锐，但已疲战矣。强而用之，如强弩之末，难穿鲁缟，宜令暂行留皖休养。秀全复向秀成问以防守金陵政策。秀成道："和春本非将材，唯所部多向荣旧部，久经战阵，故其兵尚可用耳。张国梁屡败不惧，精悍好斗，与和春共事一方，亦足鼓和春之气。若能以劲力制和春，和春一败，张国梁势孤，破之至易。彼二人本以扬州为根据，

第四十二回　守六合温绍原尽忠　战许湾鲍春霆奏捷　347

今德兴阿力围扬州，实为根据计也。吾已令骁将李昭寿领锐卒绕道先趋扬州，以却德兴阿。若德兴阿一退，和、张二人俱腹背受敌，吾再以兵力蹙其前，彼不退何待？是金陵之围自解矣！"洪秀全道："吾甚忧江南大局，惟卿足以解吾意耳。"秀成又道："但退和春、张国梁，本是不难。恐退而复至，是吾等亦疲于奔命。查六合为金陵与扬州往来要道，上抗天长，下撼江浦，彼若出攻金陵，瞬息即至。今六合久为敌人所据，屡攻不下，使和春、张国梁随时得六合为根本，以扰金陵，实吾之大害。今当先破六合，使彼失其依据，则彼自易退矣。"洪秀全以为然。秀成乃部署所部人马，扬言单攻和春。

时李昭寿一军亦已驰到扬州，在城外驻扎，与刘官芳互为犄角，屡挫德兴阿一军。以致德兴阿立脚不住，引军奔回兴化，扬州之围遂解。那和春听得德兴阿已退，料太平将李昭寿必取建瓴之势，从扬州而下。又闻李秀成一军将到，心中益惧。料此次窥取金陵不得，且恐腹背受敌，为害更深，便先自引军回驻天长，江浦之围亦解。只有张国梁一路，恐六合不能久守，欲为六合声援，仍未退兵。李秀成谓诸将道："国梁蠢悍，竟敢不退，吾有法以处之矣！"乃令赖汉英一军，与张国梁相持，以牵制之。令罗大纲分拨郜云官一路，助赖汉英声势：上遏张国梁，使不能往援六合；再令罗大纲会攻六合一城；复调李昭寿回军，与赖文鸿各为一路，分攻六合，秀成乃居中指挥。左右皆疑道："六合一县城耳，即欲破之，胡费如此兵力？"李秀成道："非尔等所知也！六合城小坚固，守将温绍原极为英雄，部下亦多能战之人，守御甚为得力。回思数年以来，六合一城，屡得屡失，然每攻下此城，皆在温绍原既离之后，可知此人精于守御，非以劲力致之不可也！"左右皆服其论。于是太平兵马，环集六合攻城。

且说清提督温绍原，自奉命镇守六合，与部将李守诚、罗玉斌、海从龙、夏定邦、王家干等，前后六年间，共守了六合数次。若温绍原往攻别处，六合即为洪秀全所得；若温绍原在六合镇守，即经洪秀全命将调兵，屡次攻击，皆为温绍原所却。以故温绍原英勇之誉，附近妇孺无不知名。当温绍原最后回守六合时，察度地势，修缮城垣，于城垣内增筑辅墙，较城垣略低些，以便驻兵守御，使能向外攻敌，而敌人不能攻及守兵。所部八千人，以一半屯城外，互为救应；如敌军在远，由城垣外守兵击之；敌军若近，由城垣内守兵击之。或内外夹攻，相机发令。复在城外增筑炮垒，分驻炮队，以为助力。大凡炮垒，其炮位必然向外。惟温绍原所筑炮垒，无论向内、向外，皆有炮位，不幸城垣已陷，倘炮垒未毁，仍须攻战，大有城亡与亡之势；又于城垣外掘有深坑，以防敌人偷掘地道，并防埋药焚炬。种种设备，十分完密。且温绍原平日，优待部将，皆称兄弟，示以亲厚，以期得力。若军士被伤，必亲自慰问；即军士遇有疾病，亦给资调理，以是极得军心。所以将校士卒，无一不为温绍原愿效死力。自再守六合以后，知六合为洪秀全所必争，每日必亲自巡视四门各营。又恐士卒劳苦，将所部千人，分为两班；十日为期，届期瓜代。及听得李秀成将攻六合，乃鼓励将校军士道："李秀成在敌军中最为勇悍。今合兵来争，非寻常敌兵可比。诸君各宜努力。金钱奖叙，某不愿独私，此诸君所知也。今和春既退，张国梁又被牵制，是六合之势已孤，惟不可因此即生畏惧。吾与诸君受国厚恩，兼承重任，吾早以死自誓。一息尚存，断不少懈。吾不负诸君，想诸君必不负吾也。若彼此同心，共行奋力，彼李秀成岂能正视此城！故城之存亡，尽在诸君奋力与否耳！诸君如能用命，固在今日；如其不能，请各自离去，慎勿中途贻误大事。即诸君散尽，吾惟独坐孤城，以死报国耳！断不忍遽去也。"说罢放声大哭，三军无不感动。皆大呼愿从军令，以效死力。于是温绍原先行围聚粮草，以壮军心；申明号令，整肃旌旗，准备守备。

早有消息报到李秀成那里。秀成以温绍原守御完密，极为焦虑，乃令军中尽购攻城之具，无一不备，以便随时可以应手。正欲商议进攻，适李昭寿带兵到。李秀成谓昭寿道："吾知君冲锋陷阵，最为骁勇，此任非君不能当也。君可领精兵为前队，温绍原非寻常可比，可冒死撼之。六合一下，即江南之大患已去，君此功不小也。"李昭寿慨然领诺。秀成又唤赖文鸿道："君有神枪手飞将军之名，百发百中！可领本部自为一队。某料温绍原必临城督兵。君领兵休便近城，可望城上有红顶花翎者，先发枪击之，若击得温绍原，则六合不下而下矣！"赖文鸿领命而去。李秀成即与罗大纲督兵继进：各路鼓噪而前，且攻且进。不意六合城中，全无动静。

李昭寿方领兵先行。赖文鸿亦依秀成所嘱，用望远镜窥定城上，次第发枪，皆不能击中要害。因温绍原早知秀成军中，有一赖文鸿枪法精利，惧为所击，先在城上筑定坚厚短墙，凡将弁俱立在垣内督兵，以避枪击。故赖文鸿仍不济事。忽然六合城上号炮一响，枪声齐发，秀成军士大受损伤。李昭寿背上先中一弹子，昭寿大怒，不特不退，反欲奋力，以报一弹之仇。惟秀成知此次攻城，必不能得手，徒损将士，只得传令收军。赖文鸿入帐禀道："温绍原守御极严，可仿做吕公车攻之。"秀成此时亦未有奇策，乃依文鸿之言，将人马分四路环守，以决六合通运之路。然后召工役万人，不分昼夜赶做吕公车。

惟温绍原见秀成连日不出，即谓诸将道："秀成虽败，仍未大伤，何以不进？必有异谋。"乃令城外军士增固长垒，准备火器，以防冲突。约数日后，秀成军果至。以吕公车为前部：车中军士各执长枪，俾向外攻击；复以炮队为第二路，诸军随后而进。令携带火药，从备行近城时，焚炸城垣。不想温绍原从城垣上窥视，乃谓右左道："秀成所用乃吕公车也！若以枪击之，必不中要害；可待其近时，以火焚之。"传令既毕，秀成军士已至。惟温绍原军中绝无动静，远地但见城外长垒，已经增高；垒外复镇以乱石，以图坚固。秀成仍令前队吕公车护军而前。先令车中军士，发枪试敌，乃六合城内外全不答应。清兵只伏在内垣，外垒之间亦不见一人。李秀成再令炮队发炮，以攻长城外垒。奈长垒之外，温绍原早布以铁网，外即是横濠，故弹子俱落在濠中。秀成大怒，惟令三军冒险而进。忽然城内号炮又响，城内炮垒先以炮还击。秀成中军及吕公车行近时，清兵纷纷对付火器。那吕公车本是木质，最易着火，故秀成不特不能攻进城垣，反致挫败，折了好些人马。秀成没奈何，又惟有传令收军。秀成乃复令罗大纲领军，巡视要道，以断六合交通。一面以兵力围定六合。沉思默想，自筹良法。猛然省起一事：急令人查探六合城濠。

温绍原欲濠运利便，正深挖濠底。秀成急令购置小艇，艇上支以薄铁，并裹以棉花，以御弹子；置军火于艇中，准备攻城，却密召赖文鸿、李昭寿嘱道："温绍原所恃者大炮耳！吾以小艇沿濠而进，非炮力所能及；若彼用枪击，吾以薄铁片及棉花置诸艇上，即可以御之。方今清朝时节，雨水正多，小艇可往来于濠中，吾此计可行矣。"乃令赖文鸿、李昭寿，各领小艇队，分沿东南两濠而进，待逼近城垣时，即掷弹药焚之。李、赖二将领命去后，秀成复令军队随后起程。意待赖、李二将，焚陷城垣时，即拥兵而进。复令罗大纲率兵扰攻西北两路，以分温绍原之力。计划既定，各皆依令而行。

原来温绍原亦防城垣或陷，致被秀成扑进，却拨二千人，分队为城中游击。无论何处城垣陷了，即一齐发枪，以拒来兵。自己仍不住的在四门督视。那日正见无数小艇，沿濠而进，温绍原看了，面色为之一变，已知秀成用意。但念此等小艇，非炮力所及，用枪又恐击不中要害，一时无计。惟秀成的小艇队渐渐逼至，只令守兵权且发枪御之。却令城中游击各路，尽向东南两门，嘱令若见城垣一陷，即一齐发枪猛御勿退。军中得令，已见秀成小艇队，已抢近城垣，离不及百丈，温绍原传令发枪。惟枪弹到艇面时，即卸落水中。赖文鸿、李昭寿却冒险而进，直扑城垣，一齐抛掷火药。忽然轰天震动：东南两处城垣，皆陷了十余丈。时秀成方随后继进，仍以吕公车为前队，向城垣陷处直抢。不料城垣之内，又有辅墙城内守兵，千枪齐发。温绍原的部将李守诚手执令旗,指挥军士,被赖文鸿眼快,提枪一发,李守诚已先死于马下,清兵稍却。那温绍原恐军士退后,即亲自擂鼓,清兵却不敢退,仍不住手的放枪抵拒。故秀成小艇队,终不能登岸。李绍寿大怒,急提枪向城内执旗官猛击。那执旗官,正是温绍原部将海从龙,早应声落马,把令旗撒在地上,部兵一时惊溃。李秀成乃发令猛攻。所部将抵城垣,不意温绍原仍督率各军,将火器掷下,焚毁秀成所用吕公车。城内部将如罗玉斌及夏定邦继李守诚及海从龙之后,率军在城内守御,城已几陷,清兵依然奋勇。温绍原在城楼上又奋勇督战,不退半步。军士见之,皆道主将如此,吾辈何必畏死乎!一齐依旧还枪抵拒。忽北门飞报:太平将罗大纲,率大兵来争北门。温绍原道:"此李秀成恐攻城不下,故以罗大纲分吾军力耳!"只令部将王家干,奋力守御北路;并令此军,不要慌乱。故李秀成几番猛击,终不能进城;且见士卒死伤甚多,吕公车又多为温绍原所毁,惟有传令左右小艇队先行退出,将本部护小艇队而退。这一次攻城已陷了城垣两次,仍不能得手。计点士卒:又死伤二千余人。退兵之后,一发纳闷。传令将各路约退十里,只令环守六合,使断绝外来交通,另筹良策。

随即大会诸将商议,李秀成道:"吾用兵以来,未见有守御之能如温绍原者!与吾国林启荣之守九江,实相伯仲,即古之张巡不能过也。六合不下,金陵不安,诸君有何良策?"罗大纲道:"吾军以十万之众,不能下一六合小城,实足为天下笑!请不必多用别法,惟以军力猛勇攻之:如鼠斗穴中,惟勇者胜耳。"赖文鸿道:"不如赴金陵,再请增兵以撼之。"李秀成道:"吾军在此不可谓不众,何待增兵!吾今已思得一计,可柔以制之也!"李昭寿便问以柔制之道,李秀成道:"吾今先停止攻城之事,而以兵四面环守六合,彼交通既断,城内必有绝粮之日。此时欲取六合,如反掌耳。"李昭寿道:"然则以大兵停滞于此乎!"李秀成道:"非也!张国梁一军尚在,温绍原犹有待救之心,不如增兵以助赖汉英,先退张国梁,使六合外援既绝,粮道又困,人心必乱,吾始因而乘之,是即以柔制之道也!"诸将皆以为然。秀成便令罗大纲前往助攻张国梁,然后将本部人马四面环守,以绝六合水陆交通各道。令赖文鸿、李昭寿各统兵马,轮流虚作攻城,以扰城内军心。李秀成复引兵四面巡视,以防六合于意外得有接应。因此把六合一城断绝外应。

惟六合城中以连日不见秀成攻城,以为秀成将退,心中窃喜。独温绍原更为纳闷,密谓部将罗玉斌道:"秀成用此计,六合殆矣!"罗玉斌急问其故,温绍原道:"我军只能战,而必不能守:彼若来攻城,犹可挫之,待其锐气折尽,即可退兵;今彼不来攻城,将四面断我交通,城中军民杂处,粮食浩繁,焉能持久?是彼不战,而吾等已坐毙矣。"罗玉斌道:"张国梁大军离此不远,或不久可来援应也。"温绍原道:"此更无望矣。秀成若不来攻,来必先退张国梁一军也。彼能断我交通,岂不能断我外援乎?"罗玉斌深以为然,然终无法以对待,惟有督军修缮城垣,将人马日日训练,并不将秀成四面围困六合之事说出,以稳住人心。

早有人报知李秀成,以温绍原日日修城操兵之事。李秀成听得大喜,人都不知其故。次日忽报清钦差和春,特遣总兵陈开带兵一队,约五千人前来助守六合。秀成道:"彼此次援兵,必有辎重。"乃令李昭寿领本部人马,往袭六合援兵。并嘱昭寿只要掠其辎重,即放他援兵进城。李昭寿领命去后,时陈开领兵由天长而至,李昭寿先在中途埋伏,待陈开过后,果然有辎重相随,李昭寿乃引兵直袭其后。时陈开人马以为中了敌人埋伏,不敢恋战,尽弃辎重而逃,及陈开知得已回救不及。李昭寿尽焚其辎重,复引兵阳作追赶之状。陈开见队伍已乱,不能回战,只率兵直奔六合来。温绍原见援兵已至,见敌兵随后追赶,援兵为人所击,急开门迎纳陈开。那李昭寿亦不再攻城,只引兵回营缴令,并问李秀成道:"前闻温绍原修缮城垣,操练人马,大王既喜形于色；今又令末将纵其领兵入城，不知是何故也？"李秀成道："此易明耳。吾正欲断其粮道以乘之。彼日惟修城练兵，工事过多，则军中食粮尤巨也。吾惟惧彼屯田裕饷，今温绍原于前不及见此，今已无及矣！且吾军非众寡不敌，彼仅增数千援兵，于吾何损；彼若有谋，当以死士杀出重围，催大兵以接济粮饷，方为上策！吾料温绍原方寸已乱，见不及此。今只增数千人于城内助守，则无须此兵，而城内人多，则糜饷尤大，是绝粮益速，吾故纵之入城也。"李昭寿深为拜服，自此依然分道环守。

如是又两月有余。时罗大纲、赖汉英两路，已攻退张国梁。而洪秀全又以六合未下，令遵王赖文光引兵来助。李秀成乃大会诸将告道："吾今番可以破六合也！吾昨日带兵佯作攻城，见温绍原守兵枪力已缓，而队伍不齐，盖军心乱而精力减，饷项之困乏必矣。今勿失此好机会。若再阅时日，恐和春知陈开辎重已失，必纠合张国梁、都兴阿同援六合，则吾军殆矣。不知诸将谁敢当先？"说罢罗大纲、赖汉英、李昭寿、赖文鸿、赖文光等，一齐应声愿往。李秀成道："罗、赖二将疲战方回，可分道绕攻六合各门，以助声威。"乃令骁将李昭寿、赖文鸿，为左右两路先行。却令赖文光，先攻南门，然后各路继进。秀成并道："若赖军先攻南门，而敌人若多，移兵南路助守，则吾之破敌更易；不然彼亦不能久持矣。务使四面围攻，水泄不通方可。"罗大纲道："何不分攻三路？特留一路，以待温绍原逃走乎？"李秀成道："温绍原必不逃也。非四面分其兵力不可。且勇如温绍原，安可留之，以资敌乎？吾意决，请勿多疑。"秀成更令李昭寿、赖文鸿，制定大面坚厚藤牌，以御枪弹，使为前路护军前进；各人皆携带干粮，毋得退后，以攻进六合为止，那时自有重赏。分拨既定，准备进兵。

原来温绍原军中辎重乏绝，乃尽出私款购米于民，亦所得无多；因城中已被困三月，粒米未进，居民已有菜色，安能再助军兵。温绍原不胜忧闷。忽罗玉斌入见，请办屯田。温绍原道："此时亦不及矣！

益以陈开一路无粮之救兵，更为紧迫。且不特粮草已乏，子药亦稀，若秀成来攻，如何拒敌？"正在嗟叹间，忽报张国梁一军已被秀成攻退，外援更绝矣。温绍原道："此亦意中之事。所惜和春全无将略；统数万之众，乃观望不前，坐视危我六合，丧我三军也。"说罢，又报李秀成引各部人马大至，分四面攻城。温绍原听得，乃泪如雨下。哭道："吾死不足惜！然误我军民矣！"乃一面拭泪，赴城督战。先是南门告警，温绍原道："彼必注意东门。今先向南路进攻，只欲移我军耳！惟令诸军不要张皇，敌来则奋力抵御。"温绍原虽如此说，奈军中粮草既绝，而子药亦微，无有不必慌之理？还亏温绍原平日治军有恩，故大局虽危，军中犹乐为用命。于是闻温绍原之令，尤勇往守城。奈李秀成率军大至，环迫四门，城内子药不敷分布。李秀成见城内枪声极缓，知城内子药已尽，乃下令军中：谓城内已无子药，可放心勇进。故军心更奋，直抵城垣。初时清兵犹有发枪，此时已枪炮全歇，盖子药真尽矣！时太平兵已毁城中炮垒，城中清兵绝不逃窜，仍用短兵抵御。李秀成下令招降，亦无降者。秀成令军士发枪击之，清兵尸如山积。秀成大为哀恸，乃令军士止杀。奈温绍原部兵，仍持短兵扑来，秀成挥泪道："吾非好杀，奈不得已耳！温绍原真得人心，吾甚敬之。"遂下令军中，如见敌兵来扑，方可发枪；否则勿妄杀一人。惟令发枪攻陷城垣，及四门俱陷，率军直进六合。惟温绍原与诸将，仍率兵以短兵器巷战。秀成只令先击将官，余外军可勿多杀。少时温绍原与陈开、罗玉斌、夏定邦、王家干，皆中枪阵没。秀成下令着清兵缴械投降，乃除陈开一军在外，温绍原所部无一阵者。即秀成军士，不加杀戮，彼等仍以短兵相缠，至是乃不得不杀。城内尸骸盈街塞巷。秀成见了，意殊不忍。一面检葬温绍原、陈开、罗玉斌、夏定邦、王家干等尸首；余外军士遗骸，俱捡至城外山丘掘入墓葬，名其地为义勇坟，以示敬爱之意。复以六合被兵既久，发款赈济，乃检查仓库，已见子药粮饷，无一遗存者。秀成叹道："使温绍原若有接济，胜负之数，未可知也。"乃传城中诸父老，问温绍原治兵守城之法，父老一一告知，秀成不胜赞叹。并道："清国军中，只有温绍原一人耳！吾若有暇日，当为温作传也。"隧以破六合之事，报捷金陵；即留李昭寿镇守六合，修缮城垣。又嘱昭寿："只宜固守六合，不宜再失，以生金陵之患也！公以温绍原自勉可矣。"说罢乃回兵金陵，暂行休养，然后商议北征。

且说太平主将侍王李世贤，自统兵入江西，纵横全省，及杨载福、塔齐布、李续宜率兵赴援，皆为世贤所挫，于是东至乐平、景德，西至建昌、安义，沿鄱阳湖一带，皆为李世贤所有，威声大振。不特南昌震动，即湘鄂两省，亦俱戒严。鄂中官文、胡林翼，湘中骆秉章，皆惧李世贤移兵相犯，极为忧虑。时提督鲍超在湖南通城养伤，甫愈，自请独当李世贤，兼保南昌。胡林翼与骆秉章，皆壮其志，并令增益人马，以江忠义、江忠浚军助之，共大军四万余人，望江西进发。

原来鲍超本四川奉节人，以落魄长沙，先应募为江忠源部卒，所向有功；后隶塔齐布部下，始升守备；再隶杨载福部下，便补都司，积功至任湖南绥靖镇，随调至鄂，归胡林翼调遣。及当独一面，将所部号为霆军，败随王杨柳谷于东坝；却陈玉成于英山；退李秀成于无为州。时洪军大将以忠、英两王为最，号东西二成。数年间所向无敌，惟鲍超独能却之。至是乃补湖南提督，复转战安徽，先后破翰王项大英，烈王方成宗等，战功卓著，与多隆阿齐名。军中称为多龙、鲍虎。实则多隆阿战迹，万不及鲍超也。当下奉令驰至江西，欲直蹑李世贤之后。

时世贤方据许湾，欲争南昌。而太平将听王陈炳文，宁王张学明，奖王陶金曾，亦分据双凤岭、琉璃岗、九子岭、苦竹冲、州洋等处。与世贤在许湾一军，互相为犄角之势，合各路大军约五万人，连营四十余里，远近震动。及探子来报提督鲍超领兵来争江西，李世贤乃谓诸将曰："鲍超蠢而悍勇，贪斗耐战。若能破之，敌将再无人敢视江西矣。"乃一面使人打听鲍超行程。

时鲍超正由通城驰至江西，探得李世贤军势浩大，自念军行疲惫，未可猝战。忽闻抚州已危，因李世贤欲并拔抚州，为会攻南昌之计。故令听王陈炳文绕趋抚州。鲍超以为抚州若失，南昌更危，不如先救抚州一地，遂以大队望抚州进发。李世贤听得鲍超先往抚州，乃召陈炳文先回。陈炳文遂问何以撤回抚州之围，并问以攻剿鲍超之策，李世贤道："鲍超用兵向无军法，惟恃蛮斗耳。以吾人马之众，不患不敌！一经交绥，各自奋力可矣！若破了鲍超，南昌且为吾有，何忧抚州不下乎？"便准备与鲍超接战。

原来鲍超平日治兵极严，惟一经得了城池，即纵兵三日：此三日内无论军士如何抢掠奸淫，皆不过问。故各处人民，以霆军不胜为幸。惟他的军士只望得胜后，可以淫掠，故遇战无不奋勇。当时霆军既抵抚州，乃大集诸将分令：时部将宋国永、娄云庆、唐仁廉、王衍庆、孙开华、苏文彪、段福、谭胜达等，皆在帐中。鲍超乃令诸将：各统二千五百人，分为八路；自统中军万人，准备迎头大战。不论如何，有进无退。又令江忠义、江忠浚两路为左右翼，使一面助战，一面分防掩袭。分拨既定，向许湾进攻。鲍超乃脱下乌靴，足登草履，用红锦制两面小旗，旗上各书鲍超二字，以示声势。

那日黎明，即分道同进。两军相近，便枪声齐发。时李世贤一军亦工力悉敌，两军喊杀连天，自辰至午，未分胜负。两军死伤极众。李世贤见战鲍超不下，忽引军移左而出，单攻江忠义，进势极猛。江忠义措手不及，军势大挫。李世贤乘势迫之。江忠义已望后而退。鲍超军以为右军已败，战力顿怯，军中已有些纷乱。忽然听王陈炳文复乘势猛捣段福一军。那段福臂上中了一颗流弹，坠下马来，军中以为段福已死，一时大乱。同时鲍军各路皆以惊疑之故，军势稍却。侍王李世贤下令道："吾军已胜矣，速宜猛进。"于是太平兵马一齐拥进。

李世贤复舍去江忠义一军，转疾趋鲍超中营夹击。鲍军死伤不计其数。鲍超大怒，立令江忠浚以左军掩击李世贤后路；复亲自擂鼓，令左右军掌旗官，各拔两面锦旗，冲前而进。鲍超在马上擂鼓直前。并下令退后者斩。时部将王衍庆、唐仁廉两军，正凑近鲍超。那鲍超又传令王、唐二将道："此战若败，非死二万人不了。退而必死，不如进求不死。诸君可怜鲍某从军七八年，未尝少挫，今若丧于此地，诸君亦损威名也！"唐仁廉、王衍庆听罢，雄心大发，立杀退后军士两名，大呼道："三军进则可以求生；退则反以寻死矣。"说罢，唐、王二将，先驰马独进，诸军乃一齐继后。时李世贤见战事得手，又时以夕阳将下，以为若持两句钟，霆军必大败，即不败亦退；退而乘之，当获全胜。方令军士且追且战。忽见清兵回击，声势尤猛。只见鲍超居中，王衍庆在左，唐仁廉在右，一字儿率军扑回。随后娄云庆、宋国永、苏文彪、孙开华亦徐进。江忠义、江忠浚两军亦夹辅回战，只有段福因伤重不能督兵。鲍超乃令段福先回，自行兼统段福一军，同时大进。侍王李世贤，亦知此战关系重大，乃并力坚持。故两军又复喊杀连天。两军战法俱乱，惟相逼近，互相扑杀，不料听王陈炳文以为擒贼擒王，若结果了鲍超，即万事俱了。乃引军欲横冲清军中营，单攻鲍超。不料反为衍庆截击。枪声响处，陈炳文先落马而死。李世贤肩上同时又中了一颗流弹，几乎坠马。由是鼓声顿歇，太平兵大乱。时已日落，清兵仍乘时猛击。万枪齐发，太平兵遂不能支持，乃大败而退。这一场大战，管教：

　　壁垒连营，几番战绩崇朝丧；
　　尸骸遍野，一将功成万骨枯。

要知后事如何，且听下回分解。

第四十三回

金陵城大开男女科　　李秀成义葬王巡抚

　　话说侍王李世贤、听王陈炳文，正与鲍超鏖战，军事方自得手，忽然陈炳文毙于王衍庆枪下，李世贤又已受伤，遂为鲍超所乘，因此大败。李世贤只得策马望北而逃。自恃天将入夜，敌人不久收军。但鲍超比不得他人，只是好斗，今乘我兵败，必然穷追。乃心生一计：今大军北还，自与宁王张学明分东北及西北而遁，果然鲍超亦分兵追逐，沿途发枪，死伤极众。谁想李世贤一面逃走，一面分留人马，择树林山岭埋伏。待鲍军追近，以横枪击之，鲍军颇受重伤。部将唐仁廉乃请诸鲍超，以穷寇莫追，且夜里不便进兵，鲍超乃传令收军。计此一场大战，追杀二十里，两军死伤遍地，太平将奖王陶金曾一路，为王衍庆及孙开华所逼，乃率本部万人投降。其余陈炳文战殁，李世贤受伤，黄衣红衣将领，死去五十余名，除陶金曾一路投降之外，军士死伤仍不下万余人。至于清兵一方则段福因伤重致毙，苏文彪亦被重伤，娄云庆、宋国永、谭胜达各受微伤。其余将校，亦死伤数十名；军士死伤八千余人。一场恶战，垒尸十余里，沿山遍野，皆为血水流注。鲍超收军后，调诸将道："此次获胜，实是天幸！自辰至午，几为李世贤所困，幸能以死力持之耳。然若非王衍庆一军，先毙陈炳文，以乱其军心,其胜负仍未可知也。"乃录王衍庆为首功。并道:"今李世贤既退,必回靠九江;将左连瑞昌,右连湖口,以阻我北进。李世贤诚为劲敌,吾此后亦不能轻视之矣。且彼回九江,尚有林启荣相助,攻之尤非易事。今惟收复各郡,再商行止耳。"时自李世贤退后,所有乐平、景德、饶州、鄱阳,俱不复守,鲍超乃乘机收复各郡县,即向各路报告捷音。稍休士马,然后再图进战,不在话下。

单表李世贤败后,各地震动,这消息报到金陵,洪秀全大为忧虑。即召李秀成计议道:"自前者武昌失陷,幸年来所战皆捷,吾军已回复元气。今侍王此败,干系非轻,不特江西各地,化为乌有;且传闻鲍超且沿广信拦入浙江,是南方大局,正未可知。不知以何计处此方可?"李秀成道:"胜负乃兵家常事耳!侍王虽败,必能阻鲍超北行;今惟令林启荣在九江严备一切,并令李世贤暂且固守,待回军势,再图进取可也。若浙江一路,密迩金陵,倘有缓急,臣自有法以处之,天王不消忧虑。"洪秀全乃从其计,即传谕林启荣、李世贤固守。

时金陵城内,自洪秀全建都后,改为天京。自前者武昌为官文、胡林翼所夺;黄文金被左宗棠困于浦口;向荣屡撼金陵,军势乃大挫。及李秀成破向荣,退张国梁,收复武昌;陈玉成又大破胜保;李世贤纵横江西,又先后大军拔扬州,下六合,军声复振。洪秀全乃大封诸臣。因其起义之初,非两广人不王,此时乃一体封赠。计当时爵位最高、权力最重的:

    文衡总裁总统十门御林义宿都卫军都督各部　忠王李秀成;
    文衡总裁都督十门御林忠勇羽林军　英王陈玉成;
    文衡副总裁九门御林忠悫都卫军　辅王杨辅清;
    文衡副总裁九门御林正系都卫军　侍王李世贤;
    九门御林忠贞朝御军　赞王蒙得恩;
    九门御林忠义都卫军　燕王秦日纲;

九门御林忠毅敬御军　堵王黄文金；

九门御林靖虏都卫军　慕王谭绍洸；

九门御林荡妖卫军　勇王罗大纲；

九门御林敬升都御军　章王林绍璋。

余外如林启荣、李昭寿、赖文鸿、赖汉英等，皆积功封王，并称丞相。如汪有为、汪海洋、洪容海、洪春魁、晏仲武、陈宗胜、陈其芒、刘官芳、周文佳、汪安钧等皆为副丞相。又封赖文光为遵王，邰云官为纳王，伍贵文为比王，吉志元为庄王。余外大小官员，皆有封赏。以安王洪仁发、福王洪仁达，驻卫天京。时洪仁玕，方出使美国回来，乃封为开朝精忠殿右军王，总理政事。复划清兵权，任陈玉成为前军主将，以潜、太、黄、宿等处为根据；任杨辅清为后军主将，以殷家汇、东流等为根据；任李世贤为左军主将，以赣、浙二省为根据；任黄文金为右军主将，以安徽为根据；任李秀成为中军兼五军主将，并专征伐。各路支配既妥，以洪仁玕曾驻美国，熟知外国文明政治，乃令与刘状元参酌中西，改制政法。洪仁玕首乃禁绝人民吸食鸦片，订立市政制度，按《太平实录》所载：当时所定军民法令，愿者从军，不愿者营业；男女街行，各有一路，不得混杂；百工商贾，凡累重货物，准用车运，不得肩挑背负，以省人力；官兵不得私入民居，违者立斩；工商士庶七日一休息，凡无业游民，俱罚令挑筑营垒；夜行不能过三鼓，惟街上有巡更者，身悬小灯，手执小旗；有事夜出者，须巡更人保其行往。所有官制：天王玉玺，长二尺，宽一尺，用黄印泥；诸王印宽五寸，长一尺，用紫印泥，惟李秀成统领十三王，其印略异，宽六寸，长一尺二寸，用鸦蓝色印泥；丞相印宽四寸，长八寸，用红印泥；天将及副丞相，用横印，以黄金饰之，用绿印泥。忠王李秀成，印内篆文书：文衡总裁十门御林义宿都卫军、统领十三王忠王李印，共二十二字。官制凡称文衡及丞相，则文武兼理；行军则全属武职。天将以下有三十六检点，七十二指挥，皆衣黄衣。武职有谍探司、理粮司、递文司、运粮司、火药司、洋炮司。文官则自丞相以下皆为专官，最高者为秘书监，以刘状元任之，总理枢府文务。其次则有审讼官，稽查户口官，主考科举官，其余则尽习簿牍及演说而已。又据《南都新录》所载：太平天国七年，适开科举，有陈生赞时上书，略谓江南历来建都诸帝，皆有女官。故江南文风之盛，端由于此。请开女科，与男科并重：使女子尊重读书，为家庭教育之本等语，洪秀全览摺大悦，故又设女官，以便掌司祭祀，及批答文牍。是年科举男状元，为池州程文相，以下八十人，皆赐及第；女科则得傅善祥为状元，钟汉华为榜眼，林瑞兰为探花。男科题文：为《蓄发檄》，程文相文内有云："发肤受父母之遗，无剪无伐；须眉乃丈夫之气，全受全归。忍看胡族椎髻，衣冠渎乱；从此汉官仪注，髦弁重新"等语，乃拔为状元。女科题为《北征檄》，傅善祥文内有云："问汉官仪何在？燕云十六州之父老，已呜咽百年；执左单于来庭，辽卫百八载之建制，当放归九甸。今也天心悔祸，汉道方隆。直扫北庭，痛饮黄龙之酒；雪仇南渡，并摧黑羯之巢"等语，故拔为女状元。又傅善祥应制诗有："圣德应呈花蕊句，太平万岁字当中"之句，洪秀全大为嘉许。凡男女及第，皆以笋舆文马，游街三天，时人以为荣幸。洪仁玕又制定宫室制度，第一为龙凤殿，殿上匾额题为龙凤朝阳，即为议政台，凡有要政，君臣会议于此，皆有座位，言者起立，方许发言；第二为说教台，高数丈，其式圆台阶百步，皆以大理石排之，洪秀全每登此台，穿黄龙袍，朝靴底厚三寸，冠紫金冕，垂三十六疏，后有二侍者，皆执长旗演说宗教，又有议政院，院长始以东王领之，自东王殁后，翼王领之，翼王去后，以忠王领之，类如各国议院。凡此皆略见当时洪秀全制度。自男女科盛行，人才益多，除武职料理军事而外，不废文事。尝有美国人大队游于金陵，见其一切制度，大为嘉许。谓其士人道："金陵政治，与我外国立宪政体相似。"因此许为东方文明之国。当春秋佳日，秀全与文官、女官荡舟于玄武湖：文官则随侍秀全之侧，女官则随侍妃嫔之左右。彼此唱和诗歌，略去尊卑之分。彬彬文化，盛极一时。因秀全度量，颇为豁达。时金陵东，有一李生，为江南名士，以廉洁自持。平日谈讲性理，读书乡中，每经年不到城市。洪秀全慕其为人，聘之不至，乃令殿前指挥使，以笋舆舁至殿前，询以治安之策。李生初惟不应，及授以笔墨，李生乃书十八字，呈诸秀全，书道：

一统江山七十二里半，满朝文武三百六行全。

这十八字，盖讥秀全坐守金陵，不思远取；又讥其在廷文武，为不懂政治也。秀全览毕，遍示殿上诸人，左右请杀之。秀全道："彼有何罪而杀之耶？匹夫不可夺志也。"命左右善遣之回家，人以是许秀全为大度。当秀全初下武昌时，湖南举人左宗棠尚未出仕，曾上书于秀全：力称秀全武将有余，文事不足；且称秀全不宜信仰外教，宜尊崇孔子。秀全看罢，觉左宗棠所言有理，但由广西以来，相随者数百万人，皆皈依自己所说宗教；今一旦舍此，将来人心不可知。惟眼前相随之数百万人，不免以自己有始无终，从此离散矣。用怀此惧，遂接见左宗棠，告以现在相随者数百万人，若一经改变，恐难于收拾；若现在相随者离贰，而改靠未经归服之人心，其势必难制。惟待天下平定后，再行设法而已。左宗棠听罢，知秀全起事以宗教引导人心，猝难改变，断难从自己之言。故秀全欲爵以大官，左宗棠已离武昌而去。遂就骆秉章所聘，继乃出仕为满人督兵。自秀全失一左宗棠，此后乃反增一劲敌矣。今把闲话搁过一边。

且说李世贤自败于鲍超之手，随后鲍超将江忠义、江忠浚两军回湖南调遣，复遣半军回鄂，然后自率所部，再趋浙江。那左宗棠，时以功授太常寺卿，留皖襄办军务，与安徽布政使李孟群共争安庆，为太平将黄文金所劫。及左、李两军退至铜陵，又为英王陈玉成所截击，左、李两军俱败。李孟群乃回军祁门，而左宗棠一军亦退至宁国。适曾国藩以丁艰在籍，方请终制。咸丰帝不准，催令墨绖从军。于是曾国藩复至江西视师，旧日塔齐布、杨载福、彭玉麟等军乃复隶曾国藩部下。那曾国藩以九江为数省咽喉，若不能复取九江，则军中消息梗断，援应俱难，乃锐意要攻九江。遣塔齐布会同李续宜攻之；又遣杨载福、彭玉麟以水师会攻；而以塔齐布由陆路会同攻之。皆被九江太平守将林启荣所挫。曾国藩前后损兵折将，不计其数，终不能得一九江。惟曾国藩虽不能取胜，但以大军驻九江附近，则洪秀全在九江之军力，无不震动。致令侍王李世贤，时方屯兵小池驿，被曾军牵制，亦不能抽动。故洪秀全于赣、浙两省，已大为吃紧。时曾国藩以屡攻九江不得，即思先定浙江，以断洪秀全援赣之师，较为得计。恰值浙江藩司王有龄，领兵万人，由绍兴往争杭州。而鲍超由江西入浙江，由景德绕皖南之祁门，并下休宁，直趋淳安，复沿饶州，以至新城，军锋极锐。曾国藩乃乘机令鲍超会同王有龄，合取杭州；又请左宗棠，由宁国赴杭，为三路会取杭州之计。合并鲍超、左宗棠、王有龄三路，不下三万余人，齐向杭州攻捣。时太平在杭守将，只翰王项大英及天将周文佳、颜金，指挥李雅风，胡汤铭，以众寡不敌，杭城遂陷。李雅凤、胡汤铭，俱战殁城中。翰王项大英，及天将周文佳、颜金引败残人马，遁回金陵。颜金为粤人，乃东王杨秀清之婿，后降清回粤，为虎门参将。自杭城陷后，洪秀全在赣、浙之势力尽去，远近震动。洪秀全大为忧虑，急与李秀成计议。秀成道："此时又不能北争矣！非先复浙江，无以固金陵，此事臣愿任之。"秀全大喜，乃令秀成出军，便宜行事。李秀成乃先行知照英王陈玉成，请他移兵抚定皖省西南各地，以牵制鄂、赣二省。自己简阅师徒，共大军五万余人，以赖文鸿、陈其芒领兵万人，为左右先锋；以赖汉英、陈宗胜为副将，并同指挥检点部将二十人，为中路；复以遵王赖文光，领本部万人为合后。前后三路人马，浩浩荡荡，杀奔杭州而来。

时清廷自攻陷杭州之后，论功行赏，加左宗棠以钦差字样；鲍超则赏穿黄马褂；而以王有龄为浙江巡抚。原来有龄本贯福建人氏，为人毅勇机警，平日治兵有法，且与士卒同甘苦，故军士皆乐为用。带兵数万，所向有功，至是以功授浙江巡抚。自授任后，修缮城垣，训练军马，并谓诸将道："杭州与金陵相隔八百余里，然苏、浙密迩，杭州又为浙中要地，敌所必争。且敌将李秀成方回金陵，料来争杭州者，必此人也。此人若来，诚为劲敌。诸君宜枕戈待旦，以图功名。"于是诸将闻言，皆奋勇自励。王有龄复迎家眷于城中。人问其故，王有龄道："家眷随军，本不是正当办法。但某以死自誓，即举家殉难，亦所不惜。倘有不幸，吾全家将以此为死所也。"各人皆为叹息。

且说李秀成引大军前赴杭州，王有龄听得秀成军势浩大，时清国一军因英王陈玉成，纵横皖、鄂两省，先后李续宾、李续宜及总兵李续焘、藩司李孟群等军，皆为玉成所挫，故胡林翼特调鲍超回军鄂省。左宗棠一军，亦向安徽与堵王黄文金相持。因此鲍、左二军，已不能援接。王有龄乃派员六百里加紧赴江西，请曾国藩调兵相助。曾国藩乃调知府张运兰，及提督张玉良、况文榜，各领本部，往救杭州；又令幕友李元度，带兵五千同往。那李元度久居曾国藩幕府，策划军务，号为能员，故此曾国藩抬举他，为独当一面。于是各路星驰赴浙。

那巡抚王有龄，便与将军瑞昌决定：议以瑞昌镇守内城；自己镇守外城。却令浙江提督饶廷选、总兵文瑞、副将继兴出城屯扎。待张运兰、张玉良、况文榜、李元度等军到时，即会同拒战，王有龄又于中策应。并以盐运使庄焕文、道员锡庚应付各路粮草。时藩司林福祥，方调任他省，尚未离省；而新任藩司麟趾已到，惟尚未接印。故王有龄一并令林福祥领兵出城助战；而新藩司麟趾及臬司米兴朝，则在城外助守。王有龄亦不时领兵出城，筹策军事，布置既定。

那时李秀成大军直趋杭州，一路沿溧水而下，已抵长兴。打听得浙抚王有龄，已征集授兵，乃谓诸将道："杭州人马不少！吾欲胜者，只在各将官能征惯战耳。彼敌人各部进兵，惟张玉良、张运兰，久经战阵，彼若至杭，互为战守，吾军亦多一劲敌也。今张运兰由芜湖赴浙，不如中途截之，以了此一军，则吾之攻浙较易。"乃令陈其芒领六千人，赴宁国县截击张运兰。并嘱道："吾当故缓行程，以候捷音。以将军虎威，约一二日间可以了事矣！"陈其芒去后，果然张运兰并不防及，为李秀成人马所截，竟败于陈其芒之手，折兵三千人，乃不敢赴杭州，自还祁门去。李秀成遂直抵浙江，知王有龄大兵聚于杭州，各附近皆以少数人马把守，秀成乃谓诸将道："吾此次攻杭，动需时日，今当先取附近州县，以孤杭州之势。"乃分途遣兵，夺取各州县：遂将湖州、桐乡、石门、德清、武康、安吉等州县，次第收复，徐悉锐直攻杭州。又以杭州救兵环集，乃令分军一半，围攻杭州四门，如攻六合之法，断绝杭州交通；另分军一半，攻击赴杭救兵。故清兵各路赴杭援救的，皆不能进城，又不敢与李秀成明战，因惧一经战败，杭州更为震动。故张玉良、况文榜只与李秀成人马坚壁相持。惟李元度率军进攻，以为既败秀成，杭州之围自解。

那秀成听得，却笑道："吾闻李元度，字次青，在曾国藩幕里，倚为能员。今观之，乃庸材耳！焉有大兵临城，守御不暇，而可以少数人马，彰明进战者乎？"乃令赖文鸿、陈其芒，先以本军接战：以一军伪为败北，以一军设伏以破之。赖、陈两将去后，果然陈其芒先以本军接战，交绥后，即引本军望山林而逃，李元度舍命追之。忽到林木深处，赖文鸿引兵突出，陈其芒亦引兵杀回。李元度大败，所有本部人马，折去十之七八，乃走回江西。自李元度败后，杭州只存张玉良、况文榜两路援兵。秀成却令赖汉英、陈宗胜迭次攻击，计小战数次，张、况二军，皆有损失。张玉良乃谓况文榜道："吾军在此，必非秀成之敌。以彼人马既众，战将复多也！但杭城已被围二十余日，水泄不通，深恐城内粮草渐尽矣！吾军随带辎重甚伙，本以接济杭城，今若不能通进省城，徒顿兵于此，不特不能久持，且城内将以无粮自毙矣。不如设法输运粮草于城中，以镇人心为是。"况文榜道："战且不胜，焉能通运道于城内乎！"张玉良道："吾得一计：以人马依旧守营，却分军由城濠运送粮草以入城可也。"于是张玉良一面出战，一面打听运粮。

时杭州城外守兵，已屡为秀成所败，清兵死伤山积。秀成乃以大兵重扎凤山门外，正防杭州有粮草接济；复分派小队，四周侦缉。那张玉良却准备小杉板快艇，乘候听门潮水涨时，从水道输进去。那秀成先得张玉良准备快划小艇消息，乃笑道："此准备运粮也！可见城中粮食将尽矣。今查杭州通进城内之水道，皆以淤浅，惟候听门可容船艇往来耳。"乃令赖文鸿、陈其芒夹攻张玉良、况文榜二军。并令赖文光专截张玉良的粮草。故张玉良甫将粮草安置艇中，正欲驶进时，赖文光一军掩至，早已先攻其运粮兵。张玉良正欲救护时，赖文鸿、陈其芒两军亦到，攻势极猛。张、况二军大乱，粮草亦救不得，尽为赖文光所夺。赖文鸿乘势掩杀，张玉良、况文榜又以寡不敌众，于是大败。时杭州城外清兵，如文瑞、继兴、饶廷选各军，又迭被李秀成所挫。自知不能再战，尽数退出外城，以图固守。秀成率军环攻，城内亦奋力抵御，连日进攻，依然未下。

原来王有龄深得人心，军士皆乐为死守。秀成极为纳闷，乃乘马带同军士，巡视城外西门。只见西门一带，贴近城垣之处，有许多草棚。秀成乃定一计：于夜里从西进攻，先纵火焚烧草棚，以惊城内军心。是时为十一月二十七日夜后，月色无光，秀成先以猛力攻东南两门。王有龄与饶廷选亦悉力抵御。忽见西门火光冲天，城内人心大乱，以为李秀成已攻进西门了，纷纷逃窜。时值隆冬，火势复猛，那草棚之火，并连烧民房。王有龄乃嘱饶廷选坚守南路，自率兵往西救应。不想军中慌乱，军士多已逃亡。李秀成乃用大炮攻陷南门数十丈，率军一拥而进。时张玉良知杭外城将陷，乃用死命率军冲来，欲于夜里乘李秀成不备，侥幸取胜，以解重围。乃令况文榜在后，自己在前，驰军突进。不料甫到凤凰山前，秀成伏军突出，张玉良措手不及，先已中炮阵亡。原来李秀成知张玉良人最耐战，料他必扰攻自己之后，故是夜先派兵二千人，自湖海寺以至凤凰山一带，当着张玉良来路，准备伏兵。故张玉良到时，果然中炮。可怜张玉良久经战阵，积功已至提督，是夜乃死于凤凰山下。所部尚存五千余人，或死或降或散，一时俱尽。况文榜身亦被伤，军士已折伤大半，乃引兵走回安徽。自张玉良殁后，况文榜又去，李秀成知王有龄所恃在张、况二军，至此更无后顾，先蹋了杭州外城。所有清兵除投降死伤之外，已退入内城把守。秀成即下令安抚外城居民，西门被火之家，亦周恤以款项；一面计算进攻内城。

是时外城既陷，凡内城居民，有亲眷居于外城的，皆不知安危如何，故人心极为慌乱。王有龄不胜愤懑。及听得张玉良战死，况文榜亦因伤引退，自知外援已绝，更难保守，乃欲通函李秀成，请其勿杀居民；任彼进城，以保百姓，然后自尽，免至涂炭生灵。惟此议先为将军瑞昌所反对。他幕友又道："若致书李秀成，究作何等称呼？若称之为逆，殊非通问之礼；若尊称之，人将参劾我公矣。"王有龄听罢默然不语，惟立心以守自誓。是时杭州内城粮食亦尽，将军瑞昌一筹莫展，只有王有龄死命撑持。惟城中已被李秀成围得铁桶相似，无可输运。王有龄自知不济，乃向左右哭道："今外援既绝，兵士又有饥色，此城不久即破。吾负国家，并害百姓矣！"说罢大哭而入。

时秀成困住杭城，见王有龄极得人心，又如此忠勇，心中不胜敬服，故不忍加害。乃写书夹定箭枝上，射入城中，待清兵拾得，送与王有龄；并分写数十通，射与城中军民共看。书道：

> 太平天国忠王函达巡抚王公麾下，并将校军民人等知悉：尔奉尔主之命，固守城池；吾奉吾主之命，到兹攻取。各为其主，此攻彼守，固应如是。然攻

破在即矣，吾仍不欲极其力者，以尔外援既绝，内粮亦竭，不患此城不破！惟怜巡抚王公平日得人，且忠勇不贰，临危不变，吾甚爱之。为此之故，欲彼此协商，共保生灵，仰体我天王仁慈本意。尔如撤去守卫，让吾进城，断不加以杀戮；欲归乡者，准给船只，如有资财，准其携去；如乏资斧，吾当给之，送至上海为止。满人据吾华夏中国，虽非正理，亦有数焉！吾实无仇视之心。顾各扶一君，两不得已，祇以行吾心之所安。现时被获之满洲将校，吾概置于营中，优以居处，丰以饮食，固未杀害，亦无苛虐；且下令三军，毋得骚扰，违者依律抵偿；其愿留营者即效力营中，不愿者送其回国。盖除两军对垒之外，吾实不忍妄杀一人。今与尔等约，皆出至诚，祈于明日复我。如其不然，则吾惟于后日尽其取城之力而已！

王有龄长叹一声道："忠王真豪杰哉！"适将军瑞昌亦拾得此书，往会王有龄。并道："想李秀成或知吾将有援兵，彼将要解围而去，故以此书诱我先降耳！"王有龄道："援兵究在何处？今日还望保全杭州那？吾与君皆将任失城之罪矣。"瑞昌闻之不悦，即辞回署。王有龄乃略书数言，射出城外，以答秀成。那书道：

谨复忠王麾下：

　　来书已悉。至哉仁人之言！然吾力诚竭矣，惟吾志勿衰，仍当死守；以吾之地位，不能从君所约也。倘不幸吾城真破，望君勿残杀百姓，并请君先到敝署中，吾将一晤君容，而后就死。以君豪杰，倾慕已久，未识荆州，终以为憾也！浙江巡抚王有龄启

李秀成读罢来书，已知王有龄并无降意。惟仍守原约，候至后天，始行悉力攻城，以巨炮轰之。先把东南两城攻陷，秀成乃与诸将率军一拥而入。原来城内粮械俱尽，先一日提督饶廷选，向王有龄问防守之计，王有龄惟掩面而哭，已无法可施，至是乃被李秀成把城池攻下。秀成立先传令：嘱军士不得妄杀一人！即带领数十骑，直奔抚衙，要与王有龄相会。左右皆止之曰："设抚衙或有伏兵，王爷危矣！切勿

轻身而往。"秀成笑道："彼方欲求我勿杀百姓，焉敢害我，致激我军心。且时非对战，安有挟诈害人之王有龄乎？彼既约吾相见，吾不可不往。"遂不听左右之言，自领数十骑直奔抚院衙门。时王有龄正在后堂。自听得城垣已陷，敌军已进，已整饬衣冠，准备自尽。当李秀成到时，直进大堂，不见王有龄，乃令左右大呼："忠王李秀成已到！"早有衙役通报里面。王有龄乃立即出堂，与李秀成相见。王有龄犹从容言曰："君即忠王乎！相见恨晚。所惜者，二人面交之日，即王某逝世之日也。"李秀成听了，正说得一声景仰已久，方欲慰藉数言，王有龄已不得置词，即转进里面。李秀成不知其意，犹在大堂等候，忽衙役传出：则王有龄已自缢毕命矣！遗下一函，寥寥数语：只求秀成勿杀百姓。李秀成不胜叹息，挥泪不已。即令抚署旧日衙役，善视王有龄尸首，传语慰告王有龄家小，不要悲伤。并道："王大人已死得其所，尽忠报国。当为运柩回归，一切吾能保护之也。"遂出资千元，盛备棺椁，以大清巡抚之礼，殓王有龄尸首。管教：

孤城失陷，忠臣惟舍命报君恩；
两国相争，名将竟倾心存友道。

要知王有龄死后如何，且所下回分解。

第四十四回

张国梁投殁丹阳河　周天绶战死宁国府

话说李秀成既盛殓王有龄尸首，又以自己与王有龄先有来往，怕清廷削其恤典。乃特立一碑于抚衙之内：碑文是某年月日，浙江巡抚王有龄尽节于此。

一面设坛致祭，放声大哭。左右皆为感动。李秀成谓左右道："吾今生不能与王公为友，当相期于来世。"复饬王有龄家眷运柩回籍：一切仪文，皆如清国巡抚之礼；并发银五千两，恤其家小；于运柩起程时，更选出王有龄旧日亲兵五百名，护送回里，备文通告各地，饬为沿途保护。是时杭州殉难各官，自王有龄之外，如将军瑞昌及都统等俱已自缢。若提督饶廷选、总兵文瑞、副将继兴、盐运使庄焕文、道员锡庚，皆已死于乱军之中，秀成一一备棺殓葬。其各家眷欲运柩回籍者，皆助赀斧；又查城中军民人等饿死、战殁，不下二万人，都发给薄板棺木，俱为营葬，共费棺木银三万余元，左右皆以为费巨。李委成道："城战与野战不同，野战无从购棺木，故惟以土掩之；若在城市，苟不殓葬妥当，易生疠疫。吾不忍惜小费，以祸民生也！"复令由嘉兴运米万余石，以赈抚贫民。

一切办妥后，乃集清国尚存的各部人马，宣布己意：如愿从军者，请留营中；如不愿从军者，可报名给赀，使之回里。时军人多感秀成义气，亦多有从军。是时清国官员，尚在城中者：为藩司林福祥、臬司米兴朝及未接任之藩司麟趾，皆被秀成人马擒获，李秀成一一款留，令军士不得骚扰，待以客礼。新任藩司麟趾，惧为秀成所害，乃乘间逃去，秀成令军士不得追赶，并笑道："彼殆以小人之心视我也！"后知麟趾夜间误跌河中而死。秀成亦为营葬。

秀成每于灯下与林福祥、米兴朝谈论世情。林福祥道："久闻忠王大名，今见之果为人杰。然吾惜公不遇明君也！"秀成听罢默然，徐道："君或为流言所误！吾主固文武兼资，励精图治者也。"林福祥自知失言，乃不复语。米兴朝道："杭州人甚爱明公，每欲献城，故明公未进内城前一天：兵民交哄，损伤三十余人。军士不愿降者，为念王巡抚之恩；人民愿降者，为爱明公之德。此则明公所未知也！数日前将军瑞昌，请于王巡抚伪为献城，诱明公以伏兵劫之。王巡抚谓终不能保全杭州城，徒损人命，惟将军不从。欲使百姓伪降，以坚明公之信，惟百姓不从耳。由此观之，则明公与王巡抚，殆如羊祜与陆抗，互为人杰矣！"秀成道："若以百姓伪降，吾或中计；若以军士伪降，吾必不信。以军士乐为王巡抚所用，断不愿降，吾应知其伪也。然献城与破城大异，即以伪降赚吾，吾岂造次入城耶？瑞昌徒多事耳！"言谈之间，米、林二人倾服不已。

次日寻得林福祥家小，并寻得米兴朝之马，俱送还米、林二人。米、林二人，大为感激。米兴朝乃以其马，送与秀成部将汪安钧，以留纪念。数日后杭事平定，秀成准备船只，送林、米二人至上海，各赠用资一千两。米、林二人乃辞别而去。濒行时，犹依依不舍，与李秀成洒泪而别。

自从杭州既定，秀成布置防守之后，即欲班师。忽报张国梁、和春合兵五万，力攻金陵。请李秀成速即回军救应。李秀成谓左右道："昔清国向荣，屡为吾败，而百战不倦；每窥吾远出，即扰我天京，致我不能北进。吾故以全力置之死地。方以为向荣既死,天京可以稍安,不意张国梁又复如此,真心腹之患也。"左右道:"以忠王神威,何惧一张国梁乎?"秀成道:"诚然!惟彼存一日,天京即不安一日;吾亦疲于奔命。吾今番不杀张国梁,誓不回军。"说罢便引兵还金陵。沿途接得洪秀全急报,络绎不绝。

原来张国梁自六合失守之后,退屯丹阳,知会和春,重整人马,窥便进攻金陵。先以丹阳为根据,上至丹徒,下至常州、金坛,联络一气。自听得李秀成攻打杭州,以为兵法在攻其所必救,若秀成知金陵有警,必然回军,是杭州之围自解。乃以和春大军,先攻金陵;国梁却进军溧水,与和春分东西两路而进:乃以总兵冯子材、吴全美,分水陆两路,据湖州、广德二处。适曾国藩知张运兰、李元度两路救浙之师,俱为秀成所败;又再遣赵景贤领五千人,进宁国,以为声援。因此浙江境内,如湖州、广德及皖南宁国,皆有清兵驻扎,以阻秀成。使和春、张国梁得专力金陵一路。若秀成不回,金陵可破;若秀成回军,又有冯子材、吴全美、赵景贤等,为秀成牵制,自问调遣颇为完密。早有消息报到李秀成那里。

秀成方欲回军,适侍王李世贤领兵到来。原来金陵紧急,李世贤得急报,恰值英王陈玉成,大破左宗棠于桐城;又败杨载福、彭玉麟于太湖,九江大局颇定。故李世贤得了洪秀全告急,立命林启荣固守九江,自己即引兵东行。甫至安吉,即与李秀成相见。李世贤具述陈玉成在皖、鄂用兵得手,大局可以无碍。秀成令世贤先攻湖州,以破冯子材、吴全美之师;然后引军北截张国梁。世贤去后,更令杨辅清,以本部出城拒和春;而以吉志元援应金陵。俱待自己到时,始行大战。

时广德一城,冯子材离城东二十里驻扎,欲与湖州相应。李秀成令部将陆顺德、吴定彩,攻广德。那时冯子材被李世贤困住,不能援应,故陆顺德、吴定彩,水陆并进,一日夜已攻破广德城。参将文芳领人马往依冯子材。众寡不敌，冯子材亦败于李世贤之手，于是齐奔湖州。秀成见广德已下，乃令李世贤专攻湖州，以绕出金坛。秀成仍恐南顾有忧，复调陈坤书由临安赴杭州助守。始率大队人马赶回金陵。乃谓左右道："吾以杨辅清拒和春，而以李世贤绕出张国梁之后，盖欲和、张分军也！和、张军势一分，吾即有法破之矣！今去天京只有三百里，不过两三日行程耳，不患不能援救天京也。"便引军疾行，夜分赶至四明山。

原来自金陵紧急，洪秀全已分道布告，故英王陈玉成亦引军而东，不期而至会议于四明山。秀成道："英王到此极佳。可合兵了张国梁那本帐也！"陈玉成道："某近来破胡林翼于潜山；败李续宾、李续宜于黄梅；复败曾国藩部将塔齐布、杨载福于浦口，敌军锐气丧尽。今闻胡林翼回湘募勇，料难急举。故闻天王告急，特引兵东来耳。"秀成乃与玉成计议进兵。适古隆贤由繁昌通文亦到。秀成一发令古隆贤趋宁国，以压清将赵景贤；复请英王陈玉成，由西梁山直下江浦，以拢和春之后。李秀成即由赤沙山，直趋黄雄镇。探得和春两军，共有五万人。提、镇部将数十员，悉锐以争金陵，声势颇大。李秀成正欲与张国梁会战，忽接各路军报：李世贤已攻下湖州，冯子材、吴全美俱走溧阳。李世贤乘势破溧阳，以绕出金坛之后；陈玉成则由江宁镇至头关，进扎紫荆山尾；辅王杨辅清亦引军由秣陵关而进，驻雨花台，以应敌军。各路无不得手。李秀成大喜，即出兵直攻张国梁。那张国梁亦准备会战。

不料张国梁甫行交绥，已报侍王李世贤由后掩至，张国梁自知难以抵敌；又接探马飞报，派往救杭之兵，俱已败挫；续派之冯子材、吴全美，又尽为李世贤所败，湖州、广德俱已失守。冯子材、吴全美已奔回苏省；赵景贤亦被困于宁国府。种种消息，张国梁听得，暗忖："军饷全靠闽、浙及广东三省。今闽、浙运道已断，只有广东，相隔太远，将来粮饷不免拮据。即目下情形：前后受逼。勉强交战，损失必多；和春一军，又不能相应，计不如暂行退军。"想罢，即令三军拔队速逃，望丹阳而退。

李秀成见国梁已退，天京之围已解，乘势追杀："张国梁折伤三千余人，逃回丹阳去了。秀成即令李世贤、杨辅清、吉志元，俱屯扎金陵城外；自己进城面君。具述近来战状。

时和春亦为陈玉成所败，失去营垒四十余座，折兵四五千人，亦领兵东逃。料得张国梁以丹阳为根据，必退回丹阳地面。故亦引兵同奔丹阳与张国梁会合。

是时太平军大获全胜，陈玉成亦同进天京，与李秀成计议进兵之事。洪秀全设宴款于殿上。并召李世贤、杨辅清、吉志元一同入内饮宴，共商大计。李秀成道："历年胜负无常。自前者武昌失陷，吾军已一弱；及英王破胜保，某等斩向荣，吾军乃复振；及许湾一战，吾势已复弱矣。幸近来仗国家洪福，破六合，斩温绍原；破杭州，取王有龄；英王荡扫皖、鄂间；侍王又破冯子材、吴全美；吉志元、杨辅清撑持苏宁；今又复败和春、张国梁，气势已大振，是此正进取之时也。然吾国久不能长驱北上者：以天京屡次被人牵制故耳！今诸将环集于此，当悉力结果和春、张国梁，以绝苏宁之患，然后留劲将分持鄂、皖、赣、浙省，我即可以大军北上矣！"众人皆以为然。李秀成乃请英王陈玉成，先还安徽，以镇诸路；留吉志元驻溧阳，并镇金陵；留杨辅清驻军芜湖，以镇皖甫、浙北，兼筹粮道，徐与李世贤率军直趋丹阳。适刘官芳亦引兵至，秀成乃令附于李世贤一军，以厚世贤兵力，即分左右直趋丹阳。

且说张国梁走至丹阳，不多日和春亦到，各诉败兵之事。国梁道："此次之败，失在分兵；今当互为犄角，免中敌人奸计。"和春点头称是。忽报李秀成军到："张国梁计点部下及和春部下，尚有三万余人，尽可一战。乃自出南门，离城十余里驻扎；和春亦扎军东门外，与国梁互为声援。国梁以知州游长庚及总兵熊天喜，驻守丹阳城内；以冯子材领本部四千人，更拨马队一千，使为游击之师；以吴全美统水师，在内河为援应。分拨既定，专候李秀成军来交战。

时李世贤沿句容，李秀成沿溧水，分道共趋丹阳。忽前部先锋赖文鸿，捉获一人为奸细，那人口称："愿见忠王，有要事报告。"赖文鸿即将那人解进中军，原来张国梁自雄黄镇溃败，那溃败之勇，沿途抢掠民间财物，故居民多怨国梁。张国梁以逃兵留在民间抢掠，颇非得计，故到丹阳后，再招逃兵归伍。赖文鸿部下所获者，即张国梁的逃兵。当李秀成传他讯问时，那人自称为张英，愿作秀成内应。秀成道："汝既逃，焉能为吾内应乎？"张英道："今张国梁再招逃兵，免其抢掠，故小人立意归伍也。"李秀成道："汝即归伍，只是一个军人，又焉能作吾内应？"张英道："小人在营时，自为一党，有数十人。若当忠王与张国梁交战时，吾等从后窥便刺杀之，有何不可？"秀成道："汝若能如此，当有大功，汝可以行之。但恐不及耳！"张英道："小人今便去投营。若忠王迟到一日，当可成功矣。"秀成乃赠以白银十两，笑而遣之。左右恐以为伪。李秀成道："吾今自问，除敌将之外，断无人肯以计赚吾！但某所虑者，只以他区区一个军人，或不能济事耳！然事终不成，于吾亦无所损也。"于是率军缓缓而行。离丹阳二十余里，与张国梁一军离约十余里，即扎下大营，与李世贤左右相应。各结军垒百余座，夜后营内灯火冲天，震动遐迩。

秀成令李世贤、刘官芳合战和春一军；而以本部独当张国梁。此时张国梁招集逃兵，军势复振，和春戒以战事在即，不宜再招逃兵，免敌人纵人混进。张国梁深以为然。甫一日秀成已到。张国梁即知会和春，欲乘秀成已到，人马喘息未定，即行攻之，便与和春相约同进。

时秀成大集诸将，令赖文鸿为前部，先进兵掠阵，首从左路进攻，却向右奔来，料张国梁必以右路截击，那时张军必尽数移动，然后以一军乘之。又探得清国钦差德兴阿一军，方扎兴化，恐闻丹阳紧急，必移兵相救，乃飞令罗大纲、郜云官，移兵直向扬州，以牵制德兴阿，而阻丹阳救应。此时赖文鸿一军，首攻张国梁左军。国梁引兵迎敌，赖文鸿却移兵反向右路，国梁左军即奋勇蹑追，右军复出，以夹击赖文鸿。正喊杀间，秀成却令陈其芒引兵，攻张国梁左路。时张国梁在中军，只注意李秀成一路，不虞再有陈其芒来攻自己左军，故被陈其芒一击，队伍全乱。李秀成大军齐出，国梁仍死命坚持，只望和春可以相应。不料和春一军，亦已被李世贤、刘官芳所困，张国梁更没援应，那李秀成进势愈锐。国梁正冒死相拒，忽然后军大乱，反放枪向国梁中营击来，国梁措手不及，坐下马先已倒毙，忽向左右换取马匹。甫复乘马，那赖文鸿、陈其芒两军，已直扑阵前，万枪齐发，张军大受损害。国梁料知不敌，急行军杀开血路而走，欲奔回丹阳固守。谁想李秀成早防国梁再退入城，却令赖文鸿、陈其芒，于国梁退时，先行截出张军后面，以阻国梁入城之路。张国梁军中后营，又有与李秀成相应的，以截张国梁，故国梁直不能进城。此时喊声连天，张军死伤不计其数，张国梁只得引兵望东北而逃。李秀成引军追袭，沿途奇击，张国梁无从抵御。见追军渐近，欲拔剑自刎，左右急夺其剑。国梁求死不得，李秀成已经赶到，下令捉得张国梁者，赏万金，授指挥；击死张国梁者，赏五千金，授检点，李军一齐奋勇。

时张国梁左右只剩数十人，拚命前走。忽前面有一河相隔，那河正是丹阳河。水势滔滔，阔约二十丈。张国梁此际前无去路，后有追兵，坐下马又已被伤，料不能过河，不禁两眼垂泪。即下了马，欲投诸河中。回望追兵，已尽望见旗号，正是李秀成的。忽有一亲兵飞步至张国梁之前，自言善识水性，挟定国梁，便欲游水渡河。张国梁回望李秀成军兵，离不得数十步，恐为秀成所获，乃尽力争扎，要投河去；奈那亲兵十分粗猛，用力挟定张国梁，竟令张国梁争扎不得。张国梁大怒，以口奋力啮亲兵之后项，该亲兵痛极，始掷放张国梁于地上。国梁即翻身跃于河中。那李秀成随即追到，已认得张国梁，眼见他投诸河上，只有张国梁从骑三十余人，口称愿降。李秀成一一抚慰之，并向降兵问张国梁情景。那些降兵便把张国梁兵败原因，及投河情形，具向李秀成详述。秀成叹息不已。谓左右道："昔张国梁与洪天王共事于广西，天王以其向处绿林，惧其野性难改，颇轻视之。翼王石达开，谓国梁虽粗武无文，但骁勇善战，故每向国梁晓以大义，冀为吾国出力也。乃国梁终不谓然。因当时金田初起，人马不多，以为洪天王难于成势，故早已心变，欲得清朝一官半职，以为荣幸。那安王洪仁发，又不心细，致令国梁私遁降清。叵耐执法太严，竟以国梁降清，乃尽杀其家小，使国梁以此怀仇，始终为敌人效死，吾甚惜之。今国梁得此结局，真可叹也。"秀成说罢，仍恐国梁或知水性，可以逃生；乃派人马环守河面。并嘱道："如国梁泅水得生，则放枪致其死命；如其已死，乃拾而葬之。因各扶一主，各有一忠，生则与之为敌，死则不与他为仇也。"左右听得，大为感动。

徐见张国梁尸首浮于水面，李秀成即令人捞获之，复令备棺葬于丹阳城外。可怜张国梁一员健将，由绿林出身，初与洪秀全同事，后投于向荣麾下，始终奋勇，为清廷出力；虽屡战屡败，唯仆而后起，数扰金陵，使洪秀全不能安枕。故国梁虽败，人谓其实足阻洪秀全北上之师，且牵制金陵，为皖、鄂、赣、浙各省助力不少。虽败亦清国功臣也。今乃败于李秀成之手，殒命丹阳河上，亡年五十余岁。后人有诗叹道：

> 绿林有豪客，从戎拒太平。
> 盗魁传桂省，将略在金陵。
> 百战心无惧，三军勇可惊。
> 愚忠原可悯，誓死报清廷！

张国梁已死，清廷怜其尽忠，加以太子少保官衔，世袭一等轻车都尉，并赐谥忠武，此是后话，不必细表。

单表张国梁既死，所遗部下军士尚存数千人，俱为李秀成招降去了。并访得国梁部下从后营反击国梁者，如张英等数十人，俱重赏之，升张英为都检点。秀成全军大捷，复移兵向右路。时李世贤一军，与清将和春相拒，世贤却令刘官芳领兵绕趋后路，以要和春之后，兼攻丹阳。那时丹阳守兵无多，居民又多有思念李秀成者，故城中极形纷扰。见张国梁已败，乃开门迎刘官芳人马入城，知州游长庚、总兵熊天喜，俱已殉难。那和春部下人马虽众，以吉林马队三千人为前路，死命进冲李世贤中军，奈不能得手。不多时知道张国梁大败，军中已无斗志；徐又报刘官芳已攻进城，和春已知势不可为，乃欲退兵，不想刘官芳复由城内杀出，直攻和春后路，李世贤又扼其前，以致腹背受敌，和春大败，引兵望东而逃；惟前部吉林马队，已被李世贤人马围困，不能得脱。所有吉林马队三千人，已为李世贤攒击，死去二千有余。冯子材欲以游击一路冲入援应，亦被刘官芳人马击退，以致和春大败。李世贤乃乘势东下。时清将总兵吴全美，方领水师屯扎丹阳河之下流，当李世贤追至时，将其兵船纵火焚烧，数百号拖罟化成一炬。吴全美只得登岸而逃。和春见各路俱败，所部三万人只存数千，狼狈往苏州而逃。那时两江总督何桂清，在常州尚拥兵万余人，听得丹阳大败，不敢往救，挈妻小亦向苏州逃走。李秀成、李世贤大获全胜，计点清兵尸首，沿途山积，死去不下二万人；招降者，其数亦有万人，余者多已逃散。统计和、张两军五万余人，张国梁全军覆灭，和春只存数千人，逃至苏州浒墅关，方移书诘责何桂清先逃之罪。忽听得张国梁部下二万余人，全军覆灭，已投死丹阳河中，乃愤不欲生；又因和、张两军，向来抢掠，苏省人民多视之如仇，故和春奔至浒墅关时，见居民户首多有楹联贴出，道是：

同心尽杀张和贼，协力相扶天国兵。

和春见民心如此，欲在苏州再复招兵，亦是难事。又思本部人马，向与张国梁共事，最为得力，今国梁已死，更无人相助。且自觉一败至此，亦无以见人，乃即吊梁自缢。自和春、张国梁俱死，苏省清兵势力已尽，李鸿章时在上海，方配置洋枪队，欲行上驶，亦已不及。于是李秀成、李世贤，留刘官芳在丹阳附近，检理清兵尸首，安抚居民，办理一切善后事宜。并收复金坛、丹徒、宜兴各县。李秀成乃直下无锡，趋苏州；李世贤则攻下常州。所到之处，清兵皆反，开门迎降。故李秀成、李世贤，自丹阳大捷，顺流而下，已唾手得了苏、常二府。李秀成乃即出榜安民，拨人马留守苏、常一带，与李世贤一齐班师而回。

沿途探听得清钦差德兴阿兵在泰兴，本欲移救丹阳，已为罗大纲等截击，退回淮南；那冯子材、吴全美，亦奔回松江。当李秀成回金陵，一路上出示抚谕居民。那里居民前见和春、张国梁等军纷纷抢掠，故无不欢迎秀成人马，皆道和、张两军既去，吾民可以安宁矣！李秀成以居民频遭兵燹，乃向芜湖、镇江运米前来，举办平粜，民心益悦。秀成自回金陵，奏报丹阳战务。洪秀全以秀成此次出兵，往返不过一月，乃破丹阳，和春、张国梁走死，复平定苏、常二府，不胜欣喜。李秀成乃请大简师徒，与李世贤一同北征。洪秀全亦以为然。

时洪仁玕出师安抚各省。惟安王洪仁发、福王洪仁达，在南京执权。那洪仁发，自洪秀全既定金陵之后，与平时性情大异：从前是个天真烂漫的人，胸中别无心计；惟洪仁达则度量狭隘，性尤忌刻，至是更唆动洪仁发，同为一气，只是揽权持势，妒忌功臣。那洪秀全性又过柔，以兄弟之情，不大敦责。故洪仁发、洪仁达，更为得意。朝中文武，大半趋承其意。洪仁达性又贪婪，臣僚中如有供应的，则视为莫逆；否则诸多阻挠。前既迫走石达开，此时又忌及李秀成。因洪秀全当时政事之权，俱在议政局：那局长实掌政治大权。自杨秀清既死，石达开既去，于是议政局长一任，乃以李秀成领之。洪仁达欲为议政局长不得，更嫉李秀成。李秀成亦知其意，每欲以局长之职让之，奈洪秀全不允，诸臣亦以为然。故李秀成虽然出征，亦遥领局长之权。及此次大捷而回，数月之间，如王有龄、和春、张国梁皆清国有名将官，尽死于李秀成之手，斩清兵数万，拓地数千里，威望愈著，而洪仁达之妒忌亦愈深。当李秀成既回金陵，力请北伐，洪秀全已有允意；惟洪仁达百般阻挠，但言东南未靖，一旦北伐，不无内顾之忧。洪秀全因是又不能决。乃以李秀成连年疲战，暂行休兵江宁，再商进取。

单说皖南宁国府，逼近浙江。从前李秀成下杭州，曾国藩调赵景贤驻守宁国后，以宁国为秀成必争之地，更令提督周天绶领兵五千助守。然自李秀成由浙旋师，已令古隆贤扼宁国一路；及定了苏、常回金陵，知宁国为四战之地，不容轻视，乃令部将吴汝孝、陈士章，由高淳移兵，会攻宁国。至是古隆贤、陈士章、吴汝孝三路云集，共攻宁国府城。

时清将赵景贤，以本部人马屯扎城外；而以周天绶守城，为内外相应。古隆贤乃请吴汝孝、陈士章合攻赵景贤；自己却亲自攻城，果然陈士章、吴汝孝分两路夹击赵军，赵景贤寡不敌众，欲退入城中，与周天绶合守，又为陈士章所截，不能进城。那宁国绝少山岭，多是草场战地，无隘可扼。那陈士章、吴汝孝，自以人马倍于赵景贤，不用奇兵，只用混战；初犹两军合击，继而各自轮战，赵景贤无可休息。连日争战，损伤极众。

那一日吴汝孝、陈士章，乘景贤兵已疲惫，乃奋力合出，赵景贤大败。部下折兵三千有余，又不能回城，只得引败残人马，走回铜陵而去；周天绶又不能出城援应。自赵景贤败后，守势亦孤。陈士章、吴汝孝，乃悉锐助古隆贤，合攻府城。周天绶百计死守，终不忍弃城而去。那古隆贤、吴汝孝、陈士章，将宁国围得铁桶相似，水泄不通，以绝宁国援应。计自九月初四日，围至十三日，前后十天，城内粮饷已绝。周天绶只望外应，惟绝不见有援兵驰到。眼见粮尽，军士多有饿毙，遂于十三那一夜，率死士三千人，突开城门，直冲洪军。但那里敌得太平兵马多众。管教：

  死士三千，陡见营前摧上将；
  孤城七载，又教城内殒良才。

要知后事如何，且听下回分解。

第四十五回

陈玉成大战蕲水城　杨制台败走黄梅县

话说周天绶被困宁国，知内粮已空，外援亦绝，乃率死士三千人，由城内冲出，志在出敌人不意，可望一胜，以保宁国。不料太平将古隆贤、吴汝孝、陈士章等，已步步提防。故周天绶一经杀出城外，古隆贤已督兵重重围裹，枪声齐响。周天绶身中十数弹子，登时毙命。所有战士三千人，不能得脱，奋力死战。古隆贤见其来势凶悍，且周天绶已死，宁国可下，本不欲多杀，乃放条血路，让他逃出。惟该三千人，以死自誓，不特不退，且力攻太平兵，要为周天绶报仇。古隆贤无奈，只得再行合围，故三千死士，无一存者。计此恶战：自赵景贤之退，以至周天绶之死，清兵折去五六千人，太平兵亦折二千余人。古隆贤遂直扑城池。时城内以粮食困乏，死伤枕籍，料不能守，乃开城投降。古隆贤遂率兵直进宁国府城。因城内米粮俱尽，急令人由芜湖运米前来接济，民心稍安。一面将战况报知金陵。时李秀成以宁国为四战之地，据此可以扼皖南咽喉，亦可为金陵、浙江屏蔽，乃令古隆贤等力守宁国，紧固皖南门户，窥便援应各路。

忽得报告："堵王黄文金进兵江西，已下浮梁县，收里布，复渡西瓜州、罗家桥诸镇，乘势攻下景德。清将左宗棠，以粮道不继，已引军回抚州，惟提督鲍超及总兵陈大富两军，绕出石门迎战，一日数十合，两军死伤山积。今鲍超、陈大富已退回建德矣。"李秀成道："黄文金虽勇，然自用兵以来，未尝有此血战者。敌将陈大富不打紧，鲍超精锐好斗，左宗棠亦有战备，黄文金竟能挫之，吾国其有起色乎？"忽又有探马飞报："清将鲍超、陈大富两军，会同副将贝廷芳，三路直攻建德，欲乘势撼安庆也。"李秀成道："建德为安庆下游保障。建德若失，必摇动安庆，我不能吝此一行矣。"遂引兵望建德而来。

时太平将会天侯林天福，在建德把守，城中兵有八千人。鲍超、陈大富、贝廷芳三路不下二万余人，军势浩大。林天福不敢出战，只闭城拒敌，以待救兵。正值正月天气，雨雪交加，秀成到宁国，抽出古隆贤一军，令为前部，冒雪直趋安庆下游，由池州而进。恰侍王李世贤，以苏常既定，金陵可免东顾；复率兵下浙江，进江西，入婺源，听得建德有警，复移兵北向，与李秀成同时趋到。李世贤先攻贝廷芳一路。那贝廷芳不虞李世贤猝至，叹道："岂吾国在赣浙军官，皆已死尽乎？何李世贤纵横千余里，如入无人之境也！"说罢奋力接战。不意炮弹飞来，闪避不及，就此呜呼。时林天福在城上督战，已为鲍超枪毙，鲍超方率兵入建德城，及听得贝廷芳战殁，而贝廷芳所部，又俱是浙江兵，见主将已亡，无处可逃，已大半投降于李世贤一军。鲍超遂令陈大富守城安民，急欲出城援应，奈李秀成大军亦已趋到。鲍超知两面受敌，料不能支，乃令陈大富复弃建德，相与望彭泽、湖口而逃。李秀成等进了建德，与李世贤计议，以苏、浙现在可以无事，留李世贤经略皖南、赣北一带，以古隆贤暂守建德，并为安庆、九江声援；复移文陈玉成，使进兵皖、鄂间，然后引兵回金陵，准备北上，不在话下。

且说陈玉成，自入江甫合破和春、张国梁之后，回军皖省。以连年东援西战，北伐无期，探得捻党龚德树，聚众十余万，欲联合之，以镇东南，然后可以北上。时李昭寿以移守滁州，亦与捻首张洛行有八拜之交，遂函商李秀成：令李昭寿联合张洛行，大举以破曾、胡等军。李秀成深韪其论，即函复赞成。陈玉成乃一面令李昭寿约会张洛行；自与龚德树合兵进发。

原来龚德树，本眇一目，时人呼为龚瞎子。初时本从洪秀全，自初进武昌，乃附入捻党，因龚瞎子与捻首张洛行、苗沛霖向为旧交。是时捻党势大，在齐晋河洛之间，纵横无敌。故李秀成、陈玉成之意皆主与之联合也。时龚德树正扎皖北颖川。陈玉成在麻城本籍时，即与龚德树互有来往，至是乃与之联合：计本部三万人，合龚德树大军三万人，共众六万，乘势南下。

却因当时曾国藩一军，锐意欲先复安庆，彼以安庆在长江中央，若一经收复安庆，则隔断洪氏东西消息，庶大局易于着手。便遣部将彭玉麟、杨载福、塔齐布会同皖将布政使李孟群、巡抚李续宜会攻安庆，由江西进行，先后下彭泽东流，径渡长江，入望江，沿潜山以趋安庆省城。复令道员赵景贤，提督周凤山，道员王珍，皖南道李元度，分握太平、石埭、铜陵等处，以断洪氏东来救应之兵，俾得专力安庆。那曾国藩本最爱李元度，从前任以幕府诸事，谓为运筹帷幄，算无遗策，至是乃以布政使衔保为皖南道，并令扼守险要，以拒洪秀全东路。并驰书以戒李元度。书道：

> 次青方伯大人左右：公韬略在胸，仆久资倚俾。惟公生平，有为仆所不解者：料事则纤悉如神，定谋则百无一误；及至事权在手，竟无不失败，古称李广数奇，足下岂其流亚乎？抑如孔子所云：足下为赵魏老则优，而终不可以为大夫乎？皖南管钥，非常重要，以公大才，故以相委。今仆悉锐以撼安庆，志在必得，藉公为东方屏障，公将有以慰仆乎？伏祈勉旃，并候捷音。
>
> 仆曾国藩顿首

此书去后，曾国藩觉东路可无顾虑，便令诸将奋攻安庆。

惟英王陈玉成，平日军势既张，此次复合龚德树之众，声势尤大，遂取庐州，沿庐江而下，探得清副将成大吉，聚守松子关，乃以松子关为安庆要道，若先破松子关，则安庆气脉易通，军事即易着手。遂率众先击松子关一路：以龚德树为前部，直攻成大吉一军。那成大吉虽然死战，怎当得陈玉成之众？且龚德树初次来助洪氏，正欲一显其勇，故率军进如潮涌，成大吉大败。忽然龚德树所骑之马，失了前蹄，把龚德树掀在马下。清兵乃反击之。幸诸军力持一阵。折了千余人。龚德树遂引兵而退。

次日龚德树乃大举复仇，进势愈猛。成大吉防战一昼夜，不能抵当，大败而逃，为乱枪所击毙命，军士纷纷逃散，龚德树遂据了松子关。时曾军以杨载福、彭玉麟从水路进攻，而陆路塔齐布等，亦先后赶到。陈玉成听得，谓左右道："曾国藩以五路争安庆，若其五军齐至，吾军必不能敌。今陆路塔齐布、李孟群到此，或先或后，则虽五军，不啻一军耳！如此已失了布置，吾可陆续破之。"时清将李孟群一军，正趋松子关，欲援应成大吉。到时始知成大吉已死，全军尽散，李孟群又以军士初到，喘息未定，龚德树已先受陈玉成之命，立击李孟群。那陈玉成却移军而东，与塔齐布人马遇于观音墟，塔军亦以跋涉而来，未及休息，陈玉成亦乘势迫之。故塔齐布、李孟群两军，所部不过五六千人，一来众寡不敌，二来劳逸不同，三来以乘胜之威，是以塔齐布、李孟群二军，即为陈玉成、龚德树所败。

原来陈玉成一军，最为精悍：他在部下挑选健儿三百人，谓为小儿队，皆十四五龄之童子充之，各冠红巾，绿绸围腰，从英王执令旗。凡被选者薪俸极优，且各授以指挥使衔名，唯须矫健机警，飞走过常人者，方能入选。此小儿队长即为陈国瑞，骁勇无匹。陈玉成倚为护卫；此外又有五色旗亲兵，每旗二十人，称红黄白黑青五旗营，此五旗皆百战健儿，惟不用以当前敌。每次临阵，在大营中先建一将台，玉成立台上指挥将校，五旗营军环立台前：前军若胜，则五军齐出追敌；若前军阵脚稍有移动，急调青旗营继进；如青旗营仍不胜，则急调黑旗，以次及红旗营，即无有不胜。因红旗营尤为健中之最健者也。闻红旗营下各兵，皆矫捷如猿，善于飞走，军中号为红猿队。每接战时，皆腰悬双剑，不事洋枪，惟舞长矛冲阵。仅见红旗营之影，即倏忽已至阵前；近敌即舍矛舞剑，剑复锋利，若雷疾电闪，敌军遇之莫不奔溃。除红旗营之外，又有三十六回马枪，尤为精利。设红旗营仍不能胜，即令退后，而以三十六回马枪应之。每枪百人，皆背红黄绸袱，纳金银之属于袱中。当红旗营退时，马枪军亦散袱中金银而退。敌军追至，一见金银，必争执取，于是马枪队及五旗营一齐回击敌军，无不取胜。又有七十二行军检点，押住后阵：有退后者，即截杀之。安营后，必每夜守严粮屯及军门左右，与探队互通消息。若有警报，即监护粮草，鸣号告众，故七十二检点，亦不临前敌。计英王行军几千里，未尝一日乏饷，皆七十二检点之力也！陈玉成又善骑，惟非届临阵，必不骑马；平时喜乘笋舆，控两马以随，舆后舆中纵横史策，实刚好乘舆，以便观书。遇急时即改而乘马。两马皆日行五六百里：一名追汉，一名破楚。玉成每当乘马时，有持黄罗实盖者随之。此持盖人，其行如飞，迟疾皆与两马相等；所步之小儿队亦然。故陈玉成一军，称为最健。

当下破了松子关，乃与龚德树分途并进：龚德树先破了李孟群，陈玉成亦破塔齐布于观音墟，以众寡劳逸之势既异，塔、李两军如何抵敌？李孟群即望湖北而逃，塔齐布亦退回赣省。及塔、李两军退后，李续宜一军始到：陈玉成乃与龚德树合兵夹攻李续宜。原来李续宜兵到时，先扎潜山，满意与塔齐布、李孟群合兵，好与陈玉成大战。不想人马到时，塔、李两军早已败退，自知本部不能敌陈玉成、龚德树两路之众，又听得杨载福、彭玉麟两路水师，欲进攻安庆，时已为太平将林启荣，由九江发军，直趋下游攻击。且李世贤自攻破鲍超于建德，已分道援安庆，由小军先渡对岸，故杨载福、彭玉麟两路水师，皆不能立足，已先后退去了。李续宜此时更不能久留，即欲退军，忽陈玉成与龚瞎子分两路大至，直向潜山，合逼李续宜。那李续宜所部不过三千人，如何抵敌？早望英山而逃。陈玉成调齐五旗营，与龚德树分头尾追，李续宜大败，折了二千余人马，走回英山而去。陈玉成与龚瞎子大获全胜。

时安庆之围已解，陈玉成乃移家眷于安庆城内，并令部将陈得才、张朝爵入安庆助守；附近安庆之集贤关，乃令部将刘玱琳、李四福领一万人驻守，以为安庆声援。此时太平大将成天豫，正沿庐州而下，因闻安庆有警，亦欲驰救安庆。及至时，安庆已经解围。陈玉成便令成天豫，先回金陵坐镇，以替李秀成出征；而以李世贤顾江西一路，并请秀成以杨辅清顾浙省，玉成自认保障皖、鄂一带。计划既定，乃与龚德树，齐向英山进发。

那时陈玉成连破各路，军威大振，李续宜以孤军难敌，先行退回湖北，驻扎蕲水。故陈玉成与龚德树，一举拔了英山。玉成谓龚德树道："李续宜在敌军中，用兵最久，性亦耐战；彼为李续宾胞弟，皆负时名，若能斩得李续宜，固除去敌军一员健将；且李续宾闻之，亦必大举为弟复仇，因而破之，并除续宾，则挫敌人锐气不少矣！"龚德树道："英王之言固是，且我以乘胜之威，彼以挫败之众，乘势蹙之，如狂风之震败叶，无有不胜，亦足以张吾国威也！"时探得李续宜已退至蕲水，与刘坤一军会合，陈玉成大队乃并趋蕲水而来。李续宜听得，乃与刘坤一计议道："吾处溃败之后，方寸乱矣，公有何良策？不妨赐告！"刘坤一力主出城迎敌。李续宜道："吾军不特众寡不敌，且既败而后，军心如惊弓之鸟，战必不济；若复溃败，恐全军俱没矣。"刘坤一道："公言虽是，然使敌至则逃，恐敌军不知追至何时始止。今鲍军在江西，令兄军在皖北，而李孟群与曾军诸将，又皆同时并遭挫败，眼见湖北境内，除胡林翼以外，再无能员，恐更为敌军所乘，则湖北全境亦不能驻足矣。"李续宜听得，踌躇无计。乃一面固扼蕲水，一面飞报胡林翼，使速筹战守，兼请援兵去后，陈玉成大军已到。见李续宜只守城内，城外并无人马迎敌，即行攻城，将蕲水四面围定，昼夜攻城不息。李续宜以既催湖北援兵，不欲遽退，惟督军固守。

一连两日，两军矢石交加，陈玉成仍未能攻陷蕲水。遂与龚德树分南北夹攻。龚德树战尤奋勇，用枪炮向城上轰击，城上亦以枪炮还下，不料龚德树正当扑进时，竟为城上守兵一颗弹子，击中头部。龚德树被击，大叫一声，早已毙命。军中已哗乱起来。刘坤一在城上见击毙龚德树，乃乘势开城杀出。时陈玉成部将叶练坤及松王陈得风，正攻东门，见龚德树一军哗乱，料知有故，乃以叶练坤依旧攻城，陈得风乃领兵转向南路，知龚德树已死，知府刘坤一方从城内杀出，陈得风率兵直攻刘坤一。时龚德树部将苏老天，见陈得风救兵已到，乃抚循所部，与陈得风夹攻刘军。刘坤一所部三千人，不能抵敌，欲退回城中，奈既出之后，城门复闭，只得引兵望西逃。陈得风乃令苏老天追赶刘坤一，陈得风自行续攻南路。那时李续宜在城内方竭力拒御陈玉成，忽听得刘坤一击毙龚瞎子，已杀出城去，乃大惊道："岘庄出城必败矣！"急欲止之，然已不及。后听得刘坤一果败，自知孤军必难久守，正欲引军逃出，不意陈玉成已攻陷北门。原来小儿队长陈国瑞，领小儿队杀至城边，移米成垒，一跃飞登上城，杀散守卒。小儿队三百人，一齐飞跃登城，杀不尽的守卒，都已逃走。陈国瑞乃率小儿队斩开北门；陈玉成留三十六回马枪在外，率五旗营一齐进城。李续宜乃杀条血路，走出西门而去，却又为陈玉成手下健将林绍璋截击。幸有护兵千人，非常奋勇，拥护李续宜西奔。奈林绍璋人马多众，又都是百战精锐，已把李续宜困在垓心，不能得脱。续宜恐为林绍璋所擒，方欲拔剑自刎，忽见林绍璋后军自乱，原来知府刘长佑、总兵李续焘在黄州听得李续宜被围，乃统兵前来救应。到时正见李续宜为林绍璋所困，即奋力杀进重围。李续宜见林绍璋后军已乱，知有援兵赶到，遂亦率护兵千人，奋力杀出，里应外合，遂透重围而去。

时陈得风、叶练坤，已分头攻下东南两门，只顾进城去。及陈玉成知李续宜逃出，方调陈得风、叶练坤合兵出赶，李续宜已逃去多时了。苏老天亦追刘坤一不上，引兵自回蕲水。陈玉成大获全胜，惟以龚德树阵亡，又擒李续宜不得，心中甚愤。遂一面表告金陵，追封龚德树为勇王；令龚德树部将苏老天，统领龚德树旧部，会同直趋黄州。时李续宜、刘坤一、刘长佑、李续焘，以败后不能立足，纷纷溃退，陈玉成遂复陷了黄州。所有罗田、麻城、黄陂、孝感各地，前为清将鲍超、李孟群、李续宾、李续宜等先后收复者，皆复被陈玉成攻陷，声威大震。

官文、胡林翼、曾国藩等，大为忧虑。曾国藩乃驰至汉阳，与官、胡会议：以陈玉成一军，且不能敌，焉能平得东南？各省务须设法制洪秀全死命；九江为数省咽喉，此次五路会攻安庆，所以为陈玉成败者，以五将不能如期会合。而杨、彭两路水师，又为九江分兵袭击所致，不如先取九江。官文、胡林翼、曾国藩皆意见相同。座中杨沛发言道："某亦愿先取九江。某虽不才，于九江地形颇熟，愿以本部人马，取还九江，以赎前过。"原来杨沛曾任湖广总督，以失机开缺，留办军务，自以曾任九江知府多年，熟识地势，故愿当此任。曾国藩道："敌人在九江守将是林启荣，非等闲可比。他原是石达开部将，转战各省，所向无敌。自驻守九江以来，吾等屡以大军撼之，未尝得手。洪秀全以九江重地，东西南北交通，不委他人，而独委林启荣者，以启荣固有将材也。其人胸储韬略，腹有机谋，且极得人心，恐未可轻视之。"杨沛道："别人重视林启荣，然吾独不然。彼扼守九江数年，未尝出境一步，吾未见其有材也！此行如不胜任，任从参办。"各人见杨沛如此果决，只得允其进兵。胡林翼仍恐其军力不足，乃于其部下六千人，再令增募六千；另以曾国葆一军相助，直望九江进发。

且说太平将真天侯林启荣，驻守九江数年以来，连败清将，九江得以保全。只会听得杨沛以大军万余人，益以曾国葆相助，来争九江，便与部将元戎、李兴隆计议道："杨沛此来，志在必胜；彼前以失机落职，欲立功以光复其官阶，故夸下大口而来。其志极骄，吾当以骄破之也。"遂移书堵王黄文金，于湖北之大冶、兴国、金湖，以至江西之瑞昌附近，皆派少数人马驻守：每处约二三千人马不等；若遇杨沛兵到，只要溃败而逃，不必力战。待杨沛来至九江，自有计以破之。去后复在九江城外，离十里五里不等，俱埋伏地雷；另伏人马，以备发炸。计划既定，时杨沛引兵，由汉阳起行，望东而下。所过之处，凡有太平兵马驻守者，皆乘势攻之；太平兵略与接战，即纷纷逃散。杨沛自为前部，曾国葆在后，奋力前进，所过大冶、兴国、金湖，太平兵无不披靡。杨沛势如破竹，乘势直下瑞昌，皆无敌手。杨沛大有得色，顾谓左右道："吾固知敌军易与也！此行当直陷九江府城，斩林启荣之首，以雪历年诸将屡败之耻矣！"说罢置酒痛饮，复引兵直进。时官、胡各人，方惧杨沛不敌，欲派兵为后援，及听得杨沛连败敌兵各路，直冲千里，如入无人之境，皆道杨沛此次战功，其锐足与敌将陈玉成相比，可以洗数年挫败之羞矣！因此不复置意，亦不再派人马为杨沛援。

那杨沛以为九江唾手可得，不欲分功与人，故亦不请兵相助。即号令人马，由瑞昌鼓行而东。那瑞昌离九江府城不远，瞬息可至，遥望太平兵马，沿途皆有驻守，却是林启荣部将李兴隆。杨沛更不踌躇，挥军直进，李兴隆即弃营而遁。杨沛传令急追。曾国葆时在后军，急趋前向杨沛谏道："洪秀全自起事以来，其手下将士，皆勇敢好战。今我军由湖北至此，沿途太平兵马，皆望风而靡，其中过于易胜，恐有奸计，不可不防。"杨沛道："君知其一，不知其二。每次战事，敌军动有数万人之众，故胜之尚难。今我直行数百里，所遇敌兵，每处皆不及万人，故以吾军遇之，如摧枯折竹，不足奇也。君休要过虑。看历年屡攻九江不克，吾军今夜便要成功。"说罢率军前进，李兴隆又复败走。已离九江府城不远，转出林启荣部将元戎，略与接战,亦弃营而遁。杨沛更自得意,曾国葆谏道:"林启荣精悍强斗,其部将亦皆坚忍,屡次大战,皆为所摧。今吾军至此,彼此不欲交战,即纷纷退后,吾甚疑之。"杨沛至此,颇觉醒悟。原来曾国葆甫至瑞昌时,早惧孤军无继,为兵家所忌,已密报其兄曾国藩,请为援应,惟时已不及。及杨沛省悟,亦欲退军。

不提防堵王黄文金,自在饶州战退左宗棠之后,已扯回九江,故由下游掩至,夹击杨沛。那林启荣又见杨沛追近九江府城,乃将机关发作,所埋地雷,皆爆炸起来,如天轰地裂,杨沛军士血肉横飞,死者不计其数。急领败残人马,杀出重围,又被黄文金截击,军士死伤大半。还亏曾国葆死命前来相救,相与望北而逃,后面黄文金、李兴隆、元戎已分头追赶。幸曾国葆先报请曾国藩援应,故曾国藩特派彭玉麟,领水师驶过右岸;杨沛奔至时,得下舟而渡,直望广济而退。管教:

> 千里纵横,反以骄夸遭挫败;
> 全军覆没,顿因羞辱丧残生。

要知杨沛败后如何,且听下回分解。

第四十六回

李秀成义释赵景贤　林启荣大破塔齐布

话说杨沛兵至九江,中了地雷,军士大半被炸;又中了埋伏,被黄文金、元戎、李兴隆诸将追杀一阵,还亏曾国藩特派部将彭玉麟领水师来助,才得相救,遂得借舟渡过对岸,计部下万余人,已折伤大半;即曾国葆所部,亦损失八百余人,相将退至黄梅县,志在小息。忽谣言传布:谓陈玉成回军英山,将欲再下黄梅,以通潜山、太湖之路。杨沛此时如惊弓之鸟,听得消息,自念所部兵马万余人,益以曾国藩之助,为林启荣所败;今日兵微将寡,如何抵御陈玉成?欲回向汉阳去,又以请攻九江时,夸过大口,有何面目见曾、胡二人,故不免进退两难。后听得李续宜、李孟群复行招募湘军,已抵广济,欲相机收复黄州,为攻取武昌地步。现二李正在广济训练人马。杨沛便与曾国葆引败残人马,同奔广济而来。正是:

　　初逞雄心思破敌,今偏丧胆要依人。

当下杨沛与曾国葆二军,齐到广济。李续宜、李孟群接着,追论兵败原因。李孟群道:"敌兵声势,近日更为精悍;吾等身任重寄,成败本不足计，惟有矢勤矢慎，实心任事，必有奏功之日。若因胜而喜，因败而怯，骄矜用事，此取败之道也！兵法云，'轻敌者必败'，孔子云：'临事而惧，好谋而成。'吾等今后，当以此互相策励也！"李孟群本属平心而语，惟杨沛听得，以为揶揄自己，不觉满面羞惭。那杨沛更自以身居前辈，自己任湖广总督时，彼等不过一同知，遂以为李孟群自恃有点战功，就语语侵讽自己，羞愤交集，遂成一病。自念从前以战事失机，失去总督一缺；只望此次立功，回复官阶，不幸又遭挫败，为孟群等讥讽。越想越愤，不觉咯出血来，病势愈加沉重。请医服药，终无起色，数日殁于广济城中。自杨沛既死，所余部下人马，拨由李续宜兼统，仍暂住黄州附近，听候征伐。

惟杨沛死后，曾国藩、胡林翼等，一发注意九江：计数年以来，诸将皆攻九江不克；大小数十次，皆为林启荣一人所挫，心中更愤。遂欲合诸将之力，悉数精锐，以撼九江。早有消息报至李秀成那里。

李秀成时在金陵。听得林启荣复败杨沛，而曾、胡等乃欲全力撼九江，乃入见洪秀全奏道："林启荣坐镇九江多年，大小已数十次胜仗，诚古今不易得之良将。他内抚人心，外挫强敌，视张巡之固守睢阳，真无异也。自宜封赏，以酬其功。但林启荣虽谋勇足备，恐敌一将则易，敌诸将则难。九江为四战之地，敌人尤易进兵，今闻曾、胡等欲以全力争九江，以九江为数省咽喉，若一旦有失，则吾国东南西北，消息梗滞矣。吾恐林启荣久守易倦，久战易疲，今欲固九江根本，必扫清九江附近之清兵方可！故臣不能惜此一行。待金陵无近顾之忧，然后可以安心北伐也。"洪秀全亦以为然。李秀成即打点出师。惟恐安、福两王，恃是洪天王之兄，要揽权误事，适赞王蒙得恩及成天豫俱在金陵，乃以政事转托蒙得恩、成天豫与刘统监三人主持，又设立军报司，专司文报，以状元程文伯相司其事。又以镇江一带，为金陵爪翼，令陈坤书驻守。其间专为安抚人心起见，时吉志元已殁，并令陈坤书兼统其军。令罗大纲顾淮南、皖北。复以辅王杨辅清，由殷家汇入浙江，兼平闽、浙两省。以侍王李世贤、堵王黄文金，管江西军务，以却曾国藩、左宗棠等，并为九江下游屏障。若皖、鄂两地，有英王陈玉成大军，可以无虑。筹划既定，李秀成领了人马，由金陵西行：大军沿太平、芜湖而下，令松王陈得风与健将赖汉英，先趋石埭，自率大军直走铜陵。

  时清道员王珍，方扼守石埭。那王珍亦湖南人氏，从战湘、鄂、皖、赣各省，所向有功，在湘中号为儒将，与罗泽南齐名，最为曾国藩所赏识。此时以所部六千人，扼守石埭，以当赖汉英、陈得风等军。而李元度、赵景贤、周凤山等，把守铜陵一带。听得李秀成大军已过芜湖，乃集议应敌。赵景贤力主固守，欲催请曾国藩移兵直救，然后迎敌。并道："李秀成为敌军著名劲将，且此来带战将多员，复拥数万之众，吾军中固无秀成敌手之人，且又众寡不敌。若勉强出战，徒取败耳！一败之后，则皖南一带必为敌有，而自金陵以至安庆，敌人已贯通一气，此后大局益危矣！"李元度听得，颇不以为然。自恃曾在曾营，久为国藩器重，因瞧赵景贤不起，故一力主战。并道："向荣败死，张国梁、和春、王有龄复相继败死，吾国军威尽挫。复经敌将陈玉成，纵横东西，久视吾国如无人，此次若再让之，恐敌氛益炽矣。屡败之后，正当再振军威。我以三路之兵，若谓不能敌李秀成一路，则吾等真无用矣！"李元度说罢，再决于周凤山。那周凤山是个武员，自无有不主战，遂不听赵景贤之言，令周凤山在左，赵景贤在右，自己居中，共为三路。计每路约五六千人，共计一万五六千人之众，离铜陵十五里下寨，专待李秀成交锋。赵景贤又谏道："空城出屯，为兵家最忌。昔公在曾国藩幕府，于沈葆桢守南康之日，公曾致书沈葆桢：以空城出屯为戒！故卒能保全南康。今日何自己反忘之耶？以沈葆桢遇黄文金一军，犹不宜出屯，况今遇李秀成之众，又安可弃城于不守？公等若必主战，某愿守铜陵。在某非畏战，特以留此一城，固有驻足；即留此一军，亦可备缓急也！公等以为何如？"李元度道："公真食古不化。军法乘宜制变，彼一时，此一时也。彼时只有南康沈葆桢一军，故不宜妄战；今三路之众，故不宜困守。若公必守城池，是前军又少一支兵力矣；前军若败，城池又焉能保守耶？"赵景贤无可如何，只得一同出屯。早有探马飞报，李秀成已陷了繁昌、南陵，今乘势向铜陵来也。李元度听得，令部署队伍，待秀成到时，以逸待劳，即行接战。忽又报李秀成一军，不下五六万人，沿途逢山开路，遇水叠桥，已离此不远矣！李元度听得，殊不以为意，衹下令如敌军到时，乘其喘息未定，即迎头痛击。

此令既下，李秀成前部已到：左右先锋为陈其芒、赖文鸿。不知秀成久知军法：过劳者必蹶，沿途虽声势浩大，仍缓缓行程，与李元度一军，沿距十五里，即不待清兵来攻，先已进战。秀成并下令道："吾军众而彼军寡，彼且用奇兵，我宜用混战；今彼驻于平原，以待交锋，不败何待？"说了乃亲自擂鼓，诸军齐进，相与混战。李元度只有鼓励军士，责其奋勇，奈李秀成人马众多，又复强悍，如何抵敌？自辰至午，虽李元度竭力撑持，军势已渐不支。李秀成见阵脚移动，乃以中军突出，直击李元度一军。如波开浪裂，清兵不能抵御，于是大败。赵景贤知军不能挽回，又恐铜陵有失，没奈何乃回铜陵扼守；李元度大败而退；周凤山一军却望石埭奔来，志在与王珍等合兵，不想赖汉英、陈得风两路人马，已攻下石埭，王珍已死于乱军之中。除死亡之外，余军非降即窜。周凤山听得，更不敢赴石埭，乃引败残人马，急奔池州暂驻。

李秀成既获胜仗，料知敌军必有一路回守铜陵，故当两军未战之时，先分数百人，皆不用武装，乘敌兵由城调出时，即乘势混入铜陵城中。此时既已得胜，知赵景贤回城驻守，乃并力围攻铜陵。令先锋陈其芒，自引本部先追李元度，以断铜陵救应，自己却率全军，专力于铜陵一城。

那时赵景贤在城中，知秀成必来攻城，只得鼓励三军死守。并传令道："铜陵城池虽小，却有可以固守之处。且铜陵为皖南要冲，此处若失，是皖南全境皆休矣。今幸粮食尚多，固不患绝粮。况李元度、周凤山，既已败去，必然催取救兵，亦可无被困之虞。望诸君努力守御，赵某断不忍负诸君也！"正说话间，城外已呼地震天，李秀成已引大队攻城，将铜陵四面围得铁桶相似。赵景贤正指挥军士防守，忽报北门火起，赵景贤大惊，深恐城中有敌人内应，只令三军不要惊慌。不想没一刻时间，已纷报火起。赵景贤已知不妙，急传令不要救火，只先拿奸细。突见东路上火光更烈，居民纷纷逃走，原来东城已陷。因自城中报道四处起火之后，赵景贤分遣兵搜拿奸细。李秀成乘其守力一缓，即令锐卒五百人扑近城垣，用药炸陷数十丈，遂攻破东城，率兵大队拥入。自东城陷后，守卒皆慌忙失措；南门亦被赖文鸿攻下，都一齐拥进城来。赵景贤自知不免，乃率亲兵望西门而逃。不知李秀成自攻破铜陵而后，已将人马遍绕四门，故赵景贤奔至西门时，已有敌兵大队拦住，为首的大将乃先锋赖文鸿也！赵景贤不敢前进，拨转马头，再向北门奔来。又被李秀成部将汪安钧杀了一阵，所有亲兵，非降则死。赵景贤单人匹马，转望南路而来，乃见一队人马，一字儿拦住去路，为首大将正是李秀成。赵景贤至此，走投无路，正欲拔剑自刎，李秀成已率人马上前，一拥围定，把赵景贤拿下来。李秀成见捉了赵景贤，诸事已了，立令三军将城中余火救灭，再令发款赈恤被难诸家。先将赵景贤送至一处，令护卒看守，以优礼相待。徐把军马安顿停妥，然后请赵景贤至帐中，秀成一见，即下阶相迎，待以客礼。赵景贤道："败军之将，何劳优待？"李秀成道："胜败乃兵家常事，弟仰慕大名久矣！"说罢便力劝赵景贤投降。赵景贤不允，并道："弟久知忠王大名，今日幸得相见，然使李元度肯听我言，恐亦未必能与忠王相见也！吾意欲紧守铜陵城；另以一军为城外犄角，守险不守地，以待曾国藩救兵。然后东连都兴阿，北告胜保，一以大军撼金陵，一以大军蹑忠王之后，忠王岂能遽胜乎？惜李元度自恃才能，以致于此。今既被捕，只求速杀可也！赵某非不欲与忠王共事，然忠臣不事二主。若畏死求荣，某不为也。"李秀成听得，大为叹服。并道："某生平并不好杀。今为吾敌者，不止足下一人，即杀一足下，于敌何损？于我何益？君既不降，吾当纵足下回国矣！"遂命置酒款待赵景贤。

席间纵谈世事：赵景贤先谢不杀之恩，再说道："弟于再生之身，出于忠王所赐，论情本该图报，论理则两为敌国。尚不知如何而后可以言报也！"李秀成道："吾岂望报者乎？若必望报，吾何为释君；然君亦幸而获释耳！如易地而观，设不幸而吾为贵国所擒，尚能如今日樽酒晤对，宾主欢饮乎？"李秀成说罢大笑。赵景贤听了，不胜感动，为之挥泪不止，复道："忠王固人杰，惜我所处之地位，无可报德。然此次被释，而后若再蒙国家赦宥，从事于疆场，吾固非忠王敌，亦誓不与忠王交锋矣！"李秀成听得，惟颔首而笑。赵景贤又道："既蒙不杀，不知于何时始允放回？"李秀成道："惟君所欲。戎马仓皇，两皆不暇，无论何时，皆任君回去，吾亦当派人护君出境也！"赵景贤道："若此，吾当即行矣！诚如忠王所言：戎马仓皇，未得长侍左右，深以为憾！"李秀成逊谢一回，乃令左右准备，明早送赵观察出境。未几终席，李秀成更邀赵景贤至寓纵谈一夜。

次早赵景贤急欲回去，李秀成已准备夫马护送。更派亲兵二十五人，持忠王令箭，到处放行。李秀成乃亲携赵景贤之手，送至营外，赵景贤力请秀成不必远送，秀成不从，直携手同行，亲送一程，又一程。赵景贤力止之，李秀成乃止步，谓赵景贤道："君才过于李元度辈多矣！惜君屈为道员。若君兵权在手，吾国亦多一劲敌。吾缘分浅薄，不能长留足下，至为可惜。"赵景贤道："忠王不必过奖！吾辈各事一方，惟各尽其力而已。然此次别后，深望彼此皆无再见之期；除是分国而治，或能周旋来往耳！惟今当远别，愿忠王以一言相赠！"李秀成道："心中本有数言，几已忘却矣！闻巡抚李鸿章，已借洋兵，以与吾国构战，此非长策也！烦君寄语李中丞，彼此皆中国人，以土地之故，各辅其主，致起争竞。胜负之间，悉付天数。慎毋借外力，以残同种。语云：'一将功成万骨枯'，残杀同种之性命，以成外人之战功，而索此后酬报，斧柯倒持，胡可为也！"赵景贤听得不胜叹息。正向秀成辞别，仍依依不舍，复送一程，乃各道珍重而别。

不说李秀成自行回去，且说赵景贤回时于路上赞叹李秀成不已！及离洪秀全兵力境外，乃遣秀成亲兵回营，却因曾国藩当时驻兵江西，乃策马望江西前来，先谒曾国藩，首诉在铜陵兵败原因。曾国藩道："李元度慷慨谈兵，夙娴韬略；胡一当事权，无不溃败，此真奇事也。"乃听得赵景贤诉说：李秀成如何豪杰，自己如何被释，细述一遍。曾国藩听了，默然不语。只令赵景贤暂行休息，却与部下诸将计议道："李秀成此来，实欲故示兵威，以巩固安庆根本。竟戕我王珍；辱我赵景贤；败我周凤山、李元度，此仇不可不报也！"部将彭玉麟道："李秀成军势浩大，破之殊非易事。且秀成此来，志在求战；我若进而与之战，中彼计矣。况根本未立，即破秀成亦所无用！欲立根本，先图安庆，以隔断敌人消息。然欲图安庆，又须先图九江。愿大帅毋舍本以求末也！"曾国藩道："吾亦知九江为重要之地，不可不图。叵耐林启荣一人，屡次败吾上将，损吾军威，今欲取之，须用何策？"帐前闪出提督塔齐布进道："量林启荣一人，未必有三头六臂；昔者之失，全在吾军未出，敌已先知。故彼得慎为防备耳！以小将愚见：不如舍明攻而从暗袭。如某不才，愿领本部人马，往袭九江。倘有不胜，愿当军令。"曾国藩道："吾固知将军谋勇足备，但恐一人之力，仍非林启荣敌手耳！"塔齐布道："凡攻城掠地，贵在出人不意，兵法有以小制胜者，此类是也。故小将此行，不愿多带军马，只领部下七千人足矣！攻而弗克，再动大兵，未为晚也。"曾国藩道："李秀成一军，既尚在铜陵；我即以大军攻之，彼必来救，是只与李秀成宣战耳。故今日欲取九江，吾亦暗袭为是也。今准将军领本将人马，往袭九江，将军早报捷音，以慰吾望。吾当密遣水师，潜渡湖口，俟将军攻城时，得水师力，以壮声援。更拨一员上将，助将军同去，吾早晚看将军成功！"说罢便令部将杨载福，领水师潜渡湖口；又令部将吴坤修，引本部人马，望九江而来。

原来林启荣人最精细，凡事不肯托大，即未有战事，仍多派间谍，以探敌人踪迹。且平时防守之力，亦步步严密。故不论何时，皆无懈可击。且自王珍、李元度、赵景贤等败后，料曾国藩等必来争取九江，故益发注意。一日得报清提督塔齐布与吴坤修及各部将引人马来袭九江。林启荣道："不出吾所料也！彼军重视九江，屡次以大兵来争，今只用塔齐布一人，断非明攻。乃欲出吾不意，以暗袭之耳。"故令城内不必张扬，只如平时，以作安闲之状，而密布锐卒于城楼，各持火器。所有一切城垣，亦派守兵在垣上偃卧，不令塔齐布知道有兵把守。待塔军来近时，出其不意以攻之；又令部将李兴隆、元戎各领精卒千人，当着来路，择地分左右埋伏：任塔军前来。待闻九江炮声，一齐分道杀回。分拨既定，时塔齐布以为此次出军，林启荣必无准备，故得意而来：人衔枚，马勒口，星驰电闪，望九江进发，到时正在夜里；但见刁斗无声，城内寂然。塔齐布大喜道："林启荣果无准备。吾今番可以成功矣！"遂饬备登城之物，挥军直进攻城。忽然城内火光冲天，鼓声震地，塔军逼近城垣，城垣上掷下火器，放出枪弹，纷纷攻击，清兵死伤甚众。塔齐布大惊，知道中计，正欲撤军，肩上已中了一颗弹子，翻身坠地。左右急为救起，不多时背上又中一弹，乃急令兵速逃。忽听得喊声大震，左有李兴隆，右有元戎，分两路伏兵杀来，远地早已大叫："休走了塔齐布！"管教：

> 孤军深入，顿教良将殒军前；
> 五路难平，又见忠臣殉地下。

要知塔齐布性命如何，且听下回分解。

第四十七回

曾国藩会兴五路兵　林启荣尽节九江府

话说清提督塔齐布，正领人马与吴坤修往袭九江，忽中林启荣之计：当清兵攻近城垣时，被城内守兵掩击，塔齐布身上已中了两颗弹子，正要走时，又被李兴隆、元戎两路杀至。塔齐布更不敢恋战，只领贼兵望东而逃。那李兴隆、元戎，已随后赶至，军中大呼塔齐布快来纳命！那时塔齐布更自心慌。又见李兴隆、元戎依然尾追，不觉反慌为怒，乃谓吴坤修道："人生终有一死！丈夫得死于沙场幸也！吾治兵多年，未尝挫败至此。今却被林启荣匹夫所辱，吾安能忍乎？"说罢乃与吴坤修再成列，以与李兴隆等决战。不料布阵未竟，那李兴隆、元戎两军已经追到，见塔齐布忽然成列，料其必欲回战。乃乘其布置未定，急挥军攻之。李兴隆在左，元戎在右，奋勇杀来，塔军大败。一来既败之后，军中未免心慌；二来布置未定，尽失形势；三来李兴隆、元戎，两军乘胜之威，更加生龙活虎，塔军如何抵挡？被李、元两军直入阵来，如入无人之境。吴坤修急着保塔齐布出重围，塔齐布道："吾将死于此矣！即幸而获生，何面目见人也？君可任吾死于此地，犹博个殉国之名；他日好封妻荫子。"吴坤修道："将军若死，自为计则得矣。然大将系三军性命，将军若死，全军俱覆矣！将军不为一身计，亦当为万人性命计也。"塔齐布觉得有理，于是带伤而逃。李兴隆、元戎复追了十余里。

这一战直杀得尸横遍野，血流成河。塔齐布军中万余人，只剩得四五千人：都是伤头损额，衣甲不完。乃叹道："大丈夫所志未终，先行殒殁，此大不幸也！"说罢眼中垂泪，又复叹道："吾治兵多年，今日乃死于林启荣匹夫之手，至为可惜耳！"说罢竟咯出血来，不省人事。左右急为救起，乃徐徐复苏。便索笔墨为函，以致曾国藩。并将遗摺大意，请曾国藩着人代缮为之递奏。写毕即送至曾国藩处。函道：

> 涤生大帅麾下：
>
> 　　弟以一介武夫，辱荷陶成，厕身行伍间，已八九年矣。复蒙天恩高厚，为不次之升迁；迭颁异数，责任专阃：上念国恩，下怀私义，方谓粉身不足以图报。故自从戎以来，自知才具既短，韬略不娴；惟有奋不顾身，以补其拙耳。此次九江之役，弟愤林启荣匹夫，屡次摧我军威，损我将士，每欲得当以一洗前羞。何期才识短陋，竟中敌人狡计，全军几殁；身受重伤，今将不起，大帅视弟岂畏死者乎？特以敌氛方炽，国事且不知何如？而自恨治兵多年，不及亲见肃清，至为可憾！此则丈夫死难瞑目之时也！虽江左英雄，湘中俊杰，如云如雨，必不难歼大敌，以奏承平。然时事如此，实堪痛恨！无论东南半壁，遍地疮痍，欲竟其功，固非易事；即九江一地，握长江之中央，为数省咽喉，东连江左，西接湘鄂，上枕安庆，下撼江西，一得一失，实关大局。故九江不复，即武昌、安庆不可图，即不足以制金陵死命，大帅其以全力图之可也！弟今再不能从事疆场，以受大帅驱策矣！东南大局，惨淡风云，悠悠苍天，曷其有极！为寄词同袍诸君：努力国事，勿如弟之无德，自取败也。弟之部曲，皆坚强耐战，若大帅量才委用，加以陶溶，必有可观。临死神驰，欲言不尽！
>
> 　　　　　　　　　　　　　　　　　　　　　　弟塔齐布顿首

塔齐布写毕，复大叫一声，再又咯血，是夜遂殒于军中。可怜塔齐布，以英勇健斗，从军多年，为清廷效力，所向有功。今以恃勇妄行，徒死于林启荣之手，岂不可惜！故时人有诗叹道：

> 早岁从团练，终身辅大清。
> 心雄思拔地，胆壮作干城。
> 名欲千秋著，功由百战成。
> 九江星殒后，遗恨挫军声。

塔齐布已殁，年只四十余岁。报到曾国藩那里，曾国藩知道塔齐布已死，不觉拍案大怒道："塔齐布坚勇耐战，惯摧强敌；自从军多年，久立战功，实足与多隆阿、鲍超，鼎足齐名，为陆军健将。何物林启荣，以奸计坏我良将。今后吾军折一左臂矣，此仇不可不报也！"时彭玉麟在旁，乃进道："自九江为洪秀全所得，使我军情梗滞，消息不灵。那林启荣又复凶悍，屡次与吾军为难。由今思之，九江不复，不能通军中消息；林启荣不死，不能除心腹大患也！"曾国藩道："今当以全力撼之。然非假以时日，不足了林启荣那本账也！今一面为塔军门缮递遗摺，请加恤典，以示将来；然后与官、胡二公图之可矣。"便单衔具摺奏报塔齐布死事，并陈须以全力，先复九江。又胪列塔齐布生平战绩，为请恤荫。清廷知塔齐布是个能员勇将，多立战功，故数年之间，由守备洊升提督，以攻九江之故，被伤殒命，大为震悼。即有谕旨降下来：加塔齐布为太子少保官衔，合从前云骑尉轻车都尉，改赠一等男爵，赏银治丧；赐谥忠武，入祀昭忠祠；令大史将其事绩立传，并荫他的子孙。又以塔齐布一军，向来勇战，其部曲必多有长材，故令曾国藩，将塔齐布部曲分配各军择尤重用；其余在此次九江战事阵亡者亦有多员，都一概奖恤，并附祀于塔齐布专祠，及塔齐布本传。曾国藩一一遵旨办理：将塔齐布旧部，分拨于李续宾、胡林翼二军，余外概留于自己部下。

时清廷又以曾国藩所陈九江形势，最为重要，乃责成曾国藩、官文、胡林翼先取九江。且自江督何桂清溃败后，已有旨递问，至是乃升曾国藩为两江总督，并加钦差大臣，节制江苏、安徽、浙江、江西四省军务。因清廷此时已知曾国藩可靠，从前多有以曾国藩兵权太重者，更有云："曾国藩虽官居侍郎，然在籍只一匹夫耳！乃一呼而万军即集，恐非国福。"至此时咸丰帝亦不复思疑；且鉴于宗室大员，先后如赛尚阿、琦善、讷尔经额、桂良、默特等，皆老师糜饷，久战无功，益知汉大员，皆肯为己尽力，故重用曾国藩。

那时曾国藩自拜任为两江总督，于收复九江之举，更为注意。乃备函知照官文、胡林翼，互相酌议：须合力取回九江。那日会议之际，曾国藩先说道："自九江为洪秀全所踞，七八年来，误我军情，故鄙意屡图恢复。虽屡经挫败，未尝少怯。非谓今日为两江总督，始欲尽守土之责也！叵耐李秀成拥数万之众，其部曲又非常精悍，我若往攻九江，必多费时日，而李秀成救兵已至，恐亦不能收效耳！诸君有何高见？请发奇论，以抒茅塞。"胡林翼笑道："弟等未尝或分畛域：吾等只为鄂省督抚，然年为分兵援湘、援皖、援赣，皆可见矣！彼此皆为国家公事，涤生不必芥蒂。"曾国藩听罢，面色不觉发赤，逊谢一会。胡林翼道："自杨沛、塔齐布，先后殁于林启荣之手，弟心未尝一日忘却九江也。弟今思得一计：非合数路之众，十万之兵，必不能对付林启荣一人。今当以我三人领衔，先备文知照德兴阿及胜保，使会兵合攻金陵。想洪秀全以金陵为根本，不思远图；一闻金陵有警，必调李秀成回南京。我又令胜保等故延时日，以牵制李秀成，则秀成必不暇救九江。吾等乃得以全力制林启荣死命也！"曾国藩、官文听毕，皆鼓掌称善。曾国藩道："咏芝此计，弟极赞成！但李秀成那人，终不能轻视！今欲伐九江，须扬言先伐武昌、安庆，使秀成不做准备，更为得计。"当下三人议妥，便会衔通告，德兴阿、都兴阿与胜保，使会攻金陵。时胜保方在河南，攻伐捻党，至是乃以僧格林沁代胜保攻捻党，而改以侍郎吕贤基、前任桂抚周天爵及钦差大臣袁甲三为助，替出胜保，使再复南下。同时德兴阿驻淮南；都兴阿在皖北，都会同取齐，共攻金陵。

官文与胡林翼乃编定队伍，扬言先取武昌。而曾国藩亦传令各部将，扬言先取安庆。先以多隆阿、鲍超单攻陈玉成求战；以左宗棠、李续宾等，扰皖南赣浙一带。然后曾国藩、官、胡三人，部署人马，计分五路：第一路是鄂督官文，以将军福兴、都统舒保属之，由金湖而进；第二路是鄂抚胡林翼，以藩司李孟群、总兵李续焘、江忠济及知府曾国葆等属之，由广济而进；第三路是巡抚李续宜，以总兵江忠义、臬司刘长佑、知府刘坤一等属之，由黄梅下驶；第四路是水师，以提督杨载福、臬司彭玉麟、总兵黄翼升统之，沿长江会进；江督曾国藩自为第五路，与部将道员李元度、提督周凤山、总兵周天培、普承尧、知府张运兰、同知吴坤修、刘崇佑等，由江西直攻九江。共五路大兵：合计十余万人马，大小将校数百员，水陆并进，以攻九江府城；专待胜保等往攻金陵，然后望九江进发。

早有消息报入李秀成军中。时李秀成正抚定皖南各郡县，听报多隆阿由河南回湖北，与鲍超共攻陈玉成；接连又得安庆守将陈得才、张朝爵文报说称：曾国藩、胡林翼有会攻安庆之说。秀成初时听得，却谓左右道："以多、鲍二人，牵制陈玉成，料玉成必不能回顾安庆。若不派兵往援，恐安庆危矣！"说罢沉吟少顷，即拍案叫道："非也！曾、胡二子，不遽攻安庆，不过声东击西之小计耳！"时部将汪安钧、石贞祥在旁，急问其故，李秀成道："此易明耳！安庆虽为要地，唯咽喉命脉，不如九江，曾国藩势所必争也。况数月之间，总督杨沛，提督塔齐布，皆死于林启荣之手。那杨沛犹不打紧，惟塔齐布为敌军健将，与多隆阿、鲍超齐名，曾国藩倚为左臂。既殁于九江战事，曾国藩焉能罢手？吾固决其必争九江也。"石贞祥道："然则何以御之？"李秀成道："敌军数年以来，为争取九江之故，损兵数万，失去大小将校不下数百员，彼恨林启荣深矣。以九江重地，又深恨林启荣，此次敌军，必尽倾精锐以争之！然以林启荣英勇机警，敌人纵欲制之，亦非易事。吾亦惟相机以定行止可也。"于是回复陈得才等，以安庆必无警急，可以安心；但仍须勤修守备，以防不虞。一面又飞函陈玉成，劝以慎防鲍超。又函告李世贤，不必远离，当在赣、浙之间，以打听九江声息，随即报告金陵。辅王杨辅清以福建未定，清兵每由闽、粤两省接济粮道；且每由福建发兵，以扰江西及浙江等处，故杨辅清由殷家汇起程，领本部人马，由浙入闽而去。李秀成听得方与左右谈论此事，以杨辅清有大将材，不以之北伐，而反用为南征，未为得计。说犹未了，又接金陵告急军报：知道清国钦差胜保，会同德兴阿，三路取攻金陵，故洪秀全恐金陵有失，特催李秀成回去。秀成道："德兴阿、都兴阿二人，久不敢动；胜保又在河南，今忽然攻金陵，必非主力，想不过欲移动我军，又不知作如何狡计耳！我军若急回金陵，必中其计。"乃令大将陈其芒先领本部一万人马，回应金陵地面；复令松王陈得风万人扼雨花台，以备不虞；又飞令地官副丞相周胜坤及周胜富，往守六合；以比王伍贵文及天将汪有为助守江浦，并为金陵犄角；再令陈坤书、洪容海驻军于溧水、镇江之间；又以天将苏招生、陆顺德领水师游弋常州、金坛、丹徒一带，以壮声援。一面传令金陵城中蒙得恩及成天豫二人，顾重防守。又传令罗大纲，驻兵扬州，以为金坛、丹徒、江浦、六合等处声援。自经种种布置停妥之后，知道金陵万无一失，决意不得回军。不想洪秀全一再催促，秀成叹道："我欲回金陵，必中敌计矣！"因此心极焦躁。部将汪安钧道："昔钱先生在时，谓吾等欲成大事，须天王肯舍去金陵方可。今观之益信矣！天王视金陵为家，稍有兵警，即自疲其全力，此实一大患也。"秀成道："正为此故，吾屡欲北伐，惟料清兵必乘虚蹴我金陵，那时天王必又将我召回，是徒劳跋涉耳。故屡欲抚定东南，然后北上。今敌军惟恃牵制法，以疲我兵力；而天王又惟恃我以镇金陵。是以北上无期，至为可惜。吾心惟汝知之耳！"说罢不胜叹息。乃为书表奏金陵，奏道：

　　臣弟李秀成顿首言：窃惟大王首事之初，不二年而戡定东南一带，遂立天京。乃六七年来,土地不增,国势不进,何也?则以大王前则首弃桂林,继弃长沙,不区区于寸土尺地,惟务进取;后则徒事固守,使师徒百万,日惟奔驰于苏、浙、皖、鄂之间,不闻远征故也。以弃一长沙,而即足据长江数省;则今日纵失一城,弃一地,而其收效,必有过于其失者,皆意中事矣!中国幅员辽阔,若唯恃救危守险,则进取无期;縻饷老师,亦终有救不胜救,守不及守之时也。满人命脉,厥在北京。昔军师在日,曾谓天下大势,北京为首,倾其首,则立亡;犹言北京定,而全国皆定耳!自林凤翔殉难于天津,李开芳殒命于高唐,吾国北伐之师,已无后继。满人遂得安居都会,号召四方,以与吾为难矣!得失比较,情势显然。故臣弟屡议北征,即原于此。而议者谓为非计。谓昔者符坚,奄有中国三分之二;然国本未固,遽下江南,卒有肥水之败,而国亦随亡,不知时势固不同也。昔者正统犹在东晋。外族符坚觊觎神器,非国民所乐从;今则正统倒移久矣。北京未亡,即中原未复,故纵能保全十金陵,终不如光复一北京。诚以北京一破,即大局随定,人心亦移;前之为我敌者,至是亦反为我助。观元顺帝一离大都,而各路强敌,尽附朱明,皆前车可鉴也。今大王而不欲恢复中原则已;若曰欲之,则惟冒险以争北京,断不能为东南尺土地,至踌躇重计。此则大王聪明睿智所自知,毋烦臣弟再言耳!盖惟敌人屡遭溃败,乃狡计百出:以扰我天京,使臣弟疲于奔命。大王纵不以鄙言为是,亦思天京根本巩固,人心团结,粮械充实,敌人非旦夕兵力,即能动摇。况复以罗大纲、陈其芒援应于上游;陈得风、陈坤书、苏招生、陆顺德维持于附近;蒙得恩、成天豫主持于中,已万无可虑乎?今臣弟驻兵皖南,犹去金陵不远,倘有缓急,亦回应不难。故臣弟非不欲回军也!诚以敌人非以全力撼金陵,而将大逞于皖、赣。一经回军,必受牵制耳。区区愚诚,愿大王之垂察!

此折既上,洪秀全仍放心不下,乃与诸臣计议。成天豫进道:"忠王向来鞠躬尽瘁,如诸葛武侯所谓死而后已!此次不遽回军,彼必有深谋,或料金陵未必便危;或料敌人只以虚攻金陵为牵涉,故留镇皖南,为两面照应耳。臣等当力顾天京大局,大王不必多虑也。"洪秀全听罢不答。洪仁达道:"李秀成部下数万人,又为五军主将,百万大兵俱在其手,兵权太重矣。若无异心,是国家之福;倘意图不轨,谁能制之！今彼闻召不回，于君臣之义已背矣，忠臣岂如是乎？"蒙得恩道："福王之言差矣！忠王苟有异心，岂待今日，愿大王勿信此谗言。今天京兵马既多，粮草又足，何惧胜保？以忠王不肯回军，必有高见。且天京大局，臣等自问亦足以撑持，又何必劳忠王往返乎？且臣弟更有一言：以吾国之有忠王，类如擎天一柱。若东有事则调之往东，若西有事则调之往西，反中敌人奸计耳。今请由忠王留镇皖南，臣与成天豫愿保天京，倘有差失，甘当死罪。"洪秀全听至此，意似稍解，不料洪仁发大怒道："汝等谓天京有失，愿当死罪，但恐天京失时，治汝罪亦不及耳！"洪秀全听罢，不作答言。蒙、成二人嗟叹而出。蒙得恩乃暗谓成天豫道："亡国者其安、福两王乎！天王惟念亲亲之义，不加罪责。而彼二人，乃益逞其威，徇私好货，进谗妒贤，安得不败？自今以往，吾等不知死所矣！"说罢互相叹息。

自此洪秀全亦把召回李秀成之议，暂作罢论。不想十余日后，胜保及德兴阿、都兴阿三钦差已会合人马，共约六七万人，号称十余万，共攻金陵，分东西北三路齐进。天京得了只个消息，大为震动。蒙得恩乃与成天豫，力筹捍卫之策，及分布人马，分道守险；复依秀成号令，以松王陈得风领二万人扼守雨花台；并令各路人马不离天京附近，以备缓急；又令苏招生、陆顺德将水师移在金陵内河游弋，以壮声援。蒙、成二人以为布置完密，可以安洪秀全之心，即可以罢召回李秀成之令。不意东路又飞报急事：清廷以前任江苏巡抚薛焕，驻上海办理交涉，购借新式洋枪，以应转运；而以新任江苏巡抚李鸿章，会合各路进攻苏常一带，特来告急。

洪秀全听得，又吃了一惊。那洪仁达更以为金陵危险，李秀成既拥重兵，非调秀成回京不可！洪秀全自无有不从，立即降谕飞召李秀成回军。那秀成此时仍不欲遽回，再陈金陵险固，万无一失，不宜回去。洪秀全那里肯从。一连数日，连发几道敕诏，催李秀成回军；末后一诏更为严厉：谓李秀成拥据重兵，坐视天京不救。秀成乃无可奈何，一面布置皖南各路，复嘱林启荣镇守九江一地；并命侍王李世贤，须驻兵九江附近，以为声援，始传令班师，直回南京而去。

且说曾国藩会合五路大兵，为攻取九江之计，至是乃探得李秀成全军已回金陵，乃与各路水陆并进。仍让鄂督官文为主将，沿长江而下；曾国藩先以本部人马，由建昌起行，先夺了南康府。侍王李世贤本欲往救，却为左宗棠所牵制，移动不得。曾国藩遂夺了南康，复以知府沈葆桢驻守。乃规划将攻九江时，正是三月将尽，天气晴和，正合用兵。适接官文来书：欲以四路分攻四城，而以水师为助。曾国藩以为不然：以林启荣精悍得人，语云困兽犹斗，况勇如林启荣乎？遂改令只攻三面，留东路让林启荣逃走。于是鄂督官文与诸将攻西路；曾国藩与诸将攻北路；胡林翼、李续宜与诸将攻南路，以水师为会攻。计划既定，准备出发。

及九江太平守将真天侯林启荣听得消息，谓左右道："清兵此来，不啻以全国大兵与吾决生死矣！不特五路之众，大兵十余万，战将百余员，为争九江；即用以牵制各路者，亦皆为九江。彼以全国之众，以争吾一九江，吾此次若能破之，彼此后再不敢正视九江矣！诸君立功，尽在今日，各宜勉之。诸君不负吾，吾亦不负诸君也！"左右听得，皆为感动。林启荣知此次战事，必然利害，乃先行表告金陵，即商议应敌。正在筹议间，已报官文、曾国藩、胡林翼、李续宜及水师杨、彭等将，已各路齐至。林启荣即率兵登陴守御：传令以洋枪从远击之，休令敌兵近城。部将李兴隆问道："昔者九江屡次战事，将军皆调兵于外，为内外夹攻。今独主内守，不主外战何也？"林启荣道："兵法不能执一。此次敌兵太众，即调兵于外，亦不能制之；故不如以全力守之耳。"李兴隆又问道："前破塔齐布，乃故令纵之近城；今必从远击之，不令敌兵逼城下，又何也？"林启荣道："塔齐布兵少，且志在暗袭，吾故将计就计，因其意其用之；今官、胡等以十余万众，若一经近城，彼将开地道、埋地雷矣！是以从远击之。此时势不同故也！"李兴隆听得，大为叹服。

正说话间，已报敌兵大至。曾国藩从南路攻来；官文从西路攻来；胡林翼、李续宜从北路攻来，并会同水师夹攻。为水陆并进，各路人马不知多少，惟声势甚大，已将至城外矣！林启荣听了，却令九江水师，固守濠道，不宜远攻；所编划艇，俱陇城下水道，以防掩袭。即令陆军以火器拒战，每六十人为一队，以二十人持火器，以二十人施放排枪，以二十人司放巨炮。时林启荣早知敌人屡窥九江，已从上海与洋人购得枪炮。故所用枪炮，亦多新式。林启荣复与诸将衣不解带，手不离旗，指挥诸军抵御；又令军士各备干粮，昼夜御敌，不准退后。时三月二十九日，天有微雨，清钦差官文与诸将齐出，且攻且进，以逼府城。那林启荣下令远者炮击；行近时即放洋枪；再近者即拒以火器。

自辰至午，清兵各路共伤死者八千余人，绝不攻得九江要害。官文乃传令暂退，以林启荣所用枪炮，多新式利器，反受吃亏，正要另筹别计，李续宜道："我众而彼寡，我攻而彼守，自宜分兵轮班，不住攻击，使彼应接不暇而后可，此李秀成攻六合法也。"官文以为然，于是分兵为两班。次日改以巨炮为前驱，鼓噪而进。不料林启荣亦知此次清兵以全力到来，志在必克，非一二日战事可了，自不应疲其兵力，故亦分兵为西班，轮流拒守；另招乡兵为工程队，以备城垣若有损坏，好随时修葺；又分兵守险，以为犄角。

到次日清兵又复至，沿途不发枪，只从远发炮攻城。那林启荣却早已准备在先：预将城垣增加坚厚，此昔日城垣加高五尺，厚八尺；以软灰杂以碎石，筑城坚固；并植以野草，使日益坚实。外垣铺以棉花，外罩铁网，以御炮弹。城垣复掘长濠，深逾一丈五尺，阔逾二丈，所有外攻的炮弹，既遇棉花，自然不着城垣要害，且炮弹更从铁网，泻于濠中。故九江城垣，号为至坚最固。时清将官文、曾国藩等，愤前日之败，折去八千余人，及次日进势愈猛。官文并檄告诸将道："是役无论生死，务要拔九江险要，则长江敌垒可覆，一劳永逸，是所望于诸君。"故诸将听得，无不奋起。官文更会同各路奋进，直薄城下。林启荣在城上指挥军士，远者炮攻，近者枪击，清兵死伤盈道，仍不退却，冒死直扑城下。林启荣更令以火器掷下，清兵多葬在火坑，计又死去七千余人，清兵大为震惧。官文见攻不着九江要害，徒进无益，只得传令退军。

时清兵各营经两次败挫，共死伤万余人，无不震恐，各有退心。官文与曾国藩大为忧虑，乃作慰劳书，以示诸将，由此人心稍定。官文乃大会诸将，会议再攻九江之计。李续宜道："九江四面而我军只攻其三，只欲留一路，以待林启荣之逃，或可省去兵力耳。早知林启荣精悍好斗，必不轻弃九江，徒留一生路，以便其转运，实非长策也。今唯有将九江四面围定，使其运道不通，断了接应，然后假时日以困之，庶乎可矣。"各人皆以李续宜之言为是：以官文攻其西，以曾国藩攻其南，以胡林翼、李续宜分攻东北，四路并进，而水师则沿河且攻且进。林启荣欲先破其水师，乃令水军部将魏超成，伪为通款于清提督杨载福，约以西门濠道相献。杨载福信以为真，约以二更时分，与彭玉麟同率水师，直捣西濠。魏超成又约以白旗为号，如见白旗掩映，即可进兵。

果然二更时分，杨载福在前，彭玉麟在后，领水师船二十余号，偷进西濠。果见濠口白旗当风招展，正欲猛进，忽然迎头炮声震动，枪弹如雨，两边火器纷纷掷下。彭、杨二将正待退时，各船早已着火；城上又叫喊助威。杨载福乃改乘小艇而逃，还亏得彭玉麟在后接应，始得逃出。所有二十余号船上水军不死于火，即死于水。是时官文等正奋攻九江西门，与林启荣军并力搏击，自午至夜，清将轮班攻击；城内亦轮班抵御，两军各有死伤。忽见西门外火起，官文自念此次攻城，未尝定火攻之计。此次之火，定是林启荣之火，究不知是何缘故？唯见城上林军耀武扬威，料知是己军有失，正踌躇间，已报到水军中计大败。杨、彭二将虽然逃出，惟兵士已死者数百人了。清将闻得不免心惊。以为林启荣能用计破我水师，不难用计破我陆军，故清营大小将校，又多疑惧，因此攻力已缓。

林启荣却令船只载运陆军二千人，由西濠出城登岸，直劫官文大营。那时官文不料城内有兵杀出，故绝无准备，时林启荣所遣二千人，由骁将李兴隆领着，直冲官文大营。一头放枪，一头纵火，官文部下将校，皆措手不及，死伤五千余人。提督李曙堂，都统舒保，俱受重伤。其余军校死伤亦数十名。败走三十余里。此及胡林翼遣军来救时，林军已自回城去了。

自官文大败，各路亦死伤不少，于九江城池仍毫无动静。曾国藩、官文惟有传令暂退。自计三次进攻，死伤二万余人，尤以官文一军吃亏更重。到夜里曾国藩微服巡视各营，见诸将皆有怨声，以为徒恃兵力攻入，并无妙计在先，以至屡败；今顿兵城下，徒自取死而已。曾国藩听得，更为忧虑，急与官文计议。时官文亦因屡败损兵折将，心甚焦躁，闻诸将已无斗志，即问曾国藩计将安出。曾国藩道："吾等以五路之众，十万大兵，若不能敌一林启荣，诚为天下后世笑矣！"说罢不胜叹息。适胡林翼到来，曾国藩具述其故。胡林翼道："诸将若有退心，大事去矣。正惟九江难攻，则九江益为重要，吾等宁死于此地，亦断不能退军也。此次以全国兵力，争一九江；若不能克，自后更无人敢窥九江矣！是九江永为洪秀全所得，东南各省亦无恢复之日也。今当一面慰告诸将，以激起其雄心；一面将九江围困，断彼交通之路，料九江城内必有绝粮之日，此时因而破之易如反掌耳。"曾、官二人遂从其计。乃为檄示普告各营：力言与诸军共死生，以十万之众，而不能克一九江，不特为林启荣，且为后世讥也。自此诸将稍有奋志，乃定议先进者赏，后退者杀。即将各路人马，又复分班，效李秀成取杭州之计，以一半剪除九江附近地方，使九江孤立，并防敌兵外援；其余一半即分四面围定九江，以四路陆军轮流攻击，使九江城内粮械尽绝，然后乘之。官文、曾国藩等，计划既定，依次而行。

不意又历攻两月，清兵若猛攻，则林启荣用猛御；清兵若缓攻，林启荣用缓拒，终不能奈九江何？原来林启荣最得人心：自镇守九江以来，初则与地方缙绅款洽，不计尊卑，不拘形迹；以次及于居民，如同一家，于贫民尤时有周恤。在九江数年，设立义学，以教贫家子弟；设保婴局，以抚养无靠之孩童；又立义仓，积谷防饥，随时赈济。并立善堂，以赠医施药，居民无不歌功颂德。又设宣讲所，劝民以大义，人民多受感化。五六年来，无有构讼者。每月四次，在四城亲自演说，居民皆呼为林侯爷，没有一人唤及林启荣名字者。林启荣又能敬老爱幼，每届冬至前后，必预期布告，置酒款宴乡老。凡年六十以上者，皆得与会，故每次赴宴者，常至千或数百人。又设恤孀局，凡妇人夫死无依，一届岁暮即按名赒给。以故九江城内，军民人等，无不悦服，林启荣又善于将将：所有部下诸将，皆称为兄弟；既不爱惜金钱，又好归功部曲，将校多乐为用。且能与士卒同甘苦。慰问死伤，待如子弟。因此镇守九江数年，最得人爱戴，每有战事，莫不甘为效死。那林启荣既优待一体军民，自士卒以至居民皆共相守望。

又知九江为重要之地，敌人在所必争。于太平天国六年，增凿四门河道，引水入城，以防断绝水道；又辟垦荒地，令军士屯田，且与业户税田开耕，以裕粮草，务使九江城内，常有二三年的饷项；复开辟铁炼局，制造器械，遂使九江一城，无物不备。

种种计划久为清将所知。以至曾国藩亦称林启荣为林先生，景仰极切。

此次曾国藩会合五路来攻九江，前后数战，损伤二万余人。于是从胡林翼之策，围困九江，志在断绝九江交通，以望九江粮械，当有断绝之日。不料林启荣既筹备在先，防患未然，故虽被困日久，九江全无损害。官文一发纳闷,又与诸将计议。李续宜道:"攻之不克,困之不能,惟有挑选死士,自为一军,以与林启荣决个生死耳!"官、曾、胡三人,至是亦无别法,急下令军中,募死士二千人,分为四队:每队五百人,欲冒死至城垣焚之。其愿充此役者,死后恤银二百;伤者恤银五十;若不死不伤者,每人将银十两,以资鼓励。此令一下,约二日后,已募得二千人,准备行事,而以大军为后继。

那林启荣见清兵三日不出,料其必有异谋,急令军士小心防备。时九江居民,见九江被困,多愿出营助力。林启荣大喜。乃令乡民备任工役;将一切兵士,尽作防战,增携火器,以为对付。到次日果见清兵前队人数不多,分四路而来,大军则随后拥护继进。林启荣见之谓左右道:"彼前驱小队,殆将冒险誓死以来矣。"即下令军中,休令敌兵前队近城;凡见火器可及,即掷火焚之。军士得令,果见清兵前队,每约五百人,并无长枪,各携短火,另负小包而来,至是已知清兵志在焚城。惟林启荣已令军士,先掷火器,从远焚之。还亏林启荣平日训练军士,却另有两法:一是令军士由高跳下,或由下跃高,初则由二三尺,或四五尺,渐至丈余皆可跳跃;一是令军士抛掷物件,使能及远,视所掷之物,重量若干,看掷得最远者,即受上赏。军中练习有素,故那时抛掷火器,皆能及远。当清兵前队犹未至城下,已多被林军火器所焚。唯是时清兵前队,亦能冒险,皆冲火林而进。把纵火之物,向城垣掷来。只一场算是火战:两军烟火熏天,喊声动地。清兵所掷火器,还是不多,因前队各五百人,多已先为林军烧毙。林启荣令军士一面掷火,一面发枪发炮,清兵死伤极众。鄂督官文见焚不着九江城垣,急令发炮攻击。少时清兵火器亦尽,火烟散处,已见尸骸遍地。惟林启荣一军,仍不住抛掷火器,清兵死伤山积。胡林翼见势不佳,急下令退军。计是役清兵死伤万余。巡抚李续宜,亦被枪弹击伤左腿,其余各路部曲,亦死伤数十人;林启荣军中亦死伤二千余人。自辰至申,历战八句钟,方始收军。

林启荣知清军损伤更众，惟本军亦死伤二千余人。自念清兵在外，即死伤众多，亦易催救；惟自己在城内，死一千，即少一千，乃飞报各道，催取救兵。奈金陵被胜保等所扰，洪秀全不肯放李秀成离去金陵，陈玉成、李世贤又各被牵制。李秀成乃飞报李世贤，力当各路，使抽出黄文金，往救九江而去。

　　惟官文等败后，觉迭次进攻，皆徒损人马，未尝攻得九江要害，乃大集诸将计议。胡林翼道："斗智斗力，林启荣皆足以拒吾。今惟有开地道，埋地雷，以炸之耳！"曾国藩道："彼拒御极能，安能埋藏地雷乎！"胡林翼道："今当令三军步步为营，节节而进，一面攻城，一面掘通地道，以炸之可也。"官文道："恐兵士损伤过多，不得不退，是地道反无成矣！"胡林翼道："此易事耳。前军宜结阵坚固，阳作攻城，以专从事于地道。四门皆用此法，林启荣不能出而求战，即不能伤我地道工兵矣。"诸将皆以为然。乃每日必派兵攻城，先固前阵，虚作进势。

　　林启荣在城楼上观望，不觉面为变色。暗谓部将元戎道："敌人非真进攻，殆有预谋也。观其后营尘头大起，往为挤拥，是从事于地道无疑。此次若无外援，九江危矣！"说罢欲就近飞催李世贤来救。怎奈四城被围得铁桶相似，不能杀出；又日望救兵不至，林启荣闷极。猛思一计：急令三军亦从城内开掘地道，以透出城外，直透城外长濠。在地道中排以铁板，并垒以巨石，以阻清兵地道之策。毕竟清兵人马多众，自屡败后，又复增兵以数十万，从事四城地道。林启荣又不知其着力何处，四城辽阔，反防不胜防，惟日日鼓励三军，以图死战。

　　那一日大集诸将语道："今清兵以数十万众，来撼九江；若外援不至，九江必有难守之日。林某受国重寄，当与城存亡。吾实不忍祸诸君。如诸君见事机难挽，请各自图生，另立功名可也。"诸将听得，无不垂泪。皆道："某等断不忍离将军而去。若九江失守，则将军死忠，吾等死义，亦分也！"说罢大哭，林启荣亦哭。此时林启荣早以死自誓。忽报敌兵已各率大队，猛扑四门，林启荣听得，乃复卒兵登城抗守。管教：

> 玉石俱焚，顿教土地成灰烬；
> 虎龙会战，又见霆军奏凯歌。

要知林启荣胜负如何，且听下回分解。

第四十八回

龙虎战大破陈玉成　官胡兵会收武昌府

话说林启荣在九江城内，知道清兵要开掘地道，定计亦从城内开掘以拒之。叵耐清兵人马多众，虽自攻围九江之后，死伤不下四万人；又复陆续增兵，竟将九江东南西北，四面开掘。真令林启荣防不胜防，阻不胜阻。林启荣自知难破此策，奈救兵不至，只得以死自誓。那日报到清兵大队，分四面围攻，林启荣即引兵抵御。还幸士卒用命，各愿受听指挥，并无分毫畏惧。城内居民亦出而相助：或从事工役；或为军人炊爨，不辞劳苦。林启荣见之慨然下泪道："有兵如此，有民如此，若吾不与城共存亡，非人也！"

当时城外清兵枪炮交攻，林军亦率兵枪炮还击，两军喊杀连天。林军凭高视下，死伤清兵极众，幸城楼上各有躲身之所，故城内林军还不大受伤；奈清兵虽死伤枕藉，又陆续加增，并不退后。甫进一程，即扎营停止，不再攻击。林启荣见此情景，知道官文用意，视地道所至，为进攻之程。欲不住抵攻清兵，又恐枪弹不继，心极焦急。惟督兵猛力开掘地穴，以阻清兵地道政策而已。是时城内守兵，已逐渐稀少；困死伤数千人，虽仅在清兵死伤十分之一，但一来城内守兵，只约二万人，除死伤外，只存万余人；二来城已被围，凡死伤之人，其尸首无法出城安葬，只埋诸城内地道。且尸首久停，遂成疠疫，从前林启荣所设赠医局，皆应接不暇，或兵或民，日中死者常数百人，病者不计其数；药肆几为之一空。从前只准备粮食，那有准备药材，因是居民大为惶恐。林启荣意殊不忍，欲图自尽，任军民献城。惟一切军民，皆不愿见林启荣自尽，于是病者多讳言疾病。奈死者众伙，林启荣无可如何。乃在城北购民房数十间，辟为空城，以葬死者于一隅。居民一闻此令，皆愿献屋，不愿领价。惟林启荣不忍，饬令给还价值，使另行觅地而居。自此另辟葬地，疫症似乎略减。但此时兵力不免稍疲，惟仍体谅林启荣，各贾余勇，以待救兵。

是时李世贤亦得李秀成文报，着以援应九江。李世贤以苦被左宗棠牵制，不能抽出，乃力当各路；令黄文金驰救九江。那黄文金即引所部人马，直向九江进发，以击李续宜、曾国藩两军之后。清兵以九江救兵已到，心固惶急；又因各处开掘地道，已被林启荣破了两处，清兵更有些灰心。都统舒保，乃请诸官文，以九江难克，宜约兵暂退。是时官文已无主宰，乃商诸胡林翼。林翼大怒道："吾军到此不易。若即行退兵，恐已死之数万人，亦有怨声也！"乃决议力攻。即令李续宜一军抽出江忠义，曾国藩一军抽出周凤山，胡林翼一军抽出江忠济，共三路合当黄文金。其余诸军，仍悉力攻城。

时林启荣盼得黄文金援兵已到，惟仍不能通进九江，心中已觉无望。又见子弹渐少，兵、民皆有倦色，不觉双眼垂泪，惟过一日，守一日耳。时清兵所开地道，前后已被林启荣破了数处，压死清兵四五千人，仍从事开掘不已。凡未经林启荣所破之地道，尚有西北两处，皆藏了炸药。那日是六月初七日：官文、曾国藩、胡林翼、李续宜引兵齐进，并力环攻四门。林军在城上一齐发枪抵御。清兵死在城下者，又如山积，两军方猛战间，忽然轰天响震，西北城垣陷了百余丈，砖石与血肉腾飞空中，太平人马在西北城者，俱已毙命，尸首掷至半空。清兵死伤更众。官文、胡林翼卒兵践尸而进。四出放火，乘势冲杀，太平兵犹抵死巷战；城内人民亦怒清兵乱杀，皆同在街巷相拒。此时烟焰蔽天，不见人影，但闻喊杀之声。积尸流血，壅塞街衢。太平守将真天侯林启荣，先已自尽，其部将李兴隆、元戎、张辉、杜应时、陈官义等二十余人，皆奋力抵杀，力尽而殁，至是九江遂陷。

按林启荣本翼王石达开部将，所向无敌。自奉令再守九江之后，数年间斩敌将不计其数。清兵以攻九江，致毙者不下七八万人。德泽及于闾阎，名闻于敌国。至今曾国藩、胡林翼、左宗棠等，皆称为林先生，不呼其名。又曾国藩曾与左宗棠讨论围攻九江。左宗棠道："吾敢以孤军与百万之众，战于沙场；不敢以本部与林启荣决胜负于九江城外。"其令敌人敬畏如此！至是乃殁于九江之役。闻者莫不惜之！时人有诗赞道：

> 智勇真无匹，将军本绝伦。
> 奇才摧大敌，遗爱及斯民。
> 身与城俱碎，心同石不磷。
> 古今谁似汝？惟有一张巡！

林启荣既殁，城中军民初尚未知。及至西门，见林启荣身首炸为两段，身与四肢，已不知飞至何处，只存一颗头颅，已为药气熏蒸，惟双目犹闪闪如生。其部兵乃取其首级，逃出城外，后以檀木配成全身，为之安葬。惟军民知林启荣既死，更奋勇与清兵格斗；极至手无寸铁者，犹以石相掷。计城破时，尚在午间，及至夜后，胡林翼首先下令招降：惟自军人以至百姓，无有一人言降者。城东菜佣张吉，惧其老父被害，诣胡林翼军前称降，城中军民大怒，竟击死张吉。胡林翼见杀人太多，竟无一人降服，不禁下泪，乃谓左右道："不意林先生结得人心，一至如此，古所未闻也！"乃请诸官文、曾国藩速行止杀。凡太平兵马杀不尽的，及城中居民，愿留者留城，不愿留者听其自便。于是城内旧日军民人等，皆各检细软出城逃走。行时并将府库军械粮食，及田亩种植与房屋所存物业，一概尽行焚毁，并不留分毫，以资敌人。官文大怒，欲追而杀之。胡林翼与李续宜力止乃免。计是役九江被陷，太平兵马死去万余人；城内居民死去八九千人。清兵前后死伤直逾五六万，可谓一场凶战。为历来破城所未有。

警报到了金陵，是时清将胜保及德兴阿、都兴阿等，各军只顿兵金陵城外，并不像向荣当时认真攻击。故李秀成已知清兵之志，不在攻击金陵，只图牵制，料金陵万无一失，已屡欲往援九江。奈洪秀全不允。及听得九江失守，林启荣阵亡，君臣无不失色！李秀成进道："昔日之所以能阻敌人兵力者，以九江为数省咽喉，据之足以制敌死命也！今当失守，局面又大变动。自此清兵往来较易，而吾国于东南益多事矣！"洪秀全道："今朕以重兵往争九江何如？"李秀成道："此时已无及矣！林启荣布置多年，今已被陷：陷要尽失，菁华俱毁；纵能复之，已难守御。况清兵频年屡窥九江，合前后损七八万人马，折数十员将官，而始得之，必以重兵驻守。且彼乘胜之威，攻之亦难也。吾恨不早以大兵救九江，致坏我名城，损我良将，自此一战，关系不少也。"说罢大哭，洪秀全低头不语，左右皆向秀成劝慰。秀成道："吾非徒哭九江，实重哭林启荣也！昔林启荣在翼王部下，与吾同事：临事不苟，遇敌则先，待人则恩威并济；所有余赀，尽赏战士，故军士皆乐为用。因之无攻不克，无战不胜。稍有暇日，即周览地势，绘为战图；或研读兵书，手不释卷。自守九江以来，皆守险不守地，斩敌将一二品者十余人。今一旦殁了，此后国家失一长城，安得不哭？"洪秀全乃问道："然则现在计划如何方可？"李秀成道："敌人不啻以全国兵力，争回九江。以为一得九江，诸事必易着手也。自此东南，必形多事。武昌、安庆，尤为吃紧。故猝然又难北上，必在东南再振军威，庶乎可矣！"洪秀全道："朕信卿，任卿图之。"李秀成遂出，叹道："天王不从我言，以致九江失守，实为可惜。苟吾不回天京，九江未必便失也。"乃一面料理金陵军务，并赏赠林启荣，以勉人心；一面致书李世贤，使会同黄文金、顾重赣、浙二省；复致书陈玉成，使进趋湖北，以袭官文、胡林翼之后，然后再商行止。

且说英王陈玉成大军，既由皖入鄂，自龚得树战殁后，所有龚军捻党旧部，由苏老天管带，隶在自己麾下，计大军共四万余人。初未知九江遽陷，欲取道北行，遂由黄州进占麻城。那陈玉成本原籍麻城人氏，对于地势更为熟识，先将军情布置一切，复招本籍子弟数千人，使训练成军，以厚兵力。忽听得清官多隆阿、鲍超两军，将由下游上进，陈玉成乃大集诸将计议道："多隆阿、鲍超二人在清兵中最为骁悍，屡败不退，清兵号为多龙鲍虎，诚劲敌也。以为犄角，则敌人之势力孤，而吾之布置易矣。"于是发遣诸将，分道四出，尽收险要之地，以中军驻扎麻城，设立坚垒五十八座，安置大炮二百门于垒上，深沟固壁，以待敌军。分拨既定，忽接得安庆守将张朝爵飞报：知道九江被陷，林启荣阵亡。时陈玉成正与一班部将讨论军事。听得只点消息，不觉大惊道："不料林启荣乃败于清兵之手。林启荣初守九江，已非常得力；及后出兵江右，九江复失，至第二次洪天王夺回九江，复以林启荣守之。数年以来，屡破清兵，历斩清将，远近闻名。今一旦殉难，九江遂失，此后安庆必日形多事矣。哀哉启荣！痛哉启荣！"叹息一回，部将韦朝纲道："九江既失，自安庆而天京，皆失了屏障，吾等在此，若能以一战破多、鲍二人，尚可支东南半壁，否则大局渐危矣。英王勿徒自叹息，且商议大计为是。"正说着，又报多隆阿、鲍超，忽移兵东下安庆；胡林翼却遣兵来攻麻城。

原来胡林翼探得陈玉成在麻城，经营守战之策，十分完备，故不欲直攻麻城。改令多、鲍二军东下，以为陈玉成听得，必回救安庆，因安庆为陈玉成家小所在，故欲乘玉成回军时，以多、鲍二将中道求战，实欲避其险锐也，却又令提督苏文焕为先锋，自率诸将往攻麻城，以牵制陈玉成之后。陈玉成听得亦知胡林翼之意，即下令先破林翼，后攻多、鲍二军。即令苏老天及韦朝纲各引本部离城南五十里埋伏，俟胡军来时夹击之。一面率五旗营及小儿队，扬言往救安庆，仅离东南二十余里即驻下，打探苏老天及韦朝纲胜负。

时胡林翼只信陈玉成精悍，也不料其独有深谋。听得陈玉成趋救安庆，乃大喜道："吾故知安庆为陈玉成家小所在，必不刻忘安庆也。吾今当先收麻城，然后回军，以为多、鲍二将后劲可矣！"说罢催兵前行，限今晚即到麻城地面。不意大军正行间，尚离麻城四五十里，忽然两边山岭林木内，已现出太平军旗号：炮声震动，左有韦朝纲，右有苏老天，分两路杀来。胡军措手不及，一时慌乱。胡林翼方下令分军抵御：惟前部提督苏文焕，已如惊弓之鸟，早以为中了敌人之计，没命的向后奔逃，苏老天、韦朝纲分两路追赶。胡林翼正督兵奋战，忽然陈玉成大队拥至，以小儿队为前锋，五旗营亦随后杀将进来，胡军大败。小儿队统领陈国瑞，一马当先，直冲清兵，要捉胡林翼。正遇清将提督苏文焕，陈国瑞枪声一响，苏文焕已中枪落马，清兵大乱。小儿队乘机奋杀，五旗营又一齐拥至，苏老天、韦朝纲又从后杀来，清兵没命的奔逃，自相践踏。胡林翼正走间，忽见前途一队人马，迎面前来，正在心惊，却叹道："来截者若是敌军，吾其死矣。"正叹间，忽见来军驰北而行，方知不是敌军，乃都统舒保也！官文恐胡林翼有失，特遣舒保来助。胡林翼得舒保支撑一阵，遂引败残人马，向南而逃。那舒保终抵当陈玉成不住，亦一同败走。陈玉成追杀三十余里，计清兵死者三千余人，降者其数相当。

陈玉成大获全胜，部将吴汝孝进道："乘此一胜，胡林翼必不敢再出，可以驰救安庆矣！"陈玉成道："敌人正欲我往救安庆，我安可中其计乎？昔孙膑救赵，未尝至赵；吾今日惟有邀多隆阿、鲍超之后耳！吾早已发人，打探多、鲍两军行路矣！"说罢已报到：多、鲍两军清兵，并有各路大军附属，不下四五万人，已沿英山而过，一路而来，将抵太湖地也。时陈玉成听得，乃立令拔队东行，由罗田直过英山。原来多、鲍二将,方取缓行,以待陈玉成之兵,故陈玉成到时,两军相遇于附近太湖之二郎河,两军相隔,仅三十余里。陈玉成知鲍超一军,必争宿松,乃欲先踞之,以为声援。便令大将陈士章,领本部人马,间道先夺宿松。并嘱道:"若得宿松,鲍军即有后顾,而兵心亦震动。若到时见宿松已为鲍军所踞,切勿攻城,可即回军,以扰二郎河之后可也!"陈士章去后,陈玉成又令章王林绍璋,与大将涂镇兴,各以本部迎敌多隆阿;而亲自率五旗营,以当鲍超;令苏老天以所部为游击;以慰王朱兆英,为自己先锋;以韦朝纲及铁玉刚为各路救应;复令顾王吴汝孝及李远继镇守大营,并应各路。分拨既定,适大将陈宗胜引兵万人来会,自称得忠王李秀成号令,由桐城特来助战;并称李秀成已退了胜保等,即率大军西来。因惧英王以孤军临险地,恐如九江故事,被敌人以五路合逼,或至受困也。英王陈玉成大喜道:"忠王西来,皖省无忧矣。"便请陈宗胜会同林绍璋、涂镇兴共当多隆阿,单候清兵迎敌。

且说多隆阿、鲍超两军,附以江忠义、江忠济,而李续宾一军复为声援,声势颇大。方望而东行,欲待陈玉成回军,乃要而战之。军行既近太湖,已接得湖北文报,知道胡军往攻麻城大败而逃。时官文方使清将李曙堂、舒保来助多隆阿,备述麻城战败情形。唐仁廉乃谓鲍超道:"陈玉成乘胜之威,恐未可轻视。不如略地而东,使曾军就近为声援,较为稳便。"鲍超道:"吾纵不追,陈玉成亦必追我,故不如先决胜负。且胡中丞既败,尤宜复振军威也!"遂与多隆阿计议,意见相同。适胡林翼又有书至,催多隆阿、鲍超开战。书中略道:"世称多龙、鲍虎,吾闻其名,欲一观龙争虎斗,毋徒负此虚名也!"书末又有一诗,内有"与君烹狗贺新年"之句。因清兵呼陈玉成为四眼狗,故作是言也。鲍超听得,以为得胡林翼赏识,雄心顿壮,便与多隆阿决议:以多隆阿本部,及李曙堂、舒保两军,共当林绍璋等;鲍超与诸将单迎陈玉成;以李续宜、江忠义、江忠济援应各路。

时正是十二月将尽，天气寒冷，陈玉成自恃能战，以为不过数日，当可破敌，即先还安庆，故冬衣不大齐备，即向鲍超下书：约期十二月二十八日开仗，鲍超批答如期。因陈玉成固欲急战，又见鲍超批答如期，乃笑道："吾军冬衣不备，幸鲍超未知。若不然，彼将以缓战疲我军矣！"次日即是二十八日，军各互进。各距十余里，即发枪炮。陈玉成只令三军坚守营门，下令看红旗一举，始行杀出；若红旗退后，即行退兵。惟鲍超将部下分为三路：以唐仁廉、王衍庆为左路；以孙开华、娄云庆为右路；鲍超自与诸将为中路，势若长蛇。中军两面鲍字锦旗，随风招展，齐向陈玉成一军猛击。而林绍璋、涂镇兴两军方合击多隆阿。时多军斜左正近山脚，颇失地势，被太平军逼至山下，林绍璋与涂镇兴分两路夹攻。太平军大将陈宗胜，方在林绍璋之后，高立坛台，以望两军战状；忽见林、涂二将已压多军至山边，清兵已多有死伤；随见多隆阿一面接战，一面移军向右，陈宗胜谓左右道："多隆阿自见失了地势，故移军以推广战地也！吾当有以截之。"说罢，自料必然大胜，立提笔挥函，以战情报知陈玉成。并有二语道："我等屠龙，君自伏虎可也！"因人称多龙、鲍虎，那陈宗胜故作是言。写毕遣人送至陈玉成处。即拔队：以本部万人，直出夹截多隆阿一军，多军遂三面受敌。

自黎明以至巳牌时分，多军已损伤三千余人。多隆阿急令李曙堂、舒保合当陈宗胜，奋力拒陈宗胜一路；欲乘势杀出，志在与鲍超合军。忽然陈宗胜后军自乱，原来提督江忠义听得多隆阿为林绍璋、涂镇兴所压，已失便宜，乃引本部人马来援。正遇陈宗胜截住多军攒击，乃奋力攻陈宗胜之后。舒保见陈宗胜阵脚惊动，遂振臂向部下呼道："吾军外援已至矣！诸君宜速乘此机会，以求一胜也。"清兵听得，一时振奋，前后夹攻，陈宗胜抵当不住，急领人马逃出，与林绍璋、涂镇兴会合，亦分三路，与多隆阿战斗。那多隆阿见方才失了地势，死伤数千人，乃下令军中道："如不奋力，全军皆殁矣。"亲执令旗，左右指挥：清兵一齐冒弹林而进。那太平将林绍璋仍不少却，亲与多隆阿对垒。忽部下飞出健儿魏超成，向林绍璋道："人非独冲敌阵，生擒上将，不为奇！看吾生擒多隆阿，以必成吾父大功。"原来魏超成最有勇力，走路矫捷如飞，林绍璋见其每战必冲前敌，勇气过人，认为义子，保为指挥。当下听得魏超成所言，深壮其志。时魏超成身披皮甲，坐骑骏马，左右皆挟长枪，独自一骑，遂直冲敌阵，皆不能阻当。径发第一枪，欲击多隆阿头颅，却中了顶帽子，揭在后面。多隆阿方吃一惊，第二枪已连珠迸发，复中多隆阿左臂。多隆阿正要坠下马来，却为左右扶定。多隆阿忍痛大怒，急割战袍下幅，自裹伤口，督兵奋战。那魏超成连发两枪，以为已击死多隆阿，即策马直回，早为多隆阿亲兵发枪回击，魏超成身上已中两弹。幸身披皮甲，所伤不是要害。而涂镇兴一路，见魏超成直冲敌阵，已随出接应，故力与多隆阿中军接战。但附近中军各队清兵，以为主将多隆阿已死，一时大乱，遂为林绍璋、涂镇兴所乘。故多隆阿虽裹伤奋战，无奈队伍已乱，复失战斗之力，清兵渐渐欲退。陈宗胜又左右会击，看看清兵将败，多隆阿正愤怒不知所措，忽部下报到鲍军大胜。

原来陈玉成平日行军，最好诈败，即掷金钱以诱敌人；使敌人只顾抢取金钱，不顾战事，然后回军攻之。偏是对付鲍超，此法却用不着。因鲍超所部霆军，每胜一仗，每得一城，必纵兵抢掠，任其奸淫。因此霆军部下，以为一经得胜，即子女玉帛，无所不有。所以陈玉成军中所掷金钱，霆军不大起心。其时陈玉成一军，迎着霆军来时，先按兵不发，少时始将红旗一举，于是三军齐出。甫战了一个时辰，陈玉成又将红旗按下，号令三军齐退：退时把金钱沿途抛掷。只道待霆军争取时，即回军攻击。不意霆军并不争取财物。鲍超却下令道："一经得胜，子女玉帛，何所不有？诸军勿争此微资，以中敌人奸计。"于是霆军各队惟乘势追赶。后路以为得胜，亦一同猛进。这点消息报到多隆阿军中，多隆阿即下令道："吾军与霆军，势力相若。

今霆军已胜矣，若吾军独败，何以见人？"当时多军听得，一来欲与霆军争功；二来又见那一军已胜，更为心壮气雄，乃无不奋勇。而林绍璋率众并力抵御，多军只是不退，皆冒烟突火，虽死伤遍地，依然猛进，太平军无不骇然！不多时鲍军大胜，陈玉成大败的消息，更传遍两军。林绍璋、涂镇兴、陈宗胜各部人马已是心怯。因以陈玉成一军，著名能战，今独败于鲍超之手，以为林绍璋等更为可危，战力大为减退。林绍璋军里指挥使万大洪，看见自己人马势渐不支，乃引亲兵驰骤而出，欲身先士卒，以为三军鼓励。不料甫至前营，万大洪已为流弹所中，登时毙命。军心一时慌乱，即乘机望后而逃。多隆阿乃趁势催进。数万枪声，连珠发响，弹子如雨而下，一时杀将进去。多隆阿却注意猛攻林绍璋一路：是以林绍璋中军损伤颇多，先已退后。多隆阿乃亲自擂鼓，督各路诸将一齐追赶。林绍璋等大败，太平兵死伤极多。

中营守将顾王吴汝孝，听得林绍璋、陈宗胜、涂镇兴等兵败，即率兵马来援。恰林绍璋正被多隆阿尾追，吴汝孝奋力杀退多隆阿，救出林绍璋人马，望东而逃。忽然后路喊声又近，李曙堂、舒保又已追至。林绍璋却引败残人马转向东南，欲与陈宗胜合兵，令吴汝孝抵御后阵，且战且走。奈清兵屡败，得此一胜，皆耀武扬威，并力追来。多隆阿一军又复赶至。吴汝孝抵御不住，乃一同败走。正在危迫，指挥使魏超成急请林绍璋不必顾念后路败兵，只策马先逃；魏超成却转身向后，率健卒五百声言援应后路，却提枪备弹，向定衣黄色马褂的敌将，枪机一发，那敌将应声而倒。那敌将不是别人，正是提督李曙堂。自李曙堂翻身落马，军势顿歇。吴汝孝令部下一齐发枪，然后逃走。少时涂镇兴已奔到，各路会合，多隆阿亦不敢再追。林绍璋等乃望潜山而逃，沿途打听陈玉成消息。

原来玉成诈败退兵之后，霆军并不争取地上财物，只顾追赶；陈玉成见敌人不中己计，急下令回军迎战。惟鲍军势如潮涌，枪声乱鸣，前锋朱兆英身上先被数伤，不能督战。陈玉成乃以小儿队为中军，而亲率五旗营绕左而出，让朱兆英退后，自己斜里猛攻霆军，正当着鲍军部将孙开华一路。孙开华那如何敌得英王之众？头一阵交战，死伤千余人。陈玉成乘势猛进，欲冲击鲍超中军，并下令五旗营先进者赏，退后者斩。五旗鼓声乱发，一齐压进，霆军初时只从直追，那陈玉成忽改作横攻，已防备不及。鲍超看看，却道陈玉成用兵转移便利，直不可及也。说罢移营。惟陈玉成所带五旗俱已压至。鲍军多受损伤。鲍超大怒，惟令诸将混战。两军方喊杀连天，后路李续宜，知鲍超战陈玉成未下，即提兵前来助战。陈玉成乃拨苏老天一路当之，依然没半点怯心。五旗营皆奋力相持，忽后路探马报到：清将多隆阿与提督江忠义，已引兵前来接应鲍军。陈玉成听得，一惊非小。暗忖多隆阿移兵而至，难道林绍璋等俱已败退不成？适才方接得陈宗胜来言，以为我军已经得手。今又报多隆阿人马将到此间，心中正自疑惑。不想接续已纷纷报到：林绍璋、陈宗胜、涂镇兴等俱已大败，已退往潜山去也。陈玉成此时心胆俱裂，以林绍璋既退至潜山，料不能来助；而敌将李续宜既来；今多隆阿一军又到，似此面面受敌，如何抵当？正欲趁多隆阿未至时，乘势先退，乃一面催李远继来援，一面拔红旗先退，传令诸军，且战且走。惟后面尘头冲天而起，多隆阿已自赶到，鲍超又引军捲地相乘，陈玉成几不能退出。幸得李远继支持一局。惟清兵乘胜之威，非常奋勇，陈玉成正无所措手，忽见李续宜一军先乱，陈玉成即乘懈而出。

原来太平将陈士章，以奉了陈玉成之令，往争宿松一城。到时已探知宿松先为清兵踞了，乃引兵抄出二郎河之后，远地听得喊声大起，已知是两军交战，只未知谁胜谁负，督兵直袭清军，恰乘著李续宜后军之去路。李续宜一军措手不及，纷纷溃乱，陈玉成即乘此机会，当时攻出，望东而逃，与陈士章一路，互为相应，一同退走。后面清将多隆阿、鲍超等不舍，合各路一齐赶来。时陈玉成军中心慌，以为本与霆军兵力相敌，今又益以多隆阿之众，如何不惧！因此皆乱了队伍。陈玉成以吴汝孝、陈士章二军尚未损伤，乃教李远继、陈士章断后，即下令望潜山而去，好与林绍璋等会合。后面多隆阿、鲍超、李续宜，分三大路追击。真是尸横遍野，血染成河。

陈玉成等正在仓皇之际，忽报李秀成人马已近潜山，今先遣前部赖文鸿领兵望西南来也。陈玉成军中听得，此时人心稍定。原来李秀成自安顿金陵之后，即与诸将引大兵五万，令赖文鸿为先锋，望西而来。甫过安庆，就听得二郎河已有战事，欲以大军赶至，继思"日行百里者蹶上将"，为兵法所忌，即勉强赶至，已是过劳难战，究非所宜。只得选骁卒六千人，令赖文鸿统领，不分昼夜赶至二郎河。一来使英王知大军将到，兵心必定；二来敌人知自己已到，亦有所忌也。赖文鸿得令后，即星驰电卷，沿潜山南界而下，犹欲急到助战。不料潜山还没有到，陈玉成、陈宗胜、林绍璋、涂镇兴等，俱已大败。赖文鸿只得奋力援应。果然多、鲍二将，见李秀成兵到，料知不敌；且更防有失，乃不敢再追，即传令退兵。被赖文鸿截住，清兵折了些少人马，即先回太湖，一面收复太湖宿松各县，立行报捷于武昌。计此一场大战，清兵死伤五六千人；太平人马死伤一万五六千人，沿山皆是尸首血迹。陈玉成逃至潜山，叹道："吾自用兵以来，未逢敌手！今鲍超真心腹大患也。"吴汝孝道："英王此败，误在简于号令耳。兵力将材，非减于鲍超也。"陈玉成急问其故，吴汝孝道："英王始用诈败之计，若先告之林绍璋一军，则林军必不疑英王真败，自不至惊慌，即不至为多隆阿所乘。若非多隆阿先败林绍璋，彼鲍军又岂能为英王敌乎？兵家每失于细微，此类是也。"陈玉成道："吾唯以屡胜之故，小觑清兵，以至于此耳。"

正说话间，人报李秀成已到。陈玉成即迎接至里面，先向李秀成道："吾有何面目再见忠王！若忠王早到两天，吾军断不至有败也。"李秀成即慰之道："胜败亦兵家之常事。所惜者九江被陷之后，英王又败，不免元气大损耳。"陈玉成道："吾生平未尝挫败至此，鲍超此仇，不可不报也。"说罢复述兵败原因。李秀成道："所以行军之法，凡有所谋，须与诸将透商。今以一误之故，林绍璋则应胜而反败；英王不败，而亦败矣，不可不惧也。"陈玉成道："今忠王既到，不如合两军之力，复争太湖宿松，以雪此恨，忠王以为如何？"李秀成道："仇固当雪，然今非其时也。彼以乘胜之威，军心振奋。宿松去武汉既近，彼援应固近；而曾国藩自收复九江之后，已虎视安庆。我若共出宿松，以争此区区之地，则曾国藩必出安庆，而官文、胡林翼亦出援多、鲍，胜负未决，而安庆已危矣，必不可也。"陈玉成听得，又道："然则忠王之意若何？"李秀成道："今蒲圻一带，多有起义者，已有投函于吾，愿附我国，我当抚而收之，以厚兵力；或令其自为一部，亦足以扰鄂、皖间，而分清国兵力也。今既败之后，兵力损亏，正宜培养。且吾等之兵，疲战久矣，兵虽听令，而力已不如。不如派一能员回广西募兵。以两广为天王产地，其人又习于战斗，不似江、鄂文弱，必足以敌湘人。待其募兵一至，军威更振，方可用也。"陈玉成道："若从广西募兵而至，动需时日，奈何？"李秀成道："今请英王驻军庐、滁一带，四出招罗稔党，又可以固金陵、安庆之门户；我若招抚各地义勇之外，再移军而东，择其易与者，求一大捷，即足以镇人心。想吾二人尚在江、皖，清兵亦不能为害也。"陈玉成深以为然，乃先令洪容海回广西募勇。

是时湖北境内经陈玉成一败，人心更愤，于是兴国、大冶、武昌、江夏、通山、通城、嘉鱼、蒲圻一带约有义勇三十余万，都具禀向李秀成求降。李秀成尽行招抚之。于是与陈玉成相约，一一抚定各郡，并训练新降之众，然后再议征伐。

且说官文、胡林翼，自会合五路，攻破九江；此次又会合多隆阿、鲍超、李续宜战败陈玉成，自此军声复振，决意要先行收复武昌。乃与官文计议：一面调多隆阿、舒保回来相助；时李曙堂已回汉阳养伤,乃令李续宜、鲍超扼守太湖宿松一带,以阻东来太平军人马。以舒保隶诸官文军中,而胡林翼却以李孟群、曾国葆为前部,来争武昌。

当李秀成自前者再复武昌之后,仍留谭绍洸把守。谭绍洸自听得九江既失,陈玉成又败,料清兵必来争取武昌,乃与部下会议预防之计。冯文炳道:"弟以为今日局面,清兵固争武昌;且武昌亦难久守,不如弃之,犹免涂炭人命也。"晏仲武道:"吾等奉命守此省会,所以牵制汉阳、荆州之众,而阻湖南敌兵北上,最为重要也。国家以重任付吾等,而兵力又不为弱,若甫见敌形,即弃城而遁,人其谓我何也?"洪春魁道:"以某愚见,一面宜报知忠王,告以武昌危险情形,以候其设法援应;一面缮修守备,以防敌兵,守如不能,救又不至,那时逃走未为晚也。"冯文炳道:"若依洪兄之言,幸勿使三军得知!若军中知吾等预作逃计,其力亦缓矣。逃则先逃,守则竟守,不宜游移两可也。"谭绍洸时亦不愿逃,并道:"自复守武昌以来,从战不下数十次,清兵何尝得胜?今某断不轻弃城池。愿与诸君共守之。若守之不能,那时再商行止。"于是筹战守之具。一面并以武昌危状,飞报李秀成。冯文炳道:"今李孟群复守洪山要道,而妙河复为敌人水师所踞,眼见武昌已尽失战地矣。今通山、嘉鱼,义勇蜂起,不如先调义勇队,以要敌军之后。吾即以本处人马,紧守城池,乘义勇队与清兵交战时,然后出而乘之可也。"谭绍洸道:"前往抚辑义勇队,须得人马而往,不知谁人敢当此任?"韦志俊应声道:"某愿当之。"原来韦志俊即韦昌辉之子,曾任指挥。前以东王一案,曾经革职,后李秀成保之,此时乃在武昌效力。当下谭绍恍急令韦志俊前往。燕王秦日纲道:"志俊资望尚轻,恐义勇队不为用矣!某不如亲领一军,往袭汉阳,亦足以少分敌人兵势也。"谭绍洸并从之。遂并令晏仲武守南门,洪春魁守西门,东北门不当要地,以冯文炳督守之。谭绍洸为各门巡视。

分拨既定。时胡林翼已锐意欲收武昌，乃与官文定战守。并道："吾等为湖北督抚数年，尚未安驻省城。今当竭力图之！不入武昌不休也。但汉阳亦属要地，不可不防也。"官文道："若往武昌，吾当亲守汉阳。"胡林翼便令李孟群由洪山转攻南门，而以曾国葆助之；并令罗镇南、罗信南及易良虎，为西南两路游击；而尽以满兵及附以吉林马队，令舒保统之，并力往攻西门。复令鲍超、李续宜分兵而西，以扰东北两路。胡林翼自为各路救应。并下令兵贵神速，立刻便行。故谭绍洸甫行分拨，而清兵已至，皆势如狂风骤雨，尤以南门一路，最为猛力。计李孟群、曾国葆、罗镇南、罗信南、易良虎，共五路人马，并力攻击。晏仲武分头抵御，势渐不支。谭绍洸乃亲自来助，但终不能敌五路之众。胡林翼更下令道："各军兵宜奋力，于四门之中只破其一门足矣。"乃复率三军鼓噪而前，并力再攻南路。晏仲武更不能支。

　　那时谭绍洸见势情危急，只望嘉鱼、蒲圻等处义勇齐起，而要清兵之后。不意韦志俊在抚义勇，甫起程后，清兵即围武昌，故义勇队皆用不及。既日望义勇队来救不得，乃悉力死守，一面又催促秦日纲渡河，往袭汉阳。惟前次李秀成再复武昌，清兵以其先袭汉阳，故此次清兵重固汉阳一地，不特官文以重兵居中驻守，且分兵屯扎城外，不容秦日纲渡河。时秦日纲以渡河不得，乃欲引回武昌助守，此时又已为清兵隔截，遂兵力益孤。谭绍洸心极焦急。晏仲武道："武昌此城料不能守矣，将军当早作区处。以将军为国栋梁，当与燕王（即秦日纲）留身后用。若晏某将与城俱碎矣！"谭绍洸道："三军系于某一人。若武昌不守，某何忍独生乎？"晏仲武道："武昌之难守，早已知之矣。将军勿守此小信，当留身大用也。"谭绍洸道："死则同死，逃则同逃，谭某自奉守武昌，诸事多蒙指导，断不忍独视足下于死也。"晏仲武力争道："今日断不能同逃也。惟恃某坚持一阵，将军方能逃出耳。"说罢又力争之。谭绍洸不得已，乃与晏仲武洒泪而别，急将妻小扮作民居,仍留在武昌城内,即引亲兵二千人,欲杀出北门。

时鲍超方派江忠义回军,助攻武昌北路。惟燕王秦日纲,以渡河不得,又知武昌已危,欲由北门再回武昌城,乃悉力扰攻江忠义一军。谭绍洸遂乘势杀出东门,冲过江忠义一军,正与秦日纲相遇。谓日纲道:"武昌不可为矣。速作逃计可也!"乃以晏仲武之言告之。秦日纲不胜叹息。再道:"徒走无益,今既在城外,可以分扰清兵;即不幸城破,亦可以救援败兵也。"遂再复飞报李秀成告急,一面扰攻各路清兵。惟清兵探得谭绍洸出城,又知秦日纲在外应战,乃传令西东两路,勿放太平人马南下,即尽力合攻南门。晏仲武知守力已竭,自谭绍洸去后,即埋伏炸药于南门,引兵欲向北,途中正见冯文炳身带重伤,始知东门亦将失守,乃同向北门杀出。惟清兵自见南门守力已退,乃并力扑至城垣,用炮轰开。忽然霹雳一声,震动天地,南垣陷了百丈。沙子飞扬,清兵死者不计其数。管教:

　　万骨齐枯,已见腥风迷鄂省;
　　九江挫败,又来勇将助清廷。

要知后事如何,且听下回分解。

第四十九回

救九江曾国荃出身　战三河李续宾殒命

　　话说胡林翼，以数路之众合攻武昌南门，乘晏仲武退去守兵时光，即扑进去，忽然城垣陷了百余丈，清兵多被死伤。原来晏仲武知不能守，在城垣下埋伏药线。当清兵攻城时，药线发炸，瓦石飞腾，清兵被炸尸首不完，血肉横飞，真是一场惨祸。李孟群督兵先进，亦受重伤，左臂被及，面上被药气熏灼，宛如黑面瘟神，登时跌落马下。胡林翼立令军士将李孟群救起，先令回营养病。眼见兵士死去二千余人，林翼不觉大怒，即率兵齐进。清兵更乘机纵火，烧得漫天通红，大兵在城内的，互相冲突。冯文炳受重伤而死；晏仲武走至北门时，正遇洪春魁，先问谭绍洸何在，晏仲武道："吾已请他先逃矣！今清兵已纷拥入城，速逃可也。"乃以洪春魁在前，晏仲武在后，向北门杀出。忽然舒保一军大至，已攻破西门，欲捉洪春魁，乃随后追来。

　　时太平人马军心大乱，唯各自逃窜。晏仲武不敢恋战，只催令先出北门，忽被舒保所部冲做两段。那是洪春魁已出北门去了。却因谭绍洸一军在外，尚余清提督江忠义相持，故洪春魁得乘间而出。那晏仲武被舒保所截，不能出矣，乃策马转奔东门。是时城内四面皆是清兵，所有太平人马，除已先逃出者外，或死或伤，幸平日多与居民相得，故有改装匿在民居者。时胡林翼亦已进城。一面分兵救火，一面分军搜捕太平败兵，余俱陆续进城，故清兵更众。晏仲武正在奔至东门，又遇罗信南一军。时晏仲武只存亲兵数十人，正无路可脱，舒保又蹑追至，晏仲武奋力杀退罗信南，看看已近东门，那易良虎一军又至。晏仲武仰天叹道："吾不能生矣。死不足惜，如国家未定何？"言已拔剑自刎而死。自是武昌城内已无太平将官，胡林翼乃下令止杀，并救灭余火。一面报知官文，已克武昌，并会同奏捷，不在话下。

且说谭绍洸自逃出武昌，即与秦日纲、洪春魁同奔安庆，途中正遇韦志俊回来，乃相约共奔安庆。洪春魁道："若全走安庆，恐湖北全境皆失矣。不如就近择地自守，然后报知忠王，再作区处。"谭绍洸以为然，乃令秦日纲暂住金湖；而与洪春魁共奔兴国州，就近与义勇队联合。乃使韦志俊往潜山，以武昌失守情况，报知李秀成。

时李秀成接得武昌急报，正自烦恼，忽见韦志俊奔到。李秀成急问武昌近状，韦志俊乃将武昌如何失守，晏仲武、冯文炳如何阵死，及自己如何往抚义勇队，救之不及，从头至尾，说了一遍。李秀成听了，乃谓陈玉成道："吾知九江被陷之后，武昌必难久守，但不料其亡之速耳。失一武昌，无关大局。然使清兵得一根据，以临安庆，则后患正长也。"言罢不胜太息。又道："晏仲武以义勇出身，来助我国，可谓鞠躬尽瘁。其人得人心，娴军略，以之助守武昌，已用违其长。唯慕王必倚之为助，故屈置之，实可惜也。"乃表告金陵，厚恤晏仲武，以为各义队劝。又以冯文炳为冯云山之子，足智多谋，父子同死国难，即以南王之爵追赏之。又请开韦志俊之罪，以韦昌辉自杀东王，于其子何罪，宜即开复，以鼓励勋臣子孙；且韦昌辉虽有罪，但前功不可没，宜候韦志俊立功后，令其承袭北王之爵。洪秀全皆从之。唯洪仁达于开复韦志俊一事，颇多谤语。秀成乃不敢令韦志俊入天京面君，先留在营中效力；即一面与陈玉成商议出兵。陈玉成道：

"吾等奔走驰驱，皆在东南半壁，此最失算也。弟欲引大军北向，而由君主持东南各事，君意若何？"李秀成道："此策极佳。但行情叠次挫败而后，实非其时也。足下虽威震远近，然若欲北伐，非以全力不能，凤翔前车，可为殷鉴。今求一大捷，稳住人心，以壮天王之胆，然后以大军北行。料敌人在东北之兵力，亦将以半还北路，而东南敌势亦轻，是江、皖之间，亦可以无大敌。所忧者，安、福二王，淫威用事，天王又不能制之。设吾等远行，或将出大事耳。"说罢不觉流涕。韦志俊扬臂道："国家内政、军令，寄于英、忠二王，何不回朝，先清君侧？否则养痈为患，非国家之福也。"李秀成道："自东、北两王交哄，国势衰微至今，固不宜妄举。且安、福二王，非他人，乃天王之兄也。天王笃于兄弟之情，安容吾等此举乎！"陈玉成道："此事不必再提，且商议目前之事，不知忠王欲先求一大捷，当注意何处？"李秀成道："湖北清兵，其势方锐，急未可图；目下唯有先固安庆根本，则当与曾国藩一战耳。今皖、鄂二省，留兄坐镇；吾即举行南下，扬言欲争九江，以求战于曾国藩。若得一胜，则李世贤、黄文金两军皆复元气，吾即回军，以清皖省敌军，然后北上，君以为何如？"陈玉成鼓掌称善。李秀成乃部署人马：以赖文鸿为先锋，古隆贤、陈坤书为副将，带同部将郜永宽、陈赞明、黄子隆、蔡元龙、汪安钧、汪大成等，及补王莫仕葵，首王范汝曾，共大军六万余人，由潜山而下。先传令安庆守将陈得才、张朝爵，准备舟楫渡河；又飞令堵王黄文金，由江西接应，以防半渡被击。一路旌旗蔽野，枪械如林，浩浩荡荡，声言欲夺九江，望南而下。

早有消息报入曾国藩军中。国藩即与诸将计议道："吾正欲进规安庆，今李秀成以大兵先争九江，是先发制人之计耳。吾料李秀成未能一刻忘九江也！将以何策御之？"彭玉麟道："九江城未复，恐难固守；不如候其半渡之时，于半江击之，则江西无事矣。"杨载福道："敌人渡江，必分军而渡；吾将于何处御之，尚在难定。今秀成此来，志在必胜。且军势浩大，若与交兵，胜负难决。不如飞文湖北，请官、胡二人调鲍超一军，径入秀成之后，若幸而得胜，即不渡江，而秀成已退矣。"曾国藩道："二公之言，亦有见地，但所筹只在未战之前。设李秀成竟能渡江与我决战，又将奈何？"部将周凤山道："兵来将当，水来土掩，九江虽无险阻，未尝不可一战。秀成远来疲惫，亦易与耳！今当分为十数路，使之接应不暇。而以大军为后断，若得数十路中胜负俱半，即以大军乘之，亦将全胜矣。"曾国藩乃从其计。一面飞文湖北，请胡林翼调鲍超，以要断秀成之后；却令彭玉麟尽统水师，以阻秀成渡江；再令部将杨载福转统陆军，并部将周凤山、周天培、张运兰、吴坤修、江忠泗，各统兵三千人，分屯九江以备交战；自己却与刘崇佑、刘连捷、萧启江、普承尧等，尽统大军，由湖口相机而进；又令南康知府沈葆桢，分兵出瑞昌界，为九江后援。

分拨已定，李秀成知曾国藩重防九江，大喜道："吾今番必得成功矣！"乃急令陈玉成，故作南下之势，以防鲍超东来，且兼顾安庆。时太平大将雷焕、张祖元，方由南昌驻军饶州，秀成即派飞马传报黄文金，檄令雷焕、张祖元之众，沿南康先握九江下游。部将汪安钧道："忠王非趋九江，而必令雷焕、张祖元，独赴九江何也？"秀成道："正以此坚曾国藩之心，以为吾必赴九江耳。"说罢又令苏招生、陆顺德以水师压湖口，以阻彭玉麟。遂领大军，风驰电卷而下，沿望江夏，直渡彭泽。所有船只，都是陈得才、张朝爵准备在先，故安然而渡。彭玉麟的上游水师，皆为苏招生、陆顺德所压。

时曾国藩听得彭泽告警，乃惊道："李秀成扬言欲攻九江，今非攻九江也！吾中计矣。"便欲移兵而东。忽报黄文金引兵来攻湖口，同时九江各地又报雷焕、张祖元，引兵大至。曾国藩情知中计，但此时已不能移兵。乃督令诸将，奋力战退黄文金；同时九江诸将，亦将太平将雷焕、张祖元两路人马杀退。不料两地交战间，李秀成大队已渡过彭泽。曾国藩此时不敢东进，亦不能退，乃将九江人马留周大培守九江，余外尽移至湖口，以图应敌。一面令彭玉麟引水师泊于江岸，以防太平水军。而号令各路陆军，与秀成交战。以杨载福为前部，而以张运兰、吴坤修、江忠泗、周凤山分为四路，自与诸将为中军。部将刘宗佑道："敌人虽重屯兵于彭泽，然安知不再调人马，另取九江。设九江有警，周天培一人，必守九江不住也。"曾国藩道："吾本欲鲍超一军，急袭秀成后路，今秀成已经渡江，吾料鲍超亦趋九江矣。"正说间，探马飞报太平将英王陈玉成，现会合捻党苗沛霖，又得大兵数万，已离潜山，直下宿松，要与鲍超决战。今鲍超现驻宿松一带，若一经离开，恐陈玉成将复进湖北，故鲍超不能来矣。

曾国藩听得觉少了鲍超一军，九江更危，乃问部将谁肯助守九江，赵景贤道："某昔蒙李秀成不杀，得纵回本国，仍得效力于麾下；某曾说过，此后不复与秀成交锋以报之。今大敌当前，愿诸公立功沙场，某愿以本部前往助九江，望大帅原谅。"曾国藩听罢许之。原来赵景贤自得李秀成省释之后，以不复与李秀成交锋一语，颇为当道不喜。特以其有用，故仍留之，因此迭著战功，仍屈为道员。至是乃派守九江一地。

是时李秀成已知曾国藩，檄调九江各路前来助战，即令黄文金兼统雷焕、张祖元之众，往蹑九江，乘间回截湖口；一面进兵与曾国藩交战。仍令赖文鸿为先锋，独当杨载福；却令古隆贤、陈坤书、莫仕葵、范汝曾分当各路清兵，自与诸将与攻曾国藩。并下令道："若前军足敌曾国藩各路，吾自破曾国藩必矣。"复令部将郜永宽、陈赞明为各路援应。分拨以定，以明日五鼓造饭，平明进兵。

时曾国藩久知李秀成用兵，算无遗策，自知不敌。先把困难情形，报知家乡。原来曾国藩性情固执，在营中无论如何多事，每日必写家书，或某日不暇，则下日补之，习以为常。此时所寄之函：已有安危不知，性命不计之语，盖已自知必败。当下号令三军，准备迎敌。部将刘连捷道："吾军势力不弱于李秀成，近见大帅忧形于色，何也？"曾国藩道："古人说得好，一子错，全盘皆乱。李秀成扬言欲争九江，吾据探报即信之。至今吾方重顾上流，而秀成已安稳渡江。军心气沮，欲胜难矣。然兵法云：'置诸死地而后生'，务望诸君奋力可矣。"正说话间，已报李秀成兵马大至：赖文鸿、古隆贤、陈坤书、莫仕葵、范汝曾，相继并进，皆望曾军击来。曾国藩即檄诸军速进，于是杨载福、张运兰、吴坤修、江忠泗、周凤山等，疾忙分头抵御。不意秀成养精蓄锐，三军无不奋勇，曾军如何抵当？时清将杨载福，正与赖文鸿鏖战；后面周凤山、吴坤修等四路亦一齐向前。李秀成即令古隆贤、陈坤书等，分四路而出战。时已近辰牌，秀成忽令退兵。杨载福恐其中有诈，已不敢径追。秀成见诱之不动，乃令前军直退，遂即转攻曾国藩大营。而自己反与诸将，合击曾军前部。清兵见李秀成旗号，心上早吃一惊。杨载福独战李秀成，秀成乃将本部分而为二，夹击杨载福。而以郜永宽、蔡元隆、黄子隆、汪安钧分敌周凤山、张运兰、吴坤修、江忠泗等两军，喊杀连天。秀成下令道："彼一路若乱，则诸路俱乱矣！"乃复分部将汪大成夹攻江忠泗。江军受斜里一击，队伍俱乱；汪大成复引健卒五百人，直捣江军。并传令军中："如吾红旗一举，即齐向敌人主将击射。"于是五百健卒，一齐发枪，江忠泗身被数十弹子，登时毙命。汪大成复以第二队继进。时江忠泗既亡，全部皆不敢恋战，互相逃窜。汪大成、汪安钧乃合击江军，斩首千余，伤者不计其数。时近午牌，江忠泗既死，汪大成、汪安钧在既破江军之后，乘势合击周凤山、张运兰、吴坤修等，太平将郜永宽，更下令道："汪公部下已斩将立功，诸君不宜落后也！"军士得令，更为奋勇，直攻周凤山。

那时周凤山方竭力抵御，忽报到江军全数覆没，周凤山大惊，部下人人胆落。复见张运兰、吴坤修两军，都已败下，不能立足。谁想太平将汪大成、汪安钧，已分道抢来，合同郜永宽，分三路把周军围定，弹子如雨点子而下，周兵死伤更众。周凤山亲自擂鼓，正待杀出重围，右腕上早着了一颗弹子，痛不可忍，鼓声顿息。兵士只道主将已亡，一时哗乱。郜永宽乘势压之，周军左队两营，皆逃不及，已倒枪投降。郜永宽乃尽缴降兵枪械，移诸后军；然后悉心进逼，把周凤山困在垓心，不能得脱。太平将汪大成、汪安钧，又都逼进。周军部下五千人，此时只存二千人左右。正自危急，突见汪大成后军自乱，只见一队人马冲过太平兵杀入，乃吴坤修兵也！周凤山遂乘势杀出，并问道："足下何以至此，吴坤修道："吾与张运兰二军，已为蔡元隆所截，首尾不能相顾。且闻张运兰亦败走矣，吾军被压，不能退后。闻足下被困，特来相救。"于是周凤山，亲自当先，令吴坤修在后，奋力杀出。

不意太平人马，各路齐到。前有汪大成、汪安钧，后有郜永宽，一齐夹击。蔡元隆以既退张运兰之后，又再复夹攻杀来。周凤山被四面受敌，料知不能前进，乃与吴坤修约兵退后，转望东而逃。只顾前走，不顾后追，合力杀退郜永宽，此时部下只存千人左右，吴坤修部下所存更不及千人，乃合而为一，望东而奔。忽见前路喊声又起：原来杨载福一军，已为李秀成所败，杨载福易服杂在军中逃走，其余军士，皆东奔西窜。周凤山、吴坤修，欲赶上相救，只是后路太平将郜永宽、汪大成、汪安钧、黄子隆等四路，已卷地而来。周凤山、吴坤修，又不能屯驻，乃与杨载福败兵同逃。此时队伍全乱，所逃亦无一定方向，唯见路则奔，复被李秀成率诸将大杀一阵，杨载福、周凤山、吴坤修，三人合计所存二千人马，落荒而逃。汪安钧力请与诸将同追杨载福等，李秀成道："吾志不在捕一无名小将，而志在捉曾国藩耳。"乃立令诸将会合，仍令赖文鸿为先锋，直捣曾国藩。

是时曾国藩听得前军已自失利，乃尽提本部下大兵与诸将所部，前来接应。忽探马报到：太平将士赖文鸿、古隆贤、陈坤书、莫仕葵、范汝曾共五路人马，每路约四五千人，已亦齐攻到。曾国藩大惊道："赖文鸿乃秀成先锋，今已到此，岂吾前军皆已败绩乎？事已如此，只有号令诸将，准备迎敌。"忽又报到：先锋杨载福、周凤山、吴坤修、江忠泗、张运兰俱已溃败矣！曾国藩谓左右道："五路人马不为弱少，何败之速耶？"此时正不知所措。忽见张运兰奔到，部下只存约千人，多是焦头烂额。见了曾国藩气喘言道："前军各路，已尽为秀成人马所破矣！江忠泗且阵亡去也。"曾国藩急问杨载福、周凤山、吴坤修何往，张运兰道："眼见周、吴二军被压，与末将首尾不能相顾，现不知何往？"曾国藩摇首叹息。忽听得号角喧天，喊声震地，赖文鸿等五路一齐拥至。国藩急教迎敌。不想军士，皆如惊弓之鸟，一闻号令，唯有勉强接战。赖文鸿乘胜之威，人人奋勇，如何抵敌！陈坤书更下令道："吾等先与敌人前军接战，未能取胜；今反他人立了头功，吾等有何面目！今唯有竭力以博一胜耳。"乃领兵一马当先。古隆贤、范汝曾、莫仕葵亦同时继进。曾国藩令刘崇佑、刘连捷、萧启江、普承尧分敌四路，而以中军副将周天孚，独当赖文鸿，自己亦率人马为各路声援。唯赖文鸿在秀成军中枪法著名，准头命中，百无虚发。故周天孚到时，早被赖文鸿窥定，枪声响处，周天孚早已落马而死。于是中军大乱。赖文鸿乘势猛扑直冲敌阵，如入无人之境。那时刘崇佑、刘连捷、萧启江、普承尧各路正与太平人马相持，忽见周天孚全军俱溃，无不大惊。曾国藩当调军来救时，方虑各路俱败；实因所在战场不好，诚惧一经同败，更无退路，故那时极欲奋战。怎奈周天孚阵亡之后，三军已自惊惧。忽然李秀成大队又至，陈坤书、古隆贤等，更为得势，各军加倍奋力。刘崇佑、刘连捷、萧启江、普承尧各军立足不住，皆望前而逃。李秀成率大军拥入混战。一来太平人马奋勇；二来乘胜之威；三来此时兵数已数倍于清军，如何抵敌？曾国藩先自逃走，诸将亦随后俱退。秀成号令三军：一齐追赶，如捉得曾国藩者，赏银五万，位列公侯。

诸将一闻此令，更为奋勇。赖文鸿率兵当先冲进，直向清军中来，要寻曾国藩。刘崇佑恐曾国藩有失，急以力挡赖文鸿。无奈赖文鸿提枪猛击，刘崇佑左腿上早已被伤，只得策马奔逃，军士亦纷纷乱窜。赖文鸿更不理会，只令降者免死，即直冲清军而过。是时漫山遍野，皆是太平兵马，清兵除降者、死者，唯东奔西撞。秀成率诸将直追。忽见首王范汝曾带伤而回。秀成即问其故，范汝曾道："某正追赶萧启江，看看赶上，方欲发枪，不意面上先着了一伙流弹，故此先回。"秀成即令回营养伤，自率大军前进。突见一队人马，秀成问之，乃普承尧败兵也。因普承尧已带亲兵先逃，故军中无主，特地投降。秀成令尽缴其军械，褫下号衣，安置在后。令本部亲兵穿着，扮著承尧败兵，直趱曾国藩而来，中途却先遇刘连捷。那些扮作普军的太平人马，不知秀成志在单捉曾国藩，竟乘势杀起来，刘连捷一军也被杀去大半。刘连捷也仓皇奔遁，秀成见之叹息："吾此计欲捉曾国藩，今却大题小做矣。"说罢仍督兵奋追。

时古隆贤、陈坤书、莫仕葵等，各军皆如入无人之境，但闻清兵呼天叫地。赖文鸿一军，更在秀成之后，远望曾国藩旗号，早已不舍。国藩正人困马乏，忽见刘崇佑负伤而至，即道："后路皆是敌军，吾军已覆去大半矣，速宜逃走。"说罢，后面喊声渐近。国藩叹道："吾今番死矣！"正说话间，却见周凤山、吴坤修赶到，只存些少败残人马，护著曾国藩而逃。时曾国藩不暇问及败兵之事，只顾奔走。周凤山道："吾等败后，已落荒而逃；适见后军又败，故引残兵至此。今不特赖文鸿追到，即李秀成大军亦追近矣！战力既失，彼来势更猛，宜早作区处。"曾国藩道："能逃则逃，否则死之。吾身断不为辱也！"不料说犹未已，已见前途尘头大起，忽有一队人马拥至，截住去路；乃太平大将堵王黄文金也。曾国藩见了，魂飞魄散。前面既有黄文金，后路又有李秀成及诸将卷地而来，此时清兵皆如七断八续，已毫无次序，曾国藩前后受迫，传令暂歇于小山之上，自料必死。

正在急迫之际，已见张运兰奔到，即言道："前后大兵至矣。现彭玉麟方引水师屯于岸边，大帅速下兵船逃生，否则危矣。"曾国藩听得，即引败残兵马，望北奔来，随后刘崇佑、刘连捷、萧启江、普承尧亦陆续赶到，乃一同奔走。不多时李秀成大军掩至，清兵皆如波开浪裂：太平人马皆大叫休走了曾国藩！曾国藩更惊，不觉把马鞭坠地，幸左有张运兰，右有吴坤修保着同逃。曾国藩道："吾兵至岸边时，若被秀成掩至，则不知死所矣。"乃教普承尧、萧启江与诸部将竭力断后，然后与吴坤修、张运兰，同奔兵舰逃走。随后李秀成、黄文金追到，复大杀一阵，清兵已所存无几。清军诸将皆夺路而逃，独不见了曾国藩。后得降兵相告，知道曾国藩在水师逃命。李秀成见多杀无益，即传令收军。计这一场战事，清兵统领以下将校，死伤数十员，军士死伤约三万人，降者万余，李秀成大获全胜，诸将乃请进兵九江。李秀成道："今日九江，非昔日可比。吾国得之在昔日，固倚为长城，以足以阻清兵来往要路也。今则九江已绝无险要可守。今日攻之，诚如摧枯拆朽。留重兵守之，则徒费兵力；否则今日得之，明日即失矣，徒损军威无补也！"莫仕葵道："然则今日大胜，又将焉往？"李秀成道："吾军以北伐为主，未得径行吾志者，固由天王专顾东南半壁，亦由敌军每以兵力困余也。今曾国藩大败，湖北诸将可再出安徽矣，故速宜回顾皖省也。"说罢乃令黄文金，仍留江西，以分左宗棠兵力；并令雷焕、张祖元之众，并属诸黄文金，以厚兵力，然后报捷南京。复引大队渡江，再回安徽境界而去。

且说曾国藩经此大败，愤不欲生，各路合计不下五万人，所存不过数千，损兵折将，何以见人？又不知何以奏报？不如索性做一个梗直，报称全军覆灭，仅以身免；一面报知湖北官文、胡林翼，诉说兵败情况，求互相设法恢复。徐即以水师及败残人马回驻九江。一面又将兵败幸免情况，函报家乡。原来曾国藩乡中尚有两弟：一为曾国潢，表字澄侯；一为曾国荃，表字沅甫。自从曾国藩从军，本不欲诸弟出身，故屡劝以在家尽孝。怎奈他的兄弟，皆喜功名，乐战事，故大不以此说为然。以为自己要尽孝，为兄的便可不必尽孝。故自曾国华、曾国葆相继出身，曾国潢犹可，惟有曾国荃，却不能隐耐，每欲得一机会出身治兵，图个建功立业。恰接得曾国藩函报，知李秀成引大队渡江，国藩正在危急，乃与其父亲商酌，立意出身。其父亦欲其往救国藩，乃立即具禀湖南巡抚骆秉章，在乡招集乡兵二千名，直望江西九江而来。自此曾国荃一出，而太平天国又多一劲敌矣。

　　闲语不表，且说曾国藩自经大败之后，全军元气失尽。及走回了九江，仍恐李秀成追至，赵景贤道："秀成不来也。今日九江本非重要，非彼所必争；彼若来追，吾不难即退彼。徒耗兵力，究所何用呢？"曾国藩以为然。一面再派人回湘募勇，以复元气；一面再催湖北请官文、胡林翼进兵。胡林翼听得曾国藩几至全军覆灭，乃叹道："近来迭遭大胜，偏遇曾军有此不幸，殊出意外。今当先挫敌人锐气，否则再难制止矣。"时李续宾在座，乃进道："近来秀成全军南下，破我大兵者，全欲皖省无内顾之忧耳！某愿以本部大兵会合各路，由鄂省直趋皖北，东撼金陵，以隔彼之声势；则安庆势孤，而诸公亦得从事于安庆矣。"胡林翼道："公为安庆巡抚，皖省用兵，乃公之责任，吾其赞公行。且更拨一员上将助公，公其勉之。"乃令曾国华领所部五千人，付于李续宾，立行出发，续宾慨然允诺。乃与部将彭友胜、胡廷槐、孙守信、邹玉堂、杜延光、赵国栋、董容芳、王揆一、何裕、何忠骏等，以及大小将校数十员，大军三万余人，与曾国华号令三军，申明队伍，一路旌旗遍野，枪炮如林，直望安徽进发。

　　是时声气振动远近。那李秀成早知曾国藩败后，敌军必猛图安庆，乃调谭绍洸助守安庆，以壮声援；忽报燕王秦日纲病故，秀成伤感不已！并道："燕王与天王，共起于贫贱，多立功劳，今遇身故，是诚可惜。"说罢乃令并撤金湖之众，调洪春魁回守兴国州城。正在商议进兵之际，忽流星马飞报：清国大将李巡抚续宾，会合诸将，领数万人马，要破安省。现由宿松进兵，所经黄梅、太湖、潜山、桐城皆望风披靡；现又攻陷石牌，向庐州来也。秀成听罢，适陈玉成又有文书飞到，亦说李续宾一路人马，如此这般，速宜合兵破之；并言自己引兵东回，要先破李续宾。李秀成至是，乃谓诸将道："李续宾为罗泽南弟子，自用兵以来，久著能名，军锋亦锐。今彼以破竹之势，不乘机下安庆，反北趋庐郡，其用意欲东渡江宁，以扰我根本，而孤安庆之势耳。续宾得胜后，胡林翼亦将分军，以攻安庆矣！吾须先行破之。"部将陈坤书道："李续宾虽勇，然以英王遇之，力足敌矣。吾惧忠王北行，而安庆危也。"李秀成道："英王虽足敌李续宾，不过为敌兵前驱。吾惧湖北清兵再至，则英王受制，吾不得不往，续宾一破，安庆即安矣。"说罢将本部分而为二：令古隆贤、陈坤书、莫仕葵、范汝曾各引本部，分屯安庆附近，以壮声援；即与诸将共引人马二万五千人，望巢县而进，以截李续宾东趋之路，一面打听军务。

原来陈玉成亦由六安回军，并不直入庐州，反沿庐州上流，直到含山界口，以截李续宾，与李秀成一样意思。因陈玉成不料李秀成人马到得如此神速，恐进了庐州，湖北清兵复出，必腹背受敌；且料李续宾必引兵东指，故不分昼夜走至含山。听得李秀成大兵已到，遂与商议进兵，并令吴汝孝，带兵往把舒城要路。吴汝孝道："前者大军既经过庐州，而不守庐州，今反令小将回守舒城何也？"陈玉成道："前因不知忠王兵到，惧无援应；又惧清兵由鄂再至，则腹背受敌矣。今李续宾正困庐州，若知将军已扼舒城，而吾与忠王又据巢含而进，则李续宾必惧掩击，将舍庐州而求战地，是吾计成矣。"吴汝孝得令去后，时庐州守将吴定规，一日三次文书，飞来求救；少顷李秀成亦有书到：力言各将合兵，各用各计，速截李续宾，庐州之围自解；若徒守庐州，是拙计也。陈玉成道："所见略同，吾计亦决矣。"乃传令进兵：由金牛而进；李秀成却引兵沿白石山而进。

那白石山只隔金牛二十余里，两军分道而趋，务截李续宾。时续宾正困庐州，唯吴定规竭力死守，以待援应，李续宾更下令道："吾军至此，一路沿太湖、潜山、石牌、桐城，势如破竹，敌人望风披靡，今独不能下一庐州，以数万大兵，为吴定规一人所挫，皆由前则英锐，而今则疲玩耳。诸军务宜奋力，否则敌人救兵一至，吾兵益受困矣。"曾国华道："吾军长驱至此，如强弩之末，难穿鲁缟。今深入重地，又经疲战，适遇敌军，吾未见其可也！且焉有军行千里，而敌人不知者乎？吾惧兵将至矣。不如捷报湖北，并请援兵，方为上策。"李续宾听罢点首。忽探马飞报：陈玉成已派顾王吴汝孝，扼守舒城要道。李续宾听罢大惊道："彼扼舒城要道，而阻我援兵来路也；然则敌军已在前矣。"部将邹玉堂道："如此，计不如回军，较为稳着。"李续宾道："敌兵必至，然后扼要道，以阻我援兵；今若退后，反为所乘耳。今不能再攻庐州，亦不能退归后路，惟有撤庐之围，引军直指，故缓行程，以养兵力。若遇敌人，拼与一战而已。"说罢便离去庐州。时吴定规不知李续宾何故撤兵，也不追赶。

且说李续宾离了庐州，约行五十里，正是三河镇，李续宾传令扎下大营，打听得陈玉成已驻军金牛堡，乃决意先扑陈玉成大营，为先发制人之计。传令休兵一日，到夜后商议进兵。是夜正大雾迷天，对面不见人。李续宾传令：五更造饭，黎明出队。部将赵国栋道："不如五更进兵，因陈玉成兵众，闻李秀成兵亦至矣。若与明白交战，势必不敌，不如以奇兵破之。料大雾之际，陈玉成必不出兵，我宜择土人熟知地理者为向导，直抄金牛，出其不意以扑陈玉成营寨，必获全胜。"说罢各部将在座者，一齐鼓掌，皆主五更出队。李续宾被拗不过，且觉其言有理，乃依计而行。传令各营：三更造饭，五更进兵，密派土人四五十名作向导，乘大雾而进。到时，李续宾令三军：人衔枚，马勒口，不想玉成亦因雾重，惧为李续宾所劫，乃谓诸军道："我今日兵驻金牛，已为敌人所知。今夜大雾，须防劫掠。"乃传令大军起程，欲夺三河镇。因那时陈玉成，只探得李续宾已离庐州，尚不知李续宾已到三河镇也。不料陈玉成人马起行时，与李军两不相遇；皖北一带，又是陈玉成走惯的，故深悉地理，将近天明时，陈玉成人马已过三河，反抄在李续宾之后，及浓雾散后，陈玉成已过了三河后面。

那李续宾所用向导，仍不识地理，竟为雾误；左转右折，所行总离三河不远。当陈玉成到了三河，忽见前军报称：所过见其无数壁垒，烟灶尚新。陈玉成道："李续宾曾驻兵于此。核其踪迹，是东去矣。当从后截击之。"乃令以后军为前军，亲率小儿队为前队，卷地追回。追至金牛洞，约离李军后路七八里，即发炮攻击。李续宾知道陈玉成一军已折在后路，急令回军激战。李军不知陈玉成误折在后，以为预先埋伏，无不惊心落胆，诸部将亦各有惧色。李续宾奋然道："兵法云'置之死地而后生'，是在诸君奋力否耳？"诸将闻得一齐奋进。惟陈玉成愤于二郎河之败，欲雪前耻，亦鼓励三军，人人猛勇。两军正在恶战间，时李秀成正沿白石山而进，约离三河八里，听得炮声震动，知道两军已经交战，乃挥军赶上接应。时陈玉成见秀成人马已到，军心更壮，并力攻击清兵阵脚，不一时清兵阵脚早已移动。李续宾全军队伍已乱，陈玉成乘势督兵猛扑而进，令军士大呼道："李续宾快来纳命。"管教：

　　三雄会战，顿教名将陨庐江；
　　重壁鏖兵，又见忠王破桐县。

要知李续宾性命如何，且听下回分解。

第五十回

战桐城忠王却鲍超　下浦口玉成破胜保

　　且说陈玉成见李续宾阵脚移动，乘势攻击，李军大乱，玉成率队直蹑李续宾，令军士皆呼李续宾快来纳命！续宾大惧，自料不能透围，乃再督诸将奋战：以中军统领副将彭友胜、参将胡廷槐，双敌陈玉成。陈玉成令陈国瑞猛扑胡廷槐一军；自己亲攻彭友胜，而以五旗营分左右并进，包裹续宾大营。

　　先是陈国瑞以小儿队先进，忽枪声响处，胡廷槐死于马下，陈玉成乘势冲进，把彭友胜一军隔做两断，即令陈国瑞独捣李续宾，续宾全军皆乱。正在危急，忽得两路兵马杀入，同救李续宾，乃曾国华、邹玉堂，李续宾心始稍定。不料英王部下五旗营齐至，所遇清兵，如狂风败叶，杀得呼天叫地，李续宾不能立足，率了曾国华、邹玉堂及诸将望东而逃。忽见左路人马，纷纷倒退，原来左路已为先锋赖文鸿直冲而入。清参将杜延光、游击赵国栋，双挡赖文鸿不住。赵国栋早被赖文鸿枪毙，清兵纷窜，杜延光亦为李秀成所败。那时李秀成沿白石山而来，离三河战地只有七八里，听得炮声震动，乃挥军进战，乘势攻击，杜延光不敢恋战，亦望后而逃。忽道员孙守信、知府董容芳，引兵来救杜延光一军，力阻赖文鸿。不意秀成部将汪安钧、汪大成、陈赞明、黄子隆等已分道扑至。杜延光、孙守信、董容芳如何抵敌，乃一齐溃散将来，反与李续宾来路相撞。于是清国各路败兵，反合做一处。李秀成乃传令诸军，合围而进，与陈玉成共困清兵于中央，不能得脱。部将汪安钧问道："何不此时让一路，放清兵出走，然后追之；今合围包困，恐困兽犹斗，清兵将为续宾效死矣。"李秀成道："彼全军俱败，队伍尽失，焉能复振？且我众彼寡，不足惧也。诸君速宜奋力，休教清兵走漏一人也。"三军得令，一齐奋击。李续宾四面被围，无路可脱，乃令部将邹玉堂、曾国华在前，诸将在后，自己居中；欲奋力透出重围。奈此令甫下，邹玉堂先已中枪阵亡，曾国华一军亦大乱，陈玉成已扑至阵前，清兵互相哗叫。陈玉成下令降者免死，清军多有弃枪而降。陈玉成更逼近一步，曾国华知不能得脱，即已自尽。是时李秀成亦从后逼至，与陈玉成越逼越近，清兵皆无心战斗，李续宾左冲右突，不得越出半步。看看部下诸将，所存无几，三军所存不及万人，同在垓心，李续宾看见三军呼大叫地，太平人马，已一层紧一层的杀进来，清兵尽失战斗力，或降或死，不计其数，太平人马更践尸而进。李续宾见了，慨然泪下，顾谓左右道："吾受国家重任，且任安徽巡抚，身为主帅，统数万人马，以至于此，今使全军覆灭，皆吾之罪也。吾万死犹轻，然诸君当以性命为重也。速设法图生耳！"时王揆一在旁答道："今全军已失七八，四面皆敌兵，焉能逃生？吾等亦不忍言降。今唯率众死斗，或犹胜于敛手待毙耳！"说罢王揆一与何忠骏，乃身先冲敌而出。李续宾此时仍欲继后奋战，不意陈玉成部下皆如铜墙铁壁，不特撼之不动，且陈玉成部下的小儿队，已节节挨进；陈国瑞更逞神威，直冲何忠骏。计忠骏部下尚存五百多人，皆被小儿队一枪一个，如寸草不留。何忠骏先死于乱枪之中。于是王揆一一军，亦不能前进，李续宾更为危急。忽然后军哗溃，原来李秀成已引各路人马拥至，隔不得一二里。李续宾自知不能逃脱，乃尽将文牍摺件，一概检起焚了，然后北面再拜，拔剑自尽。按李续宾字布庵，本湘乡人，为罗泽南弟子。自从军以来，身经六百余战，所向有功。一时湘中清将，无有出其右者，临事勤慎，遇敌奋勇，与多隆阿、鲍超、塔齐布齐名，今乃死于三河之役，时人有诗赞道：

> 儒生慷慨策从戎，良将威名皖鄂中。
> 北面罗山贤子弟，东来江左小英雄。
> 身经百战支危局，雾掩三河起恶风。
> 回看兴国州城外，一样师生死难同。

自李续宾死后，诸部将中被阵亡，或同时自尽，无一生存。所余残兵，只有数千，亦尽倒戈投降。计这一场大战，自李续宾而下，所有死亡者将校：如彭友胜、胡廷槐、邹玉堂、杜延光、赵国栋、孙守信、曾国华、董容芳、王揆一、何裕、何忠骏等，共四十余人；大兵三万余人，死亡者二万七千人，降者约万人，全军覆灭，无一生还，为历来战阵所未有。因被李秀成、陈玉成两雄会兵，四面包裹，合围而进，故并无一人逃出也。

当三河败时，鲍超欲驰往援救，比至舒城，已为吴汝孝所阻，不能通路。李续宾外援既绝，遂遭此大败。自此消息报到湖北、江西，官文、曾国藩大惊，各省皆为震动。因李续宾一路人马，清国倚若长城，一旦殒灭，如何不惧？当即会衔奏知清廷。时咸丰帝好不震悼，立即加恩厚恤，以李续宾照总督倒赠予，谥忠武；并赏银三千两，入城治丧，将他入祀照祠；并荫其子孙，从资鼓励。原来李续宾平日治兵，所到之处，好掠淫妇女，曾为御史所参。咸丰帝以用人之际，又怜其勇，不加责备，反称好色乃武夫小节，着毋庸议。李续宾得此一语，便不胜感激，乐为效死，此次遂殒于三河。

今闲话不必细表，且说李秀成、陈玉成，全军大捷，降清兵万人，斩二万余人，平清兵营垒七千余座，所得器械粮草无数。李秀成谓陈玉成道："此战清兵胆落，关系甚大。吾两军固然有功，吴汝孝功亦不浅，若不是他紧扼舒城要道，恐鲍超救兵一至，李续宾未必便死也。"遂录吴汝孝为头功。一面商议进兵之法。陈玉成道："自湖口一战，曾国藩胆落；三河再战，李续宾阵亡，吾国自此复振矣。唯皖、鄂一带，苦于湘军；天京一带，又为胜保、德兴阿等所扰，隔我天京交通之路；而鲍超一军又屡伺安庆。今若能西挫鲍超，而东破德兴阿，则江、皖安如磐石矣！吾当与忠王分兵，各破一路，未审尊意如何？"李秀成道："正合吾意。英王欲在何处？可先自择之！"陈玉成道："吾军两挫于鲍超，然一遇胜保，无有不胜，吾本欲斩鲍超之头，以雪前败，只恐军心尚怯，故欲忠王西行也。"李秀成允诺，遂由陈玉成下浦口，秀成自领人马西行。又念谭绍洸守安庆，兵力已足，乃令古隆贤、陈坤书两路，由安庆东趋，相会于桐城。李秀成率大兵望桐城进发。

时清将鲍超一军，自二郎河战后，转战各路，互有胜负；及李续宾深入庐州，催请救兵，胡林翼特派鲍超往救。奈为太平将吴汝孝所阻，不能通过舒城，遂驻兵桐城一带，报知胡林翼，欲直下安庆，以分李秀成兵势。迨闻清兵全覆，李续宾阵亡，知道太平兵势正锐，未敢遽近。忽接得胡林翼来文，多隆阿已调往攻捻，现胡林翼特出兵潜山，以鲍超声援，欲同下安庆。突有探马飞报：秀成之兵马已过庐州，沿舒城直望桐城而来，鲍超听得秀成兵势雄壮，心上稍怯，先把军情报知胡林翼。林翼以鲍超向来用兵，遇敌则进；今忽然以李秀成军势浩大来报，是有怯心矣。遂回书鲍超，并道："吾为巡抚，受朝廷厚恩，理当效死。若诸君则不然。可战则战之，不然即先宜退兵，勿过临险地也。"林翼之意，直欲激起鲍超奋心。故鲍超看了来书，以为胡林翼既宜效死，难道自己不宜效死，便立心奋战。一面复林翼，自称誓与李秀成决个胜负。胡林翼听得大壮其志：欲以兵为鲍超后援。不料李秀成亦虑湖北清兵将出，将为鲍超后应，乃飞令补王莫仕葵，以本部人马西行，直击潜山、太湖之间，以为声援。胡林翼听得莫仕葵人马将到，乃惧为所蹑，不敢遽进。

是时鲍超进兵，已近桐城，李秀成大军亦至。部将汪大成进道："霆军已至矣，不如先踞桐城，迟则鲍超先入为主矣。"李秀成道："将军之言非也！桐城乃囊中物耳，不患不得！吾军若入桐城，其势已孤，徒待霆军之攻击；彼纵攻之不克，犹可从容而进，而彼先立于不败之地也。鲍超此来，志在求战吾因而破之，又何忧桐城不为我有乎？"说罢诸将叹服。忽报探马飞报："鲍超大军合约三万人，已相离二三十里。"随后又报："胡林翼一军不敢前来。"李秀成急令三军掘土为垒，计分二层：其外就所掘之地，以为长濠；然后传令三军，如遇霆军来攻，且勿急进，宜先并力御之。部下听得，皆为不平，以为李秀成畏惧鲍超，故皆摩拳擦掌，愤愤不平。秀成皆诈作不闻，只传令不得违抗。

不移时霆军已至，秀成又令三军不得妄动，待看中军红旗起时，方始出兵。时霆军进势极猛，惟苦于太平人马重壁相隔，不能攻得要害。那鲍超本是精悍好斗，乃督兵猛进，欲直扑长濠。奈秀成人马自内击出，霆军死伤颇众。时太平天国诸将，皆请令越濠而出，秀成不从。并且出示言霆军壮，陈玉成且为所败，不宜妄进。待稍有机会，然后乘之。惟诸军心中不服，又不敢抗李秀成之令，只有奋力抵敌。计自辰至暮，依然不出。鲍超令部下绕攻秀成，昼夜不息。李秀成乃分军为二队轮班歇息。鲍超不知李秀成有何计策，只欲推倒李秀成壁垒，欲填濠而进；一面令部将孙开华，领兵先取桐城；复飞报知胡林翼，谓已入桐城，现正压攻李秀成营前，以为必胜。去后复鼓励三军，冒死猛进；奈进势愈猛，死伤愈多。那李秀成所筑营垒，以数十小营，护一大营，势若回环；且两重壁垒，任鲍超如何攻击，全不着紧。乃至次辰，李秀成得探马飞报：古隆贤、陈坤书，两军将到，李秀成大喜。时霆军损伤三千余人，军力亦倦。李秀成乃飞令古隆贤、陈坤书，直从下游截攻霆军。随即中军把红旗一举，太平人马蓄愤已极，即开壁门，分道而击：计赖文鸿、汪安钧、汪大成、陈赞明、黄子隆，共五路人马，令蔡元隆、郜永宽，留守大营，兼防后应，以防桐城清兵冲击。秀成却与诸将校，共统大军，为五路后继，一齐向霆军杀来。

那时霆军连攻了一昼夜，兵力已倦；二来太平人马蓄愤已极，人人愤勇，无不一以当十，霆军如何抵敌得住？皆望后而退。鲍超大怒，下令退后者斩。却令部将王衍庆、娄云庆、熊铁生等，各率本部猛御，鲍超复引兵当中直进，忽报部将唐仁廉坐下马，被赖文鸿枪毙，唐仁廉翻身落马，唐军中营、左营，先已惊溃，队伍遂乱。赖文鸿乘势直捣，唐仁廉支撑不住，先已败下。同时熊铁生为太平将黄子隆部下流弹，伤了右臂，负伤不能督战了。于是唐仁廉、熊铁生，两军先败。赖文鸿、汪安钧、汪大成、陈赞明、黄子隆一齐蹑追。鲍超仍欲奋战，不意唐仁廉、王衍庆、娄云庆、熊铁生各路兵马，反冲动鲍超中军。李秀成大队已到，万枪齐发，鲍军死伤极众，乃一同败走。鲍超传令先奔潜山驻扎，只望胡林翼应援，不料补王莫仕葵先到，古隆贤、陈坤书亦到，胡林翼已不能驻足，引军西回，欲改向北路，以应鲍超，诚不料霆军败得如此迅速。那莫仕葵、古隆贤、陈坤书等不追胡林翼，反引兵北截鲍超。所以鲍超反倒前后受敌。李秀成见霆军已败，复拨军为二，令赖文鸿、黄子隆、陈赞明为一路，从吕亭驿追下来；秀成自与汪安钧、汪大成及诸将为一路，从斗铺追下来，两路皆取建瓴之势。下令行军不能中止，不分昼夜，务令鲍超全军覆没方休。太平军士得令，皆且追且攻，看看将近潜山，鲍超已失军万余人，正在人困马乏，忽见前路尘头大起，三路人马势若长蛇拦住去路，早发炮向霆军攻击。随据探报称乃太平将古隆贤、莫仕葵、陈坤书兵马也。鲍超顿足叹道："似此前后受敌，吾其死矣！吾死，诸君又岂能独生？其各宜奋战可也！"便令诸将分头抵御。究竟寡不敌众，且又溃败后，军士皆无心恋战。时太平人马已分道压至，秀成大兵在东北，古隆贤、陈坤书、莫仕葵在东南，诸路夹攻，且攻且进，霆军不能抵御。赖文鸿更统本部人马，直冲清国兵，声言勿放走鲍超。

时霆军死伤遍地，太平人马皆践尸而进。鲍超知不能抵御，乃传令向西而逃。惟太平人马复随后追击。鲍超谓左右道："此行得生为幸，霆军能战之名从此扫地矣。"见三军纷纷乱窜，部下所存不及万人；后面人马又已追至，此时霆军皆已疲倦，被太平人马冲入，当者便死，霆军更为纷乱。鲍超怒军士投降，已传令诸将：使转布军中，谓昔者霆军连败太平人马，杀伤既多，蓄愤已久，降者必被诛戮；故霆军无敢言降。经秀成下令招降，亦无应者，故死伤更众。时鲍超亦不顾及后军，只由诸将保护而逃，随后娄云庆、王衍庆等，亦皆奔到，都称全军将尽，快些逃命。

正走间，忽见后路一支人马赶到，乃部将孙开华兵也。因孙开华攻入桐城，闻得霆军大败，料知孤守桐城无用，故并弃桐城奔走。鲍超得这一支生力人马，心上颇安，传令孙开华断后而奔；无如无孙开华所部仅二千人，不能当李秀成各路之众，折去人马大半，也只好一同奔溃。秀成仍率诸将猛追，纵虎归山，终为后患也。遂悬重赏，务捉鲍超。鲍超正在危迫之际，又见前路一支人马已到，远见尘头飞滚，乃谓左右道："来者若是敌军，吾等岂尚有生路乎？"说犹未已，已得探马报称：胡林翼已率李孟群、江忠义两军来到，鲍超方才放心，未几果见胡林翼旗号。时李秀成三军疲战，恐不敌胡林翼生力军，遂传令勿追。那时鲍超已被李秀成追杀五十余里，沿路尸横遍野，血流成河，及得胡林翼救援之后，部下所存不及五千人，计死亡逃窜约有二万之数。鲍超不觉垂泪道："吾向不曾与李秀成交锋，今日遇之，方知其能也。今使军士涂炭，皆吾之罪也。"说罢力请胡林翼代请议处。胡林翼道："使君以孤军深入，致遭失败，此吾之罪也。胜负兵家常事,但九江一败,桐城再败,吾军损失军锐,不下十万人,军势大挫。既敌人军势复张,关系不小,即君之威名,亦甚可惜也!"鲍超听罢,摇首而叹。随觉腕上微痛,却已为流弹所伤,但非要害。胡林翼见敌军已退,霆军亦疲极,乃令安营,暂行休息。鲍超欲合军追击李秀成,胡林翼道:"彼众倍于我,胜之不易;待公恢复军势后,再求一战,未为晚也。"鲍超乃无言。计霆军会合各路共二万余人,存者数千,尚多焦头烂额;其余将校除唐仁廉、熊铁生被伤之外,凡营官哨弁死伤者四十余人。这一场大败,霆军向来所未见。胡林翼只得令人掩埋各地尸首,自桐城南下转北而西,五六十里,尸骸遍地,简直埋不胜埋。

李秀成大获全胜,即会各路人马于潜山,范汝曾道:"鲍超为敌军著名虎将,今全军覆灭,敌人胆落矣!胡林翼虽到,亦无济于事,不如乘胜追之。胡军若破,乘机收复武昌,有何不可?"李秀成道:"语曰'归兵莫掩,穷寇莫追',以吾军连战两昼夜,众将军力已疲矣,强而用之,徒以取败。设胡林翼有胆,以生力逼吾,则胜负未可知也。且武昌一地,为满人所必相争,守亦不易;今日得之,明日失之,是徒耗兵力耳。"范汝曾道:"然则今日作何行止?"李秀成道:"自吾下九江以来,前后三战,敌兵大败,皖、鄂、湘、赣之精锐尽矣;只留都兴阿、胜保,犹以马队属步军,断吾浦口,隔我天京交通路道,若英王能破之,则吾国可获数年之安。吾即乘机以谋北伐,不亦可乎?故我今当回军为英王声援矣!"遂酌拨人马驻守潜山、太湖、桐城一带,以为安庆屏障,即引军东返,以应陈玉成。

且说陈玉成,自与李秀成分兵,先由巢县,直抵滁州。忽得探马来报:清将钦差德兴阿一军,已由浦口趋小店;钦差胜保一军,亦直趋水口而来,两路人马合计四五万人,中有吉林马队万余,声势极大。陈玉成听得踌躇未决,部将陈士章道:"胜保军势徒有外观,不足惧也。吾军与胜保前后数战,未尝少败;今大敌当前,惟有奋斗,何待思疑！"陈玉成道："吾岂惧胜保者耶！但敌军中丁胜保而外，复有德兴阿，吾以一敌二，须筹善法耳！某料德兴阿、胜保必引兵疾走乌衣，吾不如先据之，然后以主待客，以逸待劳可也！"说罢即督军直向乌衣进发。

原来胜保再调都统富明阿一军为助。那富明阿军中，亦有马军五千名，胜保因前次八斗岭之战，步军多，马军少，为陈玉成所败。此次欲多用马军。故与德兴阿约，俟富明阿一军到时，然后同进。遂使陈玉成得先进乌衣。忽听得侍王李世贤，转战赣、浙二省，屡破清军；今闻忠、英两王西出，而胜保、德兴阿合兵重屯浦口，隔断天京之路，因恐天京有失，特此北还。一路破宁国府，入繁昌，趋和州，大军将抵全椒。陈玉成听得大喜道："侍王若至，此天助我成功也。"一面鼓励李世贤，约以分道破敌，并告以驻军乌衣；又飞令六合守将李昭寿，引兵而西，以截胜保之后。一面鼓励三军：敌来即战。

时玉成部下，自李世贤兵到，军心已壮；徐又听得李秀成已大破霆军于桐城，斩首二万，陈玉成此时更眉飞色舞，即示令诸军："以本军曾败于霆军，而李秀成独能破之，我军已形减色。今若更不破胜保，则我军威名扫地矣！"于是三军听得，更为奋勇，恨不得胜保、德兴阿早来交战。

时清将胜保两军，已取齐同来。胜保抽出富明阿马军五千，以为前部；令富明阿以步军为各路援应，共两军合计马队二万，步队二万。听得陈玉成驻兵乌衣，望乌衣进发。陈玉成令李世贤，兼统九洑洲之众，准备来攻。一面传令军中：待清兵至时，由李世贤先发；却号令本部，以吴汝孝为左军，以陈士章为右军，以小儿队为前部，以五旗营为中军亲兵。并下令道："若清兵至时，先自守御；及李世贤军到时，料清兵必移击李世贤一军，然后乘之。"诸将得令，皆准备迎敌。是时清兵分两路并进：右路为胜保，以副都统稽腾阿为前部，以提督李若珠，副将戴文英继进；左路为德兴阿，以总兵陈开为前部，以道员孔继铄、宣维祈继进，皆向乌衣击来。到时已近日暮，德兴阿初欲休兵一夜，然后进战。胜保道："陈玉成骁悍好斗。我军至此，彼将出而击我矣！我壁垒未坚，必不能守御，不如先制之。"德兴阿以为然。远望见陈玉成连营五六十里，旌旗齐整，三军皆有惧色。胜保谓左右道："兵法在一鼓作气，今三军见陈玉成军容严整，似有惧意；若再延时日，兵心更动矣，是宜速战。"乃约会德兴阿，鼓励兵士前进，直攻陈玉成左右二军。不料吴汝孝、陈士章早得玉成之令，先立寨栅，以防冲突，清兵一连进攻两次，太平人马不动。

未几夕阳已下，夜色初升，是日为九月初一日，夜后月色无光。胜保觉玉成向来健斗，此次独不出，正以为疑，陈玉成又预嘱土人，布散谣言：称陈玉成孤军难敌两路，故候李秀成方敢交战。胜保半信半疑，一怕陈玉成有别谋，二怕李秀成真到了，更难抵敌，便思退兵。左右皆争道："陈玉成非不能战也。我军若退时，陈玉成将出而乘我矣！"不想说犹未已，下流声鼓大震。探马早飞报道："太平军侍王李世贤，已会合九洑洲之众，前来助战矣。"胜保大惊道："此吾军探事不明之过也。早知李世贤至此，吾断不同趋乌衣矣。"说罢乃急报德兴阿，趁玉成未出时，急行分兵：胜保自拒李世贤，而以德兴阿单迎陈玉成，立令分军。正移兵时，只见陈玉成军中火把明耀，一齐冲出。令吴汝孝、陈士章转攻德兴阿，而陈玉成独击胜保，这三路人马，皆如生龙活虎，不辨人马多少，但见得弹子如雨而下。胜保前部副都统嵇腾阿，先已中枪毙命，军中一时纷乱，玉成乘胜夹击。那时李世贤亦率大队拥至，胜保亦不能支。陈玉成传令每兵一队，半击清兵，半击坐下马，清兵惶乱之际，皆无心恋战。胜保令李若珠、戴文英双战陈玉成；传令自拒李世贤一路。不意陈玉成后路，五旗营已分道压至。李若珠先已受伤，军中更乱；戴文英一路亦不能支，乃一齐溃退。胜保见西路俱败，本部又为李世贤所压，所有马队已死伤三分之一，其余亦向后奔逃，胜保乃传令暂奔浦口。

陈玉成知李世贤必追击胜保一军，自己却分军一半，追蹑胜保；而以半军助吴汝孝、陈士章夹击德兴阿。时德兴阿，正与吴汝孝等拒战，犹以吴、陈两路人马无多，初时不大畏惧，尚奋勇与吴汝孝、陈士章相拒。及闻胜保已败，德兴阿大吃一惊：恐胜保一退，自己不能支持，正在筹思无策，忽见陈玉成分军拥至，已知道胜保已真溃败。于是全军皆惊。陈玉成督令吴汝孝、陈士章猛进，德兴阿大败，传令将人马望东而逃。忽流星马飞报：六合太平守将李昭寿，已引大队截来。德兴阿更魂不附体，亦传令暂奔浦口。陈玉成乃与吴汝孝、陈士章一齐追击。不多时李昭寿人马亦到，杀得德兴阿人马呼天叫地，沿路尸骸满目。陈玉成惟率兵直追，将近浦口时，李世贤亦已追至，太平人马耀武扬威，清兵被压至浦口，被追至河中溺死者，不计其数。管教：

　　　　五路西来，已压败兵沉浦口；
　　　　孤军东下，又来降将献苏城。

　　要知胜保、德兴阿此败若何，且听下回分解。

第五十一回

何信义议献江苏城　石达开大战衡州府

　　话说胜保、德兴阿两路人马，被陈玉成、李世贤督率诸将一齐追击，直压至浦口，那时竟前无去路，后有追兵，胜保欲回军猛战，以背水作阵，置之死而后生。不意清兵自溃败后，人人胆落，已无心恋战；及闻胜保回战之令，欲勉强支持，不意前军只顾逃走，两不相应。后面陈玉成、李世贤已随后逼到，枪炮交施，清兵死伤又不计其数。清兵皆互相逃窜。陈玉成、李世贤乘势冲入，吴汝孝、陈士章更当先猛进，当者便杀，如入无人之境。胜保仓忙无措，忽见提督李若珠奔到，谓胜保道："敌将至矣，速作逃计。"乃保护胜保直奔岸边，掠舟而逃。胜保得了生命，远望德兴阿一军，七零八落，浦口船支，又不敷用，统计本部溺死浦口者七八千人。岸上的更不能渡，所有岸上的队伍，皆是满人，亦不敢言降。是时胜保、德兴阿俱逃，岸上未及逃的，已无主将，又尽失战斗之力，被李世贤、陈玉成、李昭寿、吴汝孝、陈士章等杀得呼天叫地。陈玉成更令三军：向马队攻击。故马上弁兵，皆无得免，凡杀不尽的，皆舍命冲突，见路则奔，余外或伏地请降。李世贤见了，意殊不忍，准令降者免死。计太平诸将中，以李昭寿独为好杀，故清兵所伤愈多。计胜保、德兴阿两军，共计死伤不下四万余人，余亦悉数投降，死伤将弁数十员。陈玉成、李世贤大获全胜，得马二千余匹，所获辎重器械，不可胜数。

自此一战后，南京隔江之信始通，胜保与德兴阿剩得残兵万人左右，是夜逃回盱眙洪泽湖一带，以图恢复军势。

英王陈玉成知胜保已狼狈远逃，乃留李昭寿驻守滁州；即与李世贤扫平来安、六合、天长、仪征、扬州等处，以固金陵根本。然后以李世贤力顾南岸，以应浙、赣之师。自李世贤去后，陈玉成即入天京面君，具述近来战状。洪秀全不胜之喜，一面宴待陈玉成。忽报李秀成自桐城回军，一路扫平皖省，现已回至天京。洪秀全一并延入。是时忠、英两王，同会于殿上。洪秀全道："自清国曾、官、胡三将，会同破我九江；胜保又重屯两浦，以隔我天京消息，朕日夜不宁。今幸连番出师，一战湖口，再战三河，三战桐城，四战浦口，皆令敌人全军覆灭，既能张我军威，又得通达隔江消息，非两位贤弟之力，断不至此！"忠、英两王齐道："此皆仗天王洪福及将士用命所至。望天王勤政恤民，臣等当驰驱于外，誓恢复国家，以成一统。"洪秀全听了大喜。正在欢饮之际，忽报江苏巡抚李鸿章，又兴兵来攻，大兵将抵常州。所借洋人枪械，十分精利，今金坛、丹阳等处，已飞来告急。洪秀全听罢，面色为之一变。并道："前者李鸿章已迭次来犯，赖周胜坤、周胜富握守，以至金陵不受其困。今李鸿章若起重兵而来，又借有洋人利器，何以御之？"李秀成道："不劳天王费心，臣等必能使金陵无事。"洪秀全道："两位之中，必须一人前往，方能了此大事。不知谁人愿当此任？"李秀成道："皖省一带，非英王不能镇慑。英王可回军皖境，力顾北岸；吾当提一旅之师，再下苏、常。当臣弟未到天京时，已留意东路，早知前任苏抚薛焕，已改驻上海，专办洋务交涉，为借兵借械之事。而以李鸿章实补苏抚，专事战争。臣素知李鸿章不打紧，其部下淮军，亦非能战；唯其部下将校数人，如刘铭传、程学启皆勇悍能战，颇为劲敌。且器械精利，若不挫其威，将来为患金陵不浅也。"陈玉成道:"忠王必有成算在胸。李鸿章不难破也。臣愿荡平皖境,以免天王西顾之忧。"洪秀全一一从之。陈玉成次日回军皖境而去;李秀成即部署人马,立刻东征。起程之日,洪秀全亲自送行,与李秀成握手,问几时可以奏凯班师,李秀成道:"往返及战争,计期一月可矣。"洪秀全道:"朕当专听捷音也!"李秀成即拜辞而行。时章王林绍璋,正驻军金陵无事,乃令林绍璋领兵同行,共大军三万余人;又令苏招生、吴定彩二人,统领水师东下,以为声援;仍令赖文鸿为先锋,并与各部将督率大军,望东而下。及大军既抵丹阳,得探马报称李鸿章之兵,有洋兵为前部,现时尚驻常州;又听得上游扬州一带,有清兵欲截秀成之后。秀成听得,乃令丹阳守将周胜坤,将本部人马屯守城池;秀成尽将大军屯扎城外。时陈玉成方留部将涂镇兴驻扎金山,即令涂镇兴移兵上驶扬州,先扫清兵,以免后顾;并令涂镇兴立速起程。秀成却先将常州附近各县收复,并下令诸将道:"苏、常两地,久经我军克复。自我军西出,遂复陷于清兵。今我大军到此,清兵不敢遽进,当先平各县,以孤常州之势,然后进战。常州一破,即顺流攻苏州可也。吾来时对天王言:一月可以往返。今观之,又须稍费时日矣。"

时清将冯子材正驻守金坛。秀成却令赖文鸿会同黄子隆、陈赞明先攻金坛;又令苏招生、吴定彩统水师先据运河,以直下江阴。一面发出告示:谓李鸿章引洋人来打仗,纵将来得回城池,亦必与洋人共分土地等语,于是苏、常一带土人,皆攻击李鸿章,日望秀成战胜。秀成却以马军千人为前部:此马军就是陈玉成战浦口时所得,令松王陈得风统之;以蔡元隆、郜永宽各统步兵五千人,皆用抬枪,为第二队,同望常州进发。时赖文鸿等在攻金坛,清将冯子材以众寡不敌,金坛又不能久守,已弃城而去。李秀成知赖文鸿已得手,即令引兵一同东下。

且说李鸿章自实授苏抚后,知道太平人马利害,决意借用洋兵洋械，由前抚薛焕驻居上海，专理交涉。那时借得洋兵三千名，并精利洋枪三千根，由刘铭传、程学启分统之；并辅以清兵为左右两队先进。李鸿章却与部将刘松山、钱鼎铭、潘鼎新等，共统大兵为后进，先趋常州。是时洋兵统带，只由鸿章部下刘、程二将兼统，其所部清兵，皆是淮军，向来轻视外人，因此与洋兵大生龃龉。李鸿章以华洋同伍，意见不和，故到长洲后不敢遽进。忽报李秀成已引大队人马前来，乃即调集洋兵，并檄令三军奋勇接战。惟李秀成颁示之后，土人皆以洋兵将来必分掠土地，故无不怨恨洋兵。李秀成见人心可用，已决意急战。

忽探马飞报捷音：那涂镇兴，自得李秀成之令后，由金山渡过瓜州，而后出其不意，先破土桥清兵，沿途至红桥、卜著湾、三岔河，各路清营，望风而溃，直过扬州，所得粮草无算。李秀成即令周胜富代涂镇兴驻扬州；即令涂镇兴乘胜下泰兴，渡运河，抄出常州之后。那时李秀成部下三军，皆欲与洋兵见仗。惟秀成知李鸿章部兵与洋兵不知，料不能即进，故亦缓以待之。及见土人反对洋兵，又得涂镇兴乘兴助力，且见军士奋勇求战，乃大会诸将听令。并道："洋人恃其利器，故用彼为前驱；今我前军改用抬枪，其力实能及远，准可一战。"便令陈得风统率马队并抬枪队为前军，从远地先击洋兵；后以蔡元隆、郜永宽为左路；以黄子隆、陈赞明为右军，如洋兵溃时，即三路同进。又令赖文鸿为各路援应。分拨既定，自己即率各部将，引大兵，一齐出发。尚距常州十余里，前队主将陈得风，先发令进击；清将刘铭传、程学启亦率洋兵接战。奈洋枪虽利，仍不及太平兵抬枪能及于远，清兵前队颇有死伤。时洋兵以为被清兵藐视，亦欲奋力一战。不料常州土人既恨洋兵，又因秀成前下苏、常，绝无骚扰，深望秀成得胜。故到了夜里，土人有暗自发枪，向洋兵攻击的。洋兵初以为中伏，及查知左右皆无伏兵，遂疑为清兵暗截，心中甚愤，先诉刘铭传。惟刘铭传以所部并无此事，力慰洋兵；奈洋兵不以为然，以为刘铭传有意袒助。刘铭传无心战斗。秀成见洋兵战力顿缓，正不知何故，忽探马报称土人开枪攻击洋兵；秀成知清兵必有变，故即率队猛进。李鸿章见洋兵不大力战，亦疑外人之心难测，即令刘松山、潘鼎新引兵接应。惟太平人马已大队扑来，清军前队洋兵望后便走，清兵大乱。李鸿章知不能战，方传令暂退。忽报太平大将涂镇兴，已抄出常州之后；李鸿章所部，已前后受敌，军心益惊。刘铭传、程学启仍率所部清兵，奋勇抵御洋兵。此时见太平人马，来势凶猛，亦回军再战。忽然西南角上一支人马扑到，乃太平大将赖文鸿也。清兵被横贯一击，更为纷乱。那时洋枪虽然厉害，惟太平大军既已合围，两军器械，皆能击及，洋兵利器，顿失其威。李秀成即令陈得风及左右两路速进；更令各部将，分道紧逼清兵。

那时清兵一来惊慌，二来零乱，又当不得太平人马各路之众，于是大败。李鸿章欲退时，后面涂镇兴人马又到，清兵死伤极众。刘松山见势不佳，知不能久持，急保李鸿章望东南而逃。李秀成乘势猛追，并谓左右道："敌者所持者唯洋人利器耳。有此一败，敌兵胆落，得此机会，勿令李鸿章逃生也！"各人得令，无不奋勇。

李鸿章此时欲回守苏州，又为涂镇兴所压，不能逃过；时副将吴全美，正领水军驻泊太猢附近，急来相救。无奈后面太平人马已经逼近，沿途清兵死伤不计其数。李秀成追杀数十里，方始收军。计李秀成是役毙洋兵四五百人，毙清兵四千余，得洋枪千余根，大获胜捷。

秀成打听得李鸿章已引兵退回清浦，便率人马先取苏州省城；及大军既抵无锡，苏州守将守兵皆为震动。以为洋兵有此利器，依然不敌，何况自己，因此皆有惧色。守将何信义，乃与李文炳计议道："李秀成久称能兵，向荣、和春、张国梁、胡林翼、曾国藩、鲍超、李续宾等均为所破，所战则胜，所攻则取；以王有龄因守杭州，外多援兵，内有能将，尚不能坚守；今李抚台所用洋兵，器械何等精利，亦为所败，看来李秀成必破我苏州无疑矣！今复军心震动，十室九惊，何以战守？徒死无益，计不如降为上策。"李文炳道："吾等皆是粤人也。今南京天子亦是粤人，降时必得优待；且李抚台所持者洋兵耳！洋兵此败，此后何以御侮。君子贵于见机，将军之言是也。"何信义至此，意益决，并以彼两人之意，告诸部下将校，皆以为然。于是派员往李秀成军中纳款，并请太平人马进城。

李秀成得苏州降报，不胜之喜，部将汪安钧道："苏州未见敌形，守力尚足；忽而言降，恐不足深信也。"李秀成道："人心思汉，乃常事耳，何疑之有！"汪安钧道："虽则如此，然可让末将等引队先进；以忠王为国柱石，勿轻临险地也。"秀成道："我为主将，畏险偷安，何以服人？"言罢遂不听汪安钧之言，引兵直进。到时城门大开，城楼之上白旗招展，早有李文炳、何信义引将校在城门迎接。时汪安钧、汪大成仍贴近秀成左右，进城望见李文炳、何信义及其将校，手中皆无军械，秀成乃谓汪安钧道："我言若何？"说罢即下马与何信义等相见，并握手道："将军能知大义，此功不少也。"何信义等即延之进城。时城内居民多具香花迎接，秀成一一点首酬答，同至抚署暂住，太平人马亦陆续进城。李秀成乃将人马一半守城中，一半守城外。时城内清兵约五六万人，秀成尽行慰抚，收为己用。并传令军中：以此次苏州献城，功劳极大，不得歧视，于是新旧人马皆相安如故。共计收得清兵五六万，新洋枪万余，旧洋枪二万余，其余利器无算，并得白银百余万，及粮草称足。旧时苏省官员，其愿入太平朝为官者，皆位置之；其不愿为官者，皆给资斧遣送回籍。一面表送洪天王，以李文炳为辅天侯，何信义为助天侯，苏城既定，乃出示招民。

惟附城一带县落，尚有许多乡民，不受抚慰；且前者清国官吏，曾扎令各乡举办民团，此时团丁未散，竟有抢到城边，欲攻杀太平人马者。秀成急令各兵，只可固守，不宜进击。谓何信义道："此苏城人未知我朝威德耳！吾当亲往抚之。"乃带同部将汪安钧、汪大成及随从数十人，乘了舟只，亲往各乡抚谕。此时各乡团丁听得李秀成到来，乃一齐召集往围李秀成。汪安钧见其来势凶猛，劝秀成逃走，秀成道："此时走亦难矣！待其至时，吾当以言抚之。"不料各团丁举矛挺刃，直向秀成；随往各员，皆为变色，秀成面不改容，即向众人道："尔等欲杀余乎？余等数十人，并无军械，尔等不患不能杀余也；但请允余得尽其言，然后受死。"各团丁听得，以为秀成等并无军械，料不能逃脱，遂将秀成团团围住。秀成乃道："吾等带兵到苏州，为大义也。尔等须知：中国是何人之中国？盖被满洲人灭我，而为之君二百余年矣，尔等皆中国人，何以爱满洲之君，而拒中国人自为之君乎？我大王定鼎金陵，并无暴虐政治；即我等带兵出征，亦不如清兵之骚扰。昔和春、张国梁等，尔等亦称：'同心杀尽和、张贼'，何以今日便忘之？今清国自知不敌，又借洋兵；纵后来得胜，亦必分土地于洋人，于尔等有何利益？今我朝只欲恢复中国，拯救万民而已！我言已尽，如尔等欲杀余，请即杀之，余断不逃走也。"该处团丁听李秀成之言，觉极为有理；又见秀成自敛其手，任人杀戮，更为感动，于是一齐息手，愿从招抚。李秀成乘机抚定元和、吴县、长洲各县，苏州遂定。李秀成恐李鸿章再有举动，即暂住苏州，并把详情报知洪秀全：具言暂住苏州的原因。洪秀全以陈玉成既在安庆，李世贤已在江西，清将胜保、德兴阿新败，料得南京无事，便传谕李秀成留镇苏城。惟涂镇兴、陈得风两人回军金陵，以固根本，自是金陵稍觉安静。

今且再说翼王石达开，自领了精锐五万人取道安徽，退了曾国藩之后，以湖北为清国重兵所聚，恐不易通过，遂折入江西：先拔南康，大破知府沈葆桢一军；再取崇义县，一并下之，由是清兵望风披靡，大军直过湖南，势如破竹。湘抚骆秉章大力忧惧，急即加紧驰驿飞报湖北，催取救兵。胡林翼乃即请巡抚李续宜、道员江忠泗、刘长佑回救湖南。时石达开沿途招纳，故甫到湘境，即拥众十万，声势大振，远近望风畏惧。

时石达开先攻桂阳，计城内驻守清将总兵刘培元、彭定泰各拥众三千，镇守桂阳。初时听得石达开名字，早已害怕；及率兵登陴守御，瞧见石达开军容，吓得面如土色。刘培元乃与彭定泰计议：以为守不能固，战亦不敌，惟有走为上着。刘、彭二人，乃瞒着部下军士，乘夜易服先逃。次早石达开引兵攻城，城内守兵不见主将号令，急往察之，则刘、彭二人两总兵及县令俱已逃遁，守兵乃开城迎降，石达开尽收其众；又得枪械五六千，益增声势，更乘势攻陷宜章、兴宁诸处，欲改道由湘入鄂，分趋豫章，折入川境。

忽闻湘抚骆秉章，已请得湖北救兵，为李续宜、江忠泗、刘长佑各路来救湘境。石达开道："吾军由江西至此，来兵必蹑吾之后；吾当引军上驶，彼必疲于奔命，是救兵虽至，亦不能为我敌矣。"说罢传令大军，直走衡州。原来湘抚骆秉章，惧湖南之众，不能与石达开一战，又飞催荆州将军都兴阿，发吉林马队，亲下湖南；同时鄂督官文，又发副都统舒保、副将陈金宝、参将赵福元、萧翰庆等共数路，或万人，或数千人，都来与石达开决战。早有细作报到石达开军中，达开即分为前后两路：以一路敌李续宜、刘长佑、江忠泗；以一路敌都兴阿、舒保、陈金宝、赵福元、萧翰庆等，筹拨既定，大军即趋衡州。

时都兴阿以上流清兵既众，料石达开必下趋广西，乃先令部将余星沅，在永州驻扎；并在祁阳县之观音滩设防，以截达开。即与李续宜分军为二：所有江忠泗、刘长佑二军，由李续宜统之；自舒保以下各将由都兴阿节制，分道并趋衡州，以截达开。

时石达开既进衡州，城内守兵无多，立即趋散，即据有衡州。并传令诸将道："李续宜在敌军中号为能将，今并统江忠泗、刘长佑之众，欲致死于我也。孙子有云：'军行趋百里者蹶上将'，今李续宜从湖北下驶，间关转折，以蹑吾后，其力疲矣！吾当先破之，则都兴阿等亦惧，惧则不能战矣！"说罢即令左军紧拒都兴阿等，而以右军先与李续宜交战，并令依李续宜来路，布伏些少人马，多备旌旗，届时举发，以为疑兵，一面严阵待战。

时李续宜由湖北南下，直至永兴，探得石达开已破桂阳，转向衡州，随率军再走耒阳，欲截达开。不料到时，达开已到衡川。道接都兴阿分军击之之议，李续宜恐达开远遁，不能一战，遂趋衡州。约离衡城二十余里，将近日暮，左右皆谏止，请暂歇一宵，然后进战。李续宜道："达开虎也，不宜纵之，明日恐不得一战矣！以吾军合都兴阿之众，军势不弱，若往返十里，不能一战，何以见人？"遂不听左右之言，催军齐发。再行十里多，夕阳已下，夜色初升，这时正是六月初旬，天气酷热，军行十分疲苦，马嘶人喘，左右皆欲休息。忽听鼓声震动，远见了左右山林，火把齐明，旌旗飘映，皆石达开旗号。李续宜早吃一惊。所部军士，以为中伏，更魂不附体；又不知石达开人马多少。李续宜此时正不知如何处置，忽又听上路喊声大震，石达开已遣先锋赖裕新，引大兵四万人，横贯而下。左右两面，又不知伏兵多少。李续宜即下令准备接战：令江忠泗在左，刘长佑将人马摆得势若长蛇。不意清兵此时心已慌乱，太平人马又众，相离不及七八里，即万枪齐发，向清兵击来。管教：

衡郡分兵，已见翼王摧大敌；
庐州作战，又闻清兵失元戎。

要知后事，且听下回分解。

第五十二回

李孟群战死庐州城　左宗棠报捷浮梁县

话说李续宜正移阵成列,志在拒战,忽前路已见太平人马横贯而下。那时清兵已疑左右山林,皆石达开伏兵,已无心恋战,皆有惧色。江忠泗急上前向李续宜说道:"三军不能战矣。今加强用之,必不济事;不如速退,再图良策。"李续宜道:"吾亦知之,但左右山林,如有伏兵,退亦必败?若是疑兵,则吾兵尚可一战。退而必败,不如战而求其不败也。"江忠泗道:"军有惧色奈何?"李续宜道:"可扬言敌人在山林只布疑兵;来路敌军又只万人,则军心可以不惧,是在鼓其气而用之耳,言迟则反令军心疑惧也。君快些督阵,毋再迟疑。"江忠泗听罢,无言而去,惟有准备交战。

谁想石军已将近压至,远望石军不知几路,皆尽占形势;只见火光冲天,旌旗掩映,不辨人马多少。李续宜看罢,毛发悚然,并谓左右道:"彼诚占得形势,若吾军早进一步,则夺之矣。今敌既据高原,有凭高临下之势,奈何?"左右皆面面相觑。少时石军左路已进中央,先锋赖裕新传令发击,弹子如雨而下。李续宜即指挥分头应敌。奈石军尽处高原,清兵总击不着要害,惟石军一经发击,清兵大受夷伤,无不望后退却。李续宜传令不得退后,乃立斩数人,终不能则止。忽然左右山中鼓声亦止，都发枪来击清兵，哗言大震，不知左右两路敌人有多少伏兵。李续宜此时不能分军，勉强拒战一会，石军鼓声顿歇，枪声亦止，清兵正不知何故，惟见太平人马并未退后。正在思疑，约一个更次，鼓声又起，枪声乱发；约战一会，又复停止。

初时李续宜不敢追上，及石军第二次停鼓停枪，遂对诸将道："敌兵必尽防都兴阿，其与我对垒者，必兵数无多，故不敢追下耳。今诸君不必自怯，速宜进击。"说罢即率诸将督军前进。三军得令，勉强进行。谁想石军鼓声又动，枪声又发，先锋赖裕新已督率各路齐下，势如恶潮，不下五六万人，直冲清兵。清兵一来心怯，二来众寡不敌，三来尽失地势，故受石军所击，不能撑持。但闻石军枪声一响，清兵纷纷倒地，望后而走。刘长佑仍恐李续宜坚执不肯退兵，乃飞马至李续宜之前，急谏道："若不退兵，三军尽死矣。"李续宜此时方知太平人马多众，惟有传令退兵。三军一闻退兵之令，即纷纷溃窜；石军愈逼愈紧，分十路赶来，枪弹所及，但见火光迸裂，烟硝迷漫，死伤山积。李续宜、刘长佑、江忠泗等，冒烟突火而逃。此时清兵但呼大叫地，又因军行疲乏，行走俱钝，石军如生龙活虎，渐渐追近，赖裕新令军中大呼降者免死，一面却向头戴顶子，坐着骏马者射击，故将校死伤亦复不少。

右军统领江忠泗，身被数伤，倒下马来，当有左右负著带伤而逃。自江忠泗既被重伤，右军多已投降，清军更为惶乱。赖裕新乘势督兵，直入清阵，各以短刀相斗，清兵死伤更众；只有李续宜所领中军，半已先行逃出；刘长佑亦丧失军士大半，与李续宜同向耒阳奔来。谁料赖裕新不舍，直追至耒阳县。李续宜不能驻扎，反向茶陵而遁。计李续宜阅下各路人马，折去三之二，将校死伤数十人，江中泗更已奄奄一息。李续宜亲视其伤，并道："君曾请退兵，若听君言，虽败亦不至如是！今令君重伤，此吾之过也。"江忠泗道："胜负常事耳！即为将者死于沙场，亦常事耳！惟吾等以数万之众，不败于石达开，只败于达开之部将，为可耻矣。"说罢即时咯血，李续宜抚慰数语，即令送回原籍养伤。一面报知湘抚骆秉章，请筹良法，以防达开。

是时太平将赖裕新大获全胜，即以半军驻耒阳，而以半军回应衡州，向石达开细述胜仗情形。达开道："李续宜大败，将何以处之？"诸将听罢，皆欲乘胜直捣。部将李义道："我军以二十万之众，一举而破李续宜，更何惧于都兴阿？今宜以大军急进，沿湘乡、益阳，以通常德、石门，复转折而西，以撼川境，谁能御之？此不可失之机会也。"石达开道："都兴阿会合诸将，以数万之众，复附之以吉林马队，理应与李续宜分道并进；今彼独固营坚壁，以候我军，彼必有谋矣。此吾军奔驰数千里，已如强弩之末，若与都兴阿交兵，恐劳逸之势不同也。"赖裕新道："大王之言是也。自湘乡、益阳而上，皆为清兵屯驻。吾纵能破都兴阿，必须苦战匝月，始能通入川境；兵有利钝，军无常胜，不可不防。且吾军一经与都兴阿交锋，吾料两湖督抚，必调兵临我。我军虽众，仍须八面支撑，设有差池，全军俱覆矣，不可不慎！"石达开道："知己知彼，百战百胜，赖将军所见极是。然今日顿兵于此，又将何策以处之？"赖裕新道："兵法取易不取难，今清兵重防长江上下，桂、黔一带，久已空虚，吾等乘机南下，然后折入川境，必无能御我者。"石达开听了，深以为然，即传令移兵先向永州，石达开自为后路，以防都兴阿侵袭。乃都兴阿并不追赶，只称已逐达开出境，即与诸将引兵而还，石达开遂直走永州。

时清副将余星沅，方在永州驻守，本承都兴阿命，以兵三千要截石达开。以为石达开由桂阳，反趋衡州府，必不复南下，故全无准备。石达开知其虚实，乃令赖裕新选五千精兵，衔枚疾走，先趋永州，乘虚袭之，并斩余星沅；复命兵进袭祁阳之观音滩，降清兵二千余人，石达开声势更振，桂、黔皆为震动。石达开更无阻碍，直趋桂、黔而去。

且说李续宜败后，因见都兴阿不进兵，大为愤恨。惟见石达开已离湘境，即引残败人马先回湖北，言于胡林翼之前曰："弟领兵南下，直蹑石达开，以至于衡州，纵横奔走千余里，军行疲乏，以至于败，此诚弟之罪；然石达开之拥众十余万，声势既大，吾军非奔驰疲乏，又岂能必胜乎？以众寡不敌，劳逸主客之不同，而欲求一战者，以有都兴阿大军为声援也。都兴阿所部及其诸将，马兵步兵共五六万人，势力比吾辈倍之，如合力夹击，弟未敢即败。即败矣，亦未必如是之甚也！乃都兴阿由荆门下湘乡，与弟军之疲乏既异，竟拥众数万，袖观壁上，任石达开来去自如，不为一助，使弟独败。弟诚不足惜，如国家何？"胡林翼听罢，却举酒一杯，以递于李续宜，并道："都将军与国休戚，更甚于贤弟！而贤弟奋勇任事独过之，此贤弟之所以为贤弟也。愿贤弟自勉之可矣！"李续宜听罢无语。

忽报称陈玉成大军复入皖境，由滁州、全椒、含山、巢县并下无为州，以迄庐州；方下舒城、桐城，直取潜山，势如破竹，当者披靡。今玉成大兵，将拦入鄂境。胡林翼听得大惊道："皖、鄂一带，使吾等无日安枕矣。陈玉成其人悍锐，其兵健斗，今复将入鄂，武昌震动，奈何？"说罢，又谓李续宜："近年未足抗陈玉成者，鲍超也！然自曾军大败于湖口，江西空虚，故以霆军入江西防战。贤弟又复新败，军力未复，将以何人御之？"李续宜道："李秀成已下苏城，今在皖省者，只陈玉成一人耳。吾以一能事者，往袭庐州，以要其后，则玉成必退矣。"胡林翼道："李孟群骁勇善战，现方驻军六安，即檄令孟群往袭庐州何如？"李续宜道："若用李孟群则得之矣。"胡林翼便令李孟群往取庐州，一面以湘军重防皖、鄂交界之地，以阻陈玉成来路。

时陈玉成欲沿潜山、宿松以入鄂省，大将吴汝孝进道："庐州为安庆上游屏障，乃四战之地，敌人所必争。今英王全军南下，恐清兵又复北侵，势将奈何？"陈玉成道："吾亦虑及此矣！鄂省清国文武，以鲍超、多隆阿为柱石。吾之欲入鄂境，盖有意也。因清国以失城为大罪，吾军一到，胡林翼必求援于鲍超，吾欲其来时，以掩击之，以雪二郎河之耻也。"吴汝孝道："忠王曾破霆军。败一鲍超，究有何用？"正说时，得报胡林翼现调李孟群往攻庐州，而率湘军重防鄂界。陈玉成道："果不出吴汝孝所料。孟群在清军中号为能将，亦当先除之。昔吴定规能坚却一李续宾，此次岂不能却李孟群？若以偏帅截之，以大军继进，杀李孟群必矣！"便飞令陈宗胜移军相助。

时陈宗胜正驻庐州，乃令陈宗胜引兵沿巢湖而东，并嘱道："李孟群若败，必不能西向，即须向东而奔；若以一军截之，李孟群死无葬地矣。"去后即以大军北还，以陈士章为前锋，同向庐州进发。

且说布政司李孟群，自李续宾死后，已得旨署理巡抚，及接胡林翼之令，即援队由六安，径趋庐州。时李孟群军中有女子李七姑者，名嗣贞，为李奉贞之妹，本贯河南人氏，流寓湖北。姊妹二人，自言能卜吉凶，知休咎，测风雨，观星象，分毫不爽。原任鄂督杨沛曾聘之不就，自谓时尚未至。及李孟群闻其至，以礼召之。奉贞、嗣贞与其兄恒本，同诣李孟群营中。孟群欲试其术，因奉贞姊妹自称能布八卦阵，孟群即使布之。乃以石子为阵，置鼠其中，而置猫于外，猫纵横驰突，终不得进；又反而置猫于中，置鼠于外，猫亦不得出。既而向李孟群道："此阵入者不能出，出者不能入也。"李孟群奇之，谓左右道："孔明八阵图之妙用，今始见之矣！"又与谈气数，奉贞姊妹皆精于易学，闻者莫不奇之。当李孟群驻军汉阳时，奉贞自处静室，能庇全军，但勿见红黄色，否则不验。是时李孟群，奉胡林翼之命，与诸军共战李秀成于武昌。孟群军中万余人，皆以为有神女护助，勇气百倍，不意竟同败于李秀成之手，于是军中以为虚妄。李奉贞愤极，率数十人直趋武昌城，孟群止之不听。及到武昌城外，令士卒先牵马回营，以示必死，后竟为太平人马所杀，其兄李恒本、其妹李嗣贞大恸，留请在营效力，以报家仇，李孟群许之。自是李孟群每次出军，必与李嗣贞相随，所问吉凶，亦间有应验。如取罗田、攻霍山、下六合，皆嗣贞先决必胜，已亦果然。李孟群因此器重李嗣贞。且谓奉贞武昌之败，祇出偶然，而以李氏姊妹之言，为无有不验也。此次李孟群遂率所部二万余人，径趋庐州，先决胜负于嗣贞。嗣贞卜之，以为必胜；而幕友方玉润，亦精易学，以为不利。且言道："吾军以三万众，所过罗田、霍山、六合，皆守兵无多，宜其胜也。此次往取庐州，是直与陈玉成挑战，彼军精锐且众，不可不防。"惟李孟群惑于李嗣贞所言，乃不听方玉润之谏，直进庐州，后径围府城。

惟城内太平守将吴定规设法死守，李孟群连攻三日不下，心极焦急。忽报陈玉成已引大军六万，反旆庐州，风驰电卷，已过桐城，从斗铺而进，将抵庐州矣。李孟群听得面色骤变。忽见方玉润从外奔入，向孟群道："公已得陈玉成军报乎！此李续宾三河覆辙也！玉成殆伪南下，以诱我至此，公宜速筹善法。"李孟群道："吾欲北趋定远，东连寿、颖，与胜保合军，始与陈玉成再战何如？"方玉润道："若此则公或可保全。然吾料陈玉成必蹑公后，是导陈玉成北进也。且胜保屡为陈玉成所败，军心望风即怯；今又新败于浦口，元气未复，即与合军，又岂能有济乎？"部将总兵王国才进道："李续宾之败，在移军东走，相失于大雾之中；今陈玉成奔驰到此，我主彼客，未必即败，何事远遁乎？"李孟群慨言道："丈夫得死于沙场幸矣！今宜深沟固垒，暂避其锋，鄂抚胡公，必有以援应也！"于是令三军增筑营垒木栅，以图固守，然后相机应之。时各道军报如雪片一般，皆以陈玉成回军庐州，无不震动。

原来陈玉成已是星夜由桐城、斗铺而进，行时却谓吴汝孝："三河一捷，赖将军扼守舒城要道，有以致之。今李孟群自恃其勇，将陷李续宾前车，将军复为我扼守舒城可也！"吴汝孝得令，以本部万五千人，分扼舒、桐要道，以阻援军。陈玉成再嘱道："据要守险，坚壁却敌，我不如将军。鲍超驻军瑞昌，若胡林翼闻我还庐州，孟群被困，将调鲍军渡黄海，以蹑吾后，将军若能拒之十五天，即吾事济矣。若鲍超改由他路而进，则将军亦要其后可也。"吴汝孝去后，适左右进酒，陈玉成道："今无须此，待手缚孟群之后，即与诸军齐饮矣！"说罢号令速进。探得李孟群驻兵离城二十里，皆深沟高垒，以待外援。陈玉成听得大笑道："李孟群将死矣！以三万之众，拥主待客，不敢一战；反自困以待外援，安有此兵法乎？彼所靠湖北援兵耳，庐州去武昌数百里，往来征调，岂旬日能及乎！孟群必为我擒矣。"说罢即飞令陈宗胜，由东而西，往来伺察，以绝李孟群粮道、水道。陈玉成即以全军齐进，包裹李孟群全军。复分数十小队，向清兵攻击，渐攻渐进；一面令陈宗胜拦截李孟群粮草。

时孟群粮仅敷十天，若十天援兵不到，则全军尽绝粮矣。胡林翼亦知，虽得陈玉成回军，自念鄂省虽安，惟孟群可虑，果调鲍超前往援应，惟往返征调，路途跋涉，皆已无及。李孟群坐困于重围，待救不至，粮草又断，一军皆惊。李孟群此时已知坐守之误。督兵冲围而出，奈军心已乱，毫不济事。陈玉成部下，包围如铜墙铁壁。经部将王国才、李庆瑞等，几番冲突，不能得出。陈玉成惟令部下裹困之，节节挨进。围攻了九日，玉成部将陈士章，欲越围进击。陈玉成道："我若进击，何患不胜？惟困之使其就地死，则彼军无一生还也。今已包围九日，宁勿忍耐一二天乎！"果然李孟群军中粮草已尽，运道又不通，孟群祗令节食待援，余外已无一策。

时清兵皆有饥色，王国才愤然道："断不可待死。"次早黎明，即引队先进，孟群在外奋力杀出。不意王国才先中火被焚，立时毙命，部兵一齐哗溃，亦不能出。又次日已越十一天，陈玉成见李军无斗志，抵抗乏力，自辰至申，逐渐疲缓，大喜道："彼军皆饥病矣！"下令次早，即率全军一齐越围而进。三军得令，无不踊跃，以五旗营分道合击，诸将一齐继进，尽焚李孟群木栅，并破壁垒，飞越而入。清兵不能抵御，皆面有饥色，有坐睡不能起者，纷纷言降。李孟群大怒道："丈夫不可徒死，当杀敌而后自尽。"不想说犹未了，英王小儿队长陈国瑞当先赶到，随后数百拥上，立擒李孟群。计部将李庆瑞等以下将校死者三十余人，军士降者大半，余外尽死于乱军中，由是孟群全军覆灭，玉成既获全胜，即将李孟群押在一处，丰以饮食，亲劝其降。孟群骂道："吾岂降贼乎？"陈玉成大笑道："汝为中国官耶？抑为满洲人官耶？汝方助贼不知进退，还骂我为贼耶？"玉成说罢，传令仍将李孟群看守，使其悛悟。惟李孟群已自誓必死，越五日而自刎，亡年未及五十。自刎之前一天，作绝命词四首，中有句云："生无将略酬时望，死有忠魂答主知。"又有句云："家国艰难空涕泪，乾坤维系祇君亲"等语。按李孟群，字鹤人，为河南固始人。以清道光丁未进士，任知县，由广西为江忠源调赴安徽，经二三百战，积功累至巡抚，嗜勇好斗，与李续宾齐名，至是乃并殁于玉成之手。自孟群死耗传至，湖北、江西无不震动。曾国藩为之奏其事：得咸丰帝赐谥武愍，并加旌忠之礼。

时鲍超方奉胡林翼之令，往援孟群，及至潜山，已闻孟群战死，亦将兵折回。胡林翼不胜叹息，以陈玉成又斩清国一员良将，并将孟群全军覆灭，乃会商曾国藩，以累年用兵，李秀成则覆曾军，破鲍超，败洋兵，夺苏州；陈玉成则挫胜保，败德兴阿，斩李续宾，擒李孟群，与昔日既死之王有龄，又毙和春、张国梁，其锋正锐。不如先平赣省敌军，然后合军以共向安庆。曾国藩深以为然。忽得太常寺卿左宗棠由乐平飞报，乞请援兵，兼借粮草。

原来侍王李世贤，自会合陈玉成，大破胜保、德兴阿之后，已由芜湖，直破宁国，下续汉，陷徽州，由休宁入祁门，纵横一切，望风披靡；且趋浮梁，夹击左宗棠，断左宗棠粮道。而黄文金又由东乡回军，以走乐平，即与李世贤相应，皆志在摧陷左军，故特来告急。曾国藩得报，乃先令以婺源、浮梁等县，厘金钱粮，由左宗棠征收，以备军饷。左宗棠听之，不觉怒道："乐平、婺源、浮梁等县，悉为太平人马所陷，所有钱粮厘金，已尽为太平人马所夺，是今日徒有征收之名，并无征收之实，曾国藩将陷我矣。"正说著，忽报黄文金一军大至，沿景德镇北进。时左宗棠一路不过万人，不能抵御，损失千余人，望风而溃。左宗棠无奈，先退至浮梁，黄文金从后蹑追之；旋则侍王李世贤一军亦到。左宗棠束手无策，一面令军士深沟固垒，先图自守，一面仍飞马催曾国藩速来援应。于是曾国藩速发各路人马：张运兰领本部五千人，曾国荃领吉字营亦四五千人，次如唐义渠、林文察、丁长胜、席宝田、石清吉、周天培所部或三四千，或二三千人等，分道往援左宗棠。以张运兰、曾国荃、唐义渠，由景德而进；余俱由饶州府直趋浮梁。

时李世贤知左宗棠救兵将到，乃飞令黄文金力御救兵；己则专力往攻。左宗棠却弃去浮梁县城，屯兵城外原野，并谓左右道："县城固无可守，且坐守城中，即自困矣。敌人若败，何患县城不复乎！"于是鼓励军心迎敌。无如李世贤势甚大，连经数战，皆为李世贤所挫，左军先后损伤二千人。李世贤节节挨进；左宗棠军力既疲，粮草又断，不胜焦虑。李世贤督军包击，再飞告黄文金，令奋力拒住救兵。并道："若能再御五日，擒左宗棠必矣。"不料黄文金虽勇力抵御，无如救兵过多，随后曾国藩又再调王开化一军往援，共计景德镇一路有张运兰、曾国荃、王开化、唐义渠、吴坤修；饶州一路有林文察、丁长胜、席宝田、石清吉、周天培共十路人马，皆夹击黄文金。

先是清兵由景德镇进，黄文金力挡五路，一连二三天不分胜负。时张运兰扎崖角镇，隔景德镇十余里，军锋极锐。黄文金分左路击之，张运兰连败两阵；惟曾国荃、唐义渠、王开化、吴坤修已纷拥而至，黄文金以右军极力抵御，奈一路难当四路之众，故损伤到二千余人，退军十余里。黄文金谓左右道："各军皆易对付，惟张运兰、曾国荃两军，未可轻视。"令坚壁固守，随报之李秀成，使分兵来援。分发去后，饶州府各路清兵又到，黄文金力不能支，竭力死守。

曾国荃见黄文金未退，乃通告各路：黄文金不退，则左军必至覆灭；乃约同十路齐进，分三路环攻：黄文金虽有七头八臂，亦不能抵御，乃引军向东北而逃。李世贤先得探马飞报，知黄文金已败，乃并力攻左宗棠，欲于清国救兵未到时，先灭左宗棠一军。惟左宗棠见李世贤忽然猛攻，料知救兵得手，但此时左军节节溃散，已走至范家村，部下除死伤饥病，只剩五千余人，左宗棠乃号令三军：得飞报，曾军各道救兵，已大破黄文金于景德镇，诸军宜奋力；若能持一天，我们都有命了。三军得令，一齐奋力。李世贤包攻左军，忽见左军突然奋勇，已是奇异；坚持南路，又尘头大起，纷报曾国藩十路救兵都到，李世贤料知不敌，乃解围而去。左宗棠乘势迫之，遂转败为胜。管教：

> 十道援军，竟助孤军成战绩；
> 一人爱士，反延伪士佐元戎。

要知后事如何，且听下回分解。

第五十三回

雷正琯密札访钱江　杨辅清匿兵破庆瑞

话说李世贤解围而去，左宗棠乘势追赶，追杀到二十里而回。而张运兰、曾国荃、唐义渠、王开化、吴坤修、林文察、丁长胜、石清吉、席宝田、周天培共十路援兵，已一齐赶到浮梁。知左宗棠回军，即会见左宗棠，曾国荃道："李世贤已这去乎！何君回军之速也？"左宗棠道："敌将似知将军等救兵将到，解围先遁，吾始从后击之。连追二十里，惧孤军深入，故以折回，若将军等早到半日，则李世贤全军俱覆矣！"曾国荃道："左公若能诱致世贤，则十路援兵擒世贤必矣！今以十路援兵，奔逐数百里，使李世贤得全军而退，诚为天下笑也。"张运兰道："早知如此，吾等十人当分为二：以五路趋浮梁，以救左军，以五路直蹑黄文金，犹胜于此。今黄文金必回扰浙江；即李世贤军力未衰，亦回扰皖南，则宁国、祁门一带，又将多事矣。"说罢诸将齐出。席宝田、张运兰道："左公此举，借吾等援军声势，以败敌人，而将独引为己功也！"于是张运兰、曾国荃等，以战状报知曾国藩，且以婺源、乐平、浮梁等县粮草缺乏，先后引军回屯饶州府、景德镇、新淦章树镇一带，以听曾国藩后命。

惟左宗棠自退去李世贤之后，自以为得此一捷，出于意外；适郭意诚时在曾国藩幕府，左宗棠乃致意郭意诚，自以乞粮于曾军，国藩只予以乐平、浮梁、婺源三县钱粮厘金，得诸灰烬之余，纵有征收之名，而无征收之实，以此抱恨于国藩；又自以数千饥病之卒，意外得一胜，颇为自得。郭意诚告诸曾国藩，国藩心颇不怿。以接张运兰、曾国荃、席宝田等报，亦以左宗棠自贪小功，致纵大敌，更不悦左宗棠。而曾、左交恶，已始于此矣。

且说太平天国军师钱江自遁迹后，已无有踪迹。当胡林翼第一次收复武昌，所得洪秀全文卷，即钱江《兴王策》，前曾呈诸洪秀全者，亦为胡林翼所得。读其《兴王策》十余条，无不叹钱江为奇才，而苦不知其所在。时雷正琯在湖北，为团练大臣，览钱江《兴王策》，击节不置，抄录一遍，日为之朗诵，自是深慕钱江其人。时谓左右道："钱江天下才也！其初辅洪秀全，诚为可惜；若得而用之，天下不足平矣。"时幕友王延庆进道："观钱江怀抱大才，不遇于世；又欲急就功名，以展其骥足，如范增欲依项羽以成名无异也。彼既离洪秀全而去，必知洪秀全不足与有为，然后舍之；今彼匿迹销声，不过惧罹罪耳。方今海禁未通，彼逃将安往？若密访之，必得其人也。"雷正琯深以为然，乃密令人访察之，终无所得。后以捻党日炽，清廷以袁甲三为钦差，驻兵河中，袁甲三奏以雷正琯总办粮台，雷正琯遂移军河上。惟酷爱钱江之心，依然不息。左右皆谏道："钱江本辅洪秀全，位为军师，且弃之而去，如神龙见首不见尾，公安得而用之？"雷正琯不以为然，并道："彼若非急于功名，必不轻就洪秀全；彼之去，必知洪秀全不足有为，而后去之也。天下安有急于功名者而不可以聘用乎？故吾患不得钱江，不患钱江不为我用。以彼方惧罪，吾若赦之，而复加以功名，何患其不就？吾若得钱江而用之，绝大功名不难致也！"由是欲访钱江之念，其心益坚。

时委人四出，以访钱江；所委之人，且丰其薪水，务欲得之。而被委者，又恐无以报命，故造谣言：今日言踪迹在何处，明日言踪迹在何处，闹过不了。左右皆道："若如此访之，是反令钱江疑惧也！虽有踪迹，且将避之不遑，又安得能之？不如先出一示，劝人勿作捻党；并言如有怀才不售者，许其来见；纵前有罪者，亦声明赦而用之，则人不致惊疑，而访才亦易也。"雷正琯从之。自出此示后，便有许多一知半解之徒，跃跃欲动。时有一人作道装，漫游河上，亦时往来于城市中，且好吟诗，每遇丛林古刹，则以粉笔留题，皆署名闲散道人。每题诗必有自负气，且涉及时务，时人多奇之。有环绕攀谈者，彼则指天画地，旁若无人。由是悠悠之口，皆叹为奇才。时雷正琯所发侦探，亦留意及之，尝向他问道："以君大才，何不为世用？"那道人答道："吾不能再用于世矣！果能用我者，其在雷正琯乎？"各人益奇之，以告雷正琯。那雷正琯听得，亦以为异，密令人抄其诗词一看，有杂感诗数首，雷正琯读之。诗道：

独倚青萍陋杞忧，谈兵纸上岂空谋。谁催良将资强敌，欲铸神奸首故侯。机已失时惟扼腕，才无用处且埋头。东风何事吹桃李？争与梅花妒似仇。

飘零无复见江乡，满眼旌旗衬夕阳。芳草有情依岸绿，残花无语对人黄。汉家崛起传三杰，晋祚潜移哭八王。却忆故园金粉地，苍茫荆棘满南荒。

地棘天荆寄此身，生还万里转伤神。乡关路隔家何在？兄弟音疏身自亲。扪虱曾谈天下事，卧龙原是草庐人。西山爽气秋高处，纵目苍凉感路尘。

草野犹怀救国忠，而今往事哭秋风。桓刘有意争雄长，韩岳终难立战功。沧海风涛沉草檄，关山霜雪转飞蓬。匆匆过眼皆陈迹，往日雄心付水中。

桑麻鸡犬万人家，谁识秋情感岁华？夜气暗藏三尺剑，边愁冷入半篱花。云开雁路天中见，木脱鸦声日暮哗。几度登楼王粲恨，依刘心事落清笳。

一年一度一中秋，月照天街色更幽。天象有星原北拱，人情如水竟东流。贾生痛哭非无策，屈子行吟尽是忧。寥落湖海增马齿，等闲又白少年头。

山中黄叶已萧森，招隐频年负客心。北海酒樽谁款客？南华经卷独追寻。乾坤象纬时时见，江海波涛处处深。莫怪东邻老杜甫，挑灯昨夜发狂吟。

余生犹幸寄书庵，自顾深知已不堪。芦雁归音回塞北，莼鲈乡思到江南。虽无马角三更梦，已有猪肝一片贪。且染秋毫湿浓露，手编野史作清谈。

雷正琯见之，却道："此人必怀才未售，但是否为钱江，姑不必计。就其语气，亦像一二，姑且请见之，看其才略如何，然后计较。"于是奉委各员皆注意该道人。次日复遇之，为邀至雷正琯行台之内，雷正琯以礼相接，相与谈论时务。那人口若悬河，对答如流，雷正琯许为奇才。并道："观君诗词，似从前曾建许多事业，想君当时必在洪军任事。吾固倾城以待足下，足下幸勿隐讳。"那道人听了，却笑道："公既知之，何待多言！"雷正琯大喜，待以殊礼，每事必询之而后行。惟那道人建言论事，则滔滔不竭；临事画策，却不中大肯。时雷正琯方办粮台，而捻党势炽，各路大兵顿聚陕、晋，各处粮运每虑不继，那道人一筹不展。雷正琯至是疑之，以其言有余而行不足，知为该道人所欺，自言道："此非钱江，吾却误矣！"后来遂借事借口以杀之，以杀钱江报闻，此是后话，不必细表。

且说太平大将前军主将辅王杨辅清，自得洪秀全立为主将，以江、鄂一带，有李秀成、陈玉成等，可以支持大局。唯清军粮道，当时实靠闽、粤，若不先破福建，并下广州，终无以断清兵粮道，乃函商李秀成，愿以大军下闽、浙。时李秀成自抚定苏州之后，连与洋兵交战，直下清浦，复破洋兵，得洋枪二千余支，乃回军苏州。适清兵冯子材等，有复攻常州之说。秀成乃再回常州府，抚定各路，使由南京直至苏州，皆无梗阻。乃甫到常州，即接杨辅清来文：力陈由浙入闽之利。秀成亦念欲顾东南，须阻断清军粮道，方足使东南稳固，庶可以北伐也。遂赞成杨辅清之议，改令李世贤重顾浙江，兼应赣省，令黄文金顾赣，而以魏超成助之；并令陈宗胜重顾皖、赣之间，即准令杨辅清南下。

那杨辅清既接李秀成回文，亦以入闽为是，惟秀成回文之意，仍注意北伐，故并嘱杨辅清道："伐闽以断敌军粮道，自是要策。但鄙意仍重北伐，若既下福州之后，即留将驻守，宜速回军，以固天京根本可也。"杨辅清道："豪杰之士，所见略同，吾意决矣。"乃即报之洪秀全,将发兵而南。

广西一带,有陈金刚起事,欲附太平天国,乃致函于杨辅清道达意见。杨辅清道:"此人正合用著也!"原来陈金刚部下,亦拥众万人,有部将江志、侯臣、戴郑金等,颇称敢战,故纵横于广东之肇庆、罗定,以迄广西,清兵屡疲于奔命。杨辅清因此以为陈金刚可用,并对左右道:"两江清兵之粮,仰给于广东、福建;两湖清兵之粮,仰给于贵州、广西。今吾下闽省,以断清兵于两江运道;即以陈金刚牵制广西,亦足断清兵于两湖运道,并足为翼王声援也。"乃奏知洪秀全,以王爵封陈金刚;并封江志、侯臣、戴郑金为列侯,令其分攻桂省去后,杨辅清摒挡各事,发兵六万,由宁国南下,先后陷徽州、淳安等处,复破严州、金华,所向披靡,远近震动,直趋处州。

时清廷以庆瑞为知兵,飞调庆瑞为闽浙总督,以拒杨辅清。那庆瑞探得杨辅清军势浩大,恐不能抵敌;乃六百里加紧求救于曾国藩。那时曾国藩自分兵十道,攻退黄文金、李世贤后,军势复振。及接庆瑞告急之报,即派总兵朱品隆、江长贵,各领兵七千人,分道往援庆瑞。此时庆瑞部下士卒二万人,连着旗兵共有二万余人,由福州过单阳,直抵温州,移向处州进发。沿途听得杨辅清领大军六万,将由浙南下,乃谓左右道:"杨辅清在洪秀全军中,号为能将,自李秀成、陈玉成而下,彼即与李世贤齐名。其部下又能征惯战,且数倍于我。彼若先得处州,将乘势南下,那温州地方濒海,我军水势未备,难为犄角。不如先踞处州,方为上策。"随率人马趋处州;再一面催曾国藩发援应。

将抵处州,探得杨辅清本部,离处州城只有三四十里,瑞庆欲候曾国藩救兵到时,然后出战,是夜在城楼上从高北望,见杨辅清本部旌旗齐整,刁斗森严,不觉骇然。谓左右道:"杨辅清人马何其众也!想不出明日来攻城矣!"次早传令军中,严密守御,不想自晚至暮,并不见杨辅清来攻城,庆瑞心中大疑。自忖道:"杨辅清南下,应在急战；不来攻城，其中必有别谋。"正在疑虑，忽探马飞报：杨辅清现派兵四处查察小路，大营向西路，不知何意？庆瑞拍案道："杨辅清军中必无六万人马，不过虚张声势耳！吾方以大兵先扼处州，彼即不敢越处州而过矣。今计曾国藩救兵非旬日可到，若被杨辅清借越小道，直达闽境，沿途号召，后患方长。今不可不战。待今夜再看情景如何，即准备战事可也。"及到夜分，果见杨辅清大营已移向西边，且计其灯火，亦不如前夜之众。庆瑞益决，言曰："吾几为杨辅清所赚。今观之，乃知其不攻处州，自有原因耳。"遂下令明日五更造饭，平明起兵。

时杨辅清自知人马多众，庆瑞必不敢遽出，将紧守城池，以待援兵。是终难入闽，乃独不攻城，惟寻觅小路，故作偷渡状，并将大兵分道，向山林埋伏，减少旌旗以诱庆瑞。徐探得庆瑞军中半守城里，半守城外，忽然并将城内各军，亦大多移出，营中颇有举动，杨辅清道："庆瑞将出兵矣！"便传令军中：如庆瑞兵到时，以伪败诱致之；若见中军大红旗高举，便是庆瑞中计，各路伏兵可一齐杀出。复飞令魏超成，由赣甫拦入闽境，以扰庆瑞之后。分拨既定，亦于五更造饭，专候清兵。

不多时庆瑞已统大兵齐至，远望见杨辅清旗无多，益轻视之，促军直前，约离不得十里，清兵一齐发枪，向太平人马攻击。杨辅清亦督兵接战。庆瑞点数杨辅清军中，约不及二万人，遂于马军在前，步军在后，竭力猛战。自辰至午，杨辅清势似不敌；庆瑞左右指挥，并令如敌军一败，即猛力前进。说犹未了，已见杨辅清引军退，且战且退。庆瑞督兵追之。

原来西北一路，颇多山林，且林木丛杂，地亦崎驱，时杨辅清方率兵而走，后路人马，且约有千人，向清兵投降。庆瑞更无思疑，以马军直蹑杨辅清之后，约追二十里，地益难进，左右皆谏道："此处地势颇不便用兵，杨辅清恐非真败也。"庆瑞道："此地我不宜用兵，岂敌人独宜用兵乎？彼军且有降者，诈败必不如是也！"说罢仍主急追。忽听得四处鼓声大震，四至八达，山林之内，皆现出杨辅清旗号。庆瑞见了魂不附体，又惧军心惶乱，乃故意谓左右道："八公山草木，恐非真兵也。杨辅清故作此以疑我耳。三军不要畏惧，只管向前，今夜定要斩杨辅清之首矣！"但庆瑞虽如此说，唯说时已手忙脚乱，左右皆为变色。虽庆瑞之言，亦只唯诺相应。时浙江参将张其光，方以本部隶于庆瑞军中，庆瑞用为中后军统领。张其光忽从后路策马而至，谓庆瑞道："杨酋伏兵已现矣，新降之兵不下千人，尚恐非真降也！若为内应，吾军乱矣！宜早作区处。"庆瑞道："此言亦是。但军中方惧中伏，吾唯设法稳住军心；若遽杀降兵，军心亦惧，必不可也。但密防之可矣。"张其光退后，庆瑞方寸已乱，漫无主裁。继思地势既险，退亦难艰，不如直进，乃传令从速进兵。但号令虽下，人马不前，庆瑞大怒，前锋副都统穆腾阿立杀数人，军士始勉强前进。忽然上游鼓声大震，尘头飞滚，杨辅清已率兵杀来。太平军前锋成大吉，率兵当先，直冲清军。庆瑞即令穆腾阿引马队接战。杨辅清将大红旗一举，复下令道："庆瑞已中我计矣！当尽歼清兵，休令放走一人也。"太平兵得令，一齐奋勇，左右八道，伏兵亦尽行杀出。旗帜掩映，皆向清兵杀来，大呼不要走了庆瑞，清兵无不胆落。但见子弹如雨，硝烟蔽天，清兵大受损伤。后路新降之兵，又哗然自乱。张其光传令先杀降兵，奈清兵此时已互相逃窜，前路马队又望后而逃，自相践踏，清兵死伤不计其数。杨辅清大兵已漫山遍野而下。穆腾阿知不是路，率马队飞入中军，保著庆瑞望后而走了。管教：

　　一计成功，已见处州成血海；
　　两军会战，又教广信起风云。

要知后事如何，且听下回分解。

第五十四回

破金陵归结太平国　编野史重题懊侬歌

话说杨辅清已困庆瑞，是时伏兵齐出，四方八面，皆是太平人马。相离或十里、八里，分道环攻，清兵皆呼天叫地。穆腾阿保著庆瑞，正望南而走，庆瑞传令以后军为前军，极力越围。此时清兵只顾逃窜，再无抵御之力。杨辅清人马分数路攻击，地方又崎岖，几逃无可逃，于是清兵大半愿降。穆腾阿与庆瑞不能顾得许多，惟策马落荒而走。时又近夜，军中辎重尽失，所有枪械抛弃原野，杨辅清大获胜仗。是时清兵已尸横遍野，血流成河。计庆瑞所领二万余人，已死伤万余，降者数千人，都是焦头烂额，衣甲不完的各自逃命。杨辅清一面抚辑降兵，一面分道追赶庆瑞。

那庆瑞此时只有穆腾阿率引马队拥护而进，余外步兵又留存无几，心中又羞又愤。忽听得后面喊声又近，料知太平人马又复赶来，时已入夜，不辨方向，正不知向何处逃走。庆瑞心慌，不觉叹道："吾死于此矣！"言犹未已，已闻枪声响处，弹子纷纷打来。庆瑞手忙脚乱，早跌在马下，正在危急，忽得一支人马拥至，乃张其光兵也。庆瑞此时心中稍安，遂由张其光在前，穆腾阿在后，保著同走。并传令先奔处州府城。再走数十里，觉追兵已远，庆瑞方暂定了魂魄，取道将奔全处州城时，见居民纷纷逃走，庆瑞惊道："敌兵已得处州乎！"张其光道："吾军败时，为敌军所压，故越山绕道，以救大人；若处州消息，概未可知也。"庆瑞好生惊疑。

时已抵处州城外。但见城门紧闭，城上旌旗整齐，庆瑞觅土人问之，原来处州府城，已为杨辅清人马所夺。盖杨辅清另分一队人马，伺庆瑞离城后，已间道先袭城池。庆瑞听得这点消息，又不知城内所存守兵，逃往何处，正自惊疑不定，忽然城上鼓声震地，似杀将来，庆瑞大惊，急取败残人马，望南再走。亦不敢逃回温州，只率人马，向云和龙泉而逃。杨辅清大捷之后，笑谓左右道："吾此计只能瞒庆瑞耳！吾以大军南下，苟非兵力充足，岂敢遽下闽境？乃庆瑞不以为疑，其愚一也；军行最忌险道，若见地势掩映，敌情未悉，必不可穷追，乃庆瑞独不知之，其愚二也；彼若以大兵阻处州要道，以待曾军后援，吾兵断不易至此，今彼不出所计，是吾军得天助耳。庆瑞既败，处州已得，即曾军至，无能为矣。"说罢，传令分军为三：以一驻处州城内；一守处州城外；而分一路收取温州。待温州既定，然后会同入闽。

一面飞报魏超成，告以破了庆瑞，拔了处州，便一同南向，折入南境。时魏超成已由贵溪直趋弋阳，部下大兵二万余人，所过披靡，时接杨辅清文报，知道杨军大捷，遂悉锐进攻。是时清国总兵王健元，副将袁艮，各率兵五千，与魏超成抗战。奈魏超成乘胜之成，不能抵敌，清都司赖正修，引部下千余人，先降了魏超成。于是清兵尽溃。魏超成道："吾军须速入闽境，与辅王相应。今清兵若败，必退保弋阳，以阻吾去路，又须大费时日矣。"遂分大军为两路：直蹴清兵之后，以攻弋阳。果然清将王健元、袁艮，欲退守弋阳县。惟太平人马已随后追至，清兵不能立足，魏超成乘势取了弋阳。清兵遗下器械粮草无算，皆为魏超成所得，魏军大振。总兵王健元，副将袁艮，即随保广信府。先是王健元、袁艮驻守贵溪，自所得魏超成大军已经南下，已恐众寡不敌，即催曾国藩发兵来救。时曾国藩先得庆瑞催救文书，已令朱品隆、江长贵两总兵，先带大兵赴敌。随后又接得王健元、袁艮告急书，遂更调萧启江带兵五千，往救弋阳一带。明知萧启江以五千之众，不是魏超成敌手，惟探得李世贤、黄文金两路大兵，又将入赣，故曾军亦不敢移动。萧启江承派之后，即对曾国藩道："闻魏超成大军将近三万人，号称五万。今以五千人马当之，恐难取胜。且王健元、袁艮两军，又久不经战事，若不能得其助力，是同与俱败矣。"曾国藩踌躇半响，乃道："敌军极狡，吾若多调人马赴援，恐本处兵力单薄，李世贤、黄文金又乘虚攻我矣。今唯有一计：令朱品隆、江长贵便宜行事；若处州未失，能破杨辅清，则移军而东，以助将军；若处州既失，杨辅清声势更盛，则朱品隆、江长贵往浙，亦属无用，即可移助将军矣。江西乃吾治地。设城池失守，干系非轻，吾亦当重顾根本也。今更拨张运兰领劲兵南下，以之助君，君亦可以放心也。但赣南危急，君当先行，吾即令张运兰随后至矣！"萧启江乃率军先行。曾国藩随令张运兰起兵援应。

唯是时张运兰方扎景德镇，听得曾国藩有令，遂亦抽调人马六千人起行。共计萧启江、张运兰两路，约万余人；朱品隆、江长贵两路，亦有万余。合四路人马，亦近三万，以此援应赣南，曾国藩亦觉心安。奈朱品隆、江长贵先往处州，不想领军赶至衢州府，已得处州失守，庆瑞大败之信。江长贵道："庆瑞久于用兵，既已求援，自应待援兵到时，然后开战；今彼如此，其败也宜矣！"朱品隆道："事已如此，吾等往亦无用。"正说著已得曾国藩追到文书，遂移军回助赣南。江长贵道："魏超成志在入闽，与杨辅清相应。由赣入闽之路，必经广信府，吾料王健元等，必不能保守贵溪。吾等不如先赴广信府为愈矣。"朱品隆甚听其计，乃率军望广信进发。

早有消息报到魏超成军中，魏超成乃与部诸将计议道："曾军南来,其势必锐;且合四路之众,不易挡之。请问诸君计将安出?"翰王项大英,时为前部总先锋,即进道:"彼分四路而下,以为破我必矣!然朱品隆、江长贵两军,奔驰往返,纵横跋涉,其力疲矣!因而破之,势如反掌。今请分军为二:以一军压广信府,以防王健元与袁艮冲出;出一军拒萧启江。某愿以本部人马,为将军破朱品隆、江长贵,待朱、江二军既破之后,如此如此,则萧启江亦为吾所败矣。"魏超成一一从之。先令降将赖正修用计,一面听候项大英消息,然后行事。

时萧启江不知江长贵即能回军,以为朱、江两将与杨辅清相持,必费时日。自料孤军难抗魏超成,故一心待张运兰到时,方好求战。不意张运兰再离景德镇,即已染病,行程顿滞。萧启江又专待张运兰,因此观望不前,反至朱品隆、江长贵先到。那朱品隆以为魏超成之勇,不及杨辅清,而合张运兰、萧启江之众,实足以破魏超成而有余,遂奋勇赴敌。并谓江长贵道:"吾等奉派援浙,徒劳无功;今此行乃予吾二人以立功机会也,万不宜落后,以惹人笑也。"江长贵亦为然。乃星驰电捲,由衢州回江山县,入江西玉山,直望广信北路拦截进发。时翰王项大英,知王健元、袁艮如惊弓之鸟,退守广信,必不敢出。乃以人马五千,压住广信来路,亲率劲旅万人,由弋阳起程,往迎朱品隆、江长贵。甫过了兴安北境,约十余里,已知道朱、江二军将到,遂直趋广信北路,拦截朱、江二军。将人马分为五路,每路二千人,单候迎接。

安营甫定,清将朱品隆、江长贵已到,已见太平人马在前,朱品隆大惊道:"岂魏超成已得广信乎?何以驻兵于此!"遂惊疑不定。惟远望见太平人马无多,又不是魏超成旗号,江长贵道:"如魏超成已得广信,必将速入福建,以应杨辅清,何暇与我交战。今魏超成必为萧启江、张运兰所来,特兵于此以疑我耳。今宜速进,勿令敌军得以退去也!"于是朱、江两军齐发,忽然炮声震动,太平人马,各路已一齐出现。

原来太平将项大英所领的兵马，偃旗息鼓，清兵只见其中军齐发，故以为兵马无多，此时忽见项大英有五路人马，心中已怯。且远行疲乏，不便战斗，无如太平人马养精蓄锐，纷向清兵击来，清兵如何抵敌？还亏朱品隆、江长贵，平日久经战阵，仍能死力支持；无如军士疲倦，终难抵御。太平人马已纷扑进，清兵只望后而退。项大英率齐五路，一同追击，清兵死伤五六千人，戈甲抛弃遍野，降者亦二三千人，三停人马，失去二停，朱品隆、江长贵，引败残人马，退三十里屯扎。一面打听萧启江、张运兰消息，再作行止。

原来张运兰既因病阻，误了行程，及朱品隆、江长贵既败之后，萧启江始至贵溪。魏超成早依项大英之策，用计令降将都司赖正修，致函萧启江。那函中大意，却道："王健元、袁良等，并未力战，即退保广信。"又道："自己所部千人，为敌将魏超成所困，致力所擒。今日投降，本非真心，遂请萧启江带兵来战，愿为内应"等语。此函写妥之后，即遣心腹哨弁，投至萧启江处。

原来赖正修，曾隶萧启江部下，平日深为萧启江所信；且与萧启江有同乡之谊。故萧启江得信之后，初犹半信半疑，继思赖正修为同乡，又是旧部，未必相欺。且彼言王健元、袁良之无用，亦系实情。乃回复赖正修：请其设法内应。魏超成谓赖正修道："若由足下设法，以诱致萧启江，吾恐萧启江不免生疑。不如请由萧启江定计，使令足下遵守，然后吾等因其计而用之，较为妥善也。"赖正修乃再飞函萧启江，并称自己无才，所恃者，皆得之部下千人，皆可信任耳。且此间敌将非王即公侯，吾自降后，尚无何职位；即偕降之于人，亦未有声明月饷若干，故旧部下人心依然愤恨。弟故决其可用。尊处不论授以何计，无不可遵命矣！萧启江接函后，心中更安。幕客王席珍进道："吾所难者两军相拒，而赖正修书信来往，如是其易，须防之耳。"萧启江道："彼降兵尚在部下，用人自易。且赖军多是湘人，其仍欲归吾者情也，又何疑乎？"遂不听王席珍之言。即密复赖正修，约以是夜进战，著赖正修举火为号，乘机掩杀，俾里应外合，以破魏超成。计议已定，即密地打点出兵，并谓左右道："自来用兵以诈降赚敌，往往有之。惟赖正修之降敌，非其本心；且为吾同乡，其部下亦皆有乡情，此其可信者也！况非由彼定计以赚吾，乃使吾定计以使之遵守，尤不必多疑，破敌必矣。"随派人密告广信府城内，使王健元留袁艮守城，引兵出城相助。

　　不知魏超成早料萧启江，必令城内清兵杀出相应，乃分派小队四处巡察，以搜截萧启江交通消息。果然由军士拿到一人，在身上搜得文书，是萧启江著王健元由城内冲出相应的。魏超成大喜道："果不出吾所料也！"乃将原函毁了，立刻摹仿萧启江印信，另拟一函，先一精细心腹军士，穿了那清兵号衣，投函于王健元。直至城下，声称萧启江有机密函到。时城上守将见他只有一人到来，乃开城迎入，直呈函于王健元。王健元拆开一看，那函大意：却称今夜即破魏超成，惟探得敌将翰王项大英将绕东偷度崇安，直取福建之建阳，宜即引大兵南出，以扼崇安要道等语。王健元细看印信不错，但然不疑。遂留少数人马守城，余外尽提大兵出发于崇安要道。

　　魏超成打听得城内清兵已经移动，乃一面令翰王项大英移得胜之兵，以三分之二，径袭广信府城；余外则扼阻朱品隆、江长贵来路。去后，即密令诸将准备迎战。并谓左右道："若敌将张运兰已到，则吾军胜负尚未可知。今萧启江欲以孤军侥幸一战，不败何待！"说罢，即令诸军偃旗息鼓，以待敌军。清将萧启江所部分为三路：人衔枚，马勒口，一字儿逾山挨岭而进，即趋魏超成大营。远望见魏军营中灯火烛天，惟不见太平人马的动静，左右皆有些疑惑。萧启江道："不入虎穴，安得虎子？"即率军扑近魏营，立传令放枪攻击。魏军故作惊惶之状。萧启江以为得手，下令军中，须望见魏军后军火光，方得前进。说犹未了，已见魏军后面突然火起，魏军复似更为惊扰，启江大喜，即令三军一齐追入，魏军即望后而走，且人无多。萧启江此时有些疑惑，自念此处若为魏超成大营，其人马必不止此数；此时始不欲遽进，又不肯遽尔退回。正踌躇间，忽见前锋统领胡廷干驰至，报道都司赖正修已有军士来报，说称纵火之后，方欲杀出相应，今已为魏超成所围，请速往援救。萧启江听得，乃令诸军急进。忽然省悟道："吾中计矣！"左右问其故，萧启江道："敌军如真败，岂能再围赖正修？且深夜扰攘，两军仓皇，赖正修岂能使人到来求救耶？"说罢即令退兵。惟前军已进如潮涌，止之不得。忽然听得魏军连放号炮，只见四面八方，皆是魏超成人马，蜂拥杀来，万枪齐发，弹子如雨点而下。萧启江见此情景，乃叹道："吾用兵多年，今乃为人所弄，悔不听王席珍之言，吾有何面目见人！"乃欲拔剑自刎，左右急为挽救，并道："胜败兵家常事。大丈夫当留身，以为国用也。"正在纷乱间，忽部将易艮干奔至，大呼道："敌近矣，速作逃计。"说着，即拥萧启江先逃。未几胡廷干亦奔到，乃共保萧启江急奔，回望后路，不觉叹道："为吾一人失机，以至陷此数千人，皆吾罪也。"正说着前面敌军已拦住去路。易艮干道："敌人料我必走贵溪，故以重兵阻此要道。今当望南杀出，再作区处。"于是望南而下，又折了些人马，方得杀出重围。萧启江谓左右道："剩此败残人马，纵出得重围，亦难立足！不如先走广信府城，以待援兵。"时只剩数百败残人马，绕道奔至广信府城。不料城上旌旗齐整，尽是魏超成旗号。萧启江大惊道："吾才调王健元，使由城内杀出相应，今不特不见杀出，城池反已失守耶？"说罢急即调转败残人马先行，暂居铅山。

那铅山本去崇安不远，至时始知王健元，已往守崇安。询悉原委，始知派人送书于王健元，中途亦为魏超成所截，遂改转函中语意，赚出王健元，并袭了府城。后得城内逃出的清兵报告：原来袁艮已死于城中。萧启江叹道："此行损兵折将，失城丧地，复有何面目回见曾国藩乎！"说时不觉垂泪。当即挥书到曾国藩处，报称失败情形，并自引咎请开差，暂行回籍。却可次日张运兰兵已到，便交张运兰料理军务；朱品隆、江长贵，亦引败兵回见曾国藩。

适湘抚骆秉章，自奉得总督四川之命，久未成行，此时以石达开将行入川，不得不往，乃打算起程，特向曾国藩借用人员，俾一同入川，助理军务。那曾国藩就令萧启江回湘，由骆秉章差遣；并令萧启江所存人马，及王健元部下并交张运兰统带。又令张运兰察看赣南情形，再定行止。

唯是魏超成既下广信府，听得张运兰已到，自念须从速入闽，以应杨辅清，故不欲再与张运兰交战。惟尽取广信府所有辎重器械，即飞报杨辅清，尽统大军，弃了广信同向福建进发。那张运兰见魏超成已入闽境，自己只奉令来援赣南，并非奉令要往福建，且听得魏超成军势甚大，亦不宜追赶，只得报称收复广信，即引军回至曾国藩处缴令。

那曾国藩却谓诸将道："江、浙两省，全赖闽、粤。今杨辅清、魏超成连破我军，直进福建，于我粮道根本，最为阻碍，将以何策处之？"幕友郭意诚道："两年以来，自湖口一败，三河再败，直至桐城浦口之战，皆大挫军威；今又警报及于福建，若福建亦危，则粮道绝矣！以洪秀全久踞金陵，西拥东西梁山之固，以连安庆；东并常、苏之富，以通海道。我军处处受制，东南大局危矣！以某愚见，若与之求战，即徒得一胜，亦无济于事。观昔日洪秀全不能分兵入闽者，以金陵被向荣、和春、张国梁所扰也！今彼金陵稳固，不特可以分兵南往，且可以移兵北伐，故不如合谋金陵，以动其根本，方为上策。"曾国藩道："公言是也！今闻胜保军势复振，且新到吉林马队，并为一军，可以战矣。不如会商胜保，使下窥金陵，吾亦相机而进可也。"说罢即备文书，加紧告知胜保。

时胜保正驻凤阳。自浦口一败，军势尽挫，随即再招人马，复由吉林调到马队五千名，因此军力又复一振。正拟下趋安庆，以雪从前屡败之耻，忽接得曾国藩文书，要攻金陵。自恃年来用兵，迭为敌人所败，与昔年李秀成破向荣、王有龄、张国梁相似，若不动摇洪氏根本，必难复振。是进攻金陵，亦是一策。但敌将陈玉成，方纵横皖省；而李世贤等又在赣浙牵制，曾国藩若不顾全皖、鄂一带，又恐陈玉成更为得势。原来湖北巡抚胡林翼，那时正丁母忧，清廷准假百日，使胡林翼治丧；而鲍超又值告假养病。因此湖北一路，只恃官文督率各将主持。那陈玉成以湖北无人，已大有再取武昌之势。故胜保一接曾国藩文书，颇费踌躇，乃与诸将计议。部将提督李曙堂道："陈玉成驻军皖南，常欲西撼武昌；今不敢遽进者，以吾大军在此，惧捌其背也。若我移军东趋金陵，彼必乘机入鄂，恐金陵未必即破，而武昌已陷矣。"部将戴天英道："陈玉成家小尽在安庆，故彼深顾安庆，我若攻金陵，玉成必不骤离安庆。而李秀成又东下苏州，与李鸿章相持，我此时若窥金陵，或可得志。若以湖北一路为忧，可即回复曾国藩，使鲍超速起，力疾视师，屯湖北以图进取，以陈玉成平日本忌鲍超，如是即足以牵制陈玉成，湖北可以无事也。且曾国藩虽被李世贤牵制，然曾军部下诸将，能战者不少，亦可分军渡皖，为鲍超声援，此又何虑乎？"胜保道："此策极是，吾当从之。"时又听得陈玉成结合捻党苗沛霖，将会皖北；胜保乃调多隆阿一军，直入汴省，以攻捻党，并防陈玉成分军北上。一面知会德兴阿，并各路共攻金陵。

适德兴阿驻军淮南，乃定议德兴阿，由天长并绕六合而下；胜保却由定远绕滁州入江浦而来，皆向江宁进发。

且说太平天将李昭寿，自会合陈玉成，在浦口破了胜保、德兴阿之后，陈玉成却改令地官副丞相周胜业，代守六合；而以李昭寿移守滁州。原来李昭寿人极骁勇，无战不胜；唯是性情凶暴，最嗜杀戮。且自以屡有大功，每凌辱同僚，故同僚多恨之，绝少与之往来。当其领守六合以后，两败德兴阿，又与陈玉成共破胜保；后守住滁州，亦屡挫清兵，复先后分援全椒、乌衣、小店、东西梁山，清兵皆不敢犯，故天京无西顾之忧。自以屡立大功，欲得封王位，并为主将，洪秀全乃商之陈玉成。陈玉成以其性情骄蹇，恐他兵权过重，难以节制，稍裁抑之，李昭寿每立战功，只有厚其赏赐，未尝进爵加权，李昭寿心颇怀恨；但念李秀成待之极厚，不忍违背，心中不免含恨，且时出怨言。除李秀成、陈玉成之外，罕有能调动之者。先后如谭绍洸、赖文鸿曾言于李秀成：皆称昭寿赋性凶险，小用之，则不为我用；大用之，又恐难制，宜以罪诛之，免为后患。惟秀成终怜其勇，故极意笼络之。

那一日适接松王陈得风，自天京发来军报，以地官丞相罗大纲身故，特调李昭寿往镇扬州；著李昭寿择员代守滁州一路。李昭寿见之大怒道："陈得风何人？俺李某岂肯为彼所调遣耶！"左右皆谏道："陈得风身居王位，坐镇天京，居中策调外将，固所宜也。"李昭寿道："此皆天王用人不明耳！国家分茅胙土设爵位以待有功；我李昭寿汗马功劳，岂在陈得风下乎？今置英雄于无用之地，使懦夫竖子，皆得而调遣之，辱莫大焉。当吾守六合时，若以城降德兴阿，则当日金陵，不知竟归谁手！吾亦不至寥落至此矣。"言时怒形于色。乃回书陈得风：力称不能移动，反调陈得风往镇扬州。

陈得风得书亦大怒，竟不往镇扬州，一面奏知洪秀全，又报知忠、英二王，皆称李昭寿将反，不受调遣，宜设法防范。洪秀全以李秀成远在苏州，乃急令陈玉成处置昭寿。陈玉成道："昭寿悍将也！若果降敌，为患不浅矣！"乃急令李昭寿移军小池驿，扬言用以阻曾国藩北渡。李昭寿得令，本不敢抗陈玉成，惟其部将朱志元，私向李昭寿说道："陈玉成此次调公，必非好意，大约得陈得风之言，防将军北窜，故调至小池驿，使易制将军。前日复陈得风之书，实为取祸之本也，将军危矣！"李昭寿听得，不胜惶惑，乃道："吾亦不甘于此，只不忍负忠王耳！今号令交迫，将祸及其身，吾欲北投胜保如何？"朱志元道："若此则将军自可保全。然轻往必为胜所辱，吾当为将军图之。"原来朱志元，亦欲降清国，以图富贵，只恨无路可通。至是乃密报胜保，愿劝李昭寿来降，并以滁州相献。

胜保素知李昭寿之勇，听得大喜，乃密复朱志元：许以重赏。并道："昭寿猛将也！若允来降，吾事济矣。吾当以提镇之间位置之，决不相负。"朱志元乃回报昭寿道："吾已得胜保欢迎将军矣！将军若自降他，必不见重；今胜保自求将军归降，优待将军必矣。"李昭寿乃深感朱志元，且道："非君则吾危矣！"遂具书即呈胜保，使督兵来滁，愿以滁州奉献。胜保得书大喜道："昭寿若来，则敌人失一良材，而吾军多一猛将矣。此机会不可失也！"遂引兵望滁州进发。昭寿接见胜保，立谈之下，相见恨晚。胜保专摺保奏昭寿为记名提督。从此李昭寿便变了大清头品大员了。人心思汉，天意佑清，那也是无可奈何的事。

太平天国，自金田起义到金陵定鼎，兵非不众，将非不多，无奈老天不佑，凭你一等好本领，总达不到北伐的目的：第一误了在东王；第二误了在安、福两王。总之一句，洪天王仁慈有余，刚断不足；今岁不伐，明年不征，坐使清廷购械筹饷，遣将派兵，把天京一困再困，弄到接末，覆国亡宗，烟消雾散。荡荡乾坤，依旧是大清世界，岂不可痛！那种痛史，在下也不忍逐细描摹，只得忍痛含泪，略述几句罢了。诸君欲知其详，自有那专讲清朝事情的清史演义在。

闲言少叙，却说李昭寿降清之后，警报传到金陵，天王大惊，急召陈玉成问计。玉成道："昭寿反戈，必为天国大患；忠王北伐之计，怕不能行了。"天王叹息道："此孤之罪也！"从此天国声势，一天弱似一天；各地风云，一日紧是一日。翼王石达开，在四川为骆秉章所窘，弄倒个全军覆没。清将左宗棠，力攻杭州；李鸿章力攻苏、常一带；曾国藩的兄弟曾国荃，力攻金陵。天王听了安、福两王的话，把李秀成吊住在京，不肯放他离开一步。李秀成所画之策，都不听用，在围城里每日只做那唱赞美诗，祷告叩拜上帝这几桩事情，军国大事，一概不闻不问。秀成几回哭谏，天王总打着天话："我自有天父、天帝、天兄，耶稣派遣天兵十万，前来救我。"秀成白着急，奈何他不得！围城里粮食将绝，秀成奏告天王，天王坦然道："那有何妨！天父上帝，方赐我天粮百万，我的军民不会饿的。"孝经退贼，符咒却兵，真是从古到今从没有过的事。在天王肚子里边很明白，不过借着天说，安安各人心的，无非自喝姜汤自暖肚罢了。这日接到说苏州失守，谭绍洸殉难，天王知大事已去，无可挽回，遂背着人，悄悄服了点子毒药，呜呼哀哉，就此千秋万古！天王薨后没有几时，南京城就被曾国荃攻破，忠王李秀成等是闸中这虎，池内之龙，都被清兵活生生捉去，结果了性命，天国就此亡掉。曾国藩、左宗棠、曾国荃、李鸿章等，一个个封侯拜相，耀武场威，做了清朝的中兴良佐，再造元勋，把已绝的胡运，又延续了三五十年寿命。后人题诗凭吊，摘之于下。其一道：

  哀哀同种血痕鲜，人自功成国可怜。
  莫向金陵闲眺望，旧时明月冷如烟。

其二道：

  楚歌声里霸图空，血染胡天烂熳红。
  煮豆燃萁谁管得？莫将成败论英雄。

其三道：

  故国已无周正朔，阳秋犹记鲁元年。
  伤心怕看秦淮月，剩水残山总可怜。

其四道：

民众齐呼汉天子，欧人争说自由军。
倘教北伐探巢穴，此是当年不世勋。